T. J. KLUNE

THE EXTRAORDINARIES

Das Buch

Es sind Sommerferien, und eine Hitzewelle hat Nova City fest im Griff. Dennoch ist Nick Bell guter Dinge: Mit seinem supersexy Freund Seth und seinen Freundinnen Jazz und Gibby hat er ein Superhelden-Team gegründet, um die Bürger von Nova City zu schützen. Keine Sekunde zu früh, wie sich herausstellt: Simon Burke kandidiert für das Amt des Oberbürgermeisters. Sollte er gewinnen, würde das das Ende der Extraordinaries bedeuten. Doch damit nicht genug: Gerüchten zufolge ist Superschurke Shadow Star aus dem Gefängnis geflohen. Nick und seine Freunde müssen über sich selbst hinauswachsen, um Nova City vor dem Schlimmsten zu bewahren ...

Die EXTRAORDINARIES bei Heyne:

Band 1: *Die Außergewöhnlichen*
Band 2: *Neue Helden*
Band 3: *Alte Geheimnisse*

Der Autor

Im Alter von sechs Jahren griff T. J. Klune zu Stift und Papier und schrieb eine mitreißende Fanfiction zum Videospiel *Super Metroid*. Zu seinem Verdruss meldete sich die Videospiel-Company nie zu seiner verbesserten Variante der Handlung zurück. Doch die Begeisterung für Geschichten hat T. J. Klune auch über dreißig Jahre nach seinem ersten Versuch nicht verlassen. Nachdem er einige Zeit als Schadensregulierer bei einer Versicherung gearbeitet hat, widmet er sich inzwischen ganz dem Schreiben. Für die herausragende Darstellung queerer Figuren in seinen Romanen wurde er mit dem Lambda Literary Award ausgezeichnet. Mit seinem Roman *Mr. Parnassus' Heim für magisch Begabte* gelang T. J. Klune der Durchbruch als international gefeierter Bestsellerautor. Im Heyne Verlag sind von T. J. Klune außerdem erschienen: *Das unglaubliche Leben des Wallace Price*, *Die unerhörte Reise der Familie Lawson* und *Aus Sternen und Staub*.

T. J. KLUNE

THE EXTRAORDINARIES

ALTE GEHEIMNISSE

Roman

Aus dem Amerikanischen übersetzt
von Michael Pfingstl

HEYNE <

Titel der Originalausgabe:
THE EXTRAORDINARIES – HEAT WAVE BOOK 3

MIX
Papier | Fördert gute Waldnutzung
FSC® C014496

Penguin Random House Verlagsgruppe FSC® N001967

Deutsche Erstausgabe 09/2024
Redaktion: Lisa Scheiber

in der Penguin Random House Verlagsgruppe GmbH,
Neumarkter Straße 28, 81673 München
Printed in Germany
Umschlaggestaltung: Das Illustrat GbR, München
Satz: Schaber Datentechnik, Austria
Druck und Bindung: GGP Media GmbH, Pößneck

ISBN 978-3-453-27480-8

Für die queeren Kids dieser Welt.

Ich bewundere euch aus tiefstem Herzen,
denn ihr seid die wahren Superhelden.

TITEL: GENUSSVOLLE GLUT

Autor: PyroStormLieblingsmensch
Kapitel 37 von ?
138.225 Wörter
Pairing: Pyro Storm / OMC
Altersempfehlung: ab 17 (endlich raufgegangen!)
Tags: True Love; Romantik; Pyro Storms sanfte Seite; Happy End; Erster Kuss; Mehr als erster Kuss; Wattewolkenweich; Jede Menge Action; Böser Shadow Star; Bakery AU; Privatdetektiv; Anti-Rebecca-Firestone; Hände unter Klamotten; !!!; Nacktparty und alle sind eingeladen

---

KAPITEL 37: KEIN KAPITEL

Anmerkung des Autors: Hallo allerseits! Sorry, wenn ihr euch schon auf ein Update gefreut habt. Ich möchte meine Leserinnen und Leser nicht hängen lassen, denn ich weiß, dass unfertige Fics der Fluch der Menschheit sind. Gibt es etwas Schlimmeres, als eine Geschichte zu entdecken, die man liebt, nur um dann festzustellen, dass sie seit sechs Jahren nicht mehr aktualisiert wurde? Ich hasse das. Also, um es noch mal zu sagen: ICH WERDE DIESE GESCHICHTE NICHT AUFGEBEN!!!! Versprochen. In den letzten Monaten ist einiges passiert, und mir war nicht danach, viel zu schreiben. Es kann sehr schwer sein, sich auf eine Fic zu konzentrieren, in der es darum geht, Serienmorde aufzuklären und sich in einen Außergewöhnlichen zu verlieben, wenn … die Dinge plötzlich ein bisschen *zu* real werden.

Ich habe im Moment nicht viel Zeit, um mich hinzusetzen und zu schreiben. In der Schule sind zwar Sommerferien, aber ich habe mehr zu tun denn je. Ich hoffe, dass ich eher früher als später mit der Story weitermachen kann, also lasst die Benachrichtigungsfunktion für diese Fic bitte eingeschaltet. Ich verspreche, sobald ich dazu komme, gibt es feurige Explosionen – auch sexueller Art –, also bleibt dran!

PyroStormLieblingsmensch

KOMMENTARE:

FireStoned 09:25: HAST DU REBECCA FIRESTONE IN DEN NACHRICHTEN GESEHEN??? IST SIE NICHT DAS WUNDERBARSTE, WAS DER MENSCHHEIT JE PASSIERT IST? UND BEVOR DU WAS ANDERES BEHAUPTEST: FICK DICH!! SIE WIRD DIE BESTE BÜRGERMEISTER-PRESSESPRECHERIN ALLER ZEITEN UND DER GANZEN WELT. WIDERSPRUCH ZWECKLOS!!!

LostDreamer 09:27: Bist du Nick Bell aus Nova City??? Der die Shadow-Star-Fanfic angefangen und nie fertig geschrieben hat?? Bitte grüße Seth / Pyro Storm von mir!

ExtraAußer 09:29: Das *muss* Nick Bell sein. Er redet genau wie Nash. Hätte ich gewusst, dass das Ganze »autobiografisch« ist, hätte ich was anderes gelesen, anstatt meine Zeit mit den hormongesteuerten Machtfantasien eines Teenagers zu verschwenden.

PyroStarLover 09:30: Du willst uns hängen lassen, kurz bevor sie endlich Sex haben? Der einzige Grund, warum ich Hunderttausende von Wörtern ertragen habe, war, dass du uns Analsex versprochen hast. Du kannst nicht einfach einen Köder

auslegen und dann nicht liefern! Und bist du wirklich Nick Bell? Was ist in der Nacht vom Abschlussball sonst noch passiert? Wer waren die anderen Außergewöhnlichen?
WTF6969 09:31: Wenn du wirklich Nick Bell bist, wie alle glauben, was zum Teufel hast du dann gegen die Polizei? Dein *Dad* ist Polizist! Hasst du deinen Vater auch?
Anonymchen 09:32: Hast du meine Nachricht bekommen? Bis bald!
TacosSindToll 09:39: WTF6969 kotzt mich so was von an. BESORG DIR EIN LEBEN, DU VERDAMMTER LOSER. Aaron Bell ist nicht mehr bei der Polizei! Stand überall auf X. PyroStorm-Lieblingsmensch: Schreib, was du willst! Egal ob du Nick Bell bist oder nicht, bleib dir treu!
SoundOfJazz 09:42: Die Kommentare werden allmählich ein bisschen stalkermäßig. Gib Bescheid, wenn ich mich darum kümmern soll. Ich habe neue Louboutins als Ersatz für meine alten High Heels, und weißt du was? Die Sohlen sind rot wie das BLUT UNSERER FEINDE. Toll! Gibby lässt dich grüßen. Sie hat auch noch andere Sachen gesagt, aber ich bleibe lieber positiv. Bye!!
JazzFan12345678 09:49: Ich habe dich *nicht* grüßen lassen. Jazz hat mich gezwungen, diesen Account einzurichten. Deine Follower sind Weirdos und ich fühle mich nicht wohl dabei.

1

Kurz vor der Dämmerung dehnten und streckten sich die Schatten, als ob die herannahende Finsternis nach allem greifen wollte, während die Hitze des ausklingenden Sommertages ihre glühenden Klauen in das pochende Herz der Stadt grub. Aus den Gullydeckeln quoll Dampf und braunes Wasser, die Luft roch nach Verzweiflung und maroder Infrastruktur.

Menschen eilten über die Bürgersteige, der Schweiß lief ihnen übers Gesicht wie Ströme von Tränen, während sie stumm nach jemandem schrien, der sie vor sich selbst rettete. Staus und Gehupe überall, Fäuste reckten sich wütend aus Autofenstern, links und rechts der Straßenschluchten ragten dunkle Gebäude auf – die Türme der Reichen und Mächtigen, die die Bevölkerung in ihrem teuflischen Griff gefangen hielten. Neonlichter knisterten gegen die heraufziehende Dunkelheit an und erhellten die Gesichter der Verdammten und Vergessenen. Die Hitze, die über diese Stadt aus Stahl und Glas hereingebrochen war, ließ die Luft über dem rissigen Asphalt flimmern.

»Wer wird uns beschützen?«, riefen die Menschen klagend, den angstvollen Blick auf den dunkler werdenden Himmel gerichtet. »Wer wird der Held sein, nach dem wir uns so sehr sehnen? Wenn es nur jemanden gäbe, der das Zeug hat, der Held zu sein, den wir verdienen! Nein, der Held, den wir *brauchen.*«

Dies war eine kranke Stadt, Tumore hatten sich längst in ihre Knochen und das Bindegewebe gefressen, ohne Hoffnung auf Heilung. Eine Stadt, die in einem Krieg um ihre Seele gefangen war. Wie ein dünner Lichtstrahl, den die Schatten des Bösen vollends zu verschlingen drohten, während Wahrheit und Gerechtigkeit immer weiter an Gewicht verloren und die Waage Richtung Chaos ausschlug.

Aber die Stadt war nicht allein. Sie hatte jemanden, der sie liebte. Jemanden, der sein Leben geben würde, um sie zu retten.

Auf dem Dach eines flachen Gebäudes, das früher ein Joghurt-Laden gewesen und jetzt eine Hipster-Café-Lounge mit Holzstämmen anstelle von Stühlen war, kauerte eine Gestalt wie ein Wasserspeier und beobachtete, wie Hunderte von Jahren Menschheitsgeschichte binnen eines Wimpernschlags vorbeizogen. Der Held der Stadt drehte den Kopf ein Stück, die weißen Linsen seines Helms blitzten auf, während sich der entblößte Mund zu einem wütenden Knurren verzog.

»Dies ist *meine* Stadt«, fauchte er bedrohlich. »Und ich werde alles tun, um ihre Bevölkerung zu schützen.« Sein Kopf ruckte hoch, als er in der Ferne einen Schrei hörte.

»Horch! Ein Verbrechen ist im Gange.« Er blickte in die Ferne, die Lichter eines nahe gelegenen Mobilfunkmasten blinkten rot, als wollten sie sagen: *Ich bin der Puls von Nova City, schwach und unbeständig. Könnte mein Licht doch nur ewig brennen!*

»Ja«, flüsterte der Held. »Ich höre dich. Ich sehe dich.« Er erhob sich langsam, seine starken Muskeln bewegten sich sexy unter dem Kostüm, das ein Symbol für Freiheit, Hoffnung und Gerechtigkeit war. Er atmete tief ein. »Und ich kann dich riechen! Aber, Moment, außerdem auch *schmecken*? Oh mein Gott, was zum Teufel ist das? Verdammte Scheiße, es ist *überall.*« Er würgte. »Es verklebt meine Luftröhre! Ist jemand gestorben und ins Trinkwasserreservoir gefallen, wo seine aufgedunsene Leiche bald in einer Gasexplosion alles vergif... *Nein*. Konzentrier dich. Die Dunkelheit hat ihren Weg in die ...«

»Jetzt mach mal halblang«, sagte eine andere Stimme. »Ich liebe dich, aber du quasselst seit einer Viertelstunde vor dich hin. Und obwohl ich deine Kreativität zu schätzen weiß, sollten wir uns besser beeilen, bevor die Diebe mit den Juwelen abhauen.«

Der Außergewöhnliche, bekannt als der Wächter, verlor das Gleichgewicht, fiel rücklings auf das Dach und blinzelte erschrocken in den Nachthimmel hinauf. Einen Moment später versperrte die Silhouette einer vertrauten Gestalt ihm die Sicht: dunkle, ins Gesicht hängende Locken, dazu ein schickes schwarzes Kostüm mit roten Paspeln an den Beinen und dem Oberkörper. Auf der Brust prangte ein Flammensymbol, das Erkennungszeichen des Helden.

»Pyro Storm«, drang die modulierte Stimme des Wächters aus seinem azurblauen Helm. Er ignorierte die angebotene Hand und stand auf. »Ich wusste, dass du hier sein würdest.«

Seth blinzelte. »Das will ich doch hoffen. Immerhin sind wir zusammen hergekommen. Wäre schon seltsam, wenn ich plötzlich verschwinden würde.«

»Wäre es das?«, zischte der Wächter. »Oder ist das alles nur Teil deines Plans, mich allein zu erwischen, damit du dich mit mir vergnügen kannst?« Er trat einen Schritt von dem Außergewöhnlichen zurück. Und noch einen. Bis er mit den Fersen an einem Dachvorsprung hängenblieb, sich im Fallen herumdrehte und seinen Sturz gerade noch vor der Dachkante abfangen konnte.

»Du hast mir eine Falle gestellt, Pyro Storm«, sagte er über die Schulter. »Ich bin einem Ruf gefolgt, weil ich dachte, es wäre ein Bürger, der gerettet werden muss, aber stattdessen warst *du* es. Du, mit deinem unbestechlichen Gerechtigkeitssinn und deinem zum Sterben schönen Antlitz. Mein ganzer Körper kribbelt vor angestauter Lust und Erregung.«

»Tatsächlich?«, fragte Seth, während sein schwarz-roter Helm von den Fingern seiner linken Hand baumelte. »Für jemanden, der sich angeblich noch nicht sicher ist, gibst du erstaunlich eindeutige Signale.«

»Schurke!«, schrie der Wächter und schnappte nach Luft. »Wie kannst du es wagen, mich einfach anzusprechen?« Der Modulator ließ seine Stimme klingen, als würde er fünfzig Zigarren am Tag rauchen. »Wage ja nicht, mir mit deinem Feuer das Kostüm vom Leib zu brennen, damit ich nackt und hilflos vor dir stehe, obwohl ich mehr als gewillt bin mitzumachen. Ich sage das nur, weil Einvernehmen wichtig ist, auch bei Rollenspielen. Mein Safeword ist übrigens *Schlachtplatte*, und nein, du darfst nicht fragen, warum.«

»Weil du gerne Wurstaufschnitt von einem Holzbrett isst.«

»Genau.«

»Nick, du kannst nicht einfach ...«

Nick hustete.

»Nicky, du musst ...«

Er hustete lauter. Hoffentlich würde Seth das Signal endlich verstehen, denn sein Hals schmerzte bereits.

Seth verdrehte die Augen. *»Wächter.«*

»Schon besser. Danke. Wir haben es doch oft genug besprochen: Wenn ich mein Kostüm *und* den Helm trage, bin ich nicht mehr Nick, sondern der Wächter. Trage ich das Kostüm, den Helm aber nicht, bin ich Nick, weil du dann mein Gesicht sehen kannst. Oder ich trage keines von beidem und bin splitterfasernackt. Dann darfst du mich nennen, wie immer du willst.« Nick zwinkerte. Da fiel ihm wieder ein, dass Seth das Zwinkern gar nicht sehen konnte, weil er ja seinen Helm trug.

»Ich habe dir gerade zugezwinkert«, erklärte der Wächter. »Nur falls du dich wunderst.«

»Oh«, machte Seth. »Tue ich gar nicht, aber danke für die Klarstellung. Das ändert alles.«

Der Wächter zog seinen Helm aus, und die Welt um ihn herum verlor ein wenig an Kontur. (Der Helm hatte ziemlich starke Linsen, die Nick weiter sehen ließen und außerdem schärfer. Am liebsten hätte er ihn immer getragen, was er aus Gründen, die sich seinem Verständnis entzogen, nicht durfte.) Dann legte Nicholas Bell seinen Helm auf dem Dach ab und wandte sich seinem Freund zu. »Es war keine Viertelstunde.«

»Stimmt«, bestätigte Seth Gray mit einem Schmunzeln. »Eher zwanzig Minuten. Ich bin nicht sicher, ob es wirklich eine gute Idee ist, wenn ein Superheld seine Pläne über so eine lange Zeitspanne laut rezitiert. Was, falls jemand zuhört?«

Nick zuckte zusammen. Daran hatte er gar nicht gedacht. Anscheinend war ihm das Wächtersein ein bisschen zu Kopf gestiegen. Wie jedes Mal. Und diesmal mehr als nur ein bisschen.

Es war erst einen Monat her, dass er nach Gibbys Abschlussfeier nach Hause gekommen war und auf dem Küchentisch ein Paket vorgefunden hatte. Darin befand sich ein Brief von Miss Raten, der Außergewöhnlichen-Dragqueen, die ihre Gegner mit bissigen Kommentaren genauso gründlich grillte wie mit Stromstößen. Sie trug Armreifen und hatte kilometerlange Beine. Armreifen standen Nick nicht, und seine eigenen Beine waren blass und dünn, die Knie knorrig, und auf der Innenseite des rechten wuchs ein einsames, unfassbar langes Haar. Was umso ärgerlicher war, da Nick auf der Brust kein einziges hatte.

Der Brief war süß und wunderbar gewesen, aber noch nicht das Beste. Nein, das Beste war das Kostüm, das Miss Raten unter Mithilfe von Nicks Freunden für ihn entworfen hatte: Blau und Weiß mit einem dazu passenden Helm.

Und hier stand Nick nun in all seiner Pracht. Auch wenn Pracht vielleicht etwas übertrieben war. Denn wenn man beschloss, ein echter Außergewöhnlicher zu sein, musste man ein hautenges Kostüm tragen, um ernst genommen zu werden. Das Problem dabei war nur, dass Nicks Körper seltsam geformt war und sich Bereiche, die sich eigentlich ausbeulen sollten – Oberarme, Brustmuskeln und ja, auch der Schritt –, bei ihm *überhaupt* nicht ausbeulten.

(Als er das Kostüm das zweite Mal anprobierte, diesmal vor dem Spiegel, stopfte er sich eine dicke Socke in die Unterhose. »Ach, das meinst du?«, sagte er zu seinem Spiegelbild. »Keine Sorge, das ist nur mein Penis. Und ja, er *ist* so groß.« Dann war sein Vater ohne Anklopfen hereingekommen. Die Stille, die darauf folgte, war gigantisch. Sein Vater hatte das Zimmer im Rückwärtsgang wieder verlassen und sie hatten nie wieder darüber gesprochen. Und Nick hatte nie wieder Socken in seine Unterhose gestopft.)

Es gab also einen Grund, warum Nick sich in hautengen Ganzkörperanzügen nicht wohlfühlte: Die Dinger überließen *nichts* der Fantasie.

»Bück dich«, verlangte Nick.

Seth sah ihn mit zusammengekniffenen Augen an. »Was?«

»Ich möchte dir etwas zeigen. Es hat nichts mit Sex zu tun. Vertrau mir.«

»Ja, schon klar«, erwiderte Seth. »Das letzte Mal, als du das gesagt hast, hast du danach zum Besten gegeben, ich zitiere: *Sieht so aus, als hätte jemand sexy Sahnetorte bestellt.*«

Nick prustete. »Ich bin nun mal lustig. Und erotisch.«

Seth seufzte. »Es wäre sogar noch lustiger gewesen und möglicherweise auch erotischer, wenn meine Tante und mein Onkel nicht in Hörweite gewesen wären.«

Nicks Miene verfinsterte sich. Ein Glück, dass seine rot glühenden Wangen in der heraufziehenden Dunkelheit nicht zu sehen waren. »Woher hätte ich denn wissen sollen, dass die beiden sich schon wieder in ihrem eigenen Wohnzimmer herumtreiben? Dass Martha sofort die Frischhaltebeutel aus der Küche geholt und angeboten hat, Lecktücher daraus zu machen, war außerdem völlig überflüssig. Das nehme ich ihr wirklich übel. Und meinem Dad.«

Vor allem seinem Dad, denn schließlich war er es gewesen, der die Grays in die Wunderwelt von DYI-Safer-Sex eingeführt hatte.

Seth senkte den Blick. »Sei lieber froh, dass sie noch nicht angefangen hat, diese Hundeleine für mich zu häkeln, die sie sich aus irgendeinem Grund in den Kopf gesetzt hat. Seit sie zu Recherchezwecken in einem Sexshop war, ist sie nicht mehr dieselbe.«

Nick stöhnte. »Oh mein Gott, ich *hasse* mein Leben. Aber jetzt hör mit den Ablenkungsmanövern auf und bück dich.«

Seth bog die Schultern nach vorn und beugte sich ein Stück vornüber. »So?«

Er nickte. »Jetzt fahr dir mit der Hand über die Brust und den Bauch.«

Seth sah ihn fragend an. »Das klingt nach einem Sexspiel.«

Tat es wirklich, aber Nick ließ sich nicht abschrecken. »Halt gefälligst deine schmutzige Fantasie im Zaum, Gray. Wenn das ein Sexspiel wäre, würdest du es spätestens jetzt merken.«

»O...kay.« Seth ließ seine Hand über das Brustbein bis hinunter zum Bauch gleiten, machte kurz über dem Schamhaaransatz kehrt und bewegte die Hand zurück zur Brust. »Und jetzt?«

Der Anblick der schwarz behandschuhten Hand auf der breiten Brust seines Superhelden-Lovers bescherte Nicks Gehirn einen Beinahe-Kurzschluss. Alle Pornos, die er je im Leben gesehen hatte, waren nichts im Vergleich zu Seths dunklen Locken und dem wie aus Granit gemeißelten Kiefer. Nick wusste, dass man andere Menschen eigentlich nicht zum Lustobjekt degradieren sollte, aber er war machtlos dagegen.

»Ja«, murmelte er. »Genau so.«

»Nick«, sagte Seth genervt.

»Ich habe überhaupt keine schmutzigen Gedanken!«, blaffte Nick. »Ich ... bewundere nur die Aussicht!« Schließlich nahm er die gleiche Haltung ein wie Seth und fuhr sich ebenfalls mit der Hand über Brust und Bauch. »Siehst du jetzt, was ich meine?«

»Ähm ... Nein?«

»Das da«, beharrte Nick. »Wenn du dich in deinem Kostüm vornüberbeugst, bleibt dein Bauch flach, weil du ein Sixpack hast. Wenn ich das Gleiche mache, sieht man noch nicht mal ein Onepack! Ich dachte, Außergewöhnliche haben von Natur aus einen Waschbrettbauch!«

»So funktioniert das aber nicht«, widersprach Seth.

»Behauptest *du*«, entgegnete Nick und funkelte seinen Bauch an wie den schlimmsten Verräter der Menschheitsgeschichte. »Als du ein Außergewöhnlicher wurdest, bist du außerdem zum Sexgott mutiert. Seit *ich* ein Außergewöhnlicher bin, habe ich Probleme mit meinem Körperbild. Ja, ich hatte gestern Nachos zum Abendessen, und ja, es war zu wenig Käse dran, also habe ich noch welchen aus dem Kühlschrank geholt, aber trotzdem! Ich war letzte Woche fast einen halben Kilometer joggen und musste nur zweimal anhalten, um wieder zu Atem zu kommen.«

»Ich weiß«, erwiderte Seth. »Ich war dabei, schon vergessen? Du hast dich die ganze Zeit über beschwert.«

Nick schniefte. »Verdammt richtig. Joggen ist Zeitverschwendung, und du solltest eigentlich ein schlechtes Gewissen haben, weil du mich dazu gezwungen hast.« Er befühlte noch einmal seinen Bauch und richtete sich dann wieder auf. »Vielleicht braucht mein Kostüm einfach einen anderen Schnitt. Was hältst du von Baggystyle? Ich habe einen Test in der *Cosmo* gemacht, und das Ergebnis lautete, dass das am besten zu meinem Körper passen würde.« Er runzelte die Stirn. »Außerdem stand drin, ich wäre eine freigeistige Frau, die sich von gesellschaftlichen Normen nicht einschränken lässt. Also, wie lautet *deine* Meinung dazu?«

Seth kicherte und kam mit einem eigenartigen Leuchten in den Augen auf Nick zu. Dann legte er seinen Helm neben den von Nick und beugte sich ganz nahe heran. Nicks Puls beschleunigte ein klein wenig wie immer, wenn Seth in der Nähe war. Aber so nahe, dass Nick die kaum erkennbaren Sommersprossen auf Seths Nase und Wangen zählen konnte? Mann, das haute ihn schlicht um!

Seth küsste ihn, seine Lippen waren leicht aufgesprungen. Nick erwiderte den Kuss und spielte mit Seths Zunge, während ihm der Schweiß über den Rücken lief. Die Hitzewelle, die vor ein paar Wochen über Nova City hereingebrochen war, hatte kein bisschen nachgelassen. Nach dem bitterkalten Winter voller Schneestürme und dem darauffolgenden nassen Frühling legte der Sommer sich nun umso mehr ins Zeug: brüllende Hitze und eine Luftfeuchtigkeit zum Umfallen. Hätte Nick nicht beschlossen, ein Außergewöhnlicher zu werden, wäre er bis zum Ende der Sommerferien im Haus geblieben, und zwar bei voll aufgedrehter Klimaanlage.

Es war sein letztes Schuljahr, überlegte Nick gerade, während Seth an seinen Lippen kaute. Das Ende einer Lebensphase und der Anfang einer neuen, doch Nick war kein Fan von Veränderung. Dank der neuen Medikamente hatte er seine Aufmerksamkeitsdefizit-/Hyperaktivitätsstörung zwar gut im Griff, aber er brauchte nun mal Routine, damit die Dinge in seinem Leben nicht aus dem Ruder liefen. Klar brach immer wieder mal das übliche Gedankenchaos in Nicks Kopf aus und durchkreuzte alle seine Pläne, aber er strengte sich an, so gut er konnte. Das musste er auch, wenn er ein Doppelleben als freundlicher Schüler (tags) und Superheld (nachts) führen wollte.

Nick besaß sein Wächter-Kostüm jetzt fast einen Monat lang, hatte aber noch nicht allzu viele Heldentaten vollbracht. Sein Dad sagte, er wäre noch nicht bereit, um allein Menschenleben zu retten. Ganz egal wie sehr Nick bettelte, als Wächter auf Patrouille gehen zu dürfen, Aaron Bell hielt jedes Mal dagegen, dass er sich erst langsam an seine neue Rolle gewöhnen müsse. »Außerdem«, fügte Aaron stets hinzu, »bist du immer noch der Leiter des Leuchtturms. Diese Aufgabe ist mindestens genauso wichtig.«

Heldentum war unendlich viel komplizierter, als Nick gedacht hatte. Er musste nicht nur gute Taten vollbringen, sondern gleichzeitig auch noch Nick Bell sein. Dabei sah es in den Comics immer so einfach aus. Doch in der Realität musste er nicht nur ein hautenges Kostüm tragen, sondern sich gleichzeitig Sorgen darüber machen, ob er es aufs College schaffen würde. Und ob Seth in seinem letzten Jahr wieder die Centennial High (Heimat der Fighting Wombats!) würde besuchen dürfen, nachdem er sich als Pyro Storm zu erkennen gegeben hatte. *Und* er musste sich den Kopf darüber zerbrechen, wie er die erste Stunde im Vertiefungskurs Geschichte überleben sollte. Dass Gibby ab Herbst auf die NCU gehen würde, war inzwischen sicher, womit sie schon mal eine weniger waren. Würde Nick das letzte Schuljahr allein mit Jazz bestreiten müssen? Würde niemand ihnen im Kampf gegen all die Gerüchte um die Ereignisse am Abend des Abschlussballs beistehen?

Nick wusste nicht, wie er das schaffen sollte. Die Aufgabe fühlte sich zu groß an, zu erdrückend. Sicher, er war dankbar, dass es Juni war. Gleichzeitig wusste er, dass er irgendwann der Realität ins Auge blicken musste, dass die Dinge sich änderten und auseinanderbrachen. Und es gab nichts, was er dagegen tun konnte.

»Du denkst zu viel nach«, flüsterte Seth an seinen Lippen.

Nick machte sich seufzend von ihm los. »Ja, stimmt. Sorry. Aber du weißt ja: Ich habe immer Gedanken, und diese Gedanken haben wieder andere Gedanken.«

Seth lächelte. »Ich weiß, Nicky. Möchtest du über irgendwas reden?«

»Nur über denselben Kram wie immer: alles und nichts gleichzeitig.«

»Wir werden schon eine Lösung finden«, erwiderte Seth und drückte Nicks Hand. »Lass uns später darüber sprechen. Aber jetzt müssen wir uns konzentrieren, okay?«

Nick fühlte sich schon ein wenig entspannter. Er nickte. »Richtig. Konzentration. Bin dabei.«

Er hatte etwas zu beweisen, und zwar, dass er es draufhatte.

Seth ging um ihn herum an die Dachkante und spähte hinunter auf die Straße. »Gut. Jetzt sag mir, was du glaubst, dass wir tun sollten.«

Nick stellte sich neben Seth und folgte seiner Blickrichtung. Ihnen gegenüber befand sich ein weiteres Gebäude, es war etwas flacher als das, auf dem sie standen. Neben der metallenen Zugangstür auf dem Dach ratterte eine alte Klimaanlage vor sich hin.

»Wir könnten durch diese Tür da reingehen«, antwortete er. »Damit vermeiden wir die Fenster, an denen jemand uns sehen könnte.«

»Sie ist verriegelt und abgeschlossen«, entgegnete Seth. »Wie kommen wir rein und richten dabei möglichst wenig Sachschaden an?«

Nick überlegte und musterte die Klimaanlage. Sein Blick wanderte über das Dach, bis er einen Lüftungsschacht mit einem Gitter darüber entdeckte. »Da«, sagte er. »Wir könnten durch den Schacht rein.«

Seth nickte. »Glaubst du, du passt da durch?«

»Was für eine *fiese* Frage.«

Seth verdrehte die Augen. »Du weißt, was ich meine.« Er stieß Nick mit der Schulter an. »So was probiert man nicht einfach, nur um dann zu merken, dass man feststeckt. Denk nach, Nicky. Was tut man, wenn man in ein Gebäude reinkommen muss, in dem man noch nie war?«

»Seine Kräfte benutzen«, antwortete Nick wie automatisch. »Mir selbst eine Tür machen.« Bilder gingen ihm durch den Kopf, wie er vor einer Ziegelmauer stand und mit einer schlichten Handbewegung eine Öffnung für sich machte.

Seth erstickte die Idee im Keim. »*Ohne* Kräfte. Du darfst dich nicht immer nur auf sie verlassen. Es kann Situationen geben, in denen sie gegen dich arbeiten.« Er überlegte. »Oder du sie nicht ausreichend unter Kontrolle hast.«

Nick schaute ihn finster an. »Ich habe meine Kräfte *vollständig* unter Kontrolle. Sieh her.« Er sah sich nach einem geeigneten Demonstrationsobjekt um. Ein paar Meter weit weg stand ein Plastikeimer, den jemand anscheinend dort vergessen hatte. Der Griff war verrostet, das Plastik gesplittert. Nick holte tief Luft und hob die Hand. In seinem Kopf glomm ein Funke auf, warm und süß. Nick hielt ihn fest und *schob*. Ein Zittern wie von einem leichten Kopfschmerz durchzuckte ihn.

Der Eimer wackelte und erhob sich schließlich in die Luft, wo er in anderthalb Meter Höhe stehen blieb. »Siehst du?«, sagte Nick, während ihm eine Schweißperle über die Stirn lief. »Kinderleicht. Ich hab's echt drauf. Ich bin richtig gut gewor...«

Der Funke in seinem Kopf pulsierte und der Eimer schoss in hohem Bogen davon, um drei Dächer weiter scheppernd wieder aufzuschlagen.

Nick ließ seufzend den Kopf hängen. »Okay, es gibt noch ein paar Baustellen, aber trotzdem! Wozu bin ich ein Außergewöhnlicher geworden, wenn ich dann keiner *sein* darf?«

»Es gehört aber noch mehr dazu«, erwiderte Seth, und das nicht zum ersten Mal. Nicht mal zum zehnten. »Superkräfte zu haben, ist schön und gut, aber du darfst dich nicht ausschließlich auf sie verlassen. Du musst auch *nachdenken*. Und da das niemand so gut kann wie du, wirst du es schaffen. Komm schon. Wir können weder übers Dach rein noch durch die Vordertür. Und die Seiteneingänge sind verriegelt. Also, wie gehst du vor?«

Nicks Gesicht hellte sich auf. »Der Leuchtturm!«

»Genau.« Seth deutete auf Nicks Helm. »Dann mal los.«

Nick setzte ihn auf. Lichter explodierten vor seinen Augen, und seine Sicht wurde schärfer. Codezeilen rasten vorbei wie ein Wasserfall und verschwanden, dann erschienen zwei Worte. Sie blinkten himmelblau.

WILLKOMMEN, WÄCHTER.

Nick grinste. Das war mit Abstand das Coolste, was er je gesehen hatte. Gibby war ein verdammtes Genie, was Technikkram betraf, und diesmal hatte sie sich selbst übertroffen.

»Leuchtturm«, sagte der Wächter, jetzt wieder mit modulierter Stimme, »hört ihr mich?«

Nichts.

Der Wächter runzelte die Stirn und klopfte an seinen Helm. »Leuchtturm, hier ist der Wächter. Könnt ihr mich hören?«

Stille.

»Was zum Teufel«, murmelte er. »Sie sollen doch ...«

»Hier Leuchtturm«, knisterte Jasmine Kensingtons Stimme in seinen Ohren. »Wir hören dich laut und deutlich. Entschuldige bitte. Gibby hat auf den Sandsack in Seths Keller eingeschlagen, und dann fing sie an zu schwitzen, und du weißt ja, was das bei mir auslöst.«

»Sie haben Sex in unserem geheimen Unterschlupf«, sagte der Wächter zu Seth.

Seth warf die Hände in die Luft.

»Haben wir *nicht*«, schnauzte Gibby. »Es war nur Vorspiel. Glaub mir, wenn es Sex gewesen wäre, wäre Jazz noch viel mehr aus der Puste, denn ich kann diese Sache mit meinen Fingern, die ...«

»Gibby, was soll der Mist?«, knurrte der Wächter. »Hört auf rumzumachen, während wir versuchen, einen Juwelenraub zu verhindern! Ich brauche den Bauplan des Gebäudes.«

»Schon dabei«, sagte Jazz, ganz der Profi. »Was soll ... Gibby, du bringst uns noch in Schwierigkeiten. Oh ... wow, mach das noch mal!«

»Die *Baupläne*!«, brüllte der Wächter.

Seth seufzte. »So viel zum Überraschungsmoment.«

»Richtig, die Pläne«, sagte Gibby, und Nick konnte das zufriedene Grinsen in ihrer Stimme hören. »Besorgen wir. Wie lautet die Adresse?«

Der Wächter schaute Seth an.

Der zuckte nur die Achseln und sagte: »Tja, *wie lautet sie*? Auf all diese Dinge musst du achten, auf jedes noch so kleine Detail. Du weißt nie, wann du Verstärkung brauchen wirst, und solltest dich nicht immer auf den Tracker in deinem Anzug verlassen. Was, wenn er gerade nicht funktioniert? Weil beispielsweise ein Außergewöhnlicher das Stromnetz stört und die Kommunikation ausgefallen ist? Was tust du dann?«

»Genau«, murmelte der Wächter. Er ging zum rechten Dachrand und blickte hinunter zur Straße. Menschen liefen auf den Bürgersteigen umher, ohne zu ahnen, dass ein Außergewöhnlicher sie von oben beobachtete. Dazu das unangenehme Hupen von Autos im Stau. Es gab keinen vergleichbaren Ort auf der Welt, und obwohl Nova City Nick mehr als einmal eine ordentliche Ohrfeige verpasst hatte, würde er immer tun, was er konnte, um seine geliebte Stadt zu beschützen.

»Wir befinden uns an der Ecke Zehnte und Marketplace.« Er warf einen Blick auf die Nummern an den Gebäuden auf der anderen Straßenseite. Alle waren gerade. Die Zahlen gingen links hoch und rechts runter. Nick dachte an ihre Ankunft. Da hatte er doch die Hausnummer des Gebäudes gesehen, oder? Wie lautete sie? *Denk nach, denk nach, denk ... Ah!* Er grinste. »1757 Marketplace. Nein, warte, das ist das Gebäude, auf dem wir gerade stehen. 1759 Marketplace.«

Seth drückte seine Schulter. »Gut gemacht, Wächter.«

»1759 Marketplace«, zwitscherte Jazz in sein Ohr. Durch die Helmlautsprecher konnte er hören, wie ihre Finger über die Tastatur flogen. »Und da ... sind wir auch schon.«

Der Wächter blinzelte gegen die plötzliche Helligkeit in seinem Helm an. Das Licht wurde etwas schwächer, und als er wieder klar sehen konnte, erschien vor ihm ein dreidimensionaler Plan des Gebäudes, in das sie eindringen mussten. »Gibt es einen Weg hinein, ohne Türen zu benutzen?«, fragte der Wächter. »Und der keinen Alarm auslöst?«

»Gibby, findest du irgendwas?«, fragte Jazz.

»Da«, sagte Gibby. »Siehst du den Lüftungsauslass in der Nähe des Dachs?«

»Ja«, antwortete der Wächter, während sein Herz pochte vor Aufregung. »Passen wir da durch?«

»Höchstwahrscheinlich«, antwortete Jazz. Der Plan zoomte auf das Lüftungssystem. »Könnte ein bisschen eng werden, aber es müsste gehen. Einen Moment. Gibby, mach bitte dieses Liniending.«

»Dieses *Liniending*«, wiederholte Gibby mit einem Schnauben. »Oh, wie ich dich liebe, Jazz. Bin schon fertig.« Einen Moment später erschien ein roter Punkt am Eingang des Lüftungsschachts, von dem aus eine Linie zuerst nach rechts, dann nach links, dann wieder zweimal rechts zum Zentrum des Gebäudes führte. »Da. Hier sollte ein Gitter in die Decke eingelassen sein, durch das ihr wieder rauskommt.«

»Sicherheitssystem?«, fragte der Wächter.

»Alt«, antwortete Jazz. »Sieht aus, als ob es nur Alarm schlägt, wenn die Eingangstür unten nach Geschäftsschluss geöffnet wird. Es wurde seit 2004 nicht mehr aktualisiert.«

Der Wächter nickte. »Gut. Die Stadt ruft nach mir. Ich höre sie und werde alles tun, was ich kann, um sie zu retten.«

Stille.

Der Wächter klopfte wieder an seinen Helm. »Habt ihr das verstanden?«

»Haben wir«, bestätigte Jazz. »Wir wussten nicht, ob noch mehr kommen würde, wie sonst immer. Sagst du normalerweise nicht noch was über ein krankes Herz und das schwelende ...«

»Keine Zeit!«, unterbrach der Wächter. »Sondern Zeit, den Müll ... Moment, ich muss mir was anderes einfallen lassen, etwas *ohne* das Wort ›Zeit‹ zu wiederholen. Okay, wartet. Ich ... nur noch eine Sekunde ... *Yes!*«

Nick straffte die Schultern. »Ihr wollt Wertsachen stehlen, die euch nicht gehören? Mal sehen, was ihr sagt, wenn ich euch in den Aller*wertesten* trete!«

Er wartete auf tosenden Beifall.

Es kam keiner.

Er ließ die Schultern hängen. »Ach, kommt schon. Der Spruch war Spitzenklasse.«

»*Das* ist die neue Spitzenklasse?«, fragte Gibby. »Okay, mein Fehler. Du bist ein wirklich toller Superheld! Ich habe noch nie so einen krassen ...«

»Ich hasse euch alle«, murmelte der Wächter.

Seth setzte seinen Helm auf und ging online. Die Linsen erstrahlten in einem bedrohlichen Rot. »Leuchtturm«, sagte er, »hier ist Pyro Storm. Wir gehen jetzt rein. Haltet euch bereit. Zeit zu brennen.«

»Was zum ... *Ich* habe diesen Spruch erfunden. Warum klingt er so viel cooler als meiner? Ich verlange, dass ihr sofort bestätigt, wie toll mein Wertsachen-Allerwertesten-Wortspiel war!«

Anscheinend war der Schachteingang doch nicht so groß, wie er auf dem Plan ausgesehen hatte. Wenn sie das hier hinter sich hatten, würde der Wächter beim Bauamt einen Antrag stellen, alle Lüftungsschächte in Nova City so zu verbreitern, dass gewisse Situationen (so wie die, in der er gerade steckte) zukünftig nicht mehr auftreten konnten.

»Du musst fester gegen meinen Hintern drücken«, keuchte er, während die Schachtwände seine Schultern und den Brustkorb bereits bedrohlich quetschten und seine Beine ohne jeden Halt herumzappelten. Eigentlich hatte er ja fliegen wollen, aber abgesehen von dem einen Mal, als er nach einem Sprung von einem Hausdach kurz geschwebt war (eine lange Geschichte), hatte er das Fliegen noch nicht richtig drauf. Oder das Schweben. Er konnte ja nicht mal besonders hoch springen.

Der Wächter zog seinen Bauch ein und wünschte, seine Rippen wären aus Gummi. Pyro Storm schob, und gerade als der Wächter glaubte, für immer festzustecken, schoss er vorwärts wie ein Korken. Er landete unsanft und kniete sich schließlich auf alle viere, wobei er mit dem Rücken an der Schachtdecke anstieß.

»Ich bin drin«, keuchte er. »Leuchtturm, könntet ihr ... Oh, sorry.«

»Was ist passiert?«, fragte Jazz.

»Er hat mich ins Gesicht getreten«, stöhnte Pyro Storm.

Der Wächter zwängte sich ein Stück tiefer in den Schacht, um Pyro Storm mehr Raum zu geben. »Es war ein Unfall. Ich kann nichts dafür, dass ich lange Beine habe wie ein Tänzer.«

»Wie bitte?«, prustete Jazz. »Ich habe dich tanzen sehen. Für einen schwulen Mann tanzt du, als hättest du Gelenkrheuma im fortgeschrittenen Stadium.«

»Blödsinn«, schnauzte der Wächter, während sich der Schweiß in seinem Nacken sammelte. »Wie kannst du es wagen, völlig überkommene Klischees über queere Menschen zu verbreiten? Willst du dich als Nächstes auch noch über meinen Kleidungsstil äußern?«

»Na hör mal«, prustete Gibby. »Hast du deine Klamotten schon mal im Spiegel gesehen?«

»Gibby!«

»Ist ja gut. Also, du musst ein Stück krabbeln und an der nächsten Ecke nach rechts ... Genau da.«

Der Wächter kroch durch die Öffnung zu seiner Rechten, Pyro Storm folgte ihm dicht auf den Fersen. Dann hielt er keuchend inne und wünschte, er könnte den Schacht mit seiner Telekinese ein bisschen verbreitern. Es fehlt nur ein kleines Stück, dann könnte er vornübergebeugt gehen, anstatt zu krabbeln wie ein Kleinkind. Aber das Aufweiten würde zu viel Lärm machen und sie nur verraten. Dieses Risiko konnte er nicht eingehen. Nicht, solange die Schurken mit ihnen in diesem Gebäude waren.

»Links«, sagte Gibby, als der Wächter zu einer weiteren Abzweigung kam.

»Schon dabei«, erwiderte er, bog nach links ab und bemühte sich, so leise zu sein, wie er irgend konnte. Was natürlich dazu führte, dass sich jedes Aufsetzen seiner Knie für ihn anhörte, als würde eine Büffelherde durch einen

Antiquitätenladen voller zerbrechlicher Glasfiguren trampeln.

»Wir haben vier gezählt, alle bewaffnet«, flüsterte Pyro Storm gerade über die Helmlautsprecher. »Wie vermeidest du, angeschossen zu werden?«

»Indem ich nicht frontal angreife«, flüsterte der Wächter zurück. »Wenn wir uns ihnen von oben oder von hinten nähern, haben wir die Chance, sie auszuschalten, ohne dass auch nur ein einziger Schuss fällt.«

»Richtig. So dauert es zwar etwas länger, aber das ist es wert, um mögliche Verletzungen oder den Verlust von Menschenleben zu vermeiden. Was, wenn Unschuldige involviert sind? Sagen wir, ein Wachmann, der als Geisel genommen wurde. Was tust du dann?«

»Sie um jeden Preis beschützen«, antwortete der Wächter, und seine Aufregung stieg wieder. »Sie haben oberste Priorität. Die Juwelen sind höchstwahrscheinlich versichert und es ist wichtiger, Menschenleben zu retten als ein paar Steine, auf die irgendwelche Weirdos stehen, nur weil sie so schön glänzen.«

»Richtig. Erst die Menschen, dann der Besitz. Dabei dürfen wir allerdings nicht vergessen, dass jemand die entstandenen Schäden auch wieder beseitigen muss, und wir wollen anderen keine zusätzliche Arbeit machen, wenn es sich vermeiden lässt.«

Der Wächter stieß sich den Musikantenknochen an einer Ecke des Schachts und zuckte zusammen. »Altruistisch zu sein, ist echt schwer. Wenn wir uns nicht um alles und jeden kümmern müssten, würde das die Dinge erheblich erleichtern.«

Pyro Storm kicherte. »Das ist es, was einen Superhelden ausmacht.«

»Ich weiß. Aber was wäre, wenn …«

Das Metall unter ihm knarrte gefährlich und der gesamte Schacht begann zu wackeln. »Ähm«, sagte der Wächter und schaute entsetzt nach unten. »Ist das normal oder …?«

Der Wächter – also Nick – war ein Meister des Fallens: von einer Brücke, von einem Dach, sogar aus dem eigenen Bett. Deshalb war es eigentlich kein Wunder, als das Rohrsystem unter ihm mit einem metallischen Kreischen zusammenbrach und er mit dem Gesicht voraus auf den drei Meter entfernten Zementboden zuraste. »Oh, scheiße, scheiße, *scheiße*!«

Er riss schützend die Hände hoch, während in seinem Kopf ein Funke explodierte. Dann schloss er die Augen und hoffte, seine Leiche würde ausreichend intakt bleiben, damit er in einem offenen Sarg beerdigt werden konnte, während die Trauergäste schluchzten und jammerten, dass er viel zu früh von ihnen gegangen sei, er, der Beste von allen, *und wie sollen wir nur ohne Nicholas Bell weiterleben*?

Einen Moment lang verblasste alles um Nick herum: das Gebäude, das mit ihm herabstürzende Metall, die Tatsache, dass er sich heute beweisen wollte – *alles*. Es gab nur noch ihn selbst und dieses explodierende Licht, das nie wirklich das tat, was er wollte. Er griff danach.

Bitte, sagte er – entweder laut oder in Gedanken, er wusste es nicht. Dann drückte er das Licht an seine Brust, rollte sich darum zusammen und hielt es fest. *Bitte!*

Als Nick merkte, dass er sich doch nicht in einen Haufen aus Knochen und freiliegender Gehirnmasse verwandelt hatte, öffnete er die Augen und fand sich eineinhalb Meter über dem rissigen Zementboden schwebend wieder. Die Metalltrümmer um ihn herum taten das Gleiche. Staunend berührte er eines davon und beobachtete, wie es sich langsam wegdrehte. »Ich *kann* es«, flüsterte er ergriffen. »Fresst Staub, ihr verdammten …«

Dann fiel er die restliche Strecke bis zum Boden und landete hart, während rings um ihn die Metallteile aufschlugen. »Aua«, stöhnte er. »Gottverdammt, tut das weh! Leuchtturm, der Wächter ist abgestürzt. Ich wiederhole, der Wächter ist abgestürzt und schwer verletzt. Schickt einen Sanitäter und eventuell einen Priester, der die letzte Ölung vornimmt.«

Er rollte sich auf den Rücken und zog eine Grimasse wegen der Schmerzen in seiner Brust und an seinen Knien. Als Pyro Storm an der Kante des durchgebrochenen Lüftungsschachts erschien, winkte der Wächter matt. Durch den Nebel seiner Schmerzen sah er, wie Pyro Storm mit einem Salto aus dem Schacht sprang und sanft zu Boden schwebte.

Pyro Storm kniete sich neben ihn und streichelte sein Gesicht. »Keine Sorge, dir ist nichts passiert. Es waren nur anderthalb Meter.«

»Aber über verflucht hartem Untergrund«, entgegnete der Wächter. »Schau. Hart wie Beton!«

»Das sehe ich. Muss der härteste Beton im gesamten Universum sein.«

Der Wächter schob Pyro Storms Hände weg. »Jaja. Mach dich nur lustig. Ich lach mich tot.« Er stand auf und verzog das Gesicht. Dann fiel ihm wieder ein, was er soeben vollbracht hatte, und alles war vergessen.

»Mann, ich bin geschwebt!«, jubelte Nick. »Zugegeben, es passiert immer nur dann, wenn ich unabsichtlich irgendwo runterfalle, aber trotzdem.«

»Vielleicht solltest du deinen Namen in *Schweber* ändern«, meinte Gibby über die Funkverbindung. »Das wird alle Feinde in Angst und Schrecken versetzen.«

Der Wächter ignorierte sie.

»Bist du bereit?«, fragte Pyro Storm und musterte ihn von oben bis unten. »Oder sollen wir das Ganze lieber abblasen?«

Er schüttelte den Kopf. »Mir geht's gut. Machen wir weiter.«

Er schaute sich um und sah, dass sie sich in einem großen Raum befanden, der anscheinend als Lager genutzt wurde. Die Wände waren von Regalen voller Farbdosen und Reinigungsmittel gesäumt, die einen strengen Geruch verströmten, und direkt vor ihnen befand sich eine Tür. Nick rannte darauf zu in der Absicht, sie mit einem coolen Spruch aufzureißen, der die bewaffneten Einbrecher vor Angst erzittern lassen würde, da fiel ihm wieder ein, was Seth ihm eingeschärft hatte. Der Wächter bremste ab, legte den Kopf an die Tür und versuchte festzustellen, ob jemand auf der anderen Seite den Lärm gehört hatte.

Er erschrak sogar nur ein ganz kleines bisschen, als Pyro Storm neben ihm erschien. »Gut«, sagte er mit einem kleinen Lächeln. »Anstatt die Tür einfach aufzustoßen, denkst du voraus und gehst es langsam an. Du wirst nicht jedes Mal Gelegenheit dazu haben, aber wenn du dir Zeit nimmst, zahlt es sich am Ende immer aus. Was hörst du?«

»Nichts. Keine Stimmen. Nichts rührt sich.«

»Und das bedeutet?«

Der Wächter trat von der Tür zurück. »Entweder sind sie so weit weg, dass sie uns nicht gehört haben, oder sie stellen uns eine Falle.«

»Exakt«, bestätigte Pyro Storm. »Gibby, noch einmal die Pläne, bitte. Nur das Innere des Gebäudes. Zeig uns, wo wir sind. Sieht aus wie ein Lagerraum.«

Im Helm des Wächters erschien erneut der Grundriss. Das Bild zoomte heran und zeigte zwei blinkende Punkte in der westlichen Ecke.

»Ich habe euch gefunden«, sagte Gibby. »Ihr seid ein bisschen vom Kurs abgekommen, aber ... Moment.« Aus den Lautsprechern ertönte das Geräusch von Fingern, die über eine Tastatur flogen. Der Grundriss drehte sich um hundertachtzig Grad und zeigte einen weißen Punkt auf der Südseite des Gebäudes. »Dort müsst ihr hin. Die Juwelen sind dort, und die Diebe auch, falls sie euch nicht gehört haben.« Dann verschwand die Projektion wieder.

»Durch diese Tür«, sagte der Wächter, »danach den Flur entlang und die letzte Tür rechts, dahinter liegt der Ausstellungsraum.«

Er legte die Finger auf den Türknauf und begann zu drehen, aber Pyro Storm hielt seine Hand fest. »Immer schön langsam und vorsichtig«, sagte er.

Der Wächter nickte. »Wenn wir nur Blendgranaten hätten«, murrte er. »Wir könnten einfach eine davon werfen und *Bamm*! Keiner der Schurken sieht mehr was.«

»Das haben wir doch schon besprochen«, erklärte Pyro Storm geduldig. »Wir waren uns einig, dass die Vorstellung, wie du mit einer Granate hantierst, schlicht zu beängstigend ist.«

»Sie würde dir wahrscheinlich direkt vor der Nase explodieren«, warf Jazz ein. »Und ich mag dein Gesicht so, wie es ist. Also.«

»Jaja.« Der Wächter drehte den Türknauf, so leise er konnte. Als er das Klicken des Riegels hörte, zog er die Tür einen Spaltbreit auf und spähte in die Dunkelheit auf der anderen Seite. Der Korridor war menschenleer. Nur ein paar Türen, drei auf der linken und zwei auf der rechten Seite. Keine Bewegung, kein Geräusch. Er sah zu Pyro Storm und grinste. »Ist es schlimm, dass ich mir fast wünsche, die Diebe hätten uns aufgelauert? Ein Kampf in einem beengten Flur wäre doch der Hammer, oder?«

Gibby stöhnte. »Du hast im Freien schon Probleme, Wächter. Bei einem Flurkampf würdest du nur ordentlich den Hintern versohlt bekommen.«

Der Wächter schnaubte. »*Niemand* versohlt mir den Hintern. Ich *tue* nur manchmal so, als würde ich verlieren, um meinen Gegner in falscher Sicherheit zu wiegen.«

»Oh«, machte Gibby. »Wenn das so ist, machst du deine Sache wirklich gut.«

»Danke ... Moment, was genau willst du damit ...«

Pyro Storm räusperte sich.

»Richtig«, sagte der Wächter. »Wir sind gerade mitten in einem Einsatz. Konzentration.«

Er zog die Tür auf und huschte lautlos hinaus auf den Flur, während Pyro Storm jede seiner Bewegungen genau beobachtete. Der Wächter wusste, dass Pyro Storm auf seiner Seite war, aber er wollte ihn *stolz* machen, er wollte ihm zeigen, dass er sich auf ihn *verlassen* konnte.

Nick versuchte es an der ersten Tür. Abgesperrt. Das Gleiche bei der zweiten. Und der dritten. Am Knauf der vierten drehte er nur noch halbherzig, da er schon ahnte, dass sie wahrscheinlich genauso verschlossen war. Erst bei der letzten Tür auf der rechten Seite blieb er stehen. Sie hatte ein rechteckiges Sichtfenster. Der Wächter drückte sich an die Wand und reckte den Hals, um durch das Glas zu spähen.

Der Atem stockte ihm in der Brust.

Er sah drei von Kopf bis Fuß in Schwarz gekleidete Gestalten mit Gesichtsmasken. Alle trugen Waffen und Taschenlampen, deren Strahlen kreuz und quer durch den Raum hüpften. Zwei der Einbrecher standen mit dem Rücken zur Tür, die Köpfe dicht beieinander, als würden sie miteinander sprechen.

Vielleicht war das Überraschungsmoment *doch* noch auf ihrer Seite.

Da machte die dritte Gestalt einen Schritt zur Seite und gab den Blick frei auf das, weswegen sie gekommen waren: eine Vitrine, darin lag ein rotes Samtkissen, auf dem ein großer Diamant glitzerte. Ein Taschenlampenstrahl fiel darauf und wurde in alle Farben des Regenbogens gebrochen. Einer der Räuber beugte sich vor, stützte die Hände auf die Knie und starrte den Diamanten an.

Drei Diebe.

Es sollten aber *vier* sein.

Der Wächter sah Pyro Storm an. »Wo ist der vierte?«

Pyro Storm nickte. »Gute Frage. Manchmal muss man den Plan spontan ändern und dann irgendwie mit den Folgen zurechtkommen. Du weißt, dass es vier sind, aber du kannst nur drei sehen. Was tust du?«

Der Wächter schaute wieder durch das Fenster. Alle drei standen jetzt um den Diamanten herum. Sie sahen aus, als warteten sie auf etwas. Er wollte gerade zu Pyro Storm sagen, dass sie die Gelegenheit nutzen sollten, solange der vierte Einbrecher sonst wo war, als er aus dem Augenwinkel sah, wie die Schatten neben ihm sich bewegten.

Panik flammte auf und schnürte ihm die Kehle zu.

Owen!, dachte der Wächter. Das Wort überstrahlte jeden klaren Gedanken wie ein dunkler Stern. *Oh mein Gott, es ist …*

Es war nicht Owen. Er hatte sich getäuscht.

Die letzte Tür auf der linken Seite war jetzt offen – die, die er nicht richtig überprüft hatte. Der vierte Räuber stand dort und hielt seine Waffe auf Pyro Storms Kopf gerichtet, die Augen unter seiner Skimaske waren zusammengekniffen, und den Mund hatte er zu einem sadistischen Grinsen verzogen.

»Sieh an, sieh an«, sagte er mit krächzender Stimme. »Was haben wir denn hier?«

»Scheiße«, keuchte der Wächter.

Der Kerl stieß ihn unsanft vorwärts, und der Wächter stolperte durch die Tür. Die drei Räuber vor der Diamantenvitrine drehten sich um.

»Seht mal, was ich gefunden habe, Jungs«, sagte ihr Entführer, den Lauf seiner Waffe immer noch an Pyro Storms Kopf gepresst. »Sieht aus, als hätten wir Zaungäste.«

»Zaungäste?«, erwiderte der Wächter. »Ich weiß nicht mal, was das bedeuten soll.«

»Schlaue Kommentare helfen uns im Moment nicht weiter«, flüsterte Pyro Storm, während der Mann sie nebeneinander stellte und langsam im Kreis um sie herumging, seine Pistole stets auf sie gerichtet. Auch die anderen drei hoben ihre Waffen.

Der vierte Mann stieß ein wahnsinniges Lachen aus. »Ihr seid direkt in die Falle gelaufen!«

Der Wächter starrte ihn an. »Wovon zum Teufel redest du?«

»Der Diamant ist uns egal. Ihr beide seid viel mehr wert als dieser Stein. Glaubt mir, unser Boss kann es kaum erwarten, euch in die Finger zu bekommen.«

Einer der Männer beugte sich dicht an den Wächter heran und zischte: »Ich hoffe, der Boss überlässt ihn mir. Dann kann ich ihm die Haut von den Knochen ziehen und sehen, was für Geräusche er macht.«

»Wow«, sagte der Wächter. »Das war selbst mir ein bisschen zu gruselig. Vielleicht solltest du einen Gang runterschalten? Du klingst wie ein Psycho.«

»Ich *bin* ein Psycho. Deshalb nennen mich auch alle so. *Kannibalen*-Psycho, genauer gesagt.«

»Genug«, sagte einer der drei anderen. »Zeit, es zu beenden.« Er hob seine Waffe und zielte auf Pyro Storms Kopf.

»Versuch's nur«, knurrte der Wächter. »Es wird das Letzte sein, was du tust.«

Der Mann schaute ihn an und zuckte die Achseln. »Wenn du meinst«, erwiderte er und drückte ab.

Die Zeit verlangsamte sich. Der Wächter hörte seinen eigenen Puls rauschen, während die Farben um ihn herum zerflossen wie Wachs. Die Luft zwischen den beiden Superhelden und den Schurken kräuselte sich wie die Oberfläche eines Sees. Dann ruckte der Wächter mit dem Kopf. Kannibalen-Psycho wurde gegen die Wand geschleudert und blieb reglos am Boden liegen, während der Wächter sich auf das Geschoss konzentrierte, das auf Pyro Storms Kopf zuraste.

Der Funke in seinem Kopf erstrahlte – hell, vertraut, *sein*.

Die Kugel blieb stehen und richtete sich auf den Mann, der die Waffe abgefeuert hatte. Auf den Mann, der versucht hatte, dem Wächter *alles* zu nehmen.

»Nimm das«, knurrte er, dann sauste die Kugel los und traf den Schützen genau zwischen den Augen.

2

Der Mann schielte blinzelnd auf das Projektil zwischen seinen Augen. Es war keine Kugel, sondern ein grüner Gummipfeil mit einem Saugnapf als Spitze.

»Du hast mich *umgebracht*?«, keuchte er entsetzt. »Was zum Teufel soll das, Nicky?« Ein Ploppen ertönte, als er den Pfeil von seinem Nasenrücken zupfte. Als Nächstes zog Aaron Bell sich die Skimaske vom Kopf und starrte seinen Sohn mit zerzausten, schweißverklebten Haaren an. »Wir haben x-mal darüber gesprochen. Ich kann nicht fassen, dass ich es tatsächlich wiederholen muss: Wir. Töten. Nicht.«

Unterdessen erhob sich der Komplize, der gegen die Wand geschleudert worden war, stöhnend vom Boden. »Großer Gott, meine Knochen. Meine armen alten Knochen.«

Der Wächter warf einen Blick über die Schulter und sah, wie Miles Kensington grimassierend die Maske vom Kopf zog. »Als Jasmine mich bei unserem Papa-Tochter-Date gefragt hat, ob ich Nick beim Training unterstützen möchte, war keine Rede von Gegen-die-Wand-geschleudert-Werden und dergleichen«

Der Wächter verdrehte die Augen. »Daran hätten Sie denken sollen, *bevor* Sie sich als Kannibalen-Psycho ausgegeben haben.«

»Okay«, warf Trey Gibson ein und schob seine Maske gerade so weit hoch, dass sie wie ein Turban auf seinem Kopf thronte. »Ich hätte da auch etwas anzumerken: Man stützt sich nicht mit beiden Händen auf die Knie, wenn man in einer Hand gleichzeitig eine Waffe hält. Die Gefahr, dass sich dabei versehentlich ein Schuss löst, ist viel zu groß! Die Filme lügen, und Hollywood sollte sich schämen. Habe ich recht, Gibster?«

»Dass Hollywood lügt?«, fragte Gibby über die Funkverbindung. »Ja, Dad.«

»Ha!«, rief der vierte Gangster und richtete seine Gummipfeilpistole auf die anderen im Raum. »Die Gelegenheit für meinen Verrat ist gekommen. Endlich kann ich ...«

»Seth?«, tönte eine Stimme aus Pyro Storms Helmlautsprecher. »Hier spricht Martha. Entschuldige die Störung, wo ihr doch gerade so viel Spaß habt. Aber kannst du deinem Onkel bitte sagen, dass er noch Toilettenpapier besorgen soll, wenn er mit seinem Verrat fertig ist? Ich habe es vorhin beim Einkaufen vergessen. Und sag ihm außerdem, dass er wirklich Ärger bekommt, wenn er aus Kostengründen wieder das billige, einlagige kauft.«

Bob Gray zog sich die Maske vom Kopf. »Verflucht. Jetzt kann ich meinen tollen Verrat wohl vergessen.«

»Wow«, keuchte Miles und hüpfte freudig durch den Raum. »Ich glaube, meine Rückenschmerzen sind weg! Wer hätte gedacht, dass man nur mittels Telekinese gegen eine Wand geschleudert werden muss? Nehmt das, überteuerte Chiropraktiker!«

Der Wächter warf verärgert die Hände in die Luft. »Sie sind die schlechtesten Pseudoschurken, die sich je im Pseudoschurken-Geschäft versucht haben. Ich erkläre die Übung hiermit beendet. Wächter over.« Er zog seinen Helm aus und funkelte Aaron an.

»Sie wurden gerade von Ihrem Sohn getötet«, sagte Trey zu Dad. »Erinnert an Shakespeare, finden Sie nicht?«

Dad seufzte. »Ja, an der moralischen Einstellung müssen wir noch arbeiten. Ich hätte gedacht, jemanden zu ermorden, würde sich von selbst verbieten. Aber da habe ich mich anscheinend getäuscht.«

Bevor Nick eine bissige Erwiderung geben konnte, die Aaron ausreichend Gesprächsstoff für seine nächste Therapiesitzung verschaffen würde, zog Seth seinen Helm aus und fragte: »Nick, bist du schon dahintergekommen, an welcher Stelle der entscheidende Fehler passiert sein könnte?«

»Die vierte Tür«, brummte er mit einem Nicken. »Ich habe sie nicht überprüft.«

»Genau dort habe ich mich versteckt«, erklärte Miles schadenfroh. »Und du weißt, dass du eigentlich leise sein solltest, oder?«

Nick stöhnte. »Es lag nur daran, dass ich immer noch keine Bauchmuskeln habe. Und nein, Sie dürfen mich nicht fragen, was zum Teufel das damit zu tun hat. Hat es, und damit basta.«

»Du könntest im Baseballstadion die Tribüne rauf und runter rennen«, schlug Dad vor. »Das macht fit. Erwarte nur nicht, dass ich mit dir trainiere, denn das machen meine alten Knie nicht mehr mit.« Er machte Anstalten, den Reißverschluss seines Overalls zu öffnen.

Nick starrte ihn entsetzt an. »Dad, *nein.*«

»Dad …«, begann Aaron.

»Lassen Sie's gut sein«, warf Miles ein. »Ich übernehme das.« Er stellte sich vor die beiden jugendlichen Superhelden und verschränkte die Arme vor der Brust. Dabei schien es sich um ein zuvor verabredetes Zeichen zu handeln, denn die anderen drei Gangster warfen sich ebenfalls in Pose: Trey stemmte die Hände in die Hüften, Bob ließ seinen Gummigeschoss-Blaster lässig vom Abzugsfinger baumeln, und Dad jonglierte mit dem Pfeil, der vorhin noch auf seinem Nasenrücken geklebt hatte.

»Dad, *doch*«, sagte Miles und zog den Reißverschluss seines schwarzen Overalls auf, genau wie die anderen drei. DAD-SQUAD stand auf dem T-Shirt zu lesen, das er darunter trug.

Nick stöhnte. »Ich finde es ja gut, wenn alte Leute mal was Neues probieren, aber war das wirklich nötig?«

»Und wie«, erwiderte Dad gut gelaunt.

»Meines hat sogar Glitzer-Buchstaben«, fügte Trey stolz hinzu. »Aysha meint, sie bringen meine Augen besser zur Geltung. Außerdem halten wir beide nichts von toxischer Männlichkeit – Glitzer ist für alle!«

Ein wenig nervös warf Bob ein: »Seth, ich hoffe du hast nichts dagegen, dass ich auch so eines trage. Streng genommen bin ich natürlich nicht dein Dad, aber ...« Er betrachtete die Aufschrift auf seiner Brust. »*Onkel-Squad* hätte sich komisch angehört, finde ich.«

Seth ging zu ihm und schloss ihn in eine feste Umarmung. »Dein T-Shirt ist genau richtig«, flüsterte er. »Sogar mehr als das.«

»Wirklich?«, fragte Bob strahlend. »Ich habe so gehofft, dass du das sagen würdest.«

Nick überließ die Dilettanten im Raum sich selbst und wandte sich stattdessen dem Diamanten in der Vitrine zu. »Wo habt ihr den her? Der ist doch nicht etwa echt, oder?«, fragte er und drückte sich die Nase an der Scheibe platt. »Mann, wie der glänzt. Ich will ihn haben.«

»Von Miss Raten«, antwortete Aaron und stellte sich neben ihn. »Mateo verwendet ihn für seine Dragshow. Sie heißt *Diamonds are a girl's best friend.*«

Nick seufzte. »Ich fürchte, er ist ein bisschen in dich verknallt.«

Aaron nickte ernst. »Das könnte sein. Ich bin eben sehr attraktiv.«

»So was will ich nicht hören, Dad. Das ist *eklig*!«

»Danke, Sohn.«

»Du *kannst* nicht mit Miss Raten rummachen«, sagte Nick panisch. »Ich bin und bleibe der einzige Queer in unserer Familie. Wie kannst du es wagen, mir meinen Thron streitig zu machen?!«

»Oder«, entgegnete Dad, »es steht mir frei, zu lieben, wen ich will. Und wenn dieser jemand zufällig Mateo ist, dann ...«

»Als ob du mit einer Dragqueen zurechtkommen würdest. Die verspeist Typen wie dich zum Frühstück.« Er sah Aaron mit zusammengekniffenen Augen an. »Sag jetzt nicht, dass du dir genau das von eurer zukünftigen Beziehung erhoffst.«

Nick wandte sich schnaubend ab und ließ den Blick über die Gruppe schweifen: Miles machte Hampelmänner und rief, sein Chiropraktiker würde ihm das niemals glauben. Trey streichelte aus einem unerfindlichen Grund nach wie vor die Glitzerbuchstaben auf seinem T-Shirt. Bob stand grinsend neben Seth, einen Arm um dessen Schulter gelegt.

Da vergaß er für einen Moment Aarons erzieherische Fehltritte und war überwältigt, wie viel Glück er im Grunde genommen hatte (es war nicht das erste Mal, aber in diesem Moment sah er es klarer denn je): Seit die Erwachsenen die Wahrheit wussten, hatte es keinen einzigen Moment mehr gegeben, in dem Nick sich nicht geliebt und wertgeschätzt gefühlt hatte. Diese Wertschätzung ging sogar so weit, dass die Oldies sich die Nacht in einem leer stehenden Gebäude um die Ohren schlugen, das Bob mithilfe seiner beruflichen Verbindungen als Hausmeister für Nicks Training ausfindig gemacht hatte. Aaron und die anderen Mitglieder der bescheuerten Dad-Squad waren nur hier, um Nick dabei zu helfen, der Held zu werden, der er so gerne sein wollte. Keiner *musste*, und doch waren alle gekommen. Das Vertrauen, das sie in ihn setzten, rührte Nick zutiefst. Nur seine Mom fehlte noch, dann wäre der Moment vollends perfekt gewesen.

Und Dad gab sich wirklich Mühe. Seit er den Polizeidienst quittiert hatte und eine Therapie begonnen hatte, wirkte er irgendwie fröhlicher als früher, ja fast unbeschwert. Dass er gerade versucht hatte, Seth zu erschießen – geschenkt. Streng genommen hatte er damit sogar etwas gegenüber Nick wiedergutzumachen. Der perfekte Moment also, ihn zu fragen.

»Was meinst du, Dad? Bin ich jetzt gut genug, um allein auf Patrouille zu gehen?«

Alle im Raum verstummten. Aaron runzelte die Stirn und legte Nick beide Hände auf die Schultern. Nach kurzem Zögern antwortete er: »Ich weiß, dass du glaubst, du wärst bereit. Mir ist nicht entgangen, wie du dich in den letzten Wochen dafür angestrengt hast ...«

»Aber«, sagte Nick, weil er wusste, dass eines kommen würde.

»Aber«, sprach Dad weiter, »wir müssen vorsichtig sein. Du hast gesehen, was passiert ist, seit Seth sich öffentlich zu erkennen gegeben hat. Bist du bereit, das Risiko einzugehen, dass das Gleiche in deinem Leben geschieht?«

»Es ist aber schon besser geworden«, warf Bob ein. »Seit wir eine geheime Telefonnummer haben, bekommt Seth nicht mehr so viele Todesdrohungen, und an unserem Haus hat schon seit zwei Wochen niemand mehr etwas kaputt gemacht. Die Überwachungskameras scheinen tatsächlich etwas zu nützen.«

»Und leider ist das noch nicht einmal alles«, ergänzte Trey nachdenklich. »Du weißt genauso gut wie wir, dass du und dein Dad es nicht nur mit Vandalismus zu tun bekommen würden.«

»Burke«, knurrte Nick und spürte die altvertraute Wut in sich aufsteigen.

»Burke«, bestätigte Trey. »Seit er seine Kandidatur für das Bürgermeisteramt bekannt gegeben und verkündet hat, dass er Außergewöhnliche heilen …« Er verstummte und schüttelte den Kopf. »Nein, nicht *heilen*. Du und Seth und all die anderen, ihr seid nicht krank, sondern nur *anders*.«

»All das ist mir vollauf bewusst«, räumte Nick ein. »Trotzdem kann ich mich nicht ewig verstecken.«

»Das sehe ich genauso«, bestätigte Aaron. »Aber bist du wirklich schon bereit dafür, wenn all das mit einem Schlag Realität wird? Wenn nicht mehr mit Gummipfeilen auf dich geschossen wird, sondern mit scharfer Munition? Vergiss die Brücke, vergiss den Abschlussball, denn was dann kommt, ist etwas völlig anderes. Kannst du angesichts all dessen wirklich mit voller Überzeugung sagen, dass du bereit bist?«

Nick öffnete den Mund und wollte schon *Ja!* rufen, doch er hielt inne. Telekinese war eine vertrackte Sache, und wenn er ehrlich war, hatte er sie immer noch nicht richtig im Griff. Als Eis und Rauch den Abschlussball der Centennial High angriffen, war er zwar ganz gut zurechtgekommen, aber konnte er das auch wiederholen? Noch dazu auf Abruf?

Er seufzte und scharrte mit dem Fuß. »Ich weiß es nicht.«

Aaron legte ihm einen Arm um die Schulter. »Mach dir nicht zu viele Gedanken, okay? Du bekommst den Bogen schon noch raus. Ich mache dir einen Vorschlag: Bringen wir erst mal die Sommerferien hinter uns, und dann, kurz bevor die Schule wieder anfängt, reden wir noch einmal darüber.«

»Schön«, brummte Nick. »Ich nehme dich beim Wort: Am Ende der Sommerferien reden wir noch mal.« Er senkte den Blick. »Vielleicht könnten wir bis dahin trotzdem mit den Übungen weitermachen. Wenn du willst, meine ich. Mir ... gefällt es, solche Sachen mit dir zu unternehmen.«

»Mir auch, Kleiner«, flüsterte Dad. »Und falls ich es heute noch nicht gesagt haben sollte: Ich bin sehr stolz auf dich.«

»Danke, Dad«, flüsterte Nick zurück.

»Ich liebe uns alle«, erklärte Miles, den Blick auf Nick und seinen Dad gerichtet. »Wir sind die Besten. Scheiß auf Simon Burke, denn was auch immer er vorhat, er wird nicht weit kommen. Nicht, solange es unsere Töchter, Pyro Storm, den Wächter und die Dad-Squad gibt!«

»Dads, *nein*«, stöhnte Nick.

»Dads, *doch*!«, rief die Squad.

Er mochte sie. Alle. Wirklich.

Die Dad-Squad hatte vor, den Mehr-oder-weniger-Erfolg der Trainingseinheit mit ein paar Bier zu feiern. Sie versprachen, es nicht zu übertreiben, und bevor sie gingen, erinnerte Miles Nick und Seth daran, dass sie am nächsten Tag pünktlich um achtzehn Uhr im Haus der Kensingtons zu Jazz' siebzehntem Geburtstag erwartet wurden.

»Verspätet euch ja nicht«, schärfte er ihnen ein, während sie noch auf dem Bürgersteig vor dem verlassenen Gebäude standen. »Ihr glaubt, Burke ist gefährlich? Ich sage euch, sein Zorn ist nichts im Vergleich zu dem meiner Tochter, wenn etwas nicht nach ihren Vorstellungen läuft.«

Das Bild von Jazz, wie sie ihre High Heels schwang, tauchte vor Nicks innerem Auge auf und ließ ihn erschauern. Niemand konnte so beängstigend sein wie sie. »Wir werden pünktlich sein«, versprach er. »Wahrscheinlich kommen wir sogar ein bisschen früher, um ihr beim Fertigmachen zu helfen. Auch wenn sie behauptet, dass ich für meinen Kleidungsgeschmack eigentlich hinter Gitter gehöre ...«

Miles musterte ihn von oben bis unten: die zerrissenen Shorts, das Tanktop und die abgetragenen schwarzen Chucks. »Tja. Zumindest ... strengst du dich an.« Er verabschiedete sich mit einem Winken und ging dann zu Bob und Trey, die an der Ecke auf ihn warteten.

Nick hoffte, sein Dad würde sich ihnen anschließen, ohne etwas zu sagen, dass ihnen beiden später leidtun würde, aber Aaron war nun mal Aaron.

»Sei brav«, sagte er mit strengem Blick. »Worüber haben wir gesprochen?«

»Wir haben über vieles gesprochen«, murmelte Nick und dachte fieberhaft über eine Erwiderung nach, die Aarons Sprachzentrum lähmen würde, ohne ihn körperlich zu verletzen. »Nichts, dass wir hier noch einmal aufwärmen müssten, da ich dir ohnehin aufs Wort gehor...«

»Die Gesetzgebung gegen Unzucht in der Öffentlichkeit ist Realität«, sprach Dad weiter, als hätte er Nick nicht gehört. »Ich möchte keinen Anruf bekommen, dass du und Seth aneinander rummacht, nur weil ihr nicht warten könnt, bis ihr euch in einem geschlossenen Raum befindet.«

»Von all den schönen Orten auf der Welt muss ich ausgerechnet hier sein ...«, stöhnte Seth.

»Dad«, fauchte Nick mit feuerrotem Gesicht. »Du machst das doch mit Absicht!«

»Was dir kein Gericht der Welt glauben wird«, entgegnete Aaron. »Wir sehen uns dann daheim. Bleibt nicht zu lange weg. Du weißt, dass sie sich sonst Sorgen macht.«

Er zerzauste noch Nicks Frisur, dann schloss er sich den anderen an. Miles und Bob gingen bereits zur Kreuzung, Trey und Dad folgten ihnen und unterhielten sich.

Die beiden hatten kein einfaches Verhältnis. Aaron hatte während seiner Dienstzeit Dinge getan, die er nicht hätte tun dürfen, und Nick konnte Treys Wut verstehen. Er hatte vollkommen recht, was Polizeigewalt gegen die Schwarze Bevölkerung betraf. Doch seit Dad aus dem Polizeidienst ausgeschieden war, war Trey ein bisschen sanfter geworden, und seit Aaron eine Therapie machte, sogar noch mehr.

Als die Sache damals ans Licht gekommen war, hatte Nick alles infrage gestellt: wofür die Polizei seiner Meinung nach stand genauso wie seine Vorstellung von Gut und Böse – als zwei klar voneinander abgegrenzte Dinge ohne Grautöne dazwischen. Doch Aaron strengte sich an, und Nick tat das Gleiche. Bis er die Vorstellung, dass alle Polizisten Helden waren, vollständig ablegen konnte, würde es allerdings noch eine ganze Weile dauern. Sie war ohnehin unverdient und hatte sich nur in seinem Kopf festgesetzt, weil sein eigener Vater einst eine Uniform getragen hatte.

Er sah Seth an. »Jetzt mal abgesehen von seinen peinlichen Sprüchen, findest du ... dass Dad sich verändert hat?«

Es war zwar etwas kühler geworden, aber die Luft war immer noch entsetzlich feucht. Nick hatte Mitleid mit Seth, der die Kapuze seines Pullis hochgeschlagen hatte, um nicht von jedem sofort erkannt zu werden. Seit er sich nach dem Abschlussball in aller Öffentlichkeit als Pyro Storm zu erkennen gegeben hatte, konnte er sich nicht mehr unbefangen in der Öffentlichkeit zeigen. Schließlich hatte sein Gesicht sämtliche Titelseiten des Landes geziert, dazu noch die endlosen Sondersendungen auf allen Nachrichtenkanälen.

Anfangs hatte Nick sie sich noch angesehen. Doch bald hatte er die Nase voll davon, wie manche »Experten« Seth als gefährlich hinstellten, von wegen er könne die Gesellschaft als solche zerstören, wenn er es sich in den Kopf setze. Eine absolut lächerliche Vorstellung, wenn man bedachte, dass der äußerlich so harte Seth nicht einmal einer Fliege etwas zuleide tun konnte.

»Verändert, inwiefern?«, fragte Seth und nahm Nicks Hand, während sie den Gehsteig entlangliefen.

»Keine Ahnung«, erwiderte Nick. »Er wirkt ... glücklicher als vorher.«

Seth zog eine Augenbraue hoch und drückte Nicks Hand. »Klingt doch gut.«

»Ich weiß.« Nick suchte nach den richtigen Worten. »Trotzdem ist es komisch. Ich habe da so eine ... Erinnerung.« Seine Stirn legte sich in tiefe Denkfalten. »Was aber nicht stimmen kann, weil sie völlig ohne Kontext ist. Sie fühlt sich echt an und dann wieder auch nicht. Kennst du das, wenn du kurz vor dem Aufwachen einen Traum hast, der so intensiv ist, dass du gar nicht merkst, wenn er vorbei ist?«

»Klar. Einen Wachtraum.«

»Genau«, bestätigte Nick. »Vielleicht ist es ja das. Denn ich denke, wenn ich meinen Vater tatsächlich weinend in seinem Zimmer hätte sitzen sehen, würde ich mich doch wohl daran erinnern.«

Seth sah ihn an. »Er hat *geweint*? Weshalb?«

Nick blies frustriert die Luft aus. »Keine Ahnung! Ich erinnere mich nur, wie er auf der Bettkante sitzt und gar nicht merkt, dass ich da bin. Ich wollte zu ihm gehen und ihn trösten, hab's aber nicht getan. Es hat sich zu ... persönlich angefühlt.«

»Es war nur ein Traum, Nicky. Kommt wahrscheinlich von deinem harten Training in den letzten Wochen.«

»Stimmt«, bestätigte Nick. Das musste es sein. »Trotzdem. Irgendwie lächelt er mehr als früher.«

Seth grinste. »Ja, das ist mir aufgefallen. Steht ihm. Wie geht es ihm und Cap eigentlich?«

»Gut«, antwortete Nick, als sie die Kreuzung erreichten, auf der sich mal wieder der Verkehr staute. Er drückte den Knopf für Grünlicht und ignorierte das halb zerrissene Plakat direkt darüber, auf dem stand RETTET UNSERE KINDER, so gut es ging. »Sie stehen noch ganz am Anfang, aber sie haben ihre Lizenz bekommen und sind bereit loszulegen. Dad meint, Cap hat die beste Zeit seines Lebens. Er sagt, sie hätten schon vor Jahren ihr eigenes Detektivbüro aufmachen sollen.«

Rodney Caplan war vor ein paar Monaten als Polizeichef von Nova City zurückgetreten, bevor das Bürgermeisterbüro ihn aus dem Amt drängen konnte. Diese Genugtuung wollte Cap ihnen nicht geben.

»Klingt, als würden die Dinge ganz gut laufen.«

Nick seufzte, als die Ampel umsprang und sie um die immer noch im Stau stehenden Autos herum auf die andere Straßenseite gingen. Ein Taxifahrer lehnte sich aus dem offenen Fenster und reckte wütend die Faust. Nick winkte ihm. »Ein bisschen *zu* gut, wenn du mich fragst.«

Seth verdrehte die Augen. »Oh Mann, Nick. Glücklichsein ist nicht verboten.«

»Ich weiß«, erwiderte er hastig. »Es ist nur ... als ob die nächste Katastrophe gleich um die Ecke lauert: Burke, Owen oder diese bescheuerte Rebecca Firestone. Allein wenn ich ihren Namen höre, möchte ich etwas kaputt schlagen.« Ungeachtet aller Bösewichte, gegen die sie gekämpft hatten, war die ehemalige Reporterin, die sich nun Pressesprecherin des Bürgermeisters schimpfte, Nick Bells wahre Erzfeindin. Als sie noch Reporterin gewesen war, hatte er den Schwachsinn, den sie tagtäglich verbreitete, wenigstens live verfolgen können. Jetzt, wo sie nicht mehr jeden Tag in den Nachrichten zu sehen war, wurde Nick nervös und fragte sich, was sie gerade aushecken mochte.

»Wir kriegen das schon hin«, beschwichtigte Seth. »Was auch passiert, wir werden damit zurechtkommen, wie wir es immer getan haben.«

»Während ich mich über alles und jeden beschwere und mich frage, warum so viele Leute Teenagern wie uns nach dem Leben trachten?«

Seth lachte. »Genau das. Wir werden es gemeinsam schaffen.«

Nick grinste. »Verdammt richtig, das werden wir. Das *Verdammte Team Pyro Storm und der Wächter mit Unterstützung von Jazz und Gibby*. Okay, an dem Namen muss ich noch arbeiten, aber ich habe schon ein paar Ideen. Ich werde sie dir vorstellen, sobald ich etwas Konkretes habe.«

»Vorfreude ist die schönste Freude«, erwiderte Seth trocken. »Ich bin sicher, der neue Name wird genauso von Dauer sein wie der vorherige und der X-Account, auf dem du seit Wochen nichts mehr veröffentlicht hast.«

Nick wischte sich mit dem Arm den Schweiß von der Stirn. »Ich habe die Benachrichtigungen abgeschaltet, weil zu viele Leute Nacktbilder geschickt haben. Im Ernst: Ein Außergewöhnlicher gibt seine Identität preis, und diesen Kerlen fällt nichts Besseres ein, als ihm Bilder von ihrem Gehänge zu schicken? Männer sind widerlich. Und manche Frauen auch. Die letzte Nachricht, die ich mir angesehen habe, kam von einer Poly-Kommune in Oregon. Es war ein Video, in dem sie dich einladen, in ihrem Dorf zu leben und an ihren nächtlichen Orgien teilzunehmen. Rate mal, was auf dem Video zu sehen war?«

»Eine Orgie?«

»Eine Orgie«, bestätigte Nick. »Anscheinend ist das der Preis des Ruhms. Sobald du berühmt genug bist, wollen die Leute dir unbedingt ihre Genitalien zeigen und laden dich zu ihren Sekten-Sexpartys ein. Das erklärt so einiges, wenn du mich fragst.«

»Bitte verschone mich mit weiteren Einzelheiten«, flehte Seth und zog Nick durch einen kleinen Torbogen in einen Park gleich neben der Straße, der Nick irgendwie bekannt vorkam, auch wenn er sich nicht erklären konnte, woher. Der Spielplatz war leer, die Ketten der verlassenen Schaukeln knarrten in der warmen Brise.

Als Nick den von Bäumen umgebenen steinernen Pavillon sah, glaubte er einen Moment lang, schon einmal hier gewesen zu sein. Hatte er sich nicht hinter einem dieser Bäume versteckt und jemanden belauscht, der gerade ... telefonierte? Aber wer sollte das gewesen sein? Die Nackenhaare standen ihm kurz zu Berge, dann verdrängte er den Gedanken wieder. »Was machen wir hier?«, fragte er.

»Weißt du, welcher Tag heute ist?«, fragte Seth zurück.

Oh-oh. Hatte Seth etwa Geburtstag? Quatsch, der war im Dezember, und sie hatten Juni. Auch kein Feiertag, zumindest hoffte Nick das. »Ähm, ja ...«, erwiderte er möglichst ruhig, während seine Gedanken rasten. »Aber natürlich! Heute ist ... ein *besonderer* Tag! Der ... beste?«

»Stimmt«, bestätigte Seth. »Der beste Tag von allen. Schön, dass du dich erinnerst.«

Nick wand sich unbehaglich, während Seth ihn zu den Schaukeln führte und ihn auf eine davon schob. Er hielt sich an den Ketten fest und scharrte mit den Schuhen im Sand. »Vielleicht sagst du mir besser, von welchem Tag du sprichst. Damit wir nicht aneinander vorbeireden oder so ...«

»Mach die Augen zu.«

Nick gehorchte und hörte, wie Seth etwas aus seinem Rucksack holte. Es raschelte, als wäre es in Plastikfolie verpackt. Dann nahm Seth seine Hand, zog sie von der Kette weg und drehte Nicks Handfläche nach oben. Einen Moment später legte Seth etwas hinein.

»Okay«, sagte er schließlich. Es klang, als hätte er sich auf die Schaukel direkt neben Nick gesetzt. »Du darfst deine Augen jetzt wieder aufmachen.«

Nick tat es und betrachtete den Gegenstand in seiner Hand. Und da *wusste* er, dass Seth der Richtige für ihn war. Er konnte sich zwar nicht erklären, wie jemand wie Seth jemanden wie *ihn* lieben konnte, aber das spielte im Moment keine Rolle, denn in Nicks Hand lag eine Packung Skwinkles Salsagheti. Mit Wassermelonengeschmack.

»Heute sind wir seit sieben Monaten offiziell zusammen«, erklärte Seth.

»Heilige Scheiße«, erwiderte Nick mit erstickter Stimme. »Und ich liebe dich so was von! Du darfst mich nie, nie verlassen.«

Seth lachte und begann zu schaukeln. »Abgemacht. Ich dich auch.«

Anfangs waren sie nur beste Freunde gewesen, dann beste Freunde, die sich küssten, und jetzt beste Freunde, die sich liebten. Entsprechend nervös sagte Nick: »Es tut mir schrecklich leid, aber ich habe kein Geschenk für dich. Ich bin so was von scheiße.«

»Nicht doch«, entgegnete Seth. »Das Tolle an Skwinkles Salsaghetis ist, dass man sie sich teilen kann.«

Und genau das taten sie. Die nächste Stunde saßen sie lachend auf der Schaukel, während Nick eine Gummischlange nach der anderen aus dem Tütchen fischte, mit den Augenbrauen wackelte und sich ein Ende in den Mund steckte. Das andere hielt er Seth hin. Der nahm es zwischen die Zähne und saugte es Stück für Stück ein. Näher, noch näher, bis sich ihre Lippen berührten, klebrig und süß, und *oh*, wie Seth jedes Mal erstrahlte, und Nick konnte dann ein paar Momente lang so tun, als wäre das das einzig Wichtige auf der Welt. Als wären sie einfach zwei schwule Jungs, die sich um nichts Sorgen zu machen brauchten.

Das ist es, wofür ich kämpfe, sagte sich Nick, sprang von der Schaukel und zog Seth zu Boden. Dann legte er sich auf ihn und fand, dass im Park knutschen verdammt toll war. *Das ist das Wichtige. Nicht meine Superkräfte und auch nicht die Schurken, die uns töten wollen. Sondern nur* das *hier.*

Auch wenn sie nahe dran waren, das Gesetz gegen öffentliche Unzucht übertraten sie nicht.

Eine Stunde später trennten sich ihre Wege. Nick nahm seinen Rucksack, winkte Seth zum Abschied und versprach, ihm eine Nachricht zu schicken, sobald er zu Hause war. Sein Rucksack fühlte sich schwer an. Als wollte das Wächter-Kostüm darin ihn erinnern, dass es nach wie vor da war.

Nick erreichte das Viertel, in dem er wohnte, und dachte an Seth und das Geräusch, das er immer machte, wenn Nick ihn gleich unterhalb des Ohrs in den Hals biss. Es war das absolut beste Geräusch der Welt: leichte Überraschung vermischt mit einer dunklen Vorahnung von dem Mehr, auf das sie nach wie vor hinarbeiteten. Noch war es nicht so weit, aber Nick glaubte, dass es eher früher als später dazu kommen würde. Die Vorstellung erregte und beunruhigte ihn gleichermaßen.

Als er den Weg erreichte, der zu ihrem dunklen Haus führte, blieb er stehen und runzelte die Stirn. Er spürte ein Kribbeln im Nacken, als ob ... jemand hinter ihm stehen würde. In den benachbarten Häusern war alles ruhig. Niemand war auf den Straßen unterwegs. Der perfekte Zeitpunkt, um jemanden zu überfallen.

Nick packte die Riemen seines Rucksacks und wirbelte herum, die Zähne zu einem Knurren gefletscht und bereit, demjenigen in den Arsch zu treten, der ihm nach Hause gefolgt war.

Eine Gestalt stand auf dem Bürgersteig vor dem Haus und beobachtete ihn. Sie trug ein schwarzes, klobiges Kostüm mit zahlreichen Panzerplatten, fast schon eine Rüstung. Dazu Stahlkappenstiefel und einen Helm, dessen undurchsichtiges Visier das Gesicht vollständig bedeckte.

Eine Außergewöhnliche. Mit äußerst starken Kräften.

TK nahm mit einer eleganten Bewegung ihren Helm ab, und Nick entspannte sich wieder. Es war Jennifer Bell, seine Mutter.

»Hey, Kleiner«, sagte Jenny und fuhr sich mit der Hand durch die verschwitzte blonde Kurzhaarfrisur. »Wie ist das Training gelaufen? Aaron hat mir geschrieben, du hättest ihm einen Kopfschuss verpasst.« Sie schnaubte. »Ich wäre zu gerne dabei gewesen und hätte seinen Gesichtsausdruck gesehen.«

Nicks Puls fuhr wieder auf Normalniveau herunter, jetzt, da er wusste, dass niemand ihn überfallen wollte. »Was für eine Dramaqueen«, brummte er. »Hat er auch geschrieben, dass er *zuerst* geschossen hat? Das hat er nämlich. Hat er etwa geglaubt, ich würde meinen Mann nicht beschützen?«

Jenny kam grinsend den Gehweg hinauf und gesellte sich zu ihm. Sie ging jetzt auf die fünfzig zu, trotzdem war sie körperlich in viel besserer Verfassung, als Nick es je sein würde: schlank und mit drahtigen Muskeln unter ihrer Rüstung. Aber Nick hatte genau die gleichen Augen wie sie und kam auch sonst mehr nach ihr als nach seinem Vater.

»Ts, ts. Und die Leute behaupten, es gäbe keine Ritterlichkeit mehr«, sagte Jenny und gab Nick einen Kuss auf die Wange, weich und warm. »Ich an deiner Stelle hätte es genauso gemacht. Ich meine, wenn jemand versucht, ihm oder dir an den Kragen zu gehen, kann derjenige von Glück reden, wenn er danach noch laufen kann.«

Nick verzog das Gesicht. »Aha. Du darfst so was sagen, aber wenn *ich* es tue, wird mir sofort erklärt, dass Gewalt keine Lösung ist.«

»Stimmt. Sie ist lediglich ein Mittel in allerletzter Not«, bestätigte Mom und zog Nick hinter sich her die Verandastufen hinauf. »Ich hätte Lust, uns was zum Abendessen zu bestellen. Ist das okay für dich?«

»Und wie!«, erwiderte Nick.

Jenny lächelte und sperrte die Haustür auf. »Dachte ich mir. Wenn du mir versprichst, dass du nie wieder versuchst, deinen Vater zu erschießen, erzähle ich dir von den Idioten, die ich heute daran gehindert habe, einen Bauernmarkt zu überfallen. Vielleicht sollten sie es das nächste Mal besser mit einem Bankraub versuchen, die Feiglinge.«

Nick blieb mitten auf den Stufen stehen. Ihm war plötzlich schwindlig. Das Wort *Bankraub* hallte in seinen Gedanken wider, eindringlich und schwach zugleich, als käme es aus einem Traum, der versuchte, an die Oberfläche zu brechen. Da drückte Mom seine Hand und das eigenartige Gefühl verschwand wieder.

»Stimmt was nicht?«, fragte sie besorgt.

Nick schüttelte den Kopf. »Nein, ich ... Meine Gedanken sind mal wieder mit mir durchgegangen. Ich schätze, ich bin ein bisschen müde.«

Jenny sah ihn einen Moment lang an, bevor sie erwiderte: »Das ist kaum eine Überraschung, schließlich hast du heute hart trainiert. Komm, wir besorgen uns was zu essen, und dann gehen wir früh ins Bett.«

»Abgemacht«, sagte Nick, trat durch die Tür und drückte auf den Lichtschalter. »Haben die Räuber geschrien vor Angst, als du aufgetaucht bist? Bitte sag mir, dass sie geschrien haben.«

Jenny lachte laut und schloss die Tür. Nick fand, dass es eines der besten Geräusche war, die er je gehört hatte. Er wusste nicht, was er ohne seine Mom tun würde, aber zum Glück würde er das nie herausfinden müssen. Sie war hier, wie sie es immer gewesen war. Und sein Dad auch. Sie waren wohlauf und hielten zusammen, damit sie nicht allein kämpfen mussten.

Alles war gut.

3

Nach dem Überfall auf die Centennial High, bei dem Seth sich als Pyro Storm zu erkennen gegeben hatte, war Nova City ins Zentrum der Weltaufmerksamkeit gerückt. Und im Fokus dieser Aufmerksamkeit stand Seth. Am lautesten von allen waren die selbst ernannten Experten, die unablässig verkündeten, in welch großer Gefahr die Schüler und Schülerinnen der Centennial High schwebten und dass Seth Gray sie alle töten konnte, wenn er wollte.

»Was, wenn er einmal eine Prüfung nicht besteht?«, fragte einer dieser »Experten« mit Augenbrauen, so stachlig wie ein Igel. »Nimmt er dann die betreffende Lehrkraft als Geisel, bis er die Note bekommt, die er gerne hätte? Ist das die Zukunft, die wir für unsere Kinder wollen?«

»Haben Sie selbst Kinder?«, fragte der Nachrichtensprecher. »Möglicherweise im Teenageralter?«

»Nein«, antwortete der Mann. »Kinder sind die Pest. Schmutzige, hormongesteuerte Kreaturen. Ich habe mich 1997 sterilisieren lassen, damit ich nie unter ihnen leiden muss. Aber ich studiere die Außergewöhnlichen jetzt bereits seit zwei Wochen und weiß, wovon ich rede. Sie werden uns *umbringen*. Sie werden ganze *Familien* ausrotten. Und was noch schlimmer ist: Sie werden uns unsere Jobs wegnehmen! Wer stellt schon einen Normalo ein, wenn er jemanden haben kann, der in der Lage ist, mit seinen Augen Laserstrahlen zu verschießen? Ist *das* das Amerika, das die Gründerväter für uns im Sinn hatten? Lassen Sie mich diese Frage für Sie beantworten: Nein, ist es *nicht*.«

(Nick war zwar kein Geschichtsexperte, aber soweit er wusste, war Thomas Jefferson kein Außergewöhnlicher gewesen – es sei denn, es zählte neuerdings als Superkraft, das ultimative rassistische Arschloch zu sein.)

Die Nachwirkungen von Seths Enthüllung waren gewaltig. Das Direktorium warf ihn nicht nur von der Centennial High, er wurde auch zum Magneten für alle Arten von Spinnern. Die Leute waren fasziniert von der Vorstellung, dass jemand Feuer aus dem Nichts erschaffen konnte. Manche bezeichneten ihn als den Teufel, andere nannten ihn einen Gott. Und nicht wenige schickten ihm ihre benutzte Unterwäsche, womit Bob und Martha, ihrem Gesichtsausdruck nach zu urteilen, nun wirklich nicht gerechnet hatten.

»Ich kann sie ja waschen und zurückschicken wie die anderen«, sagte Martha, als sie mit ihren dicken gelben Putzhandschuhen ein weiteres Paar Boxershorts aus einem an Seth adressierten Umschlag fischte. »Da fällt mir ein: Ich habe gar keine Briefmarken mehr. Was für ein Jammer.« Sie warf die Shorts weg, zog die Handschuhe aus und wusch sich die Hände mit so heißem Wasser, dass sich die gesamte Küche mit Dampf füllte.

Seth konnte wochenlang nicht auf die Straße gehen, ohne von Reportern belästigt zu werden (oder von Leuten, die hinter dem Kopfgeld her waren, das Burke auf ihn ausgesetzt hatte). Den Beginn der Sommerferien verbrachte er entweder zu Hause oder bei Nick. Sie ließen die Jalousien stets zugezogen und versuchten, so zu tun, als würden sich die Wellen irgendwann von allein wieder glätten.

Seth schien es mit Fassung zu tragen, aber Nick beobachtete ihn genau. Er wollte schon beim kleinsten Anzeichen, dass Seth seinen Schritt doch noch bereute, sofort zur Stelle sein. Es war das Mindeste, was er tun konnte. Schließlich hatte Seth durch seine Enthüllung erfolgreich von der Tatsache abgelenkt, dass Nick an dem Kampf an der Centennial High nicht ganz unbeteiligt gewesen war. Er wusste, dass Nick noch nicht bereit war, die Welt von seinen Fähigkeiten wissen zu lassen. Die Schuldgefühle, die Nick deswegen hatte, lasteten schwer auf ihm. Ein guter Außergewöhnlicher war freundlich, gerecht und vor allem mutig. Nick *wollte* mutig sein, er wollte es wirklich, aber so sehr er sich auch bemühte, er schaffte es nicht, wenn er die Wut in den Gesichtern der Menschen sah und sie über diesen gemeingefährlichen Halbwüchsigen schimpfen hörte.

Sicher, manche standen auch auf ihrer Seite. Auf der ganzen Welt gingen vor allem junge Leute auf die Straße und demonstrierten für eine friedliche Koexistenz mit den Außergewöhnlichen. Aber die Medien wollten davon nichts wissen. Sie waren versessen auf Weltuntergangsszenarien, und je düsterer die Zukunft war, die Talkshowgäste und Gastkolumnisten schilderten, desto besser.

Vor ein paar Wochen hatte Jenny Bell bei einem Treffen ihrer Selbsthilfegruppe (die Nick anfangs nur belächelt hatte, jetzt aber immer mehr zu schätzen wusste) vorgeschlagen, dass sie ihre Onlinezeit um ihrer selbst willen einschränken und Nachrichten so weit wie möglich meiden sollten. Die Erwachsenen hatten sofort zugestimmt, und selbst Nick hatte sich kaum gewehrt. Er war sogar ein bisschen erleichtert gewesen. Es tat ihm zwar leid, die Fans seiner Fic noch länger warten lassen zu müssen, aber jedes Mal, wenn er sich an einem neuen Kapitel versucht hatte, endete es in einer

Hetzrede ohne Absätze, Punkte oder Kommas gegen gewisse Erwachsene, deren Obsession für Teenager definitiv zu weit ging.

Seth legte sein Pyro-Storm-Kostüm nicht mehr so oft an wie früher, und immer wenn er es tat, begleitete Mom ihn, während einer der anderen Erwachsenen die Person unterstützte, die gerade den Funk in ihrem geheimen Unterschlupf bediente.

Zwei Wochen lang klappte alles recht gut.

Dann gab es einen Brand im fünfzehnten Stockwerk eines Hochhauses in der Innenstadt, ausgelöst von einem Fehler in der Elektrik. Die Flammen hatten sich schnell ausgebreitet, und wer oberhalb des fünfzehnten Stockwerks wohnte, saß in der Falle. Die Aufzüge funktionierten nicht mehr, und das Treppenhaus war voller Rauch und giftiger Dämpfe, die jede Sicht unmöglich machten. Nicks Mutter, TK, traf als Erste am Ort des Geschehens ein, kurz darauf Pyro Storm, einen Feuerschweif hinter sich herziehend und wie immer von den Fernsehkameras verfolgt. In einem Schockmoment, der später erneut die Nachrichtenbilder beherrschen sollte, schlug TK ein Fenster ein und schwebte dann zur Seite. Pyro Storm übernahm ihren Platz, saugte die Flammen aus dem Gebäude, formte sie zu einer großen, wirbelnden Kugel, die beinahe genauso hell strahlte wie die Sonne, und schleuderte sie in den Himmel, wo sie sich hoch über Nova City auflöste. Dann evakuierten TK und Pyro Storm in Zusammenarbeit mit der Feuerwehr die verbliebenen Menschen aus dem Wolkenkratzer.

Doch als sie die letzte Person in Sicherheit gebracht hatten – ein sechsjähriges Mädchen namens Luciana mit rußverschmiertem Gesicht, das seine Retter mit leuchtenden Augen ansah –, schlug die Polizei zu: Die Beamten versuchten, Pyro Storm und TK zu verhaften. Der einzige Grund, warum sie es nicht schafften, war, dass die Geretteten sich unterhakten und zusammen mit allen, die das Schauspiel bezeugt hatten, einen Schutzring um die beiden Außergewöhnlichen bildeten. Die Leute wurden mit Pfefferspray und Tasern bedroht, aber sie wichen nicht von der Stelle. Ein Nachrichtenfotograf veröffentlichte am nächsten Tag ein gleichermaßen gefeiertes wie verurteiltes Foto von der kleinen Luciana, wie sie sich den Polizisten in ihrem leicht versengten Kleid und mit in die Hüften gestemmten Händen in den Weg stellte.

LASST SIE IN RUHE!, lautete die Bildunterschrift, genau wie der Schlachtruf, den die Leute vor der Polizei zu skandieren begonnen hatten. Der einzige Grund, warum kein Chaos ausbrach, war, dass sich auch einige Feuerwehrleute mit eingereiht hatten und den Polizisten sagten, sie sollten *verschwinden*, Pyro Storm und TK hätten Dutzende von Menschenleben gerettet.

Außerdem waren die beiden Helden längst weg.

Nach diesem Vorfall ging Seth nicht mehr viel raus, obwohl Jenny ihm versicherte, dass er alles richtig gemacht hatte. In der Tat legte er sein Kostüm nur noch an, um Nick bei seinem Training zu helfen. Er glaubte an Nick, den Wächter, und Nick vertraute niemandem so sehr wie Seth. Nicht einmal seinem Dad und seiner Mom, denn Seth hörte ihm *zu*. Die Albträume, die ihn nachts plagten, waren finster, voller Rauch und Eis und Schatten. Menschen, die Nick liebte, schwebten in größter Gefahr, und er konnte ihnen nicht helfen. Manchmal war es Seth. Manchmal Gibby und Jazz. Meistens aber war es sein Dad. Ein Rauchtentakel schlang sich um seine Brust und zog ihn weg, weg, weg.

Aber nie Mom. Kein einziger seiner Träume handelte davon, dass Jenny etwas zustoßen könnte.

Hinzu kam, dass Simon Burke in Nova City immer präsenter wurde, seit er seine Kandidatur für das Bürgermeisteramt bekannt gegeben hatte. Tausende von Menschen kamen zu seinen Kundgebungen, wo er ihre Ängste schürte und die Rolle des trauernden Vaters spielte, der von seinem Sohn verraten worden war, um gleichzeitig alle Außergewöhnlichen zu geißeln – insbesondere Pyro Storm.

»Auf jeden von ihnen, der sagt, dass er uns helfen will, kommen Dutzende andere, die in den Schatten darauf lauern, uns unser Leben und unsere Freiheit wegzunehmen«, verkündete er unter tosendem Beifall. »Glauben Sie mir, ich weiß das besser als jeder andere, denn ich habe aus nächster Nähe gesehen, wozu diese Menschen fähig sind. Ich ...«

Burke stockte und schniefte kurz, während das Publikum jubelte, bis er ihm mit einer Geste Einhalt gebot. »Mein Sohn war ... er *ist* einer von ihnen, und ich habe ihn als Vater im Stich gelassen. Das war und ist mein größtes Versagen, mit dem ich bis heute zu kämpfen habe. Aber ich werde Nova City nicht im Stich lassen. Sie haben mein feierliches Versprechen, dass ich, wenn Sie mir die Ehre erweisen, Ihr nächster Bürgermeister sein zu dürfen, alles in meiner Macht Stehende tun werde, um Sie und Ihre Kinder zu beschützen. Damit Sie nicht länger vor jenen zittern müssen, die nichts anderes wollen, als unser Leben auf den Kopf zu stellen. Wir werden unsere Stadt zurückerobern, und nichts – nicht einmal die Außergewöhnlichen – wird uns aufhalten. Wählen Sie mich, damit ich Nova City wieder zum Kronjuwel dieses großartigen Landes machen kann!«

»Burke sei mit uns! Burke sei mit uns!«, schrie das Publikum.

Mom sagte, Burke wäre gar nicht so gefährlich, wie er sich gab, er würde nur ein bisschen übertreiben, um die Leute auf seine Seite zu ziehen.

»Wir werden schon mit ihm fertig«, sagte sie. »Wenn er überhaupt Bürgermeister wird.«

Und Nick glaubte ihr.

Sie war schließlich seine Mutter.

Sie hatten es gar nicht mal so schlecht, sagte sich Nick oft. Sie waren am Leben. Sie waren zusammen. Sie waren ein Team, und nichts konnte sie auseinanderbringen.

Jasmine Kensington stand in ihrer ganzen Pracht vor dem großen ovalen Spiegel in der Ecke des Zimmers. Sie hatte ihr brünettes Haar zu Zöpfen geflochten, mit schmalen grünen Bändern umwickelt und dann zu einem Dutt gebunden. Dazu trug sie ein weißes, knielanges Kleid mit roten Blumen und grünen Ranken darauf. Ihre Füße waren nackt und ihre roten Zehennägel gruben sich in den Teppich, während sie sich mit einem stillen Lächeln auf dem Gesicht hin und her drehte.

Nick saß auf ihrem Himmelbett mit dem Rücken an das Kopfteil gelehnt. Sein Handy lag vergessen neben ihm, während er seiner Freundin zusah. Die Stimmen von Gibby und Seth drangen leise aus dem angrenzenden Badezimmer, wo Gibby gerade vergeblich versuchte, Seths widerspenstige Locken zu zähmen.

»Wie findest du's?«, fragte Jazz, den Blick auf Nicks Spiegelbild gerichtet.

»Du siehst aus wie eine Prinzessin«, antwortete er aufrichtig.

Sie lachte und drehte sich mit flatterndem Kleid einmal im Kreis. »Heißt das was Gutes oder was Schlechtes?«

»Ersteres. Du wirst im Mittelpunkt stehen, genau wie es sich gehört. Alles Gute zum Geburtstag, Jazz.«

»Danke.« Sie nickte dem Spiegel kurz zu und ging dann zu ihrem lächerlich überdimensionierten begehbaren Kleiderschrank: meterweise Kleider an der einen Wand, Regal um Regal mit Schuhen an der anderen. Mit in die Hüfte gestemmten Händen inspizierte sie ihre Auswahl an Schuhwerk und entschied sich schließlich für ein Paar Ballerinas, das gut zu dem Grün des Kleides und den Bändern in ihrem Haar passte. Sie stellte die Schuhe am Fußende des Bettes ab, setzte sich darauf und machte es sich, mit dem Rücken an Nick gelehnt, bequem. Der machte bereitwillig Platz zwischen seinen Beinen und achtete peinlich genau darauf, ihr Kleid nicht zu zerknittern. Dann schnappte er nach Luft, als Jazz ihn neckisch in den Oberschenkel zwickte. »Du siehst aber auch nicht schlecht aus«, meinte sie.

»Äh«, begann Nick und legte das Kinn auf ihre Schulter. »Im Vergleich zu dir komme ich mir ein bisschen underdressed vor.« Er trug eine schwarze Jeans und ein dünnes, hellblaues Button-Down-Hemd. Die oberen Knöpfe hatte er offen gelassen und die Ärmel hochgekrempelt.

Jazz zuckte die Achseln. »Du hast es wenigstens versucht. Das ist alles, was zählt.«

»Schönen Dank auch. Genau das, was ein Mann hören will.«

Sie schnaubte. »Du kannst anziehen, was du willst, Nicky. Ich veräpple dich nur. Es ist nicht so, dass das eine besonders große Party wird.«

»Immerhin gibt es Catering«, rief Nick ihr ins Gedächtnis. »Dein Dad hat Mateo als Kellner angeheuert, und der hat mir erzählt, dass er heute Abend mehr verdient als sonst in einem ganzen Monat.«

»Ich habe ihm gesagt, dass ich ihn lieber als Gast auf meiner Party gesehen hätte«, erwiderte Jazz, »aber er meinte, er schafft lieber Geld für die Miete ran, statt mit einem Cidreglas in der Hand in der Gegend herumzustehen. Ich glaube, er wird unruhig, sobald er nichts zu tun hat. Irgendwie erinnert mich das an jemanden, den ich kenne.«

Nick seufzte. »Da kann ich dir nicht widersprechen. Ich wollte mir einen Job für den Sommer suchen, aber Mom und Dad waren anderer Meinung. Sie sagten, ich soll mich lieber auf mein Training und das kommende Schuljahr konzentrieren, anstatt auch noch einen Ferienjob obendrauf zu packen.«

Jazz drehte den Kopf und sah ihn an. »Hat deine Mom nicht davon gesprochen, wieder arbeiten zu gehen, jetzt, da dein Dad gekündigt hat?«

»Ja, sie hat es ein paarmal erwähnt, aber ich ...« Er runzelte die Stirn. Aus irgendeinem Grund hatte er kurz gedacht, seine Mom hätte schon immer gearbeitet, aber das stimmte nicht. Sie hatte ein paar Jahre nach seiner Geburt aufgehört, um sich ganz auf Nicks Erziehung zu konzentrieren. »Sie hat noch keine konkreten Pläne. Ich glaube, sie macht sich ein bisschen Sorgen, weil Dad und Cap gerade erst mit ihrem Detektivbüro angefangen haben, also hat sie ihre eigenen Pläne erst mal auf Eis gelegt.«

»Das macht Sinn«, erwiderte Jazz. »Vielleicht, wenn du deinen Abschluss hast. Ich wette, sobald du aufs College gehst, zieht sie ihr Jura-Diplom wieder aus der Schublade und sucht sich eine neue Aufgabe, die nichts mit deiner Erziehung zu tun hat.«

Nick seufzte. »Ich hoffe, dass es nicht so war. Mir gefällt der Gedanke nicht, dass sie ihr Leben nur wegen mir hintangestellt hat, verstehst du? Sie hat etwas Besseres verdient.«

»Deshalb ist sie auch TK geworden«, erwiderte Jazz. »Schon vergessen?«

Hatte er nicht. Er hatte sich nur noch nicht getraut, sie genauer danach zu fragen. Sie war dabei gewesen, damals auf der McManus-Brücke, als Shadow Star vergeblich versucht hatte, Nova City in die Knie zu zwingen. Nick wusste es damals nicht, aber sie war es gewesen, die ihn gerettet hatte, als er von der Brücke stürzte und die Metallstreben um ihn herum herabregneten. Na ja, hauptsächlich zumindest.

Denn Nick glaubte, dass seine eigenen latenten Kräfte auch einen Anteil gehabt hatten. Dass sie schon da begonnen hatten, sich zu manifestieren – trotz des Concentra, das durch seine Adern strömte. Wenn Nick ehrlich war, ergab seine Theorie nicht viel Sinn, aber Mom hatte ihm gesagt, dass er noch viel über Kräfte und das Dasein als Außergewöhnlicher zu lernen hatte. Und sie musste es wissen, schließlich war sie schon seit Jahren selbst eine.

Es war herausgekommen, als Nick das alte Video auf dem Dachboden fand, auf dem seine Mutter zum großen Erstaunen von Aaron Bell und Simon Burke mithilfe von Telekinese ein Glas Wasser manipulierte. Als Nick seine Eltern mit dem Videoband konfrontierte, brach ihre Fassade augenblicklich zusammen und sie beichteten ihm alles. Über welche Kräfte Jenny verfügte und wer sie einst gewesen war.

Die Wächterin, Beschützerin von Nova City.

»Wenigstens scheint sie ganz gut damit klarzukommen, wie die Dinge jetzt sind«, erwiderte Nick. »Sie hilft mir, mit meinen eigenen Kräften umzugehen.«

»Und das macht sie ziemlich gut«, bestätigte Jazz. »Sie und Seth sind die besten Lehrer, die du dir nur wünschen kannst.«

»Ja«, murmelte Nick. Sie warfen einen Blick durch die offene Badezimmertür, wo Gibby gerade zu Seth sagte, er solle sich einfach eine Glatze rasieren, und Seth murrte, dafür sei sein Kopf zu kantig.

Jazz senkte die Stimme zu einem Flüstern. »Gibby meint, dass sich ihre Eltern inzwischen etwas beruhigt haben.«

Nach dem Überfall auf die Centennial High war Gibby völlig zu Unrecht die Ehre genommen worden, die Abschiedsrede ihres Jahrgangs zu halten. Nick an ihrer Stelle hätte das weit weniger gelassen hingenommen als Gibby. Sie war zwar wütend, aber sie ließ sich davon nicht unterkriegen. Stattdessen blickte sie bereits auf die Zeit nach der Schule und überlegte, was sie tun konnte, um in Nova City etwas zum Besseren zu verändern.

Er schüttelte den Kopf. »Genug der ernsten Dinge. Heute geht es um dich, und ich muss mich im Voraus entschuldigen, weil ich erst vor Kurzem gemerkt habe, dass ich kein Geschenk einpacken kann, ohne mehrere Meter Klebeband dafür zu verschwenden. Es sieht aus wie ein Fußball, aber ich verspreche dir, es ist keiner.«

Sie rollte mit den Augen. »Ich habe dir doch gesagt, dass du mir nichts schenken musst. Ich bin froh, dass du hier bist, und das genügt. Außerdem werden nur Eingeweihte auf der Party sein, also können wir dich so lange aufziehen, bis deine Kräfte erwachen und *du* das Geschenk telekinetisch für mich auspackst.«

Nick stöhnte. »Es muss doch einen besseren Weg geben, sie zum Funktionieren zu bringen! Ich kann immer noch nicht fassen, dass ich deinen Dad gegen eine Wand geschleudert habe.«

Jazz schnaubte. »Ja, aber er hatte es nicht anders verdient. *Kannibalen-Psycho?*« Sie schnitt eine Grimasse. »Das war ein bisschen drüber, wenn du mich fragst.«

Nick lachte. »Stimmt. Aber er hatte seinen Spaß dabei. Trotzdem, das wird nicht immer so sein, also sollten wir es genießen, solange wir noch können.«

Jazz sah ihn stirnrunzelnd an. »Das klingt untypisch reif für dich. Schnell, lass dir irgendwas Blödes einfallen, mit dem wir mindestens vier Gesetze brechen, ohne dass du mit dem Schmuck einer Dragqueen in einen Fluss springen musst.«

Nick erschauerte. »Okay, ich habe eine lustige Idee: Lass uns nie wieder darüber reden und stattdessen an andere Dinge denken, die viel wichtiger sind.« Er warf einen Blick Richtung Badezimmer und senkte die Stimme. »Du und Gibby, werdet ihr ... du weißt schon?«

»Werden wir *was*?«, fragte Jazz und sah ihn über die Schulter an.

»Na *das* eben«, erwiderte er und wackelte mit den Augenbrauen.

»Genau«, sagte Jazz. »Aber ich will wissen, ob du es fertigbringst, es laut auszusprechen.«

»Natürlich bringe ich es fertig! Das mache ich ständig!«

»Cool«, erwiderte Jazz. »Dann hast du bestimmt auch kein Problem damit, es jetzt zu tun.«

»Warum *bist* du so?«, fauchte Nick mit feuerrotem Gesicht. Aber weil er Jazz nicht das letzte Wort in der Angelegenheit überlassen wollte, fragte er: »Wirst du mit Gibby *Sex haben*?«

Jazz schnitt eine Grimasse. »Vergiss es. Ich will nicht mehr darüber reden.«

»Du hast ausdrücklich darum gebeten!«

»Und jetzt wünschte ich, ich hätte es nicht getan. Menschen dürfen ihre Meinung ändern.«

Nick stöhnte auf. »Das hat man davon, wenn man eine Lesbe nach Sextipps fragt.«

»*Das* war es, was du eigentlich wolltest? Gegenfrage: Wenn du und Seth endlich Sex habt – kein Druck, lasst euch so viel Zeit, wie ihr wollt –, wirst du dann deine Kräfte nutzen, um das Gleitgel vom Nachttisch in deine Hand schweben zu lassen? *Ich* zumindest würde es tun, wenn ich könnte.« Ihre Augen weiteten sich plötzlich. »Apropos, kannst du mit deinen Kräften auch noch andere Dinge bewirken? Ich weiß nicht, zum Beispiel deinen Penis größer …«

Nick schreckte hoch und legte ihr panisch eine Hand auf den Mund – vorsichtig allerdings, damit er Jazz' Make-up nicht verschmierte und sie ihn nicht in den Finger biss. »Bist du wahnsinnig?«

Sie lächelte gegen seine Finger an. »Ich bitte dich, als ob dir das nicht als Allererstes in den Sinn gekommen wäre.«

»Ist es *nicht*!«

Sie schob seine Hand weg. »Lügner. Ich wette, das war eines der ersten Dinge, an die du gedacht hast.«

»War es *nicht*!« Eine eklatante Falschbehauptung, denn mindestens einmal hatte Nick nachts allein in seinem Bett gelegen, die Hand unter seine Schlafshorts geschoben und um seinen kleinen Nick gelegt, während Seth ihm in seiner Fantasie ins Ohr stöhnte, ob er mit Telekinese nicht noch ein wenig nachhelfen wolle. Was Nick auch tat, doch dann entglitt ihm seine Fantasie: Er übertrieb es, sodass seine Schwellkörper explodierten und Seth von Kopf bis Fuß mit Blut bespritzt wurde. Danach konnte Nick drei volle Tage lang nicht mehr masturbieren.

Es waren die längsten drei Tage seines Lebens.

»Gaaanz bestimmt«, erwiderte Jazz. »Das glaube ich dir total. Wenigstens wirst du deinem Dad dann endlich die Frage beantworten können, ob Seth Feuer ejakuliert.«

Nick verschränkte mürrisch die Arme vor der Brust. »Warum musst du solchen Schwachsinn reden?«

»Weil es mir Spaß macht.« Jazz wurde wieder etwas sanfter und tätschelte sein Knie. »Kondome haben ein Verfallsdatum, Nicky. Es liegt bei fünf Jahren oder so. Du benutzt sie besser vorher, damit du nicht noch einmal in diesen Laden gehen musst und auf der Flucht wieder gegen eine Tür rennst.«

»Noch so einer von meinen weniger guten Momenten«, murmelte Nick. Er warf einen Blick Richtung Badezimmer, um sicherzugehen, dass Gibby und Seth nicht gerade herauskamen, dann fügte er hinzu: »Wir sind bald so weit. Das Knutschen haben wir schon voll drauf. Aber an den Rest müssen wir uns noch rantasten.«

Hände *auf* den Klamotten fühlten sich verdammt gut an. Hände *darunter* fühlten sich an wie Terrain, das zu betreten er noch nicht bereit war. Seth schien damit einverstanden, die Dinge so zu lassen, wie sie waren, zumindest im Moment. Keiner von ihnen drängte auf etwas, das sie dann nicht mehr rückgängig machen konnten. Es *würde* passieren. Eines Tages, wenn sie beide damit einverstanden waren. Denn so unangenehm es auch war, darüber zu reden (zumindest für Nick), sie waren vollkommen ehrlich zueinander.

»Ich ziehe dich nur auf«, sagte Jazz endlich. »Es gibt keinen Grund zur Eile. Du wirst wissen, wann die Zeit reif ist.«

»Aber *woher*?«, fragte Nick. »Soll ich Seth einfach fragen, oder er mich? Manchmal glaube ich es fast, aber das liegt vielleicht nur daran, dass wir beide nicht genau wissen, was gesunde Grenzen sind.«

»Erzähl mir was Neues«, erwiderte Jazz und strich ihr Kleid glatt. »Wir haben viel darüber gesprochen, bevor wir etwas gemacht haben. Was wir wollen, was wir nicht wollen. Und wir haben viel ausprobiert.« Sie zuckte die Achseln. »Es war nicht perfekt, weil wir kaum wussten, was wir taten. Aber wir haben uns Zeit gelassen und uns immer wieder Feedback gegeben. Nicht gerade romantisch, aber fragen ist nun mal besser als raten.«

»Klingt kompliziert«, murmelte Nick. Das Thema war ihm höllisch unangenehm, aber er zog es durch. »Ich ... *will* es. Und gleichzeitig auch nicht. Keine Ahnung ...«

Jazz lächelte ihn an. »Du wirst es herausfinden, Nicky. Es gibt keine Deadline. Du musst nichts tun, bevor du bereit dazu bist. Und das Gleiche gilt für Seth. Es ist schließlich kein Wettrennen.«

»Ich weiß, aber ...«

»Kein Aber«, widersprach Jazz. »Entweder bist du bereit oder du bist es nicht. So einfach. Es ist nichts Schlimmes daran, wenn man den Schritt noch nicht gehen will. Es ist eine große Sache, Nick.«

»Ist es das? Ich dachte immer, Jungfräulichkeit ist nicht mehr als ein veraltetes Konstrukt, das ...«

»Hör auf, dir den Kopf zu zerbrechen, Nicky. Es ist okay, zu warten.«

»Aber was, wenn wir nicht mehr so viel Zeit *haben*?«, fragte Nick düster.

Jazz runzelte fragend die Stirn, und Nick wollte ihr schon sagen, dass er nur einen Scherz gemacht hatte, aber irgendetwas hielt ihn davon ab. Und als Jazz den Mund zu einer Erwiderung öffnete, sprach stattdessen jemand anderes.

»Zeit wofür?«, fragte Seth, der mit verschränkten Armen in der Badezimmertür lehnte. Er trug eine schwarze Hose, dazu ein rotes Hemd und eine weiße Fliege mit kleinen roten Flammen darauf. Der Anblick verschlug Nick den Atem, und er fragte sich nicht zum ersten Mal, womit er das Glück verdient hatte, jemanden wie Seth an seiner Seite zu haben.

»Worüber redet ihr gerade?«, fragte Gibby und schob Seth in Jazz' Zimmer. Ihre Hose war eng und an den Knien zerrissen, die Kette ihres Geldbeutels baumelte lässig an ihrer Hüfte. Ihr Hemd hatte die gleichen Farben wie Jazz' Kleid – weiß mit roten und grünen Blumen – und ihr frisch rasierter Schädel schimmerte im schwachen Licht. »Sieht ernst aus«, kommentierte sie und kam ans Bett, wo sie Jazz einen Kuss auf die Stirn gab und sich neben sie setzte. »Ist was passiert?«

»Nein«, antwortete Jazz, bevor Nick das Gespräch zurück in gefährliche Gewässer lenken konnte. »Alles gut. Ich habe nur mit Nicky über die Party gesprochen. Ihr beide seht toll aus.«

»Danke«, sagte Seth und stellte sich vor die drei. »Es ist ... schön, mal einen Abend freizuhaben.« Er lächelte zu Nick hinunter. »Alles in Ordnung?«

Nick hätte fast geschrien NIMM MICH JETZT SOFORT, fing sich aber zum Glück im letzten Moment noch. »Ja, alles in Ordnung. Jazz hat recht: Du siehst verdammt heiß aus.«

»Findest du?« Seths Lächeln wurde breiter. »Genau das wollte ich erreichen. Gut zu wissen, dass es funktioniert hat.«

»Der heutige Abend wird der beste«, erklärte Jazz. »Ich schwöre bei Gott, wenn irgendjemand auf die Idee kommt, meine Party zu stürmen und uns zu zeigen, wie böse er ist, mache ich ihn oder sie platt. Schnell und unschön. Mein Zorn wird unendlich sein, und wer auch immer es ist, die Person wird bereuen, dass sie jemals geboren wurde.«

Alle starrten sie an.

»Was?«, fragte Jazz verdutzt. »Habe ich Lippenstift auf den Zähnen?«

»Ich bin so froh, dass du auf unserer Seite stehst«, erwiderte Nick. »Du bist auf die bestmögliche Art absolut furchterregend.«

»Ich würde eine ziemlich gute Superschurkin abgeben«, stimmte Jazz zu. »Euer Glück, dass ich nicht beabsichtige, die Seiten zu wechseln, denn dann wäre es vorbei mit euch.«

»Als ob wir das nicht wüssten«, sagte Gibby und grinste ihre Freundin an.

»Du hast recht, Jazz«, verkündete Nick. »Genug von alledem. Heute Abend geht es um dich und niemanden sonst. Und eins, und zwei, und drei: *Haaaaappy Birthday to you ...*«

Die anderen stimmten mit ein, ihr Gesang schräg und schrecklich, aber Jazz schien es nicht zu stören. Sie wurde rot und schaute weg, offensichtlich erfreut. Als sie fertig waren, klatschte sie, und Nick fühlte sich schon wieder etwas besser. Denn das hier war das Wichtigste: Sie waren zusammen, glücklich und am Leben und konnten zumindest eine Nacht lang so tun, als gäbe es nichts anderes auf der Welt.

4

Die Party war bereits in vollem Gange, als sie die Treppe herunterkamen. Nick hörte Stimmengewirr, vermischt mit dem dröhnenden Beat von Jazz' Lieblings-Travestiepop-Nummern, als er zu dem großen Wandschrank in der Nähe der Eingangstür ging, um den Lippenbalsam aus seinem Rucksack zu holen. Er schärfte sich gerade ein, so viele Fotos wie möglich zu machen, und zog die Tür des Wandschranks auf.

Darin standen zwei Menschen, die sich eilig voneinander lösten. Ihre Kleidung war zerknautscht.

Nick blinzelte verunsichert und sah noch einmal hin, aber es gab keinen Zweifel: Auf der linken Seite stand in einem schlecht sitzenden Anzug und mit schuldbewusster Miene Officer Chris Morton, genannt Rookie. Der Polizist, den Dad unter seine Fittiche genommen und mit dem er in der Außergewöhnlichen-Abteilung zusammengearbeitet hatte, bevor er seinen Dienst quittierte. Rookies Gesicht war leicht gerötet, er hustete und schaute überallhin, nur nicht in Nicks Augen. Seine Lippen glänzten und seine Haare waren durcheinander, als hätte jemand ausgiebig darin gewühlt. Sein Bart schien länger und wirkte nicht mehr ganz so schütter wie früher.

Nick drehte den Kopf, um die andere Person im Wandschrank zu betrachten: eine schlanke, hochgewachsene Gestalt mit kurzen schwarzen Haaren und dunklen Augen, die ausgelassen funkelten. Mateo, aka Miss Raten.

»Was?«, fragte Nick verdutzt. »Wann? *W-Wie?*«

Mateo packte Nick am Arm, zog ihn in den Wandschrank und schloss die Tür hinter ihm.

Nick überlegte unterdessen, wozu die Kensingtons einen Wandschrank brauchten, der groß genug für drei Personen war. Die eine sah aus, als würde sie vor Scham am liebsten im Boden versinken, die andere konnte ihr Lachen kaum unterdrücken, und die dritte stotterte vor Schreck.

»Nicholas«, begann Mateo, »wie schön, dich bei uns zu haben. Ich bin sicher, du hast Fragen zu dem, was du gerade gesehen hast. Also: Wenn sich zwei Erwachsene begegnen und beide einverstanden sind, kann es vorkommen, dass ...«

»Du bist *homosexuell*?«, quiekte er Officer Rookie an. »Wie kannst du es wagen, mir eine so lebenswichtige Information vorzuenthalten?«

Chris schaute stöhnend an die Decke. »Du wirst die Sache so groß aufblasen wie irgend möglich, oder?«

»Bis zum Mars und darüber hinaus«, bestätigte Nick.

Mateo neigte den Kopf. »Nick, es mag dich überraschen, aber nicht alle Ereignisse auf dieser Welt haben mit dir zu tun. Chris und ich sind ...«

»Chris«, stammelte Nick. »Du nennst ihn *Chris*.«

Mateo blinzelte verwirrt. »Ja. So heißt er nun mal.«

»Das weiß ich! Aber du sprichst den Namen aus wie ... *Chris*. So wie ich *Seth* sage.« Nicks Augen weiteten sich, als wollten sie aus den Höhlen springen. »Oh mein Gott, du *magst* ihn!«

»Das tue ich«, bestätigte Mateo. »Ziemlich sogar.«

Rookie scharrte verlegen mit den Füßen. »Das ist ... Ähm, ich bin übrigens auch hier«, brachte er schließlich heraus.

Nick blickte mit zusammengekniffenen Augen zwischen den beiden hin und her. »Es ist also echt? Ihr beiden meint es wirklich *ernst*?«

»Das tun wir«, bestätigte Mateo. »Wir stehen noch ganz am Anfang, aber wir ...«

»Sehen uns regelmäßig«, sagte Officer Rookie mit fester Stimme.

Nick starrte ihn an. »Wenn du Mateo wehtust, trete ich dir in den Arsch.«

Rook blinzelte erschrocken. »O-kay. Ich fürchte, ich muss deine Drohung umso ernster nehmen, da du ... du weißt schon.« Er wackelte mit den Fingern.

Nick wollte ihn schon zurechtweisen, weil er seine Kräfte auf ein Fingerwackeln reduzierte, besann sich aber eines Besseren. »Gut«, sagte er nur und fixierte ihn noch einen Moment länger, bevor er sich an Mateo wandte. »Und du, du bist wunderbar und perfekt und ich wünsche mir immer noch, so zu werden wie du, wenn ich groß bin.«

»Das solltest du auch«, erwiderte Mateo mit einem Schniefen.

»Aber wenn *du* Rookie ... *Chris* wehtust«, sprach Nick weiter, »trete ich *dir* in den Arsch. Er ist einer der besten Menschen, die ich kenne, und ich verfüge über einen ausgeprägten Beschützerinstinkt, was ihn betrifft. Er hat nur das Beste verdient. Besonders nachdem er in diesen ganzen Mist mit hineingezogen wurde.«

Chris lächelte erleichtert. »Danke, Nicky. Deine Worte bedeuten mir sehr viel.«

»Gern geschehen.« Nick blickte auf seine Hände. »Ich finde es gut, dass du ... keine Vorurteile gegen Mateo hast, nur weil er ein Außergewöhnlicher ist.« Dann, mit leiserer Stimme: »Tust du doch nicht, oder?«

Chris legte ihm einen Arm um die Schulter und zog ihn an sich.

Nick entspannte sich ein wenig und erwiderte die Geste, auch wenn er fand, dass Chris' Bart möglichst bald Bekanntschaft mit einem Rasierapparat machen sollte.

»Stimmt«, sagte Chris schließlich. »Ich habe mir nie groß Gedanken deswegen gemacht und werde es auch nie.« Und nach kurzem Zögern: »Aber wenn du mir nur ein bisschen ähnelst, machst du dir wahrscheinlich ziemlich schnell Sorgen über dieses und jenes.«

»Und *du* scheinst ein Fan von Untertreibungen zu sein.«

Chris boxte ihn in die Schulter. *»Nick.«*

»Ist ja gut. Ich hab schon verstanden.«

»Das hoffe ich, denn ich habe es ernst gemeint, als ich sagte, dass ich dir den Rücken freihalten werde. Ich weiß, im Moment ist vieles noch in der Schwebe ...«

»Noch so eine Untertreibung.«

»... aber das Leben geht weiter. Ich will glücklich sein, verstehst du? Und Mateo macht mich glücklich. Es geht nicht um seine Fähigkeiten, sondern darum, wer er als Mensch ist. Und diesen Menschen mag ich sehr. Dass er seinen Körper in pure Elektrizität verwandeln kann, ist nur ein kleines Extra.«

Nick schniefte, denn ganz egal was er sonst noch sein mochte, er war vor allem ein hoffnungsloser Romantiker. Genau deshalb musste er schließlich noch die wichtigste aller Fragen stellen: »Hast du ihn schon mal als Dragqueen auftreten sehen?«

Chris lachte. »Das habe ich. Er ist, nun ja, *besonders*. Sowohl als Dragqueen als auch sonst.«

»Dann habt ihr meinen Segen«, verkündete Nick großmütig und machte sich von Chris los. »Du brauchst dich nicht mehr im Wandschrank zu verstecken. Geh hinaus in die Welt und schrei deine Liebe von den Dächern, Chris!«

Chris wurde plötzlich blass, seine Augen waren weit aufgerissen. »Niemand hat etwas von Liebe gesagt ...«, stammelte er, dann erblühte ein Lächeln auf seinem Gesicht. »Heilige Scheiße, du hast mich bei meinem Namen genannt. *Zwei Mal.*«

»Das habe ich«, bestätigte Nick. »Gern geschehen. Wenn du mich jetzt entschuldigen würdest, ich muss zu einer Party, auf der ich wahrscheinlich aus Versehen allen erzählen werde, was ich gerade gesehen habe. Ich hoffe, du erwartest nicht, dass ich das für mich behalte. Ich habe eine ADHS, weshalb ich mich vor allem auf Dinge konzentriere, die mich verwirren. Und das hier ist *sehr* verwirrend.«

»Du kannst das nicht als Ausrede benutzen, dass du nicht mal in der Lage bist ...«

»Das ist Diskriminierung, und so etwas lasse ich mir nicht gefallen. *Natürlich* kann ich.« Nick wollte gerade den Wandschrank verlassen und allen von seiner genauso erfreulichen wie beängstigenden Entdeckung erzählen, da warf er einen letzten Blick über die Schulter und sah, wie Mateo Chris' Gesicht umfasste und ihn innig küsste. Die beiden sahen so ... *glücklich* aus. Kindlich und wunderbar glücklich.

Nick beschloss, dass die Welt vielleicht doch nichts erfahren sollte. Zumindest noch nicht, und wahrscheinlich auch nicht von ihm. Liebe war wie Vertrauen: ein zartes Gewächs, das Zeit zum Wachsen brauchte. Und je mehr sie wuchs, desto stärker wurde sie. Nick hoffte, dass es bei den beiden genauso sein würde.

Der Garten war von Lichterketten erhellt, die von dem schmalen Dach über der hinteren Terrasse hingen. Der Schein der

Halogenlampen im großen Pool pulsierte langsam – hell, dunkel, hell, dunkel. Die Luft war schwülwarm und die heraufziehende Nacht brachte kaum Abkühlung.

Am Ende des Gartens stand ein langer, an den Rändern von Blumengestecken gesäumter Tisch mit einem weißen Tuch darauf. In der Mitte des Tischs thronten Tabletts voller Köstlichkeiten: Fleisch, Gemüse, kleine Sandwiches sowie Schalen voller Bier-, Limonaden- und Wasserflaschen inmitten von schmelzenden Eiswürfeln.

Nick stand auf dem kleinen Rasenstück neben dem Pool und nippte an seinem Wasser. Er war auch so schon nervös genug und ließ lieber die Finger von der koffeinhaltigen Limonade. Er wurde den Gedanken nicht los, dass, falls jemand ihnen etwas antun wollte, jetzt der perfekte Zeitpunkt dafür war. Wenn Nick einer dieser Arschloch-Schurken wäre, würde er sich die Gelegenheit, bei der sie alle an einem Ort versammelt waren, nicht entgehen lassen. Das Tor an der Einfahrt der Kensingtons würde eine ausreichend entschlossene Person kaum abhalten, sagte er sich.

»Geht es dir nicht gut?«, fragte Mary Caplan und strich ihm eine Haarsträhne aus der Stirn. Sie trug ein weißes Kleid, das ihre schlanke Figur umschmeichelte, und ihre warme braune Haut sah in dem schwachen Licht wunderschön aus. »Du wirkst ein bisschen blass.« Sie legte ihm eine Hand auf die Stirn. »Fieber scheinst du aber keines zu haben.«

Nick zuckte die Achseln. »Sie wissen ja, wie es ist. Ich denke einfach zu viel nach.«

Rodney Caplan kam heran und faltete die Hände über seinem Bauch, der gegen die Knöpfe seines Hemdes drückte. Es war immer noch ein bisschen seltsam, ihn ohne Uniform zu sehen. »Alles wie immer also.«

»Du kennst mich eben lange genug«, erwiderte Nick geistesabwesend. Er schaute sich im Garten um: Bob und Martha füllten gerade am Büffet ihre Teller. Seth und Gibby saßen am Rand des Pools, die Hosen hochgekrempelt, die nackten Füße im Wasser, die Köpfe dicht beieinander, während sie sich unterhielten. Jazz war bei ihren Eltern und gestikulierte eifrig. Trey und Aysha standen bei Chris – beide grinsten, während Chris beobachtete, wie Mateo hin und her lief und Gläser mit prickelndem Cidre verteilte.

Nick zog sein Handy heraus und runzelte die Stirn, weil er keine Benachrichtigungen hatte. »Hast du was von Mom und Dad gehört? Sie haben nicht auf meine Nachrichten reagiert.«

»Nicht seit heute Nachmittag«, erwiderte Cap. »Aaron hat mich angerufen und gesagt, dass er noch Papierkram wegen eines Falles von häuslicher Gewalt erledigen muss, mit dem wir beauftragt wurden. Ich bin sicher, dass deine Mom auf ihn wartet, damit sie zusammen herkommen können.«

Das klang logisch. Mom und Dad steckten *immer* zusammen. Nick war erleichtert, dass sich daran auch während der letzten Monate nichts geändert hatte. »Ich bin sicher, dass es so ist«, sagte er und versuchte, so zu klingen, als würde er tatsächlich daran glauben. »Sie kümmert sich wahrscheinlich gerade um seine Garderobe. Dad schafft es nicht, sich ordentlich anzuziehen, egal wie sehr er sich anstrengt.«

»Bitte sag ihm das ins Gesicht und lass mich dabei sein«, erwiderte Cap.

»Mach ich. Sein linkes Auge zuckt jedes Mal, wenn ich recht habe. Also ziemlich oft.«

Cap schnaubte. »Red's dir nur ein, Nick. Ich kann mich noch gut erinnern, als ...«

»Da sind sie«, unterbrach Mary und stupste Nick am Fuß an. »Siehst du? Alles in Butter.«

Er folgte ihrem Blick und sah, wie Aaron und Jenny Bell untergehakt durch die Doppeltür traten, die zum Garten führte. Sie winkten und kamen in Nicks Richtung. Dad trug den Anzug, den Nick ihm vor ein paar Wochen mit Mom als Beraterin von seinen mageren Ersparnissen gekauft hatte. Dad besaß eine ganze Reihe von Anzügen, aber Nick wollte, dass er etwas Neues trug, jetzt da er sich vor Kurzem beruflich verändert hatte. Die drei hatten einen ganzen Vormittag in einem Anzuggeschäft verbracht (wegen des Zustands, in dem Nick seinen geliehenen Toten-Magier-Anzug zurückgegeben hatte, unter dem äußerst kritischen Blick des Ladenbesitzers). Dad probierte dies und das, und Nick und Mom buhten jedes Mal, wenn er erneut mit irgendeiner abscheulichen Kombi am Leib aus der Kabine kam. Irgendwann jubelten sie, als er endlich das Richtige gefunden hatte. Der Anzug war anthrazitfarben, das Hemd am Hals offen, keine Krawatte. Alles zusammen kostete mehr, als Nick erwartet hatte, und Mom bot an, etwas zuzuschießen, aber Nick wollte nichts davon wissen. Dad strengte sich wirklich an, und das bedeutete, dass Nick dasselbe tun musste.

Jenny war schön wie immer: nur wenig Make-up und die blonde Kurzhaarfrisur kunstvoll zerzaust. Ihr Sommerkleid war einen Hauch dunkler als Dads Anzug, fast schwarz. Sie waren ein schönes Paar. Aus irgendeinem Grund dachte Nick daran, wie er an einem Geländer lehnte, vor ihm das Meer und ein Leuchtturm in der Ferne. Er wusste nicht, woher diese Erinnerung plötzlich kam. Das war ein glücklicher Tag gewesen damals. Ein Foto davon stand noch heute auf seinem Schreibtisch.

Als sie näher kamen, sah er etwas in Dads Gesicht, das ihm nicht gefiel: eine gewisse Anspannung um den Kiefer und die Augenpartie. Seine Mom lächelte, aber nicht so strahlend wie sonst.

»Hey, Kleiner«, sagte Dad, während Mom Nicks Kragen zurechtrückte. »Tut mir leid, dass wir zu spät sind.«

»Was war denn los?«, fragte Nick und erwiderte Aarons Umarmung, nachdem Jenny von ihm abgelassen hatte. »Bürokram?«

»Ich musste ihn regelrecht nach Hause *zerren*«, kommentierte Mom. »Du weißt ja, wie er ist.«

Dad kicherte, aber es wirkte nicht so, als ob er irgendetwas lustig fände. »Irgendwas schreit immer nach meiner Aufmerksamkeit.« Er winkte den anderen Partygästen und rief Jazz ein *Happy Birthday* zu, die sich grinsend bedankte.

»Ist alles in Ordnung?«, fragte Cap. Er schien ebenfalls bemerkt zu haben, dass etwas nicht stimmte. Und das bedeutete, dass Nicks Eindruck keine Einbildung war.

»Nun, ich glaube, wir müssen ...«

»... uns auf den Grund konzentrieren, aus dem wir alle hier sind«, unterbrach Mom ihn und blickte ihn einige Sekunden unverwandt an. Sie schienen eines dieser stillen Gespräche zu führen, wie Langzeitpaare es öfter taten. »Heute wird gefeiert.« Sie drückte Marys Arm zur Begrüßung, dann führte sie Dad zu Jazz.

»Du hast es auch gesehen, Cap, oder?«, fragte Nick und schaute seinen Eltern hinterher.

»Ich glaube nicht, dass ...«, begann Mary.

»Ja«, antwortete Cap knapp. »Habe ich.« Er runzelte die Stirn. »Hat wahrscheinlich nichts zu bedeuten. Nach allem, was während der letzten Monate passiert ist, glaube ich nicht, dass sie irgendwas verheimlichen.« Er sah Nick an. »Vor dir, meine ich. Sie haben ihre Lektion gelernt, nach all den, du weißt schon ...« Er schaute weg, und Mary seufzte.

»... Lügen darüber, was in mir schlummert, und den Medikamenten, um es zu unterdrücken?«, vervollständigte Nick den Satz.

»Richtig«, bestätigte Mary. »Und wir wollen ihr Verhalten bestimmt nicht verteidigen.«

»Sie lieben dich«, beharrte Cap. »Das solltest du niemals infrage stellen. Sie haben getan, was sie für richtig hielten. Wir sind nicht deine Eltern, daher weiß ich nicht, wie weit wir uns einmischen sollten, aber du *darfst* wütend sein wegen dem, was passiert ist.«

»Ich weiß nicht, wie ich damit umgehen soll«, gestand Nick. »Gerade wenn ich denke, ich bin drüber weg, erinnert mich irgendwas daran, was passiert ist, und alles fängt wieder von vorne an.«

»Hast du schon mal an eine Therapie gedacht?«, fragte Mary. »Deinem Vater scheint sie gutzutun.« Jazz sagte gerade etwas, das Aaron und Jenny zum Lachen brachte. »Er wirkt glücklicher, findest du nicht?«

»Es ist schwer, eine Therapie zu machen, während Leute versuchen, dich umzubringen, und du genau *darüber* nicht reden darfst. Nicht gerade die beste Vertrauensbasis. Ich kann nicht riskieren, dass ich mich verplappere.«

Mary runzelte die Stirn. »Davon darfst du dich nicht abhalten lassen, Nick. Immerhin haben Ärzte eine Schweigepflicht. Es wird vielleicht ein bisschen dauern, bis du einen guten Therapeuten findest, aber wenn du glaubst, dass es dir hilft, solltest du es versuchen. Cap macht auch eine.«

Nick sah ihn an. »Davon wusste ich gar nichts.«

»Am Anfang habe ich mich nicht wohl dabei gefühlt«, erklärte Cap barsch. »Ich fand es komisch, mit einem Fremden über solche Dinge zu reden. Aber mit der Zeit wurde es leichter, und ich glaube, ich kann die Sitzungen gut gebrauchen. Ich versuche zwar immer, mir einzureden, dass es mir gut damit geht, wie die Sache beim NCPD gelaufen ist, aber das stimmt einfach nicht. Ich habe eine Menge Wut zu verarbeiten. Aber ich habe nichts über dich und Seth verraten«, fügte er eilig hinzu. »Falls du dich fragst.«

»Ich weiß, dass du das nie tun würdest, Cap.«

»Das Reden hilft mir«, sprach Cap leise weiter. »Ich glaube, dasselbe kann man auch über deinen Dad sagen. Und er bleibt dran, genau wie er es dir und deiner Mom versprochen hat. Ich weiß, dass ihr drei eine schwere Zeit hattet, aber zweifle nie an ihrer Liebe zu dir.« Er hob die Hand, bevor Nick widersprechen konnte. »Ja, ich weiß, sie haben ziemlichen Mist gebaut, aber ich bin überzeugt, dass sie gute Gründe hatten und es keine böse Absicht war.«

Er nickte. »Dad ist also glücklich, weil er in Therapie geht, und damit ist alles erklärt?«

»Woran sollte es denn sonst liegen?«, fragte Mary.

Darauf wusste Nick keine Antwort.

Die Party verlief ohne jeden Zwischenfall. Niemand stürmte das Grundstück der Kensingtons, und kein Irrer versuchte, sie zu töten. Es war genau das: eine Party mit Menschen, die einander am Herzen lagen. Sie lachten, sie tanzten und sie aßen, bis sie sich kaum noch bewegen konnten. Irgendwann machte Mateo eine Pause und zog Chris – sehr zur Überraschung von Nick und seinen Freunden, aber anscheinend von niemandem sonst – auf die Tanzfläche.

»Wir haben Augen im Kopf«, antwortete Aysha auf Nicks Frage, warum ihr nicht genauso die Kinnlade herunterfiel wie ihm. »Es ist ziemlich offensichtlich, wie sehr die beiden ineinander verknallt sind.«

»Ich verstehe gar nichts mehr«, kommentierte Seth kleinlaut, als Mateo Chris so tief hintenüberbeugte, dass sein Rücken fast den Rasen berührte.

Ansonsten war Jazz das Zentrum der allgemeinen Aufmerksamkeit, und das zu Recht. Ihre Eltern schleppten eine riesige Torte an: drei Schichten aus dickem weißem Zuckerguss, dazwischen zwei Lagen, die schimmerten wie roter Samt. Dann sangen alle noch einmal *Happy Birthday*, und als das Lied zu Ende war, holte Jazz tief Luft und blies alle Kerzen auf einmal aus.

Nick betrat die behelfsmäßige Tanzfläche, die lediglich aus einem dicken Teppich auf der Steinterrasse bestand, und wiegte sich mit Seth im Takt. Keiner der beiden sprach, während Nick sich darauf konzentrierte, seine Beine unter Kontrolle zu halten und Seth nicht auf die Füße zu treten. Bald gab er es auf und ließ sich einfach von der Musik mitreißen, doch Seth beschwerte sich kein einziges Mal, wenn ein Schritt danebenging. Wenn überhaupt, verzog er höchstens kaum merklich das Gesicht.

Dann erschrak Nick, als jemand ihm von hinten auf die Schulter tippte, und drehte sich um.

Aaron stand vor ihm. »Hey, darf ich abklatschen?«, fragte er mit einem Lächeln.

Nick blinzelte. »Du willst mit Seth tanzen? Äh, okay.« Er funkelte seinen Vater an. »Aber wenn du ihm wieder mit Lecktüchern oder Feuerlöschern drohst, bekommst du was von mir zu hören.«

»Tatsächlich?« Dad grinste. »Und was genau?«

»Wörter«, knurrte Nick. »Und zwar jede Menge davon. Ich habe immer noch daran zu knabbern, wie du versucht hast, mein Leben zu zerstören.«

Aaron zuckte zusammen, und Nick wünschte, er hätte die Klappe gehalten. Er hatte es nicht so gemeint. Andererseits: Jetzt, da es raus war, fragte er sich, ob nicht auch ein Körnchen Wahrheit in seinem Ausbruch gesteckt hatte. Vielleicht sollte er *doch* eine Therapie machen.

Seth wusste genau, was in Nick vorging, und drückte seinen Arm.

Nick seufzte. »So war das nicht gemeint. Tut mir leid. Du weißt ja: Mein Mundwerk ist manchmal schneller als mein Hirn.«

»Das weiß ich, Sohn«, erwiderte Aaron. »Das ist eines der Dinge, die ich an dir liebe.« Dann schüttelte er den Kopf. »Aber ich will gar nicht mit Seth tanzen. Sonst merkt er noch, wie viel besser ich es kann als du.«

»Großer Gott, warum *bist* du so?«

»Beruhige dich, Kleiner. Ich fordere nicht deinen Freund zum Tanzen auf, sondern *dich*.«

»Moment, *echt* jetzt, Pops? Du willst, dass wir gemeinsam ein bisschen die Hüften kreisen lassen?« Und wieder wünschte Nick sich, er könnte seine Worte zurücknehmen. »Okay, das löst Assoziationen in mir aus, bei denen mir sofort schlecht wird. Reden wir einfach über was anderes.«

»Zu spät«, erwiderte Dad ein wenig beleidigt und wollte sich schon wegdrehen.

Nick fasste ihn lachend am Arm. »Aber *ich* führe«, erklärte er und legte Aarons Hände auf seine Schultern.

»Seth?«, rief Aaron über die Schulter. »Nick will führen! Kannst du schon mal einen Krankenwagen rufen? Ich habe das Gefühl, dass ich mir gleich etwas brechen werde.«

»Das ist nicht witzig«, sagte Nick mit finsterem Blick.

»Oh doch«, widersprach Dad, dann begannen sie, unbeholfen die Füße zu bewegen.

»Also«, meinte Nick, als ihm das Schweigen zwischen ihnen (vier Sekunden) entschieden zu lang wurde.

»Also«, wiederholte Dad.

»Wir tanzen.«

»Mehr oder weniger«, bestätigte Aaron und zuckte zusammen, als Nick ihm gegen das Schienbein trat.

»Soll ich dich drehen?«, überlegte Nick laut. »Ich glaube, ich will dich drehen.«

»Lassen wir das lieber und tun so, als hätten wir diesen Teil bereits hinter uns«, widersprach Dad. Also schlurften sie einfach weiter, was Nick den endgültigen Beweis verschaffte, dass steife Knie erblich waren.

Dann: »Gute Party.«

Nick seufzte. »Wir müssen wirklich an deinen Small-Talk-Fähigkeiten arbeiten.«

»Glaubst du? Gib mir doch ein paar Tipps, oh Meister des unverbindlichen Plauderns.«

»Ich glaube es nicht, ich *weiß* es«, widersprach Nick.

»Schön für dich, Nicky.«

Er wollte gerade sagen, dass sie es *doch* mit einer Drehung versuchen sollten, aber sein Gehirn spielte ihm einen Streich. Stattdessen platzte er heraus: »Bist du glücklich?«

Ausgerechnet hier, ausgerechnet jetzt, vor allen anderen. Aber es war zu spät.

Dad hielt inne, die Hände immer noch auf Nicks Schultern. Er neigte den Kopf, runzelte kurz die Stirn und sah sich dann blinzelnd um, als müsste er sich erst einmal orientieren, wo er sich befand. *Sehr seltsam.* Dann sah er Nick an, und seine Verwirrung war wieder verschwunden. »Natürlich bin ich das, Junge. Ich bin hier, mit dir, und ich möchte nirgendwo anders sein.«

»Und alles ist ... gut?«

»Ich glaube schon. Warum?«

Nick zuckte die Achseln. »Ich weiß nicht. Es kommt mir so vor, als hätte ich schon lange nicht mehr richtig mit dir geredet.«

»Du hattest viel zu tun.«

»Ich weiß.« Nick blies frustriert die Luft aus. »Aber das sollte mich nicht davon abhalten. Wir sind ein Team, du und ich.« Er hielt inne. »Und Mom.«

Natürlich gehörte sie dazu. Sie war ein Teil von ihnen. Nick spähte über Dads Schulter und sah sie bei Mary, Aysha, Jo und Martha stehen. Doch worüber auch immer sie gerade sprachen, Jenny schien nicht zuzuhören, sondern ihre ganze Aufmerksamkeit auf ihn und Dad zu richten. Als sie merkte, dass Nick sie ansah, winkte sie lächelnd.

»Ja, ein Team«, bestätigte Aaron.

Er nickte geistesabwesend. Ein Gedanke hatte sich in Nicks Kopf festgesetzt, kaum zu greifen, aber dafür umso hartnäckiger: *Vorher. Nachher. Davor. Danach.* Er wusste nicht, was er damit anfangen sollte, und ignorierte es schließlich. »Ja, ein Team«, seufzte er.

»Deine Sprachbeherrschung ist wirklich beeindruckend, Sohn. Apropos, ich wollte mit dir über deine Fic sprechen. Wie heißt sie noch mal? *Glühender Genuss?*«

»Genussvolle Glut«, brummte Nick. »Du hast sie gelesen? Warum zum Teufel?«

Dad lachte. »Ich wollte die dunkelsten Abgründe deiner Fantasie kennenlernen.« Sein Lächeln wurde etwas blasser. »Ganz so dunkel hatte ich sie mir allerdings nicht vorgestellt, wie ich gestehen muss.«

Nick lehnte stöhnend die Stirn an Aarons Schulter, was er schon lange nicht mehr getan hatte. Umso überraschter stellte er fest, dass er inzwischen genauso groß war wie Dad. Er hatte keine Ahnung, wie das passiert war. Sein Vater war immer der größte Mensch in Nicks Welt gewesen, sowohl physisch als auch im übertragenen Sinn. Festzustellen, dass er am Ende doch nur ein ganz normaler Mann war, fühlte sich komisch an. »Bitte sag mir, dass du nicht *alles* gelesen hast. Denn falls doch, muss ich sofort anfangen, eine Verteidigungsrede wegen meiner Verderbtheit vorzubereiten.«

»*Verderbtheit?* Noch so ein tolles Wort. Und ja, ich *habe* alles gelesen. Daher muss ich dir sagen, dass einige der Beschreibungen von Pyro Storm ein bisschen zu nah an Por...«

»Vertraust du mir?«

Nick hatte diese Frage gar nicht stellen wollen. Er wusste nicht einmal, woher sie plötzlich gekommen war. Aber zum Zurücknehmen war es jetzt zu spät.

Dad verstummte. *Alles* verstummte: die Musik und auch die anderen Partygäste. Denn Nick brauchte seine gesamte Aufmerksamkeit, um zu beobachten, wie es in Dad arbeitete: Überraschung, vermischt mit so etwas wie Misstrauen, trat auf sein Gesicht. Dann ein Anflug von Traurigkeit, vielleicht sogar Trauer. Nick kannte seinen Vater so gut wie kaum ein Zweiter. Er konnte deutlich sehen, wie Aaron versuchte, seinen Gesichtsausdruck zu verbergen – und kläglich scheiterte.

»Ich vertraue dir«, antwortete Dad schließlich. »Dass du weißt, was richtig ist und was nicht.«

»Aber«, sagte Nick, denn er wusste, dass eines kommen würde, und hasste es.

»Aber«, bestätigte Dad und ließ das Wort eine Weile zwischen ihnen schweben. »Es ist nicht so, dass ich dir *nicht* vertraue, Nick. Ganz und gar nicht. Ich ... *wir* machen uns nur Sorgen, dass du die wichtigen Dinge nicht wirklich bis zu Ende denkst.«

»Zum Beispiel?«, fragte Nick und versuchte, möglichst gelassen zu klingen.

»Wir müssen jetzt nicht darüber reden«, erwiderte Dad, trat einen Schritt zurück und ließ die Hände von Nicks Schultern fallen. Sein Mund öffnete sich, aber es kam kein Ton heraus. Schließlich schloss er ihn wieder und schüttelte den Kopf.

»Wann dann?«, beharrte Nick.

»Alles in Ordnung?«, fragte eine weitere Stimme.

Nick zuckte genauso zusammen wie Aaron. Mom war wie aus dem Nichts aufgetaucht, sie hatten sie gar nicht kommen hören.

»Ihr seht so ernst aus. Das ist eine Party, Jungs. Macht nicht die Stimmung kaputt.«

»Wir müssen es ihm sagen, Jen«, murmelte Dad. »Ihnen allen. Sie müssen wissen, was auf sie zukommt.«

Mom nickte, und Nick lief ein Schauer über den Rücken.

»Eigentlich wollten wir allen die Möglichkeit geben, sich noch einmal richtig zu amüsieren«, begann Jenny. Sie wandte den Blick ab und blinzelte hektisch. »Ich dachte, uns würde mehr Zeit bleiben, aber Aaron hat recht.«

Nick hörte ein Summen in seinen Ohren, es wurde immer lauter. »Wovon redet ihr? Was ist hier los?«

Mom hob die Hand, verdrehte die Finger leicht, und die Musik verstummte augenblicklich. Die darauf folgende Stille war ohrenbetäubend, alle blickten auf, als hätte jemand sie aus einer Trance gerissen. Nick war sicher, dass niemand sonst es spüren konnte, aber *er* spürte es: die Energie seiner Mutter, ihre Kräfte, die den seinen so ähnlich waren. Es war ein seltsames Gefühl, wie eine gewaltige Welle, die über ihn hereinbrach und ihn in die Tiefe zog. Irgendwo in seinem Hinterkopf dachte er: *Passiert das gerade wirklich? Ist irgendetwas hiervon real?*

Ja, flüsterte eine beruhigende Stimme. *Natürlich ist es das. Es ist alles echt.*

Dann verflog das Gefühl, wenn auch nicht ganz. Nick konnte immer noch spüren, wie es über seine Haut strich, weich und sanft und *falsch*. Es war verwirrend und berauschend zugleich. Wie ein sich formender Gedanke, verworren und unscharf, noch nicht so weit, dass er sich in Worte übersetzen ließe.

All das vergaß er wieder, als seine Mom die Stimme erhob, damit alle sie hören konnten. »Eigentlich wollte ich heute Abend nicht davon anfangen, Miles, Joanna. Es sollte Jazz' Abend sein.« Sie wirkte blass, nervös. Sie sah Nick und Aaron und streckte den Arm aus. Dad ging zu ihr und nahm ihre Hand. »Aber ich muss«, sprach sie weiter und drückte Dads Finger. »*Wir* müssen. Denn es gibt Momente, in denen man nicht darauf warten darf, bis einem die Schlacht vor die Haustür getragen wird.«

Nick blieb, wo er war. Er konnte sich nicht bewegen. Seine Füße hielten ihn fest, als wären sie aus Stein. Etwas blitzte in seinem Kopf auf, wie eine Erinnerung, aber eine falsche. Denn so war es nicht gewesen. Sie waren nicht ...

Rauch und Eis bewusstlos auf den Fliesen liegend, gefangen hinter Metallstreben, die jemand in den Boden gerammt hatte. Und Dad, Dad, Dad, er stürzte auf Nick zu, rief seinen Namen, hob ihn hoch und umarmte ihn fest, das Gesicht an seinem Nacken vergraben. Es war verflucht knapp gewesen, wieder einmal. Der Tod hatte an ihre Tür geklopft, oder eher gehämmert, aber sie hatten überlebt, sie hatten gewonnen, und Dad ... Dad hatte gefragt: Wer war das?

TK. Er ist wie ich.

Er? *Wer ist er?*

Keine Ahnung. Ich habe ihn noch nie ohne Kostüm gesehen. »Er ist wie ich«, flüsterte Nick und bekam trotz der Sommerhitze eine Gänsehaut. *»Er ...?«*

»Nicky?«, fragte Mom und streckte ihm die andere Hand entgegen.

Wie im Traum ging Nick zu ihr, er schwebte fast. Und als er Jennys Hand nahm, überkam ihn eine plötzliche Ruhe. Es musste an seiner Müdigkeit liegen. Er war müde und glaubte sich an Dinge zu erinnern, die gar nicht passiert waren. TK war kein Mann, sondern seine *Mutter*. War es immer gewesen.

»Du musst mir jetzt gut zuhören«, begann Jenny. »Es ist wichtig. Schaffst du das?«

Er nickte langsam und wandte den Blick ab. In dem Versuch, wieder einen klaren Kopf zu bekommen, beobachtete Nick die Reaktionen der anderen: Bob runzelte die Stirn, Martha hatte sich eine Hand an den Hals gelegt. Miles und Jo standen Arm in Arm neben dem Pool, jeder mit einem Glas Cidre. Gibby stand zwischen Trey und Aysha und schaute fragend in Moms Richtung. Mateo machte einen Schritt auf Nick und seine Eltern zu, aber Chris hielt ihn zurück, eine Hand auf seinem Arm, die Stirn gerunzelt. Jazz stand in der Nähe des Büfetts und hielt ein großes Steakmesser in der Hand, als wollte sie denjenigen abstechen, der ihre Party gestört hatte.

Und Seth, der langsam auf Nick zukam, den Kopf fragend geneigt. Nick wusste, dass seine Gedanken bereits rasten, und in seinem Blick lag mehr als nur ein bisschen Pyro Storm. Er sprach für sie alle, als er fragte: »Was ist passiert?«

»Owen Burke ist nach Nova City zurückgekehrt«, antwortete Jennifer Bell.

Eine Explosion von Lärm, chaotisch und laut, als die Erwachsenen anfingen, alle durcheinander zu rufen. Jazz' Augen verengten sich, Gibbys Blick wirkte, als könnte er töten. Nur Seths Gesicht zeigte kaum eine Reaktion. Seine Arme hingen schlaff herab, doch die Hände waren zu Fäusten geballt.

Nicks Knie wurden weich. »Was?«, stammelte er und wäre beinah zu Boden gesackt. Er hatte immer gewusst, dass dieser Tag kommen würde, dass es nur eine Frage der Zeit war, doch als seine Mom es laut aussprach, wurde ihm klar, wie sehr er gehofft hatte, Owen würde einfach ... verschwinden.

»Woher wissen Sie das?«, fragte Seth.

Gibby drängte sich an ihren Eltern vorbei und riss sich los, als Trey und Aysha versuchten, sie zurückzuhalten. »Wie können Sie da so sicher sein?«

Jazz schnaubte gereizt, warf das Steakmesser in die Luft, wo es sich einmal überschlug, und fing es wieder auf. Nick wusste nicht, wo sie diesen Trick gelernt hatte, aber er nahm sich einen Moment Zeit, gebührend beeindruckt zu sein. »Überlasst ihn mir«, sagte sie. »Ich kümmere mich darum.«

»Ähm, Jasmine«, erwiderte Miles. »Vielleicht warten wir noch einen Moment, wenn es dir nichts ausmacht. Ich glaube, es ist noch nicht der Zeitpunkt, um eine Straftat zu begehen. Du hast noch nicht einmal alle Geschenke ausgepackt.«

Mom ließ sich weder von Jazz' Messerjonglierkünsten noch von den Fragen der anderen verunsichern. Wenn überhaupt, sah sie beinahe ... *erfreut* aus. Der Ausdruck verschwand blitzschnell wieder von ihrem Gesicht, aber Nick hatte ihn gesehen. Mit ernster Miene sagte sie schließlich: »Weil ich ihm begegnet bin.«

Seth starrte sie mehrere Sekunden lang an. »Sind Sie absolut sicher?«

»Natürlich bin ich das«, antwortete Mom. »Hätte ich mein Kostüm getragen, hätte ich ein Foto von ihm machen können. Ich habe ihn heute Morgen in einer Menschenmenge auf der Straße gesehen. Und bevor du nachfragst: Ja, ich weiß, wie er aussieht, und zwar aus der Zeit, als er mit Nick zusammen war.«

»Wir *waren* nicht zusammen«, stammelte Nick fassungslos. »Wir fanden einander attraktiv, das ist alles.« Er blickte in die Runde. »Und bevor Sie anfangen, an meinem Geschmack zu zweifeln, möchte ich alle daran erinnern, dass ich ihn gegen das vollkommenste Individuum eingetauscht habe, das je auf Erden gewandelt ist. Damit meine ich dich, Seth.«

»Zur Kenntnis genommen«, erwiderte Seth trocken. Dann zu Jenny, ernster jetzt: »Warum haben Sie uns das nicht gleich erzählt?«

»Wir wollten Jazz' Party nicht ruinieren«, antwortete Dad. »Wir wollten sie und alle hier einfach eine Nacht lang feiern lassen.«

»Jenny sagt die Wahrheit«, erklärte Chris und trat vor. Mateo sah ihn kurz verblüfft an, überspielte es aber schnell. »Aber du musst ihm auch den Rest erzählen, Aaron.«

Nick beugte sich vor und spähte an Moms Kopf vorbei zu Dad hinüber. »Mir *was* erzählen?«

Aaron senkte den Kopf und verzog den Mund zu einem dünnen, blutleeren Strich. »Er meint den Tag, an dem du das Geschenk von Mateo bekommen hast. Dein Kostüm.«

»Ähm«, machte Mateo, »ich weiß zwar nicht, was Sie damit andeuten wollen, aber wenn Sie glauben, dass ich mit diesem Arschloch unter einer Decke stecke, legen Sie besser gute Beweise dafür vor. Ich muss mich schon mit genug Idioten herumschlagen und brauche nicht noch einen mehr davon.«

»Das meint er nicht«, beschwichtigte Mom. »Als Sie zu mir kamen und sagten, dass Sie Nick ein Kostüm machen wollen, wusste ich, dass Sie der Richtige dafür sind. Sie sind ein guter Freund, Mateo.«

»Stimmt«, sagte Mateo langsam. Er blinzelte einmal, zweimal. »Sie haben mir ja auch mit dem Kostüm geholfen.« Er lächelte, aber es sah nicht echt aus. »Schließlich tritt er in Ihre Fußstapfen, mehr oder weniger. Keine Ahnung, warum ich nicht daran gedacht habe.«

»Wovon redet Chris da?«, fuhr Nick auf. »*Noch* ein Geheimnis? Ich dachte, damit wären wir fertig. Du hast es mir versprochen.« Er ging um Mom herum und baute sich vor seinem Dad auf. »Du hast es mir *versprochen.*«

Dad stand da, die Schultern fast bis zu den Ohren hochgezogen. »Das habe ich«, bestätigte er und fuhr sich mit der Hand übers Gesicht. »Aber ich habe es dir nicht verheimlicht, zumindest nicht so, wie du denkst. Wir wussten nicht ...« Er schüttelte den Kopf. »Wir mussten ganz sicher sein, bevor wir jemanden unnötig damit belasten.«

»Dein Vater wollte dich einweihen«, sagte Mom sanft. »Wenn du auf jemanden wütend sein willst, dann auf mich. Denn ich war diejenige, die ihn gebeten hat, es dir nicht zu zeigen.«

»*Was* zeigen?«, fragte Nick.

Seth kam heran und stellte sich hinter ihn. Seine Gegenwart und Seths Hand auf seiner Schulter beruhigten ihn. Die Flammen in seinem Kopf und seiner Brust loderten nicht mehr ganz so hoch.

»Den Brief«, antwortet Dad und sah Nick direkt in die Augen.

Nick starrte ihn an. »Welchen ... Du hast meine *Post* geöffnet? Das ist eine Straftat!«

»Im Moment gibt es wichtigere Dinge, auf die du dich konzentrieren solltest, Nicky«, murmelte Seth.

»Ich dachte, es wäre wieder ein hasserfüllter Drohbrief von irgendeinem Irren«, sprach Dad weiter. »Wir hatten schon welche bekommen. Nicht annähernd so viele wie Seth, aber genug. Und es war übel, Junge. Schreckliches Zeug, das niemand freiwillig liest.«

»Wir haben es genauso gemacht«, warf Bob ein. »Wir haben einen Riesenhaufen solcher Briefe bekommen, und Seth kennt nur einen Bruchteil davon. Stattdessen haben wir sie alle an Chris weitergegeben, doch leider war abgesehen davon, dass sie in Nova City aufgegeben wurden, nichts Genaueres herauszufinden. Menschen können grausam sein, besonders wenn sie glauben, dass sie anonym bleiben.«

Nick musste widerwillig zugeben, dass Bob recht hatte. Manche Kommentare unter seinen Fics waren schon schlimm genug.

»Aber dieser Brief war nicht wie die anderen«, übernahm Mom wieder das Wort. »Aaron hat ihn mir gezeigt. Owens Shadow-Star-Symbol war darauf gekritzelt. Zuerst dachten wir, es sei eine Drohung von jemandem aus dem Dunstkreis von Christian und Christina Lewis. Dass das

Symbol Rauch darstellen sollte. Aber das stimmte nicht. Es war ...«

»...ein Schatten«, flüsterte Nick, und die Nackenhaare standen ihm zu Berge.

Mom nickte. »Darunter standen zwei Worte.« Sie atmete tief ein und langsam wieder aus. »BIS BALD.«

Seths Finger gruben sich schmerzhaft in Nicks Schulter, aber Nick schlug die Hand nicht weg. Der Schmerz hielt die in ihm aufsteigende Panik in Schach. Größtenteils zumindest. »Und ihr habt mir kein Wort davon gesagt.«

»Haben wir nicht«, bestätigte Mom. »Wir haben gehofft, selbst mit ihm fertigzuwerden, und dann wäre die ganze Aufregung umsonst gewesen.«

»Umsonst?«, fauchte Nick. *»Umsonst?«* Er funkelte seine Eltern an. »Ich und meine Freunde hatten das *Recht*, davon zu erfahren. Wir waren ständig allein in der Stadt unterwegs, er hätte uns jederzeit auflauern können, und wir wären nicht mal vorgewarnt gewesen!«

»Das stimmt nicht ganz«, widersprach Gibby.

Nick wirbelte herum und versuchte, den Schmerz in seiner Brust im Zaum zu halten.

Gibby sah aus, als täte es ihr entsetzlich leid, aber das hinderte sie nicht daran weiterzusprechen. »Wir wussten alle, dass er ausgebrochen ist, und haben ständig die Augen und Ohren nach jedem noch so kleinen Hinweis auf ihn offen gehalten. Vor allem du, Nick.«

»Genau«, bestätigte Jazz und stellte sich neben ihre Freundin. »Wir waren ständig in Alarmbereitschaft.«

Nick ließ die Luft ab. »Ja, ich weiß. Aber sie hätten es uns trotzdem sagen müssen.«

»Das *haben* wir«, sagte Dad und hob die Hände, bevor Nick etwas erwidern konnte. »Gerade eben – *nachdem* wir überprüft hatten, ob er auch wirklich in der Stadt ist. Und bevor du fragst: Außer uns hat niemand davon gewusst. Nur ich, deine Mutter und Chris.«

Nick versuchte, sich zu konzentrieren, aber sein Gehirn war ein einziges Chaos aus Hunderten, eher Tausenden von Gedanken, die ihm gleichzeitig durch den Kopf schossen. Er klammerte sich an den erstbesten: »Er ist also ... hier. Wir wussten, dass es irgendwann passieren würde. Aber hinter wem ist er her? Hinter mir? Oder Seth? Es ist nicht unsere Schuld, dass er meine Fanfiction gekapert und versucht hat, sein eigenes Ende dafür zu schreiben.«

»Ich glaube, er hat es auf seinen Vater abgesehen«, antwortete Mom, und alles, was Nick noch sagen wollte, blieb ihm im Hals stecken. »Er ist zwar mit Sicherheit auf euch alle sauer, aber denk nach, Nick: Wenn du an Owens Stelle wärst, auf wen würdest du als Erstes losgehen? Auf dich und Seth? Jazz und Gibby? Oder würdest du dich an der Person rächen wollen, die dich zu dem gemacht hat, was du bist?«

»Burke«, hauchte Nick.

Mom nickte. »Du weißt, was Burke ihm angetan hat. Er hat seinen Sohn in einen ...«

»Er hat einen Wachhund aus ihm gemacht«, sagte Seth grimmig. »Er hat an Owen herumexperimentiert und ihn in einen Außergewöhnlichen verwandelt.«

»Aber es wird nicht bei Burke bleiben«, warf Nick ein. »Selbst wenn er es als Erstes auf ihn abgesehen hat, heißt das nicht, dass er nicht auch auf uns losgehen wird. Burke mag ihm viel angetan haben, aber wir waren diejenigen, die ihn auf der Brücke besiegt haben.«

»Deshalb weihen wir dich erst jetzt ein, wo wir absolut sicher sind«, bekräftigte Mom. »Dein Vater und ich wollten euch nicht grundlos beunruhigen. Stimmt's, Aaron?«

Dad öffnete den Mund, da blitzte etwas in seinem Gesicht auf, das fast wie Verwirrung aussah, und er nickte nur stumm.

»Aaron hätte es uns trotzdem sagen sollen«, mischte sich nun auch Trey ein. »Unsere Töchter sind genauso in diese Sache verwickelt. Wir waren schon einmal an dieser Stelle, weißt du noch? Wegen Nick, Seth, Jazz und Gibby. Und wir haben uns darauf geeinigt, ab jetzt keine Geheimnisse mehr voreinander zu haben. Was zum Teufel ist aus dieser Abmachung geworden?«

»Trey hat recht«, bestätigte Aysha. »Wir hätten schon vor *Wochen* davon erfahren müssen.«

»Es stimmt, was ihr sagt«, erwiderte Mom schnell. »Aber es liegt nicht an Aaron. Wenn jemand Schuld hat, dann ich. Ich habe ihn gebeten, sich zurückzuhalten, bis wir Gewissheit haben, und das tut mir leid. Aber glauben Sie mir, wenn ich sage, dass Ihre Kinder uns genauso am Herzen liegen wie Nick. Und sie sind mit uns sicherer als ohne uns. Ich weiß, dass Sie zu allem entschlossen sind, um sie zu beschützen, aber manchmal braucht es ein bisschen mehr als das. *Ich* kann es. Mateo kann es auch. Und Seth. Und Nick.«

»Das wissen wir«, brummte Miles. »Aber wenn wir das durchziehen wollen, wenn wir wirklich zusammenhalten wollen, dann können Sie uns so etwas nicht einfach vorenthalten. Trey hat recht – wir hätten es sofort erfahren müssen, als Sie diesen Brief bekommen haben.«

»Was sollen wir jetzt tun?«, fragte Bob. »Wenn er hier ist, müssen wir so schnell wie möglich herausfinden, was er vorhat, um uns bestmöglich vorzubereiten.«

Jetzt ergriff auch Martha das Wort. Sie wirkte um Jahre gealtert. »Weiß Simon Burke schon Bescheid? Was, wenn das alles ein Trick ist und er heimlich mit Owen zusammenarbeitet?«

Nick wurde schwindlig. Flashbacks brachen über ihn herein und er sah sich selbst, wie er von Schatten hoch über einer Brücke gefangen gehalten wurde. »Owen *hasst* seinen Vater«, murmelte er. »Er würde ihm niemals bei irgendetwas helfen. Sondern es ihn höchstens *glauben* lassen.«

»Deshalb wird dir auch nicht gefallen, was ich jetzt gleich sagen werde«, erklärte Mom. »Ich wünschte, wir hätten eine andere Möglichkeit, doch ich fürchte, das ist nicht der Fall. Ich bin offen für eure Ideen, aber ich glaube, wenn wir an Owen herankommen wollen, müssen wir in die Offensive gehen.«

Nick rollte mit den Augen. »Na toll. Noch mehr schlechte Neuigkeiten. Einfach klasse. Also, raus damit.«

»Wir müssen Burke *beschützen*. Wenn Owen hinter ihm her ist, müssen wir bei ihm sein, wenn sein Sohn zuschlägt.«

Die Hölle brach los. *Jeder* hatte eine Meinung dazu, und zwar eine ziemlich laute. Alle schrien wild durcheinander, aber vielleicht zum ersten Mal in seinem Leben stimmte Nick nicht mit ein. Nein, er ertrug das Gezänk und beobachtete stumm seine Eltern, die steifen Schultern, die Art, wie sie Seite an Seite standen, als Team.

Der Gedanke, etwas *für* Burke zu tun, stieß ihm sauer auf, aber es steckte auch eine gewisse Logik darin. »Zwei Fliegen mit einer Klappe«, sagte er schließlich, und alle verstummten.

Mom nickte sichtlich erfreut. »Genau das. Wenn wir Owen erwischen, erwischen wir möglicherweise gleichzeitig auch Burke.«

Der Gedanke, Simon Burke vor seiner eigenen monströsen Schöpfung zu retten und ihm das Ganze dann um die Ohren zu hauen, erfüllte Nick mit einer wilden Genugtuung. Denn was würde aus seiner Anti-Außergewöhnlichen-Propaganda werden, nachdem *Außergewöhnliche* ihm das Leben gerettet hatten? Klar würde er versuchen, die Tatsachen zu seinen Gunsten zu verdrehen. Aber da wäre er bereits vor aller Augen als der doppelzüngige Bastard entlarvt, der er in Wirklichkeit war.

»Wir müssen das jetzt noch nicht entscheiden«, warf Dad ein und kratzte sich im Nacken. »Aber wir müssen auf der Hut sein. Zumindest bis wir ein besseres Bild davon haben, was auf uns zukommt. Chris wird alle Mittel nutzen, die ihm beim NCPD zur Verfügung stehen, aber natürlich mit der gebotenen Vorsicht«, fügte er hinzu. »Cap und ich ebenfalls. Wir haben zwar nicht mehr uneingeschränkten Zugang, aber es gibt immer noch ein paar Leute beim NCPD, auf die wir zählen können, wenn wir etwas brauchen.« Er versuchte, ein beruhigendes Lächeln aufzusetzen. Es wurde ein kolossaler Fehlschlag. »Ansonsten gilt bis auf Weiteres: Niemand geht irgendwo allein hin. Ihr müsst immer zu zweit sein. Haltet Augen und Ohren offen. Beobachtet eure Umgebung.«

»Soll er nur kommen«, sagte Aysha mit einem Grinsen, ihre Stimme hart wie Stahl. »Ich würde gerne sehen, wie er versucht, meine Tochter anzugreifen, denn es wird das Letzte sein, was er tut.«

»Für mich gilt das Gleiche«, knurrte Miles.

»Dito«, bestätigte Jo.

»Wir werden eine Lösung finden«, sagte Mom. »Wir alle. Denn es ist besser zusammenzustehen, als für sich allein zu kämpfen.«

Ihr Mantra, Worte, die Nick schon kannte, seit er ein Kind war, und die Wahrheit, nach der sie alle lebten. Ein Gefühl der Sicherheit überspülte ihn wie eine Welle. Mit frischem Mut und immer noch mehr als nur ein bisschen wütend, tat Owen ihm fast leid.

Der arme Kerl hatte keine Ahnung, mit wem er sich anlegte.

5

Es war ein Tag wie jeder andere. Freitag, glaubte Nick, auch wenn er nicht sicher war, woher er das wusste. Er erinnerte sich vage, dass er auf Jazz' Party gewesen war. Aber die hatte an einem Samstag stattgefunden, und das war Tage her. Tage, an die er sich nicht erinnern konnte.

Hochsommer, dachte er, aber als er einen Blick auf den Kalender auf seinem Schreibtisch warf, stand dort März, und er vergaß die Party sofort wieder.

»Ferien«, sagte er laut. »Ich habe Frühlingsferien.« Seine Stimme klang krächzend, beinahe gebrochen. Aber das war nur logisch. Schließlich war er zwölf und die Pubertät schlug mit voller Wucht zu. Nick wuchsen Haare an Stellen, wo vorher keine gewesen waren, und auf seiner Stirn sprossen die Pickel. Außerdem hatte er das starke Bedürfnis, sich im Internet Männer mit nacktem Oberkörper anzusehen, und die noch stärkere Angst, dabei erwischt zu werden.

»Urlaub«, sagte er und sah sich im Zimmer um. »Wir sind irgendwo im ...«

Ein Sprung.

Nick lag bäuchlings auf dem Bett, vor ihm sein Handy. Er und Seth schrieben sich Nachrichten. Seth, der Junge, den er so gerne ansah, seine Fliegen und sein Lächeln. Es gab nichts Schöneres auf der Welt als Seth, wenn er lächelte.

Nick wusste, was das bedeutete. Mehr oder weniger. Er war schließlich nicht blöd, aber er sah sich außerstande, dem Ganzen einen Namen zu geben, zumindest bis jetzt.

Es war die letzte Woche der Frühlingsferien. Dad war bei der Arbeit. Sein aktueller Fall verlangte all seine Aufmerksamkeit. Er ging früh aus dem Haus und kam erst spät zurück. Nick sah ihn kaum.

Mom schon. Mom hatte sich die Woche freigenommen und das war schön. Sie blieben viel zu Hause und spielten Videospiele. Mom drückte wie verrückt auf die Knöpfe der Konsole, dass die Kobolde auf dem Bildschirm nur so hüpften. Sie ging mit ihm ins Kino. Manchmal auch ins Restaurant. Sie machten Picknicks im Park. Sie sahen fern. Sie spielten Monopoly, aber nach ihren eigenen Regeln, was bedeutete, dass sie die Bank so oft überfallen konnten, wie sie wollten.

Die Bank.

»Nicky«, flüsterte Dad mit gebrochener Stimme. »Großer Gott, Nicky, sie ist ...«

Manchmal kam Seth zu Besuch. Oder Gibby. Jazz war mit ihren Eltern in Europa und schickte massenweise Fotos von Wasser, das so klar und blau war, dass es beinahe unwirklich aussah, wie in einem Traum. Sie schrieb, dass sie ihre Gang vermisste. Dass sie schöne Ferien hatte, es aber trotzdem kaum erwarten konnte, wieder zu Hause zu sein.

Freitagmorgen. Der letzte Ferientag, bevor die Schule wieder anfing und der Sommer mit großen Schritten näher kam. Kurz vor neun. Nick wartete darauf, dass sein Handy pingte und Seth sich über Nicks letzte Nachricht kaputtlachte. Nick konnte sich zwar beim besten Willen nicht erinnern, was er geschrieben hatte, aber das war okay. Alles war gut, und er dachte verträumt daran, wie toll Seth mit seiner Fliege aussah – der mit den kleinen grünen Fröschen darauf.

Ein Klopfen an seiner Zimmertür. Klopf, klopf, klopf.

»Bist du schon wach?«, hörte er Moms gedämpfte Stimme.

»Ja«, sagte Nick und dachte, *das habe ich schon mal erlebt*. Aber der Gedanke war ohne jeden Zusammenhang, wie ein Bild in einem zerbrochenen Spiegel.

»Und vorzeigbar?«

Nick stöhnte. *»Mom.«*

Er hörte sie lachen, dann drückte sie die Tür auf. Jenny streckte den Kopf herein, ihre langen Haare waren zu einem nicht allzu ordentlichen Pferdeschwanz gebunden. Sie hatte dieses Grinsen im Gesicht, warm und glücklich, ihr Blick war weich. »Man kann nie vorsichtig genug sein. Ich möchte dich nicht bei irgendwas stören, wenn du allein bist.«

Nick wurde feuerrot und zog die Decke über den Kopf. »Es war nur einmal, und du hast mir geschworen, es nie wieder zu erwähnen.«

»Ich habe geschworen, dass ich es versuchen werde«, konterte sie und kam herein. »Ich habe immerhin drei Wochen durchgehalten, und das bedeutet ... Großer Gott, Nick. Du musst unbedingt dein Zimmer aufräumen. Kleider gehören nicht auf den Boden. Ich habe dir doch gesagt, du sollst sie in den Wäschekorb legen. Er steht direkt neben ... Ist das Milch?«

War es. Nick hatte sich gestern Abend noch ein Glas geholt, als er am Computer saß und die trockenen Cracker in sich hineinstopfte, die er in einer Schublade entdeckt hatte. Dann hatte ihn die Fic abgelenkt, die er gerade las. Er hatte dabei immer wieder einen Blick über die Schulter geworfen, um sicherzugehen, dass niemand hereinplatzte, weil ... nun ja, weil die Fic gerade so wunderbar explizit wurde. Wer hätte gedacht, dass Menschen sich so verrenken konnten?

»Okay«, sagte Mom und klatschte in die Hände. »Der heutige Tag wird so aussehen: Ich muss kurz ins Büro und danach noch zur Bank.«

Nicky. Großer Gott, Nicky. Sie ist ...

Er blinzelte wie in Zeitlupe.

Wieder zurück in die Gegenwart, Mom sagte gerade: »Es wird nicht lange dauern, und während ich weg bin, wirst du dein Zimmer in einen halbwegs bewohnbaren Zustand versetzen.«

»Alles ist genau da, wo ich es haben will«, entgegnete Nick, immer noch unter seiner Decke. »Du bringst mein System durcheinander.«

»Und ich habe ein höllisch schlechtes Gewissen dabei.«

»Lügnerin«, murmelte Nick.

»Oder *ich* sammle deine Unterwäsche auf, da du ja der Meinung bist, dass sie auf den Boden gehört. Dabei könnte ich auch gleich das alte Handtuch entsorgen, das ...«

»Mom!«

Nick spürte, wie Jenny sich neben ihm auf die Matratze setzte. Er stieß einen Seufzer aus, als sie ihm die Decke wegzog. »Jaja«, sagte sie und kniff ihn zärtlich in die Wange. Nick schlug ihre Hand weg.

»Das war aber grob, Nicky! Eigentlich solltest du ... Uff, Kleiner, was ist das für ein Geruch?«

»Hör auf, an mir herumzuschnuppern!«

»Ab unter die Dusche mit dir«, sagte Mom. »*Nachdem* du dein Zimmer aufgeräumt hast. Und du musst mal wieder zum Friseur. Du fängst an, ein wenig struppig auszusehen. Ich mache dir gleich einen Termin, vielleicht bekomme ich heute noch einen für dich. Und ich habe dein Medikament dabei.« Jenny lehnte sich zurück und griff in die Tasche ihrer hellbraunen Shorts. Als sie die Finger wieder öffnete, lag eine kleine, vertraut wirkende Pille auf ihrer Handfläche: *Concentra! Das hilft dir, dich zu konzentrieren!*

Nick schaute stöhnend weg.

»Ich weiß, Kleiner.«

»Tust du nicht«, blaffte er. »Dein Hirn ist nicht kaputt, sondern meins.« Nick hasste das theatralische Wimmern in seiner Stimme, aber er wollte, dass Mom ihn verstand.

»Sieh mich an.«

Er gehorchte. Was blieb ihm schon anderes übrig?

Mom lächelte nicht mehr. Sie sah sogar ein bisschen wütend aus, aber nicht auf Nick, glaubte er. »Dein Gehirn ist nicht kaputt. War es nie und wird es auch nie sein. Ich weiß, dass du die Pillen nicht magst, aber du hast nun mal eine ADHS, und das ist nun wirklich kein Todesurteil. Du bist immer noch du, egal was.«

»Vielleicht ist das genau das Problem«, schnaubte er.

»Ist es nicht. Ich will dir nicht deine Gefühle absprechen, denn das wäre nicht fair. Für mich und Dad ist das alles genauso real wie für dich, aber du weißt, dass es für uns keine Rolle spielt, denn es ist nicht dein Fehler, weil es nämlich *überhaupt* kein Fehler ist. Du bist das Wichtigste in unserem Leben, und wir lieben dich genau so, wie du bist.«

Nick seufzte. »Ja, Frau Anwalt. Wir haben Ihr Schlussplädoyer gehört, und die Geschworenen haben zu Ihren Gunsten entschieden.«

Mom schmunzelte. »Klugscheißer.« Sie betrachtete die Tablette in ihrer Hand. »Ich weiß, dass das alles nicht leicht für dich ist, aber ich meine es ernst. Vielleicht wird es nicht immer so sein wie jetzt, aber wenn doch, werde ich da sein, um dich an dein Concentra zu erinnern, falls nötig. Und wenn nicht, werde ich genauso da sein, denn ich bin deine Mutter.«

Nick nahm die Pille und schluckte sie mit einer Grimasse. Dann öffnete er widerwillig den Mund und hob die Zunge, damit seine Mutter sah, dass er sie auch wirklich geschluckt hatte. Jenny schaute nur beiläufig hin. Sie vertraute ihm.

Dann tätschelte sie seinen Arm und stand auf. »Ich meine es ernst, Nicky. Räum dein Zimmer auf. Wenn ich wiederkomme, und es sieht noch genauso aus, kannst du das Pizzaessen mit mir und Seth vergessen. Ich gehe einfach allein mit ihm und lasse dich hier, damit du dich in deinem Dreck suhlen kannst.«

»Seth mag mich lieber als dich«, murrte Nick.

»Natürlich mag er dich lieber.« Mom ging zur Tür und verzog das Gesicht, als sie über einen Haufen schmutziger Kleidung stolperte. Ihr Blick fiel auf das Bild, das gerahmt auf Nicks Schreibtisch stand: sie und er am Strand, in der Ferne war ein Leuchtturm zu sehen. »Und ich bin schon sehr gespannt darauf, was passiert, wenn du herausfindest, was genau das bedeutet. Und bis dahin: Aufstehen, Sohn. Setz deinen Hintern in Bewegung. Wenn sich irgendwo in deinem Zimmer bereits Schimmel gebildet hat, geben wir dich zur Adoption frei.« Und dann war sie weg.

Als hätte er diese Drohung nicht schon tausendmal gehört.

Nick verließ das Bett. Er räumte auf. Er stopfte seine Klamotten in den Wäschekorb und schrieb Seth währenddessen eine Nachricht. Lachte über Seths Antwort, als er gerade mit mehreren halbvollen Gläsern in der Hand – darunter auch die Milch – auf dem Weg in die Küche war. Dort drehte er die Musik auf und brüllte den Text so laut mit, dass das ganze Haus erzitterte. Er duschte und zog sich an.

Er stand in seinem Zimmer und sagte: »Ich habe das schon mal erlebt. Ich weiß, was jetzt kommt. Gleich klingelt das Telefon.« Er verstellte seine Stimme, sprach tief und schroff wie sein Vater: »Nicky. Großer Gott, Nicky. Sie ist ...«

Eine Träne lief ihm über die Wange, und sein Herz pochte wie wild, dann ...

Es war ein Freitag im Frühling, 12:47 Uhr, die Sonne schien, und Nicks Handy klingelte.

Er schaute aufs Display.

Dad, stand da.

Er wollte nicht rangehen.

Aber Nicholas Bell hatte sich nicht unter Kontrolle und konnte gar nicht anders, als auf das grüne Hörersymbol zu tippen. Er hielt sein Telefon ans Ohr. »Hey, Dad. Du solltest mal mein Zimmer sehen. Es ist so krass sauber wie ...«

Schwarzes Wasser quoll aus Nicks Handy, floss über seine Finger, die Hand und den Arm. Es breitete sich über seinen Hals aus und von dort über die Brust, bis es Nick ganz verschlungen hatte. Als er einen Schrei ausstieß, kroch es in seine Kehle, schnürte ihm die Luft ab und erfüllte ihn mit Dunkelheit.

Doch es war kein Wasser.

Sondern *Schatten*.

»Bis bald«, dröhnte eine verzerrte Stimme aus seinem Handy. »Bis bald, bis bald, bis ...«

»Nick.«

Er öffnete die Augen.

Um ihn herum war alles dunkel. Rauch und Schatten überall, sie hielten ihn in eisernem Griff gepackt, während er sich nach Leibeskräften wehrte, mit den Beinen strampelte und mit den Händen wild um sich schlug.

»Nick!«

Er hielt inne. Atmete ein. Atmete aus.

»So ist's gut, Nicky. Es ist alles in Ordnung, Kleiner. Ich bin da. Atmen. Ein. Und halten. Eins. Zwei. Drei. Und wieder aus. Noch mal.«

Nick tat es. Und noch mal und noch mal und noch mal.

Als er sich wieder gefangen hatte, schmerzte seine Kehle und seine Haut war nass vom Schweiß. Er keuchte, aber immerhin wusste er jetzt, wo er war: in seinem Zimmer. Im Bett, genauer gesagt. Draußen war es dunkel, durch das Fenster fiel das gedämpfte Licht der Straßenlaternen herein. Die Decke hatte sich um Nicks Beine herum verknotet. Ihm war heiß und kalt, beides zugleich.

»Das war ein besonders schlimmer, oder?«

Nick erschrak und drehte röchelnd den Kopf. Jenny saß neben ihm auf dem Bett. Sie trug eine kurze Schlafanzughose, darüber ein weites Hemd. Die Haare hatte sie sich aus dem Gesicht gestrichen.

»Ja«, krächzte er. »Ein ... Albtraum.«

»Dachte ich mir.« Sie streichelte ihm über den Arm. Ihre Fingernägel kratzten. »Willst du ihn mir erzählen?«

Wollte er nicht. Aus irgendeinem Grund wollte er ihr *gar* nichts erzählen. Es war schließlich nicht real.

Er runzelte die Stirn.

Oder doch?

»Du bist gestorben«, sagte er schließlich. *Ja. Nein.* Zwei Pole, klar voneinander getrennt. Es gab ein *Davor* und es gab ein *Danach*, und seine Mom war in beidem gleichzeitig, auf beiden Seiten der Trennlinie, und das war nicht möglich. »Du bist gestorben«, wiederholte er und begann zu zittern.

Jennys Mundwinkel hoben sich zu einem Lächeln, ihre Zähne blitzten kurz auf. »Aber nein. Ich bin hier, direkt neben dir. Genau wie immer.«

Sie beugte sich über ihn, ihr Gesicht nur Zentimeter von seinem entfernt. Ihre Hand bewegte sich weiter seinen Arm hinauf bis zur Schulter, über den Hals und bis zur Stirn. Nick glaubte, aus der Haut fahren zu müssen. Er wollte das nicht. Er wollte *sie* nicht. Als Jenny wieder etwas sagte, war ihre Stimme kaum mehr als ein Flüstern, ihr Atem brannte heiß auf seinem Gesicht. »Ich gehe nirgendwohin, Nick. Darauf kannst du dich verlassen.«

Dann bewegte sich die Hand zu seiner Stirn, und er spürte, wie ein leichtes Pulsieren ihn durchflutete. Hartnäckige Fühler, die sich nach ihm streckten und Wahrheit und Klarheit in Asche verwandelten.

Alles war gut.

Am nächsten Morgen wachte Nick auf und blinzelte die Zimmerdecke an. Er fühlte sich locker. Entspannt. Er gähnte und sein Kiefer knackte. Er drückte das Gesicht noch mal ins Kissen. Er hatte gut geschlafen. So gut wie schon lange nicht mehr.

Eine Stimme von irgendwo unten im Haus. »Nick! Schwing deinen Hintern aus dem Bett. Es gibt Frühstück!«

Er konnte es riechen: French Toast mit Vanillezucker und Zimt. Speck, knusprig gebraten. Nick sprang aus dem Bett, als wäre Weihnachten. Hellwach schnappte er sich ein auf dem Boden herumliegendes Hemd, streifte es über und riss die Zimmertür auf. Musik von unten. Der King of Rock 'n' Roll. Only Fools Rush in. Moms Lieblingsstück. Nick lachte.

Er ging den Flur entlang und ließ seine rechte Hand über die Wand streichen. Er dachte, wenn er es wirklich wollte, könnte er fliegen. Er könnte vom Boden aufschweben und fliegen. Die Treppe knarrte unter seinen donnernden Schritten, da tauchte ein weiterer Gedanke auf: *Vorher. Nachher. Davor. Danach ... Aber nach* was?

Nichts, antwortete eine Stimme. *Es gibt kein* Davor. *Und auch kein* Danach. *Alles ist gut.*

»Sieht aus, als wäre jemand endlich wach«, kommentierte Dad, als Nick in die Küche kam. Dad lehnte in Schlafshorts und Tanktop an der Spüle. Einer seiner Socken hatte an den Zehen ein kleines Loch. Mom stand am Herd, die Pfanne brutzelte und zischte. Neben ihr sah Nick einen Teller mit einem Stapel French Toasts darauf. Viel zu viele für ein Frühstück für drei. Nick würde sie alle verschlingen.

Mom warf ihm einen Blick zu, ihre Augen leuchteten. »Hey, Kleiner. Ich dachte schon, wir müssen dich herunter*tragen.*« Sie zwinkerte ihm zu und Nick dachte an Leuchttürme in einer rauen See.

»Nö«, sagte Nick. »Ich habe das Frühstück gerochen und wollte es auf keinen Fall verpassen. Aufgewärmter French Toast schmeckt nicht.«

Mom lachte und Nick freute sich über das Geräusch. »Genau, finde ich auch. Es ist nur noch wenig Erdnussbutter da, aber für deine Toasts sollte es reichen. Ich gehe später noch einkaufen und hole Nachschub.«

Nick grinste. Lebensmitteleinkaufen am Sonntag. Routine. Alles normal. »Schön«, sagte er und boxte Dad spielerisch in den Arm. Dad zuckte ebenso spielerisch zusammen.

Mom tippte sich auf die Wange, und wie es sich für einen braven Sohn gehörte, gab Nick ihr einen schmatzenden Kuss. Dann beäugte er neugierig den in der Pfanne brutzelnden Speck. »Sieht gut aus«, sagte er zufrieden.

»Natürlich sieht der gut aus, ich bin schließlich deine Mutter. Deckst du schon mal den Tisch?«

Nick tat, wie ihm geheißen. Eine Karaffe Orangensaft stand bereits da, daneben eine Flasche Sirup und ein fast leeres Glas Erdnussbutter. Nick stellte einen Teller für Dad hin und einen für sich, dazu Besteck für jeden. Er wollte sich gerade auf seinen Stuhl setzen, da sagte Mom: »Äh, hast du nicht etwas vergessen? Ich bin auch noch da, Schatz.«

Nick hielt inne und blickte auf den Tisch hinunter. Sie hatte recht. Er hatte kaum einen Gedanken an das Tischdecken verschwendet. Warum hatte er seine Mom vergessen? Das ergab keinen Sinn. Einen Moment lang spürte er ein Jucken, tief in seinem Innern und eindringlich. Sie waren zu dritt, wie immer. »Stimmt«, sagte er. »Tut mir leid.« Er schnappte sich einen weiteren Teller mit Besteck, stellte alles auf den Tisch und setzte sich.

»Dein Vater und ich haben uns gestern Abend unterhalten«, begann Mom, während sie den frischen Speck auf einen Teller mit einer Papierserviette darauf schaufelte.

»Worüber? Die Sache mit Owen? Oder Burke?« Nick glaubte immer noch nicht, dass es richtig war, Burke zu beschützen, aber er vertraute seinen Eltern. Sie wussten, was das Beste war.

Dad kam mit einer Tasse schwarzem Kaffee heran und setzte sich auf seinen üblichen Platz Nick gegenüber. Ein Schluck Kaffee schwappte auf den Tisch, und Nick warf ihm eine Serviette zu. Sie war aus Stoff. Eigentlich benutzten sie keine Stoffservietten. Oder zumindest nicht *mehr*. Sie hatten sie auf den Dachboden geräumt, nachdem ...

Er runzelte die Stirn. Nach *was*?

»Beides«, antwortete Dad und lehnte sich in seinem Stuhl zurück. »Wir wollen die anderen mit einbeziehen, aber wir müssen einen Plan machen.« Er warf Mom einen Blick zu. »Willst du es ihm sagen oder soll ich?«

Mom brachte den Speck und die French Toasts an den Tisch. Sie küsste Dad gerade auf die Stirn, als es an der Tür klingelte. »Ich glaube, das ist für dich«, sagte sie zu Nick. »Warum gehst du nicht nachsehen, wer es ist? Wir reden weiter, wenn du wieder da bist.«

Nick sprang auf und eilte zur Haustür. Seine nackten Füße klatschten über das Linoleum, und als er die vertraute Gestalt auf der Veranda sah, durchfuhr ihn ein kleiner elektrischer Schlag, prickelnd und knisternd.

»Hey!«, rief er und riss die Tür auf. »Ich wusste gar nicht, dass du kommen ... *Heilige* Scheiße.«

Seth stand in hellbraunen Shorts vor ihm, dazu ein schwarzes, kurzärmeliges Hemd und eine rote Fliege. Die Brille saß leicht schief auf seiner Nase. »Was?«, fragte Seth und schaute an sich hinunter, als wollte er überprüfen, was an seinem Outfit nicht in Ordnung war. »Stimmt was nicht?«

»Wie kannst du es wagen, so früh am Morgen schon so toll auszusehen?«, sagte Nick. »Frage: Kannst du bitte mein Frühstück sein? Aber ich warne dich. Könnte sein, dass Erdnussbutter mit im Spiel ist.« Nick war schließlich ein Foodie.

Seth verdrehte liebevoll die Augen und seine Wangen röteten sich leicht. Aber das hielt ihn nicht davon ab, über die Schwelle zu treten, Nick in die Arme zu schließen und ihn innig zu küssen. »Okay«, sagte er und entließ ihn wieder. »Willst du wissen, was mir verrät, dass du dir die Zähne noch nicht geputzt hast?«

Nick schnitt eine Grimasse. »Ich würde sagen, das Thema lassen wir lieber. Es kann nun mal nicht jeder schon so früh am Morgen so schnieke unterwegs sein wie du.« Er trat einen Schritt zurück und Seth schloss die Tür hinter sich. »Ich dachte, wir sehen uns erst später.«

»Deine Mom hat mich eingeladen«, erwiderte Seth und hakte sich mit seinem kleinen Finger bei Nick ein. »Sie sagt, sie hat etwas mit uns zu besprechen.«

Oh nein. »Wenn die beiden wieder die Plastiktüten rausholen, laufen wir weg. Abgemacht?«

Seth nickte ernst. »Abgemacht.«

»Außerdem«, plapperte Nick weiter, »habe ich schon im Internet nach Lecktüchern gesucht. Die Dinger sind billiger, als ich dachte. Und deine Tante hatte recht, es gibt sie auch in Großpackungen, also werden sie uns auch nicht ausgehen, wenn wir ... *Oh.* Habe ich das wirklich gerade gesagt? Hm, scheint so. Igitt.«

»Ja, irgendwie schon«, murmelte Seth. »Als wäre überhaupt nichts dabei.«

Nick lehnte sich stöhnend gegen die Schranktür in seinem Rücken. »Verdammt. Es sollte eine Überraschung sein.«

»Du wolltest mich mit *Lecktüchern* überraschen?«, fragte Seth tonlos.

»Kein Grund, gleich so ernst zu werden«, beschwichtigte Nick. »Du hast mir Skwinkles Salsaghetis geschenkt, und ich dachte, es wäre nett, wenn ich den Gefallen erwidere.«

»Das ist nicht einmal im Entferntesten dasselbe.« Doch in Seths Blick lag eine Hitze, die nichts mit Pyro Storm zu tun hatte. Nick keuchte leise, als Seth ihn gegen die Schranktür drückte und ihn erneut küsste, diesmal mit Zähnen und Zunge: seinen Kiefer, sein Ohr, dann den Hals.

»Keine Flecken machen!«, rief Dad aus der Küche und ließ sie beide zusammenzucken. »Zwingt mich nicht, das Desinfektionsmittel zu holen.«

»Wenigstens muss ich mir jetzt keine Sorgen mehr wegen meines Ständers machen«, seufzte Nick. »Wie schön.«

»Oh mein Gott«, stöhnte Seth. »Deine Eltern können dich *hören.*«

»Können wir«, bestätigte Dad. »Kommt rein und esst, bevor alles kalt wird. Und kein Gerede über Ständer mehr.«

Mom lachte.

Nach der Hälfte des Frühstücks sagte Mom: »So.«

Nick blickte auf, den Mund voller Speck. Er kaute schnell und wischte sich mit dem Handrücken über den Mund. »So.«

»Dein Vater und ich haben uns unterhalten«, sprach Mom weiter und deutete mit dem Kinn auf die Stoffservietten. Nick nahm eine und wischte sich die Hände ab. »Angesichts der jüngsten Ereignisse wollen wir sichergehen, dass die Regeln klar sind.«

»Regeln wofür?«, fragte Nick und tunkte mit dem letzten Stück Toast den Sirup von seinem Teller.

»Wenn du als der Wächter unterwegs bist.«

Von einer Sekunde auf die andere hatte Mom seine volle Aufmerksamkeit. Die Aufregung ließ Nicks Haut am ganzen Körper kribbeln, doch er beherrschte sich mit aller Macht. Also nicht sehr. »Ich darf allein losziehen? *Yes!*« Der Tisch klapperte, als seine zappelnden Knie gegen die Unterseite trommelten.

»Nicht allein«, widersprach Dad. Bevor Nick sich aufplustern konnte, fügte er hinzu: »Deine Mutter, Seth oder Mateo werden dich begleiten.«

»Aber warum?«, fragte Seth und ignorierte den Blick, den Nick ihm zuwarf. »Ich meine, ich weiß, was Nick draufhat. Er kann auf sich selbst aufpassen.«

»Das kann ich«, sagte Nick mit fester Stimme und spürte erleichtert, wie Seth seine Hand drückte. Er war zwar nicht auf Seths Unterstützung angewiesen, aber sie war ihm höchst willkommen. Das war ein wichtiger Unterschied.

»Du kannst es«, bestätigte Mom. »Und wir sind stolz auf dich und darauf, wie hart du an dir gearbeitet hast.« Sie zog das rechte Bein an und setzte sich darauf. Durch das Fenster über dem Waschbecken schien die Sonne herein. »Nur ... diese Sache mit Owen. Ich muss dir nicht erklären, wie gefährlich er ist, aber ich glaube, es schadet nicht, dich noch einmal daran zu erinnern. Er hat Menschen getötet, Nick. Und viele weitere verletzt. Wer weiß, was er diesmal anrichten wird.«

»Deshalb habe ich ja auch gefragt, warum«, sagte Seth. »Ich verstehe nicht ganz, was sich seit Jazz' Geburtstagsparty verändert hat.«

Nick musterte seine Eltern, er katalogisierte jeden flüchtigen Gesichtsausdruck und analysierte jedes noch so kleine Detail. Die beiden wirkten resigniert und das gefiel ihm nicht. Als fühlten sie sich auf ihre letzte – und möglicherweise einzige – Bastion zurückgedrängt.

»Wir müssen auf alles vorbereitet sein«, erklärte Dad schließlich. »Solange wir nicht genau wissen, was Owen vorhat, müssen wir vorsichtig bleiben. Wir glauben zwar, dass es etwas mit seinem Vater zu tun hat, aber das wird sich erst herausstellen, wenn ...«

»... er zuschlägt«, beendete Nick den Satz für ihn.

Dad nickte. »Ihr müsst die Augen aufhalten und immer auf eure Umgebung achten. Wir haben es ernst gemeint, als wir sagten, dass keiner von euch allein losziehen soll, ob mit Kostüm oder ohne. Ich wünschte ...« Er sah auf die Reste seines Frühstücks hinunter, der Sirup auf seinem Teller kristallisierte bereits. »Ich wünschte, es wäre nie so weit gekommen.« Er lachte hohl. »Aber nun ist es passiert und wir können die Zeit nicht mehr zurückdrehen.«

Nicks Stuhl quietschte über den Boden, als er abrupt aufstand und, ohne Mom oder Seth anzusehen, um den Tisch herum zu Dad ging. Nach kurzem Zögern legte er ihm eine Hand in den Nacken und zog ihn an sich. Dad klammerte sich an ihm fest, den Kopf an Nicks Bauch geschmiegt. »Ich weiß, dass du Angst hast«, flüsterte Nick. »Das habe ich auch.« Mehr als das, aber er hatte das Gefühl, dass Dad das auch so wusste. »Ich schaffe das. Du weißt, dass ich es kann. Vertrauen, weißt du noch? Du und ich. Ich halte dir den Rücken frei, und du mir.«

»Du und ich«, flüsterte Dad zurück. »Immer.«

»Und ich«, warf Mom ein.

Nick erschrak. Er hatte fast vergessen, dass sie da war. Als er sie ansah, lächelte sie nicht. Sie überspielte es zwar schnell, aber Nick hatte es *gesehen*. Einen Moment lang hatte sie beinahe ... *wütend* ausgesehen? »Ich werde dir helfen, so gut ich kann. Schließlich bin ich die Einzige, die wie du über telekinetische Kräfte verfügt.«

»Stimmt«, bestätigte Nick. »Das bist du.« Er ließ Dad los und trat einen Schritt von seinem Stuhl zurück. »Also, was machen wir als Erstes?«

»Deine Pille«, erwiderte Mom und streckte ihm die Hand hin. »Du musst dafür sorgen, dass dein Verstand so funktioniert, wie du es willst. Nimm sie, und danach entscheiden wir, wie wir am besten vorgehen.«

»Ja«, murmelte Nick. »Natürlich.« Er nahm die Tablette und schluckte sie trocken hinunter. Der bittere Geschmack auf seiner Zunge ließ ihn kurz das Gesicht verziehen, dann öffnete er, ohne darüber nachzudenken, den Mund und hob die Zunge. Genau wie er es als Kind immer getan hatte.

»Mach den Mund zu, Nicky«, sagte Mom. »So was will niemand sehen.«

Eine Fliege, dick und schwer, landete auf Dads Teller und lief in der Siruppfütze herum. Aus irgendeinem Grund erinnerte das Summen ihrer Flügel Nick an knisternden Strom. An Miss Raten, wie sie mit klimpernden Armreifen in einer Gasse stand. Eine Erinnerung, nebelig und weit weg. An ein Telefon, das auf dem Boden zerschellte. Seines?

Ihr seid Kinder, alle beide.

Du kennst mich nicht, und ich kenne keinen von euch. Es ist besser, wenn das auch so bleibt. Menschen kennenzulernen, bedeutet, verletzt zu werden, und ich werde mich nie wieder in diese Lage bringen.

»Nick?«

Seths Stimme hallte in seinem Kopf wider. Sein Freund hatte sich schon halb vom Stuhl erhoben, als wollte er zu Nick gehen. »Alles in Ordnung?«, fragte Seth, da fasste Mom ihn am Handgelenk und zog ihn wieder nach unten.

Einen Sekundenbruchteil lang wurde Seths Blick vollkommen leer, dann sagte er mit einem Lächeln: »Danke für die Frühstückseinladung, Mrs. Bell. Das war sehr nett von Ihnen.«

»Aber gerne doch«, erwiderte Mom und ließ ihn wieder los. »Setz dich bitte, Nick. Es ist an der Zeit, Pläne zu schmieden. Ich habe mir Folgendes überlegt ...«

6

Am nächsten Morgen – ein Montag, andererseits waren Sommerferien, also spielte der Wochentag eigentlich keine Rolle – verließ Nick das Haus und rief Mom von der Tür aus zu, dass er sich mit Gibby treffen würde. Falls Gibby aus irgendeinem Grund nicht auftauchte, solle er ihr eine Nachricht schicken, rief Mom zurück. Sie hatte ihn begleiten wollen, dann aber davon abgesehen, als Nick ihr erklärte, dass es ja nur ein paar Blocks waren, die er allein unterwegs sein würde. Noch dazu am helllichten Tag. Gibby hatte bereits geschrieben, dass sie am Eingang der Franklin Street Station auf ihn wartete.

Nick schleppte sich über den Bürgersteig und unterdrückte ein Gähnen. Der gestrige Tag war anstrengend gewesen. Mom hatte ihn hart rangenommen. Sie hatten mit leeren Plastikbechern angefangen. Nick konnte sie problemlos schweben lassen und staunte einmal mehr über seine Fähigkeiten. Er bewegte die Becher hin und her und ließ sie im Kreis fliegen. Erst als er es mit zehn Stück gleichzeitig versuchte, begannen sie, leicht zu wackeln.

Für den nächsten Versuch erkoren sie Dad als ihr Opfer (seine Formulierung). Der Schweiß tropfte Nick von der Stirn, als er seinen Vater etwa einen Meter hoch aufschweben ließ – immer schön vorsichtig, um ihn nicht zu verletzen. Als Nick ihn dann auf und ab bewegte und Aaron dabei fast mit dem Kopf gegen die Decke gekracht wäre, wurde er ein wenig grün im Gesicht.

»Gut«, sagte Mom, die aus ein paar Schritten Entfernung alles genau beobachtete. »Kontrolle ist das A und O, Nick. Konzentrier dich. Lass dich von nichts ablenken.« Sie ging im Halbkreis um ihn herum und klatschte direkt neben seinem Ohr in die Hände. Dad fiel prompt einen halben Meter, doch Nick konnte ihn rechtzeitig vor dem Boden wieder auffangen.

Und so ging es immer weiter.

Nick wusste, wie wichtig das Training war. Trotzdem war er erleichtert, endlich das Haus verlassen zu können. Er hatte das Gefühl, draußen besser Luft zu bekommen, auch wenn die schwüle Hitze sich über ihn breitete wie eine nasse Decke. Er warf einen kurzen Blick zurück zum Haus. Mom stand am Schlafzimmerfenster. Nick winkte, aber anscheinend sah sie ihn nicht, denn sie winkte nicht zurück.

Er ließ das Haus hinter sich und ging den vertrauten Weg zum U-Bahnhof. In seinem Rucksack war das Wächter-Kostüm, das seine Eltern anfangs genauso streng unter Verschluss gehalten hatten wie seine Pillen. Sie hatten es ihm erst am Vorabend übergeben – mit der Anmerkung, dass er es immer greifbar haben sollte, nur für den Fall. (Dass er es neben sich in sein Bett gelegt und den Helm die ganze Nacht fest an sich gedrückt hatte, brauchten sie ja nicht zu wissen.)

Die Luftfeuchtigkeit war entsetzlich und verhieß nichts Gutes für die nächsten Stunden. Der Asphalt flimmerte und die Menschen auf der Straße sahen träge aus. Viele tupften sich die Stirn, einige warfen ihm einen kurzen Blick zu und nickten zum Gruß, aber niemand sprach ihn an. Nick hielt den Kopf ohnehin gesenkt, um nicht erkannt zu werden. Das passierte zwar nicht mehr so oft wie in den Wochen zuvor, aber er konnte nicht vorsichtig genug sein. Es gab bestimmt Idioten, die glaubten, sie könnten mit dem Kopfgeld, das Burke auf Seth ausgesetzt hatte, nach wie vor reich werden. Burke hatte in einem Interview mit der schlimmsten Person der Welt zwar alles widerrufen und sich entschuldigt, aber Nick traute ihm keinen Meter weit. Dass Mom glaubte, der einzige Weg, an Owen heranzukommen, sei, Burke zu beschützen, ärgerte ihn. Nach allem, was Burke angerichtet hatte, hätte Nick Shadow Star lieber bei seinen Attentatsplänen *geholfen*, statt sie zu durchkreuzen.

Aber als Held konnte man sich nun mal nicht aussuchen, wen man rettete. Das machte nur die Polizei so, und Nick wollte besser sein als das. Besser als *sie*. Selbst wenn es bedeutete, ein Arschloch wie Simon Burke zu retten. Zwei Fliegen mit einer Klappe, lautete das Motto.

Da sah er Gibby. Sie lehnte am Geländer der U-Bahn-Treppe und telefonierte. Ihre Miene sah ernst aus und Nick beschleunigte seinen Schritt.

Sie schien ihn aus dem Augenwinkel gesehen zu haben, denn sie nickte ihm kurz zu und sprach den letzten Satz zu Ende. Dann legte sie auf und ließ das Handy in der Tasche ihrer schwarzen Dickies-Shorts verschwinden. Ihr grünes Tanktop war tief ausgeschnitten, darunter trug sie einen schwarzen Sport-BH.

»Hey«, sagte Gibby mit einem Stirnrunzeln. »Warum rennst du so? Ich dachte, du hasst alles, was schneller ist als gemütliches Schlendern.«

»Außer Fliegen«, entgegnete Nick. »Aber da ich das immer noch nicht draufhabe, muss ich wohl oder übel meine Beine benutzen. Gut, dass sie so sexy aussehen. Zumindest behauptet Seth das. Anscheinend mag er käsige Stelzen mit Haaren daran.«

»Tja, über Geschmack lässt sich eben nicht streiten.«

»Mit wem hast du gerade gesprochen?«, fragte Nick.

»Mit Jazz. Sie ist mit Seth in unserem geheimen Unterschlupf. Sie versuchen gerade, sich in sämtliche Überwachungskameras der Stadt zu hacken, um Owen aufzuspüren.«

»Unser Leben ist so verdammt cool«, flüsterte Nick ergriffen. »*In sämtliche Überwachungskameras der Stadt hacken* ... Sag das noch mal, aber diesmal bitte etwas langsamer.«

»Das kannst du schön vergessen. Ist alles in Ordnung bei dir?«

»Warum sollte es das nicht sein?«

»Weiß nicht«, erwiderte Gibby, als wäre *er* es, der gerade eine blöde Frage gestellt hatte. »Das letzte Wochenende war ... ziemlich krass.«

»Und du übertreibst nach wie vor gerne.«

Gibby schnaubte. »Du hast Glück, dass ich dich so gern mag, denn du kannst ein ziemlicher Arsch sein.«

»Jaja. Red du nur. Du würdest mich gar nicht anders haben wollen. Und: Ja, es ist alles in Ordnung.« Das stimmte. Größtenteils, wenigstens. »Zumindest wenn man in Betracht zieht, wie viele Leute mich umbringen wollen.«

»Unser Leben ähnelt viel zu sehr den bescheuerten Comics, die du so gerne liest.«

»Wie meinst du das?«, fragte Nick und trat einen Schritt zur Seite, damit der Mann, der ihm gerade auf die Schulter getippt hatte, die Treppe zur U-Bahn hinuntergehen konnte.

»Feinde von früher, die aus heiterem Himmel wieder auftauchen und auf Rache aus sind«, erwiderte Gibby und zog ihn von der Treppe weg. Ihre Hand fühlte sich unangenehm warm an auf seiner Haut, weshalb Nick sich gleich wieder losmachte. Doch Gibby schien nicht gewillt, stehen zu bleiben, weshalb ihm gar nichts anderes übrig blieb, als ihr zu folgen. »Passiert so was in Comic-Fortsetzungen nicht ständig?«

Da hatte sie nicht unrecht. »Deine Worte bringen mich glatt zum Nachdenken.«

»Und worüber?«

»Ob Comics mehr mit der Realität zu tun haben, als wir im Allgemeinen glauben. Und damit meine ich nicht den Aspekt der sozialen Ungerechtigkeit. Was, wenn es Außergewöhnliche gibt, die gleichzeitig Comicautoren sind und Ereignisse aus dem echten Leben in Comics verarbeiten? Oh Mann, glaubst du, jemand wird einen Comic über uns machen?« Er überholte Gibby und warf sich vor ihr in Pose: die Hände in die Hüften gestemmt, den Blick in die Ferne gerichtet. »Na, wie sehe ich aus? Das könnte man doch fürs Cover nehmen, oder?«

Gibby musterte ihn von oben bis unten. »Ein bisschen mehr Muskeln würden nicht schaden«, antwortete sie. »Du siehst aus, als würdest du das Beintraining meistens schwänzen.«

Er ließ seine Hände sinken und warf ihr einen bösen Blick zu. »Es ist nicht meine Schuld, dass ich keine Muskelmasse habe. Das ist genetisch bedingt.«

»Dein Dad hat Muskeln. Und deine Mom auch.«

Nick winkte ab. »Das Merkmal überspringt immer eine Generation, genau wie Glatzenbildung bei Männern. Das ist wissenschaftlich erwiesen.«

»Richtig«, bestätigte Gibby. Sie hob ihre Arme und spannte sie an. Ihr Bizeps war größer als der von Nick. Sie küsste beide, erst den rechten, dann den linken.

Nick war widerwillig beeindruckt. »Ich geb's ja zu, du bist stärker als ich. Das ist ... eigentlich verdammt cool. Gute Arbeit, Mädchen. Vielleicht solltest *du* die Außergewöhnliche sein, nicht ich.«

Gibby ließ die Arme sinken und verdrehte die Augen. »Ich möchte dir nicht die Show stehlen.« Sie ging um ihn herum und weiter die Straße hinunter.

Nick wirbelte herum und beeilte sich, sie einzuholen.

»Hast du in deinem Rucksack das, was ich denke?«, fragte Gibby.

Er nickte. »Ja. Sie haben es mir endlich gegeben, aber die Liste der Auflagen ist kilometerlang.«

»Wie ich dich kenne, ist das wahrscheinlich auch besser so. Du würdest es bestimmt überall tragen, wo du hingehst.«

»Nur für meine Fans«, erwiderte Nick ernst. »Wer bin ich schon, dass ich ihnen den Gefallen verweigere, wenn sie ein Selfie mit einem echten Superhelden machen wollen? Kann sein, dass du es genießt, die Träume anderer zu zerstören, aber mein Ding ist das nicht.«

»Ich habe die Kommentare deiner Fans unter deiner Fic gesehen«, sagte Gibby, als sie an einer Kreuzung anhielten und darauf warteten, dass die Ampel umschaltete. »Wenn du mich fragst, sind Außergewöhnlichen-Groupies Weirdos, die noch nie was von Grenzen gehört haben.«

»*Du* bist auch eins meiner Groupies.«

Gibby schaute seufzend in den Himmel, als hoffte sie auf göttlichen Beistand. »Wenn du mich noch einmal als Groupie bezeichnest, hetze ich dir Jazz auf den Hals.«

Nick erschauerte. »Das ist eine ernst zu nehmende Drohung. Hast du gesehen, was sie auf ihrer Geburtstagsparty mit dem Steakmesser gemacht hat?«

Gibby lächelte verträumt. »Das war toll, oder? Sie ist so was von heiß. Ich kann nicht glauben, dass ich sie lieben darf.«

»So kann man es auch sehen«, murmelte Nick. »Aber, ja, es *war* heiß. Einen Moment lang habe ich sogar an meiner sexuellen Orientierung gezweifelt. Aber dann musste ich an Penisse denken und wusste sofort wieder, dass das schon alles seine Richtigkeit hat.«

Ein Funkeln trat in Gibbys Augen, das entweder bedeutete, dass sie a) gleich etwas Unflätiges sagen oder b) einen Satz formulieren würde, der speziell darauf zugeschnitten war, Nick die Seele aus dem Körper zu reißen. Leider entschied sie sich für c), also beides. »Was du nicht sagst. Ich sage ebenfalls entschieden Nein, wenn ich an Penisse denke. Sie sehen aus wie traurige kleine Hutzelmännchen mit Rollkragenpulli, die auf einem haarigen Sitzsack stehen.«

»Oh mein Gott«, flüsterte Nick ehrfürchtig. »Das war Poesie, ekelhaft und grausam zugleich. Du bist eine *Göttin*. Eine böse zwar, aber trotzdem!«

»Verdammt richtig, das bin ich. Und du darfst dich weiterhin in meinem Glanz sonnen.«

»Aber nimm bitte zur Kenntnis, dass ich bei dem Wort *klein* kein bisschen protestiert habe.«

»Wie ich sehe, hast du die Realität also akzeptiert. Umso besser für dich, Nicky.«

Die Ampel schaltete auf Grün und sie überquerten die Straße, ohne auf die grundlos hupenden Autos zu achten. In Nova City war das normal.

»Wohin gehen wir eigentlich?«, fragte Nick. »Nicht, dass ich nicht mit dir abhängen will, aber deine Nachricht war ziemlich kryptisch.«

Gibby schaute ihn an, als würde sie ihre nächsten Worte sorgfältig wählen. »Du hast doch gesagt, dass du Teil der Veränderung zum Besseren sein willst, richtig?«

Das hatte er. Seit Jazz' und Gibbys Eltern die Wahrheit über Seth wussten, waren die Dinge etwas angespannt, um es milde auszudrücken. Nick konnte sich noch gut erinnern, wie unangenehm es gewesen war, dabei zuzuhören, wie Trey und Aysha seinem Vater wegen seines Fehlverhaltens im Dienst die Leviten lasen. Mom hatte sich nicht eingemischt und Nick gesagt, er solle ebenfalls den Mund halten und zuhören. Aber jetzt, wo er darüber nachdachte, wunderte er sich, warum Jenny bei der Gelegenheit nichts von ihrer eigenen Geschichte erzählt hatte. Zugegeben, damals hatte Nick noch nicht gewusst, dass sie einst der Wächter gewesen war. Das hatte er erst später erfahren, als er die Videokassetten auf dem Dachboden gefunden hatte.

Nick blieb stehen und schwankte leicht. Seine Knie fühlten sich weich an, als könnten sie jeden Moment nachgeben. So ... war es doch gewesen, oder?

Die Videobänder. Vor allem das eine, das mit DIE WAHRHEIT beschriftet gewesen war. Er hatte sie gefunden. Aber nicht allein. Jemand war bei ihm gewesen. Aber wer noch mal? Ach ja: Jazz. Sie war traurig gewesen, weil Gibby aufs Howard College gehen wollte, wie sie alle gerade erst erfahren hatten. Dann hatten sie sich zu zweit das Video angesehen, das eine jüngere Version von Nicks Eltern und Simon Burke zeigte. Und dass seine Mutter eine Außergewöhnliche war. Nick hatte keine Ahnung davon gehabt. Danach war er sehr traurig gewesen.

Aber warum?

Lügen. Wegen der Lügen seiner Eltern. Das musste es gewesen sein.

Danach hatte Jazz vorgeschlagen, er solle ein paar Gläser schweben lassen, wie seine Mom es in dem Video gemacht hatte. Gesagt, getan. Nur leider geriet dabei das ganze Haus mit in Bewegung, sodass sie um ihr Leben rennen mussten. Sie flohen nach ... irgendwohin. Nick konnte sich nicht erinnern. Zu Mom und Dad? Wahrscheinlich. Er hatte sie zur Rede gestellt, und sie hatten ihm endlich die Wahrheit gesagt: über die Pillen. Über Simon Burke. Wie sie seine Gabe unterdrückt, ja, Nick *selbst* unterdrückt hatten. Und danach ging es richtig rund: Wut, Tränen und Anschuldigungen, die einschlugen wie Granaten. Aber sie waren drüber weggekommen. Dafür hatte Mom gesorgt.

Oder?

»Nick?«

Er blinzelte. Die Geräusche und Gerüche der Stadt drangen wieder zu ihm durch. Gibby stand vor ihm, die Stirn in Sorgenfalten gelegt.

»Geht es dir nicht gut?«, fragte sie und berührte seine Hand.

»Doch«, erwiderte er. »Ich bin nur ... müde vom Training, schätze ich. Was hast du gerade gesagt?«

Gibby musterte ihn noch einen Moment lang, dann nickte sie und ging weiter. »Ich habe gestern Abend in diesem Forum, in dem ich Mitglied bin, etwas erfahren«, sagte sie, nachdem er sie eingeholt hatte. »Es wird eine Protestkundgebung vor dem ehemaligen Revier deines Dads geben. Ich dachte, du willst vielleicht mitkommen.«

»Oh.«

»Ist das okay für dich? Du musst nicht, wenn du nicht willst. Aber ich denke, es könnte gut für dich sein, wenn du mal mit eigenen Augen siehst ...«

»Bist du sicher, dass es okay ist, wenn ich dabei bin?«, unterbrach Nick nervös. »Ich möchte nicht stören.«

Gibby rollte mit den Augen. »Steigt dir die Berühmtheit schon zu Kopf? Ich *wusste,* dass du dich in eine Diva verwandeln würdest. Sehr enttäuschend.«

»Nein, das meine ich nicht.«

»Dann *sag,* was du meinst, Nick. Ich kann schließlich keine Gedanken lesen.«

»Mein Dad hat dort gearbeitet. Und er war ...« Nick schluckte schwer. »Er war ein Teil des Problems. Er versucht zwar, es wiedergutzumachen, aber das heißt nicht, dass deshalb alles vergeben und vergessen ist. Ich möchte nicht, dass meine Anwesenheit die Leute vom eigentlichen Zweck der Kundgebung ablenkt, falls jemand mich erkennt.«

Gibby blinzelte erstaunt. »Wow, das ist ... wirklich reif von dir, Nick. Respekt.« Sie streckte ihm die Faust entgegen und er schlug gerne ein. »Aber ich glaube, wenn jemand dich als Aarons Sohn erkennt, würde er sehen, dass du versuchst ... nun ja, nicht die Verantwortung für seine Taten zu übernehmen, denn das ist nicht deine Aufgabe. Aber er könnte sehen, dass du begreifst, wie schädlich das war, was er getan hat. Dass du versuchst, so viel wie möglich darüber zu lernen, was wir meinen, wenn wir sagen, dass das Leben von Schwarzen genauso viel zählt wie das von Weißen. Es geht nicht um den Wächter. Ich möchte, dass du als *Nick* dabei bist, denn wir brauchen keinen Helden, der uns rettet. Wir brauchen *dich,* damit du zuhörst, wenn wir davon erzählen, was es bedeutet, immer wieder Gewalt vonseiten der Polizei ausgesetzt zu sein.«

»Dann bin ich auf jeden Fall dabei«, sagte Nick sofort.

»Wirklich?«, fragte Gibby.

Nick spürte einen kleinen Stich im Herzen, weil sie so erleichtert klang. Als hätte sie gedacht, er würde abwinken.

»Das bedeutet mir sehr viel.«

»Du bist eine meiner besten Freundinnen und warst immer für mich da. Natürlich bin ich auch für *dich* da«, bekräftigte Nick. »Ich halte dir den Rücken frei, egal was passiert.«

Gibby stieß ihn mit der Schulter an. »Ich weiß. Aber es ist schön, es ab und an zu hören. Demonstrieren ist zwar nicht so sexy, wie ein Außergewöhnlicher zu sein ...«

»Trotzdem ist es genauso wichtig«, fiel Nick ihr ins Wort. »Ich werde mich im Hintergrund halten und zuhören, versprochen. Und wenn ich was Blödes sage oder tue, gib mir Bescheid, okay?« Er sah sich um und merkte, dass das Revier noch mindestens fünfzehn Blocks entfernt war. »Warum haben wir nicht einfach die U-Bahn genommen?«

»Wir sind queer und können schnell laufen, weil unser Überlebensinstinkt das gebietet.«

Nick schnaubte. »Das war auf echt kranke Art lustig. Die Heteros tun mir leid. Sie wollten immer, dass wir vor ihnen weglaufen, und das haben wir so lange getan, dass wir inzwischen viel schneller sind als sie. Den Ärmsten bleibt wirklich gar nichts im Leben ... außer allen Bürger- und Menschenrechten, die man sich nur wünschen kann.«

»Zumindest den Weißen«, warf Gibby ein. »Ich habe auch kurz überlegt, die U-Bahn zu nehmen, aber dann dachte ich mir, falls jemand uns überfällt, dann lieber unter freiem Himmel als in einer Metallröhre unter der Erde. Die Demo fängt erst mittags an, wir haben also noch genug Zeit.«

»Du sprichst von Owen«, sagte er und erschauerte. Bilder aus einem Traum, an den er sich nicht recht erinnern konnte, brachen über ihn herein: Schatten, überall Schatten. Nick schaute nach oben und erwartete fast, Shadow Star über ihnen zu sehen. Aber da war Nichts. Nur Gebäude, die sich dem tiefblauen Himmel entgegenreckten.

»Ja«, sagte Gibby grimmig. »Ich würde es ihm zutrauen. Arschlöcher *bleiben* meistens Arschlöcher. Komm, lass uns noch ein paar Wasserflaschen für die Demo besorgen.« Sie stieß eine Ladentür auf und trat hindurch, ohne sich zu versichern, ob Nick ihr folgte.

Der Mann am Tresen saß hinter einer dicken Plexiglasscheibe und nickte ihnen kurz zu, bevor er sich wieder dem Buch auf seinem Schoß widmete. Auf dem alten Fernseher in seinem Rücken lief Werbung – entweder für Matratzen oder für ein Antidepressivum, dachte Nick, während er Gibby ans hintere Ende des Ladens folgte. Sie gingen an Reihen von bunten, in den verschiedensten Sprachen bedruckten Plastikverpackungen vorbei – darunter auch Skwinkles Salsagheti – und standen schließlich vor einem Kühlschrank, auf dem eine große Katze saß, die sie mit ihren hellgrünen Augen beobachtete, während ihr Schwanz hin und her zuckte.

»Wir sollten solche Läden für geheime Treffen nutzen«, flüsterte Nick. »Das wäre sehr atmosphärisch. Wir könnten uns Codenamen geben. Ich bin Mr. X und du bist ... Butch Fatale, verstehst du? Denn du bist ja keine Femme, sondern ...«

Gibby lachte schallend. »*Butch Fatale.* So werde ich mich nennen, falls ich plötzlich Superkräfte entwickle und einen Außergewöhnlichen-Namen brauche.«

»Ja, Mann«, keuchte Nick. »Ich sehe schon dein Kostüm vor mir, ganz aus Portemonnaie-Ketten geflochten.« Er runzelte die Stirn. »Warte. Das wäre unpraktisch, denn jeder Metalldetektor würde sofort Alarm schlagen. Und gegen einen Schurken mit Magnetkräften würden deine Chancen ziemlich schlecht aussehen.«

»Das ist auch der Grund, warum du dir dein Kostüm nicht selbst aussuchen durftest«, sagte Gibby. »Wegen genau solcher Ideen.«

Nick schnaubte. »Ich bitte dich. Wenn ihr und Mateo mir kein Kostüm gemacht hättet, wäre mir trotzdem was Großartiges eingefallen. Dann hätte ich jetzt wenigstens keine Probleme mit meinem Körper. Seth sieht in seinem Pyro-Storm-Kostüm superheiß aus. Ich dagegen, als hätte jemand einen Gummischlauch mit Haferflocken gefüllt und dann Arme und Beine drangenäht.«

»Und Glupschaugen.«

»Und Glupschaugen«, stimmte Nick zu. »Was streng genommen nicht meine Schuld ist. Ich sehe immer aus, als hätte ich Glupschaugen. Deshalb trage ich auch einen Helm.«

Als Gibby die Kühlschranktür öffnete, stellten sie sich beide davor, um sich von der kalten Luft überspülen zu lassen. Gibby schnappte sich zwei Wasserflaschen und reichte sie Nick, dann nahm sie noch zwei, machte den Kühlschrank wieder zu und lehnte sich dagegen. Nick wollte gerade zur Kasse gehen, da sagte sie: »Hey, Nick? Darf ich dich was fragen?«

Er schaute sie über die Schulter an. »Was denn?«

Gibby sah aus, als würde sie ihre nächsten Worte sehr sorgfältig wählen. Nick drehte sich wieder um und schenkte ihr seine volle Aufmerksamkeit.

»Das klingt jetzt vielleicht blöd, und ich weiß nicht einmal ...« Sie blies die Luft aus.

»Keine Sorge, du bist in bester Gesellschaft«, erwiderte er. »Ich rede meistens auch nur blödes Zeug.«

Gibby nickte und musterte ihn einen Moment lang ernst. »Okay. Also. Lass mich einfach ausreden, ja? Ich schwöre, ich habe einen guten Grund, warum ich sage, was ich jetzt gleich sagen werde.«

»Schieß los. Ich bin ganz Ohr.«

»Warum hat deine Mom eigentlich keinen Job?«

Nick blinzelte überrascht. Er hatte mit allem Möglichen gerechnet, aber bestimmt nicht mit *dieser* Frage. »Sie hat kurz vor meiner Geburt gekündigt, damit sie zu Hause bleiben kann. Dad und sie waren sich einig, dass einer von ihnen immer daheim sein sollte, damit ich nicht als Schlüsselkind aufwachsen muss wie sie damals. Das weißt du doch.«

»Das stimmt«, sagte Gibby langsam. »Aber hat sie nicht irgendwann wieder angefangen zu arbeiten? Es ist schon seltsam. Ich denke immer, dass sie nach wie vor Anwältin ist. Ich dachte, du hättest gesagt, dass sie wieder arbeitet, seit du in der Schule bist.«

»Nein«, widersprach Nick. »Sie ist nach wie vor zu Hause.« Aber noch während er das sagte, überkam ihn ein seltsames Gefühl der Unmöglichkeit, das ihn in zu zerreißen drohte. »Vielleicht hat sie ein bisschen gearbeitet, als ich in die zweite Klasse kam oder so, aber ich ...«

Er runzelte die Stirn, die Zunge lag ihm schwer im Mund und seine Kehle fühlte sich staubtrocken an. »Hm, schon komisch, irgendwie ...«

Seine Mom war immer da. Wenn er aufstand. Wenn er ins Bett ging. Wenn er nach Hause kam, empfing sie ihn mit einer Umarmung und einem Lächeln auf dem Gesicht.

Gibby sprach weiter: »Ich habe ständig zwei Wörter im Kopf, und aus irgendeinem Grund werde ich sie einfach nicht mehr los: VORHER. NACHHER. Immer großgeschrieben, als wären sie ... aus irgendeinem Grund wichtig, aber nicht für mich. Sagt dir das was? Ich weiß nicht, warum, aber es fühlt sich so an, als hätte ich diese Wörter von dir.«

»Hast du aber nicht«, widersprach Nick, auch wenn es ihm wie eine Lüge vorkam. Hatte er nicht erst gestern denselben Gedanken gehabt? »Es ist ...« Er blickte ins Leere. Seine Gedanken flossen träge und ihm war schwindelig. Die Hitze machte ihm zu schaffen, das musste es sein. Schließlich schüttelte er den Kopf. »Warum ist das wichtig?«

»Ich *weiß* es nicht«, erwiderte Gibby sichtlich frustriert. »Aus irgendeinem Grund glaube ich, mich an eine Zeit erinnern zu können, in der deine Mom *nicht* da war. Aber das ergibt keinen Sinn, denn wenn sie nicht bei dir und deinem Dad war, wo war sie *dann*?«

»Sie *war* nicht weg«, widersprach Nick langsam. »Vielleicht, wenn sie gearbeitet hat oder auf einem Lehrgang war oder so. Aber sonst war sie nie weg.«

Richtig? Richtig.

»Ja«, sagte Gibby unsicher. »Du hast recht. Wahrscheinlich ist meine Erinnerung einfach falsch und alles ist gut.«

»Genau«, bestätigte Nick. »Im letzten Jahr ist viel krasses Zeug passiert. Mir dreht sich immer noch der Kopf davon.« Dann, weil Gibby immer ehrlich zu ihm war: »Kann ich dich auch was fragen?«

»Natürlich«, antwortete sie und stieß sich von dem Kühlschrank in ihrem Rücken ab.

Nick kaute auf der Innenseite seiner Wange, bis sie sich blutig anfühlte. »Diese ganze Burke-Geschichte, dass wir ihn vor Owen beschützen sollen. Ich kann nicht ... Ich weiß immer noch nicht, was ich davon halten soll. Ich meine, er hat so viel getan, um uns zu schaden, und es fühlt sich ... irgendwie falsch an, einzugreifen und ihn zu retten, wenn etwas passiert.«

Er schaute auf den Boden. »Ich weiß, dass wir *allen* helfen müssen, wir sind schließlich die Guten. Wir können uns nicht aussuchen, wen wir beschützen und wen nicht.«

»Aber«, sagte Gibby, weil sie wusste, dass noch mehr kommen würde.

»Aber«, sprach Nick weiter, »wenn meine Mom das sagt und Dad ihr auch noch zustimmt, finde ich das irgendwie komisch. Sie kennen meine Geschichte mit Burke und haben sogar ihre eigene mit ihm. Er tut immer nur, was zu seinem Vorteil ist. Ich verstehe schlicht nicht, warum sie jetzt plötzlich glauben, wir sollten etwas für *ihn* tun. Und was noch schlimmer ist: Er tut mir fast leid. Owen, meine ich.« Nick zuckte zusammen und wünschte sich, er hätte bloß den Mund gehalten.

»Warum?«, fragte Gibby ohne jedes Urteil in der Stimme, und dafür liebte Nick sie.

Er wischte sich mit der Hand übers Gesicht und stieß dabei mit dem Ellbogen eine Tüte Kartoffelchips von dem Regal neben ihm. »Er ist kein guter Mensch. Er hat uns belogen, er hat uns wehgetan und sogar versucht, uns zu töten. Verdammt, andere *hat* er getötet.«

»Aber«, sagte Gibby ein weiteres Mal.

»Wäre er auch so geworden, wenn er einen anderen Vater gehabt hätte?« Nick seufzte. »Ich weiß, wie sich das anhört, und wenn es hart auf hart kommt, stehe ich natürlich voll und ganz auf *unserer* Seite. Ich meine, natürlich ist Owen ein Arschloch, wie es im Buche steht, und am liebsten würde ich ihm die Fresse einschlagen, genau wie ihr, außerdem *hasse* ich ...«

»Nick.«

Er verstummte. »Danke«, sagte er keuchend. »Ich hätte wahrscheinlich noch zehn Minuten so weitergemacht, bis ich zum Punkt komme.«

»Das ist mir bewusst«, erwiderte Gibby trocken.

»Es ist einfach scheiße«, fuhr Nick fort. »Burke hat so vielen Menschen übelst mitgespielt, allen voran seinem eigenen Sohn, und jetzt sollen wir ihm *helfen*? Nach allem, was er getan hat? Das ist nicht fair!«

»Ist es nicht«, bestätigte Gibby leise. »Aber es ist auch nicht fair, ein Außergewöhnlicher zu sein. Ich stecke nicht in eurer Haut, aber Jazz und ich haben das meiste aus nächster Nähe miterlebt und mit eigenen Augen gesehen, wie sehr die Verantwortung auf dir und Seth lastet.«

Dann eine weitere seltsame Frage. »Vertraust du deiner Mom?«

Nick wollte spontan Ja sagen. Das Wort lag ihm schon auf der Zunge, doch es wollte ihm einfach nicht über die Lippen kommen. Stattdessen flüsterte er: »Ich weiß es nicht.«

Die Schuldgefühle, die ihn sogleich überkamen, waren enorm. Denn: *Warum* nicht? Sie war schließlich seine Mutter. Es fühlte sich an wie Verrat.

»Ich weiß es nicht«, wiederholte Nick, diesmal etwas lauter. Ein weiterer Gedanke kam ihm in den Sinn, schrecklich und absolut lächerlich. »Ich meine, es ist ja nicht so, dass sie für Burke arbeitet. Oder mit Owen unter einer Decke stecken würde. Oder mit beiden.«

»Das hat sie aber mal«, widersprach Gibby. »Zumindest teilweise. Das war eine große Sache damals. Dein Dad hat Burke Informationen über Pyro Storm gegeben, nicht zu vergessen das Concentra. *Und* deine Eltern waren mal mit Burke befreundet.«

»So ist mein Dad nicht«, schnauzte Nick. »Ja, er hat Mist gebaut, aber er hat mir versprochen, dass es in Zukunft keine Geheimnisse mehr zwischen uns geben wird.«

»Er hat dir Owens Brief vorenthalten«, rief Gibby ihm ins Gedächtnis.

»Das hat er«, räumte Nick ein. »Aber ich versuche, ihm einen Vertrauensvorschuss zu geben. Er hat sich den Arsch aufgerissen, um es wiedergutzumachen. Er hat mich sogar *gebeten*, ihn ab sofort für alles zur Verantwortung zu ziehen, und das tue ich. Wir beide sind alles, was wir noch haben.«

»Und was ist mit deiner Mom?«, fragte Gibby fast erschrocken.

Verdammt. Nick hatte sie glatt vergessen. Schon wieder. Sie waren mehr als nur er und sein Dad. Sie waren zu dritt. Ein Team. Er stieß ein unsicheres Lachen aus, das sogar in seinen Ohren falsch klang. »Ja, natürlich. Sie ist ...«

Sein Telefon piepte. Gibbys ebenso.

Die Katze auf dem Kühlschrank legte die Ohren an und fauchte, während Nick sein Handy zückte und einen Blick aufs Display warf.

SONDERMELDUNG

»Schöne Scheiße«, murmelte er. »Ich hasse diese blöden Sondermeldungen. Sie bedeuten nie was Gutes. Warum kann nicht einfach mal drinstehen, dass alles in Ordnung ist und im Moment nichts in die Luft fliegt?«

»Ich glaube, dafür sind Sondermeldungen nun mal nicht da«, sagte Gibby und tippte eine kurze Nachricht, bevor sie ihr Handy wieder in die Tasche steckte. »Komm. Hinter dem Tresen steht ein Fernseher. Ich habe Jazz geschrieben, falls sie und Seth die Benachrichtigung nicht bekommen haben.«

Der Mann hinter Tresen zog eine Augenbraue hoch, als sie näher kamen. Auf dem Fernseher lief gerade ein weiterer Werbespot, diesmal für Schmuck. Oder für eine Mariachi-Band – Nick war nicht sicher, welches von beidem. Er wollte schon zu Gibby sagen, wenn Steve Davis mit seinem kantigen Kiefer und den viel zu weißen Zähnen noch nicht auf dem Bildschirm zu sehen war, konnte nichts Weltbewegendes passiert sein, da brach die Werbung ab und das Action-News-Banner flimmerte über den Bildschirm.

»Könnten Sie das lauter machen?«, fragte Gibby und lehnte sich an den Tresen.

»Kauft ihr auch was?«, fragte der Kassierer zurück. »Das hier ist keine Bibliothek.«

Nick blinzelte ihn an. »Was hat eine Bibliothek mit ... Vergessen Sie's.« Er stellte die Wasserflaschen auf den Tresen und schob sie unter der Plexiglasscheibe durch. Gibby tat dasselbe. »So. Jetzt machen Sie bitte den Fernseher lauter.«

»Möchtet ihr auch ein Kopftuch kaufen?«, fragte der Kassierer und nickte in Richtung eines kleinen Ständers, an dem welche in verschiedenen Farben hingen. »Zehn Prozent des Erlöses gehen an die Rettung der Wale.«

»Wale sind wichtig«, erwiderte Gibby.

»Und wie«, bestätigte der Mann. »Die großen Fische müssen auf jeden Fall gerettet werden. Sucht euch eine Farbe aus, die euch gefällt. Ich kümmere mich inzwischen um den Fernseher.«

»Wale *sind* keine Fische«, murmelte Nick, während Gibby ein grünes Kopftuch mit kleinen weißen Sternen darauf vom Ständer nahm.

»Wen kümmert's, solange wir dafür bekommen, was wir wollen?«, flüsterte Gibby aus dem Mundwinkel.

»... und wir erfahren gerade, dass ... Moment.« Steve Davis berührte den kleinen Knopf in seinem Ohr. »Ja, es sieht ganz so aus, als würde Bürgermeisterkandidat Simon Burke vor dem zehnten Revier des Nova City Police Department gleich eine Rede halten. Davon stand nichts in seinem Wahlkampfprogramm, also dürfen wir gespannt sein, worüber er sprechen wird.«

»Das ist Dads altes Revier«, sagte Nick. »Warum zum Teufel will er ausgerechnet dort sprechen?«

Gibby hüstelte. »Er hat wahrscheinlich von der Protestkundgebung erfahren und beschlossen, sich genau da einzumischen, wo er am wenigsten erwünscht ist.«

Der Kassierer streckte eine Hand über den Tresen. Ohne nachzudenken, schüttelte Nick sie. »Danke, dass Sie die Jugend unseres Landes unterstützen. Wir sind die Zukunft und ...«

»Ähm, nein«, unterbrach der Mann und zog seine Hand weg. »Das macht zwanzig Dollar für das Wasser. Und zehn für das Kopftuch.«

»*Zwanzig Dollar* für Wasser?«, rief Nick. »Das ist Abzocke! Aber wissen Sie was? Ist mir egal, ich unterstütze gern den örtlichen Einzelhandel. Sie brauchen sich nicht zu bedanken.« Er wühlte in seiner Hosentasche und warf ein paar zerknitterte Scheine auf den Tresen, bevor er sich wieder dem Fernseher zuwandte, wo Steve Davis' Gesicht gerade durch eine Bühne mit einer Menschenmenge davor ersetzt wurde. Fahnen wehten, Männer und Frauen schwenkten jubelnd die Arme in der Luft. Am vorderen Bühnenrand standen Polizisten in Habachtstellung. Eine amerikanische Flagge hing schlaff neben einer schwarzen mit einem schmalen blauen Streifen in der Mitte.

»Braucht er wirklich acht Polizisten auf der Bühne?«, fragte Nick. »Ich finde das ein bisschen übertrieben.«

»Nicht, wenn das genau die beabsichtigte Botschaft ist«, kommentierte Gibby düster. »Siehst du die Banner hinter ihnen?«

Nick sah sie: lang und rot mit einem weißen Kreis in der Mitte, auf dem in schwarzer Schrift BURKE geschrieben stand. »So ... kann man es auch machen. Glaubst du, sein Wahlkampfteam weiß, dass Hitler exakt die gleiche Farbkombination verwendet hat?«

Gibby schnaubte. »Oh, ich bin sicher, dass der ein oder andere daran gedacht hat.«

Die Kamera schwenkte über die Zuhörermenge: ein Meer von weißen Gesichtern in Ekstase. Hinter ihnen, abgeschirmt durch eine Reihe von mindestens zwanzig Polizisten, stand eine kleinere Gruppe von Demonstranten, allen voran eine Schwarze Frau mit einem Megafon, die KEINE GERECHTIGKEIT, KEIN FRIEDEN!, skandierte. KEINE GERECHTIGKEIT, KEIN FRIEDEN!, wiederholten die Demonstranten in ihrem Rücken, die aussahen, als stammten sie aus allen Gesellschaftsschichten. Die meisten schienen jedoch um einiges jünger zu sein als die Leute vor Burkes Bühne. Die Frau reckte eine Faust in die Luft und beließ sie dort, während sie weiter in ihr Megafon schrie.

»Sie haben früher mit der Kundgebung angefangen als geplant«, kommentierte Gibby. »Wahrscheinlich haben sie gesehen, wie die Bühne aufgebaut wurde.«

Die Kamera wandte sich wieder dem Podium zu, wo gerade eine vertraute Gestalt die wenigen Stufen hinaufstieg: helle, schulterlange Locken. Ihre Lippen leuchteten in einem grellen Rot, während sie der Menge mit beiden Händen zuwinkte. Sie trug einen mittellangen Rock, dazu Stöckelschuhe und eine Bluse, deren oberste Knöpfe offen waren und den Blick auf die gebräunte Haut darunter freigaben.

Nick hatte sie seit der Nacht, in der sie sich auf dem Abschlussball eingeschlichen hatte, nicht mehr gesehen. Obwohl er keine Beweise hatte, *wusste* er, dass sie damals einen Tipp von jemandem bekommen hatte, und dieser jemand war zweifellos Simon Burke.

»Rebecca Firestone«, knurrte er, während seine Erzfeindin sich mit einem unverschämten Grinsen in der Bewunderung der Menge suhlte.

»Diese Frau ist so was von heiß«, sagte der Mann hinter dem Tresen. »Mann, was ich sie alles mit mir machen lassen würde.«

»Sie brauchen dringend einen Priester«, kommentierte Nick. »Jemanden, der Erfahrung mit Exorzismus hat. Denn nur ein Mann, dessen Seele von einem Dämon besessen ist, kann so was sagen wie Sie gerade eben.«

»Oder«, entgegnete der Kassierer, »ich habe Augen im Kopf. Findest du sie etwa *nicht* heiß?«

»Tue ich nicht«, versicherte Nick. »Ich bin durch und durch schwul.«

»Sie *ist* heiß«, warf Gibby ein. Nick verschluckte sich, da fügte sie hinzu: »Aber nur für Leute, die sich selbst hassen.«

»Oh, das tue ich!«, bestätigte der Mann. »Als ich sieben war, hat mein Opa meinen Chinchilla überfahren, und seitdem ...«

»Ich weiß nicht mal, was ein Chinchilla ist«, fiel Nick ihm ins Wort. »Und ich möchte zwar nicht unhöflich sein, aber ich versuche gerade, in ihrem Laden die Sondernachrichten zu verfolgen.«

Der Mann murmelte etwas Unverständliches, und Nick ging davon aus, dass es sich um Komplimente handelte. Das machte die Sache einfacher – vor allem da Rebecca Firestone gerade das Rednerpodest betrat und die Menge vor ihr verstummte. Die Demonstranten schrien zwar weiter, aber Rebecca ignorierte sie.

»Nova City!«, rief sie mit dröhnender Stimme. »Wie geht es dir?«

»Igitt«, sagte Nick und verzog das Gesicht. »Sie besitzt tatsächlich die Frechheit, zu den Leuten zu sprechen, als wäre sie eine von uns und kein Echsenmensch.«

»Es ist mir eine große Ehre, heute vor Ihnen stehen zu dürfen«, fuhr sie fort, »und Ihnen einen Mann vorzustellen, der diese Stadt mit jeder Faser seines Wesens liebt. Er ist ein Mann des Volkes, in Nova City geboren und aufgewachsen genau wie Sie. Er hat dieselbe Privatschule besucht …«

»Eine Privatschule ist bekanntermaßen der beste Ort, um die Sorgen der einfachen Leute kennenzulernen«, murmelte Gibby.

»… und hat als Jahrgangsbester seinen Abschluss an der Nova City University gemacht.«

»Toll«, sagte Nick. »Jetzt ist er auch noch ehemaliger Student der Uni, auf die wir alle gehen werden. Wie schön.«

»… hat sein Unternehmen von Grund auf selbst aufgebaut.«

Die Menge jubelte, als stammte Simon Burke nicht aus einer wohlhabenden Familie, die ihm Möglichkeiten eröffnet hatte, von denen die meisten nur träumen konnten. Warum fielen die Menschen darauf rein? Warum konnten sie Burke nicht als das sehen, was er in Wirklichkeit war? Nick wusste um die Macht der Worte, aber er konnte einfach nicht begreifen, wie Leute jemanden wie Burke reden hören und tatsächlich *glauben* konnten, was er sagte.

»Ich bin hier, um Ihnen zu verkünden, dass Simon Burke der Retter ist, den diese Stadt braucht«, fuhr Rebecca fort und erhob ihre Stimme über den tosenden Beifall, der ihr entgegenschlug. »*Wir* sind das Volk. *Wir* sind die Bürgerinnen und Bürger, die diese Stadt von denen zurückerobern werden, die glauben, sie seien mehr wert als wir. Die glauben, sie stünden über uns, weil sie genetische Anomalien haben!«

»Ich fasse es nicht«, keuchte Nick. »Sie *versucht* nicht mal, ihren Hass zu verbergen.«

»Ja, sie lässt die Katze gleich aus dem Sack, könnte man sagen«, kommentierte der Mann hinter dem Tresen mit einem Hüsteln. Nicks Meinung von ihm stieg um ein oder zwei Zähler, seine Lust auf Rebecca Firestone hin oder her.

»Deshalb freue ich mich sehr, Ihnen den Mann vorstellen zu dürfen, der sich von nichts und niemandem davon abhalten lassen wird, diese Stadt wieder zu dem strahlenden Juwel zu machen, das sie einst war. Liebe Einwohner von Nova City, ein Applaus für unseren nächsten Bürgermeister: SIMON BURKE!«

Die Menge tobte, und auch Rebecca Firestone applaudierte frenetisch, während sie vom Mikrofon zurücktrat.

Unter ohrenbetäubendem Jubel kam Simon Burke mit einem breiten Lächeln auf die Bühne. Doch er war nicht allein, nein, er kam Hand in Hand mit einer Frau, die Nick nur ein paarmal gesehen hatte: Patricia Burke, seine Gattin. Sie schüttelte den Polizisten auf der Bühne die Hand, während Burke auf die versammelte Zuschauermenge deutete. Anstelle seines üblichen Anzugs trug er Jeans, dazu ein T-Shirt mit vier goldenen Buchstaben auf der Brust: NCPD. Dad hatte auch so eines, zog es aber nicht mehr an. Patricia war ähnlich informell gekleidet wie ihr Mann und trug ihr langes schwarzes Haar zu einem lockeren Pferdeschwanz gebunden.

Die beiden gingen weiter zum Rednerpult und blieben stehen. Burke küsste seine Frau und sagte etwas, das im Lärm unterging. Sie nickte und verschwand hinter der Bühne, während Burke auf das Rednerpult zutrat. Dort ging er zu Rebecca Firestone, umfasste ihre Hände und flüsterte ihr etwas ins Ohr. Sie quittierte seine Worte mit einem freundlichen Lächeln, doch als Burke sie losließ und sich dem Publikum zuwandte, verschwand das Lächeln und verwandelte sich für einen Sekundenbruchteil in eine Grimasse – da und sofort wieder weg. Burke trat unterdessen ans Mikrofon und ließ sich vom Jubel der Menge überschwemmen.

Ein kalter Schauer durchzuckte Nick. Sein Rückgrat fühlte sich an wie ein einziger Eisblock. Rebecca Firestone zu verachten, war einfach. Sie machte es einem leicht. Aber bei Burke war das etwas ganz anderes. Nick war nicht dumm. Er wusste, wie beliebt Burke war und dass er laut der meisten Umfragen weit vor der Amtsinhaberin Stephanie Carlson lag. Bis zur Wahl waren es noch etwas mehr als vier Monate, bis dahin konnten sich die Dinge durchaus noch ändern. Aber was, wenn nicht? Wie zum Teufel konnten die Leute nicht erkennen, wie gefährlich dieser Mann war? Ja, die meisten Menschen wussten nicht, was er getan hatte und wozu er fähig war. Und ja, Burke hatte ein Händchen dafür, die Ereignisse zu seinen Gunsten zu nutzen, aber das sollte keine Rolle spielen. Fand Nick zumindest. Doch Burke schien die Kunst des Gaslighting perfektioniert zu haben, und es machte Nick wütend, dass so viele Menschen darauf hereinfielen.

Burke hob die Hände, um die Menge zu beruhigen. Dann beugte er sich grinsend ans Mikrofon und ließ sein makelloses Gebiss aufblitzen. »Ich danke Ihnen allen für den herzlichen Empfang. Es berührt mich sehr, zu wissen, dass sich so viele unserer Bewegung angeschlossen haben, um Frieden und Wohlstand nach Nova City zurückzubringen. Ich stehe heute mit den hart arbeitenden Männern und Frauen des Nova City Police Department vor Ihnen, deren Unterstützung für meine Kandidatur ich nicht als selbstverständlich betrachte. Sie sind die wahren Helden dieser Stadt, die wir unser Zuhause nennen. Sie tragen Uniformen, aber sie verstecken ihre Gesichter nicht hinter Masken. Sie sind kein Lynchmob, der das Gesetz in die eigenen Hände nimmt. Sie schützen. Sie dienen. Und sie tun es in aller Öffentlichkeit, ohne zu verbergen, wer sie sind. Und genau so sollte es sein.«

Gibby nahm Nicks Hand und drückte sie fest.

»Über die Menschen, die sich selbst als Außergewöhnliche bezeichnen, ist schon viel gesagt worden«, sprach Burke weiter. Sein Lächeln verblasste ein wenig, aber es sah absichtlich und einstudiert aus. »Ich weiß das besser als jeder andere. Ich war« – er verstummte kurz und schüttelte den Kopf – »nein, ich *bin* der Vater von einem dieser Mitbürger. Sein Name ist Owen. Er ist mein Sohn, und ich weiß, was er angerichtet hat. Wie viele Menschen er verletzt hat.«

»Du meinst: *getötet*«, fauchte Nick, während Gibby einen leisen Klagelaut ausstieß.

»Und ich denke jeden Tag an ihn«, fuhr Burke mit etwas leiserer Stimme fort, als litte er innerliche Qualen bei seinen Worten. »Die Liebe eines Vaters zu seinem Kind ist etwas Wunderbares, auch wenn sie uns unsere eigenen Irrtümer vor Augen führt: die Fehler, die wir gemacht haben. Die Fehler, die *ich* gemacht habe.«

Er seufzte, während die Menge wieder einmal jubelte. »Ich bin nicht ohne Fehler, aber das habe ich auch nie behauptet. Ich habe aus meinen Fehlern als Vater gelernt und verspreche Ihnen hiermit feierlich, dass ich Ihr Vertrauen nicht enttäuschen werde. Das Wort *Außergewöhnliche* bezeichnet diejenigen unter uns, die zu Dingen in der Lage sind, von denen die meisten nicht einmal träumen können. Es verzerrt die Realität, denn es impliziert, dass sie *besser* sind als wir, *mehr* als ein normaler Mensch. Warum gewöhnlich sein, wenn man auch *außer*gewöhnlich sein kann?« Burke bleckte die Zähne, als würde er gleich das Mikrofon vor sich verschlingen. »*Sie*, liebe Zuhörer, sind gewöhnlich. *Ich* bin gewöhnlich. Trotzdem können wir genauso viel vollbringen wie sie! Wir mögen nicht in der Lage sein, Flammen zu verschießen oder Dinge mit Gedankenkraft zu bewegen, aber gemeinsam werden wir dafür sorgen, dass diejenigen, die es können, unsere Lebensweise nicht zerstören!«

Die Menge tobte.

Burke sprach über den Tumult hinweg. »Deshalb verspreche ich Ihnen, dass ich, wenn ich zum Bürgermeister gewählt werde, in meinen ersten hundert Amtstagen ein Gesetz einführen werde, das die Registrierung aller Außergewöhnlichen vorschreibt. Wir haben es verdient, zu wissen, wer diese Menschen sind. Vor allem wenn sie unsere Kollegen sind. Unsere Nachbarn. Die Mitschüler unserer Kinder. Der einzige Weg, uns zu schützen, ist, der Bedrohung direkt ins Auge zu sehen. Schon viel zu lange hat Nova City diesen Leuten erlaubt, ohne Auflagen zu handeln. Damit ist jetzt Schluss. Die Zeit, sich hinter Masken zu verstecken, ist zu Ende, und ich werde dafür sorgen, dass jeder einzelne Außergewöhnliche in Nova City allen Bürgerinnen und Bürgern namentlich bekannt ist.«

Nicks Handy vibrierte in der Hosentasche, ein eingehender Anruf. Ohne den Blick vom Fernseher abzuwenden, ging er ran. »Hallo?«

»Nick, du musst mir jetzt gut zuhören. Wir haben keine Zeit für Fragen.«

»Mom?« Aus dem Augenwinkel sah er, wie Gibby ihn mit gerunzelter Stirn anschaute. »Was ist denn los?«

»Burke spricht gerade. Er ist ...«

»Ich weiß. Wir verfolgen es live im Fernsehen. Wusstest du, dass er vor Dads altem ...«

»Nick«, bellte sie. »Hör. Auf. Zu. Reden. Es geht um Owen. Ich habe ihn in der Menge gesehen. Hörst du mich? Er ist *hier.*«

»Oh mein Gott«, flüsterte Nick, sein Herz begann, wie wild zu pochen. »Nein, nein, nein ...«

Die Sache ist größer, als es aussieht. Meine Familie hat einen gewissen ... Hang zum Dramatischen.

Und:

Wir werden die Welt verändern, Nick. Natürlich will ich daran teilhaben. Du etwa nicht? Denk doch mal nach: Wenn du verhindern könntest, dass deinem Dad je wieder etwas zustößt, würdest du dann ablehnen?

Und:

Ich bin Shadow Star.

»Nick?«, fragte Gibby besorgt. »Was ist denn?«

»Hör mir zu«, hauchte Mom ihm ins Ohr. »Komm so schnell wie möglich her. Ich brauche deine Hilfe. Wir müssen die Leute beschützen. Ich weiß nicht, was er vorhat, aber wir *müssen* ihn aufhalten. Es sind unzählige Unschuldige hier. Beeil dich.«

Dann ein Piepen – Anruf beendet. Nick ließ sein Handy wie in Zeitlupe sinken, während seine Gedanken rasten.

»Was ist denn?«, fragte Gibby noch einmal.

»Owen«, knurrte er und schlug mit der Hand auf den Tresen, dass es nur so krachte. Der Kassierer zuckte zusammen und schaute ihn mit großen Augen an. »Er ist dort. Er ist ...«

»Was?!«, rief Gibby. Sie schaute wieder auf den Fernseher. »Bist du sicher? Wo? Ich habe nichts gesehen.«

»*Mom* hat ihn gesehen. Sie ist schon auf dem Weg. Ich muss los. Geh zu unserem geheimen Unterschlupf. Alarmiere die anderen. Seth und Miss Raten. Sag ihnen, sie sollen sofort zum Revier kommen.«

»Der geheime *was*?«, fragte der Mann hinter dem Tresen blinzelnd.

Gibby schüttelte den Kopf. »Wir können sie auch von unterwegs informieren. Du gehst mir da nicht allein hin.«

»Ich kann jetzt keine Ablenkung gebrauchen.«

»Ich *bin* keine Ablenkung«, schnauzte Gibby. »Ich kann auf mich selbst aufpassen. Ich brauche dich nicht als meinen Helden, denn ich bin meine eigene verdammte Heldin. Wir sind ein Team, schon vergessen?«

»Das weiß ich«, erwiderte Nick. »Und ich will auch nichts anderes behaupten, aber was, wenn dich jemand sieht? Du bist schließlich nicht« – er warf einen Blick auf den Kassierer, der ihn und Gibby anglotzte, als wären sie das mit Abstand Interessanteste, was ihm diese Woche begegnet war – »undercover wie ich.«

Gibby hielt ihr neues Kopftuch hoch. »Das sollte reichen, oder? Zumindest für den Moment. Du bist nicht allein, also hör auf, so zu tun als ob. Du verschwendest nur kostbare Zeit.« Sie rannte zur Tür und hielt kurz inne. »Kommst du, oder was?«, fragte sie über die Schulter.

»Alter«, keuchte Nick beeindruckt. »Voller Gänsehautfaktor. Das war schon fast ein Erkennungsspruch. Wir müssen zwar noch ein bisschen daran arbeiten, aber es geht schon mal in die richtige Richtung.«

Gibby schniefte. »Da hast du verdammt recht. *Butch Fatale,* bereit, Schurken in den Arsch zu treten.«

»Was ist mit eurem Wasser?«, rief der Kassierer Nick hinterher, als er zur Tür eilte.

»Spenden Sie's für wohltätige Zwecke!«, rief Nick zurück und blieb noch einmal stehen. »Danke, Mitbürger. Und vergiss nicht, was ich immer sage.« Er spreizte die Arme in den Türrahmen und blähte die Brust. »Zeit, den Müll …«

Die Tür schwang wieder zu und klemmte Nicks Finger ein.

»Aua!«, schrie er, zog seine Finger aus dem Türspalt und funkelte den Rahmen an. »Gottverdammte Scheiße.«

»*Zeit, den Müll – gottverdammte-Scheiße?* Was soll das denn wieder heißen?«

»Ich hasse mein Leben«, murmelte Nick, stieß die Tür auf und stürmte aus dem Laden.

7

Er rannte den Bürgersteig entlang, auf der Straße staute sich der Verkehr, Abgasgestank überall. Das Revier lag mindestens zehn Blocks entfernt, und Nick glaubte nicht, dass er es rechtzeitig schaffen würde, wenn er es mit Laufen versuchte. Egal wie viel er trainierte, Laufen blieb der Fluch seiner Existenz.

»Nick!«

Er schaute nach links und sah, wie Gibby einen halben Block entfernt auf und ab hüpfte und ihm mit beiden Armen zuwinkte. »Hier!«

Nachdem er Gibby eingeholt hatte, liefen sie Hand in Hand weiter bis zu einer schmiedeeisernen Tür zwischen zwei Gebäuden, hinter der sich eine schmale Gasse erstreckte. »Hier drin kannst du dich umziehen«, keuchte Gibby und blieb stehen.

»Schon dabei«, knurrte er. »Ich muss das Vorhängeschloss aufbrechen. Geh zur Seite.«

»Warum? Benutz doch einfach deine ...«

Nick warf sich gegen die Tür, prallte daran ab wie ein Gummiball und schlug hart zu Boden. »Hm«, machte Nick und rieb sich den Ellbogen, weil sein Musikantenknochen immer noch kribbelte. »Das ist nicht so gelaufen, wie ich dachte. Das Schloss muss aus dem stärksten Stahl der Welt sein.«

»Ja, eindeutig«, kommentierte Gibby und unterdrückte ein Lachen. »Zu schade, dass du keine Superkräfte hast, um das Problem zu lösen.«

»Mach dich nur über mich lustig«, murmelte er, hob eine Hand und deutete auf die Tür. Der altvertraute Funken in seinem Kopf blitzte auf, dann zog Nick seinen Arm ruckartig zurück. Das Vorhängeschloss zersprang in zwei Teile.

Weil es unbedingt nötig war (und weil er den Satz vorhin im Getränkeladen nicht hatte zu Ende sprechen können), knurrte er: »Zeit, den Müll rauszubringen.« Dann hob er sein Bein und trat mit aller Kraft zu, während er sich innerlich verfluchte, weil er Gibby nicht aufgetragen hatte, ihn zu filmen, damit er später bewundern konnte, was für ein knallharter Kerl er war.

Letztendlich war es gut, dass sie nicht mitfilmte, denn die Tür bewegte sich keinen Millimeter und Nicks Bein prallte derart heftig zurück, dass er um ein Haar ein zweites Mal hingefallen wäre.

»Was *soll* das?«, fluchte er und hielt sich den schmerzenden Fuß. »Ich muss diese verdammte Stadt vor meinem Ex-Freund retten! Wer auch immer Türen aus Schmiedeeisen erfunden hat, ist ab sofort mein schlimmster Feind, und ich werde ...«

Gibby zog die Tür mit einer lässigen Handbewegung auf.

»Richtig«, sagte Nick. »Hätte ich mir ja gleich denken können.«

»Wie gut, dass du mich hast«, erwiderte Gibby. »Du hättest wahrscheinlich noch mindestens zehn Minuten gebraucht, um zu merken, dass die Tür nach außen aufgeht.«

»Danke, Gibby. Möglicherweise hast du unsere Stadt gerade vor dem Untergang gerettet.«

Gibby verdrehte die Augen. »Freut mich, wenn ich helfen konnte.«

Nick stürmte in die Gasse, sprang über Holzkisten und umgestürzte Mülltonnen, blieb stehen und stellte seinen Rucksack auf den Boden. Dann ging er in die Hocke und zog am Reißverschluss.

Er klemmte.

»Warum funktioniert heute nichts?«, brüllte er, packte seinen Rucksack zu beiden Seiten des Reißverschlusses und riss ihn auf.

»Du bist eine wandelnde Katastrophe«, seufzte Gibby, während sein Helm auf den Boden purzelte und davonkullerte. Nick ignorierte ihn für den Moment und konzentrierte sich auf das Kostüm. Es war zerknittert. Jazz würde ihn umbringen, wenn er mit einem zerknitterten Kostüm in den Nachrichten zu sehen war, aber daran konnte Nick jetzt nichts ändern.

Er richtete sich wieder auf und machte sich daran, sein T-Shirt über den Kopf zu ziehen. Auf halbem Weg hielt er inne und sah Gibby an. »Ähm, könntest du dich vielleicht ... umdrehen?«

»Warum?«

»Weil ich schüchtern bin und nicht will, dass du mich so siehst!«

Sie blinzelte ihn an. »Soll ich dir erklären, wie viele Leute in unserem Alter Probleme mit ihrem Körper haben und wie wichtig es ist ...«

»Gibby!«

Sie seufzte, drehte sich aber gehorsam um.

Nick wartete noch einen Moment, um sich zu vergewissern, dass sie nicht schummelte, dann zog er sein T-Shirt aus und ließ es aufs Pflaster fallen. Und da sein Leben eine einzige Slapstick-Komödie war, landete es in einer schmutzig-grünen Pfütze, in der schwarze Bröckchen schwammen. Woher die Flüssigkeit kam, nachdem es seit fast zwei Wochen nicht mehr geregnet hatte, wollte Nick gar nicht erst wissen. Er grummelte vor sich hin, zog seine Chucks aus und trat mit seinem rechten Fuß in etwas, bei dem es sich um ein seit mehreren Tagen hier herumliegendes Stück Hackbraten zu handeln schien. Zumindest hoffte Nick das, denn es konnten ebenso gut die mehrere Tage alten, erbrochenen Überreste ebenjenes Hackbratens sein.

Er hätte auf Seth hören sollen, als der ihm sagte, dass man üben muss, sich unter Zeitdruck umzuziehen. Doch Nick hatte nur unschuldig mit den Wimpern geklimpert und gefragt, ob Seth es ihm nicht zeigen könne. Das war ein Fehler gewesen, denn Seth hatte kaum sein Hemd abgelegt, da vergaß Nick völlig, was sie *eigentlich* üben wollten.

Jetzt allerdings verschwendete er keine weitere Zeit, schlüpfte in sein Kostüm, geriet leicht ins Schwanken und stieß sich den Kopf an der Wand, bevor er den fast unsichtbaren Reißverschluss auf der Vorderseite gefunden und zugezogen hatte und er endlich in seine Stiefel steigen konnte. Als Letztes reichte Gibby ihm den Helm. Ein vertrautes Gefühl des Zuhauseseins überkam Nick, als er ihn aufsetzte und seine Sicht sofort schärfer wurde. Ein mehrstimmiger Ton erklang, leicht und unbekümmert, dann erschienen die Worte WILLKOMMEN, WÄCHTER vor seinen Augen.

»Leuchtturm«, sagte er mit von dem Helm tiefer modulierter Stimme. »Könnt ihr mich hören?«

Einen Moment lang herrschte Stille, dann: »Hier Leuchtturm.« Es war Jazz. »Was ist los? Warum bist du online gegangen, Nick? Ich dachte, du und Gibby wärt ...«

Er stieß ein lautes Husten aus, während er seine Zivil-Klamotten in den Rucksack stopfte und ihn Gibby übergab.

»Nick? Bist du da?«

Da die Message anscheinend nicht rübergekommen war, hustete Nick noch einmal.

»Soll das dein Ernst sein?«, hörte er Jazz in seinem Kopfhörer stöhnen. »Na schön. *Wächter, ich höre dich laut und deutlich.* Du *Vollnerd.* Was ist los?«

»Owen«, fauchte er. »Burke hält gerade eine Wahlkampfrede vor Dads altem Revier. Mom hat ihn dort gesehen und mich sofort angerufen. Ich weiß nicht, was er vorhat, aber wir können nicht zulassen, dass jemand verletzt wird.«

»*Was?* Warum hat sie uns nicht über die App benachrichtigt? Wir haben nichts ... Moment.« Eine kurze Pause, begleitet von gedämpften Hintergrundgeräuschen, dann meldete Jazz sich zurück. »Seth zieht sich schon um. Er wird dich dort treffen. Soll ich Miss Raten benachrichtigen?«

Der Wächter konnte hören, wie sie im Hintergrund eifrig tippte. »Ja«, sagte er, während er zu dem Gebäude neben ihm hinaufschaute und sich innerlich auf das vorbereitete, was unweigerlich als Nächstes kommen würde. Er hatte keine Ahnung, wie er Gibby dort hinaufschaffen sollte, aber er war ein verdammter Superheld, ihm würde schon was einfallen. »Sag Mom, dass sie nichts unternehmen soll, bis wir alle da sind.«

»Mach ich.« Eine Sekunde verging, dann: »Ich habe eure Position jetzt auf dem Schirm. Ihr seid noch zehn Blocks vom Revier entfernt, wie wollt ihr dorthin kommen? Hat das mit dem Fliegen gestern noch geklappt?«

Der Wächter atmete tief ein und blies die Luft ganz langsam wieder aus. »Ich werde die Wand neben uns hochlaufen und dann von Dach zu Dach springen. Mit Gibby auf den Armen.«

Jazz und Gibby brachen in schallendes Gelächter aus.

Der Wächter nicht.

»Oh mein Gott«, keuchte Gibby, während sie immer noch nach Luft rang, »du meinst es wirklich ernst, oder? Vergiss es, Nicky!«

»Hey, Babe«, meldete sich auch Jazz zu Wort, »lass dich bloß nicht von ihm tragen. Er lässt dich nur fallen, und ich mag deinen Körper so, wie er ist.«

»Ich bin ganz deiner Meinung«, erwiderte Gibby immer noch kichernd. »Wahrscheinlich nehmen wir am besten ein Taxi.«

»Superhelden fahren nicht Taxi«, knurrte der Wächter.

»Dann eben Uber.«

»Gibby!«

»Schrei meine Freundin nicht an!«, fuhr Jazz auf. »Sie hat recht. Ich habe euch soeben einen Wagen bestellt. Er war ganz in der Nähe und wird in einer Minute bei euch sein.«

»*Das* ist mein Mädchen«, sagte Gibby.

»Von mir aus, verdammt. Leuchtturm, wir sind auf dem Weg zum Uber. Halte uns auf dem Laufenden, sobald du was von Miss Raten hörst.«

»Wird gemacht. Euer Fahrer heißt Gerald, und sein Lieferwagen sieht aus, als hätte er ... keine Fenster? Aber Gerald hat wirklich nur sehr gute Bewertungen, also glaube ich nicht, dass er dich in seinen Keller verschleppen wird, um sich einen Anzug aus deiner Haut zu machen.«

»Großer Gott«, murmelte der Wächter. »Für die Zukunft müssen wir uns dringend eine bessere Transportmöglichkeit überlegen.«

Dann eilte er durch das Tor zurück auf den Gehsteig und erstarrte augenblicklich. Gibby krachte so hart gegen seinen Rücken, dass er noch eineinhalb Schritte weiterstolperte. Der Lieferwagen war nirgendwo zu sehen, dafür viele, viele Menschen, die alle stehen blieben und ihn anstarrten.

Der Wächter winkte unbeholfen. »Hi, wie geht's? Gut, hoffe ich. Lassen Sie sich von mir nicht stören, ich mache nur mein ... Ding.« Und bevor er es verhindern konnte, streckte er die Zeigefinger in den Himmel und rief: »Ihr wisst schon: *peng, peng, peng* und so!«

»Das muss der beste Tag meines Lebens sein«, murmelte Gibby hinter ihm.

Da kam direkt vor ihnen ein Lieferwagen mit quietschenden Reifen zum Stehen und von da an waren die fehlenden Fenster Nicks geringste Sorge. Denn die gesamte Seite des Wagens war von einem Graffiti bedeckt, das eine spärlich bekleidete Frau mit umso üppigeren Kurven zeigte, die auf einem riesigen schwarzen Seepferdchen ritt, das Ganze umrahmt von im Meer wogendem Seetang.

»Auf wundersame Weise ist der Tag gerade *noch* ein Stückchen besser geworden«, kommentierte Gibby seufzend. »Oder schlimmer. Wir werden ja sehen.«

Das Fahrerfenster wurde heruntergekurbelt, und ein korpulenter Kerl mit braunen Locken beugte sich heraus. Er schaute auf sein Handy, dann auf Gibby und den Wächter.

»Jasmine Kensington?«, fragte er mit einer noch oben gezogenen Augenbraue.

Der Wächter schnappte nach Luft. »*Burrito Jerry?* Wie um alles in der Welt ...«

Burrito Jerry, der Mann, den Rebecca Firestone nach ihrem ersten Zusammenstoß mit Rauch und Eis im letzten Winter interviewt hatte. Und dessen Abendessen ungerechterweise in Mitleidenschaft gezogen worden war, während Nick und Pyro Storm um ihr Leben kämpften. Jedenfalls trat er nun erneut in Nicks Leben, diesmal anscheinend als ihr Uber-Fahrer. Warum auch nicht?

»Ja, verdammt, der bin ich!«, erwiderte Burrito Jerry fröhlich. »Ich liebe es, wenn meine Fans mich wiedererkennen. Willst du ein Autogramm? Ich habe gerade kein Papier zu Hand, aber seit diesem Interview bekomme ich für den Rest meines Lebens Burritos umsonst, weshalb ich jede Menge Verpackungspapier im Wagen habe. Wäre das auch in Ordnung?«

In diesem Moment fiel dem Wächter wieder ein, weshalb er hier war, und er riss die Beifahrertür auf. Mindestens ein Dutzend zerknüllte Burrito-Papierchen purzelten ihm entgegen. »Keine Zeit, Bürger«, keuchte er, »ich brauche Ihre Hilfe für etwas anderes. Menschenleben sind in Gefahr, wir haben keine Sekunde zu verlieren.«

Gibby öffnete die Schiebetür zum Laderaum, kletterte hinein und ließ sich auf der Sitzbank nieder, was diese mit einer Art knarzendem Wimmern quittierte.

»Rock and Roll«, krakeelte Burrito Jerry und ließ den Motor aufheulen. »Ich kenne diese Stadt wie meine Westentasche und werde euch ans Ziel bringen, noch bevor einer von euch schreien kann: *Nicht so schnell, Jerry, du bringst uns noch alle um!*«

Gibby und der Wächter hatten kaum Zeit, die Türen zu schließen, da rasten sie schon los, *ohne* dass der Wächter vor Angst laut aufgeschrien hätte – der Klang des Geräuschs, das aus seiner Kehle kam, hatte nichts zu sagen. Stattdessen tastete Nick panisch nach dem Sicherheitsgurt, fand aber nur ein Stück altes Bootstau. Gibby fluchte laut, und als der Wächter über die Schulter schaute, sah er, wie sie vergeblich versuchte, sich mit einem grünen Gummiseil anzuschnallen.

Burrito Jerry warf einen kurzen Blick in den Rückspiegel, dann sah er den Wächter an. »Tut mir leid«, brummte er. »Aber die Sicherheitsgurte sind letzte Woche kaputtgegangen. Verfluchte Marder. Die Biester zerkauen einfach *alles*, vor allem wenn sie zu fünfzehnt sind. Bind dir das Tau einfach um die Taille, Superheld. Und du, Miss: Das Gummiseil ist nur Show. Aber keine Sorge, ich hatte schon seit über einer Woche keinen Unfall mehr.«

Jerry klopfte auf das Armaturenbrett, während draußen die Stadt an ihnen vorbeirauschte. »Ich habe viel zu viel Arbeit in meine Matilda investiert, um sie jetzt schon zu Schrott zu fahren. Wie geht's euch beiden eigentlich so?«

Als Jerry die Hand nach dem Einschaltknopf der Stereoanlage streckte, war der Wächter sicher, dass gleich kreischender Heavy Metal aus den Lautsprechern dröhnen würde. Stattdessen hieß eine weibliche Stimme sie in einem Friseursalon willkommen und versicherte, wie sehr sie sich freute, Jerry wiederzusehen.

»Eine meiner ASMR-CDs«, erläuterte ihr Fahrer, als hätte irgendjemand ihn gefragt. »Hilft mir beim Einschlafen. Ist wirklich 'ne tolle Sache, kann ich euch sagen.«

Wächters Handy klingelte. Es war Mom. Er ging ran und sagte: »Hast du …«

»Wo *bleibst* du?«

Der Wächter seufzte. »Du würdest es nicht glauben, selbst wenn ich es dir erkläre. Aber wir sind auf dem Weg.«

Burrito Jerry schien Nova City tatsächlich zu kennen wie kein Zweiter. Mindestens die Hälfte der Seitenstraßen, in die sie einbogen, hatte der Wächter noch nie zuvor gesehen.

Aber das Navi auf dem Armaturenbrett zeigte eindeutig, dass sie in die richtige Richtung fuhren. In der Tat hatten sie die Straße, in der sich das Revier befand, schon nach weniger als sechs Minuten erreicht. Blaue Barrikaden standen dort, auf denen in weißer Schrift die Buchstaben NCPD prangten. Dahinter sah Nick in einiger Entfernung mehrere Hundert Menschen vor einer Bühne stehen, während Burkes unverständliche Worte von den Häuserwänden ringsum widerhallten.

Gibby streckte den Kopf zwischen den Vordersitzen hindurch. »Nicht hier stehen bleiben. Es ist besser, wenn wir nicht gesehen werden.«

Burrito Jerry fuhr noch ein Stück weiter, weg von den Barrikaden. »Wir leben in seltsamen Zeiten, Jasmine. Du spürst es auch, oder? Es liegt förmlich in der Luft. Keine Ahnung, was die Leute an diesem Trottel finden.«

»An Burke?«, fragte Gibby.

Jerry nickte. »Leute wie er glauben, sie wüssten alles besser als alle anderen. Dass sich mit Geld alle Probleme der Welt lösen lassen. So funktioniert das nicht, aber nicht wenige scheinen darauf hereinzufallen. Rhetorik wie die seine spaltet uns. Sie lässt uns an uns selbst und aneinander zweifeln.« Einen halben Block von der Straßensperre entfernt fuhr Jerry rechts ran. »Sie verletzt uns und macht uns wütend, und das ist eine verheerende Kombination. Es bringt einen dazu, Dinge zu sagen und zu tun, die man nicht so meint.« Er schüttelte den Kopf und hielt den Wagen an. »Wir müssen zusammenarbeiten, versteht ihr?«

»Zusammenstehen, anstatt allein zu kämpfen«, flüsterte der Wächter.

Burrito Jerry grinste ihn an. »Du hast es erfasst, Mann. Wenn wir uns gegenseitig unterstützen und niemanden zurücklassen, sind wir unendlich viel stärker.« Er reichte dem Wächter die Hand, der sie dankbar schüttelte. »Jasmine, es war mir ein Vergnügen. Wann immer du eine Mitfahrgelegenheit brauchst, sag Burrito Jerry Bescheid, und ich bin im Nullkommanichts da.« Sein Telefon piepte. Jerry schaute aufs Display und blinzelte erstaunt. »Heiliger Bimbam. *Das* nenne ich mal ein Trinkgeld. Danke.«

»Ich liebe diesen Kerl«, hauchte Jazz über Nicks Helmlausprecher. »Ich möchte ihn bis ans Ende aller Zeiten beschützen.«

Der Wächter stieß die Tür auf und trat auf die Straße, Gibby tat dasselbe. »Hey, Burrito Jerry?«, sagte er.

»Ja?«

»Du bist verdammt cool.«

Jerry streckte seine Faust aus und der Wächter schlug mit seiner dagegen.

»Danke dir. Du bist auch nicht uncool. Und jetzt flieg, mein süßer Engel, flieg!«

»Ich kann nicht flie... Du meinst dein Auto, oder?«

»Wen soll ich denn sonst meinen?« Dann brauste Burrito Jerry mit einem Zwinkern und immer noch offen stehender Beifahrertür davon. Sie knallte erst zu, als der Lieferwagen um eine Ecke jagte und aus ihrem Blickfeld verschwand.

»Okay«, sagte der Wächter und ignorierte die Passanten, die stehen blieben, um ihn anzustarren und mit ihren Handys zu filmen. »Leuchtturm, mach eine Notiz für die nächste Teambesprechung. Ich bin dafür, dass wir Burrito Jerry ab jetzt in alles einweihen, denn er ist wahrscheinlich der tollste Mensch, der je gelebt hat.« Er zupfte ein Burrito-Papier von der Sohle seines Stiefels und schnitt eine Grimasse. »Oder fast.«

»Zur Kenntnis genommen«, erwiderte Jazz. »Du hast meine volle Unterstützung in dieser Sache. Gibby?«

»Einverstanden«, sagte Gibby in ihr Telefon.

»Das sind drei Ja-Stimmen«, fasste Jazz zusammen. »Damit haben wir eine eindeutige Mehrheit, aber wir werden es später noch mit Seth besprechen, um sicherzugehen, dass er einverstanden ist. Wächter, wenn er Anstalten macht zu widersprechen, drohst du, mit ihm Schluss zu machen, damit er weiß, dass wir es ernst meinen. Burrito Jerry ist der Größte und sollte als solcher gefeiert werden.«

»Das habe ich gehört«, meldete sich eine weitere Stimme zu Wort. »Leuchtturm, ich erinnere dich daran, dass Drohungen nur funktionieren, wenn man auch bereit ist, sie in die Tat umzusetzen.«

»Verstanden, Pyro Storm«, erwiderte Jazz. »Aber ich habe schon weit mehr Leute bedroht als du, warum überlässt du das also nicht den Profis?«

»Verdammt«, keuchte Gibby. »Das törnt mich so was von an.«

»Mich auch«, warf der Wächter ein. »Sehr verwirrend, das alles. Pyro Storm, wo bist du?«

»Siehst du das Gebäude vor dir? In östlicher Richtung?«

»Äh«, machte der Wächter. »Ja. Genau. Osten. Weil normale Menschen immer Himmelsrichtungen benutzen, statt einfach rechts oder links zu sagen.« Er drehte sich um und schaute über die Straße, ohne auf die immer noch gaffenden Passanten zu achten. »Da ist Osten, oder?«

»Und du wolltest mich nicht mitnehmen«, stöhnte Gibby. »Was für eine Schande.« Sie packte den Wächter an den Schultern und drehte ihn um hundertachtzig Grad. »*Da* ist Osten.« Sie nickte in Richtung des achtstöckigen Ziegelgebäudes vor ihnen, das laut Schild ein Architekturbüro, eine Anwaltskanzlei sowie noch ein halbes Dutzend weitere Büros beherbergte.

»Ich hab's«, sagte der Wächter.

»Auf dem Dach«, fuhr Pyro Storm fort. »Leuchtturm, ich habe freien Blick auf die Kundgebung. Die Menge sollte jetzt auf deinem Bildschirm zu sehen sein.«

»Ist sie«, bestätigte Jazz. »Wächter, ich habe eine Route, auf der ihr unbemerkt an den Polizisten vorbeikommt, die die Straße blockieren. Ist schon unterwegs. Gibby hat mir gezeigt, wie dieses Liniending funktioniert.«

Im Helm des Wächters erschien eine Karte mit einer roten Linie, die durch das Gebäude hindurch zu einer Nebenstraße führte, die hinter dem Revier lag. Nick kannte diese Gegend gut. Dad hatte schon vor seiner Geburt auf diesem Revier gearbeitet, und Nick war unzählige Male dort gewesen.

»Liniending empfangen«, sagte der Wächter. »Leuchtturm, wir sind auf dem Weg.«

»Wie sehe ich aus?«, fragte Gibby.

Er drehte sich zu ihr um. Gibby hatte ihr Tuch um die untere Gesichtshälfte gewickelt, ihre Nase ragte wie eine Beule aus grünem Stoff hervor. »Als ob es 1867 wäre und du einen Zug voller Reicher ausrauben willst.«

Sie schnaubte. »Genau das habe ich auch vor. Los geht's.«

Er joggte auf das Gebäude zu, Gibby an seiner Seite. Das Brüllen der Menge und Burkes dröhnende Stimme wurden lauter. Die Leute wichen dem Wächter mit weit aufgerissenen Augen aus und filmten mit gezückten Handys jeden seiner Schritte.

»Danke, Bürgerinnen und Bürger!«, rief er ihnen zu. »Habt einen außergewöhnlichen Tag und vergesst nicht: Sagt Nein zu Drogen, es sei denn, der Arzt hat sie euch verschrieben.«

»An dem Spruch solltest du noch ein bisschen arbeiten«, murmelte Gibby, als sie die schwere, verzierte Tür auf der anderen Straßenseite erreichten. Sie riss sie auf und ein Schwall kalter Luft schlug ihnen entgegen.

Der Wächter trat ein, und seine Linsen wurden etwas heller, um die plötzliche Dunkelheit auszugleichen.

Ein Wachmann, der hinter einem großen Schreibtisch saß, sagte: »Willkommen bei ... *Was zum?!*« Seine Kinnlade fiel herunter, und er sprang von seinem Stuhl auf.

»Wir sind nur auf der Durchreise«, erklärte der Wächter. »Machen Sie weiter mit dem, was auch immer Sie gerade tun. Wir wissen Ihre Nichteinmischung zu schätzen.«

Der Wachmann nickte stumm und ließ sich zurück auf seinen Stuhl plumpsen.

Während Gibby und der Wächter die Lobby durchquerten, sagte Pyro Storm über Funk: »Ich sehe ihn nicht. Leuchtturm, du vielleicht?«

»Nein«, antwortete Jazz. »Wissen wir mit Sicherheit, dass er hier ist?«

»Mom hat ihn gesehen«, erwiderte der Wächter, als sie vor der Ausgangstür auf der anderen Seite der Lobby standen. Er öffnete sie einen Spaltbreit und streckte den Kopf nach draußen, um sich zu versichern, dass keine Cops auf der Straße waren. »Wenn sie das sagt, ist er hier. Halte weiter Ausschau.«

»Schon dabei. Mal sehen, ob ... Hmm.«

»Was ist?«, fragte der Wächter und schaute erst nach links, dann nach rechts. Die Gasse war menschenleer. Sie hatte nicht einmal Bürgersteige. Eine Einbahnstraße mit gelben Pfeilen auf schwarzem Pflaster. Musste die Lieferantenzufahrt für die angrenzenden Geschäfte sein.

»TKs Peilsender ist ausgeschaltet«, antwortete Jazz. »Warum hat sie das gemacht?«

»Könnte eine Störung sein«, meinte Gibby, schien aber selbst nicht recht daran zu glauben. »*Sie* ist diejenige, die Owen gesehen hat. Sie muss also hier sein.«

»Ist sie auch bestimmt«, erwiderte der Wächter, öffnete die Tür ganz und gab Gibby ein Zeichen, hindurchzutreten. Sie tat es, und er folgte ihr nach draußen. »Macht euch wegen ihr keine Sorgen. Konzentriert euch darauf, Owen zu finden. Leuchtturm, hast du etwas von Miss Raten gehört? Wo bleibt ...«

Von oben kam ein elektrisches Knistern. Der Wächter hob den Kopf und sah, wie die kreuz und quer zwischen den Gebäuden gespannten Stromleitungen zu zittern begannen und blaue Lichtbögen darüberzuckten. Die Luft wurde schwer und stickig, da packte der Wächter Gibby am Arm und zog sie gerade noch rechtzeitig weg, als genau an der Stelle ein Blitz in den Boden schlug. Nick wandte den Blick von dem grellen Licht ab und wurde trotz seiner verdunkelten Linsen fast geblendet.

Einen Moment später sagte eine kräftige Stimme: »Die fabelhaft aussehende Miss Raten meldet sich zum Dienst, bereit, die Situation zu retten.«

»Ihr Auftritt ist unendlich viel besser als deiner«, kommentierte Gibby. »Und das meine ich genauso beleidigend, wie es klingt.«

»Wem sagst du das«, stammelte der Wächter, als er Miss Raten in ihrer ganzen Pracht vor sich stehen sah.

Die Locken ihrer blauen Perücke hüpften, die äußeren Enden ihrer Augenmaske waren nach oben gerichtet wie Hörner. Ihre Armreifen klirrten, während sie zu ihnen kam, und die Pailletten auf ihrem schwarzen Anzug glitzerten wie ein Universum voller Sterne. Sie drückte grinsend Nicks Handgelenk. »Sieh dich an, Honigmäulchen. Du füllst dein

Kostüm gut aus. Scheint, als wärst du zu den Zehn-Pfund-Hanteln übergegangen. Gut so.«

Der Wächter spannte seine Oberarme an, denn er wusste, dass seine Bizepse schon *fast* so weit waren, den Stoff seines Kostüms zu dehnen. »Schön, dass du es bemerkt hast. Wenn alles gut geht, sagt Seth, kann ich bald zu den Fünfzehn-Pfund-Hanteln wechseln.«

»Träume sind wichtig«, bestätigte Miss Raten ernst und nickte Gibby zu. Ihre Augen weiteten sich kurz, als sie das Tuch vor ihrem Gesicht sah. »Also?«, fragte sie und trat einen Schritt zurück. »Was soll die ganze Aufregung? Jazz hat mir nur gesagt, dass ich mein hübsches Hinterteil hierherbewegen soll.«

»Owen Burke«, antwortete Gibby. »Angeblich ist er auf der Kundgebung.«

Miss Raten runzelte die Stirn, dann warf sie einen kurzen Blick über die Schulter und schnalzte mit der Zunge. »Tatsächlich? Woher weißt du das?«

»Mom hat ihn gesehen«, antwortete der Wächter.

Miss Raten nickte langsam. »Sie glaubt also, dass er zuschlagen und sich Burke holen wird? Erinnert mich bitte noch einmal daran, warum wir diesen Mann beschützen sollen, nachdem er so viel Scheiße gebaut hat. Ich finde, wenn Owen ihn ausschalten will, sollten wir ihn dann nicht, ich weiß nicht ... *einfach lassen*?«

»Das können wir nicht«, widersprach der Wächter. »Es geht nicht nur um Simon Burke. Es sind auch jede Menge Unschuldige dort.«

»Leute, die uns geköpft und gevierteilt sehen wollen«, entgegnete Miss Raten und hob die Hand, bevor der Wächter ihr widersprechen konnte. »Jaja, ich verstehe. Menschen beschützen bedeutet, *alle* zu beschützen. Das heißt aber nicht, dass ich es gutheiße. Diese Leute würden keinen Finger rühren, um uns zu helfen, aber ich schätze, es liegt wieder einmal an uns, menschliche Größe zu zeigen. Und das auch noch an meinem einzigen freien Tag.« Sie seufzte. »Aber so ist das Leben einer Dragqueen nun mal. Gut, dass ich dabei wenigstens umwerfend aussehe.«

»Das tust du«, bestätigte Gibby. »Neben dir wirken die anderen wie Schmeißfliegen.«

Miss Raten grinste, während der Wächter und Pyro Storm drauflosschimpften. »Ich mag dich, Kleine. Wieso zum Henker gibst du dich mit diesen Nerds ab?«

»Ohne sie wären wir aufgeschmissen«, warf der Wächter ein. »Sie ist ...«

»Pyro Storm!«, unterbrach Jazz. »Ganz am Ende der Menge, links vor den Demonstranten. Noch ein Stückchen weiter. Ja, genau da!«

Der Wächter straffte die Schultern, seine Haut kribbelte vor Aufregung. »Was ist dort?«

»Ein Mann«, antwortete Pyro Storm. »Er trägt einen Pulli und hat die Kapuze über den Kopf gezogen. Aber der Winkel ist ungünstig. Ich kann sein Gesicht nicht erkennen.«

»Bei *dieser* Hitze?«, fragte Miss Raten. »Das kann nichts Gutes bedeuten.«

»Pyro Storm«, sagte der Wächter. »Behalte ihn im Blick. Wir sind schon auf dem Weg zu der Stelle.«

»Mache ich«, erwiderte Pyro Storm. »Schaut nach oben.«

Das taten sie, und der Wächter zuckte zusammen, als er eine Gestalt vom Dach des einen Gebäudes zum nächsten springen sah, seine Silhouette von hinten von der gleißenden Sonne erhellt. Er landete und verschwand kurz aus dem Blickfeld, dann beugte er sich über die Dachkante und winkte ihnen zu.

»Ignoriert meine Erektion«, murmelte der Wächter. »Ich kann nichts dafür.«

»Ach, junge Liebe«, seufzte Miss Raten und tätschelte Nicks Helm. »Kommt. Bringen wir's hinter uns, damit ich nach Hause gehen und mich im Gefrierschrank verkriechen kann. Dragqueens sind nicht für diese Luftfeuchtigkeit gemacht. Sie ruiniert meine Perücke.« Damit drehte sie sich um und eilte in Richtung der Kundgebung.

Der Wächter und Gibby folgten dicht hinter ihr.

Es war laut, Fahnen wehten im Wind, Menschen jubelten aufgeregt. Burke redete ohne Pause, während jenseits der von Polizisten bewachten Absperrung die Demonstranten brüllten.

Der Wächter presste sich gegen das Gebäude in seinem Rücken und spähte um die Ecke. »Pyro Storm, hast du ihn?«

»Nein. Hab ihn verloren. Leuchtturm, kannst *du* ihn sehen?«

»Negativ. Zu viele Leute. Sind wir absolut sicher? Ich erreiche TK nicht. Ihr Tracker ist immer noch ausgeschaltet.«

»Wir können das Risiko nicht eingehen«, murmelte der Wächter. »Wir müssen Burke erreichen, bevor er zuschlägt.«

Gibby sah aus, als wollte sie widersprechen, sagte aber nichts.

»Scheiße«, fluchte Pyro Storm plötzlich. »Ich sehe ihn. Der Mann mit dem Kapuzenpulli. Leuchtturm, kannst du mich hören? Er bewegt sich auf die vorderen Reihen zu. Ich wiederhole, er bewegt sich auf *Burke* zu.«

»Hab ihn«, sagte Jazz. »Ich kann sein Gesicht nicht sehen. Sein Kopf ist nach unten gerichtet … Oh nein.«

»Was ist los?«, fragte der Wächter nervös, seine Zunge schwer wie Blei. »Was siehst du?!«

»Er greift nach etwas«, antwortete Jazz. »Es ist in seiner Tasche. Ich habe immer noch keine freie Sicht, aber er macht irgendwas.«

Der Wächter zögerte nicht und rannte los. Seine Arme und Beine bewegten sich wie ein Wirbelwind. Gibby und Miss Raten riefen ihm hinterher, Pyro Storm knurrte, dann hörte der Wächter einen Knall und zuckte zusammen. Doch es war nur eine Konfettikanone, bunte Papierschnipsel flogen durch die Luft. Der Lärm der Menge schlug ihm entgegen wie eine Wand, aber alles, woran er denken konnte, war Owen, wie er ihm tief unter dem Burke Tower ins Ohr geflüstert hatte, er müsse nur diese eine Pille nehmen, dann würden all seine Träume wahr.

Winzige Dinger, nicht? Aber sie hauen ganz schön rein. Es war verführerisch gewesen. So sehr, dass Nick fast darauf reingefallen wäre. Es war knapp gewesen, knapper als die meisten ahnten, Seth mit eingeschlossen. Ja, am Ende hatte Nick abgelehnt, aber was, wenn Pyro Storm nicht rechtzeitig aufgetaucht wäre? Hätte Nick sich auch dann geweigert?

Jemand wie du würde niemals an sie rankommen. Das ist unfair, findest du nicht? Immerhin ist es dein *Vater, der leiden musste.*

Es war in der Tat unfair, aber nicht auf die Art, die Owen gemeint hatte. Es war unfair, weil Owen genau gewusst hatte, wie sehr Nick nach den Pillen gelechzt hatte. Wäre Pyro Storm nicht im letzten Moment aufgetaucht, wäre vielleicht alles ganz anders gekommen. Aber Nick war nicht mehr derselbe wie damals, und das hatte nichts damit zu tun, dass er seine telekinetischen Fähigkeiten entdeckt hatte. Nein, inzwischen wusste er etwas, von dem er damals nichts geahnt hatte: Er *brauchte* die Pillen nicht, um außergewöhnlich zu sein. Er war es bereits – ob mit oder ohne Superkräfte.

Er würde Owen aufhalten, und wenn es das Letzte war, was er tat. Es hatte nichts mit Shadow Star oder Pyro Storm zu tun. Auch nicht mit Simon Burke oder Nicks Eltern, und schon gar nicht mit den Leuten, die Außergewöhnliche wie Nick fürchteten. Er wusste, wie sich Verzweiflung anfühlte, wenn man sich klein vorkam und voller Angst war. Er wollte nicht, dass jemand sich so fühlte, und würde alles tun, um die Menschen vor diesem Gefühl zu beschü...

Nicky. Großer Gott, Nicky.

Der Wächter stolperte und stürzte beinahe, während er dachte: *Vorher. Nachher. Es gab ein* Davor *und ein* Danach, *und ich ...*

Er schüttelte den Gedanken ab. Nicht jetzt. Nicht, wenn er sich konzentrieren musste. Als wäre er gerade aus einem Albtraum erwacht, hob der Wächter den Kopf und spähte in die Menge.

Eine Frau bemerkte ihn als Erste. Sie stand links der Bühne, ganz am Rand. Auf ihrem T-Shirt prangte Burkes Antlitz mit dem Schriftzug BURKE SEI MIT UNS! darunter. Sie musste Nick aus dem Augenwinkel gesehen haben, denn sie drehte sich mit offenem Mund und weit aufgerissenen Augen zu ihm um.

Dann schrie sie.

Die Wirkung war augenblicklich. Die Leute neben ihr wirbelten herum, folgten ihrer Blickrichtung und fingen ebenfalls an zu schreien. Der Wächter rannte weiter, fuchtelte wild mit den Armen und brüllte, sie sollten aus dem Weg gehen.

Panik. Die Menge stob auseinander, Menschen drängelten und schubsten und ein kleiner Junge, der eben noch die

Hand des Mannes neben sich gehalten hatte, wurde zu Boden gestoßen. Ein anderer Mann sah den Kleinen nicht und war drauf und dran, auf ihn zu trampeln, da griff der Wächter mit gespreizten Fingern nach dem Jungen. Der Funke in seinem Kopf explodierte, und bevor der Mann auf den Kleinen treten konnte, *schob* der Wächter. Die Luft vor ihm kräuselte sich, eine Druckwelle traf den Fuß des Mannes und lenkte ihn um, sodass er hart auf den Boden trat, nur Zentimeter neben dem Kleinen. Der Vater des Jungen hob ihn auf und drückte ihn an sich, während er den Wächter anstarrte.

»Wo ist Owen?«, bellte Nick. »Pyro Storm, siehst du ihn?«

»Ich komme«, rief Pyro Storm.

Der Wächter hob den Kopf und sah gerade noch, wie Pyro Storm vom Dach des Hauses neben ihm sprang und durch die Luft raste.

»Bewegung!«, brüllte der Wächter. »Geht aus dem Weg!«

Die Leute gehorchten und die Menge teilte sich ein weiteres Mal, während die Polizisten auf der Bühne sich regelrecht auf Simon Burke stürzten, ihn vom Podium zogen und sich schützend vor ihn und Rebecca Firestone stellten. Einen Moment lang glaubte der Wächter, Burke lächeln zu sehen, dann verdeckte ein breitschultriger Cop die Sicht auf ihn.

Der Wächter rannte weiter, die Menschen wichen vor ihm zurück wie Heringe vor einem Hai. Andere griffen nach ihm, aber er konnte sie abschütteln. Dann, rechts von ihm, eine schwarze Kapuze, darunter ein Gesicht im Schatten. Doch er sah die Wölbung des Kiefers, die scharf geschnittene Nase, und da *wusste* er, dass es Owen war.

Nick wirbelte herum, gerade als Pyro Storm mit einem Blitzen seiner roten Linsen direkt neben ihm landete. Gemeinsam rannten sie weiter und drängten sich durch die Menge.

Der Mann – *Owen* – wandte sich gerade zur Flucht, da packte Pyro Storm ihn an den Schultern und drehte ihn herum. Die Kapuze fiel herab.

Es war nicht Owen. Er sah ihm nicht einmal ähnlich. Der Kerl war mindestens dreißig Jahre alt, seine Haut war blass und seine braunen Augen waren geweitet vor Angst. Er riss die Hände aus den Taschen seines Pullis, eine Kamera purzelte heraus und fiel zu Boden. Pyro Storm ließ ihn wieder los, der Mann stolperte und sackte rücklings gegen zwei Frauen, die ihn auffingen.

»Verdammt«, stammelte der Wächter genau in dem Moment, als jemand rief: »Hände hoch!«

Nick drehte sich um und sah drei Polizisten, die mit ihren Dienstwaffen auf Pyro Storm zielten. »Du da! Bleib sofort stehen! Keine Bewegung, verstanden?«

Der Wächter taumelte einen Schritt zurück und stieß gegen jemanden in seinem Rücken. Er warf einen Blick über die Schulter und merkte, dass es Gibby und Miss Raten waren.

»Wo *ist* er?«, zischte Gibby. Schweiß stand auf ihrer Stirn. »Habt ihr ihn erwischt?«

»Er war es nicht«, knurrte Pyro Storm, während die Umstehenden begannen, sie zu filmen, anstatt wegzulaufen, so als hätten sie keinen Selbsterhaltungstrieb.

»Scheiße«, stöhnte Miss Raten. »Ist das dein Ernst?«

Plötzlich Aufruhr auf der Bühne, Polizisten riefen Burke zu, er solle zurückkommen: *Sir, kommen Sie zurück!* Aber Burke ignorierte sie und kletterte zurück aufs Podium, den Blick fest auf die Außergewöhnlichen gerichtet.

Der Wächter spürte, wie ihm ein Schauer über den Rücken lief, als er Burkes Gesichtsausdruck bemerkte: Hätte er es nicht besser gewusst, hätte er fast geglaubt, dass Burke ... zufrieden aussah.

»Das ist *genau* das, wovon ich spreche«, sagte Burke ins Mikrofon, seine Stimme so laut, dass sich alle Gesichter ihm zuwandten. »Wir kommen friedlich zusammen, wie es unser gutes Recht ist, nur um *wieder einmal* von Außergewöhnlichen gestört zu werden. Verstehen Sie nicht? Sie *wollen*, dass wir Angst haben. Sie *wollen*, dass wir an uns zweifeln. An unserer Mission. An unserer Art zu leben.«

Die Menge nickte einmütig, und wenn Blicke töten könnten, dann wären der Wächter, Pyro Storm und Miss Raten auf der Stelle mausetot gewesen. Vielleicht sogar Gibby.

»Sie mögen sich für Götter halten, aber wir lassen uns nicht täuschen!«, fuhr Burke mit einem boshaften Grinsen fort. »Pyro Storm ist, wie Sie alle wissen, nichts weiter als ein siebzehnjähriger Schüler namens Seth Gray.«

»Stimmt«, sagte Pyro Storm und nahm seinen Helm ab, was die Leute ringsum veranlasste, theatralisch nach Luft zu schnappen. Als wüssten sie nicht alle genau, wie er aussah. Was für ein verdammter Haufen Dramaqueens.

»Ich bin Seth Gray. Ich bin zwar erst siebzehn, aber ich habe schon mehr für diese Stadt getan, als *Sie* jemals tun werden.«

Burke ließ sich nicht aus der Fassung bringen. Sein abschätziger Blick schweifte über Gibby und Miss Raten und kam dann auf dem Wächter zu ruhen. Sein Grinsen wurde breiter. »Du da. Ich habe dich noch nie gesehen.« Er beugte sich so weit vor, als wollte er das Mikrofon verschlucken. »Wer bist du?«

»Der Wächter«, spuckte Nick aus und ignorierte das laute Getuschel, das sich sogleich erhob wie ein wütender Hornissenschwarm. »Und Sie wissen sehr gut, dass ...«

»Der Wächter«, wiederholte Burke, und das Echo hallte von den Häuserwänden zurück. *Wächter, Wächter, Wächter.* »Was du nicht sagst. Derselbe Wächter, der einst die Straßen unserer schönen Stadt unsicher gemacht hat? Wohl kaum. Du hast dir ein altes Kostüm unter den Nagel gerissen und versuchst, es zu deinem zu machen, als ob du irgendein Recht dazu hättest.«

»Gibby«, flüsterte Seth, ohne Burke aus den Augen zu lassen. »Zieh dich zurück.«

Gibby nickte und verschwand in der Menge, entfernte sich aber nicht weit.

Nick machte einen Schritt auf das Podium zu, woraufhin die Polizisten sogleich ihre Waffen auf ihn richteten und brüllten, er solle stehen bleiben. Er gehorchte, sah aber weiter Burke an. »Ich habe *jedes* Recht dazu. Ihr Sohn ist ...«

Burke hüstelte. »... nicht hier. Wir haben nichts Falsches getan, und trotzdem kommt ihr her und versucht, das Unvermeidliche hinauszuzögern. Vielleicht macht ihr ja mit den Demonstranten hinter euch gemeinsame Sache. Habe ich recht? Wollten *sie*, dass ihr herkommt und uns stört?«

Er schüttelte den Kopf und hielt einen Moment inne, als Rebecca Firestone vortrat und ihm etwas ins Ohr flüsterte. Burke nickte, während die Türen des Polizeireviers aufschwangen und weitere Polizisten herausströmten. Unter ihnen war auch Chris Morton, der sich nach vorne drängte und die Leute aufforderte, den Weg frei zu machen. Er sah den Wächter und die anderen kaum an, als er die Hände hob und sich zwischen die Außergewöhnlichen und die Bühne stellte.

»Nicht schießen!«, brüllte er. »Steckt eure Waffen weg! Habt ihr den Verstand verloren?«

Der Wächter sah nicht, wie es passierte. Er sah nur eine Bewegung rechts von sich, und dann flog etwas auf Seths Kopf zu. Nick handelte, ohne nachzudenken, denn er war sich sicher, dass es ein Ziegelstein oder etwas dergleichen war, das Seths Schädel zertrümmern würde. Der Funke in seinem Kopf loderte auf, und die Luft um ihn herum kräuselte sich, als er seine Hand hob und die Finger zu Klauen verkrümmte.

Es war kein Ziegel, sondern eine Wasserflasche, die Saltos schlagend auf Seths Kopf zuflog und nur eine halbe Armlänge davon entfernt mitten in der Luft stehen blieb. Dort schwebte sie, das Wasser darin schwappte hin und her und warf flimmernde Schatten auf den Boden.

Ohrenbetäubende Stille, so dicht, dass der Wächter sie beinahe spüren konnte. Er ließ seine Hand sinken, die Flasche fiel aufs Pflaster und zersprang, Wasser spritzte auf Seths Stiefel.

»Er kann *zaubern*!«, schrie jemand in der Menge. »Er ist eine verdammte Hexe. VERBRENNT IHN AUF DEM SCHEITERHAUFEN!«

Der Wächter drehte den Kopf in Richtung der Stimme. »Weißt du eigentlich, welches Jahrhundert wir haben? Deine religiös motivierte Frauenfeindlichkeit ist in der heutigen Zeit so was von ...«

Eine Orange prallte von Nicks Brust ab, die Schale platzte auf und der klebrige Saft spritzte auf seine Lippen, bevor die Frucht mit einem nassen Klatschen auf den Boden fiel.

Der Wächter besah sich die Schweinerei und hob ganz langsam den Kopf. »Ihr habt *Obst* dabei? Wozu zum Teufel braucht man auf einer Wahlkampfkundgebung ...«

Er kam nicht dazu, den Satz zu Ende zu sprechen, denn es kamen noch mehr Gegenstände geflogen: Wasserflaschen, eine halb leere Limodose, eine Banane, ein Regenschirm. Der Wächter schrie auf, als ihn eine lederne Aktentasche an der Schulter traf und er nach vorne stolperte.

Eine Frau, Typ freundliche Großmutter, begann unterdessen, mit ihrer Handtasche auf Miss Raten einzuschlagen und brüllte: »Deine Haare sind nicht mal echt! Ich weiß das, denn ich trage selbst eine Perücke!«

Miss Raten nahm ihr die Tasche weg. »Lady, wenn Sie mich noch einmal mit Ihrem billigen Imitat schlagen, sorge ich dafür, dass Sie in ein Heim kommen. Sie stellen mich besser nicht auf die Probe.« Dann gab sie der Frau die Tasche zurück.

»Er bedroht eine alte Dame!«, rief jemand.

»Sie«, korrigierte ein anderer. »Nur weil wir sie hassen, dürfen wir ihre Pronomen nicht missachten. Seien Sie kein Arschloch. Das macht keinen guten Eindruck.«

»Schon gut. Tut mir leid, Leute! Ich habe mich im Eifer des Gefechts hinreißen lassen, aber ich werde mir das, was ich heute gelernt habe, zu Herzen nehmen und versuchen, ab jetzt ein besserer Mensch zu sein. *Sie* bedroht eine alte Dame! *Schnappt sie euch!*«

»Verschwindet von hier«, bellte Chris die Außergewöhnlichen an, während er sich vor die wogende Menge stellte und seine Kollegen zur Unterstützung heranwinkte.

Jemand packte den Wächter am Arm und riss ihn herum. Er schaute über die Schulter und sah Gibby, die versuchte, ihn wegzuziehen. »Wir müssen weg«, sagte sie. »Wir *können* nicht bleiben!«

Nick versuchte, seinen Arm aus ihrem Griff zu befreien, auch wenn er wusste, dass sie recht hatte: Lieber weiterleben und an einem anderen Tag für ihre Sache kämpfen. Aber ein Teil von ihm – ein dunkler, gefährlich starker Teil – wollte, dass er seine Hände gegen Burke einsetzte. Er wollte seine Kräfte benutzen, um Burke von der Bühne zu heben und ihn um sein Leben flehen zu hören. Zu sehen, wie er mit dem Erstickungstod rang und sein Gesicht blau anlief, während ihm die Augen aus dem Schädel traten. Es würde nicht viel brauchen. Nick konnte es tun, das wusste er. Und wenn er es tat, wäre es endlich vorbei. Egal welche Konsequenzen es hätte, Burke könnte nie wieder jemandem schaden.

Wir töten niemanden, flüsterte Dad in seinem Kopf.

Seth packte ihn an der Hand und holte ihn zurück in die Realität. »Nein, Nicky«, flüsterte er ihm ins Ohr und stöhnte auf, als etwas Nasses gegen seinen Rücken klatschte. »Das ist es nicht wert. *Er* ist es nicht wert. Gib ihm keine Ausrede, denn das ist genau das, was er will. Er *will,* dass du die Kontrolle verlierst. Lass ihn nicht gewinnen.«

Der Wächter ließ sich benommen wegführen und drängte sich zwischen den Menschen hindurch, die mit wildem Blick und gefletschten Zähnen nach ihm griffen.

»Miss Raten!«, brüllte Seth über die Schulter. »Weg hier!«

Der Wächter drehte den Kopf und sah, wie Miss Raten zu Burke hinaufstarrte. »Wir versuchen nur, dich zu beschützen, du Blödmann!«, rief sie. »Was zum Teufel ist los mit dir?«

Burke sah die Polizisten an, die mit gezogenen Pistolen links und rechts von ihm standen. »Sehe ich so aus, als bräuchte ich euren Schutz? Die gerechten Männer und Frauen des NCPD stehen mir zur Seite. Nova City braucht keine selbst ernannten Gesetzeshüter.«

»Verschwinde«, knurrte Chris mit blitzenden Augen. »Sofort.«

Miss Raten wirkte einen Moment lang verunsichert, da eilte Gibby zu ihr zurück, packte sie an der Hand und zog sie mit sich.

»Schön«, hörte der Wächter Burke mit dröhnender Stimme sagen, während sie die Flucht ergriffen. »Lauft, so schnell ihr könnt. Bürger dieser Stadt: Ihr habt mein feierliches Versprechen, dass ich, wenn ihr mich zu eurem Bürgermeister wählt, der Außergewöhnlichen-Bedrohung ein für alle Mal ein Ende bereiten werde.«

Die Menge brüllte begeistert, während der Wächter und seine Freunde das Weite suchten.

8

Die Folgen als katastrophal zu bezeichnen, wäre wahrscheinlich eine Übertreibung, egal wie sich die folgenden Tage anfühlten. Während sich die Nachricht in Nova City wie ein Lauffeuer verbreitete (die örtlichen Reporter berichteten um fünf, sechs und elf Uhr atemlos von der Konfrontation und dann wieder am nächsten Tag und am übernächsten), wurde sie im Rest des Landes kaum beachtet. Und wenn, dann meist nur als Randnotiz und zusammen mit Bildern von der Centennial High, auf denen zu sehen war, wie Pyro Storm sich über die Menge erhob und Feuer aus seinem Körper züngelte, während er seinen Helm abnahm und sich als Seth Gray zu erkennen gab.

Ganz anders im Internet. Ein mit lustigen Soundeffekten unterlegtes Video, das zeigte, wie die Orange die Brust des Wächters traf, wurde innerhalb von achtundvierzig Stunden sechs Millionen Mal angeklickt. Es war auf Reddit, Tumblr und TikTok. Auf X trendete es fast zehn Stunden lang (#VitaminCFürAlle), um dann von einer Hündin abgelöst zu werden, die bellend vor einem Abflussrohr saß und verzweifelt mit den Pfoten scharrte. Wie sich herausstellte, versuchte sie, ihren Welpen zu retten, der in dem Rohr stecken geblieben war. Große Teile des Internets fanden den Anblick einfach herzzerreißend (#AbflussrohrwelpeOMG).

In der Nacht interviewte Steve Davis von Action News eine Schwarze Frau namens Tasha, die als Sprecherin der Demonstranten fungierte. Sie wirkte sehr souverän und antwortete in aller Ruhe auf Davis' Frage, was sie vom Wächter und den Außergewöhnlichen im Allgemeinen halte.

»Warum ist das wichtig?«, fragte Tasha zurück. »Über die Beweggründe der Außergewöhnlichen kann ich nichts sagen, denn das steht mir nicht zu. Wir waren dort, weil Simon Burke ein Faschist ist, wie seine Politik deutlich zeigt. Alles darum herum ist nur ein Ablenkungsmanöver. Er hat sich mit dem NCPD verbündet, einer Organisation, die sich als völlig ungeeignet erwiesen hat, die Probleme von Nova City zu lösen. Er sagt, er will die Stadt von den Außergewöhnlichen befreien. Und was kommt danach? Was, wenn ihm das nicht reicht? Wen wird er als Nächstes ins Visier nehmen? Menschen, die wie Sie aussehen? Oder wie ich? Dreimal dürfen Sie raten.«

Steve Davis lächelte unschuldig. »Sie glauben doch nicht allen Ernstes, dass er ...«

»Doch«, unterbrach Tasha. »Mächtige Männer wie er, Männer mit unbegrenzten Mitteln und dem Wunsch, alles zu kontrollieren, schaden nicht nur der Gesellschaft, sie sind eine Gefahr für uns alle.«

»Danke, Ma'am«, erwiderte Davis. »Das war sehr aufschlussreich. Wenn wir aus der Pause zurückkommen, beschäftigen wir uns mit einer weiteren wichtigen Frage, über die im Moment alle reden: Wann wird diese Hitzewelle enden? Der Meteorologe Chuck Hendrix hat eine ausführliche Vorhersage für Sie. Wir sind gleich wieder da.«

Dad war, kurz gesagt, wütend wegen allem, was passiert war. Allerdings *nicht* auf Nick. Sein Vater war zwar nicht gerade erfreut darüber, dass Nick sein Kostüm angelegt hatte, aber er sagte, er könne ihn verstehen. Nick hatte kaum das Wohnzimmer betreten, da zog Aaron ihn auf die Couch und schloss ihn in eine innige Umarmung. Dort schaukelte er ihn hin und her, hin und her, das Gesicht in den Haaren seines Sohnes vergraben. »Scheiß auf sie«, sagte Aaron wütend. »Scheiß auf sie alle. Ich stehe zu dir, Nick, egal was.«

Und wenn Nick dabei die ein oder andere Träne vergoss ... nun ja, konnte es ihm kaum jemand verübeln.

Ansonsten war es totenstill im Haus.

»Wo ist sie?«, fragte Nick mit möglichst ruhiger Stimme.

»Das weiß ich nicht«, erwiderte Dad leise. »Ich habe noch nichts von ihr gehört.«

»Sie hat gesagt, dass Owen dort ist«, sprach Nick weiter und stand von der Couch auf. »Sie hat gesagt, dass sie ihn *gesehen* hat. Wir waren nur wegen *ihr* dort.«

Dad sah ihn lange an. »Was sagst du da, Junge?«

Nick raufte sich frustriert die Haare und begann, auf und ab zu gehen. »Ich habe keine Ahnung, was passiert ist, aber Jazz sagte, dass Mom ihren Tracker ausgeschaltet hat. Sie war auch nicht über Funk zu erreichen. Sie war nicht da. Warum tut sie uns das an? Warum tut sie *mir* das an?«

»Ich bin sicher, es gibt eine Erklärung dafür«, erwiderte Dad, obwohl er nicht so aussah, als würde er selbst daran glauben. Er starrte stirnrunzelnd ins Leere und wusste offensichtlich nicht, was er als Nächstes sagen sollte. »Sie hat mich nicht mal angerufen«, murmelte er.

»Weil ich nicht konnte«, erklärte Jenny in diesem Moment.

Die beiden zuckten zusammen und sahen Mom im Eingangsbereich der Küche stehen. Sie trug Jeans und eines von Dads Hemden. Die Ärmel waren hochgekrempelt, der Saum reichte ihr bis zu den Oberschenkeln. Sie sah müde aus und hatte dunkle Ringe unter ihren trüben Augen. Sie machte einen Schritt auf die beiden zu und sagte: »Es tut mir leid, Nicky. Ich hätte dort sein sollen.«

Bevor Nick sie anschnauzen konnte, fragte Dad: »Wo bist du gewesen, Jen?«

Sie schüttelte den Kopf und kam seufzend näher. Die Dielen knarrten unter jedem ihrer Schritte. »Ich bin Owen gefolgt. Er war auf der Kundgebung, aber er muss gemerkt haben, dass wir ihm auf der Spur sind, denn er ist abgehauen, bevor ihr angekommen seid. Ich habe die Verfolgung aufgenommen, ihn aber dann in der Stadt verloren.«

Niemand sprach. Das einzige Geräusch kam von der Uhr über dem Kamin: tick, tick, tick.

Mom versuchte es noch einmal. »Ich weiß, das ist keine Entschuldigung, aber ich musste in Sekundenbruchteilen eine Entscheidung treffen. Genau wie du, Aaron. Und du, Nick. Ich weiß, dass du wütend auf mich bist, aber ich habe getan, was ich für richtig hielt.«

Dad nickte langsam. »Du hättest ihnen Bescheid sagen sollen. Du hättest *mir* Bescheid sagen sollen.«

»Ich weiß«, erwiderte sie leise. »Ich habe nicht nachgedacht. Mein einziger Gedanke war, zu verhindern, dass Owen Schaden anrichtet.«

Dad entspannte sich ein wenig, und das machte Nick nur noch wütender. »Warum hast du deinen Tracker ausgeschaltet?«, fuhr er auf. »Warum hast du niemandem gesagt, was du vorhast, bevor wir in diesen Schlamassel hineingeraten sind?«

Sie ließ den Kopf hängen. »Es tut mir leid, dass ich nicht dort war, als du mich gebraucht hast. Aber ich schwöre dir, dass ich immer für dich da bin, genau wie dein Vater. Du musst das nicht allein durchstehen. Es ist besser, zusammenzustehen, als für sich allein zu kämpfen.« Sie kam um die Couch herum und breitete einladend die Arme aus.

Nick machte einen Schritt auf sie zu und wünschte sich nichts sehnlicher, als in Moms Umarmung zu sinken. Schon jetzt war er ruhiger als in der Sekunde zuvor. Das Gefühl drängte sich beinahe auf, als hätte er keinerlei Kontrolle darüber. Seine Beine bewegten sich wie von selbst, und seine Hände hoben sich, bereit, seine Mutter zu umarmen, ganz wie sie es wollte.

Die Bank, dachte er benommen. *Großer Gott, Nicky. Sie ist ...* Er blieb einen Meter vor ihr stehen.

Jenny beobachtete ihn und wackelte mit ihren Fingern.

»Nein«, sagte er und trat einen Schritt zurück, auch wenn es sich anfühlte, als wäre es das Schwerste, was er je getan hatte.

Jenny blinzelte und ließ die Arme wieder sinken. »Was soll das heißen, *nein*?«

»Ich bin wütend auf dich«, schnauzte Nick. »Wir sind ein Team. Wir arbeiten zusammen. Wir machen keine halben Sachen allein. Wir halten uns gegenseitig auf dem Laufenden! Das ist es, was es bedeutet, wenn man zum Team Leuchtturm gehört. Seth weiß das. Jazz und Gibby auch. Sogar Mateo weiß es. Warum *du* nicht?«

Die Haut unter Moms linkem Auge zuckte. »Ich glaube, ich kann mich an das ein oder andere Mal erinnern, als du genau das getan hast, was du mir gerade vorwirfst. Erst vor Kurzem.«

»Immer mit der Ruhe ...« Dad stand von der Couch auf und stellte sich neben Nick. »Jen, ich weiß, dass unsere Gemüter im Moment erhitzt sind, aber das war jetzt unangebracht. Nick ist *siebzehn. Wir* sind seine Eltern, nicht umgekehrt.«

Moms Miene wurde etwas weicher, als sie Dad ansah. »Ich weiß, Aaron. Aber du musst mir glauben, dass ich nie wollte, dass es so passiert. Ich würde dir das niemals antun.« Sie schaute Nick an, bevor sie weitersprach. »Oder ihm. Wir stehen auf derselben Seite.«

»Warum verhältst du dich dann nicht so?«, entgegnete Nick.

»Du überreagierst«, erwiderte Jenny mit einer ruhigen Stimme, die Nicks Haut kribbeln ließ. »Aber das kann ich dir nicht verübeln.«

»Ich *überreagiere* also«, sagte Nick. »Cool! Hey, ich habe eine Idee: Wenn alles gar nicht so schlimm ist, wie ich es hinstelle, dann ruf ich jetzt ein paar Reporter an. Sie sollen vorbeikommen und ein Familieninterview machen: mit mir, Dad und dir. Du kannst dein Kostüm anziehen und in einem dramatischen Auftritt allen enthüllen, wer du in Wahrheit bist.«

Nick holte sein Handy aus der Tasche. Er hatte nicht vor, einen Sender anzurufen – er hatte nicht mal eine Nummer –, aber er wollte zumindest so tun, als ob.

Das Telefon entwand sich seinem Griff und schwebte in Jennys ausgestreckte Hand. »Das reicht jetzt. Du kannst so wütend auf mich sein, wie du willst, aber du musst mir nicht auch noch absichtlich wehtun.« Sie schniefte. »Nick, ich bin deine *Mutter*. Ich würde dich nie mit Absicht verletzen.«

Schuldgefühle stiegen in Nick auf und rissen ihn in Stücke. »Ich weiß nicht ...«

Er schaute Dad an. Sein Gesicht war blass und erschrocken. Eine Entschuldigung wollte sich ihren Weg bahnen, aber er schluckte sie hinunter. Nick Bell und Selbstgerechtigkeit waren alte Freunde. »Ihr habt *alles* vor mir verheimlicht«, sagte er mit harter Stimme. »Beide. Ich kann nicht mal sicher sein, ob ihr nicht immer noch mit Burke gemeinsame Sache macht.«

Nick hatte es kaum gesagt, da wünschte er, er könnte es zurücknehmen. Aber jetzt war es raus, eine heimliche Angst, die er in sich trug, seit er erfahren hatte, dass Simon Burke hinter den Pillen steckte, die seine Kräfte den größten Teil seines Lebens unterdrückt hatten. Er liebte seinen Vater. Mehr als jeden anderen Menschen auf der Welt. Dad hatte Fehler gemacht, aber Nick hatte sich dafür entschieden, zu glauben, dass es eben Fehler waren, ohne böse Absicht.

Mom auch, flüsterte eine leise, aufdringliche Stimme, die seine Gedanken kitzelte. *Sie gehört genauso dazu wie Dad.*

Aarons Gesicht war zerknittert, seine Schultern hingen herab. Mom hingegen ...

Ihr Blick war unfokussiert, ihre Hände zuckten leicht, während sich ihre Lippen lautlos bewegten.

Sie ist für dich da, sagte die gleiche eigenartige Stimme. *Sie will dich nur beschützen. Warum bist du so zu ihr?*

Nick stöhnte auf und schüttelte seine verspannten Schultern aus. »Ich hab's nicht so gemeint. Ich hätte ...« Er blies gereizt die Luft aus. »Ich weiß, dass ihr mir nur helfen wollt, beide. Ihr versucht, das Richtige zu tun, nachdem ...«

Vorher, nachher, vorher, nachher.

»... nach allem, was passiert ist. Aber wenn ihr glaubt, dass ich mir eure Ausreden anhöre, und alles ist wieder gut, dann muss ich euch leider enttäuschen. Ich vertraue darauf, dass ihr mich liebt und nur das Beste für mich wollt. Aber ich vertraue *nicht* darauf, dass ihr auch wisst, was das ist.«

»Nick«, sagte Dad leise. »Das ist ... okay und nur gerecht. Aber lass uns nichts überstürzen, ja? Beruhigen wir uns alle erst mal. Ich glaube nicht, dass einer von uns noch etwas sagen sollte, das er später nur bereuen wird.«

Aber Nick war zu sehr in Fahrt. Er starrte seine Mutter unverwandt an und weigerte sich, den Blick abzuwenden.

»Wenn du zu Team Leuchtturm gehören willst, dann musst du auch so handeln. Hättest du uns gesagt, dass Owen längst weg ist, hätten wir bei Burkes Rede nicht wie Trottel ausgesehen.«

»Du hast recht«, erwiderte Mom. »Ich hab's verbockt. Es wird nicht wieder vorkommen.« Sie wischte sich über die Augen und schenkte ihm ein wässriges Lächeln. »Ich würde dich jetzt gerne umarmen, wenn es dir recht ist.«

Nick ging zu ihr. Natürlich tat er das.

Alles war gut.

Alles in allem verliefen die nächsten Tage erstaunlich ruhig. Mom, Dad und Nick bewegten sich nur mit größter Vorsicht durchs Haus, als glaubten sie, jeder von ihnen könnte schon bei der kleinsten Provokation explodieren.

Vor dem braunen Sandsteinhaus der Grays kampierten ein weiteres Mal die Reporter. Sie blieben jedoch nur wenige Tage und zogen dann weiter. Nova City schlief nie, und da sie weder von Bob, Martha oder Seth etwas erfuhren, richteten sie ihre Aufmerksamkeit bald wieder auf andere Dinge. Es dauerte nicht lange, da interessierte der KRAWALL BEI DER KUNDGEBUNG (großgeschrieben, als wäre der Vorfall genauso gewichtig wie die SCHLACHT AUF DER MCMANUSBRÜCKE und der ÜBERFALL AUF DIE CENTENNIAL HIGH) niemanden mehr.

Burke hielt sich unterdessen erstaunlich zurück. Er gab fast jeden Abend ein Interview, und wann immer er zu den Außergewöhnlichen befragt wurde, antwortete er in Allgemeinplätzen und vertrat die Ansicht, sie seien nun mal eine Bedrohung und er der Einzige, der etwas dagegen tun könne.

Dass die amtierende Bürgermeisterin Stephanie Carlson ihm mehr oder weniger zuzustimmen schien, machte die

Situation auch nicht gerade besser. Sie war der Meinung, dass jeder und jede seinen Kandidaten ungestört unterstützen dürfen sollte. »Obwohl ich gegen alles bin, wofür Simon Burke steht, und glaube, dass er nicht die Führung ist, die Nova City braucht, fordere ich die Außergewöhnlichen dieser Stadt auf, ihm zu erlauben, zu seinen Unterstützern zu sprechen, ohne dass sie Angst vor Leuten haben müssen, die sich selbst für Superhelden halten. Wäre mir etwas Vergleichbares passiert, *weiß* ich, dass Mr. Burke sich in aller Deutlichkeit dazu geäußert hätte. Er ist ...«

Nick schnaubte verächtlich und pausierte das Video auf seinem Handy. Carlsons Gesicht fror mitten im Satz ein. Er wusste, dass es in der Politik auch gute Menschen gab, die nur die besten Absichten hatten. Aber die meisten anderen waren seiner Meinung nach gemeingefährliche Soziopathen, basta. Genau wie bei der Polizei.

Seine Stimmung hellte sich erst wieder auf, als er zu einem anderen Tab wechselte (einem von mindestens einem Dutzend, denn Nicks Interessen waren breit gefächert, und sein chaotischer Verstand war nur schwer im Zaum zu halten) und einen Blick auf X warf. Er rief Burkes Kampagnen-Account auf und stellte erfreut fest, dass seine letzten sieben Tweets jede Menge Dislikes bekommen hatten, wobei die meisten davon von Accounts stammten, die eine Variation des Wortes *Außergewöhnlich* im Namen hatten. Es gab sogar ein paar Fanvideos von Pyro Storm: weichgezeichnete und mit kitschigen Popsongs unterlegte Nachrichtenbilder von Seth, auf denen glitzernde Herzchen auf ihn herabregneten. Sie sprachen Nick aus tiefster Seele.

Es war Mittwochvormittag und Nick sollte eigentlich einen Übungsaufsatz für seine Uni-Bewerbung schreiben. Nicks

Freizeitaktivitäten waren nicht gerade geeignet, die Zulassungsstelle einer Hochschule zu beeindrucken, und seine Noten waren zwar nicht schlecht, aber sie hoben ihn auch nicht von der Masse ab. Dad wollte, dass er nicht alle seine Hoffnungen auf die Uni setzte. Er war zwar zuversichtlich, dass Nick es schaffen würde, aber er musste auch für den Fall vorsorgen, wenn es nicht klappte. Der Gedanke, dass Jazz, Gibby und Seth ohne ihn auf dieselbe Uni gingen, behagte ihm gar nicht, und Nick schwor sich, alles zu tun, damit er auf keinen Fall abgelehnt wurde.

Er hatte genau siebenunddreißig Minuten an dem Aufsatz geschrieben, als er beschloss, dass er seine Zeit besser nutzen und nachsehen sollte, ob es irgendwelche Hinweise auf einen Außergewöhnlichen in Nova City gab, der Schatten manipulieren konnte. Dad war mit Cap unterwegs, und Mom war ... irgendwo. Er wusste es nicht. Es war nicht so, dass sie einen Job hatte. Gibby war bei Seth zu Hause, wo sie im Keller gemeinsam trainierten. Jazz arbeitete an ihrer College-Bewerbung und schickte Nick alle zehn Minuten ihre aktuelle Anzahl von Wörtern, als wollte sie ihn mit voller Absicht ärgern.

Hier war er also, allein, das Haus ganz für sich.

Und was tut eine siebzehnjährige Jungfrau bei so einer Gelegenheit?

Masturbieren, natürlich.

Nick lauschte aufmerksam, ob in der Zwischenzeit auch niemand nach Hause gekommen war. Alles war still, die einzigen Geräusche drangen durch das offene Fenster herein. Es war so kühl wie seit Wochen nicht mehr und der Lärm der Stadt beruhigte ihn wie immer. Nick stand auf und schloss sicherheitshalber die Tür ab, dann ging er zu seinem Schreibtisch. Er hatte eine eingespielte Routine für solche Tage. In einer Schublade lagen eine Flasche mit Lotion und ein kleines Handtuch bereit.

Nick öffnete einen Inkognito-Tab und dankte seinem Dad in Gedanken, dass er Nicks Internetzugang nicht mit strengeren Filtern versehen hatte. Dann rief er seine Lieblingspornoseite auf und überlegte, was er sich ansehen wollte. Außergewöhnlichen-Pornos? Boner Boy und der raue Bohrturmarbeiter waren natürlich ein Klassiker, aber damit hatte er sich oft genug wundgerieben. Buchstäblich.

Er durchforstete die Kategorien nach einer, die seine Aufmerksamkeit erregte. Twinks *(hey!)*. Bären *(grummel)*. Mature *(igitt)*. Furrys (das war zwar nichts für ihn, aber wer war Nick, Leute zu verurteilen, die so offensichtlichen Spaß daran hatten, sich als Wölfe, Katzen und Ziegen zu verkleiden?). Orgien (wo sollte man dabei bloß mit seinen Armen und Beinen hin?) und Fetisch (vielleicht später) sowie Vintage (wo die Schnurrbärte noch buschiger waren als die Schambehaarung).

Schließlich hielt er bei einer Kategorie inne, die er noch nie erkundet hatte.

»Hmm«, sagte er zu sich selbst. »Das klingt ... interessant.«

Power Bottoms stand auf dem Link.

Nick klickte darauf, und auf dem Bildschirm erschien eine Reihe von Videos mit Männern von jeglicher Statur und Größe. Er klickte auf das erste. Ein zierlicher Mann strich gerade eine Wand und trug dabei eine mit blauer Farbe besprenkelte Latzhose, darunter nichts. Aus irgendeinem Grund hatte er bereits einen Ständer, und Nick fragte sich, ob es Power Bottoms antörnte, Farbe zu schnüffeln. Die Theorie schien plausibel, denn die Beweise vor seinen Augen waren mehr als eindeutig.

»Oh nein«, sagte der Mann in einem Tonfall, als hätte er von Schauspielerei noch nie etwas gehört. »Es ist schon fast Feierabend und ich bin immer noch nicht mit dieser Wand fertig. Mein Chef wird so was von sauer auf mich sein. Ich hoffe, er lässt es nicht wieder an meinem Hintern aus wie beim letzten Mal.«

»Okay«, kommentierte Nick, »das nehme ich dir nicht ab. Ich glaube zum Beispiel nicht, dass du dir wirklich Sorgen wegen der Reaktion deines Arbeitgebers machst. Und falls du es *doch* tust, solltest du vielleicht darüber nachdenken, eine Gewerkschaft zu gründen.«

Ein weiterer Mann in einem engen weißen Hemd, das seinen muskulösen Oberkörper betonte, kam herein. Aus irgendeinem Grund trug er dazu eine abgeschnittene Jeans, die seine dicken Oberschenkel kaum bedeckte.

»Du musst der Boss sein«, merkte Nick wissend an. »Ich sehe es an deinem stählernen Blick und dem strengen Stirnrunzeln.«

»Es ist Feierabend und du hast die Wand nicht fertig«, erklärte der Neuankömmling. »Du weißt, was das bedeutet.«

Der Anstreicher seufzte den erschöpften Seufzer aller, die unwiderruflich in den Klauen des Kapitalismus gefangen waren. Denn er wusste ganz genau, dass er in einer Gesellschaft, die auf einem Wirtschaftssystem aufgebaut war, in dem Privateigentümer allen Profit kontrollierten, stets der Unterlegene war. Nick hatte das für eine Prüfung auswendig gelernt, und es war gut zu wissen, dass er immer noch Informationen aus seinem Gehirn abrufen konnte, auch wenn all sein Blut Richtung Lenden strömte.

»Ja, Sir«, sagte der Anstreicher, ließ seinen Pinsel fallen und ...

»Du ziehst dich *jetzt* schon aus?«, fragte Nick. »Dein Chef steht vor dir, zeig gefälligst etwas Respekt! Oder lass ihn sich wenigstens ein bisschen anstrengen, bevor er loslegt. Warum machst du nicht – *Wow!* Du hast also keinen Würgereflex. Gut zu wissen.« Nick hingegen hatte einen. Er konnte kaum aufhören zu würgen, wenn er seine Zahnbürste versehentlich zu tief in den Mund steckte. Das verhieß nichts Gutes für den Fall, dass Seths Penis ... größer als eine Zahnbürste war.

Nick beugte sich vor, bis sein Gesicht nur noch wenige Zentimeter vom Bildschirm entfernt war, und vergaß beinahe, dass jetzt der Zeitpunkt war, ein wenig Lotion in seine Hand zu pressen, während er noch untätig die Darbietung vor seinen Augen verfolgte. Als Boss und Anstreicher zum Hauptereignis kamen, schwitzte Nick bereits heftig, und das nicht nur wegen der rasenden Hormone in seinem Organismus.

Denn vor allem beeindruckte Nick, wie *leicht* es bei Anstreicher aussah. Er schluckte den Penis seines Chefs, als wäre es nichts. Nick verstand nicht, warum es nicht die geringste Vorbereitung gegeben hatte. Anstreichers Kopf wippte vor und zurück, Speichel troff ihm aus dem Mund, unterbrochen von klassischen Aussprüchen wie *Ja!* und *Besorg's mir!* und *Ich werde nie mit dieser Wand fertig!*.

Nick hielt das Video an, lehnte sich im Stuhl zurück und ignorierte seinen eigenen Penis, der das, was er gerade gesehen hatte, sehr zu schätzen schien.

»Power Bottoms«, murmelte er und fragte sich, ob Seth ... ob er ...

Nun, es sollte gesagt werden, dass Nicks größte Stärke – abgesehen von seinen Superkräften – schon immer sein Gehirn gewesen war. Sein seltsames, herrlich chaotisches Gehirn. Wenn er etwas nicht verstand, erforschte er es, bis er Experte darin war.

Mit diesem Gedanken im Hinterkopf öffnete Nick einen weiteren Tab und begann zu tippen.

TUT ANALSEX WEH?

Er nickte. Das hörte sich nach der richtigen Frage an. Er drückte Enter.

Eine Reihe von Links erschien. Mit einem wohligen Gefühl klickte Nick gleich auf den ersten. WikiHow, eine seiner Lieblingsseiten im gesamten Internet, die ihn noch nie im Stich gelassen hatte. Dort wurden alle wichtigen Fragen beantwortet, die man haben konnte, z. B.: WIE MAN SELBST MÜSLI MACHT, WIE MAN FLUCHT, OHNE ERWISCHT ZU WERDEN, und WIE MAN EINE NORMALE PERSON IST. Zugegeben, keines dieser Themen interessierte ihn, aber es war für jeden etwas dabei.

Das Beste jedoch war, dass die meisten Artikel aus irgendeinem Grund illustriert waren. Als ob bunte Bildchen irgendwas erklären würden. Fun-Fact: Meistens taten sie es nicht.

Das Bild am Anfang des Artikels zeigte einen Mann mit einer Sprechblase über dem Kopf, der sich nachdenklich das Kinn rieb. Doch statt Worten war in der Sprechblase ein nackter Hintern mit einem Fragezeichen daneben abgebildet.

»Perfekt«, flüsterte Nick und begann, mit Interesse zu lesen.

Du willst also ein Bottom sein! Herzlichen Glückwunsch zu dieser wichtigen Entscheidung. Manche glauben, Tops hätten in einer Beziehung die Macht, aber in Wirklichkeit sind es die Bottoms, die die Kontrolle haben.

> Ohne sie hätten die Tops nämlich nichts zum Penetrieren. Dazu brauchen sie Menschen wie dich!

»Da fühlt man sich doch gleich wertgeschätzt«, flüsterte Nick.

> Es gibt viele Möglichkeiten, ein Bottom zu sein – und nicht alle beinhalten Penetration, worauf wir später noch genauer eingehen werden. Aber das Erste, was ein Bottom sich fragen muss, ist Folgendes: Was will ich durch Bottoming erreichen?

»Sex«, sagte Nick prompt. »So viel Sex wie möglich.«

> Wenn du jetzt *Sex* gesagt hast, dann hast du teilweise recht! Das ist ein guter Anfang, denn Bottoming beinhaltet auch sexuelle Penetration. Aber bedenke bitte, dass dies nicht unbedingt durch eine andere Person geschehen muss. Es gibt viele Sexspielzeuge, mit denen ein Bottom anale Freuden erleben kann, ohne dass eine andere Person dabei ist. Wenn du mehr darüber erfahren möchtest, klicke auf den Link: SO FINDEST DU DAS RICHTIGE SEX-TOY FÜR DICH!

Nick hätte fast geklickt, hielt sich aber im letzten Moment zurück. »Eins nach dem anderen«, murmelte er. Er dachte sich, dass es besser ist, erst einmal zu lernen, wie Bottoming funktionierte, bevor er sich tatsächlich etwas in den Hintern steckte.

> Auch wenn diese Anleitung sehr umfassend ist und dir Schritt für Schritt alles zeigt, was bei dem Thema wichtig ist, wären wir nachlässig, wenn wir dich nicht an

SAFETY FIRST erinnern würden. Triff immer, ohne Ausnahme, Vorsichtsmaßnahmen: Kondome. Lecktücher. Informiere dich über den Gesundheitszustand deines Partners oder deiner Partnerin und über deinen eigenen. Sexuell aktive Menschen – egal wie sie sich identifizieren – sollten sich regelmäßig testen lassen. Wenn du Sex hast, solltest du außerdem mit einem Arzt oder einer Ärztin über die Einnahme von PrEP sprechen, einem Medikament, das die Wahrscheinlichkeit einer HIV-Übertragung verringern kann. Je mehr du dich schützt, desto sicherer bist du.

Und jetzt lass uns loslegen.

Schritt 1: Klistiere!

»Oh mein Gott«, keuchte Nick. »Was muss ich tun?«

Je mehr er las, desto mehr Blut wich aus seinem Gesicht (und aus seinen Lenden). Er hatte noch nie über dergleichen nachgedacht. Und jetzt, da er erfahren hatte, dass wohl kein Weg daran vorbeiführte, wusste er nicht, was er mit dieser Information anfangen sollte. Zwar konnte er den Grund dafür durchaus verstehen (niemand mochte mit Fäkalien beschmierte Penisse, wie in dem Artikel stand), aber allein die Vorstellung, vor dem Sex seinen Darm reinigen zu müssen, setzte Nicks Gehirn auf eine Weise zu, von der er nicht wusste, ob er sich je wieder davon erholen würde.

Mit trockener Kehle stieß er sich von seinem Schreibtisch ab, sprang auf und rannte ins Bad. Er drehte den Wasserhahn auf, spritzte sich Wasser ins Gesicht und versuchte, die vorgewölbten Augen seines Spiegelbilds zu ignorieren. Seine Haut spannte und fühlte sich zu heiß an. Ob Seth sich mit ... Klistieren auskannte? Was, wenn sie *beide* Bottoms waren? Wie sollten sie eine dauerhafte Beziehung führen, wenn keiner von ihnen oben sein wollte? Oder war das überhaupt wichtig?

Da hörte Nick, wie die Haustür aufging. Jemand rief, und er zuckte zusammen.

»Nick? Bist du da? Ich habe meinen Papierkram vergessen.«

»Im Bad!«, rief er zurück, und seine Stimme zitterte jämmerlich dabei. »Ich mache nichts Unanständiges!«

Eine Pause. Dann: »Jedes Mal, wenn du das sagst, macht mich das erst recht misstrauisch.«

»Das liegt daran, dass du *immer* misstrauisch bist!«, hustete Nick, während er sich am Waschbecken festklammerte und sich fragte, ob er und Seth zu einem Leben in der Bottom-Hölle verdammt waren.

Einen Moment später klopfte Dad an die Tür. »Will ich wissen, was du da drin machst?«

»Großer Gott, Dad, ich wasche mir die Hände!«

»Aha. Wenn du meinst. Aber vergiss nicht, dass das ein Gemeinschaftsbad ist. Wenn du also irgendetwas ... Normales tust, musst du hinterher auch alles wieder sauber machen.«

Nick vergrub stöhnend das Gesicht in den Händen und murmelte, warum ausgerechnet er den peinlichsten Menschen auf Erden zum Vater haben musste.

»Und ich habe den Korb mit der Wäsche dabei, die du immer noch nicht aufgeräumt hast.«

»Stell ihn einfach in mein Zimmer«, sagte Nick und ließ die Hände sinken. »Bitte. Danke.«

Dad entfernte sich leise kichernd von der Badezimmertür, der Boden unter seinen Füßen knarrte.

Hätte Nick geahnt, wie viel schlimmer es noch werden würde, wäre er wahrscheinlich aus dem Haus gerannt und nach Kanada geflohen, um den Rest seiner Tage in einer Hütte zu verbringen, wo er Ahornsirup herstellte oder was auch immer Kanadier so machten (abgesehen davon, dass sie stets nett und hilfsbereit waren, was wahrscheinlich daran lag, dass es bei ihnen ein funktionierendes staatliches Gesundheitswesen gab).

Doch vorausschauendes Denken gehörte nicht gerade zu Nicks Stärken, weshalb ihn das schreckliche Schicksal, das ihn erwartete, vollkommen unvorbereitet traf. Er richtete sich auf, atmete tief durch und setzte ein leicht manisches Lächeln auf.

Da fiel ihm wieder ein, was er sich gerade auf dem Computer angesehen hatte. Auf dem Computer in seinem Zimmer. Jenem Raum, den sein Vater gerade mit Nicks ausdrücklicher Erlaubnis betrat.

»Oh nein«, stammelte er, sein Gesicht im Spiegel kreidebleich.

Er riss die Tür auf und sah sich panisch auf dem Flur um. Niemand da, doch die Schlafzimmertür seiner Eltern stand einen Spaltbreit offen. Hoffentlich bedeutete das, dass Dad jetzt dort war, nachdem er die Wäsche bei Nick abgestellt hatte. Er eilte in sein Zimmer, sah den Korb auf seinem Bett stehen und schlug erleichtert die Tür hinter sich zu. Zum Glück war Dad so in Gedanken gewesen, dass er den aufgeklappten Laptop gar nicht geseh...

Nick schrie auf und wäre beinah rücklings umgefallen. Der Türknauf bohrte sich schmerzhaft in seinen Rücken, während Dad ihn vom Schreibtischstuhl aus mit hochgezogenen Augenbrauen ansah. Von dem Stuhl aus, der vor dem Laptop mit der WikiHow-Seite stand.

»Wach auf«, beschwor Nick sich selbst. »Bitte, wach auf. Das alles ist nur ein Albtraum, es *muss* einer sein. Ich werde jeden Moment in meinem Bett aufwachen und ...«

Dad beugte sich näher ans Display. »Bitte nimm zur Kenntnis, Nick, dass ich den Tab *Anstreicher bekommt von Chef ordentlich einen gestrichen* bewusst ignoriere.«

»Ich weiß nicht, was das ist«, sagte Nick hastig. »Das war schon da, als ich nach Hause kam. Jemand anderes muss meinen Laptop benutzt haben.«

»Klar«, erwiderte Dad. »Belassen wir's dabei, um weitere Peinlichkeiten zu vermeiden. Also: Klistiere.«

»Du hast gerade gesagt, dass wir es dabei belassen.«

»Es gibt verschiedene Arten«, las Dad einfach weiter, als wollte er sein einziges Kind endgültig um den Verstand bringen. »Eine davon kann man am Duschschlauch befestigen. Das scheint mir allerdings fast ein bisschen fortgeschritten für jemanden, der gerade erst anfängt wie du. Hier steht auch, dass Duschklistiere ... den Darm verbrühen können? Wow! Ich lerne jeden Tag was Neues.«

Nick blinzelte stumm.

Dad nickte. »Das lieber nicht. Ich möchte es nicht jedes Mal sehen müssen, wenn ich auf die Toilette gehe. Oh, aber was ist mit dem hier? Eine Art Plastiksack, den man ...«

»Nein«, stöhnte Nick und vergrub das Gesicht in den Händen. »Nein, nein, nein.«

»Verstanden«, sagte Dad. »Keinen Plastiksack. Okay.« Er stieß sich vom Schreibtisch ab und stand vom Stuhl auf. »Ich bin bereit. Ich hätte nicht gedacht, dass es heute schon passieren wird, aber ich denke, die Zeit ist reif dafür. Ich bin gleich wieder da.« An der Tür hielt Aaron noch einmal inne und sah Nick an, der in der Mitte seines Zimmers stand und wünschte, er wäre nie geboren worden. »Mach dir keine Sorgen, Junge. Wir kriegen das schon hin.«

»Warum *bist* du so?«, brüllte Nick ihm hinterher.

Als Dad zurückkam, versuchte Nick ächzend, seinen Schreibtisch vor die Tür zu schieben, um sich zu verbarrikadieren. Der Tisch war viel schwerer, als Nick in Erinnerung hatte, und es gelang ihm lediglich, damit einen zwei Zentimeter langen Kratzer in den Boden zu machen.

Dad ignorierte seine Bemühungen und setzte sich auf die Bettkante, eine Plastiktüte auf dem Schoß. »Okay«, begann er, während Nick zu Boden sackte und sich mit dem Rücken gegen seinen Schreibtisch lehnte. »Also, ich war vor ein paar Monaten in einem Laden. Der Verkäufer dort war sehr hilfsbereit. Er sagte, das ist ein gutes Einsteigerset. Er hat es selbst benutzt, also vertraue ich seiner Einschätzung.«

Nick wusste, dass das Leben voller Höhen und Tiefen war, voller Berge und Täler. Doch manchmal öffneten sich diese Täler und gaben den Blick auf ungeahnte Tiefen frei, voller Feuer und Schwefel und schrecklicher Möglichkeiten, die besser im Dunkeln geblieben wären.

Leider schien Dad es für das Beste zu halten, das Grauen ans Licht zu zerren, denn er öffnete die Plastiktüte und zog eine rechteckige Schachtel mit einer bunten Aufschrift hervor, die besagte: MEIN ERSTES KLISTIERSET!

»Dad, *nein*«, keuchte Nick, dem sofort der Angstschweiß auf die Stirn trat.

»Dad, *doch*«, entgegnete Aaron. »Es ist besser, es richtig zu machen, als vollkommen unvorbereitet in die Sache zu gehen. Das hier nennt man also eine Darmspülung.« Er hielt Nick die Schachtel hin, sodass er die Abbildung einer weißen, dünnen Düse darauf sehen konnte. »Du füllst den Ballon mit der Kochsalzlösung und dann ...« Er schaute stirnrunzelnd auf die Schachtel. »Man steckt es sich einfach rein und drückt den Ballon zusammen? Das kann nicht stimmen.«

Nick schlug mit dem Hinterkopf gegen den Schreibtisch in dem Versuch, sich eine Gehirnerschütterung beizubringen und so – mit etwas Glück – sein Kurzzeitgedächtnis zu löschen.

»Ah«, machte Dad erleichtert und öffnete den Karton. »Es ist eine Anleitung dabei. Lass mich nur …« Die dünne Düse purzelte heraus und landete auf dem Boden. »Ups. Die müssen wir sterilisieren, bevor du sie benutzt. Okay, jetzt zur Anleitung.« Er faltete die Broschüre auseinander wie eine Landkarte und nickte, während seine Augen über das Papier glitten. »Richtig, ich hab's verstanden. Es soll wie ein Abführmittel wirken. Ich schätze … das ist angebracht.«

»Nichts von dem hier ist in irgendeiner Weise angebracht«, stöhnte Nick. »Ganz und gar nichts.«

Dad ignorierte ihn. »Also, wir geben die Lösung in den Ballonbehälter.« Er hielt den Ballon hoch und schwenkte ihn in Nicks Richtung. »Und dann kommt die Düse oben drauf.« Er bückte sich, wobei die Anleitung auf seinem Schoß zerknittert wurde, und hob die Düse vom Boden auf. »Und dann steckst du das in dein Rektum und drückst. Das eine geht rein, das andere kommt raus, und *voilà!* Du bist bereit … deinen Gast angemessen zu empfangen.«

»Ich werde *nichts* davon tun!«, bellte Nick.

Dad nickte ernst. »Ich weiß, das ist ein bisschen viel Input auf einmal.« Plötzlich grinste er. »Im übertragenen wie im wörtlichen Sinn. *Ha!*« Er klatschte in die Hände, und Nick brauchte einen Moment, um zu begreifen, dass er sich soeben selbst einen High Five gegeben hatte.

»Ich habe soeben beschlossen, dass ich ein Adoptivkind bin«, verkündete Nick. »Das ist meine einzige Überlebenschance. Ich wurde adoptiert und will *sofort* zu meinen richtigen Eltern zurück.«

»Wie auch immer. Aber wenn du …« Ein angestrengter Ausdruck huschte über Dads Gesicht. Seine Stirn war von tiefen Canyons durchzogen. »Wenn du der *Empfänger* sein willst, musst du etwas über diese Dinge lernen, Sohn.«

Nick stemmte sich hoch und starrte Aaron an. »Wer hat gesagt, dass ich das vorhabe? Nach deinem Kenntnisstand könnte ich mich ebenso gut mit dem Thema beschäftigen, um *Seth* zu erklären, was er tun muss.«

»Trotzdem ist es besser, auf alles vorbereitet zu sein.« Dad holte ein kleines Plastikfläschchen mit einer durchsichtigen Flüssigkeit darin aus der Schachtel. »Komm her, ich brauche deine Hilfe.«

»Die Tatsache, dass du glaubst, ich würde dir auch noch *helfen*, beweist, dass du deinen verdammten Verstand verloren hast.«

»Ach, hör auf, Nicky. Wenn du in der Lage bist, diese Dinge im Internet nachzuschlagen, dann kannst du auch mit mir darüber reden.« Er wurde etwas ernster und seine Stirn glättete sich wieder. »Ich mache mich nicht über dich lustig, Junge. Ich hätte mir zwar gewünscht, dieses Gespräch erst in vielen, vielen Jahren mit dir zu führen, aber ich möchte dich lieber auf der sicheren Seite *wissen*, als es lediglich zu hoffen.«

Aaron betrachtete die Schachtel auf seinem Schoß. »Bald bist du so alt, dass es dir egal ist, was ich denke. Während ich hier herumsitze, immer älter werde und mir wünsche, mein Sohn würde mich besuchen kommen und …«

»Das ist krasse Manipulation«, brummte Nick. »Und das weißt du.«

»Ist es«, stimmte Dad zu. »Funktioniert es?«

Seltsamerweise tat es das tatsächlich. Oh, Nick würde seinem Vater niemals verzeihen, aber wie viele jugendliche Schwule hatten Eltern, die ihnen tatsächlich ein Klistierset kauften? Nicht viele, dachte Nick, und obwohl er sich wünschte, dass sein Vater dank einer spontanen Selbstentzündung einfach verschwinden würde, wusste er doch, dass er zu den wenigen Glücklichen gehörte. Aaron hätte das nicht tun müssen – was Nick ehrlich gesagt lieber gewesen wäre –, aber er *hatte*. Nick konnte sich nur zu gut vorstellen, wie er in dem Laden stand und nickte, während der Verkäufer ihm alles über Einläufe erklärte.

Aaron war lächerlich. Er war dumm und wunderbar lächerlich, und Nick wusste nicht, wie er ohne ihn leben sollte.

Also stählte er seine Nerven und straffte die Schultern. Ohne seinen Dad anzusehen, schlenderte er zum Bett und ließ sich neben ihm auf die Matratze plumpsen. »Na schön«, nuschelte er mit verschränkten Armen. »Wenn es schon sein muss, können wir's auch gleich hinter uns bringen.«

Dad stieß ihn mit der Schulter an. »Genau. Hier.« Er reichte ihm die Plastikflasche mit der Salzlösung. Die Düse ließ er auf seinem Schoß liegen. »Du solltest das machen, denn du bist derjenige, der das Ding benutzen wird. Gieße jetzt die Lösung in den Ballon. Siehst du die Linie an der Seite? Sie sagt dir, wie viel hineingehört.«

Er nickte, klemmte den Ballon zwischen seine Knie und schraubte den Deckel des Fläschchens mit der Lösung ab. Dann füllte Nick vorsichtig die Lösung ein und achtete peinlich genau darauf, sich an die Markierung zu halten, damit ihm das Kochsalz später nicht aus den Augen und den Ohren spritzte. Was Nick wiederum verdeutlichte, wie wenig er über die menschliche Anatomie wusste – vielleicht etwas, was er noch vor dem Beginn seines letzten Highschool-Jahrs ändern sollte.

»Gut«, sagte Dad. »Das müsste reichen.« Er hielt ihm die Düse hin. »Jetzt schraubst du das oben drauf, dann kannst du loslegen. Auf der Packung steht, dass die Düse extra glatt ist, damit sie sich leichter einführen lässt.« Er blähte die Brust. »Ich habe natürlich keine Kosten gescheut. Für einen Bell-Hintern kommt nur das Beste infrage.«

»Dad«, sagte Nick mit zusammengebissenen Zähnen.

Aaron verdrehte die Augen. »Was? Ich *kümmere* mich eben um dich.«

»Ein bisschen zu sehr, wenn du mich fragst.«

»Gut, dass ich das nicht getan habe«, entgegnete Dad fröhlich. »Laut der Anleitung solltest du das Klistier im Badezimmer anwenden, damit es keine Sauerei gibt. Über der Toilette oder unter der Dusche.« Er schnitt eine Grimasse. »Aber sieh zu, dass du danach alles wieder schön sauber machst, damit ich es nicht sehen muss.«

Nick drehte das Klistier vor seinen Augen hin und her, die Lösung darin schwappte. »Scheint ganz einfach zu sein.« Er blinzelte auf die Düse hinunter. »Was passiert, wenn ich sie einführe?«

»Wovon *redet* ihr eigentlich?«

Wenn man aus einem Klistier-Gespräch mit seinem Vater aufgeschreckt wird, weil der Superhelden-Freund unerwartet durch das offene Fenster hereingeklettert kommt (und mit seinen Locken, seinem Gesicht und überhaupt unfassbar lecker aussieht), reagiert man meist spontan und ohne Nachdenken. Ein typisches Beispiel: Nick Bell schrie auf und drückte den Ballon in seiner Hand so fest zusammen, dass ihm die Kochsalzlösung in die Augen, das Gesicht und den offen stehenden Mund spritzte. Er kreischte und schleuderte das Klistier hysterisch von sich. Es prallte gegen Seths Stirn und fiel dann, einen glitzernden Schweif Kochsalzlösung hinter sich herziehend, zu Boden.

»Meine Augen!«, wimmerte Nick, während ihm Salzlösung aus dem Mund tropfte. »Das Zeug, das eigentlich in den Anus gehört, ist überall, nur nicht in meinem Anus!«

»Das *was* ist *wo*?«, fragte Seth mit einer Stimme, als hätte ihm jemand in die Eier getreten, denn es klang wie ein Quietschen.

»Sohn«, sagte Aaron und klopfte Nick auf die Schulter, während der weiter schrie, er sei erblindet, sein Augenlicht sei unwiederbringlich zerstört und nun müsse er bei der Uni-Zulassungsstelle um Einrichtung eines barrierefreien Zugangs für sich bitten. »Ich denke, wenn es gut genug für deine Innereien ist, sollte es auch für deine Augen keine Gefahr darstellen. Aber um sicherzugehen, lass mich den Rest der Anleitung durchlesen. Falls doch ein Risiko besteht, können wir den Giftnotruf anrufen und fragen, ob wir einen Arzt hinzuziehen sollen.«

»Klistiersets ...«, wiederholte Seth und machte einen Schritt zurück Richtung Fenster. »Oh nein, ich höre gerade, dass ein Superschurke Nova City zerstören will, und muss sofort los! Was für ein schreckliches Timing. Ich werde ...«

»Lass mich nicht allein!«, flehte Nick und rieb sich verzweifelt die brennenden Augen. »Mein Vater hält mich gefangen, und ich verlange, dass du mich vor ihm rettest!«

Dad sagte: »Hier steht, solange man die Lösung nicht in großen Schlucken trinkt, ist sie harmlos. Du könntest höchstens leichte Magenkrämpfe bekommen, da sie ein Abführmittel enthält.« Er lächelte. »Siehst du? Alles in Ordnung.«

»Was ist *daran* in Ordnung?«, knurrte Nick, und in seiner Stimme schwang mehr als nur ein bisschen Wächter mit.

»Nun«, meinte Dad, »wenigstens weißt du jetzt, wie ein Einlauf *nicht* funktioniert.« Er warf einen Blick auf Seth, der kreidebleich geworden war. »Seth, ich bin wirklich froh, dass du hier bist. Komm, setz dich. Lass uns gemeinsam etwas über Einläufe lernen. Nick ist schon fast Experte auf dem Gebiet, du befindest dich also in guten Händen.« Er lachte. »Was wiederum sowohl im übertragenen als auch im wörtlichen Sinne zutrifft, verstehst du? Ist das nicht lust...«

»Raus hier!«, schrie Nick. Er sprang auf, packte Dad am Arm und zog ihn zur Tür. »Du bist schuld, dass ich mir einen Einlauf ins Gesicht gespritzt habe, und jetzt willst du auch noch Seth mit hineinziehen? Vergiss es! Verlasse diesen Ort und denke darüber nach, was du getan hast. Wir werden später ein langes Gespräch über Grenzen führen und über dein unerklärliches Bedürfnis, mir beizubringen, wie schwuler Sex funktioniert, von dem du nicht die geringste Ahnung hast!«

Und als wäre Dads einziges Ziel, den Tag noch schlimmer zu machen, sagte er: »Woher willst du wissen, dass ich nicht die geringste Ahnung habe? Im College, Nicky, habe ich Dinge getan, von denen ich dir noch nie erzählt habe ... *Wow.* Du bist viel stärker, als du aussiehst. Seth, ich glaube, er ist bereit für die Fünfzehn-Pfund-Hanteln!«

Bevor Nick ihm die Tür vor der Nase zuschlug, senkte er seine Stimme zu einem Flüstern und beugte sich ganz dicht an Dads Ohr. »Ich werde dein *Ende* sein«, verkündete er düster. »Du wirst es nicht kommen sehen. Aber für den Rest deines Lebens wirst du jede Sekunde über deine Schulter schauen, weil du weißt, dass ich eines Tages da sein werde, um Rache an dir zu nehmen.« Dann, weil es gesagt werden musste (wenn auch *noch* etwas leiser): »Danke, dass du mich zu sehr liebst.«

Dads Gesichtsausdruck wurde weicher. »Das kommt noch nicht mal ansatzweise hin, Nicky«, flüsterte er zurück. »Für dich würde ich *alles* tun.«

Nick nickte und hob die Stimme. »Und du wirst *leiden*!« Dad grinste, und Nick knallte die Tür zu. Nachdem Aarons Schritte auf dem Flur verhallt waren, war der Lärm draußen vor dem offenen Fenster das einzige Geräusch.

Nick presste die Stirn gegen die Tür, nicht gewillt, Seth in die Augen zu sehen.

»Also«, begann Seth.

Nick drehte sich seufzend um und wischte sich den Rest der Kochsalzlösung aus dem Gesicht. Seth stand neben dem Bett und betrachtete stirnrunzelnd die zerknitterte Anleitung, die Dad zusammen mit dem Klistier zurückgelassen hatte. Wenn Nick ein Pyrokinetiker wäre wie sein Freund, hätte er das komplette Set unverzüglich in Brand gesteckt. Er überlegte, ob er es stattdessen mit Telekinese aus dem Fenster werfen sollte, da sah er, wie Seths Lippen sich lautlos bewegten, während er die Anleitung durchlas, und ließ es bleiben.

»Also«, sagte Nick nervös.

Seth hob den Kopf und sah ihn an. »Das ist für ...« Er schluckte schwer, seine Pupillen waren leicht geweitet.

»Sex-Sachen«, sagte Nick mit fester Stimme und weigerte sich, rot zu werden, was ihm auch beinahe gelang. Dad hatte recht: Wenn er nicht einmal darüber *reden* konnte, würde es *nie* passieren. Was du heute kannst besorgen, das verschiebe nicht auf morgen. Oder so. »Es hilft, Fäkalien am Penis zu vermeiden.«

Anscheinend befand sich immer noch ein Rest Salzlösung in dem Ballon, denn als Seth ihn zusammendrückte, spritzte er damit Nicks noch von gestern auf dem Boden liegende Kleidung nass.

»Fäkalien am Penis«, wiederholte Seth nuschelnd und lockerte seinen Griff um den Ballon wieder.

»Genau.« Nick ging langsam auf das Bett zu, um Seth nicht noch mehr zu erschrecken, als er es ohnehin schon getan hatte. »Das will schließlich niemand.«

Seth nickte zögernd. Seine Wangen hatten rote Flecken. »Ich ... verstehe, dass es wichtig ist, das zu vermeiden. Und *du* willst das benutzen?«

»Äh«, machte Nick, während ihm leicht schwindelig wurde. »Ja. Nein. Ich meine ...« Um ein Haar hätte er sich die Zunge durchgebissen. »Nun ... du weißt schon. Um auf alles vorbereitet zu sein. Zum Beispiel auf eine ärztliche Untersuchung.«

Seth betrachtete das Klistier in seiner Hand nachdenklich und stellte es dann auf dem Bett ab. Er holte tief Luft und ließ sie langsam wieder ausströmen. Als er Nick ansah, war sein Blick klar und vielleicht auch ein bisschen erregt. »Ich denke, mit Doktor-Rollenspielen warten wir lieber noch, das ist vielleicht ein bisschen viel für den Anfang.«

Manchmal überraschten Seths Antworten Nick so sehr, dass es ihn völlig aus dem Konzept brachte. Er brach in ein leicht hysterisches Lachen aus, aber er konnte nicht anders. Dann fing auch Seth an zu lachen und bald liefen ihnen beiden die Tränen übers Gesicht. Seth erholte sich als Erster und ging auf Nick zu, bis sie Brust an Brust standen. Er legte die Hände auf Nicks Hüften und ein stilles Lächeln trat auf sein Gesicht. »Das ist es, was du willst?«

»Was?«, fragte Nick, abgelenkt von der Tatsache, wie *lang* Seths Wimpern waren.

Seths Griff wurde fester, seine Finger gruben sich in Nicks Haut ein. »Dass, du weißt schon, *ich* ... Sachen *mit dir mache*.«

Nick prustete und hätte beinahe ein weiteres Mal die Beherrschung verloren. »Ich hoffe, wir werden eher gegenseitig Sachen miteinander machen, doch ich ... verstehe, was du meinst. Ja. Ich glaube, ich möchte es auf diese Weise versuchen.« Dann, hastig: »Aber erst, wenn du bereit dazu bist. Ich will dich auf keinen Fall unter Druck ...«

Seth küsste ihn zärtlich, dann spürte Nick Seths Zunge an seinen Zähnen und wie er seine Lippen sanft auseinanderdrückte. Was mochte Seth sonst noch so alles mit seinem Mund anstellen können, wenn er ihn schon mit einem Kuss so erregen konnte? Und mit seinen Händen und anderen ... Körperteilen?

Außer den Füßen. Nick stand nicht auf Füße, nicht auf diese Art.

Seth zog sich zurück, aber nur ein Stück, dann lehnte er die Stirn an Nicks Kopf. »Ich bin auf dem Weg dahin«, flüsterte er.

»Ich auch«, flüsterte Nick zurück.

Seth lächelte nervös. »Und ich glaube, ich würde es auch gerne auf diese Art versuchen. Streich den letzten Satz. Ich bin *sicher*, dass ich es so versuchen möchte.«

»Ich weiß allerdings nicht, ob ich ein Power Bottom bin«, erwiderte Nick ernst. »Aber wir können es ja mal ausprobieren und sehen, was passiert. Ich hatte keine Ahnung von meiner Telekinese, und jetzt sieh mich an. Vielleicht habe ich Bottoming ebenfalls besser drauf, als ich glaube. Und ich brauche nicht mal ein Kostüm dazu.« Er hielt inne. »Zumindest nicht beim ersten Mal. Weißt du noch, was deine Tante und dein Onkel gesagt haben? Dass dein Kostüm wahrscheinlich auch als Lecktuch funktionieren würde, falls nötig?«

Seth trat einen Schritt zurück und hustete heftig. Nick klopfte ihm freundschaftlich auf den Rücken, bis er sich erholt hatte.

»*Das* hast du gerade gesagt?«, fragte Seth schließlich.

»Habe ich«, bestätigte Nick. »Behaupte jetzt bitte nicht, dass du nicht das Gleiche gedacht hast.«

»*Habe* ich auch nicht.« Seth wurde rot und wandte den Blick ab. »Okay, einmal.« Er seufzte. »Siebenmal.«

Nick wackelte mit den Augenbrauen. »Du sitzt also zu Hause auf dem Bett und denkst an den Wächter, wie?« Er pustete auf seine Fingerknöchel und rieb sie an der Brust. »Ich kann's dir nicht verdenken, Kumpel. Ich habe meinen Hintern im Spiegel gesehen. Sahneschnitte, sag ich dir.« Okay, vielleicht eher ein Blechkuchen aus dem Supermarkt, aber trotzdem.

»Stimmt«, erwiderte Seth und beschloss, sich gleich eine Handvoll davon zu nehmen. Nick hatte nichts dagegen – vor allem weil er unmissverständlich spürte, dass Seth genauso erregt war wie er selbst. »Wann?«

Nick blinzelte verwirrt, denn Seths Hände fühlten sich plötzlich so groß an, als wären sie überall. »Wann was?«

Seth biss Nick zärtlich in die Unterlippe und zog sanft daran. »Wann willst du es tun?«

Ach so, ja, Sex. Nicks Gehirn erlitt einen Kurzschluss, dass die Schaltkreise nur so rauchten. »Großer Gott, *jetzt?* Sollen wir's einfach *jetzt* tun? Der Zeitpunkt ist gut. Hervorragend sogar! Nein, scheiße, *nicht* jetzt. Erst muss ich mir dieses Ding in den Hintern ...«

Seth schlug sich die Hand vor den Mund, die Augen traten ihm fast aus den Höhlen. »Dann vielleicht lieber doch nicht.« Er seufzte und legte Nick die Hände auf die Schultern. »Bestimmt sind wir ziemlich schlecht. Keiner von uns hat so was schon mal gemacht, also werden wir viel rumprobieren müssen. Aber so lange wir darüber reden, werden wir schon klarkommen.«

»Ich will nur, dass es gut wird«, flüsterte Nick. Er fühlte sich nicht wohl dabei, aber er wusste, dass sie dieses Gespräch führen mussten. »Was, wenn ich *schlecht* bin?« So schlecht, dass Seth es nie wieder mit ihm tun würde? Vielleicht würde er sogar ihre gesamte Beziehung infrage stellen. Warum sollte Seth mit einem Lutscher wie Nick zusammenbleiben wollen, der nicht einmal richtig lutschen konnte?

Seth zuckte die Achseln. »Dann bist du eben schlecht. Das wird bei mir nicht anders sein. Aber nur so lernen wir, verstehst du? Es ist fast wie dein Außergewöhnlichen-Training. Als Wächter wirst du schließlich auch immer besser, oder? Das liegt an den vielen Übungseinheiten, die wir zusammen absolviert haben. So wird es auch diesmal sein. Wir müssen uns eben erst reinfinden.« Er kniff die Augen zusammen. »Mach jetzt bloß nichts Schmutziges draus.«

»Zu spät«, entgegnete Nick. »Denn ich hoffe doch sehr, dass du reinfindest. Und wieder raus. Und irgendwann *gaaanz* tief rein ...«

Seth schüttelte ihn sanft. »Nick, ich meine es ernst. Wenn wir das machen, musst du mir versprechen, dass du mir sofort sagst, wenn ich etwas tue, das du nicht willst.«

»Das werde ich«, versprach Nick. »Wenn du mir das Gleiche versprichst.«

»Abgemacht«. Seth drückte Nick einen Kuss auf die Nasenspitze, dann trat er einen Schritt zurück und ließ die Arme sinken. Er warf einen Blick auf das Computerdisplay. Das Wort KLISTIER kam ihm übergroß vor. »Bottoming scheint richtig anstrengend zu sein«, kommentierte er und rieb sich hustend den Nacken. »Ich schätze, ich habe noch nie wirklich darüber nachgedacht, wie viel Arbeit man da reinstecken muss.«

»Ich könnte auch das schmutzig machen«, warf Nick ein. »Aber ich tue es nicht. Gern geschehen.«

»Danke«, erwiderte Seth trocken. »Du hast ein großes Herz, Nicky.« Er ging um ihn herum zum Bett, nahm die Anleitung wieder zur Hand und las.

»Scheint recht einfach zu sein«, sagte er schließlich und sah Nick an. Die Ader an seiner Schläfe pochte. »Brauchst du Hilfe dabei oder ...?«

»Großer Gott«, stammelte Nick. »Ich liebe dich, aber ich will nicht, dass du siehst, was aus mir rauskommt, wenn ich dieses Ding benutze. Das wird bestimmt ein Lovecraft'scher Albtraum, der besser ungesehen im Abfluss verschwindet.« Er sackte auf dem Bett zusammen, legte sich auf den Rücken und starrte an die Decke. »Warum muss schwuler Sex so *kompliziert* sein? Verdammte Heteros. Ich wette, die machen sich keine Gedanken um Einläufe und Fäkalpenisse.«

»Ich glaube, das stimmt nicht ganz«, widersprach Seth, ließ die Anleitung fallen und legte sich neben Nick, ihre Gesichter nur Zentimeter voneinander entfernt, während er Nicks Hand fest umklammerte. »Aber leider können wir niemanden fragen, denn die einzigen Heteros, die wir gut genug kennen, sind deine Eltern, meine Tante und mein Onkel.«

Nick erschauerte. »Zum Glück haben wir noch das Internet.«

Seths glockenhelles Lachen hallte durch den Raum. »Ich kann nicht glauben, dass dein Dad dir ein Klistierset gekauft hat.«

»Ich auch nicht. Ich weiß nicht, was zum Teufel er sich dabei ... Weißt du was? Nein. Das ist eigentlich verdammt cool, wenn man darüber nachdenkt und außerdem ausblendet, wie peinlich es ist, dass mein Dad versucht hat, mir beizubringen, wie man einen Einlauf macht. Wie viele queere Kinder haben einen Dad, der so etwas für sie tut?«

»Wahrscheinlich nicht viele«, stimmte Seth zu. »Aaron ist ein guter Mann.«

Das war er. Auch wenn es sich wie Folter anfühlte, mit ihm über Sex zu reden, wollte Dad nur, dass Nick – und damit auch Seth – nichts Gefährliches tat. Nick konnte sich ein Leben ohne seinen Dad an seiner Seite nicht einmal vorstellen. Ohne Aaron hätte er nicht überlebt, als aus *davor danach* wurde ...

Er runzelte die Stirn. Schon wieder diese zwei Worte. Er schüttelte den Kopf und fragte: »Was *machst* du überhaupt hier? Nicht, dass es mich stören würde, wenn du unangemeldet durchs Fenster hereinplatzt und mir Kackereiniger ins Gesicht spritzt, aber ...«

Seth stöhnte auf. »Warum *nennst* du es so?«

»Weil es genau das *ist*!«

»Ich weiß, trotzdem musst du es nicht so sagen. Zeig ein bisschen Taktgefühl, Nicky.«

»Oh, das tut mir leid. Habe ich dein zartes Gefühlsleben verletzt? Lass es mich wiedergutmachen.« Er rollte sich auf Seth, der die Hände an Nicks Seiten legte. Nick ließ seine Hüften kreisen, woraufhin Seth die Finger so fest in seine Haut krallte, dass Nick am nächsten Tag blaue Flecken an der Stelle hatte. »So. Wie fühlt sich das an?«

»Gut«, keuchte Seth. »Jazz wollte, dass wir ihr bei ihrem Uni-Bewerbungsschreiben helfen, dabei haben Gibby und ich mit den unseren kaum angefangen.« Er schnaubte gereizt. »Falls Owen tatsächlich hier ist, hält er sich bedeckt, und das gefällt mir nicht. Der Kerl *liebt* die große Bühne. Dass er sich noch nicht gezeigt hat, macht mich nervös.«

»Doch, hat er«, rief Nick ihm ins Gedächtnis. »Mom hat ihn gesehen.« Eine Pause. »Oder zumindest behauptet sie das.«

Seth musterte ihn einen Moment lang. Dann, vorsichtig, als fürchtete er, Nick könnte ihn anschnauzen: »Glaubst du, sie sagt die Wahrheit?«

»Ich weiß es nicht. Falls er ihr entwischt ist, ist das die *eine* Sache.«

»Und wenn nicht?«

»Dann hat sie gelogen.« Da. Jetzt war es raus.

»Wir müssen vorsichtig sein«, erwiderte Seth. »Augen und Ohren offen halten.«

»Das hat Zeit bis später«, entgegnete Nick in vollem Wissen, dass er vom Thema ablenkte, aber das war ihm egal. Die Lage war viel zu verschwommen und unklar. Das einzig Greifbare war der Typ unter ihm. »Wir sollten die Gelegenheit ausnutzen, die sich uns hier bietet. Und ich hoffe, du bist bereit für meine Zunge, denn die werde ich dir jetzt gleich in den Hals stecken.«

»Ekelhaft«, keuchte Seth mit einer Grimasse. »Aber lass es uns trotzdem machen.«

Und genau das taten sie.

9

Am darauffolgenden Freitagmorgen ging Nick die Treppe hinunter, seinen Rucksack mit dem Wächter-Kostüm darin über der Schulter. Er war spät dran. Jazz hatte beschlossen, dass sie einen freien Tag brauchten, um sich von dem ganzen Mist zu erholen, den sie erlebt hatten. Sie hatte ein Picknick im Metro Park vorgeschlagen, einem langen Streifen Grün, der sich durch das Herz von Nova City schlängelte. Mit verschlungenen Pfaden, umgeben von Bäumen und mit sieben Wasserspielen, an denen zahllose Menschen versuchten, der Sommerhitze zu entkommen.

Dad war schon im Büro. Er spürte Owens Schatten genauso wie alle anderen und hatte gesagt, er würde seine Kontakte beim NCPD fragen, ob sie irgendetwas herausgefunden hatten, das sie zu Owen führen könnte. Er hatte nicht geklungen, als glaubte er, dass etwas dabei herauskommen würde, aber sie mussten jede Möglichkeit nutzen, die ihnen zur Verfügung stand.

»Ich will immer noch nicht, dass du allein irgendwohin gehst«, hatte er in Nicks Tür lehnend gesagt und grinsend auf die leere Flasche Salzlösung geblickt, die neben der Gebrauchsanweisung auf dem Schreibtisch stand. »Wenn du rausgehst, solltest du immer jemanden dabei haben.«

Nick hatte es ihm hoch und heilig versprochen, was genau der Grund war, warum er jetzt die Stufen zur Haustür hinuntereilte. Seth wartete draußen auf ihn, und Nick hatte große Lust, etwas zu unternehmen, bei dem er weder von einem reichen Arschloch bedroht, noch sich fragen musste, ob sie überfallen würden. Ein freier Tag in den Sommerferien, bei dem sie einfach zusammen abhingen, war genau das, was er jetzt brauchte.

Er hatte es fast bis zur Tür geschafft, als er eine Gestalt im Wohnzimmer vor dem Fenster stehen sah, die durch die geschlossenen Jalousien spähte.

Mom.

»Was machst du da?«, fragte er.

Mom schaute ihn nicht an. »Ich beobachte.«

»Äh, okay. Und *was* beobachtest du?«

Die Lamellen der Jalousie schnappten zu, als Jenny sie losließ und sich zu ihm umdrehte. Ihr Haar war nass und zurückgekämmt, als ob sie gerade aus der Dusche gekommen wäre. Ihr Gesicht war ungeschminkt und ihre Augen funkelten, als sie sah, dass Nick seinen Rucksack dabei hatte. »Wohin gehst du?«

»Nach draußen. Ich treffe mich mit meinen Freunden. Seth wartet auf mich.«

»Das habe ich gesehen«, erwiderte Jenny, und Nicks Haut kribbelte aus Gründen, die er sich nicht erklären konnte. »Er ist ein guter Junge. Aber bist du sicher, dass das eine gute Idee ist? Vielleicht solltest du lieber zu Hause bleiben. Du und ich, was sagst du dazu? Ich habe das Gefühl, als hätten wir schon lange nicht mehr etwas Zeit miteinander verbracht.«

Sie hatte recht. Nick konnte sich nicht erinnern, wann sie das letzte Mal nur zu zweit gewesen waren, und er verspürte den unerklärlichen Drang, ihr zu sagen, dass er tatsächlich am liebsten dableiben würde. Er lächelte und hätte fast gesagt: »Ja, klar. Klingt gut.«

Fast.

Aber dann fiel ihm wieder ein, wie begeistert Jazz von dem Picknick gewesen war und dass sie alle eine Pause von ... nun ja, *allem* brauchten. Mit leuchtenden Augen hatte Jazz ihren Freunden das Versprechen abgenommen, alles ihr zu überlassen. Ihr Engagement war bewundernswert und Nick wollte sie auf keinen Fall enttäuschen. Sie hatte es sich verdient. Das hatten sie alle.

Also sagte er: »Tut mir leid. Ich habe schon was vor. Vielleicht später? Ich bin zurück, bevor es dunkel ist, und ich habe mein Telefon dabei. Ruf an, wenn du was brauchst.« Er wandte sich Richtung Tür.

»Nick.«

Er blieb stehen, drehte sich aber nicht um. Der Tisch neben der Haustür wackelte leicht. Die Luft wurde dicker, stickig und schwer. Die einzigen Geräusche kamen von der tickenden Uhr an der Wand.

Er hörte nicht, wie Mom sich bewegte, aber als sie wieder sprach, klang es, als stünde sie direkt hinter ihm. Nicks Nackenhärchen stellten sich auf.

»Ich glaube, du solltest zu Hause bleiben«, sagte Mom noch einmal, und in Nicks Kopf flüsterte eine Stimme: *Sie klingt so besorgt. Du solltest auf sie hören. Bestimmt geht es ihr dann besser. Und dir auch.*

Er lachte. Es klang hohl. »Jazz hat ein Picknick für uns organisiert. Ich will sie nicht sitzen lassen, verstehst du?«

»Natürlich verstehe ich das«, sagte sie, so nah, so nah. Nick dachte, er würde schreien, wenn sie ihn berührte. Warum, wusste er nicht. »Aber deine Freunde sind nicht alles.«

Er versuchte, zur Tür zu gehen, doch seine Beine gehorchten ihm nicht. »Was soll das denn heißen?«, fragte er, ohne sich umzudrehen.

»Sie verstehen es nicht«, sagte Mom ein wenig melancholisch. »Sosehr sie sich auch anstrengen, Gibby und Jazz werden nie begreifen, was es bedeutet, wie wir zu sein. Und Seth auch nicht, wenn ich ehrlich bin. Ich weiß, dass er selbst über Kräfte verfügt, aber das ist nicht dasselbe. Wir haben unsere Telekinese. Und das ist viel, viel mehr, als er jemals haben wird. Manchmal frage ich mich, ob er vielleicht ...«

Nick atmete einmal tief durch, um seine Panik zu unterdrücken. »Ob er *was*?«

Jenny lachte leise. »Eigentlich ist es albern. Wahrscheinlich mache ich mir einfach zu viele Gedanken. Diese Eigenschaft hast du schließlich von mir.« Er spürte ihren Atem in seinem Nacken. »Hast du dich jemals gefragt, ob Seth ... eifersüchtig auf dich ist?«

Nick blinzelte, unfähig, sich umzudrehen. »Eifersüchtig? Auf *mich*? Das ist lächerlich. Seth ist nicht der eifersüchtige Typ. Er hat auch keinen Grund dazu, zumindest nicht in dieser Hinsicht. Er ist schon sehr viel länger als ich ein Außergewöhnlicher.«

»Das ist er«, bestätigte Mom, und Nick zuckte zusammen, als er spürte, wie ihre Finger über seine Schultern und dann den Rücken strichen. »Aber im Großen und Ganzen bedeutet das nicht viel, nicht im Vergleich zu dem, wozu *du* in der Lage bist. Doch ich nehme an, das spielt keine Rolle. Sei einfach ... vorsichtig, okay? Und wenn du reden willst, bin ich immer hier und habe ein offenes Ohr für dich. Ich würde dich nie für irgendetwas verurteilen, was du sagst. Willst du es vielleicht jetzt *gleich* tun?«

Nick wurde kalt, als wäre die Temperatur plötzlich um zehn Grad gefallen. »Ja, das ... hört sich gut an.«

Dreh dich um, flüsterte die Stimme. *Sieh sie an. Hör auf sie. Sie ist deine Mutter. Sie liebt dich. Sie will dich beschützen. Sie hat recht. Du* weißt, *dass sie recht hat.*

Nicks Muskeln bewegten sich und drehten seinen Körper herum, doch bevor er Jenny ansehen konnte, fiel sein Blick durch die Glastür auf Seth. Er stand auf dem Gehweg und schaute gerade auf sein Handy. Dann verschwand das Bild wieder, und Nick spürte, wie das Gefühl in seine Beine zurückkehrte, als wären sie eingefroren gewesen und jetzt wieder frei.

Er sagte: »Warum hast du eigentlich keinen Job?«

Die Fingernägel in seinem Nacken verharrten einen Moment. »Ich wollte zu Hause bleiben, bei dir. Dich großziehen. Darüber haben wir doch schon gesprochen, Nicky. Bist du sicher, dass es dir gutgeht? Du klingst verwirrt.«

Er *war* verwirrt. Nein, war er *nicht*. Er kämpfte gegen diese unheimliche, stumpfe Ruhe an, die in ihm aufstieg, und sagte: »Es wird nicht immer so sein. Nicht mehr lange, dann bin ich kein Kind mehr. Ich werde ausziehen, und du musst dich entscheiden, was du mit deiner Zeit anfangen willst.« Er machte einen Schritt von ihr weg und legte seine Finger um den Türknauf.

»Nick«, sagte Jenny, schärfer jetzt. »Ich habe gesagt, ich will, dass du heute zu Hause bleibst.«

Lass den Knauf los. Dreh dich um. Sieh sie an. Liebe *sie.*

Aber Seth war da, direkt auf der anderen Seite der Tür, und Nick konnte ihn nicht länger warten lassen, konnte ihn nicht einfach da stehen lassen.

»Das geht nicht«, erwiderte er und umklammerte den Türknauf, als wäre er das Einzige, das ihn davon abhielt, genau das zu tun, was Jenny wollte. »Ich habe es dir gesagt, ich habe schon was vor. Wir sehen uns später.«

Damit öffnete er die Tür und trat hastig hindurch, schlug sie hinter sich zu und eilte zu Seth.

»Hey«, sagte Seth mit einem Grinsen, das jedoch verblasste, als er Nicks Gesichtsausdruck sah. »Alles in Ordnung?«

»Ja«, murmelte Nick. »Lass uns von hier verschwinden. Mom benimmt sich komisch.«

»Komisch, inwiefern?«, fragte Seth und spähte über Nicks Schulter Richtung Haus. »Was hat sie denn gemacht?«

Nick konnte es sich nicht erklären, aber jetzt, da er aus dem Haus war, fühlte er sich, als bekäme er endlich wieder Luft, als wäre eine tonnenschwere Last von seiner Brust genommen. »Sie ist ...« Er schüttelte den Kopf. »Vergiss es. Es spielt keine Rolle. Gehen wir. Wir wollen schließlich nicht zu spät kommen.«

Und obwohl die Jalousien nach wie vor geschlossen waren, als Nick ein letztes Mal Richtung Haus schaute, spürte er, wie sich Jennys Blick in ihn bohrte.

Der Park war voll, Hunderte von Menschen liefen die von Bäumen gesäumten Wege entlang oder saßen auf Decken und Stühlen im Gras. Kinder spielten in den Wasserfontänen, die aus den in den Boden eingelassenen Düsen sprühten. Auf einer Wiese machten ein paar Leute Yoga, den Rücken durchgestreckt, das Kinn erhoben und die Hände fest auf die bunten Matten unter ihnen gepresst. Eine große Gruppe hatte sich um zwei Männer und eine Frau versammelt und klatschte mit, während die drei mit ihren Stöcken auf leeren Mülleimern einen fröhlichen Rhythmus trommelten.

Die Sonne schien nicht so heiß wie am Tag zuvor. Dicke, träge Wolken zogen langsam über den Himmel. Es war ein perfekter Sommertag.

Jazz und Gibby hatten eine Decke im Schatten eines hohen Baums ausgebreitet, die Sonnenstrahlen malten kleine, helle Flecken darauf. Jazz sah sie zuerst und winkte zur Begrüßung, Gibbys Kopf lag in ihrem Schoß, gleich daneben standen ein großer Weidenkorb und eine Kühlbox voller Eis und Flaschen.

Gibby hob kurz den Kopf und nickte, bevor sie es sich wieder auf Jazz' Schoß bequem machte. Sie hatte sich einen Löwenzahn hinters Ohr geklemmt, die gelben Blütenblätter ragten ihr keck ins Gesicht.

»Hey«, sagte Jazz, als Nick sich theatralisch auf die Decke sacken ließ und Seth belustigt schnaubte. »Du bist ausnahmsweise mal pünktlich. Glückwunsch.«

Nick hob die Arme, als Seth ihm den Rucksack abnahm und ihn zur Seite stellte. »Ich tauche immer genau dann auf, wann ich soll«, erwiderte Nick. »Und keine Sekunde früher.«

»Klar«, meinte Gibby, während Seth sich neben Nick setzte, die Schuhe auszog und seine nackten Zehen in das kühle Gras grub. »Ich lasse das mal so stehen.«

»Jetzt, wo alle hier sind«, begann Jazz und berührte die Blüte neben Gibbys Ohr, »erkläre ich euch ein paar Regeln, an die wir uns halten werden.«

Nick beobachtete seufzend, wie Seth die Grashalme zwischen seinen Zehen anlächelte. »Ich dachte, wir nehmen uns einen Tag frei von allem.«

»Eben«, bestätigte Jazz. »Deshalb lauten die Regeln wie folgt: Keine Gespräche über Außergewöhnliche. Kein Wort über Leute, die mit Nachnamen Burke heißen. Auch nicht über Superkräfte oder Schurken, nichts von alledem. Die einzigen Themen auf unserem Picknick werden sein: Sommerferien, Abschlussjahr, College-Bewerbungen und wie wir unsere WG-Zimmer einrichten wollen. Alles, was damit zusammenhängt, ist erlaubt, und sonst nichts. Wenn einer von euch versucht, diese Regeln zu brechen, steche ich ihn mit einer der Plastikgabeln ab, die ich für den Obstsalat mitgebracht habe. Und bevor jetzt jemand meint, dass das wie eine Drohung klingt, lasst mich euch Folgendes versichern: Ich drohe *ausdrücklich*, und ich meine es ernst. Abgemacht?«

»Abgemacht«, bestätigten alle, denn Jazz war genauso furchterregend wie umwerfend.

»Gut«, sagte Jazz und nickte in Richtung des Korbs und der Kühlbox. »Nehmt, was ihr wollt, nur nicht das Hühnersalat-Sandwich. Das habe ich mit Liebe für Gibby gemacht, indem ich es bestellt und von jemand anderem habe zubereiten lassen.«

»Danke, Babe«, sagte Gibby, schloss die Augen und streckte ihre Beine aus.

Nick, wie er nun mal war, stürzte sich unverzüglich auf den Korb. Eingepackte Sandwiches aus dem Feinkostladen, den er so sehr liebte, weil sie dort immer viel zu viel Fleisch draufpackten, Plastikschalen voller Obst- und Kartoffelsalat sowie Tüten mit Chips und Keksen. »Du hast dich ganz schön ins Zeug gelegt«, sagte er. »Finde ich gut.«

»Natürlich habe ich das«, bestätigte Jazz. »Wenn man schon ein Picknick macht, dann richtig.«

Nick nahm ein Sandwich, vergewisserte sich, dass es nicht das für Gibby bestimmte war, und reichte es Seth.

Der nahm es mit einem leisen *Danke* entgegen, streckte sich auf dem Rücken aus und verschränkte die Arme hinter dem Kopf. Dabei verrutschte sein Hemd leicht und gab den

Blick auf einen blassen Streifen straffer Bauchhaut frei. Inklusive sich aufreizend um den Nabel herum kräuselnder Haare.

»Haben will«, flüsterte Nick.

»Wie war das?«, fragte Jazz.

Nick zuckte schuldbewusst zusammen. »Äh, nichts. Ich habe nur ein paar Gedanken gedacht, die ich nicht laut aussprechen möchte, solange wir in der Öffentlichkeit sind.«

»Er begafft gerade seinen Freund«, erläuterte Gibby, ohne die Augen zu öffnen.

»Ich darf das«, beharrte Nick. »Es ist nicht meine Schuld, dass Seth so verdammt heiß ist.«

»Das bin ich«, bestätigte Seth. »Und ich werde mich nicht dafür entschuldigen.« Nachdem er sich vergewissert hatte, dass Nick immer noch hinsah, fuhr er sich mit der Hand über den Bauch, und Nick konnte nur mit größter Willensanstrengung verhindern, dass er das Gesetz gegen öffentliche Unzucht übertrat, vor dem ihn sein Vater gewarnt hatte.

»Das ist so was von unfair«, schimpfte er, riss seinen Blick von Seths Bauch los und sah Jazz an. »Wie geht es mit den Bewerbungsschreiben voran?«

»Ziemlich gut«, antwortete Jazz und holte eine Tüte mit Weintrauben aus dem Korb. Sie stellte sie neben sich, pflückte eine Traube und fütterte Gibby damit, die spielerisch an ihren Fingern knabberte, bevor sie sich die Traube schnappte. »Gibby hilft mir dabei.«

»Könntest du mir auch helfen?«, fragte Nick, während er auf einem Bissen Roastbeef mit scharfem Senf kaute. »Ich dachte, ich hätte den Dreh raus, aber anscheinend bin ich zu bescheiden und schaffe es einfach nicht, mich angemessen anzupreisen.«

»Bestimmt«, erwiderte Gibby trocken. »Ich bezweifle zwar, dass das dein Problem ist, aber sag mir Bescheid, wenn du daran arbeiten willst, dann können wir uns treffen.«

Erleichtert fragte Nick: »Freut ihr euch schon auf den Semesterbeginn im Herbst?«

Gibby öffnete die Augen und blinzelte gegen die Sonne an. Sie drehte sich in Jazz' Schoß herum und wandte Nick den Kopf zu. »Ehrlich gesagt, hätte ich nicht gedacht, dass es so sein würde, aber ich freue mich tatsächlich. Ich bin nur ein bisschen nervös.« Sie hielt inne. »Okay, vielleicht mehr als ein bisschen, aber ich kann damit umgehen.«

»Warum bist du nervös?«, fragte Seth.

Gibby zuckte die Achseln. »Es fühlt sich wie ein großer Schritt an. Und zum ersten Mal trage ich allein die Verantwortung dafür.«

»Das musst du nicht«, entgegnete Nick. »Wir werden immer für dich da sein.«

»Ich weiß, aber das meine ich gar nicht. Ich *will* für mich selbst verantwortlich sein. Ich will meine eigenen Entscheidungen treffen, selbst wenn das Ergebnis dann nicht so ausfallen sollte, wie ich es mir erhofft habe. Es geht nicht um den Leuchtturm oder um Außergewöhnliche. Sondern darum, etwas für *mich* zu tun, und was das für meine Zukunft bedeutet.«

»Deine Zukunft wird genau so aussehen, wie du sie haben willst«, sagte Jazz und streichelte ihre Stirn.

»Natürlich wird sie das«, bestätigte Seth und warf Nick einen warnenden Blick zu, als fürchtete er, Nick hätte was dagegen, dass Gibby etwas auf eigene Faust unternahm. Und das war gut so, denn Nick dachte genau das. Andererseits hatte er versprochen, seinen Freunden in Zukunft erst einmal zuzuhören, und er hatte vor, sich daran zu halten.

»Ja, verdammt, das wird sie«, sagte Nick. »Es ist vollkommen okay, wenn du nervös bist, Gibby, denn du hast jedes Recht dazu. Es *ist* ein großer Schritt, aber du schaffst das schon. Und wenn du etwas brauchst, dann frag uns einfach.«

Gibby lächelte. »Danke. Euch allen. Ich wusste, dass ihr mich verstehen würdet.«

»Wie geht es mit deinen Eltern?«, fragte Seth. »Sind sie inzwischen einverstanden?«

»Größtenteils. Vor allem Mom, aber Dad holt langsam auf. Er war immer noch der Meinung, dass Howard das Beste für mich wäre, aber seit wir den Campus besichtigt haben, scheint er die Sache anders zu sehen. Er war sogar *noch* begeisterter als ich – unser Tourguide ist mit den Antworten auf all seine Fragen kaum hinterhergekommen.« Sie zögerte. Dann: »Wahrscheinlich hilft es, dass ich ihm gesagt habe, *was* ich studieren will.«

Nick schluckte und wischte sich mit dem Handrücken über den Mund. »Wirklich? Heilige Scheiße, Gibby! Das ist großartig. Wofür hast du dich entschieden?«

Sie sagte: »Ich glaube, ich will Zivilrecht studieren. Bürgerrechtsanwältin werden, vielleicht. Ich möchte den Menschen helfen, die selbst keine Stimme haben. Das wird eine Menge Arbeit, aber die NCU hat eine tolle Jura-Fakultät, und ich könnte in der Stadt bleiben.«

»Wenn es jemanden gibt, der das schaffen kann, dann du«, erklärte Jazz stolz. Sie legte die Finger an die Lippen und drückte sie dann zärtlich auf Gibbys Mund.

»Wir werden dich vermissen«, sagte Seth und wickelte sein eigenes Sandwich aus. »Das nächste Schuljahr wird bestimmt komisch ohne dich.« Er runzelte die Stirn. »Falls ich überhaupt dabei sein darf.«

Das war beinahe ein Verstoß gegen Jazz' Regeln, denn es lenkte das Gespräch gefährlich nahe zu dem Grund, aus dem Seth sein letztes Schuljahr möglicherweise nicht auf der Centennial High verbringen durfte. Doch Jazz sagte nur: »Wann wollen sie sich entscheiden?«

»Es soll im Juli oder August eine weitere Konferenz geben. Da erfahre ich mehr.«

»Und wir werden bei dir sein«, sagte Nick. »Mit Schildern und T-Shirts mit deinem Gesicht darauf. Ich wette, unsere Eltern machen auch mit.«

Seth zuckte die Achseln und legte sein halb ausgepacktes Sandwich wieder ab. »Vielleicht. Aber das dürfte sie kaum beeindrucken. Sie sind alle so ...«

»Verängstigt«, sagte Gibby leise. »Auch wenn es keinen Grund dazu gibt. Sie benutzen dich nur als Vorwand.«

»Ich weiß«, murmelte Seth. »Aber ich bin nicht sicher, ob ich ihnen das verübeln kann.« Er ließ den Blick über den Park schweifen. »Manchmal frage ich mich, wie es wäre, wenn ich ... wenn *wir* nicht so viel um die Ohren hätten. Wenn ich anders wäre. Und Nick auch. Wenn wir normale Jugendliche wären, die sich keine Sorgen darüber machen müssen, wann sie das nächste Mal kämpfen und unschuldige Leute in Gefahr beschützen müssen.«

In Nicks Kopf erklang ein leiser Alarmton, aber er ignorierte ihn. Es ging hier nicht um ihn, und Seth hatte ihn immer unterstützt. Es war nur recht und billig, wenn er jetzt das Gleiche für ihn tat. »Es wäre wahrscheinlich viel einfacher«, sagte er.

Seth sah ihn mit einem halben Lächeln an. »Ja, das wäre es. Aber das, was man will, ist nie einfach. Es spielt sowieso keine Rolle. Wir sind, wer wir sind, und werden tun, was wir tun müssen.«

»Und was *willst* du?«, hakte Nick nach. »Ich meine, was willst du studieren?«

»Das weiß ich noch nicht.« Seth neigte den Kopf. »So weit habe ich noch nicht vorausgedacht.«

»Das sollten wir aber«, entgegnete Jazz und fütterte Gibby mit einer weiteren Traube. »Tun wir mal so, als könnte niemand hier Feuer machen oder Dinge mit seinem Verstand bewegen. Die Zukunft kommt schneller, als man glaubt. Wir sind gut darin, Pläne zu schmieden, also tun wir's.«

»Irgendwie komisch«, meinte Gibby.

Jazz sah sie an. »Was ist komisch?«

»Du und ich, Nick und Seth. Wir. Wir machen Pläne, als wüssten wir, dass wir immer zusammen sein werden.«

»Das *werden* wir«, bekräftigte Nick. Ihm gefiel der Unterton in Gibbys Stimme nicht.

»Ich meine, wie viele Leute können das schon von sich behaupten?«, fragte Gibby beinahe entschuldigend. »Wie viele Leute lernen den Menschen, mit dem sie ihr ganzes Leben verbringen, schon auf der Highschool kennen?«

»Ja«, flüsterte Nick. »Was, wenn sich die Dinge ändern?« Er hatte plötzlich keinen Hunger mehr und legte sein halb aufgegessenes Sandwich zurück in den Korb. »Wege trennen sich.«

»Richtig«, bestätigte Gibby. »Darüber denke ich oft nach. Ich tue es nicht gern, aber es fühlt sich irgendwie wichtig an.«

»Ist es«, sagte Seth. »Ich denke auch oft daran. Und das nicht nur, weil ...« Er fuchtelte mit der Hand, und eine kleine Rauchwolke stieg aus seinen Fingern auf. »Wir wissen nicht, wer wir in ein paar Jahren sein werden.«

Nick sagte: »Vielleicht werden wir irgendwann nicht mehr zusammen sein. Vielleicht wollen wir später andere Dinge. Und wie Jazz einmal zu mir gesagt hat, wird das, was wir jetzt haben, dadurch nicht weniger wichtig. Ohne euch wäre ich nicht der, der ich heute bin«.

Gibby schnaubte. »Ach, du gibst also uns die Schuld dafür, wie du bist? Nicht cool, Nicky.«

Er tippte mit seinem Schuh gegen ihren Knöchel. »Du weißt, was ich meine. Wir wissen nicht, was morgen passiert. Oder übermorgen und überübermorgen. Wir wissen nicht, wo wir in einem Jahr, in fünf Jahren oder in zehn sein werden, aber wisst ihr was? Ich liebe Seth. Und ich liebe euch beide. Und ich werde für jeden von euch kämpfen – mit allem, was ich habe. Aber wenn am Ende jeder von uns eine andere Richtung einschlagen sollte, dann weiß ich, dass es nicht daran liegt, dass ihr mich nicht liebt.«

Nick blinzelte gegen die Tränen in seinen Augen an, da merkte er überrascht, wie jemand sich auf ihn stürzte. Doch es war nicht Seth. Auch nicht Jazz. Nein, es war Gibby, die sich auf ihn warf und ihn zu Boden drückte.

Sie legte die Hände links und rechts an seinen Kopf und sah ihn an. »Nick«, sagte sie, »weißt du noch, wie du eine Grille in die Mikrowelle stecken wolltest, weil du dachtest, das würde dir Superkräfte verleihen?«

»Du meinst letztes Jahr?«

»Ich liebe diesen Typen. Und ich liebe den Kerl, zu dem er geworden ist.« Sie beugte sich zu Nick herunter und hauchte ihm einen Kuss auf die Lippen. Sie schmeckte wie die Trauben, mit denen Jazz sie gefüttert hatte, klebrig und süß. Dann lachte sie, als Nick sie zu sich herunterzog und in eine feste Umarmung schloss.

»Ich liebe uns«, sagte Jazz mit einem Schniefen. »Nick hat recht: Mag sein, dass irgendwas dazwischenkommt, aber nicht, weil wir aufgehört haben, uns füreinander zu interessieren. Vielleicht lernt nicht jeder die Liebe seines Lebens schon in der Highschool kennen, aber wir waren schon immer die Ausnahme von der Regel. Warum sollte sich das jetzt ändern?«

Gibby ließ von Nick ab und setzte sich auf ihre Unterschenkel. »Hände in die Mitte«, befahl sie.

Jazz legte ihre Hand auf die von Gibby, Seth die seine obendrauf, dann sahen sie Nick an. Seth zog eine Augenbraue hoch und Nick liebte sie alle. Er liebte sie mehr, als er sagen konnte. Er legte seine Hand auf die von Seth und alle sahen Gibby an.

»Team Leuchtturm«, erklärte sie. »Wir vier. Egal was die Zukunft bringen mag, den heutigen Tag kann uns niemand nehmen.«

»Genau«, sagte Jazz.

»So ist es«, ergänzte Seth.

»Wir vier«, bestätigte Nick, dann saßen sie eine Minute lang einfach nur da, die Hände ineinander verschränkt, und sahen einander an. Irgendwann war der Moment vorbei und sie aßen. Nick versuchte, Seth Trauben in den Mund zu werfen, und Jazz pflückte noch einen Löwenzahn für Gibbys anderes Ohr. Sie lachten. Sie zogen sich gegenseitig auf. Nick forderte Jazz zu einem Ringkampf heraus und verlor praktisch sofort, als Jazz ihn flach auf den Rücken warf, während Gibby und Seth beide anfeuerten.

Später, als die Sonne allmählich zu sinken begann, rannten sie mit durchnässten Klamotten durch die Springbrunnen. Seth schrie auf, als sich alle auf ihn stürzten und ihn zu einem der Wasserstrahlen zerrten, wo er lachend gegen die Fontäne anschimpfte, die ihm ins Gesicht spritzte.

Als sie zu ihrer Decke zurückkehrten, waren alle vier erschöpft. Aber es war die gute Art von Erschöpfung, die sich einstellte, wenn man in der Sonne saß und sich wenigstens ein paar Stunden um nichts anderes kümmern musste als um sich selbst.

Nick sollte sich noch lange an diesen Moment als den letzten erinnern, bevor sich alles änderte. Er würde zurückblicken in dem Wissen, dass sie wenigstens diesen einen Nachmittag voller Sonne und frei von Schmerz gehabt hatten. Und er würde lächeln dabei, denn egal, was noch alles kommen mochte, er hatte die besten Freunde gehabt, die sich ein schwuler Junge mit einem überaktiven Gehirn nur wünschen konnte.

Aber das war später.

Jetzt war jetzt.

Seth sagte: »Ich glaube, ich habe Springbrunnenwasser geschluckt. Igitt.«

Jazz sagte: »Ich habe es sogar in meinen verdammten Ohren.«

Gibby sagte: »Hast du gehört, wie Seth gequiekt hat? Mann, ich habe schon befürchtet, jemand könnte denken, wir wollen ihn entführen.«

Und Nick sagte: »Wir müssen das gleich noch mal machen, sobald ich wieder zu Atem gekommen bin. Ich ...«

Jemand setzte sich neben sie auf die Decke.

Nick drehte den Kopf, eine Frage auf den Lippen und einen verwirrten Ausdruck auf dem Gesicht. Doch das einzige Geräusch, das aus seinem Mund kam, war ein scharfes Ausatmen, als er sah, wer neben ihm saß – den Oberkörper nach hinten gelehnt und auf seine Hände gestützt, als wäre er schon immer da gewesen, als hätten sie schon den ganzen wunderschönen Tag miteinander verbracht.

Er sah anders aus als beim letzten Mal. Dünner, blasser. Sein blondes Haar war struppig. Er trug Shorts und Joggingschuhe ohne Socken. Ein weißes T-Shirt spannte sich über seine breite Brust. Und dazu dieses umwerfende Grinsen, das Nick in den Wahnsinn trieb.

»Hey«, sagte Owen Burke lässig. »Lange nicht gesehen. Ich habe euch vermisst. Was treibt ihr denn so?«

Die Wirkung war augenblicklich. Jazz fletschte die Zähne, schnappte sich eine Plastikgabel und drehte sie herum, als würde sie ihm die Zinken gleich ins Gesicht rammen. Gibby sprang auf, ihre Flasche Sprudelwasser kippte um und der Inhalt ergoss sich ins Gras, während sie die Hände zu Fäusten ballte. Seth knurrte, und die Temperatur stieg merklich, als eine Flamme aus seiner rechten Hand züngelte.

Aber Nick ... Nick saß sprachlos da und konnte nicht glauben, was er sah. Er konnte sich nicht bewegen. Er konnte nicht atmen. Er konnte nichts anderes tun, als Owen anzustarren, der ihm den Kopf zuwandte und zwinkerte – einladend, gefährlich. Nicks Magen schlug einen Salto, bittere Galle stieg ihm in den Mund und benetzte seine Zunge.

Seth hob die Hand, seine Augen leuchteten, und Owen sagte: »Na, na, na. Das würde ich an deiner Stelle nicht tun. Zu viele Zeugen. Hast du dir das gut überlegt, Seth? Du siehst aus, als hättest du vor, mich vor aller Augen abzufackeln.« Er schob schmollend die Unterlippe vor. »Das käme nicht sehr heldenhaft rüber, oder?«

»Das ist mir egal«, knurrte Seth mit mehr als nur ein bisschen Pyro Storm in seiner Stimme. »Was zum Teufel machst du hier?« Er ließ seine Hand nicht sinken, der Gestank des Rauchs war penetrant und stechend.

Owen legte den Kopf in den Nacken und lachte, was Nick unangenehm daran erinnerte, wie sehr ihn dieses Geräusch erregte. Owen hatte ihm seinen ersten ... nun ja, er war bei fast allem der Erste gewesen: der erste Kuss. Der erste Mehr-oder-weniger-Freund. Die erste Trennung. Die erste (und bisher einzige) ehemalige Flamme, die sich in einen Bösewicht verwandelt und versucht hatte, ihn zu töten.

Das erste Mal vergisst man nie.

»Kommt wieder runter«, sagte Owen mit einem enttäuschten Kopfschütteln. »Ich bin nicht hier, um euch etwas zu tun. Wenn überhaupt, dann will ich euch helfen.« Er streckte ein Bein und stupste Nicks Schuh an. »Du siehst gut aus, Nicky. Ein Außergewöhnlicher zu sein, steht dir.« Dann grinste er, seine Zähne blitzten. »Wie es scheint, brauchst du die Pillen gar nicht, hm?«

Nick krabbelte rückwärts und zerquetschte Obst und halb aufgegessene Sandwiches unter seinen Händen, bis er rücklings gegen Seths Beine stieß und erschrocken aufschrie.

Ohne den Blick von Owen abzuwenden, sagte Jazz: »Gibby, kannst du mir einen Gefallen tun? Geh bitte ein Stück nach rechts. Nein, von *mir* aus gesehen. So ist es gut. Seth, nach links, bitte. Vielen Dank. Nick, könntest du dich neben Seth stellen?«

Das Rauschen in Nicks Ohren war wie ein Orkan. Er nickte und rappelte sich vorsichtig hoch, bis er neben Seth stand.

»Sehr schön«, sagte Jazz, ihre Augen groß und unschuldig. »Gibby, sieht gerade jemand her?«

»Nein.«

»Perfekt. Das wollte ich schon *lange* mal machen.«

Dann stürzte sie sich auf Owen, stach ihm mit der Plastikgabel in den Oberschenkel und verdrehte ihr Handgelenk so, dass der Griff abbrach und nur die Zinken stecken blieben. Owen verzog das Gesicht, als wollte er einen Schmerzensschrei ausstoßen, aber bevor er dazu kam, holte Jazz aus und schlug ihm mit der Faust auf den Mund. Owens Kopf flog nach hinten, seine Oberlippe platzte auf, und feuerrotes Blut spritzte auf sein weißes T-Shirt.

»Du verdammte ...«, stöhnte Owen und fasste sich ins Gesicht. »Scheiße, tut das weh.«

»Gut«, knurrte Jazz und startete den nächsten Angriff, aber Gibby hielt sie zurück, bevor sie Owen erreichte. »Du hast Glück, dass ich keine High Heels trage, sonst hätte ich dir die Absätze so weit in den Arsch geschoben, dass sie oben wieder rauskommen.«

Owen ließ die Hände sinken und starrte das Blut an seinen Fingern an. Ein düsterer Ausdruck huschte über sein Gesicht, und Nick musste an die McManus-Brücke denken – an Shadow Star, wie er über ihm schwebte, und an Rebecca Firestone, die aus vollem Hals schrie. Da verschwand der Ausdruck wieder, als hätte Owen ihn einfach hinuntergeschluckt. Er sah nach unten, legte die Finger um die Plastikzinken in seinem Bein und zog sie mit einer Grimasse heraus. Dann starrte er Jazz einen Moment lang an und ließ die abgebrochene Gabel ins Gras fallen.

»Das war aber nicht sehr nett«, sagte er ernst. »Begrüßt man so einen alten Freund? Schäm dich, Jazz. Aber um ehrlich zu sein, bin ich beeindruckt. Ich hätte nicht gedacht, dass ausgerechnet *du* die Gefährlichste von eurem Haufen bist.«

»Oh, das war noch gar nichts«, knurrte Jazz und zappelte in Gibbys Haltegriff. »Ich habe noch nicht mal angefangen!«

Owen grinste, seine Zähne rot verschmiert. »Leere Versprechungen. Seth, wen rufst du da an? Die Polizei? Ich halte das für keine gute Idee, schließlich hat mein rechtschaffener Dad das NCPD in der Tasche. Glaubst du, sie würden nur *mich* mitnehmen? So blöd kannst nicht mal *du* sein.« Er schniefte. »Vor allem wenn ich ihnen sage, dass du in Wirklichkeit mit mir zusammenarbeitest.«

Er sah Nick an, und sein Lächeln wurde breiter. »Und der Wächter auch. Stimmt's, Nick? Mann, das Kostüm steht dir wirklich gut. Trainierst du jetzt? Sieht ganz so aus. Du hast jetzt ein paar Muskeln an den Armen. Toll! Eine Frage: Wissen die Cops, dass du der Wächter bist? Denn auch das könnte ich ihnen verraten.«

Seth ließ sein Handy langsam sinken, sein Blick voller Zorn. »Was *willst* du?«

»Schon besser«, sagte Owen. »Und genau die richtige Frage. Nun, was will ich? Viele Dinge, wie du dir denken kannst: Weltfrieden. Ein Heilmittel gegen Krebs. Ein Stück Pizza aus diesem Scheißladen an der Ecke Nelson und Freeman. Erinnerst du dich noch, Nick? Ich habe dich bei unserem ersten Date dorthin mitgenommen. Du warst so nervös, dass es geradezu bezaubernd war.« Er leckte sich über die Lippen und zuckte zusammen, als seine Zunge die aufgeplatzte Stelle berührte.

»Du hast Menschen getötet«, sagte Nick. Die Sonne brannte immer noch auf sie herab, aber ihm war noch nie in seinem Leben so kalt gewesen. Er konnte die anderen Leute im Park hören, doch die Geräusche klangen, als kämen sie von weit weg.

»Ich schätze, auch ich bin nicht ohne Fehler«, erwiderte Owen. »Aber das habe ich auch nie behauptet. Ich bin nicht so selbstgerecht wie ihr.« Seine Augen verengten sich. »Der Leuchtturm? Als wärt ihr mehr als nur ein paar Kinder, die Superhelden spielen. Ihr habt keine Ahnung, wie die Welt in Wahrheit aussieht.«

»Und du schon?«, fragte Gibby.

Owen zuckte die Achseln. »Wenn man genug Zeit in einer Gummizelle verbringt, die rund um die Uhr aus allen Richtungen erleuchtet ist, hat man Zeit zum Nachdenken, denn Schlafen ist so gut wie unmöglich. Wurdest du schon mal gegen deinen Willen mit Drogen vollgepumpt? Ich schon.« Owens Mund klappte auf, als wäre ihm gerade etwas Wichtiges eingefallen. »Aber du kennst das ja, Nicky, nicht wahr? *Concentra*. Es hilft dir, dich zu konzentrieren!«

Jetzt war es Seth, der jemanden zurückhalten musste, denn Nick versuchte, sich auf Owen zu stürzen. Er wollte dem Bastard die Hände um den Hals legen und zudrücken, bis der Atem in Owens Kehle zu rasseln begann und das Licht in seinen Augen erlosch.

»*Wow!*«, kommentierte Owen. »Unkontrollierte Wutausbrüche scheinen in deiner Familie ein echtes Problem zu sein. Wie geht's übrigens deinem Dad, Nick? Hat er in letzter Zeit mal wieder jemanden verprügelt? Aber wahrscheinlich kann er sich das jetzt nicht mehr leisten, weil er keine Uniform mehr trägt, die ihn schützen würde.«

»Ich bringe dich *um*«, knurrte Nick.

Owen lachte. »Diesen Nick kenne ich noch gar nicht!« Er legte sich eine Hand an den Hals und rief mit Piepsstimme: *»Aber Owen, ich weiß nicht, ob ich diese Pille nehmen kann, sie sieht so unheimlich aus!«*

»Glaubst du, wir haben Lust, uns dein Gefasel auch nur eine Sekunde länger anzuhören?«, fragte Jazz.

Owen hörte auf zu lachen und beugte sich vor. »Ich glaube es nicht, ich *weiß* es. Denn ich verfüge über Informationen, die ihr *nicht* habt, und, oh Mann, ich kann es kaum erwarten, eure Gesichter zu sehen, wenn ich die Katze aus dem Sack lasse! Darauf freue ich mich schon *lange*.«

»Such dir jemand anderen zum Verarschen«, erklärte Seth. »Gibby, Jazz, gehen wir. Die Decke kann Owen gerne behalten. Nick, wir ...«

»*Davor* und *danach*«, sagte Owen, den Blick starr auf Nick gerichtet.

Nick wurde schwindlig. Seine Wut schmolz dahin, erschlagen von einer Welle aus surrealen Emotionen. Seine Sicht verschwamm, seine Kehle schnürte sich zu, und er hatte Mühe, Luft zu bekommen. *Davor* und *danach, davor* und *danach* … In seinen Gedanken tanzte eine Erinnerung, aber er bekam sie einfach nicht zu fassen.

Es war Gibby, die als Erste etwas sagte – widerwillig zwar, aber über die Maßen neugierig. »Was soll das bedeuten? Ich habe diese Worte schon mal gehört, irgendwo …«

Owen sah sie aufrichtig überrascht an. »Wie bitte? Du *erinnerst* dich daran?«

»Nein«, flüsterte Gibby, plötzlich unsicher. »Ich kann … Ich kann irgendwie nicht …«

»Hm«, machte Owen und tippte sich ans Kinn. »Ich hätte nicht gedacht, dass du diejenige sein würdest, die es durchschaut.« Er musterte Gibby von oben bis unten. »Ich bin beeindruckt. Ihr Einfluss auf euch ist wohl doch nicht so groß, wie sie glaubt, oder sie hat Gibby schlicht unterschätzt. Aber eigentlich überrascht mich das nicht. Sie hat nie zu den Menschen gehört, die sehen, was direkt vor ihnen ist.«

»Wer?«, fragte Gibby und machte einen Schritt auf ihn zu. »Von wem redest du? Wenn dein Vater …«

Owen schnaubte. »Ich spreche nicht von meinem Dad, auch wenn er mit drinsteckt. Sondern von jemand ganz anderem.« Er sah wieder Nick an. »Wie geht's eigentlich deiner Mom, Nicky? Gut, hoffe ich. Tu mir einen Gefallen, ja? Wenn du sie das nächste Mal siehst, grüße sie bitte von mir. Ich wüsste es sehr zu schätzen.«

»Warum zum Teufel sollte ich das tun?«, schnauzte Nick.

Owen grinste grimmig. »Weil sie nicht deine Mom ist, sondern meine.«

10

Stille.

Dann fing Gibby an zu kichern, und Jazz tat das Gleiche. Sie versuchte zwar, es zu verbergen, scheiterte aber spektakulär. Was bei Nick einen keuchenden Lachanfall auslöste, der klang wie ein Schrei. Selbst Seth prustete leise und schüttelte enttäuscht den Kopf.

Owen schien nicht erfreut über die Reaktionen. Sein Gesicht verzog sich, und Nick sah Shadow Star, der unter der dünnen Fassade lauerte. Einen Moment lang blieb ihm der Atem im Hals stecken, als er zu sehen glaubte, wie die Schatten des Baums über ihnen immer länger wurden. Doch bevor er die anderen warnen konnte, entspannte sich Owen wieder und legte die Hände auf seine Oberschenkel, die Finger über den Kniescheiben gespreizt.

»Wovon *redest* du da?«, fragte Nick und wischte sich über die Augen. Er war immer noch wütend, aber er wusste, dass sie mit Owen fertigwürden, falls nötig. »Ich meine, was soll das heißen? Dass wir verwandt sind?« Dann: »Oh mein Gott, bitte sag jetzt nicht, dass wir tatsächlich verwandt sind. Heilige Scheiße, ich habe mit dir *geknutscht*! Oh Gott. Ich habe mit meinem *Halbbruder* geknutscht? Ich bin der Bösewicht in meiner *eigenen* Fic! Warum, *warum*?«

»Das ist der Nick, den ich kenne und toleriere«, kommentierte Owen amüsiert. »Gut zu wissen, dass er unter all dem aufgeplusterten Getue immer noch da ist.«

Nick schüttelte den Kopf. »Inzest ist schlimm. Inzest ist ganz, ganz schlimm.«

Seth rieb ihm den Rücken und fixierte Owen. »Sprich. *Jetzt.*«

»Oh«, sagte Owen und tat, als würde er zittern. »Diese Stimme kenne ich.«

»Hey, Owen?«, fragte Jazz. »Weißt du, wo dein Zäpfchen ist?«

Owen blinzelte. »Du meinst das kleine baumelnde Ding hinten im Hals?«

»Ja«, bestätigte Jazz liebreizend. »Wenn du uns nicht in den nächsten fünf Sekunden sagst, warum du hier bist, werde ich dir deines zeigen.«

»Okay, okay«, sagte Owen und hob beschwichtigend die Hände. »Ich hab's verstanden. Du bist sauer. Gut. Aber wenn ich einen von euch verletzen wollte, hätte ich es längst getan. Während der letzten Monate habe ich euch alle irgendwann mal allein durch die Straßen laufen sehen. Aber ich habe euch nicht getötet, und ich werde es auch jetzt nicht tun. Zeigt ein bisschen Dankbarkeit.«

Jazz wollte sich gerade auf ihn stürzen, da platzte Owen heraus: »Jennifer Bell ist seit über vier Jahren tot!«

Alle erstarrten. Nick hatte das Gefühl, über seinem eigenen Körper zu schweben. *Davor,* dachte er. *Danach.*

Als Owen sah, dass Jazz ihm doch nicht die Hand in den Rachen rammen würde, entspannte er sich ein wenig, blieb aber vorsichtig. »Die Frau in Nicks Haus, die Außergewöhnliche namens TK, ist nicht seine Mutter. Sondern meine.« Er hielt inne. Dann: »Na ja, meine Stiefmutter.«

»Erwartest du wirklich, dass wir dir das glauben?«, fragte Gibby. »Wir *kennen* deine Stiefmutter. Die beiden sehen sich kein bisschen ähnlich.«

Gibby hatte recht. Nick erinnerte sich vage an eine Begegnung mit ihr bei Owen zu Hause, als er noch mit ihm zusammen war. Sie war eine strenge Frau mit dunklen Haaren und kantigem Gesicht. Als sie ihm vorgestellt wurde, hatte er sich unwohl dabei gefühlt, wie ihre wissenden Augen jede seiner Bewegungen verfolgten und ihm eine Gänsehaut bescherten. Danach hatte er sie nur noch bei den wenigen Gelegenheiten gesehen, wenn sie an der Seite ihres Mannes vor den Kameras stand.

»Natürlich tun sie das nicht«, erwiderte Owen. Er seufzte und rieb sich die Wunde an seinem Oberschenkel. »Wir haben nicht viel Zeit, also komme ich gleich zur Sache: Patricia ist eine Außergewöhnliche, aber sie ist anders als alle anderen. Sie kann ... ihr Aussehen verändern. Sobald sie mit jemandem in Kontakt kommt, ihn berührt, kann sie ... sich in denjenigen verwandeln. Genauso aussehen wie er oder sie.«

»Das ist nicht möglich«, murmelte Seth. »Wir wüssten, wenn eine Außergewöhnliche ...«

Ein leises Ziehen in Nicks Hinterkopf, hartnäckig und unangenehm. Hatte er nicht irgendwo von einem Außergewöhnlichen gelesen, der genau das konnte? Trotzdem konnten Owens Worte nicht stimmen. Er *log.* Nicks Mutter war *immer* da gewesen. Sie war ...

Die Bank, dachte er wie betäubt. *Bis sie in diese Bank gegangen ist.*

»Tatsächlich?«, fragte Owen. »Ihr wisst *gar nichts*, und zwar, weil sie es nicht will.« Er musterte Gibby neugierig. »Zumindest drei von euch.« Er schüttelte den Kopf. »Aber ich greife vor. Ich fürchte, ich muss ein bisschen ausholen, denn die Sache ist kompliziert. Patricia kann nicht nur ihr Aussehen verändern, sie hat auch eine Fähigkeit, auf die ich neidisch bin. Ihr müsst es euch wie eine Illusion vorstellen, auch wenn es das nicht ganz trifft. Sie kann eine Art ... Irrealität erschaffen, aber bei je mehr Menschen sie das tut, desto schwieriger wird es.« Er sah nachdenklich aus, als er hinzufügte: »Das könnte erklären, warum Gibby sich an etwas erinnert, das Patricia eigentlich aus ihrem Gedächtnis gelöscht hat.«

Gibby sah ihn finster an und hielt Jazz immer noch am Arm fest.

»Sie kann euch glauben lassen, was immer sie will«, fuhr Owen fort. »Sie kann euch Erinnerungen in den Kopf pflanzen, die nicht echt sind.«

»Ja, bestimmt«, erwiderte Jazz. »Erwartest du wirklich, dass wir dir das abkaufen? Wenn Nicks Mutter gestorben wäre und Patricia Burke ihren Platz eingenommen hätte, denkst du nicht, dass jeder das sofort merken würde? Du sagst, je mehr Leute es sind, desto schwerer wird es für sie. Wie in aller Welt stellt sie es dann bei uns *allen* auf einmal an?«

»Du hast recht«, antwortete Owen. »Das kann sie nicht.«

Hoffnung keimte in Nick auf, schwach, aber sie war da. »Dann lügst du also.«

Owen rollte mit den Augen. »Nein. Denn hier kommt ein weiterer raffinierter Trick von ihr ins Spiel. Sie hat Kontrolle über euch und eure unmittelbaren Familien – eben über alle, denen Jennifer Bell vor ihrem Tod nahegestanden hat. Deine Eltern, Seths Tante und Onkel zum Beispiel. Sogar Leute im weiteren Umfeld sind betroffen, so wie dieser dämliche Polizist und die Dragqueen.«

Nick lachte sarkastisch. »Und was ist, wenn sie das Haus verlässt? Wenn jemand sie sieht? Ist sie dann Jenny oder Patricia?«

Owen hatte nur auf diese Frage gewartet. »Sie ändert ihr Aussehen selbstverständlich je nach Bedarf. Wann hast du sie das letzte Mal außerhalb eures privaten Umfelds als deine Mutter gesehen? Übrigens, coole Party, Jazz. Das sah echt spaßig aus. Meine Einladung muss in der Post verloren gegangen sein.«

Nick hielt inne und dachte so intensiv nach wie noch nie. Seine Mutter arbeitete nicht. Sie war immer zu Hause, außer wenn sie als TK unterwegs war. Und das machte sie *ausschließlich* allein. Obwohl Nick kein Wort aus Owens Mund glauben wollte, begann ein Teil von ihm – ein kleiner, stiller Teil –, an seinen eigenen Erinnerungen zu zweifeln.

Davor.

Danach.

Nick klammerte sich an den letzten Strohhalm, der ihm noch blieb. »Und was, wenn wir jemandem, der nicht zu meinen Freunden oder meiner Familie gehört, von meiner Mutter erzählen, die laut deiner Aussage angeblich tot ist? Spätestens dann bricht dein Lügengebäude in sich zusammen!«

»Richtig«, bestätigte Owen. »Und jetzt wird es *wirklich* interessant. Sieh her.« Er blickte sich kurz um und erstrahlte, als er nur wenige Meter entfernt einen jungen Mann mit ausgestrecktem Arm hinter einem neongrünen Frisbee herrennen sah. Der Kerl machte einen Sprung und seine Finger schlossen sich um die Scheibe.

»Hey, Kumpel!«, rief Owen. »Toll gefangen. Kann ich dich was fragen?«

Der Angesprochene drehte überrascht den Kopf, dann nickte er und kam zur Picknickdecke gejoggt. Als er das Blut auf Owens T-Shirt sah, wurde er sogleich langsamer und blieb ein paar Schritte entfernt verunsichert stehen. »Was gibt's denn?«

Owen sah Nick auffordernd an. »Erzähl ihm von ihr.«

Gut. Owen log, und Nick würde es beweisen. Und wenn diese Farce vorbei war, würde er dem Dreckskerl die Fresse polieren, weil er ihr Picknick ruiniert hatte. Er sagte: »Meine Mutter heißt Jennifer Bell. Sie wohnt bei uns und ich sehe sie jeden Tag.«

Zumindest *wollte* er das sagen. Was tatsächlich aus seinem Mund kam, war: »Meine Mutter heißt Jennifer ...« Weiter kam er nicht. Seine Lippen waren wie zugeklebt. Egal was er versuchte, er brachte die Worte einfach nicht heraus. Je mehr er sich anstrengte, desto schwindliger wurde ihm, und das einzige Geräusch aus seiner Kehle war ein leises Brummen, als würde er sich gerade in einer fernöstlichen Atemtechnik üben.

»Nick?«, fragte Seth besorgt. »Geht es dir nicht gut?«

Nick schüttelte den Kopf und probierte es noch einmal. »Meine Mutter ...« Sein Mund verweigerte den Dienst. Sein Kehlkopf verweigerte den Dienst. Seine Zunge war wie tot.

»Das gibt's doch nicht«, flüsterte Jazz erschrocken und wandte sich dem Mann mit dem Frisbee zu, der aussah, als wäre er mittlerweile lieber woanders. »Jennifer Bell ...«

Jazz' Gesicht lief knallrot an und die Adern an ihrem Hals traten hervor.

»Ähm«, sagte der Frisbeespieler. »Ich nehme nur Drogen, die mein Arzt mir verschreibt. Nichts für ungut, Leute, aber ich glaube, das Zeug, das ihr einwerft, ist nichts für mich.« Dann machte er auf dem Absatz kehrt und lief zu seinen Freunden zurück.

»Ihr seht, ihr steht unter Patricias Kontrolle«, fasste Owen zusammen. »Und das schon seit kurz nach Gibbys Abschlussfeier. Herzlichen Glückwunsch, übrigens! Schade, dass du die Abschiedsrede doch nicht halten durftest, aber du hast echt toll ausgesehen auf der Bühne!«

Dann heulte er auf, als Gibby ihm gegen den verletzten Oberschenkel trat. »Könntest du das endlich lassen, verdammt noch mal?!«, keuchte er.

Gibby stellte sich wieder neben Jazz und die beiden klatschten einander ab.

Owen funkelte sie an und ging auf Sicherheitsabstand. »Und das Gleiche passiert auch bei allen anderen, die sie als Jennifer Bell gesehen haben. Jeder, der versucht, einem Nichteingeweihten von ihr zu erzählen, scheitert. Und normalerweise erinnern sich die Betroffenen später nicht einmal mehr, dass sie es überhaupt versucht haben. Du kannst gerne jemanden anrufen und ihn nach Jenny fragen, wenn du mir nicht glaubst: Cap, Officer Rookie, Miss Raten. Oh, entschuldige, ich meine natürlich Mateo.«

Von allem, was Owen bisher gesagt hatte, machte Nick der letzte Satz beinahe am meisten Angst. Er hatte geglaubt, sie wären vorsichtig gewesen und hätten ihre Umgebung stets im Auge behalten. Wobei hatte Owen sie *noch* beobachtet?

»Gehen wir mal davon aus, du sagst die Wahrheit«, begann Seth langsam. »Gehen wir davon aus, dass sie nicht die ist, die sie zu sein vorgibt, sondern deine Stiefmutter. Aber ich habe *gesehen*, wie sie ihre Telekinese eingesetzt hat. Wir *alle* haben das, und das nicht nur in der Nacht vom Abschlussball.«

Das war das Ende, dachte Nick erfreut. Dass sie Owen in die Enge getrieben hatten und er sich nun nicht mehr herauswinden konnte.

Dachte er.

Denn Owen erwiderte: »Tja, nur dass sie nicht TK *ist*. Es gab also Zeugen auf dem Ball, die gesehen haben, wie sie als TK durch die Decke kam?«

»Richtig. Und wie hat deine angebliche Stiefmutter das bitte schön angestellt?«, fragte Jazz.

»Jetzt komme ich zu meinem absoluten Lieblingsteil«, begann Owen aufgeregt. »Ihr wisst, was mein Dad mit mir gemacht hat, oder? Er hat mir diese Pillen gegeben, mich zu dem gemacht, was ich bin.«

»Gemacht«, wiederholte Gibby höhnisch. »Als ob du nicht die Wahl gehabt hättest.«

»Hatte ich auch nicht«, schnauzte Owen. »Er …« Seine Brust hob sich kurz, als würde er schluchzen, und Nick glaubte nicht, dass es nur Show war. Wenn doch, dann war Owen ein verdammt guter Schauspieler. »Er hat Dinge mit mir gemacht. Dinge, die du dir nicht mal ansatzweise vorstellen kannst.« Nick beobachtete verblüfft, wie Owen sich die feuchten Augen abwischte, während er weitersprach. »Das, was ich bin, bin ich *seinetwegen*. Er ist mein *Vater*, ich habe ihm *vertraut*. Ich dachte, wenn ich tue, was er verlangt, würde er mich vielleicht endlich …« Owen verstummte und wandte den Blick ab.

»Blödsinn«, blaffte Nick. »Deine Vaterkomplexe zählen hier nicht. Er hat dich nicht gezwungen, dass du versuchst, uns zu töten. Er hat dich auch nicht gezwungen, irgendjemand anderen zu töten. Das geht allein auf dein Konto!«

»Genau das ist dein Problem, Nick. Das war es schon immer. Du warst noch nie in der Lage, über deinen Tellerrand hinauszuschauen, und denkst immer nur an dich. Ich habe in meinem ganzen Leben noch nie einen egoistischeren Menschen getroffen. Du willst die Wahrheit wissen? Na gut. Die Pillen, die ich dir im Burke Tower gezeigt habe – was glaubst du, wie er sie gemacht hat?« Er hob die Hand, bevor Nick dazwischenreden konnte. »Die Frage war rein rhetorisch.« Er beugte sich vor, seine Augen funkelten. »Das konnte er nur dank *Patricia*. Er hat ihr Blut abgenommen, ihre DNA analysiert und ihre Außergewöhnlichen-Fähigkeiten dann nachgebaut.«

»Aber er hat nie etwas mit diesen Pillen gemacht«, widersprach Seth grimmig. »Soweit wir wissen, hat niemand je eine davon genommen, sonst würde es in Nova City von Außergewöhnlichen nur so wimmeln.«

»Rauch und Eis«, flüsterte Nick.

Owen drehte ihm den Kopf zu. »Nein. Das sind nur Lakaien. Sie wurden so geboren, nicht gemacht. Versteht ihr nicht? Es geht ihm nicht darum, Außergewöhnliche zu erschaffen. Er will sie ihrer Fähigkeiten *berauben*.«

Eine Gänsehaut kribbelte auf Nicks Armen. »Das Heilmittel«, stammelte er.

Owen nickte. »Seine ursprüngliche Idee war, sich eine Privat-Armee von Außergewöhnlichen zu basteln, aber dabei ist es nicht geblieben. Denn was nützt ihm seine schöne Armee, solange es noch andere Superhelden gibt, die sich ihr entgegenstellen könnten?«

Jazz lachte spöttisch. »Und wie will er sein Anti-Außergewöhnlichen-Mittel an den Mann oder die Frau bringen? Sie mit einer Art Betäubungspfeil beschießen? Ehrlich, Owen. Deine Geschichte ist amüsant, das muss ich dir lassen, aber sie hat zu viele Löcher.«

»Hast du's immer noch nicht kapiert?«, keifte Owen. »Meine Stiefmutter *ist* das Heilmittel. Du willst wissen, woher sie ihre Telekinese hat? Warum sie ihre Gestalt verändern und anderen Menschen falsche Erinnerungen aufzwingen kann?

All diese Fähigkeiten hat sie anderen Außergewöhnlichen *gestohlen. Das* war ihre ursprüngliche Gabe. Dad hat an ihr genauso herumexperimentiert wie an mir, nur dass das Ergebnis in ihrem Fall sogar seine kühnsten Erwartungen übertroffen hat. Dachtest du, ich wäre sein erstes Opfer gewesen?« Er schüttelte den Kopf. »War ich *nicht*. Patricia war seine erste Versuchsperson. Und dann kam dieses kleine Mädchen, sie hatte telekinetische Fähigkeiten. Er hat ihren Eltern versprochen, ihr zu helfen, dass er sie heilen wird. Er nannte sie ...«

»Eve«, hauchte Nick. Der Name stieg in seinen Gedanken auf wie ein Komet, Burkes Stimme klingelte in seinen Ohren.

Ein Elternpaar hat sein Kind zu uns gebracht. Dieses Kind, das wir zum Schutz seiner Anonymität »Eve« nennen, zeigte Anzeichen von Telekinese. Von klein an konnte Eve Dinge bewegen und ihre Eltern bekamen es mit der Angst. Zuerst dachten sie, in ihrem Haus würde es spuken. Erst als Eve älter wurde, wurde ihnen klar, dass sie die Ursache war.

»Eve«, bestätigte Owen triumphierend. »Simon behauptet, sie wäre im Rahmen seiner verlogenen Rettet-unsere-Kinder-Initiative zu ihm gekommen, aber das ist eine Lüge. Es war vor zwei Jahren. Die Eltern brachten das Mädchen zu ihm, und Dad brachte sie in den Keller unter dem Burke Tower, wo Patricia schon auf sie wartete. Sie nahm Eves Kräfte und machte sie zu ihren eigenen. *Daher* hat sie ihre Telekinese.«

Owen warf Nick einen kurzen Blick zu, und Nick musste sich mit aller Macht beherrschen, ihm nicht ins Gesicht zu schreien, dass er ein verdammter Lügner war, dass nicht ein Wort von seiner Geschichte wahr sein konnte.

»Patricia ist eine Chimäre, zusammengesetzt aus lauter verschiedenen Teilen«, sprach Owen weiter. »Eve konnte sich danach an nichts erinnern, dafür hat Patricia gesorgt, und die Eltern glaubten, sie hätten ihre Tochter einem ungefährlichen, nicht invasiven Verfahren unterzogen. Sie haben keine Ahnung, was wirklich passiert ist. Patricia hat Eve ihre Superkraft entzogen, danach konnte er sie in aller Ausführlichkeit studieren und ein entsprechendes Medikament entwickeln, das die dafür notwendige Mutation verursacht. *So* entstehen die Pillen im Burke Tower.«

Der Funke in Nicks Kopf glühte auf. Die Äste des Baums über ihnen schlugen gegeneinander, obwohl kein Lüftchen wehte. »Und du wusstest davon? Du hast es die ganze Zeit *gewusst*?«

»Habe ich nicht«, entgegnete Owen knapp. »Was glaubst du, was ich seit meinem Ausbruch gemacht habe? Ich habe alle Informationen gesammelt, die ich nur bekommen konnte. Und bevor du fragst: Nein, ich habe nicht mit meinem Vater gesprochen, seit ich wieder hier bin. Ich werde nicht ein verdammtes Wort mehr zu diesem Arschloch sagen, außer, dass er um sein Leben flehen soll. Der einzige Grund, warum er noch nicht tot ist, ist, dass ich noch nicht herausfinden konnte, was sein eigentliches Ziel ist. Erst als ich Jennifer Bell auf Jazz' Party gesehen habe, ist es mir klargeworden. Und ich kann meine Geschichte *beweisen*. Hier und jetzt.«

»Wie?«, fuhr Seth auf. »Nenne uns einen einzigen Grund, warum wir dir glauben sollten.«

Owen ignorierte ihn, sein Blick blieb fest auf Nick geheftet. »Ob du's glaubst oder nicht, ich bedaure aufrichtig, was jetzt gleich passieren wird. Aber manchmal braucht es eben rohe Gewalt, um das gewünschte Ergebnis zu erzielen. Ich weiß nicht mal, ob es funktionieren wird, aber ich muss es versuchen. Patricia hat die Verbindung zwischen dir und

Seth offensichtlich unterschätzt und Erinnerungen sind ein mächtiges Werkzeug.«

Kalter Schweiß rann Nick den Nacken hinunter, und als er sprach, hörte es sich für ihn an, als kämen die Worte von jemand anderem. »Was hast du vor?«

Owen sah Seth an. »Warum bist du Pyro Storm geworden?«

Seth blinzelte verdutzt. »Was?«

»Pyro Storm«, wiederholte Owen. »Du hast das Kostüm aus einem ganz bestimmten Grund angelegt, so lächerlich er auch war. Weißt du noch, warum?«

Seth wurde blass, sein Blick unfokussiert. »Ich wollte … Menschen helfen.«

Owen schnaubte. »Wie großmütig von dir. Aber klar, warum nicht. Du warst schon immer der Pfadfinder-Typ, Seth. Du hast keine Ahnung, wie sehr mir das auf die Nerven gegangen ist, wie oft ich beim Mittagessen in der Kantine am liebsten deinen Kopf gepackt und ihn auf den verdammten Tisch geknallt hätte. Klar, du wolltest den Menschen helfen, weil du so selbstlos bist«, spottete er. »Aber deshalb bist du nicht Pyro Storm geworden. Du hast es für *Nick* getan.«

»Wie bitte?«, fragte Jazz. »Was hat *das* denn damit zu tun?«

»Weil mein Vater Jennifer Bell ermorden ließ, nachdem sie nicht kooperieren wollte«, antwortete Owen. »Sie betrat eine Bank, und die Leute, die er ihr hinterherschickte, sorgten dafür, dass sie nie wieder herauskam. Und du, Seth, konntest es nicht ertragen, den Jungen, den du liebst, leiden zu sehen, also bist du Pyro Storm geworden und …«

Nick stürzte vor, schneller als er sich je zuvor in seinem Leben bewegt hatte. Owen hatte keine Zeit zu reagieren, als Nick ihm einen Schlag in die Magengrube verpasste. Und noch bevor er wieder zu Atem gekommen war, packte Nick ihn am Hals, fletschte die Zähne, presste ihm die Daumen auf den Kehlkopf und, *oh*, wie er zudrücken wollte. Er *wollte* Owen wehtun, wollte ihm die Kehle herausreißen, damit nie wieder auch nur ein einziges Wort über seine Lippen kam. »Halt dein Maul«, brüllte er, »halt dein verfluchtes Mau...«

Ein Schmerz, schlimmer als alles, was er je im Leben gespürt hatte, fuhr in seinen Kopf. Nick schrie auf, und der Bann, unter dem er gelegen hatte, war weg. Das Einzige, was blieb, war Trauer, unendlich tiefe Trauer. Es fühlte sich an, als würde sein Innerstes nach außen gestülpt, während sein Dad flüsterte: *»Nicky, oh mein Gott, Nicky. Sie ist ...«*

Nick sah auf und sagte ...

»Dad? Was ist? Stimmt was nicht?«

Nicholas Bell war zwölf Jahre alt. Es war der letzte Freitag der Frühlingsferien und Nick saß auf seinem Bett, das Handy am Ohr. Mom hätte schon längst zurück sein müssen. Sie hatte gesagt, sie müsse noch zur Bank und ein paar Besorgungen machen, dann käme sie nach Hause. Sie wollte ihn und Seth zum Pizzaessen ausführen. Er hatte sein Zimmer aufgeräumt.

Nick war zwölf Jahre alt. Siebenundzwanzig Tage bevor er offiziell ein Teenager wurde – ein Mann, wie er sich manchmal einzureden versuchte. Das war zwar lächerlich, aber wenn er ein Mann wurde, hätte er vielleicht keine ADHS mehr und könnte endlich normal sein. Er könnte eine ganze Schulstunde lang stillsitzen, ohne den Unterricht zu stören, ohne dass der Lehrer ihn anfunkelte und seine Mitschüler hinter vorgehaltener Hand über ihn tuschelten. Die Menschen, die ihn liebten, hatten ihm immer wieder versichert, er sei perfekt, toll, genau so, wie er sein sollte. Aber Menschen belogen diejenigen gerne, die sie liebten. Um ihnen Mut zu machen. Über kleine Dinge, manchmal auch über große. Aber wie oft waren seine Eltern schon zu einem Gespräch in die Schule zitiert worden? Wie oft hatte Nick schon versprechen müssen, dass er sich bessern würde?

Später fragte er sich, warum er es nicht sofort gemerkt hatte. Hatte er nicht im Internet davon gelesen? Von einer Art Vorahnung, die man nicht erklären konnte. Ein Gefühl, eine Empfindung, dass etwas falsch-falsch-falsch war und gerade etwas Schlimmes, ja Entsetzliches passiert war. Kein Déjà-vu, sondern ein Presque-vu, ganz kurz vor dem Begreifen.

Aber Nick begriff nicht.

Er wusste nicht, was kommen würde, als sein Telefon klingelte. Eine Sekunde lang dachte er, es wäre Mom, die ihm sagen würde, es täte ihr leid, dass es so lange gedauert hatte, Nick könne sich nicht vorstellen, wie viel in der Stadt los war. *Als hätten alle gleichzeitig beschlossen, ihre Besorgungen zu machen,* würde sie in diesem mürrischen Tonfall sagen, den sie manchmal an den Tag legte, beinahe wütend, aber nicht ganz, denn Nick konnte stets das Lächeln in ihrer Stimme hören. *Wissen die denn nicht, dass ich mit meinem Sohn verabredet bin?*

Aber es war nicht Mom. Es war sein Vater.

Nick grinste, als er ranging. »Hey, Dad. Was gibt's?«

Ein scharfes Lufteinsaugen. Ein Ausatmen. Dann: »Nicky. Oh mein Gott, Nicky.«

Leg auf, flüsterte eine Stimme, dringlich und erschrocken. *Leg sofort auf und steck das Telefon weg. Ignoriere es. Es ist nichts. Alles ist in Ordnung.*

»Dad? Was ist los? Stimmt was nicht?«

»Wo bist du?«, fragte Dad, seine Stimme klang brüchig wie zerschmettertes Glas. »Bist du zu Hause?«

»Ja. Ich warte auf ... *Weinst* du?«

»Ich komme«, sagte Dad nur, und im Hintergrund waren andere Stimmen zu hören, die sagten: »Aaron, Aaron, hör mir zu. Wir wissen noch nicht, was …«

»Du machst auf keinen Fall die Tür auf«, sagte Dad. »Hast du mich verstanden? Du machst niemandem auf, bis ich zu Hause bin.«

»O…kay?« Nicks Verstand raste, eine Milliarde Gedanken auf einmal, aber keiner davon kam auch nur annähernd an die Wahrheit heran. Es war unbegreiflich. Es war *unmöglich*. Er war zwölf Jahre alt – noch kein Teenager und erst recht noch kein Mann –, und er verstand noch nicht, dass Liebe nicht immer reichte, um jemanden zu beschützen. »Hast du mit Mom gesprochen? Sie wollte eigentlich schon hier sein. Ich habe versucht, sie anzurufen, aber …«

»Ich komme«, sagte Dad wieder. »Ich liebe dich, Nicky. Ich liebe dich über alles.«

In Nicks Kopf begannen die Alarmglocken zu läuten.

Seine Gedanken wurden unscharf und überschlugen sich, sprangen, sprangen, sprangen. Nick lief hinunter zur Tür, das Telefon in der Hand. Er versuchte noch einmal, Mom zu erreichen. Niemand ging ran. Noch mal. Niemand ging ran. Und dann kam Dad durch die Tür gestürmt, das Gesicht nass, die Augen verquollen, der Mund ein Strich. Sein Anzug war zerknittert, die Krawatte saß schief, seine Haare waren zerzaust. Er sah alt aus. So alt, als wären Jahrzehnte vergangen, seit Nick ihn am Morgen gesehen hatte, als er den Kopf ins Zimmer streckte und sagte, nur weil Ferien seien, könne er nicht den ganzen Tag im Bett bleiben.

Und da wusste Nick es.

Er *wusste* es.

»Nein«, sagte er, machte einen Schritt rückwärts und schüttelte den Kopf, einen Kloß im Hals. »Nein. Ich …«

Dad griff mit zitternden Händen nach ihm, und Nick wehrte sich, versuchte, ihn wegzuschieben, aber Dad war stärker als er. Er war stärker und drückte Nick an seine Brust, während er selbst am ganzen Körper zitterte, als stünde er unter Starkstrom.

Nick atmete seinen Geruch ein, während Dad weinte, schluchzte, stammelte: »Sie ist tot, Nicky. Oh mein Gott, sie ist tot. Es tut mir leid. Es tut mir so leid. Ich ...«

Dann schrie Nick. Er schrie und schrie, bis seine Kehle schmerzte. Noch Tage danach, wenn er etwas sagte – selten und auch nur dann, wenn er direkt angesprochen wurde –, war seine Stimme heiser, brüchig und kaum mehr als ein Flüstern.

Sprung.

Seth, Bob, Martha, Gibby, Jazz, alle umarmten ihn, alle sagten, dass sie für ihn da seien, dass sie bei ihm seien, dass sie ihn nie im Stich lassen würden.

Sprung.

Eine Urne. Ein eigenartiges kleines Ding. Nick wusste nicht, woraus sie gemacht war. Metall. Sie fühlte sich an wie aus Metall, kalt und unpersönlich. Ihr Name war hineingraviert: JENNIFER MARIE BELL. Alles, was sie gewesen war – zu Asche verbrannt. Und Nick *hasste* sie dafür, er hasste sie, weil sie die Familie einfach verlassen hatte, *ihn* verlassen hatte. Sie sollte nach Hause kommen und mit ihm Pizza essen gehen. Sie sollte da sein, wenn er aufwachte, wenn er ins Bett ging, wenn er von der Schule heimkam, wenn er herausfand, dass er schwul war, und merkte, dass seine Liebe zu Seth mehr war als nur die Liebe zu einem besten Freund. Sie sollte auf seinem Abschlussball sein und wenn er aufs College ging. Bei alldem sollte sie da sein und ihm helfen, die Welt zu verstehen, und er *hasste* sie dafür, dass sie einfach gegangen war.

Noch ein Sprung.

Nick war kalt, Salzwassernebel spritzte ihm ins Gesicht, der Himmel war grau, ein Leuchtturm in der Ferne, dunkel und drohend. Dad hielt die Urne in der Hand und zog die Plastiktüte mit Moms sterblichen Überresten heraus, ein Haufen Asche, der nicht anders aussah als das, was Aaron morgens aus dem Kamin kratzte.

Sie waren allein. Es hatte Gebete gegeben, viele, und sie hatten einen Gottesdienst abgehalten, aber ohne Priester, nannten es lieber eine Feier als das, was es in Wirklichkeit war. Niemand benutzte das Wort Beerdigung, und Nick war auf absurde Weise dankbar dafür, auch wenn eine Feier das Letzte war, wonach ihm der Sinn stand.

Dad hatte dunkle Ringe unter den Augen, ein tiefes Violett, das Jahre brauchen würde, um zu verblassen, wenn überhaupt jemals. Nick wusste, dass er selbst nicht besser aussah, aber darüber konnte er sich jetzt nicht den Kopf zerbrechen. Sein Dad brauchte ihn, er musste stark sein, ein *Mann*. Dad, der die Urne mit einem Arm an die Brust gedrückt hielt, blickte stumpf auf die Plastiktüte in seiner anderen Hand hinunter, als glaubte er, dass er träumte, dass nichts davon real sei.

So standen sie da, starrten die Tüte an und zitterten, während der Wind über sie hinwegpeitschte. Lange Zeit sagte keiner von ihnen ein Wort, denn sie wussten beide, dass es unweigerlich vorbei wäre, sobald sie es taten. Erledigt. Zu Ende.

Es war Nick, der zuerst sprach. Nick, der noch nie eine Stille erlebt hatte, die er nicht durchbrechen konnte. Er sagte: »Du und ich. Egal was passiert. Du und ich.«

»Ein Team«, flüsterte Dad und erwachte aus seiner Benommenheit. »Wir stehen zusammen, damit wir nicht allein kämpfen müssen.«

Gemeinsam hielten sie die Plastiktüte, während Dad die unpassend festliche Schleife löste, mit der sie zugebunden war – rot mit einem glitzernden Goldrand. Dann öffneten sie die Tüte, drehten sie herum und schütteten den Inhalt ins Meer. An jenem Ort, an den sie gekommen waren, weil sie hier glücklich gewesen war, weil er sie zum Lächeln brachte. Nick hatte ein Beweisfoto, es stand auf seinem Schreibtisch.

Sie war in Sekundenschnelle verschwunden, die Ascheflocken flatterten in der Brise davon, ein paar Klumpen fielen ins Wasser, wo sie kleine Spritzer verursachten.

Davor.

Danach.

So verharrten sie lange Zeit und hielten sich gegenseitig fest.

Dann Jahre. Jahre, die binnen weniger Herzschläge vergingen, Jahre, in denen sie trauerten und stritten und sich mit allem liebten, was sie hatten. Gute Tage, schlechte Tage, Tage, an denen Nick glaubte, er müsse aus der Haut fahren, und Tage, an denen der Schmerz weniger war.

Die Videokassetten. Die Pillen. Die Kraft, tief in ihm verborgen, die nur darauf wartete, sich zu erheben und aufzusteigen, höher und immer höher.

Die Brücke.

Der Abschlussball.

Pyro Storm.

Shadow Star.

Rauch und Eis und Miss Raten und Burke, der gottverfluchte Simon Burke, grinsend in seiner Limousine, wie er ein Stück Plastik aufhob, das von der Deckenlampe abgeplatzt war, und sagte: »Du erinnerst mich an deine Mutter. Ich sehe sie in dir.« Und er hatte recht. Sosehr Nick ihn auch hasste,

Burke hatte recht. Er sah sie, wenn er in den Spiegel schaute, sah sie, als er zum ersten Mal das Kostüm anzog, das Miss Raten ihm geschenkt hatte, sah sie, wenn er morgens die Augen öffnete und sie abends schloss. Er sah sie in ihrem Haus, in seinem Kopf und in allem, was er tat.

Siebenundzwanzig Tage bevor Nicholas Bell dreizehn Jahre alt wurde, betrat seine Mutter eine Bank. Sie kam nicht wieder heraus.

Noch ein Sprung, der letzte, das Ende, das Finale.

Nick war siebzehn, noch kein Mann, aber kurz davor. Es war Sommeranfang, die Zukunft steckte voller Möglichkeiten. Er wusste jetzt, wozu er fähig war. Er wusste, was er konnte, aber es ging nicht darum, ein Held zu sein. Es ging nicht um Anerkennung, Lob oder Dankbarkeit. Es ging darum, Menschen zu helfen und sie zu beschützen, genau wie seine Mutter es getan hatte. Er hatte ihren Namen nicht angenommen, weil er bereits bekannt war, sondern weil sie dieser Name *war*. Nick war der Wächter, weil *sie* es vor ihm gewesen war.

Er saß zu Hause auf der Couch und schrieb sich mit Seth Nachrichten über die Zukunft. Was sie wollten. Was vor ihnen lag. Was sie gemeinsam tun würden, denn Nick hatte schon zu viel verloren, um auch nur einen einzigen weiteren Verlust ertragen zu können.

Dann kam Dad nach Hause.

Nick legte den Kopf in den Nacken. »Hey, Paps. Wie ist es mit Cap gelaufen? Wisst ihr inzwischen, was ihr noch braucht, um die Lizenz für ...«

Dad sagte: »Nick. Es ist ein Wunder. Ein Wunder ist passiert.«

»Und zwar?«, fragte Nick und hob den Blick, das Handy auf seinem Schoß vergessen. Er runzelte die Stirn, als er Dads

Gesichtsausdruck sah. Seine Augen waren glasig, sein Mund war schlaff. Hätte er seinen Vater nicht so gut gekannt, hätte Nick geglaubt, er wäre ... high. Als hätte er etwas genommen. Aber das war lächerlich. Dad würde so was niemals tun. »Was hast du gerade ...«

Eine Frau trat durch die offene Haustür. Kurze blonde Haare. Gebräunte Haut. Jeans. Ein weites T-Shirt. Jennifer Bell lächelte und sagte: »Hey, Kleiner.«

Nick wollte schreien, genau wie damals. Das war nicht möglich. Das war nicht seine Mutter. Jennifer Bell war seit vier Jahren tot. Diese Frau war nicht sie.

Der Funke in seinem Kopf flammte heller auf als je zuvor. Gleißendes Licht durchströmte ihn und er hob die Hand, um sie durch die verdammte Tür zu stoßen, zurück nach draußen. Aber sie war bereits bei ihm, schnell wie ein Blitz, und legte die Hände an beide Seiten seines Kopfs, während Dad einfach nur schwankend dastand, die Augen weit aufgerissen, und Nick nach ihm schrie, sich nach Leibeskräften wehrte und Dad anbrüllte, ihm zu helfen, *bitte hilf mir*.

Aber es war zu spät.

Ein Tsunami brach über ihn herein und löschte die Vergangenheit aus, die Wahrheit. Worte wurden ihm ins Ohr geflüstert: »Ich bin Jennifer Bell. Ich bin deine Mutter. Ich bin hier, genau wie immer. Erinnere dich an mich. Liebe mich. Alles ist gut.«

Als sie zurücktrat und ihre Hände über seine Wangen strichen, grinste Nick sie an und sagte: »Hey, Mom. Ich wusste gar nicht, dass du mit Dad unterwegs warst.« Aus irgendeinem Grund dachte er, sie wäre ... Er wusste es nicht mehr. Oben vielleicht.

Sie zerzauste sein Haar. »Wir waren auf Patrouille. Wir müssen schließlich dafür sorgen, dass unsere Straßen sicher bleiben. Ich kann es kaum erwarten, bis du mich begleiten kannst. Du und Seth. Team Leuchtturm.«

Dad kam stöhnend zur Couch und küsste seine Frau auf die Wange. »Ihr beide *zusammen*? Das überlebe ich nicht.«

Nick verdrehte die Augen. »Dramaqueen.«

Mom zwinkerte ihm zu. »Er ist nur neidisch, weil wir Superkräfte haben und er nicht.«

In dieser Nacht kam sie in Nicks Zimmer und setzte sich auf seine Bettkante. Er lächelte sie verschlafen an, und sie strich ihm die Haare aus der Stirn. Er zuckte zusammen, als sie das tat, aber sie zog ihre Hand nicht weg. »Hey«, sagte sie. »Ich habe nachgedacht. Warum lädst du Seth, Gibby und Jazz nicht morgen zum Essen zu uns ein? Ich koche. Es ist lange her, dass wir alle gemütlich zusammengesessen sind.«

»Deine Haare«, sagte er und fühlte sich wie ein Käfer im Netz, während die Spinne immer näher kam. »Warum ... warum hast du dir die Haare abgeschnitten?«

Ihre Hand verharrte auf seiner Stirn. »Zerbrich dir darüber nicht den Kopf, Kleiner. Es gibt wichtigere Dinge, auf die du dich konzentrieren musst.«

Er schloss die Augen und das Letzte, was er hörte, bevor er einschlief, war ein geflüstertes »Alles ist gut«.

Er glaubte ihr.

11

»Ich erinnere mich nicht«, gestand Seth und legte Nick einen Arm um die Schulter. Nick war im Park wieder zu sich gekommen, umringt von seinen besorgten Freunden. Er hatte sich auf die Seite gedreht und sich ins Gras übergeben, während Jazz ihm den Rücken rieb und Gibby Owen im Auge behielt. Als sein Magen leer war, hatte Seth ihm eine Wasserflasche gereicht, damit er sich den Mund ausspülen konnte. Nick hatte sie dankbar angenommen.

Er erinnerte sich. An alles. Es fühlte sich an wie Glassplitter unter seiner Haut, die sich langsam ihren Weg an die Oberfläche bahnten. Als wäre er aus einem langem Schlaf erwacht, der ihn nur noch müder gemacht hatte, als er beim Zubettgehen gewesen war.

»Ich erinnere mich auch nicht«, sagte Jazz mit blassem Gesicht. Sie saß zu Nicks Füßen und hatte die Hände sanft um seine Knöchel gelegt. Er wusste nicht, ob sie es für ihn tat oder um sich selbst zu erden. Es spielte auch keine Rolle, denn er liebte sie so oder so dafür. »Sie war *immer* da. Egal an welchen Tag ich in den letzten vier Jahren zurückdenke, sie war da.«

»Und das ist genau, was sie will«, erklärte Owen. Er hatte die Knie an die Brust gezogen und sah unfassbar jung aus. »Sie lässt euch Dinge glauben, die nicht wahr sind, weil mein Vater es ihr so aufgetragen hat.«

Gibby schüttelte den Kopf. »Aber warum? Wenn er Nick und Seth aus dem Verkehr ziehen möchte, warum sagt er Patricia dann nicht einfach, dass sie ihnen ihre Kräfte nehmen soll? Warum führt er uns so an der Nase herum?« Dann: »*Davor, danach*. Ich bekomme diese zwei Wörter einfach nicht aus dem Kopf. Wieso?«

»Du hast sie von mir gehört«, krächzte Nick, während Seth einen gequälten Laut ausstieß. »*Vor* ihrem Tod und *nach* ihrem Tod.« Er sah sie kurz an, bevor er Owen mit zusammengekniffenen Augen fixierte. »Aber Gibby hat recht. Wozu der ganze Aufwand, wenn stimmt, was du behauptest? Das ergibt keinen Sinn.«

»Weil er Bürgermeister werden will«, antwortete Owen. »Warum euch eure Kräfte nehmen, wenn er euch genauso gut benutzen kann, um die Öffentlichkeit gegen Außergewöhnliche aufzubringen? Außerdem will er euch leiden sehen.«

Nick lehnte den Hinterkopf an Seths Schulter. Er wünschte sich nichts sehnlicher, als eine Woche lang zu schlafen. »Ich habe dir heute Vormittag ja erzählt, dass sie sich seltsam benimmt.« Er lachte, obwohl ihm überhaupt nicht danach zumute war. »Ich weiß nicht, Mann, aber sosehr ich Owen aus tiefstem Herzen hasse – und das tue ich wirklich ...«

»Danke, Nicky.«

»... würde es Burke verdammt ähnlich sehen, genau das zu tun.« Er rieb sich mit der Hand übers Gesicht. »Wenn du jemandem richtig wehtun willst, dann tust du es nicht offen, sondern indirekt. Du wühlst dich in sein Innerstes und zerfrisst es. Zumindest würde ich es so machen, wenn ich der Bösewicht in dieser Geschichte wäre.«

»Und wir sind unendlich dankbar dafür, dass du das nicht bist«, erklärte Jazz und tätschelte sein Knie. »Du wärst der perfekte Schurke, Nick. Und nein, das war nicht als Kompliment gemeint.«

»Gern geschehen, übrigens«, warf Owen ein. »Ich wette, ihr habt nicht damit gerechnet, dass ausgerechnet ich euch helfen würde. Vielleicht ist es doch nicht so schlimm, einer von den Guten zu sein.« Er klang äußerst zufrieden mit sich selbst.

»Wenn du darauf wartest, dass wir uns bei dir bedanken«, murmelte Seth, »müssen wir dich leider enttäuschen.«

»Jaja«, meinte Owen und lehnte sich gegen den Baumstamm in seinem Rücken. »Wenigstens bin ich durchgedrungen. Ich war mir nicht sicher, ob es klappen würde.« Er schloss die Augen. »Irgendwie lächerlich, dass ausgerechnet *Liebe* Patricias Macht über Nick brechen konnte.«

Nick richtete sich ein Stück auf, blieb aber zwischen Seths Beinen sitzen. Owen öffnete die Augen wieder und beobachtete ihn misstrauisch. »Warum zum Teufel sollte dein Vater den Tod meiner Mutter wollen, Owen?« Der Kloß in Nicks Hals schwoll wieder an, aber er biss sich durch. »Sie waren früher einmal befreundet.«

Owen seufzte. »Mein Vater betrachtet Menschen mit anderen Augen als du. Er sieht nicht, was sie füreinander tun können, sondern was sie für *ihn* tun können. Jenny sollte ihm helfen, noch weitere Außergewöhnliche für seine Armee zu erschaffen. Aber sie hat sich geweigert. Er hat ihr gedroht und gesagt, wenn sie ihm nicht hilft, würde sie es bereuen. Sie blieb trotzdem bei ihrem Nein. Und da sie ihm nicht helfen wollte, war sie ihm im Weg. Also hat er ...«

»Warum sollten wir dir glauben?«, fragte Jazz. »Du könntest das alles genauso gut im Auftrag deines Dads behaupten.«

»Vielleicht tue ich das ja«, antwortete Owen. »Vielleicht ist das alles Teil seines Plans, euch dazu zu bringen, dass ihr an euch selbst und aneinander zweifelt.« Er lachte bitter. »*Ich* würde es so machen, wenn ich jemanden zutiefst verletzen wollte. Aber ihr wisst, dass ich nicht lüge. Ob ihr es euch eingestehen wollt oder nicht, ein Teil von euch weiß, dass ich die Wahrheit sage. Stimmt's, Nicky?«

Bevor Nick etwas sagen konnte, entgegnete Seth: »Warum erzählst du uns das alles? Du hast doch gerade selbst behauptet, dass du es an seiner Stelle nicht anders machen würdest. Du hasst uns genauso, wie wir dich hassen. Warum lässt du deinen Vater nicht einfach machen?«

»Für dich sind die Dinge immer einfach«, blaffte Owen. »Schwarz und weiß. Die Guten und die Bösen, ohne Zwischentöne. Das war schon immer dein Problem, Seth. Man sollte meinen, nach allem, was du mit dem NCPD erlebt hast, würdest du allmählich merken, dass die Dinge in Wahrheit etwas komplizierter liegen.«

»Das liegt daran, dass wir die *Guten* sind«, erwiderte Seth kalt. »Und du nicht. Sehr viel klarer geht es nicht.«

Owen zeigte ihm den Mittelfinger, und Nick musste sich beherrschen, ihm nicht die Hand zu brechen. »Was auch immer dir hilft, abends besser einzuschlafen, Gray. Du bist so sehr damit beschäftigt, das Richtige zu tun, dass du nicht siehst, was direkt vor deinen Augen ist. Bei dir dreht sich alles nur um Nick. Er war der Grund, warum du Pyro Storm geworden bist.« Er verdrehte die Augen. »Und ich würde mein Leben darauf verwetten, dass du deinen Helm beim Abschlussball auch nur wegen ihm abgenommen hast. Niemand verdient eine so grenzenlose Hingabe, denn sie wird dir um die Ohren fliegen, wenn du es am wenigsten erwartest.«

»Wenn du glaubst, dass du jetzt Mitleid von uns bekommst«, begann Gibby, »dann kennst du uns weit weniger gut, als du denkst.«

Owen warf ihr einen finsteren Blick zu. »Als würde mich das einen feuchten Dreck interessieren. Ich ...« Er betrachtete seine Hände. »Was auch immer mein Dad mit mir gemacht hat, es hat mich verändert. Meine DNA. Ich wurde nicht als Außergewöhnlicher geboren. Ich hatte keine Superkräfte. Dann habe ich diese Pillen genommen und ab da konnte ich Schatten kontrollieren. Als ich nicht mehr an die Pillen rankam, dachte ich, das war's.« Er schnitt eine Grimasse, und die Schatten unterhalb des Baums begannen zu zittern. »Aber das stimmt nicht. Ich kann es immer noch.«

Owen hob eine Hand, und Gibby erschrak, als sich ein Schatten vom Boden löste und einen Moment lang als dünner, zuckender Tentakel in der Luft schwebte, um dann zurück ins Gras zu fallen, wo er wieder die Form der Äste und Blätter darüber annahm. »Aber ich bin nicht mehr so stark wie *früher. Ich kann meinen Vater nicht im Alleingang aufhalten.*«

»Du willst, dass wir dir *helfen*?«, fragte Nick ungläubig. »Warum zum Teufel sollten wir?«

Owen beugte sich vor. Das Funkeln in seinen Augen gefiel Nick gar nicht. »Du kennst den Grund, Nicky. Einzeln haben wir keine Chance gegen ihn, aber gemeinsam können wir ihn vielleicht aufhalten. Wie war das noch mal? Es ist besser, zusammenzustehen, als für sich allein ...«

»Ja«, sagte Jazz und hatte plötzlich eine Plastikgabel in der Hand. »An deiner Stelle würde ich diesen Satz lieber nicht zu Ende sprechen. Ich habe dein Blut geleckt und Lust auf mehr davon.«

»Die Nachricht!«, sagte Nick unvermittelt. *»Bis bald.«*

Owen grinste, und einen Moment lang konnte Nick den Jungen ihn ihm erkennen, der er einst gewesen war. Derjenige, der sich aus unerfindlichen Gründen zum Mittagessen zu ihnen gesetzt hatte. Hätte Nick damals nur gewusst, was er jetzt wusste.

»Du hast sie bekommen, oder? Ich war mir nicht sicher. Ich dachte, Patricia hätte sie vielleicht abgefangen.«

»Sie klang wie eine ziemlich klare Drohung«, murmelte Seth.

»Nun ja. Das sollte sie auch. Ich wollte euch alle umbringen. Das will ich immer noch, zumindest ein bisschen. Aber die Sache mit meinem Vater geht vor.« Owen blähte die Brust. »Prioritäten, nicht wahr? Ihr seid nicht die Einzigen, die etwas gelernt haben, seit wir uns das letzte Mal begegnet sind.«

»Und du erwartest, dass wir dir *vertrauen*?«, fragte Nick.

Jazz hüstelte, warf die Gabel in die Luft und fing sie, ohne hinzusehen, wieder auf. »Du musst uns für ziemlich dumm halten.«

Owen brach in schallendes Gelächter aus. »Oh, das tue ich! Ihr seid die Dümmsten überhaupt. Und Vertrauen, Nick? *Vertrauen?* Warum zum Teufel solltest ausgerechnet *du* mir vertrauen? Das wäre doch dumm, oder?«

Er wischte sich über die Augen. »War nicht so gemeint. Immerhin ist das Teil deines ... Charmes. Aber denk mal drüber nach: Wenn ich euren Tod gewollt hätte, hätte ich euch während der letzten Monate mehrmals umbringen können. Ihr hattet nicht die geringste Ahnung, dass ich euch die ganze Zeit beobachte.«

»Das hilft deiner Sache auch nicht weiter«, brummte Gibby.

Owen schnitt eine Grimasse. »Nun ja, was soll ich sagen? Alte Gewohnheiten lassen sich eben nur schwer ablegen.«

»Es klingt zu sehr nach einer Falle«, erklärte Seth. »Als würdest du uns genauso manipulieren, wie dein Vater und deine Stiefmutter es angeblich tun.«

»Ist das so?«, fragte Owen. »Okay, vielleicht braucht es tatsächlich ein bisschen Vertrauen. Nämlich darauf, dass ich euch nicht alle einfach umbringe.« Er legte sich feierlich eine Hand auf die Brust. »Ihr habt mein Wort, dass ich keinem von euch ein Haar krümmen werde. Das gilt auch für dich, Gibby, auch wenn du gar keine Haare hast.«

»Als würden wir darauf was geben«, erwiderte Jazz.

Seth stützte sich auf Nicks Schultern und stand mit knackenden Knien auf. Dann hielt er Nick die Hand hin, zog ihn auf die Beine und drückte kurz seine Hand, bevor er sich wieder Owen zuwandte, der die beiden aufmerksam beobachtete. »Wie viele noch?«

Owen blinzelte. »Was meinst du?«

»Wenn sie wirklich deine Stiefmutter ist und tatsächlich kann, was du behauptest, wie viele andere hat sie noch ›geheilt‹? Was kann sie noch außer Gestaltwandeln und Telekinese. Und Gedächtnismanipulation. Oh Mann, das klingt, als wären wir so oder so im Arsch.«

Owen nickte langsam. »Du bist schlauer, als ich es in Erinnerung habe, Gray, und ich weiß nicht, ob mir das gefällt.« Dann sagte er, ohne auf eine Erwiderung zu warten: »Noch drei andere, zumindest soweit ich weiß. Zwei davon kennst du.« Er legte eine dramatische Pause ein. »Christian und Christina Lewis.«

Gibby sah ihn stirnrunzelnd an. »Rauch und Eis?«

»Ja«, bestätigte Owen. »Dad hat Beziehungen. Er hat dafür gesorgt, dass Mom zu ihnen konnte, ohne dass jemand dabei war. Dann hat sie mit ihnen das Gleiche gemacht wie mit Eve. Und jetzt kann sie Eis und Rauch manipulieren. Aber wenn du mich fragst, sind Schatten tausendmal cooler als Rauch. Was für ein jämmerlicher Abklatsch.«

»Sie hat jetzt ihre Kräfte?«, flüsterte Nick und hatte das Gefühl, als würde der Boden unter seinen Füßen beben.

»Mit an Sicherheit grenzender Wahrscheinlichkeit«, bestätigte Owen. »Ich habe zwar keine Beweise dafür, aber warum hätte Dad sie sonst zu ihnen geschickt?«

»Wer ist der Dritte?«, fragte Seth.

»Keine Ahnung«, antwortete Owen fast ein wenig kleinlaut. »Ich kenne nur den Vornamen. Martin. Erinnerst du dich an das Interview, in dem mein Dad über Eve gesprochen hat? Er hat noch jemanden erwähnt, einen Mann in den Fünfzigern. Wenn er bei Eve gelogen hat, hat er wohl auch da gelogen. Ich meine, warum sollte er ihn erwähnen, wenn …«

»… wenn Patricia ihm nicht ebenfalls seine Kräfte genommen hätte«, flüsterte Jazz.

»Genau«, bestätigte Owen. »Aber ich weiß weder, was das für Kräfte waren, noch was sie damit anstellen kann.«

»Warum bei drei aufhören?«, fragte Gibby plötzlich. »Warum nicht dasselbe mit Seth machen? Miss Raten? Und mit Nick, auch wenn sie Telekinese bereits beherrscht? Warum hat Patricia ihnen ihre Kräfte nicht schon längst genommen und lässt sie denken, sie hätten nie welche gehabt?«

Owen blinzelte sie an. »Weißt du denn gar nichts über Kriegsführung?«

»Den Kurs muss ich irgendwie verpasst haben«, murmelte Jazz. »Ist das ein Wahlfach?«

Owen verdrehte die Augen. »Warum sollte er Patricia befehlen, jemandem wie Pyro Storm, den jeder kennt, seiner Kräfte zu berauben? Glaubst du nicht, dass es irgendwann auffallen würde, wenn er plötzlich keine Flammen mehr verschießen könnte? Selbst Leute, die Außergewöhnliche hassen, würden anfangen, Fragen zu stellen, die auf meinen Vater zurückfallen könnten. Dieses Risiko kann er nicht eingehen. Das muss er auch gar nicht, solange er euch herauslocken und wie eine Bedrohung aussehen lassen kann.« Er grinste. »Und ihr seid drauf reingefallen. Ihr habt in zehn Minuten mehr für seinen Wahlkampf getan als er in den letzten sechs Monaten. Wenn es das war, was ihr erreichen wolltet, dann herzlichen Glückwunsch.«

»Das erklärt aber immer noch nicht, warum Patricia es nicht zumindest versucht hat«, entgegnete Gibby. »Es würde die Dinge erheblich einfacher für sie machen.«

»Ich glaube nicht, dass sie das *kann*«, widersprach Owen. »Es ist wie ... wenn ein Blitz in eine Stromleitung einschlägt. Dann gibt es eine Überspannung im gesamten Netz, das dabei nicht selten zusammenbricht. Deshalb haben die meisten Häuser auch einen Überspannungsschutz. Ich glaube, bei ihr ist es genauso. Es gibt eine Grenze, wie viel sie verkraften kann. Ungeachtet ihrer Fähigkeiten sind Außergewöhnliche immer noch Menschen, und zu viel Energie auf einmal würde Patricias Körper schlicht überfordern.« Owen hob die Hände und legte die Fingerspitzen aneinander. »Ich glaube, wenn sie es übertreibt, dann ...« Er streckte seine Finger ruckartig.

»Bumm«, flüsterte Nick.

»Bumm«, bestätigte Owen. »Es würde sie zerreißen.«

»Woher weißt du das?«, fragte Gibby. »Hast du irgendwelche Beweise?«

Owen blinzelte unschuldig. »Mein Wort ist dir nicht genug? Wie schade.«

»Ich wette, dein Zäpfchen sieht toll aus«, zischte Jazz. »Ich kann es kaum erwarten, es herauszureißen und nachzusehen.«

»Zicke«, murmelte Owen. »Ja, ich *habe* Beweise. Nach Gibbys Abschlussfeier bin ich Patricia gefolgt. Sie hat mit meinem Vater telefoniert und nicht gemerkt, dass ich das Gespräch belausche. Als sie sich die Kräfte von Eis und Rauch einverleibt hat, wäre sie fast daran gestorben. Es war zu viel für ihren Körper. Dad wollte ihr einreden, dass alles nur ein unglücklicher Zufall war, aber sie hat darauf bestanden, dass sie erst eine ihrer Kräfte ablegen müsste, bevor sie sich eine neue aneignen kann. Dad war nicht sehr glücklich darüber, aber soweit ich es mitbekommen habe, hat er es akzeptiert. Warum sollte er das tun, wenn Patricia nicht die Wahrheit gesagt hat?«

»Und wieso tust du uns dann nicht den Gefallen und überlässt ihr *deine* Kräfte?«, fragte Jazz zurück. »Dann wären wir euch beide los.«

Owen lächelte gekünstelt. »Ach, Jazz. Ich wusste gar nicht, dass du dir so viel aus mir machst.«

»Tue ich auch nicht. Bleib schön hier. Wenn du dich auch nur einen Millimeter bewegst, wirst du bereuen, dass du je geboren wurdest.« Jazz stand auf und gab den anderen ein Zeichen, ihr zu folgen.

Nick stützte sich schwer auf Seth, während sich alle vier von dem Baum entfernten. Als sie außer Hörweite waren, blieben sie stehen und bildeten einen kleinen Kreis, die Köpfe eng beieinander, Schulter an Schulter.

Nick sprach als Erster: »Ich traue ihm nicht. Keiner von uns sollte das. Aber ihr müsst *mir* vertrauen.« Er atmete einmal tief durch und schloss die Augen. »Owen sagt die Wahrheit, wenigstens was meine Mutter betrifft. Wie es mit dem Rest aussieht, kann ich nicht sagen, aber jetzt erinnere ich mich wieder an alles. Bitte, glaubt mir.«

Nick spürte, wie Gibby ihm die Finger in den Nacken legte, während Jazz und Seth seine Hände nahmen. Er öffnete seine Augen wieder.

»Das tun wir«, sagte Gibby leise. »Unsere Erinnerung ist zwar nicht zurückgekehrt wie bei dir, aber wir vertrauen dir, Nicky. Das haben wir immer getan. Wir brauchen Owen nicht zu glauben, denn wir glauben *dir.*«

Nick erschauerte und versuchte erst gar nicht, die Träne aufzuhalten, die sich aus seinem Augenwinkel löste. »Sie ist tot«, flüsterte er. »Ich ... es tut so weh. Es ist, als hätte ich sie gerade zum zweiten Mal verloren.«

Jazz schniefte. »Das *hast* du. Und du musst dir erlauben, zu trauern.« Sie schüttelte den Kopf. »Ich kann nicht glauben, dass Burke zu so etwas ... Okay, ich *kann* es glauben. Ich habe nur nicht damit gerechnet. Und das macht es irgendwie noch schlimmer.«

»Wir müssen uns von ihr fernhalten«, erklärte Seth sichtlich beunruhigt. »Wir können nicht riskieren, dass sie uns noch mehr manipuliert, als sie es ohnehin schon getan hat.«

Gibby ließ Nicks Nacken los und richtete sich mit einem Seufzer wieder auf. »Es ist genau so, wie Nick nach dem Abschlussball gesagt hat, erinnert ihr euch? Wir sind allein. Niemand ist hier und kann uns helfen: unsere Eltern nicht, Miss Raten nicht, Chris nicht. Also, was tun wir?«

»Genau das Gegenteil von dem, was Owen möchte«, antwortete Jazz. »Er will unsere Hilfe, doch er klingt, als wäre er nur auf Rache aus. Aber so sind wir nicht. Wir tun niemandem weh, selbst wenn er es verdient hätte.«

Einen Moment lang wollte Nick sie anfahren, dass sie Blödsinn redete. Er *wollte* Menschen wehtun: Er wollte der Frau wehtun, die vorgab, seine Mutter zu sein. Er wollte Owen an die Kehle springen und ihn leiden sehen. Und wenn er damit fertig war, würde er sich Simon Burke vornehmen und ihn für all seine Verbrechen bezahlen lassen.

Der Gedanke an Rache war verführerisch, und Nick fragte sich, ob er der Verlockung nicht vielleicht erliegen würde, wenn er seine Freunde nicht hätte. Der Funke in seinem Kopf pulsierte, aber Nick gab ihm nicht nach. Der Funke kontrollierte ihn nicht. Er kontrollierte *ihn*.

»Vielleicht bleibt uns gar nichts anderes übrig«, sagte er widerwillig. »Ich sehe nicht, wie wir die beiden aufhalten wollen, *ohne* dass irgendjemand dabei zu Schaden kommt. Und mir ist es lieber, wenn es sie trifft, statt uns.«

Er überlegte kurz. »Aber wenn Owen tatsächlich recht hat, sind wir möglicherweise im Vorteil.«

»Wie meinst du das?«, fragte Seth.

»Meine Mutt...« Nein. »*Patricia Burke* hat schon jetzt alle Hände voll zu tun, und sie hat die Dinge nicht so gut unter Kontrolle, wie sie glaubt. Gibby ist der Beweis dafür.« Er bedachte sie mit einem stolzen Blick. »Ich weiß nicht, wie du es anstellst, dass du dich an manche Dinge erinnern kannst, aber das ist eine verdammt krasse Leistung.«

»Und ob es das ist«, bestätigte sie. »Deshalb nennt man mich auch Butch Fatale.«

»Oh mein Gott«, flüsterte Jazz. »Ich weiß, die Lage ist gerade superernst, aber das ist das Heißeste, was ich jemals gehört habe. Besorg dir ein Kostüm und sag das noch mal.«

Gibby zwinkerte ihr zu. »Bald, Babe, aber nicht jetzt. Und, ja, ich hätte da die ein oder andere Idee. Wie wär's mit ...«

»Prioritäten«, warf Nick ein und schaute kurz zu Owen hinüber, der sie amüsiert beobachtete. Er winkte, woraufhin Nick sich den gestreckten Zeigefinger über die Kehle zog und sich dann wieder seinen Freunden zuwandte. »Wir vertrauen Owen nicht. Wir vertrauen der Frau nicht, die so tut, als wäre sie meine Mutter. Und Simon Burke hat das

NCPD in der Tasche, also können wir auch nicht zur Polizei gehen.«

»Was ist mit deinem Dad?«, fragte Seth. »Vielleicht glaubt er dir, wenn du ihn einweihst.«

Nick wünschte, es wäre so. Er wünschte sich nichts mehr, als zu Aaron rennen zu können, damit der die Dinge wieder in Ordnung brachte. Der Gedanke, dass er Nick nicht glauben könnte, tat weh, aber er konnte es ihm nicht verübeln. Selbst in *Nicks* Kopf kämpften die Erinnerungen miteinander. Selbst jetzt.

»Ich weiß nicht«, erwiderte er schließlich. »Meinst du, dein Onkel und deine Tante würden uns glauben? Oder Jazz' und Gibbys Eltern? Was, wenn Patricia es mitbekommt und versucht, es gegen uns zu verwenden?« Allein der Gedanke ließ Nick erzittern. »Nein, in dieser Sache sind wir ganz auf uns allein gestellt. Wir müssen die anderen beschützen, aber auch uns selbst.« Er lachte bitter. »Und das bedeutet, dass wir genau das tun werden, wogegen wir seit Jahren ankämpfen: Dinge vor unseren Familien verheimlichen. Verdammt, ich bin so ein Heuchler.«

»Was bleibt uns schon für eine andere Wahl?«, fragte Jazz bedrückt.

»Trotzdem können wir nicht ewig so weitermachen«, warf Gibby ein. »Wir müssen irgendeinen Weg finden, zu ihnen durchzudringen.« Sie legte die Stirn in Falten. »Es läuft immer wieder auf dieselbe Person hinaus: Patricia Burke. Sie ist diejenige, die unsere Eltern kontrolliert.«

»Und uns«, rief Jazz ihr ins Gedächtnis. »Denn obwohl ich nicht mehr daran glaube, dass sie Nicks Mom ist, sagt mein Verstand mir etwas anderes.«

»Also, was tun wir?«, fragte Seth. »Sie konfrontieren? Sie ist verdammt stark, Leute. Wenn das, was Owen gesagt hat, stimmt, kann sie jetzt nicht nur Gegenstände mit Gedankenkraft bewegen, sondern auch noch Rauch und Eis kontrollieren. Ihre Gestalt verändern, nicht zu vergessen.«

»Und sie verfügt möglicherweise über noch eine Fähigkeit, wir wissen nur nicht, welche das ist«, gab Nick zu bedenken. »Das müssen wir herausfinden. Also müssen wir *den Mann* finden.«

»Aber wie?«, fragte Gibby. »Owen behauptet, er wäre daran gescheitert.«

»Richtig«, bestätigte Nick. »Aber wir haben etwas, das er nicht hat: dein Gehirn. Praktisch alle Systeme, mit denen wir arbeiten, hast *du* entwickelt. Wenn jemand diesen Kerl finden kann, dann du.«

Gibby schaute weg, offensichtlich geschmeichelt. »Wir müssen zurück zum Unterschlupf. Ich würde ja mein Handy benutzen, aber ich möchte nicht riskieren, dass jemand uns trackt, so wie Burke es mit Nick gemacht hat. Die Leuchtturm-App ist verschlüsselt, mit ihr können wir sicher kommunizieren.«

Apropos: Nick holte sein Telefon heraus, rief die App auf und tippte auf das Acht-Bit-Symbol, das für TK stand. Eine Karte erschien und zeigte, dass sie zu Hause war. Nick umklammerte das Handy so fest, dass er fürchtete, das Display könnte zerspringen.

Er sah wieder seine Freunde an. »Wir müssen uns aufteilen.« Als Seth den Kopf schüttelte, sagte er: »Nein, hört mir zuerst zu. Ich weiß, es ist gefährlich, aber wenn wir das durchziehen wollen, müssen wir all unsere Ressourcen nutzen. Jemand muss Patricia im Auge behalten für den Fall, dass sie das Haus verlässt. Das heißt, ich gehe mit Gibby zum Unterschlupf. Jazz, Seth, ihr geht zu mir und beobachtet das Haus. Aber bleibt auf jeden Fall auf Sicherheitsabstand zu Patricia. Sobald Gibby und ich fertig sind, stoßen wir zu euch.«

»Die Sache gefällt mir nicht«, murrte Seth.

»Ich weiß«, erwiderte Nick leise. »Aber was bleibt uns anderes übrig?«

Darauf wusste Seth keine Antwort.

»Und was machen wir mit *ihm*?«, fragte Gibby.

Alle drehten sich um und sahen Owen an. Der grinste breit, und Nick überlegte kurz, ihm den Baum auf den Kopf fallen zu lassen. Das hätte die Dinge wenigstens ein bisschen vereinfacht.

»Wir können ihn nicht einfach wieder laufen lassen«, antwortete Nick. »Wo wohnt er überhaupt? Ich würde mir fast wünschen, dass er auf der Straße schlafen muss, aber so ein Schwein bin ich auch wieder nicht.«

»Ich habe da eine Idee«, verkündete Jazz strahlend, was Owens Grinsen sogleich verblassen ließ. »Zeit für den ersten Einsatz unseres neuen Teammitglieds!«

Sie mussten nicht lange warten. Sie ignorierten Owens Frage, was sie vorhatten, und brachten ihn zu der viel befahrenen Straße gleich neben dem Park. Dort angekommen, stellten Gibby und Seth sich links und rechts von Owen und packten seine Arme, damit er nicht weglaufen konnte. Die Vorstellung, wie er in wilder Panik floh, gefiel Nick zwar, aber Jazz hatte eine weit bessere Idee gehabt.

»Wollt ihr mich vor einen Bus werfen?«, fragte Owen untypisch nervös. »Das wäre ein bisschen hart, selbst für eure Verhältnisse.«

»Stimmt!«, rief Nick. »Hervorragender Vorschlag. Tun wir's!«

Seth drehte sich hüstelnd weg, um sein Lachen zu verbergen.

Nick hob seufzend die Arme. »Jaja, ich weiß: Wir töten niemanden.«

»Aber ihr solltet es mal versuchen«, warf Owen ein. »Es könnte euch besser gefallen, als ihr ... Was zum Teufel ist *das*?«

»Das«, erklärte Nick freudig, »ist Matilda.«

Ein Lieferwagen mit einem Graffiti von einer üppigen Frau, die auf einem Seepferdchen ritt, kam mit quietschenden Reifen vor ihnen zum Stehen. Einen Moment später wurde das Fahrerfenster heruntergekurbelt und Burrito Jerry streckte den Kopf heraus.

»Habt ihr gerade eine Mitfahrgelegenheit bestellt?«, fragte er mit leuchtenden Augen, den Ellbogen auf die Tür gestützt. Er warf einen kurzen Blick auf sein Handy. »Jasmine Kensington? Den Namen habe ich schon mal gehört.« Dann sah er Gibby an. »Und dich kenne ich, Miss. Du bist schon mal mit mir gefahren, oder?«

»Hey, Burrito Jerry«, sagte Gibby mit einem Winken. »Schön, dich wiederzusehen.«

Nick trat an die Fahrertür. »Burrito Jerry, mein Name ist Nicholas Bell. Das letzte Mal, als wir uns begegnet sind, habe ich ein Kostüm getragen.«

Jerrys Gesicht erstrahlte. »Aber ja, richtig! Du sahst so was von cool aus, Mann! Ich habe euch zu dieser Wahlkampfkundgebung gebracht. Wie ist es da eigentlich gelaufen?«

»Schlecht«, antwortete Nick prompt. »Und die Dinge werden im Moment nur noch schlimmer.« Er atmete einmal tief durch. »Aber zuerst muss ich dir etwas verraten, das nur meine engsten Freunde und Verwandten wissen.«

»Nick«, meldete Seth sich zu Wort. »Du musst das nicht tun. Schon gleich gar nicht, wenn du noch nicht bereit dazu bist.«

Nick sah ihn über seine Schulter hinweg an. »Ich weiß. Aber wenn wir wollen, dass die Bürgerinnen und Bürger von Nova City uns vertrauen, müssen wir das Gleiche tun. Ich habe die Geheimniskrämerei satt.«

»Ich stehe hinter dir, Nicky«, erklärte Jazz.

»Ebenso«, sagte Gibby.

Seth machte einen Schritt auf Nick zu und nahm seine Hand. Dann musterte er ihn ernst, und als er in Nicks Gesicht fand, wonach er gesucht hatte, sagte er: »Es ist wie beim Coming-Out. Das hast du auch geschafft, also wirst du auch das hier schaffen.«

»Ohoho«, machte Burrito Jerry. »Klingt nach einer ernsten Sache. Nur raus damit, Nicholas Bell. Ich verspreche dir, ich werde dich nicht dafür verurteilen. Ist nicht meine Art. Leben und leben lassen, wie ich immer sage. Solange du dir nicht selbst wehtust oder anderen, die es nicht verdient haben, geht alles in Ordnung, finde ich.«

Nick machte einen tiefen Atemzug und blickte Burrito Jerry tief in die Augen. »Ich habe dieses Kostüm getragen, weil ich ein Außergewöhnlicher bin. Meine Superkraft ist Telekinese, und man nennt mich den Wächter. Es macht mir eine Scheißangst, dir das alles anzuvertrauen, aber wenn ich dich um Hilfe bitte, es ist dein gutes Recht zu erfahren, mit wem du dich einlässt.«

Burrito Jerry nickte bedächtig. Dann bedeutete er Seth und Nick, ein Stück zurückzutreten.

Sie taten es, Jerry öffnete die Tür und kletterte ächzend aus seinem Wagen, während hinter ihm die Burrito-Papierchen auf den Bürgersteig fielen. Er war ein groß gewachsener Kerl mit kräftigen Oberschenkeln und einem Bauch, der den Stoff seines T-Shirts beträchtlich spannte. Er musterte Nick von oben bis unten, dann streckte er die Hand aus.

Nick blinzelte ihn verwirrt an.

»Komm schon«, sagte Jerry und wackelte mit den Fingern. »Ich wollte schon immer mal einem echten Superhelden die Hand schütteln.«

Nick tat, worum er ihn gebeten hatte, und seine Hand verschwand fast in der von Burrito Jerry. Als Jerry fertig war mit Schütteln, sagte er: »Hab von dir gehört, Wächter. Du hängst mit diesem Feuer-Typen ab, oder?«

»Das bin ich«, warf Seth ein. »Pyro Storm.«

»Wow«, keuchte Jerry. »*Der* Pyro Storm? Wegen dir bekomme ich für den Rest meines Lebens kostenlos Burritos! Her damit, Kumpel.« Er schüttelte Seths Hand genauso eifrig wie die von Nick. »Ich kann nicht fassen, dass ich zwei leibhaftigen Außergewöhnlichen gegenüberstehe. Heiliger Strohsack, ist das abgefahren. Ihr wollt, dass ich euch helfe? Mann oh Mann, als ich heute Morgen aufgewacht bin, hatte ich schon so ein Gefühl, dass dieser Tag anders werden würde. Was soll ich tun?«

Das war ... einfacher gewesen, als Nick erwartet hatte. »Du *glaubst* mir?«

Jerry lachte. »Na ja. Warum auch nicht? Ist nicht gerade was, das man dem Nächstbesten auf die Nase bindet.«

Nick blinzelte gegen die Tränen in seinen Augen an. »Ich ...«

»Ist ja gut«, sagte Burrito Jerry wieder etwas sanfter. »Danke, dass du dich mir anvertraut hast. Ich kann mir gut vorstellen, wie viel Mumm es dazu braucht, Wächter. Und ich verspreche dir, ich werde dein Vertrauen nicht enttäuschen. Du kannst dich auf mich verlassen.«

Nick schniefte, und Seth drückte seine Hand. »Du bist der Beste, Burrito Jerry.«

Jerry blähte die Brust. »Findest du? Wenn jemand wie du das sagt, heißt das was, sollte ich meinen.« Er sah die anderen an. »Sind das auch Außergewöhnliche? Mist, das darf ich wahrscheinlich gar nicht fragen! Tut mir leid, Freunde, aber ich bin ein bisschen aufgeregt. Ich hoffe, ihr versteht das.«

»Das sind sie«, bestätigte Nick. »Auf ihre ganz eigene Art. Das hier ist Gibby.« Sie winkte. »Und Jazz.« Sie lächelte. »Sie gehören zu uns und halten uns in jeder Situation den Rücken frei.«

Jerry nickte ihnen zur Begrüßung zu, dann fiel sein Blick auf Owen. »Und wer ist der da?«, fragte er aus dem Mundwinkel, als wäre es so nicht hundertmal auffälliger. »Ich glaube, ich mag ihn nicht.«

»Ich dich auch nicht«, blaffte Owen. »Ich weiß ja nicht, was das hier werden soll, aber ...«

»Ein Idiot namens Owen«, antwortete Nick. »Er hat versucht, mich und meine Freunde umzubringen.«

Burrito Jerry funkelte Owen an. »Nicht cool, Junge. Wozu Menschen töten, wenn man viel schönere Dinge machen kann wie ein Buch lesen oder ins Museum gehen?«

»Wo habt ihr *den* denn gefunden?«, stöhnte Owen.

»Er wird dich ein bisschen in Nova City herumfahren«, erklärte Nick. »Ein bisschen *sehr*. Hast du immer noch das Gummiseil und das Bootstau im Wagen?«

»Yep! Sicherheit geht vor.«

Nick grinste.

Wie sich herausstellte, war Owen kein Fan davon, gefesselt in einen fensterlosen Lieferwagen geworfen zu werden, der auf den Namen Matilda hörte. Er wehrte sich, doch Nick und Seth hielten ihn fest, während Gibby und Jazz ihn an den Füßen fesselten, ihm seine Hände auf den Rücken banden und ihn bäuchlings auf die Rückbank legten. Als ein paar

Passanten stehen blieben und fragten, was sie da machten, erklärte Jerry ihnen, dass sie gerade einen Studentenfilm zu einem Thema drehten, das ihm sehr am Herzen lag: Vorsicht vor fremden Leuten.

»Das Projekt soll Kinder und Jugendliche davor warnen, sich zu Menschen, die sie nicht kennen, in einen fensterlosen Van zu setzen«, erläuterte Jerry einer Touristengruppe aus dem Mittleren Westen. Sie nickten, machten ein paar Fotos und gingen dann weiter ihres Weges.

»Ihr glaubt, das wird mich aufhalten?«, knurrte Owen außer sich. »Vergesst es!«

Nick beugte sich dicht an Owens Ohr. »Wenn du Burrito Jerry oder Matilda irgendwas tust, knöpfe ich mir dich persönlich vor. Du denkst, du kennst mich, Owen. Aber glaub mir, wenn ich dir sage, dass du noch nicht mal ansatzweise eine Vorstellung davon hast, wozu ich fähig bin. Wenn wir dir vertrauen sollen und du wirklich möchtest, dass wir dir helfen, tust du ab jetzt genau das, was Burrito Jerry dir sagt.«

»Dafür wirst du bezahlen«, zischte Owen. »Verlass dich drauf.«

»Leere Versprechungen«, erwiderte Nick, kletterte aus dem Wagen und schloss die Schiebetür mit so viel Schwung, wie er konnte.

Burrito Jerry nahm wieder auf dem Fahrersitz Platz und warf einen Blick nach hinten. »Ich hoffe, du magst ASMR und historische Erläuterungen zu jedem zweiten Gebäude am Straßenrand. Niemand kennt diese Stadt so gut wie ich. Aber bevor wir mit Burrito Jerrys magischer Tour durch Nova City beginnen, brauche ich noch deine Pronomen. Ich verwende er/ihm.«

Owen stöhnte gequält.

»Wir werden dich wissen lassen, wo du ihn absetzen sollst«, sagte Jazz. »Verlang so viel du willst und dann häng noch eine Null dran. Wenn er irgendwas versucht, kannst du uns gerne anrufen. Vor allem wenn Schatten im Spiel sind, die sich auf unnatürliche Weise bewegen.«

»Ich habe Pfefferspray, ein paar Nagetiere und ausreichend Snacks dabei«, erwiderte Jerry und klopfte auf die Fahrertür. »Ich glaube, wir kommen zurecht. Ciao, Kakao. *Mist.* Ich meine natürlich *Wächter.*«

Er trat aufs Gaspedal, schrammte beinahe gegen ein gerade vorbeifahrendes Taxi und brauste davon.

12

Sie erreichten das Sandsteinhaus der Grays ohne Zwischenfälle. Martha schien überrascht, sie zu sehen. Sie erklärten ihr, dass sie etwas am Computer im geheimen Unterschlupf aktualisieren mussten, um sich danach mit Jazz und Seth zu treffen. Martha stellte keine Fragen und ging zurück in die Küche.

Sie waren kaum im Keller, da lief Nick zur Schiebetür, zog sie auf und stellte seinen Rucksack daneben ab. Seths altes Pyro-Storm-Kostüm, das mit dem Cape, hing an einem Haken neben einem Regal voller Dinge, die Jazz und Gibby im letzten Frühjahr besorgt hatten: Nachtsichtgeräte, ein Geigerzähler, ein Hochleistungsfernglas. Gibby hatte sie alle auseinandergenommen und dann wieder zusammengebaut, um das, was sie dabei gelernt hatte, in die Kostüme von Nick und Seth einzubauen.

Gibby setzte sich an den Computer, ihre Finger flogen über die Tastatur, während Nick ihr über die Schulter schaute. Der Systemax war längst Geschichte und durch ein weit leistungsfähigeres Gerät mit drei Bildschirmen ersetzt worden, wobei der mittlere fast so groß war wie Nicks Fernseher. Das Wort LEUCHTTURM erschien darauf, darunter ein Feld für das Passwort. Während Gibby tippte, erklärte sie, sie müsse erst sicherstellen, dass niemand sich ins System gehackt hatte und nun alle ihre Aktivitäten verfolgte, so wie Burke es damals mit Nicks Telefon gemacht hatte. Diese Möglichkeit hatte Nick gar nicht in Betracht gezogen und wartete entsprechend nervös.

»Scheint alles in Ordnung zu sein«, sagte sie nach einer Weile. »Ich werde trotzdem den Tor Browser benutzen, nur zur Sicherheit. Der ist schwerer zu verfolgen.«

Der Bildschirm färbte sich hellgrün, und das Symbol einer Zwiebel erschien, darüber die Worte: GLÜCKWUNSCH! DEIN BROWSER IST FÜR TOR UND ANONYMES SURFEN IM INTERNET KONFIGURIERT.

»Das Namensverzeichnis, richtig?«, fragte Gibby.

Er nickte. »Das scheint mir der einfachste Weg zu sein. Und selbst wenn wir nichts finden, ist es zumindest ein Anfang.«

»Er könnte jeden Hinweis auf Martin gelöscht haben«, gab Gibby zu bedenken. »So wie er es bei Rauch und Eis gemacht hat. Wir konnten nach dem Abschlussball keinen einzigen Hinweis auf die beiden finden.«

»Ich weiß. Aber vielleicht haben wir ja Glück. Ich finde, wir hätten es verdient.«

Gibby rief die Website des Burke Tower auf. Ganz oben wehte ein buntes Banner mit den Stars and Stripes darauf, daneben prangte ein Bild von Simon Burke, der in seinem schwarzen Anzug und mit der roten Krawatte gefährlich gut aussah. Darunter stand: VIERTER-JULI-SPEKTAKEL! FEIERN SIE MIT UNS AMERIKA UND DIE ZUKUNFT VON NOVA CITY!

»Igitt«, kommentierte Nick. »Im Moment ist so viel los, dass ich den Nationalfeiertag glatt vergessen habe.«

Gibby klickte auf das Banner, und die nächste Seite erschien: Simon Burke plante, bei Sonnenuntergang vor dem

Burke Tower eine Wahlkampfrede zu halten, gefolgt von einem Feuerwerk, das als das größte in der ganzen Stadt angepriesen wurde.

»Wenigstens wissen wir jetzt, wo er sein wird«, kommentierte Gibby, navigierte zurück zur Startseite und scrollte dort bis ganz nach unten. »Burke Pharmaceuticals«, murmelte sie und klickte auf den Button. Ein Archivfoto von zwei Personen in weißen Laborkitteln und mit Schutzbrillen erschien. Die eine hielt ein mit einer blauen Flüssigkeit gefülltes Reagenzglas in die Höhe, die andere schaute, als befände sich in dem Reagenzglas die größte Erfindung der Menschheitsgeschichte. Darunter war ein weiterer Link mit der Aufschrift ÜBER UNS zu sehen.

Gibby klickte ihn an, als ihre Handys gleichzeitig klingelten. »Ich geh ran«, sagte Nick, zückte sein Telefon und rief die Leuchtturm-App auf. »Seth? Jazz? Seid ihr schon dort?«

»Ja«, antwortete Seth.

Nick stellte auf Lautsprecher und legte sein Handy neben die Tastatur.

»Wir stehen vor dem Haus. Ob jemand da ist, kann ich leider nicht sagen. Die Jalousien sind zu.«

»Laut App müsste sie zu Hause sein«, meldete Jazz sich mit knisternder Stimme zu Wort. »Habt ihr schon irgendwas rausgefunden?«

»Noch nicht«, antwortete Gibby. Auf dem Computerbildschirm war ein langes Namensverzeichnis samt Referenzen der Betreffenden zu sehen: Wissenschaftler, Doktorinnen, Labortechniker. »Ich führe gerade eine Namenssuche durch. Dauert noch einen Moment.«

Nick hielt den Atem an.

Kurz darauf schüttelte Gibby den Kopf. »Bei Burke Pharmaceuticals wird kein Martin erwähnt.«

»Überprüf auch das Hilfspersonal«, sagte Seth. »Die Gebäudereiniger, Hausmeister, Wachleute, irgendwas in der Art.«

»Schon dabei.« Gibby navigierte zur nächsten Seite mit dem nächsten Namensverzeichnis. Es dauerte volle fünf Minuten, bis sie sich schließlich mit einem Seufzen zurücklehnte. »Da ist auch nichts zu finden.«

»Scheiße«, murmelte Nick. »Es war zwar nicht sehr wahrscheinlich, trotzdem ...«

»... hätte ich gedacht, dass wir wenigstens einen Hinweis finden würden«, beendete Gibby den Satz für ihn.

»Warum suchst du nicht einfach nach Simon Burke in Kombination mit dem Namen Martin?«, schlug Jazz vor. »Falls es eine Verbindung zwischen den beiden gibt, taucht sie vielleicht irgendwo im Netz auf.«

Gibby und Nick blinzelten das auf laut gestellte Handy verdutzt an. »Jazz, du bist der Hammer«, flüsterte Gibby.

»Ich weiß«, erwiderte Jazz. »Aber danke für die Bestätigung.«

Gibby rief eine Suchmaschine auf und tippte SIMON BURKE MARTIN.

Ein Dutzend Links erschien, aber bevor Nick in Jubel ausbrechen konnte, wies Gibby ihn darauf hin, dass es sich dabei nur um Klatschseiten von Boulevardzeitungen handelte, die Fotos von Burke beim Martini trinken zeigten. Sie scrollte weiter nach unten, und Nick wurde unruhig. Nichts. Vielleicht hatte Owen den Namen falsch verstanden. Oder schlimmer noch: Er verarschte sie und schickte sie auf die Jagd nach einem Phantom.

Er wollte die Hoffnung schon aufgeben, da verkündete Gibby: »Warte, warte mal. Ich glaube, ich habe hier was.« Sie runzelte die Stirn und klickte auf einen weiteren Link. »Das ist ein Eintrag von ... *vor zwölf Jahren*. Von einem nicht mehr existierenden Blog. Die Seite wurde seit fast einem Jahrzehnt nicht mehr aktualisiert.«

Sie begann, laut vorzulesen: »Firmenanwälte gaben heute bekannt, dass Burke Pharmaceuticals sich mit Martin Underwood auf einen Vergleich geeinigt hat. Underwood war Wachmann im Burke Tower und hat Simon Burke letztes Jahr wegen unrechtmäßiger Kündigung verklagt. Die Einzelheiten des Vergleichs bleiben zwar geheim, aber es heißt, dass Burke einen hohen sechsstelligen Betrag gezahlt hat, um eine Gerichtsverhandlung zu vermeiden. Es sieht ganz so aus, als ob er ein Geheimnis hüten möchte. Was hat Simon Burke zu verbergen? Was weiß Martin Underwood über die Vorgänge im Burke Tower?«

»Das muss der Kerl sein«, keuchte Nick. »Oder?«

»Vielleicht«, flüsterte Gibby und las stumm weiter. »Er ... Okay, es wird nicht gesagt, warum er gefeuert wurde oder wie es danach weitergegangen ist. Mal sehen, ob dieser Underwood noch woanders auftaucht. Wenn das die richtige Person ist und er sich noch in Nova City aufhält, können wir vielleicht rausfinden, wo er wohnt.«

»Gute Arbeit«, meldete Seth sich zu Wort. »Nick, glaubst du, dass wir von der Rückseite des Hauses einen besseren Blick hätten?«

»Nur durch das Fenster an der Hintertür. Das hat keine Jalousie, die anderen schon.«

»Wartet«, sagte Gibby grimmig. »Ich habe ihn gefunden. Er ist tot.«

»Was?«, fuhr Nick auf. »Seit wann?« Er schaute auf den Bildschirm und sah, dass Gibby eine Todesanzeige aufgerufen hatte. Neben dem Text befand sich ein Foto von Martin Underwood, einem älteren weißen Mann mit einem ernsten Lächeln und tiefen Falten in seinem freundlichen Gesicht.

Die Anzeige war sehr kurz und enthielt außer dem Geburtsort und dem Todestag, der inzwischen fast fünf Jahre zurücklag, keine weiteren Angaben. Der einzige Hinweis auf die Todesursache lautete, dass Underwood *unerwartet* verstorben sei. Und in der letzten Zeile stand: *Mr. Underwood hinterlässt eine Tochter.*

»Vielleicht können wir sie ausfindig machen«, überlegte Nick. »Vielleicht weiß sie irgendwas. Das ist zwar nicht sehr wahrscheinlich, aber ich habe keine Ahnung, was wir sonst tun sollten. Wir wissen nicht mal, *wie* er gestorben ist.« Er sah sein Handy an. »Was meint ihr dazu, Leute?«

Keine Reaktion.

»Seth?«, fragte Nick. »Jazz?«

Nichts.

»Nick«, sagte Gibby eindringlich. »Sieh dir das an.«

Sie hatte einen Nachrichtenartikel aufgerufen. Nicht von Action News, sondern von einer anderen Seite. Er war kurz und darin stand, dass der Tod von Martin Underwood der Polizei Rätsel aufgab. Die Leiche war in seiner Wohnung in der East Side entdeckt worden, nachdem sich Nachbarn über einen unangenehmen Geruch auf dem Flur beschwert hatten. Laut dem Gerichtsmediziner lag der Todeszeitpunkt schon mindestens eine Woche zurück, als er gefunden wurde.

Was die Ermittler verwirrte, war jedoch nicht, wie lange es gedauert hatte, bis er gefunden worden war. Sondern die Tatsache, dass er *ertrunken* war. Seine Lungen waren voller Wasser, obwohl es keinerlei Anzeichen dafür gab, dass Underwood in irgendeiner Weise mit Wasser in Berührung gekommen wäre. Die Polizei ermittelte weiter.

»Wasser«, flüsterte Nick. »Mein Gott, Gibby. Was, wenn er Wasser manipulieren konnte? Was, wenn das seine Superkraft war?«

»Und Patricia Burke sie ihm genommen hat«, fasste Gibby zusammen. »Um sie dann ... gegen ihn zu verwenden? Sie hat ihn mit seinen eigenen Kräften ertränkt? Nick, das bedeutet, dass sie ...«

So weit ist es also gekommen, flüsterte eine fremde Stimme in Nicks Kopf.

Er blinzelte langsam, als wäre er in einem Traum gefangen.

Wir haben euch unterschätzt. Das passiert uns nicht noch einmal. Halte ihn auf. Jetzt.

»Gibby«, fragte Nick verwirrt, »hast du das eben auch gehört?«

Es kam keine Antwort.

Er schaute zu ihr hinunter.

Schweiß rann über Gibbys Gesicht, während sie sich mit beiden Händen am Tisch festklammerte und stammelte: »Ich ... kann es ... nicht stoppen. Es ... ist so ... laut.« Sie drehte Nick den Kopf zu, die Augen weit aufgerissen und voller Panik. »Sie ist ...«

Tu es. Halte ihn auf. Mit allen Mitteln.

Die Tür am oberen Ende der Kellertreppe ging quietschend auf. Die Stufen knarrten. »Nick, Gibby? Ich habe Kekse für euch. Jede Menge davon!«

Marthas Stimme.

Gibby krümmte sich über den Schreibtisch und hielt sich den Kopf.

Nick rannte zur Schiebetür. »Martha! Mit Gibby stimmt etwas nicht! Ich brauche Ihre ...«

Hilfe hatte er sagen wollen. Aber das Wort blieb ihm im Hals stecken, als er Martha mit einem großen Küchenmesser in der Hand auf der Treppe sah. Die Klinge schimmerte im Schein der nackten Glühbirne an der Decke.

»Kekse«, trällerte Martha. »Jede Menge!«

»Ähm«, machte Nick und trat einen Schritt zurück, als Martha das Ende der Treppe erreicht hatte. Ihre Augen waren leer, das Gesicht entrückt. »Das in Ihrer Hand sieht aber nicht nach Keksen aus.«

Dann stürzte Martha sich mit erhobenem Messer auf ihn. Nick geriet ins Taumeln, fing sich wieder, riss die Schiebetür zu und schrie auf, als das Messer sie durchschlug und die Spitze nur wenige Zentimeter vor seinem rechten Auge stehen blieb.

»Martha!«, brüllte er durch die Tür. »Was zum Teufel ist los mit Ihnen?«

»Das ist *ihr* Werk«, keuchte Gibby hinter ihm. »Nick, es ist Patricia Burke. Sie weiß Bescheid.«

»Ich habe mir mein Leben immer als romantische Komödie gewünscht, nicht als Horrorfilm!«, schrie Nick, als die Klinge hin und her wackelte, als versuchte Martha gerade, sie wieder herauszuziehen. Also riss er mit aller Kraft die Tür auf. Das Messer entwand sich Marthas Griff, fiel zu Boden und rutschte unter die Waschmaschine.

»Ha!«, krähte Nick. »Hast du das gesehen? Ziemlich gut, was?«

Für eine ältere Frau konnte Martha Gray erstaunlich gut zuschlagen. Nick erfuhr es am eigenen Leib, als ihre Faust gegen seine Wange krachte und ihn nach hinten schleuderte, dass er Sternchen sah. Noch bevor er sich erholen konnte, hatte Martha ihn mit beiden Händen am Hals gepackt und drückte zu.

Nick wehrte sich nach Leibeskräften, aber er wollte sie auf keinen Fall verletzen – schließlich war diese Frau Martha Gray, die ihn fast genauso sehr liebte, wie sie Seth liebte.

Der Funke in seinem Kopf pulsierte, und Nick röchelte: »Ich hoffe, Sie hassen mich nicht für das, was ich gleich tun werde.«

Die Luft um Nick herum begann zu flimmern, dann wurde Martha zurückgeschleudert, prallte gegen die Wand in ihrem Rücken und sackte zu Boden.

»Nick?«, fragte sie mit schwacher Stimme. »Was ... wie bin ich überhaupt hierhergekommen? Ich ...« Ihre Augen wurden trüb. »Kekse«, sagte sie. »Ich habe euch Kekse mitgebracht.« Sie drückte sich langsam an der Wand hoch. »Außerdem will ich sehen, wie du von *innen* aussiehst.« Dann stürzte sie sich mit zu Klauen verkrümmten Fingern auf ihn.

Gibby packte Nicks Hand und zog ihn um den Schreibtisch herum, der nun zwischen ihnen und Martha war.

»Wir müssen hier raus!«, rief Gibby, während Martha versuchte, sie über den Tisch hinweg zu packen. »Ich kann Patricia immer noch hören.«

Nick duckte sich unter einem weiteren Schlag von Seths Tante hindurch. »Aber wir können Martha nicht wehtun.«

»Ich weiß«, stieß Gibby hervor. »Nur gut, dass meine Freundin so reich ist.« Mit diesen Worten ließ sie Nicks Hand los und stieß den Tisch mit aller Kraft um. Der Tisch kippte auf Martha, Tastatur und Monitore prasselten auf sie herab wie eine Lawine und begruben sie unter sich. »Los!«

Sie sprangen über die am Boden liegende Martha, Nick schnappte sich im Laufen seinen Rucksack, dann stürmten sie die Treppe hinauf, während Martha ihnen hinterherbrüllte. Als sie das Erdgeschoss erreichten, schlugen sie die Tür hinter sich zu und schoben den Riegel vor.

»Falls ich es heute noch nicht gesagt haben sollte«, keuchte Nick, »ich *hasse* diese Burkes.«

»Dito«, erwiderte Gibby. »Komm. Ich weiß nicht, wie lange diese Tür sie aufhalten wird. Wir müssen hier raus, bevor Bob nach Hause kommt.« Sie liefen zur Haustür, während Gibby ihr Handy zückte und die App öffnete.

»Und?«, fragte Nick, blieb vor der Tür stehen und spähte durch das Glas nach draußen, um sicherzugehen, dass dort nicht weitere geliebte Menschen lauerten, die sie umbringen wollten.

»Nichts«, antwortete Gibby und steckte ihr Handy wieder weg. »Das ist nicht gut, Nick, denn ich spüre sie immer noch.«

Aber Nick nicht. Der Zugriff, den Patricia auf sein Bewusstsein gehabt hatte, war entweder verschwunden, oder sie hatte es schlicht aufgegeben. »Kommst du zurecht? Wenn nicht, solltest du besser hierbleiben. Das wäre sicherer für uns beide.«

Nick erschauerte bei dem Gedanken, dass auch noch Gibby sich auf ihn stürzen könnte. Denn er glaubte nicht, dass er eine Chance gegen sie hatte, ob mit oder ohne Superkräfte.

Gibby schüttelte den Kopf. »Alles gut. Ich weiß, dass sie in meinen Gedanken ist, aber ich hab's im Griff. Falls sich daran etwas ändert, lasse ich es dich wissen.«

»Das hoffe ich doch«, erwiderte Nick und schaute noch einmal nach draußen. Alles ruhig. Niemand lauerte ihnen auf. Er setzte den Rucksack ab, holte sein Kostüm heraus und reichte es Gibby. »Keine Kommentare zu meiner Unterwäsche«, sagte er und schüttelte sich die Schuhe von den Füßen.

Gibby verdrehte die Augen. »Wir haben jetzt keine Zeit zum ... Okay, wir *haben* die Zeit. Nick, jetzt mal ehrlich: Du bist *siebzehn*. Da trägt man keine Unterwäsche mit Cartoons darauf.«

»Cartoons? Bist du blind?! Das ist Comic-Art. Lies mal: *Blam! Pow!*« Er drehte sich herum, um es ihr zu zeigen.

»Ich kann deine Pofalte sehen.«

»Dafür haben wir jetzt keine Zeit!«, kreischte Nick, strampelte sich aus seinen Shorts und zog sich das T-Shirt über den Kopf.

»Trotzdem danke«, erwiderte Gibby und reichte ihm sein Kostüm.

»Wofür? Dass ich dich gerettet habe? Ich würde eher sagen, du hast mich gerettet, also ...«

»Nicht dafür«, widersprach Gibby und sah aufmerksam zu, wie Nick mit dem ersten Bein in sein Kostüm schlüpfte. »Ich habe gesehen, wie sich deine Eier in der Unterhose abgezeichnet haben, und weiß jetzt wieder, warum ich lesbisch bin.«

»Gibby!«

»Schrei mich nicht an. Ich habe das Thema schließlich nicht auf den Tisch gebracht.«

»Ich kann nichts dafür, dass sie so groß sind!«

Gibby legte den Kopf in den Nacken und starrte die Decke an. »Wann ist dieser Tag endlich vorbei?«

Als Nick mit dem Kostüm fertig war, setzte er seinen Helm auf, und der vertraute Schriftzug WILLKOMMEN, WÄCHTER erschien.

»Gehen wir«, sagte er. »Zeit, den Müll rauszubringen.«

Sie traten ins Freie, und der Wächter stöhnte. »Verdammt. Ich habe ganz vergessen, dass ich immer noch nicht fliegen kann. Wann ist dieser Tag endlich vorbei?«

»Burrito Jerry würde vierzig Minuten brauchen, bis er hier ist«, erklärte Gibby mit einem Blick auf ihr Telefon. »Diese Möglichkeit fällt also schon mal aus. Wenn wir jetzt losrennen, sind wir in einer Viertelstunde bei dir zu Hause.«

»Als ob ich noch einmal in meinem Leben rennen würde, wenn jemand zusieht. Aber ich mach das schon, vertrau mir. Sieh zu und lerne. Sie da, Sir! Ja, Sie, der gerade in sein Auto steigt. Dies ist ein Notfall, wir müssen leider Ihr Fahrzeug beschlagnahmen, um Leben zu ... Warum schreien Sie so? *Niemand* will Sie bestehlen! Bitte stecken Sie das Pfefferspray wieder weg, Sir. Und richten Sie es ja nicht auf mich. Wissen Sie nicht, wer ich bin? Okay, das klang jetzt vielleicht ein bisschen eingebildet. Jaja, schon gut, fahren Sie nur! Aber ich sage Ihnen: Weglaufen ist auch keine Lösung!«

Der Wächter drehte sich wieder um.

Gibby zog eine Augenbraue hob.

»Halt die Klappe«, brummte der Wächter. »Was jetzt?«

Gibby fischte ihr mittlerweile verknittertes Kopftuch aus der Hosentasche, band es sich ums Gesicht und bedeutete dem Wächter, sich umzudrehen.

»Ich fürchte, ich verstehe nicht ganz ...«, murmelte Nick und stöhnte, als Gibby auf seinen Rücken sprang und die Beine um seine Taille schlang. Dann legte er seine Hände unter ihre Oberschenkel, damit sie nicht gleich wieder herunterfiel, und zischte: »Was machst du da? Ich soll laufen *und* dich tragen? Vergiss es. Ich gebe auf, soll Burke von mir aus gewinnen.«

»Du bist ein verdammter *Außergewöhnlicher*«, schnauzte Gibby und bohrte ihm das Kinn in die Schulter. »Es ist Zeit, dass du dich auch wie einer verhältst. Dein Freund und meine Freundin sind in Gefahr. Die Menschen, die wir lieben, stehen unter der Kontrolle einer Schlampe und eines Bastards, und die einzigen Leute, denen wir vertrauen können, sind ein Mann, der Burritos umsonst bekommt, und eventuell noch dein durchgeknallter Ex-Freund. Willst du einfach abwarten und tatenlos zusehen, wie die Bösen den Sieg davontragen?«

Gibby hatte recht. Wie immer. »Auf keinen Fall.«

»Und, was tun wir also?«

»Die Bösewichte aufreißen und ihnen den Arsch stellen«, knurrte der Wächter. Dann: »Moment. Ich hab's vermasselt. Ich muss noch mal von vorne ...«

»Lauf!«, befahl Gibby. »Die Vorderseite von Seths Haus hoch aufs Dach, und von dort springst du dann von Gebäude zu Gebäude wie ein echter Superheld.«

»Äh, ich glaube, du überschätzt meine Fähigkeiten.«

»Tu es!«, brüllte Gibby und presste Nick die Fersen in die Flanken wie ein Cowgirl seinem Pferd.

Er wandte sich der Hausmauer in seinem Rücken zu, sein Herz pochte wie wild, aber sein Verstand war überraschend ruhig und seine Gedanken klar, statt sich endlos im Kreis zu drehen. Alles, was er hörte, war Gibbys Atem neben seinem Helm. Alles, was er spürte, war ihr Gewicht auf seinem Rücken, das ihn erdete und alle Unentschlossenheit von ihm abfallen ließ.

Der Funke in seinem Kopf erglomm.

Nick begrüßte die Wärme, die ihm entgegenschlug, und hielt sie fest.

Er handelte, ohne nachzudenken. Seine dünnen Oberschenkelmuskeln spannten sich, seine Lippen wurden zu einem entschlossenen Strich. Alles um ihn herum verschwand, es gab nur noch Gibby, nur noch den Wächter. Sein letzter bewusster Gedanke, bevor er lossprintete, war: *Bitte, lass es funktionieren.*

Drei Schritte, bevor er gegen die Mauer krachen würde, sprang er ab.

Doch er versuchte nicht, sich in die Höhe zu katapultieren wie ein Känguru, sondern stellte sich vor, wie die Luft unter ihm sich verfestigte, sodass er darauf laufen konnte.

Die Mauer kam immer näher, Nick *zog*, und der altbekannte, köstliche Schmerz fuhr in seinen Kopf, während der Funke darin mit einem Blitz übersprang.

Sein rechter Fuß traf mit einem Knistern und Knacken auf etwas, das sich beinahe wie eine Stufe anfühlte. Sie schwankte leicht, hielt aber stand, und Nick sagte: »Festhalten. Es könnte ein bisschen wacklig werden.«

»Toll«, murmelte Gibby. »Genau, was ich mir erhofft ...«

Dann schrie sie aus vollem Hals, als die Luft unter Nicks Füßen ihn mit der Geschwindigkeit eines Überschallaufzugs hochhob. Wind rauschte in seinen Ohren, die Mauer vor seinen Augen verschwamm, dann sprang er, landete auf dem schrägen Dach und krümmte die Zehen, um sich auf der Schräge festzukrallen. Was leider nicht klappte, weshalb er direkt weiterschlitterte, auf die gegenüberliegende Dachkante zu.

»Tu was!«, schrie Gibby ihm ins Ohr. »Großer Gott, tu was!«

Nick gehorchte. Kurz vor dem Abgrund sprang er noch einmal, schnellte hoch wie von einem Trampolin und segelte mit Gibby auf dem Rücken auf das Dach des Nachbarhauses zu. Er riskierte einen Blick nach unten, sah ihren unförmigen Schatten über den Boden jagen und johlte. Als sie landeten, nahm er allen Schwung mit und rannte einfach weiter, vertraute endlich auf seine eigenen Fähigkeiten.

Nick fühlte sich unendlich lebendig, während er sprang und sprang und sprang. Er verfehlte kein einziges Dach, und die Gebäude wurden immer höher, aber selbst das schreckte ihn nicht. Wenn überhaupt, stachelte es ihn nur noch mehr an. Er wünschte, sein Vater könnte ihn jetzt sehen. Er wünschte, alle seine *Feinde* könnten sehen, wer er geworden war: Er war der Außergewöhnliche namens der Wächter, und es war an der Zeit, allen zu zeigen, warum es ein entsetzlicher Fehler war, sich mit ihm anzulegen.

Sie landeten nur wenige Blocks von seinem Zuhause entfernt vor einem Café. Die Gäste auf der Terrasse beobachteten neugierig, wie Nick in die Hocke ging und Gibby sich mit zittrigen Knien von seinem Rücken gleiten ließ.

Nick wirbelte sofort zu ihr herum. »Das war *krass?!*«

»Das war es«, bestätigte Gibby tonlos. »Würdest du mir einen Gefallen tun und dich kurz zwischen mich und die Leute auf der Terrasse stellen?«

»Okay, wenn du meinst ...« Nick machte einen Schritt und versperrte den Gaffern die Sicht. »Gut so?«

»Jetzt geh einen Schritt zurück.«

Er tat es. »Ist es jetzt besser?«

»Viel. Danke.« Gibby schob das Tuch über ihrem Mund ein Stückchen hoch und kotzte ihm vor die Füße.

»Verdammt, Gibby!«, kreischte er, hob ein Bein nach dem anderen und versuchte, die kleinen Bröckchen abzuschütteln, die auf seine Stiefel gespritzt waren. »Warum tust du mir das an?«

»Höhenangst«, antwortete sie matt und wischte sich mit dem Handrücken über den Mund. »Ich habe eine scheiß Höhenangst.«

»Ach so. Deshalb also das ganze Geschrei. Tut mir leid, Gibby.« Er wandte sich wieder den Cafégästen zu und winkte. »Bürger, ich brauche einen Schluck Wasser für meine Freundin hier. Betrachten Sie es als eine gute Tat im Dienste unserer Stadt.«

Eine Frau erhob sich von ihrem Stuhl, nahm ihr beschlagenes Glas Eiswasser und reichte es ihm mit zitternder Hand.

»Danke«, sagte der Wächter. »Ich werde es Ihnen nicht vergessen.« Dann gab er Gibby das Glas, die es in einem Zug austrank. Als sie fertig war, schob sie ihr Tuch wieder über den Mund und reichte dem Wächter das leere Glas, der es zurück auf den Tisch stellte.

»Gehen wir«, sagte sie, dann eilten sie weiter, die bekannte Straße hinunter.

Die Schritte des Wächters gerieten kurz ins Stocken, als er die Menschenmenge sah, die sich auf der anderen Straßenseite seines Hauses versammelt hatte und auf etwas zeigte, was er nicht sehen konnte, da der Blick darauf von dicken Bäumen versperrt war. Und weil er es konnte, sprang er *über* ein Auto, anstatt darum herumzulaufen, wobei der Funke in seinem Kopf kaum pulsierte. Es fiel Nick jetzt leichter, die Kraft, die dem Funken innewohnte, zu nutzen. Sie war seins. Er hatte sie endlich im Griff.

Noch bevor er die Stelle erreicht hatte, sah er, worauf die Schaulustigen deuteten: Menschen standen wie erstarrt vor seinem Elternhaus, ihre Rücken steif, die Arme schlaff an den Seiten hängend, die Augen trüb.

Cap, Mary, Bob, Trey, Aysha, Jo, Miles, Chris, Mateo, Jazz.

Als wollten sie den Zugang zum Haus versperren. Nur Dad war nicht dabei. Wo steckte er?

Der Wächter kam schlitternd zum Stehen, da holte Gibby ihn ein und fragte: »Was machen diese ... Mom? Dad? Was tut *ihr* denn hier? Jazz?«

Keine Antwort. Sie alle starrten mit toten Augen vor sich hin, ohne etwas zu sehen. Trey zuckte leicht, als er die Stimme seiner Tochter hörte, aber das war auch schon alles. Gibby wollte zu ihm gehen, doch der Wächter packte sie am Arm und hielt sie zurück. »Nein«, sagte er. »Patricia hat sie in ihrem Bann. Sie sind ...«

»Pass auf!«, schrie Gibby und stieß ihn genau in dem Moment mit voller Kraft zur Seite, als ein Blitz durch die Luft zuckte und exakt dort ins Pflaster schlug, wo der Wächter eben noch gestanden hatte. Er überschlug sich einmal, zweimal und kam gerade noch rechtzeitig wieder auf die Beine, um zu sehen, wie Mateo seine immer noch vor Elektrizität knisternde Hand senkte.

»Es ist zu spät«, sagten die Zombies vor Nicks Elternhaus im Chor, ihre Stimmen leblos wie ein Friedhof. »Ihr könnt es nicht mehr aufhalten.«

Die Fenster hinter ihnen wurden von einem feurigen Gleißen erhellt, und drinnen schrie jemand, als würde er in Stücke gerissen.

Das Geräusch erschütterte den Wächter bis ins Mark, denn er kannte diese Stimme. Es war Seth, der da schrie. Der Junge von der Schaukel, der Nick trotz aller seiner Fehler – oder vielleicht gerade *wegen* ihnen – liebte. Der selbstloseste aller Menschen, der alle nur beschützen wollte.

»Du hast dich mit dem Falschen angelegt«, knurrte der Wächter und stürmte mit vollem Tempo auf das Haus zu, noch während Gibby seinen Namen rief.

Bob machte einen steifen Schritt nach vorn und stürzte sich mit ausgestreckten Händen auf ihn. Der Wächter duckte sich unter ihm hindurch, als würde Bob sich in Zeitlupe bewegen, kam wieder hoch und versetzte ihm einen Tritt in den Hintern, der ihn quer über die Straße schleuderte. Ohne innezuhalten, wich der Wächter Mary Caplans Faust aus, die auf seinen Kopf zuraste. Die Wucht ihres eigenen Schlages wirbelte sie herum, dann krümmte der Wächter die Finger und hob seine Hand. Mary schwebte auf, ihre Füße strampelten im luftleeren Raum, und ihre linke Sandale segelte davon.

Da grub ihm jemand von hinten die Finger in die Schultern.

Der Wächter dachte an seine Trainingseinheiten mit Seth, brüllte: »Rückwärtssalto des Chaos!«, griff nach den Händen auf seinem Rücken und beugte sich ruckartig nach vorn. Miles Kensington flog über ihn hinweg und prallte mit der immer noch schwebenden Mary zusammen. Sie landeten aufeinander und rissen dabei Chris von den Beinen, der sich aber sogleich wieder hochstemmte.

»Hinter dir!«, rief Gibby.

Der Wächter drehte sich um und sah, wie Jo und Mateo auf ihn zukamen. Er klatschte in die Hände und bewegte sie ruckartig wieder auseinander. Jo und Mateo flogen davon, der eine nach links, der andere nach rechts, und das so schnell, dass ihre Gesichter verschwammen.

Da sah er die nächste Angreiferin. Es war Jazz. Der Wächter flüsterte: »Bitte stich mich nicht mit einer Gabel oder deinem Schuh ab, wenn dir später alles wieder einfällt ...« Dann verschränkte er die Arme vor der Brust und streckte sie blitzartig. Ein Luftschwall schlug Jazz entgegen und stieß sie mit wehenden Haaren zurück.

Kräftige Hände schlossen sich um den Hals des Wächters und er wirbelte mit erhobener Faust herum.

Es war Cap.

Der Wächter zögerte.

»Cap«, sagte er, als die Hände zudrückten. »Cap, bitte tu es nicht!«

Aber der echte Cap war weit weg, und der Atem des Wächters begann, bedrohlich zu rasseln, als der Griff um seine Kehle immer fester wurde. Dann spürte er noch andere Hände auf sich, es waren so viele, sie packten ihn, zerrten an ihm und zogen ihn zu Boden. Ausdruckslose Gesichter starrten auf ihn herab, während ihm bereits schwarz vor Augen wurde und er Gibby aus der Ferne schreien hörte, dass sie ihn loslassen sollen. Irgendwo, noch weiter weg, ertönte das Geräusch eines überlasteten Motors und quietschender Reifen.

Aber der Funke im Kopf des Wächters war nicht erloschen. Er blähte sich auf, wurde größer, gewann an Masse. Er griff danach, und als seine Finger sich darum schlossen, begann sein ganzer Körper zu vibrieren.

Dann explodierte der Wächter.

Die Hände, die ihn gepackt hielten, fielen von ihm ab, und die Zombies vor seinem Haus wurden mit rudernden Armen und Beinen davongeschleudert. Dann blieben sie mitten in der Luft stehen und schwebten, während die Schatten auf dem Boden sich zu bewegen begannen. Der Wächter stand auf und sah, wie Mateo einen Arm in seine Richtung streckte. Blitze zuckten darüber und verdichteten sich in Mateos Hand zu einer gleißenden blauen Kugel.

Die Kugel schoss auf ihn zu.

Doch kurz bevor sie einschlug, erhoben sich die Schatten vor dem Wächter und verdichteten sich zu einer halb durchsichtigen, dunklen Wand. Die Kugel schlug dagegen und zerbarst in einem blauen Funkenregen, der auf das Haus niederging und kleine schwelende Löcher in die Holzverschalung brannte.

Der Wächter drehte den Kopf und sah Owen Burke mit ausgestreckten Armen auf der anderen Straßenseite stehen. Das Blut auf seiner Unterlippe war mittlerweile getrocknet, seine Stirn lag in tiefen Konzentrationsfalten, und sein Gesicht war schweißüberströmt. Hinter ihm stand Burrito Jerry gleich neben Gibby. Matilda parkte schräg auf dem Gehsteig, die Türen standen offen, der Motor bollerte im Leerlauf.

»Lauf ins Haus«, sagte Owen gepresst. »Ich kann sie nicht mehr lange halten.«

Der Wächter nickte, wirbelte herum und stürmte die Eingangstreppe hinauf. Die Linsen seines Helms verdunkelten sich wegen des grellen Lichts, das durch die Fenster blitzte, und er hörte seinen eigenen röchelnden Atem. Nick war müde, so verdammt müde. Er kämpfte sich durch, aber nur knapp, denn die Erschöpfung war überwältigend und drohte, ihn erneut zu Boden zu ziehen. Seit der Nacht des Abschlussballs hatte er nicht mehr so viel von seiner Telekinese eingesetzt, nicht in so kurzer Zeit.

Die Tür war nicht abgesperrt. Er stieß sie auf.

»Es ist gleich vorbei«, schlug ihm eine Stimme von drinnen entgegen. »Ich habe gesehen, was in deinem Kopf ist. Gib es mir, dann wird alles gut.«

Der Wächter betrat das Haus.

Rechts von ihm war die Küchentür. Das Wohnzimmer zu seiner Linken sah aus, als hätte eine Bombe eingeschlagen. Die Couch lag umgekippt auf der Seite, Dads Sessel war zerfetzt, Spiralfedern und Wolle ragten aus den Rissen. Die Ziegel neben dem Kamin sahen verbrannt aus, der Ruß darauf war so dick, dass er bereits abblätterte. Der Fernseher lag zertrümmert auf dem Boden.

Und dann sah Nick seinen Dad. Er saß auf Seth und hielt ihn fest. Sein Blick war leer, die Lippen schlaff. Ein Riss lief quer über den Rücken seines Anzugs. Seth wehrte sich kaum noch und gab verängstigte, schmerzverzerrte Laute von sich, während aus seinem Mund blasse, kraftlose Flammen züngelten.

Eine Frau kniete vor ihm und hielt seinen Kopf fest, sodass er ihn nicht bewegen konnte. Mit weit aufgerissenem

Mund beugte sie sich über ihn und atmete ein, als wollte sie Seths Feuer in sich aufsaugen.

Es war Jennifer Bell. Dann wackelte das Bild plötzlich und veränderte sich. Ihr Gesicht wurde älter, die Haare wurden länger und färbten sich schwarz. Die gebräunte Haut wurde blass und milchig. Ihre Nasenspitze bog sich nach oben, während die Augenbrauen dichter wurden und hinter den zurückgezogenen schmalen Lippen ihre kleinen Zähne aufblitzten.

Patricia Burke.

»Lass ihn«, knurrte der Wächter.

Patricia klappte den Mund zu und sah ihn mit zusammengekniffenen Augen an. Einen Moment lang wirkte sie tatsächlich ... *verängstigt*?

Es war nur kurz, doch Nick hatte es gesehen.

»Aaron«, sagte sie, aber nicht mit Patricias Stimme, sondern mit der von Nicks Mutter. »Halte ihn auf. Er will mir wehtun. Lass es nicht zu.«

Seth stöhnte, und seine Augen rollten nach hinten, während Patricia die Fingernägel in seine Wangen grub und Dad sich steif erhob.

Er wandte sich seinem Sohn zu.

Der Wächter legte die Hände an seinen Helm, nahm ihn ab und ließ ihn auf den Boden fallen. »Dad«, sagte er beschwörend und machte einen Schritt auf ihn zu. »Bitte, tu das nicht. Ich weiß, dass du da drin bist.«

Aaron blieb stehen, ein Ausdruck der Verwirrung huschte über sein Gesicht. Erst jetzt sah Nick den Elektroschocker in seiner Hand. Aaron hob die Waffe und richtete die beiden Elektroden auf Nick. Dads Arm zitterte, während er den Zeigefinger nach dem Abzug streckte.

Nick stürzte vor und packte Aaron am Handgelenk, der Elektroschocker war nur noch Zentimeter von seinem Gesicht entfernt. »Tu das nicht«, flehte er. »Wir beide, du und ich. Sie ist nicht real. Mom ist *tot*. Sie würde uns nie angreifen, *das weißt du*.«

Seth stöhnte erneut, aber Nick hielt den Blick fest auf seinen Vater gerichtet. Er verstärkte seinen Griff um Aarons Handgelenke. »Dad, *nein*«, flüsterte er.

»Dad, *doch*«, erwiderte Aaron wie automatisch. Sein ganzes Gesicht erzitterte, seine Kiefermuskeln zuckten, dann sog er scharf die Luft ein.

»K-Kleiner?«, stotterte er. *»Nicky?«*

»Ja, *ich* bin's«, keuchte Nick. »Sie hat dich unter Kontrolle, die ganze Zeit schon. Uns alle! Es war alles eine Lüge.«

»Tu es«, bellte Patricia Burke. »Bring ihn zum Schweigen, *jetzt*.«

Einen Moment lang befürchtete Nick, sein Vater würde gehorchen. In seinem Hinterkopf hörte er Trey sagen, dass selbst Shakespeare die Szene nicht besser hinbekommen hätte.

Da blinzelte Aaron heftig und sein Blick war wieder klar.

»Nicky, großer Gott, Nicky«, krächzte er, und Nick wurde in der Zeit zurückkatapultiert – zurück zu jenem Tag im Frühling, als ihre Welt in sich zusammengebrochen war und sie inmitten eines Trümmerhaufens zurückgelassen hatte. Aber sie hatten sich durchgekämpft, indem sie einander stützten und ihre Trauer genauso miteinander teilten wie ihre Kraft.

Dad entwand seine Hand keuchend aus Nicks Griff und legte ihm einen Arm um die Schulter. Dann drehten sie sich gemeinsam zu Patricia Burke um, die immer noch dabei war, Seths Feuer in sich aufzusaugen.

»Wir schaffen das, Kleiner«, sagte Aaron, hob den Elektroschocker und drückte auf den Abzug.

Er hatte gut gezielt, aber die Elektroden blieben wenige Zentimeter vor Patricias Brust stehen.

»Fast«, sagte sie mit einem Grinsen, dann drehten sich die knisternden Elektroden herum und zeigten plötzlich auf Nick und Aaron.

»Lass ihn fallen, Dad!«, schrie Nick. »Lass sofort den verdammten Elektroschocker …«

»Nicht heute«, knurrte Seth in diesem Moment und ballte die rechte Hand zur Faust. Flammen loderten aus seinen Fingern, da krachte die Faust gegen Patricias Kinn. Feuer schoss in alle Richtungen, und die Elektroden fielen zu Boden, während Patricia gegen die Wand geschleudert wurde.

Doch sie war kaum zu Boden gefallen, da sprang sie schon wieder auf und hob die Hände. Nick sah das vertraute Flimmern in der Luft, nur stärker, konzentrierter.

Oh Scheiße, dachte er, während Seth auf die Füße sprang und die Arme um ihn und Aaron schlang, um sie zu schützen. *Sie ist stärker als ich.*

Die Ziegel in der Mauer hinter ihnen knackten, und das ganze Haus bebte unter seinen Füßen, als die Wand nach außen explodierte und Patricia Burke in einer Wolke aus Putz und Mörtel ins Freie stürmte. Grelles Sonnenlicht fiel durch das Loch ins Wohnzimmer, dann war Patricia weg.

Lärm von draußen, Menschen schrien, und Nick bekam einen heftigen Hustenanfall. Er beugte sich vornüber, würgte an dem dicken Staub in seinem Mund, seiner Kehle. Dann spürte er, wie jemand ihn an der Hand packte und ins Freie zog. Auf der Veranda angekommen, blinzelte er gegen die plötzliche Helligkeit an und sank würgend auf die Knie. Ein dünner Sabberfaden hing ihm von der Unterlippe. Etwas Schweres drückte von oben gegen seinen Kopf und er geriet in Panik.

»Ganz ruhig«, flüsterte Dad ihm ins Ohr. »Ich bin's nur. Dein Helm, Nicky. Setz ihn wieder auf.«

Nick hörte auf, sich zu wehren, und Aaron schob ihm den Helm über den Kopf. Die Linsen blitzten auf, und aus den Augenwinkeln sah er, wie Seth nach Luft schnappend neben ihm zusammensackte, das Gesicht fleckig von Schweiß und Ziegelstaub.

Andere, so viele andere kamen, und führten Nick und Seth die Stufen zum Gehweg hinunter. Jazz. Gibby. Ihre Eltern. Mary und Cap. Bob. Chris. Mateo, der sich mit entsetztem Gesicht wortreich bei ihm entschuldigte. Und er hörte Sirenen in der Ferne, die immer lauter wurden.

Und Dad. Dad, der ihn immer noch fest umklammert hielt und nicht mehr losließ. Er hatte das Kinn auf Nicks Schulter gelegt, wiegte ihn hin und her und flüsterte mit erstickter Stimme, dass alles in Ordnung war, dass sie in Sicherheit waren: *Nicky, ich liebe dich, Junge, ich liebe dich so sehr.*

Nick erwiderte Dads Umklammerung, da sah er die Menschenmenge vor ihrem Haus. Sie war noch größer geworden, die meisten wirkten zutiefst verängstigt, was sie aber nicht daran hinderte, Seth, Aaron, den Wächter und das Loch in der Hauswand hinter ihnen zu filmen. Wenn Dad nicht an Nicks Helm gedacht hätte ...

Wäre das so schlimm gewesen?, überlegte Nick, während sein Dad auch Seth in die Umarmung zog.

Später. Darüber würde er sich später Gedanken machen. Seine Liebsten waren in Sicherheit, alles andere war unwichtig.

Zumindest im Moment.

»Ähem«, sagte jemand. Es war Burrito Jerry, der nervös auf dem Bürgersteig stand, während die Menschenmenge hinter ihm immer größer wurde. »Der Typ, den ich für euch entführt hatte, nun ja, er ist weg. Meine Schuld. Ich hoffe, ihr gebt mir trotzdem eine gute Bewertung. Aber es gibt auch gute Nachrichten: Matilda hat keinen einzigen Kratzer abbekommen.«

13

… wurde das Haus des ehemaligen Police Detective Aaron Bell im Verlauf eines »Zwischenfalls, an dem Außergewöhnliche beteiligt waren« – so die Formulierung einer anonymen Quelle im NCPD – beschädigt. Zwar wurden die Namen der Verantwortlichen noch nicht veröffentlicht, doch gingen am Freitag von Augenzeugen gemachte Videos viral, auf denen zu sehen ist, wie sich eine Menschenmenge einem Außergewöhnlichen in einem blau-weißen Kostüm entgegenstellt. Demselben Außergewöhnlichen, der vergangene Woche die Wahlkampfkundgebung von Bürgermeisterkandidat Simon Burke gestört hat. Der Betreffende scheint unter dem Namen »der Wächter« zu operieren – dem gleichen Namen, den auch ein selbst ernannter Gesetzeshüter verwendete, der in den frühen 2000ern die Straßen von Nova City unsicher gemacht hat, auch wenn noch unklar ist, ob es sich tatsächlich um dieselbe Person handelt.

Der diesen Frühling zurückgetretene, ehemalige Polizeichef Rodney Caplan war ebenfalls anwesend. Nach dem Zwischenfall warnte er im Gespräch mit Reportern vor verfrühten Rückschlüssen und sagte, der Schein könne trügen. »Wer die Wahrheit darüber wissen will, wer das Haus der Bells so zugerichtet hat, sollte mit Simon und Patricia Burke sprechen. Schönen Tag noch«, so seine Worte.

Zeugen behaupten außerdem, dass Owen Burke, Sohn von Simon und Patricia, gesehen wurde, auch wenn keines der gemachten Videos das belegt. Owen war einst als der Außergewöhnliche Shadow Star bekannt und hat den Tod dreier Menschen zu verantworten.

Zunächst veröffentlichte Rebecca Firestone, Pressesprecherin von Simon Burkes Wahlkampfbüro, eine Erklärung, in der es unter anderem heißt: »Mr. und Mrs. Burke sind zutiefst erleichtert, dass bei dem Angriff niemand verletzt wurde, bedauern allerdings die abfälligen Bemerkungen von Rodney Caplan. Die Burkes hatten nichts mit den Ereignissen zu tun und fordern ihren Sohn zum wiederholten Mal auf, das Richtige zu tun und sich zu stellen. Weitere Kommentare wird es zu diesem Zeitpunkt nicht geben.«

Vor dem sonntagmorgendlichen Gottesdienstbesuch sprachen die Burkes allerdings vor dem Burke Tower mit einer Gruppe von Reportern. Patricia Burke, die sich zum ersten Mal seit der Bekanntgabe von Simons Kandidatur öffentlich geäußert hat, sagte: »Die Tatsache, dass wir schon wieder beschuldigt werden, ist ein klares Zeichen dafür, dass Simons Botschaft an die Menschen in Nova City funktioniert. Allein die Behauptung, dass wir – *ich* – etwas damit zu tun gehabt hätten, ist ein trauriger Versuch, unseren guten Namen und die hervorragende Arbeit, die mein Mann für diese Stadt geleistet hat, in den Schmutz zu ziehen. Meine Gefühle sind bei allen, denen Owen Schmerz zugefügt hat. Ich trauere mit denen, die von seinen und den Handlungen anderer Außergewöhnlicher betroffen sind.«

Mr. Burke fügte hinzu: »Das ist nichts anderes als ein Versuch, mich zu verleumden und meine Bürgermeister-Kampagne zum Scheitern zu bringen. Das kann und werde ich nicht hinnehmen. Unsere Aufmerksamkeit sollte sich jetzt darauf richten, wie es zu diesem weiteren Vorfall kommen konnte, bei dem unschuldige Passanten durch Außergewöhnliche hätten verletzt werden können. Ich verspreche Ihnen hiermit feierlich, dass ich im Falle meiner Wahl alles in meiner Macht Stehende für die Sicherheit Ihrer Kinder tun werde. Als Zeichen des guten Willens biete ich außerdem an, für die Schäden am Haus von Aaron Bell aufzukommen. Wie eine alte Freundin von mir einmal sagte: ›Es ist besser zusammenzustehen, als für sich allein zu kämpfen.‹«

Eine neue Umfrage, die am späten Samstagabend veröffentlicht wurde, zeigt, dass Amtsinhaberin Stephanie Carlson ihren Rückstand auf Burke um drei Punkte verringern konnte. Das ist Burkes knappster Vorsprung seit Bekanntgabe seiner Kandidatur. Auf die Bitte nach einem Kommentar teilte das Büro der Bürgermeisterin lediglich mit: »Mrs. Carlson wird vom NCPD über die Lage auf dem Laufenden gehalten und wird die Ereignisse weiterhin beobachten.«

Alle Versuche, Personen, die während des Vorfalls identifiziert werden konnten, zu kontaktieren, verliefen leider erfolglos. Auch Klopfen an der beschädigten Haustür der Bells blieb das ganze Wochenende über unbeantwortet.

Es war Montagmorgen, Nick blinzelte die Decke im Gästezimmer im Haus der Kensingtons an. Jazz und ihre Eltern hatten ihm und Aaron versichert, sie könnten bleiben, solange sie wollten, während die Reparaturen bei ihnen zu Hause noch im Gange waren. Sie hätten schließlich genug Platz. Nick wusste, dass es sich um einen Freundschaftsdienst handelte. Aber er wusste auch, dass das Angebot zum Teil mit dem schlechten Gewissen zu tun hatte, das sie alle wegen der Ereignisse hatten – so unangebracht es auch war.

Nick drehte sich seufzend im Bett herum und vergrub das Gesicht im Kissen. Er wünschte sich nichts mehr, als wieder einzuschlafen, aber sein Gehirn lief bereits auf Hochtouren. Eine Million Gedanken gingen ihm gleichzeitig durch den Kopf. Er hatte erwartet, dass er sich vollkommen zerrissen fühlen würde, nachdem er seine Mutter zum zweiten Mal verloren hatte. Andererseits war sie gar nicht wirklich wieder da gewesen, oder? Nein, war sie nicht. Jennifer Bell war *tot*. Kalte Asche in der salzigen Meeresbrise, mehr nicht.

Er trauerte. Natürlich trauerte er. Aber es war nicht annähernd so schlimm wie damals, als aus *davor danach* geworden war.

Er war gerade wieder am Einschlafen, als es an der Tür klopfte. Er hob den Kopf und rief: »Ja, komm rein.«

Die Tür ging langsam auf. Dad stand auf der anderen Seite und sah in seinen zerknitterten Jeans und dem NCU-T-Shirt genauso ausgezehrt aus, wie Nick sich fühlte. Die dunklen Augenringe und die blasse Haut deuteten auf krassen Schlafmangel hin. Nick hatte seinen Dad seit zwei Tagen nicht mehr gesehen. Er war entweder bei Cap oder in ihrem Haus gewesen, um zusammen mit einem Bauunternehmer den Schaden zu begutachten, dessen Reparatur er bestimmt nicht von Burke bezahlen lassen würde, ganz egal was für ein Angebot der Scheißkerl ihm machte. Nick wusste, dass Aaron die Ereignisse erst einmal allein verarbeiten musste und früher oder später schon zu ihm kommen würde.

Was jetzt der Fall zu sein schien, Aarons geprügeltem Hundeblick nach zu urteilen. Nick spürte einen Stich im Herzen, schlug die Decke zurück und klopfte auf den leeren Platz neben sich im Bett. Dad schüttelte sich die Schuhe von den Füßen, schloss die Tür und legte sich seufzend neben seinen Sohn.

Nick zog die Bettdecke über sie beide und beschloss abzuwarten, auch wenn es ihm schwerfiel. Tausend Worte lagen ihm auf der Zunge, doch er schluckte sie alle hinunter. Er kannte seinen Dad besser als jeder andere: Aaron bereitete sich gerade auf etwas vor, und jede Unterbrechung wäre kontraproduktiv. Also begann Nick, in Gedanken zu zählen. Er war bei zweiundfünfzig angelangt, als sein Vater das Wort ergriff.

»Es ist alles meine Schuld«, sagte er und rieb sich das Gesicht.

»Was redest du da für einen ...«

»Kleiner«, unterbrach Aaron erschöpft. »Bitte lass mich zu Ende reden. Ich habe nicht vor, dir das Wort zu verbieten, aber du musst mich zuerst anhören, okay?«

»Okay«, flüsterte Nick und sah seinen Dad an. Wie gerne hätte er die Hand nach ihm ausgestreckt und ihn getröstet.

Dad nickte und leckte sich über die aufgesprungenen Lippen. »Ich hätte ...« Er schloss die Augen. »Ich hätte es wissen müssen. Dass etwas nicht gestimmt hat. Dass sie nicht die sein konnte, für die sie sich ausgegeben hat. Stattdessen habe ich sie einfach in unser Haus gebracht und ...« Er räusperte sich, und als er die Augen wieder öffnete, sah Nick, dass sie feucht waren.

»Du *konntest* es gar nicht wissen«, widersprach Nick scharf.

Der Zorn in seiner Stimme veranlasste Aaron, ihm den Kopf zuzudrehen. Eine Träne löste sich aus seinem Augenwinkel und lief ihm über die Wange.

»Außerdem warst es nicht nur du. Sie hat uns alle getäuscht. Niemand macht dir einen Vorwurf.«

Dad lachte bitter. »Das sollten sie aber. Hätte ich nicht ...«

»Du hast es ja nicht mit Absicht gemacht«, entgegnete Nick aus tiefstem Herzen. »Sie hat dich *benutzt*. So wie jeden von uns. Sie hat unsere Erinnerung gegen uns verwendet, unser Gedächtnis manipuliert und uns etwas glauben lassen, das nicht real war.«

»Aber ich *wollte* es«, flüsterte Dad. »Ich wollte es so sehr.« Seine Brust bebte. »Ich wollte, dass es echt ist. Dass sie wieder da ist, bei mir. Und bei dir. Was bin ich nur für ein Mensch?«

»Ein ganz normaler«, antwortete Nick prompt.

»Bloß fühle ich mich im Moment nicht so.«

»Ich weiß. Und ich wünschte, ich könnte etwas daran ändern, aber das kann ich nicht.« Nick drehte sich frustriert auf den Rücken, die Hände an den Seiten zu Fäusten geballt. Und weil der Mensch, der neben ihm lag, sein Vater war, gestand er: »Ich will ihnen *wehtun*. Ich will, dass sie *leiden*. Was bin *ich* dann erst für ein Mensch?«

»Ein ganz normaler«, erwiderte Dad, umfasste Nicks Hände und bog seine Finger auseinander.

»Bloß fühle ich mich im Moment nicht so.«

Aaron lachte wieder, aber diesmal klang es ein bisschen echter. »Wir sind wirklich ein gutes Gespann, wir zwei, was?«

»Sind wir«, stimmte Nick zu. »Und du hast mir geglaubt. Im Haus.«

»Es war schwer«, sagte Dad leise. »Ich habe nur ihre Stimme in meinem Kopf gehört, dass du ihr wehtun willst. Gleichzeitig habe ich mich selbst angeschrien, endlich aufzuwachen. Aber ich konnte nicht.«

»Und trotzdem hast du es geschafft.«

»Wegen dir, Kleiner.« Dad nahm Nicks Hände. »Deine Stimme ist durch den Sturm in meinem Innern gedrungen wie ...«

»... der Strahl eines Leuchtturms.«

Dad nickte. »Ja. Du warst das Einzige, das mir *echt* vorkam. Ich habe mich daran festgehalten und gemerkt, wie ich aufwache. Ich war wie in einem Albtraum gefangen ... Ich hatte noch nie in meinem Leben solche Angst.« Seine Lippen zitterten leicht. »Du hast mich gerettet, Kleiner. Schon wieder. Wie jedes Mal.«

Nick blinzelte. »Ich ...«

»Es ist wahr, Nicky. Ich weiß nicht, wo ich ohne dich wäre. Als sie ... gestorben ist, glaubte ich, es wäre das Ende der Welt. Das war es in gewisser Weise auch. Eine Katastrophe. Der Untergang. Und ich wäre beinahe selbst untergegangen. Aber das bin ich nicht, und zwar wegen dir.« Er schniefte, und Nick spürte, wie auch ihm die Tränen in die Augen stiegen. »Ich weiß nicht, womit ich das Glück verdient habe, dich zum Sohn zu haben, aber ich bin jeden Tag dankbar dafür, dass es dich gibt.«

»Dad«, flüsterte Nick.

Aaron schob seinen Arm unter Nicks Kopf hindurch und zog ihn an sich. Dann, nach kurzem Zögern: »Ich habe mit Seth gesprochen. Ich habe ihm gesagt, dass mir leidtut, was passiert ist. Dass ich verstehen kann, wenn er nicht in meiner Nähe sein will, aber dass sein Verhältnis zu dir nicht darunter leiden soll.«

»Wie hat er reagiert?«, fragte Nick. Er wusste es bereits, denn Seth hatte es ihm gesagt. Aber er wollte es von seinem Dad hören.

»Er hat gesagt, dass er mir keine Schuld an dem gibt, was in unserem Haus passiert ist. Und dass er weiß, dass er uns nur im Doppelpack haben kann.«

»Er ist ein guter Kerl«, erwiderte Nick und wischte sich die feuchten Wangen an Dads T-Shirt ab.

»Das ist er. Ihr beide erinnert mich an ... mich und deine Mutter. Ich hoffe, du wirst mit ihm erleben, was wir erlebt haben, denn egal wie es endete, es war gut. So verdammt gut. Vielleicht erlebst du es mit Seth, vielleicht auch mit jemand anderem, aber ich will es. Für *dich.*«

»Ich auch. Und ich glaube, es wird mit Seth sein.«

»Ja?«

»Ja. Wenn du ihn nicht irgendwann mit Bananen, Kondomen, Lecktüchern oder unseligen Klistier-Demonstrationen verscheuchst, glaube ich, werden wir zusammenbleiben.« Er funkelte Aaron an. »Was mich zur nächsten Frage bringt: Was zum Teufel stimmt eigentlich nicht mit dir?«

»Vieles«, antwortete Aaron. »Aber ich bereue nichts. Allein wie du geschaut hast, war es wert. Jedes einzelne Mal.« Er verzog den Mund, riss die Augen auf, so weit er konnte, und sagte mit hoher Stimme: *»Aber, Dad, du machst mich vor aller Augen lächerlich!«*

Nick bedachte ihn mit einem finsteren Blick. »So spreche ich nicht!«

»Oh doch, tust du. Es ist hinreißend.« Dann wurde Aarons Miene plötzlich ernst und seine Unterlippe begann zu zittern. »Hey, Kleiner?«

»Ja?«

»Ich glaube, ich weine gleich. Nur kurz, aber es muss einfach raus. Ist das okay?«

»Ist es«, antwortete Nick, und so hielten sie sich in den Armen, während die Morgensonne ins Zimmer strömte, und weinten. Wegen allem, was sie verloren hatten. Wegen allem, was sie gefunden hatten. Um *davor* und *danach.* Um eine Frau, die ihnen alles bedeutet hatte. Sie weinten wegen ihr und wegen sich selbst.

Aber nicht allein.

Später am Tag suchte Nick den einzigen anderen Ort auf, an dem er sich sicher fühlte. Er hielt den Kopf gesenkt, hatte seine

Baseballkappe tief ins Gesicht gezogen und trug eine übergroße Sonnenbrille mit rosa Glitzergestell, die er sich von Jazz geliehen hatte. Den Reportern, die vor dem Haus kampierten, entwischte er, indem er einen Seitenausgang benutzte. In dem Rucksack über seiner Schulter befand sich sein Kostüm.

Er beeilte sich, und als er am Ziel ankam, war sein Gesicht klatschnass und der Stoff seines T-Shirts unter den Rucksackgurten erst recht.

Er schlüpfte in eine Lücke zwischen zwei Häusern und sprang über den niedrigen Maschendrahtzaun, hinter dem der briefmarkengroße Garten der Grays lag.

Nick atmete einmal tief durch und klopfte an die Tür.

Er musste nicht lange warten, da wurden die Lamellen der Jalousie auseinandergedrückt, und Marthas vertrautes Gesicht erschien. Die Tür ging auf, sie zog ihn schnell nach drinnen und schloss die Tür sofort wieder. Nick bekam nicht einmal die Chance, etwas zu sagen, da hatte Martha ihm schon die Arme um den Hals geschlungen. »Es tut mir so unendlich leid«, flüsterte sie an seiner Schulter.

Nick tätschelte ihren Rücken. »Es war nicht Ihre Schuld. Sie wussten nicht mal, was Sie taten.«

»Trotzdem. Das Messer war *riesig*.«

»War es«, bestätigte Nick, als sie von ihm abließ und ihn von oben bis unten musterte, als suchte sie nach Verletzungen.

»Ich bin so froh, dass ich dich nicht erstochen habe«, sagte sie mit ernster Stimme – Nick hatte nicht damit gerechnet, diese Worte jemals aus dem Mund von Seths Tante zu hören, aber es waren seltsame Zeiten. »Das hätte ich mir nie verziehen.«

Er zuckte die Achseln. »Sie haben's versucht, aber dann habe ich Ihnen mit allem gebotenen Respekt den Hintern versohlt.« Er schnitt eine Grimasse. »Sorry, übrigens. Ich hoffe, Ihnen fehlt nichts.«

»Mir geht's gut«, erwiderte Martha und ging zur Spüle, wo noch das schmutzige Geschirr vom Frühstück aufgestapelt war. »Bob meint, dass die Leute uns glauben würden, wenn wir ihnen erzählen, was passiert ist. Ich wünschte, ich könnte das Gleiche von mir behaupten. Aber ich habe gesehen, wie sie reagiert haben, als Seth sich offenbart hat.« Sie schrubbte wütend einen Teller. »Jetzt halten sie ihn für *gefährlich*.«

»Er ist der Beste«, widersprach Nick mit fester Stimme. Sein Blick sprang zum Flur. »Geht es ihm wieder gut?«

Martha seufzte und drehte den Wasserhahn auf. »Wer weiß? Er ist ständig unten im Keller und prügelt auf den Sandsack ein. Du kennst ihn ja. Er sagt, ihm fehlt nichts, aber ... er war sehr still während der letzten zwei Tage. Ich habe keine Ahnung, was in seinem Kopf vorgeht.«

Nick auch nicht, wenn er ehrlich war. Er hatte seit Freitag nicht viel von Seth mitbekommen, ihr einziger Kontakt hatte aus Textnachrichten bestanden. Jazz hatte einmal mit ihm gesprochen, Gibby allerdings nicht. Die war mit ihren Eltern beschäftigt, die außer sich waren wegen des Vorfalls, und das zu Recht. Sie waren jedoch nicht wütend auf das Team Leuchtturm, wie Gibby ihnen versicherte, sondern auf die Burkes und die Polizisten, die versucht hatten, sie alle noch vor Nicks Haus zu verhaften. Was sie auch getan hätten, wenn Cap nicht dazwischengegangen wäre und verlangt hätte, den Einsatzleiter zu sprechen.

»Ich werde es schon aus ihm herausbekommen«, versprach Nick.

»Danke.« Ohne ihn anzusehen, fragte Martha: »Wie geht es deinem Dad?«

Dad hatte noch geschlafen, als er gegangen war. Nick hatte ihm eine Nachricht auf die Brust gelegt, wo er steckte. Dad brauchte seinen Schlaf, Nick hatte ihn nicht wecken wollen. Als sie mit ihrem Heulen fertig gewesen waren, hatte Dad gelächelt, dann waren ihm die Lider schwer geworden, und eine Sekunde später hatte er zu schnarchen begonnen.

»Er kommt zurecht«, antwortete Nick. »Es kann ein bisschen dauern, aber er hat es schon einmal geschafft und wird es auch dieses Mal schaffen. Er hat schließlich mich.«

»Ja, das hat er.« Martha hielt inne und betrachtete den Spülschaum auf ihren Händen. »Geh zu Seth. Rede mit ihm und versuch, ihn davon abzubringen, ständig auf irgendetwas einzuschlagen. Er wird sich sicher sehr freuen, dich zu sehen. Ich habe für Bob einen Termin beim Arzt ausgemacht. Sein Blutdruck ist so schon hoch genug und er wird nicht jünger. Vorsicht ist schließlich die Mutter der Porzellankiste.«

»Brauchen Sie meine Hilfe beim Rausgehen?«, fragte Nick, auch wenn er es kaum erwarten konnte, Seth zu sehen.

Martha schüttelte den Kopf. »Wir nehmen die Hintertür. Falls es Schwierigkeiten gibt, rufe ich.«

Er nickte und ging Richtung Flur, blieb aber noch mal stehen. Martha stand immer noch an der Spüle, die Schultern gestrafft, und erledigte den restlichen Abwasch. »Martha?«

Sie drehte ihm den Kopf zu.

»Sie sind toll.«

Und, oh, wie sie da strahlte. »Du auch, Nicky«, sagte sie. »Und jetzt raus aus meiner Küche.«

»Ja, Ma'am«, erwiderte er und verschwand.

Sobald er die Kellertür geöffnet hatte, konnte er deutlich hören, wie hart Seth auf den Sandsack eindrosch – dumpfe Schläge, unterbrochen von schwerem Keuchen. Wahrscheinlich machte er das schon eine ganze Weile, und Nick bekam Zweifel, ob er wirklich willkommen war. Manchmal musste Seth die Dinge mit sich selbst ausmachen.

Andererseits war es kein Überraschungsbesuch. Seth hatte Ja zu Nicks Vorschlag gesagt.

Er erreichte das Ende der Treppe und hatte schon eine Begrüßung auf der Zunge, doch seine Worte starben einen blitzartigen Tod, als er den Anblick sah, der sich ihm bot: Seth trug nichts weiter als schwarze Netzshorts. Seine Rückenmuskeln wölbten sich unter einem Schweißfilm, und die dicken Adern an seinen Unterarmen pulsierten, während er auf den Sack einschlug, links-rechts, links-rechts-links, rechtslinks. Seine nassen Locken wippten bei jeder Bewegung auf und ab, und alles, was Nick zu dem Anblick einfiel, war so schmutzig, dass er es lieber für sich behielt.

Also machte er so viel Lärm, wie er konnte, um Seth über sein Kommen zu informieren. Er warf seinen Rucksack auf den rissigen Zementboden, ließ sich auf den Trockner plumpsen, wo Seth sein Handtuch und das Wasser hingelegt hatte, und baumelte mit den Füßen gegen das metallene Gehäuse.

Seth achtete nicht auf ihn, machte einen Satz nach hinten und verpasste dem Sandsack mit dem nackten Fuß einen Drehkick, dass es nur so krachte. So ging es noch einige Minuten weiter, bis Seth endlich genug hatte und seine Arme und Beine ausschüttelte. Nick hielt ihm das Handtuch hin, Seth nahm es und trocknete sich Gesicht und Brust, die Arme und den Rücken. Der Anblick war so lasziv, dass Nick all seine Selbstbeherrschung aufbringen musste, um sich nicht sofort auf ihn zu stürzen.

Er räusperte sich und fragte: »Geht es dir wieder besser?«

»Das weiß ich selbst nicht.«

»Sollen wir darüber reden?« Nick, großmütig wie immer. Ihm fielen viele Dinge ein, die er lieber getan hätte als zu reden, aber so war das Leben eines hormongesteuerten Teenagers nun mal. So gut wie alles törnte ihn an: Seth, halbnackte Kerle auf Unterwäscheverpackungen, Bigfoot (eine lange Geschichte; je weniger darüber gesagt wird, desto besser).

»Es ist komisch«, sprach Seth weiter und legte sich das Handtuch um den Nacken. Er runzelte die Stirn und blickte zu Boden. »Ich habe mich gefragt, wie mein Leben aussehen würde, wenn ich nicht der wäre, der ich bin. Wenn ich keine Superkräfte hätte. Wenn ich nicht Pyro Storm wäre, sondern normal wie alle anderen.«

»Okay«, erwiderte Nick bedächtig. »Das hast du schon mal gesagt.«

»Stimmt. Und es gab eine Zeit, in der ich mir nicht mehr sicher war, ob ich überhaupt Pyro Storm sein wollte. Wahrscheinlich frage ich mich das immer noch, ab und zu. Mein Kostüm an den Nagel hängen und die reinkommenden Hilferufe einfach ignorieren. Warum allen helfen? Warum ausgerechnet *ich*?«

»Weil irgendjemand es tun muss?« Sie waren schon einmal an diesem Punkt gewesen, aber diesmal fühlte es sich irgendwie anders an.

Seth zuckte zusammen und sah Nick zum ersten Mal an, seit er hereingekommen war. »Ja, ich weiß. Trotzdem: Warum ich? Warum *wir*? Wir haben so viel getan, so viel durchgemacht, und wofür? Damit es uns jedes Mal um die Ohren fliegt? Dass man uns behandelt, als wären *wir* der Feind?«

Er schüttelte den Kopf. »Ich hasse es. Ich will es nicht, aber ich tue es trotzdem. Ich hasse es, wenn die Leute uns wie Dreck behandeln. Egal was wir tun, egal wie viele Menschen wir retten, sie finden immer einen Grund, uns die Schuld an irgendwas zu geben.«

Nick packte die Enden von Seths Handtuch und zog ihn zu sich. Er kam bereitwillig, stellte sich zwischen Nicks Beine, legte die Hände auf seine Oberschenkel und strich mit dem kleinen Finger über die nackte Haut unter Nicks Shorts, was ihn innerlich erzittern ließ. Er ignorierte das Gefühl, zumindest für den Moment. Seth brauchte jetzt seine ungeteilte Aufmerksamkeit. Was Nick wahrscheinlich leichter gefallen wäre, wenn Seth ein Hemd angezogen hätte (oder noch besser: einen Taucheranzug), aber Nick war fest entschlossen, sich nicht ablenken zu lassen. Größtenteils.

»Würdest du irgendwas an deinem Leben ändern, wenn du könntest?«, fragte er.

Seth zögerte einen Moment. Dann: »Nein. Nicht mehr. Als Patricia ... Als sie versucht hat, mir meine Kräfte zu rauben, habe ich mich gefühlt wie in einem Nebel. Ich wollte nachgeben, wollte sie einfach gewähren lassen, und das nicht nur, weil sie mich in diese Richtung manipuliert hat. Ich *wollte*, dass sie sich ab jetzt um all den Kram kümmern muss und ich ein stinknormales Leben führen kann.«

Nick lief ein Schauer über den Rücken. »Aber du hast dem Wunsch nicht nachgegeben, sondern dagegen angekämpft.«

»Das habe ich«, bestätigte Seth. »Wenn du nicht aufgetaucht wärst, hätte es vielleicht nicht gereicht, aber dann warst du plötzlich da, und ich konnte dich durch den Nebel hindurch hören. Das hat mir geholfen, mich daran zu erinnern, was wirklich zählt. Und damit meine ich nicht nur dich. Ich meine auch meine Tante. Meinen Onkel. Und alles, was sie für mich getan haben, wie sie mir geholfen haben, ich selbst zu sein ... Ich glaube, ich vergesse manchmal, dass ich nicht der Einzige bin, der mit dem Tod meiner Eltern jemanden verloren hat. Sie haben genauso viel verloren, und dann haben sie mich aufgenommen, mir ein Zuhause gegeben und mich geliebt. Und wie vergelte ich es ihnen?«

Seth lachte bitter, trat einen Schritt von Nick zurück und breitete die Arme aus. »In gewisser Hinsicht hat Patricia Burke mir einen Gefallen getan, auch wenn es nicht ihre Absicht war.«

Flammen züngelten aus seinen Handflächen und rollten sich zu kleinen, knisternden Kugeln zusammen. Die Hitze, die von ihnen ausging, machte die Luft noch stickiger. Dann rollten die Feuerkugeln Seths Arme hinauf, über die Schultern und wieder zurück zu den Händen. Als sie dort ankamen, schloss Seth die Finger und löschte sie. Zurück blieben nur ein paar dünne graue Rauchschwaden in der Luft. »Die Burkes glauben, sie könnten sich alles nehmen, was sie wollen. Aber sie täuschen sich.«

»Das klingt, als wärst du zu einer Entscheidung gekommen.« Nick wusste nicht, ob das gut war oder schlecht, aber er vertraute darauf, dass Seth schon wissen würde, was das Beste für ihn war.

»Bin ich«, bestätigte Seth. »Ich bin mir so sicher wie schon lange nicht mehr.« Er schüttelte den Kopf. »Wir können es nicht allen recht machen, und es gibt Leute, die uns sogar das Existenzrecht absprechen. Trotzdem werde ich weiterhin alle beschützen, die mich darum bitten.«

»Dann bist du ein besserer Mensch als ich«, warf Nick ein.

»Vielleicht, vielleicht auch nicht. Ich wünschte, ich hätte eine Lösung für all diese Fragen, aber die habe ich nicht. Das Beste, was ich und wir tun können, ist, alles zu geben, damit niemand anderer je so leiden muss wie wir.«

»Nur dass das nicht möglich ist. Irgendjemand wird immer leiden müssen, egal was wir tun.«

Seth blinzelte. »Das ist ... Hm, ich schätze, du hast recht.« Dann: »Es tut mir leid.«

»Was denn?«

Seth stellte sich wieder zwischen Nicks Beine und stemmte die Hände in die Hüften. »Das mit deiner Mom, Nicky. Es tut mir so leid, dass du das alles noch einmal durchmachen musstest.«

Nick schluckte den Kloß in seinem Hals hinunter und sah weg. »Es war richtig scheiße.« Das war zwar noch untertrieben, aber es drückte ungefähr aus, wie er sich fühlte. Eigentlich war Nick nie um Worte verlegen. Sein Mund (und sein Gehirn) waren immer in Bewegung. Doch jetzt ließen sie ihn im Stich, und so konnte er nur wiederholen: »Es war scheiße.«

»Wie geht's deinem Dad eigentlich?«

Nick lachte rasselnd. »Er ist ... traurig. Nicht so wie früher, nachdem sie ... Du weißt schon. Aber das hier war nicht nur irgendein Schurke, der uns umbringen wollte. Es war mehr als das.«

»Es war grausam«, sagte Seth leise.

»Genau. Und langsam wird mir klar, dass es genau darum geht: um Grausamkeit. Owen hat gesagt, dass Burke meine Mom damals ...« Seine Brust zog sich schmerzhaft zusammen, und er konnte nicht weitersprechen.

»Ich weiß.« Seth nahm Nicks Gesicht zwischen die Hände und streichelte mit den Daumen über seine Wangen. »Hast du es deinem Dad schon gesagt?«

»Nein«, antwortete Nick heiser. »Und ich hasse, wie ich mich seitdem fühle. Ich will ihn *umbringen*, Seth. Ich will mir Burke schnappen und ihm all die Schmerzen heimzahlen, die er uns zugefügt hat. Und selbst das würde noch nicht reichen.« Er verdrehte die Augen, verärgert über sich selbst.

»Und würde es dir danach besser gehen?«

Nick zögerte. »Eine Weile vielleicht. Aber ich weiß, sobald das Gefühl nachlässt, wäre ich wieder genauso wütend wie vorher.«

»Das ist der Unterschied zwischen uns und ihnen«, kommentierte Seth. »Und der Grund, warum wir tun, was wir tun. Wir sind nicht auf Zerstörung aus. Weil sie nichts bringt. Wenn nichts mehr da ist, was man niederbrennen kann, was bleibt dann noch?«

»Asche«, flüsterte Nick.

Er dachte an das Meer, an den Leuchtturm in der Ferne. An zwei trauernde Menschen, die sich an einer leeren Plastiktüte festklammerten, in der sich die Überreste einer Frau befunden hatten, die so voller Licht gewesen war, strahlend wie die Sonne.

»Aber so sind wir nicht«, sagte Seth. »Und deshalb sind wir besser als Menschen wie Burke, Patricia oder Owen und werden es auch immer sein.«

Nick betrachtete Seths Hände, die immer noch auf seinen Oberschenkeln lagen. »Ich will ...«

Ja, was wollte er? Er wusste nicht, was morgen sein würde, aber das hier war das Hier und Jetzt. Er war am Leben, Seth war am Leben, und Nick hatte das Warten satt. Er wollte sich in Sicherheit fühlen, geliebt, und sei es nur in diesem einen Moment. Und deshalb flüsterte er: »Ich will *dich.*«

Seth zuckte zusammen, aber nur kurz, dann musterte er Nick nachdenklich. Nick glaubte, so etwas wie Feuer in Seths Augen aufblitzen zu sehen, und die Kälte in ihm verflog. »Meinst du damit, was ich glaube, dass du meinst?«

Ein sofortiger Schweißausbruch. »J-Ja?«

»Du musst dir ganz sicher sein, Nick.«

»Ich habe keine Lecktücher dabei«, platzte Nick panisch heraus. »Und ich habe das Klistier nicht benutzt. Was, wenn du einen Fäkalpenis bekommst?«

Seth verzog das Gesicht. »An deiner Verführungstechnik musst du noch arbeiten.«

»*Ich* habe eine Verführungstechnik? In der *Cosmo* stand, ich wäre noch nicht so weit! Was für Unwahrheiten haben die mir sonst noch untergejubelt?«

»Oh Mann«, stöhnte Seth. »Von dem Thema würde ich lieber die Finger lassen.«

»Aber nicht von mir«, sagte Nick schnell. »Wenn du willst. Aber nur, *wenn* du willst. Nur weil ich bereit bin, heißt das nicht, dass du es auch sein musst. Einverständnis ist wichtig, doch nur weil du spontan einverstanden warst, muss das ja nicht so bleiben. Weißt du was? Warum machen wir nicht einfach ...«

»Nick.«

Er ließ erleichtert die Luft ab. »Oh mein Gott, was ist nur mit mir los? Ich will, dass du mich flachlegst, und gleichzeitig versuche ich, es dir auszureden! Kein Wunder, dass ich noch Jungfrau bin.«

»Hey, Nicky? Wie sagen schwule Männer zu Hämorrhoiden?«

Nick starrte ihn an.

»Bremsschwellen.«

Nick brach in schallendes Gelächter aus. Ein wenig hysterisch vielleicht, sodass es fast klang wie ein Schrei, aber es funktionierte, riss ihn aus seinem Gedankenstrudel und holte ihn zurück in den Moment. Er lachte und lachte, Seth stimmte mit ein, und irgendwann küssten sie sich. Es war chaotisch und nass, dann biss Seth ihn sanft in die Unterlippe und zog.

Nick erzitterte, und Seth küsste ihn erneut. Das Lachen verschwand, wurde verdrängt von etwas anderem, Schwererem, etwas, das sich anfühlte wie ein Feuer, das Nick von innen heraus verbrannte. Er keuchte, als Seth von seinem Mund abließ und stattdessen an seinem Hals saugte, seine Zähne in die empfindliche Haut grub und der unbedeutende Schmerz sogleich von seiner leckenden Zunge verscheucht wurde. Nick griff in Seths Locken, bog sein Gesicht nach oben und küsste ihn, was das Zeug hielt. Kunstlos und plump, aber echt.

Hände unter seinem Hemd – dieselben Hände, von denen Nick immer geträumt hatte – wanderten über seine Brust, zwickten ihn in die Nippel, ließen ihn den Kopf in den Nacken werfen und laut aufkeuchen. Er schob sein T-Shirt hoch bis zum Kopf und blieb stecken, die Arme verdreht, die obere Hälfte seines Gesichts von Baumwollstoff umhüllt. Da wanderten Seths Hände nach oben und halfen ihm, befreiten ihn, und das T-Shirt fiel zu Boden.

Es war das erste Mal, dass sie gemeinsam oben ohne waren (außer beim Umziehen oder Schwimmen vielleicht), und Nick zog seinen Bauch ein Stück ein, während Seth ihn auf den Mund küsste, aufs Kinn, auf die kantigen Schlüsselbeine. Seine Haare kitzelten Nick in der Nase, da wanderten die Hände weiter zum Reißverschluss seiner Hose, und Nicks Augen wurden tellergroß. Es *passierte*. Es passierte *wirklich*.

Seth hielt inne und sah Nick mit glasigen Augen an. »Bist du bereit?«

»Und wie«, keuchte Nick. »Was hast du vor?«

Seth grinste breit. »Ich habe an einen Blowjob gedacht. Mal sehen, ob wirklich was dran ist an der ganzen Aufregung. Wäre das okay für dich?«

Nicks Gehirn erlitt einen Kurzschluss, und er quiekte: »Ja, das, genau das. Du hast mein vollstes Einverständnis. So viel davon, wie die Welt es noch nie gesehen hat.«

Seth nickte, dann knöpfte er mit zitternden Händen Nicks Shorts auf und öffnete den Reißverschluss. Das Geräusch war so laut, dass Nick glaubte, es wäre auf dem Mond noch zu hören.

Seth bedeutete ihm, den Oberkörper ein wenig aufzurichten, und Nick gehorchte. Er hatte sich oft beklagt, dass seine Ausstattung ... nun ja, Durchschnitt war. Sein Schwanz war nicht groß. Und dick auch nicht. Er hatte sich noch nie betrachtet und gedacht, *heilige Scheiße, was für ein Monster*! Und ehrlich gesagt war die Vorstellung, dass jemand anderes zu genau der gleichen Schlussfolgerung kommen würde, nicht gerade sexy. Aber Seth schien nichts auszusetzen zu haben und zog ihm wortlos die Unterhose aus.

Das Trocknergehäuse fühlte sich kalt an unter Nicks Hintern, und er zitterte leicht, aber als Seth ihn in die Hand nahm, verschwanden alle rationalen Gedanken aus seinem Kopf und zurück blieb nur ein Rauschen. Nick hatte nicht geahnt, dass er imstande war, so zu fühlen. Dass jemand anderes ihn jemals *so* berühren würde. Er spürte die Schwielen auf Seths Handfläche. Wie seine Finger zitterten, als wäre er genauso nervös wie Nick. Er wirkte unsicher und das konnte Nick nicht ertragen.

»Du machst das gut!«, ächzte er, als Seth zudrückte und anfing, seine Hand auf und ab zu bewegen.

»Wirklich?«, fragte Seth leise.

»Ja. Ein bisschen fester noch. Mein Gott, das ist großartig.«

Seth kicherte. »Gut zu wissen. Ich ...« Er schluckte schwer. »Kann ich ...?«

»Was?«

»Was ausprobieren.«

»Äh, klar? Woran hast du denn ... Wieso beugst du dich plötzlich vornüber? Oh, *oh! Heilige Scheiße, Kumpel, willst du etwa ...?*«

»Möglicherweise«, sagte Seth und sah ihm in die Augen. »Geht das in Ordnung?«

»Ja«, antwortete Nick wie aus der Pistole geschossen. »Hört sich klasse an.« Er zuckte innerlich zusammen. *Klasse?* Sein Freund hatte ihm gerade einen Blowjob vorgeschlagen, und Nick hatte gesagt: *Hört sich* klasse *an?* Er hatte Oralsex nicht verdient.

Doch Seth schien der gegenteiligen Meinung, denn er nahm ihn so tief rein, bis er würgen musste und sich mit Tränen in den Augen wieder aufrichtete. »Mist«, murmelte er mit geröteten Wangen. »Sorry.«

»Ganz und gar nicht«, widersprach Nick. »Keine Entschuldigungen. Wir müssen uns eben erst rantasten. Du kannst es gerne noch mal probieren, wenn du möchtest. Nur ein bisschen langsamer vielleicht?«

Seth tat es. Es wurde trotzdem nicht der beste Blowjob aller Zeiten: zu viel Spucke und zu viel Zahneinsatz (Nick sog scharf die Luft ein und Seth entschuldigte sich), dazwischen immer mal wieder ein Würgereflex, aber das spielte keine Rolle. Es spielte keine Rolle, denn es war *Seth*. Seth Gray, den Nick liebte.

Sie waren allein, und Seth *blies ihm einen*. Nicht einmal Nicks Fantasie, so kühn und grenzenlos sie auch war, hatte ihn auf dieses Gefühl vorbereiten können. An die Art, wie Seth ihn ansah. Wie seine Zunge sich bewegte. Wie er Nick hielt, als wäre er das Wichtigste und Kostbarste auf der Welt, während Nick die Hände in seinen Haaren vergrub – nicht, um ihn zu irgendwas zu drängen, sondern um ihm zu zeigen, dass er es genau so wollte.

Zumindest bis zu einem gewissen Punkt, denn obwohl Seth das zum ersten Mal machte, war Nick kurz davor zu kommen, und das wollte er nicht. Noch nicht. Er bog Seths Kopf nach oben, küsste ihn und flüsterte: »Ich *will* es. Ist das okay?«

Seth erstarrte. Dann: »Ja. Ich will es auch.«

»Ich werde nicht gut sein«, schickte Nick warnend voraus, aber er wusste, dass es gesagt werden musste. »Nur damit du Bescheid weißt.«

Seth schüttelte glucksend den Kopf. »Ich auch nicht. Aber deshalb üben wir ja. Wir üben einfach immer weiter, bis wir es draufhaben.«

»Genau so machen wir's!«

Ohne den Blick von Nick abzuwenden, trat Seth einen Schritt von dem Trockner zurück und schob seine Shorts langsam nach unten. Die Hose rutschte tiefer und immer tiefer. Die Haut an seinen Hüften und den Leisten war blasser als der Rest, der Kontrast zu den drahtigen dunklen Haaren um Seths Bauchnabel herum fast ein Schock. Nick hatte ihn bereits gespürt, jedes Mal, wenn er sich beim Knutschen an ihm rieb, aber nichts hatte ihn auf den Anblick seines Freundes vorbereitet, wie er aus seinen Shorts stieg, sie auf den Boden fallen ließ und nackt vor ihm stand. Seth war gut gebaut, das wusste Nick. Doch den unübersehbaren Beweis vor sich zu haben, war etwas völlig anderes.

Es war nicht Seths Penis. Okay, es war nicht *nur* Seths Penis, von dem Nick kaum den Blick abwenden konnte.

Aber es war mehr als das.

Es war die Narbe an seiner Hüfte, die er sich zugezogen hatte, als sie elf waren und er im Park über einen Zaun geklettert und hängen geblieben war. Es war die kleine Sommersprosse direkt über seiner Leiste, die wie ein leicht asymmetrisches Herz aussah. Es war der Blick in Seths Gesicht, nervös, aber selbstsicher und so voller Vertrauen, dass Nick fast schwindlig davon wurde.

Und der Penis, natürlich. Er war nicht riesig, nicht wie in einem Porno. Er war länger als Nicks, aber etwas dünner, und die Spitze war rot. Nick kam sich vor wie in einem Traum und schwebte beinah, als er von dem Trockner heruntersteig, Schuhe und Socken auszog und auf Seth zuging, der mit ausgebreiteten Armen auf ihn wartete. Nick nahm das Angebot dankbar an und berührte zum ersten Mal in seinem Leben einen Schwanz, der nicht sein eigener war. Seths Augen schlossen sich flatternd, dann presste er das Gesicht an Nicks Hals und stöhnte. Die *Kraft*, die Nick dabei verspürte, war enorm, und das hatte nichts damit zu tun, dass sie Außergewöhnliche waren.

Es hatte etwas mit *Seth* zu tun. Mit seiner Fliege. Mit seinen Halbschuhen. Mit seiner lächerlichen Vorstellung, Nick sei jemand Wichtiges, jemand Wertvolles.

Nick knabberte an Seths Ohr und sagte: »Ich werde jetzt deinen Penis lutschen. Ist das okay?«

»Einverstanden, vollkommen einverstanden«, presste Seth hervor, während Nick seine Hand leicht drehte und Seths Hitze begierig in sich aufsaugte.

Er machte seine Sache nicht gut, im Gegenteil. Nick versuchte es, aber er vergaß immer wieder, seine Zähne mit den Lippen zu bedecken, und saugte Seth tiefer ein, als gut für ihn war. Nun war es *sein* Würgereflex, der einsetzte, während er Seths Schweiß auf der Zunge schmeckte und seinen Duft einatmete. Er probierte es noch einmal, entspannte seine Kehle und jubilierte innerlich, als Seth stöhnte: »So, genau so.«

Und ja, Nick fühlte sich stark. Er fühlte sich mächtig. Er fühlte sich geliebt, als Seth sanft an seinen Haaren zog, ihn anspornte und flüsterte: »Du machst das großartig, Nicky.« Er mochte noch keinerlei Erfahrung haben, aber sein Enthusiasmus machte das mehr als wett. Er wollte *mehr*, er wollte *alles* und konnte es kaum erwarten, aber dafür hatten sie nicht die nötigen Vorbereitungen getroffen. Später. Sie würden es auf später verschieben müssen.

Schließlich keuchte Seth mit feuerrotem Gesicht auf, zog Nick hoch und küsste ihn auf die geschwollenen Lippen. Dann machten sie es sich gegenseitig. Seth legte die Stirn gegen die von Nick, atmete ein, wenn Nick ausatmete, und stöhnte – ein leises, tiefes Geräusch, das Nick noch nie von ihm gehört hatte (außer während einem seiner Tagträume).

Seth kam als Erster, ein Zittern ging durch seine Hüften. Nick ließ nicht lange auf sich warten, spürte, wie sich eine glühende Schlange tief in seinem Innern entrollte, während er den Rücken kerzengerade durchstreckte und seine Zehen sich in den Boden krallten. Er stöhnte und schrie, als Seth ihn weiter liebkoste, so empfindlich war seine Haut.

Schließlich lehnten sie sich mit gebeugten Knien aneinander und hielten sich gegenseitig fest. Keiner sprach. Sie atmeten tief und wussten, dass etwas sich unwiderruflich verändert hatte, und sie waren glücklich darüber.

Und Nick – der gute alte Nick – sagte mit einem seligen Grinsen: »Warum zum Teufel haben wir das nicht schon früher gemacht? Und wann machen wir es *wieder*?«

Seth verdrehte liebevoll die Augen, die Locken hingen ihm schweißnass ins Gesicht. »Ich kann also davon ausgehen, dass es dir gefallen hat?«

»Das ist noch krass untertrieben«, erwiderte Nick und betrachtete mit einer Grimasse die weißen Flecken auf dem

Zementboden. Dann lachte er und sah wieder Seth an. »Wir haben endlich Schweinkram gemacht und ich bin nur noch eine halbe Jungfrau.«

»Ich glaube, so funktioniert das nicht.«

»Doch, tut es«, versicherte Nick. Und weil er es konnte, küsste er Seth über das ganze Gesicht mit lauten, ekligen Schmatzern, die im ganzen Keller widerhallten. Seth hielt dagegen, so gut er konnte, und ließ Nick nicht los.

Nick schloss die Augen und legte den Kopf auf Seths Schulter. Er wusste, die Welt draußen hatte sich nicht verändert und wartete immer noch auf sie, aber wenigstens für diesen Moment konnte er sie ignorieren. Seths Hände, die eine streichelte sein Kreuzbein, die andere hielt seinen Hinterkopf, waren das Einzige, was in dieser Sekunde zählte.

»Danke«, flüsterte er. »Das war super.«

Seth schnaubte und küsste ihn auf die Schläfe. »Finde ich auch.«

Nick wollte gerade eine weitere Runde vorschlagen – als Teenager erholte man sich eben schnell –, aber bevor er dazu kam, schwang die Tür am oberen Ende der Kellertreppe auf, und eine amüsierte Stimme rief herunter: »Seid ihr beiden fertig? Glückwunsch zum ersten Sex, aber Gibby meint, sie hätte auch weiterleben können, ohne zu wissen, wie laut Seth ist.«

»Oh mein Gott«, stöhnte Nick und geriet erneut in Panik. »Jazz? Kommt bloß nicht runter! Wir haben unsere Penisse draußen!«

Seth stieß einen verzweifelten Seufzer aus.

»Igitt«, machte Jazz. »Aber sei unbesorgt. Ich denke nicht im Traum dran. Ich wette, es riecht komisch. Wie Sea World im August.«

»Warum muss sie immer gleich so bildhaft werden?«, klagte Nick. Dann, lauter: »Hör sofort auf, unseren besonderen Moment zu ruinieren!«

»Unseren besonderen Moment«, wiederholte Seth. »Ist das dein Ernst?«

»Tut mir leid«, sagte Nick, hob das Handtuch vom Boden auf und legte es über die Flecken. Dann scharrte er verlegen mit den Füßen und blickte erst auf, als er spürte, dass Seth ihn mit einem halben Lächeln beobachtete. »Ist was?«

Seth zuckte die Achseln. »Ich liebe dich.«

Auf ein Liebesgeständnis gleich nach dem Geschlechtsverkehr gab es nur eine einzige angemessene Reaktion: Nick stürzte sich auf Seth, drückte ihn zu Boden und küsste ihn, was das Zeug hielt.

»Ich weiß«, flüsterte er an Seths Lippen. »Ich dich auch.«

14

Sie zogen sich an und gingen Hand in Hand die Treppe hinauf. Nick war schwummrig im Kopf, aber er unterdrückte es, so gut es eben ging. Alles schien anders, lustiger. Leichter, irgendwie. Er staunte über Seths Finger zwischen den seinen. Und darüber, wie Seth ihn immer wieder aus dem Augenwinkel anschaute und dabei rot wurde, ohne sich dafür zu schämen. Er musste sich zurückhalten, nicht die Treppe hochzurennen und nach draußen zu stürmen, um der ganzen Welt zu verkünden, er hätte gerade seine Jungfräulichkeit verloren.

Aber Nick war nicht blöd. Er wusste, was noch vor ihnen lag, aber er gestattete sich, diesen einen kurzen Moment lang glücklich zu sein. Ganz. Stark. Und Seth schien es genauso zu gehen, als er Nick mit einer Verbeugung die Kellertür aufhielt und sagte: »Nach dir.«

»Mein Held«, erwiderte Nick mit klimpernden Wimpern.

Seth gab ihm einen Klaps auf den Hintern und drückte kurz zu.

Später, schärfte Nick sich ein. Es gab noch so viel mehr, was sie miteinander anstellen konnten, und er würde dafür sorgen, dass das auch passierte. Aber das behielt er für sich, vor allem jetzt, da Gibby und Jazz mit einem breiten Grinsen im Gesicht in der Küche saßen.

Er wartete, bis Seth sich gesetzt hatte und Nick auf seinen Schoß zog. Es fühlte sich ein wenig seltsam an, aber Nick hätte nirgendwo anders sitzen wollen. Schließlich stellte er seinen Rucksack auf den Tisch und funkelte seine Freundinnen an. »Nicht ein Wort«, zischte er. »Gerade ist etwas Wunderschönes passiert, und ich lasse nicht zu, dass ihr es zerstört, indem ihr nach Einzelheiten fragt.«

»Werden wir nicht«, versicherte Gibby. »Nichts interessiert mich weniger, als was ihr beide da unten gerade ...«

»Ich beherrsche jetzt Blowjobs!«, rief Nick und warf die Fäuste in die Luft.

Seth stöhnte auf und vergrub das Gesicht an Nicks Schulter.

Nick erbleichte. »Okay, kein Grund, mich so aufzublasen. Seth kann es auch. Aber ihr braucht nicht eifersüchtig zu sein. Schließlich mögt ihr keine Penisse, also habt ihr auch nichts verpasst.«

Gibby bekam diesen bösen Gesichtsausdruck, der unmissverständlich ankündigte, dass sie gleich etwas sagen würde, um Nick körperlich wie seelisch nachhaltig zu traumatisieren. »Leck ein Mädchen, dann reden wir noch mal darüber, wer hier was verpasst.« Sie klatschte sich mit Jazz ab.

»Oh nein«, wimmerte Nick. »Und was mache ich jetzt mit meinen verletzten Gefühlen?«

»Die hast du dir selbst zuzuschreiben«, antwortete Seth und sah die beiden Mädchen an. »Ignoriert ihn einfach. Ihr kennt ihn ja.«

Nick hustete. »Wie bitte?« Und dann, um kein komplettes Arschloch zu sein: »Ich bin sicher, ein Mädchen zu lecken ist nichts für mich. Aber jedem das seine.«

»Oh, danke«, erwiderte Jazz. »Wie schön, dass wir deine Zustimmung haben, besonders weil Gibby ein absoluter Vollprofi mit ihrem Mund und ihren Fingern ist. Wer so viel Talent hat, muss es auch einsetzen.«

Okay. Nick würde das Thema einfach auf sich beruhen lassen. »Was macht ihr überhaupt hier?«, fragte er und sah sich nervös um. »Sind Martha und Bob weg? Oh Scheiße! Bitte sagt, dass sie zu diesem Arzttermin gegangen sind, bevor ...«

Seth verschluckte sich und bekam einen mittleren Hustenanfall.

»Sind sie«, bestätigte Gibby. »Sie haben uns durch die Hintertür reingelassen, bevor sie gingen. Sie haben gesagt, dass ihr euch im Keller unterhaltet und hochkommt, wenn ihr fertig seid.«

»Richtig. Uns Unterhalten«, sagte Nick. »Mit unseren *Penissen*. Aber lassen wir das.«

»Endlich«, murmelte Gibby. »Jazz hat gesagt, dass ihr hier sein würdet. Wir haben eine Nachricht geschickt, aber keine Antwort bekommen, also wollten wir nachsehen, ob alles in Ordnung ist bei euch.« Sie schnitt eine Grimasse. »Wenn ich gewusst hätte, was ihr treibt, hätte ich mir den Weg gespart.«

»Tut mir leid«, sagte Seth. »Mein Handy war oben. Ich habe nicht dran gedacht, es mit in den Keller zu nehmen.«

»Wir wollten euch nicht beunruhigen«, fügte Nick mit schlechtem Gewissen hinzu.

Gibby nickte. »Schon in Ordnung. Nach allem, was passiert ist, bin ich ein bisschen erschrocken, als wir nichts von euch gehört haben.« Sie musterte Nick. »Geht es dir gut? Und damit meine ich nicht das, was du gerade mit Seth gemacht hast, Nicky. Wir hatten in den letzten Tagen noch keine Gelegenheit, richtig zu reden.«

»Weiß nicht«, antwortete Nick. »Ich habe mit Dad gesprochen. Er kommt klar, so gut es eben geht.«

Jazz streckte den Arm unter dem Tisch aus und tätschelte sein Knie. »Und was ist mit *dir*?«

Nick lehnte sich an Seth und war dankbar, als der ihm die Arme um die Taille schlang. Der Körperkontakt erdete ihn. »Ich bin wütend. Und traurig. Und einen Haufen anderer Dinge noch dazu. Ich glaube, es wird noch dauern, bis ich all das verarbeitet habe.« Er schaute auf Seths Hände hinunter. »Ich weiß ja nicht mal, wo ich anfangen soll.«

Gibby und Jazz tauschten einen Blick aus, dann sahen sie wieder ihn an. »Wir können uns nicht einmal vorstellen, wie es für dich sein muss«, begann Gibby leise. »Mom und Dad sind außer sich. Ich bin es auch, aber das ist nichts im Vergleich zu dem, was du und Aaron jetzt fühlen müsst.«

»Mein Dad ist auch wütend«, ergänzte Jazz. »Mom musste ihn davon abhalten, direkt zum Burke Tower zu marschieren und Simons Bürotür einzutreten.«

»Hast du das Interview gesehen, das die beiden gegeben haben?«, fragte Nick verbittert. Sie nickten. »Sie verdrehen die Dinge immer zu ihren Gunsten und alle fallen drauf rein. Wie zum Teufel sollen wir sie aufhalten, wenn niemand uns glaubt?«

»Das weiß ich auch nicht«, gestand Jazz. »Vielleicht ist es unmöglich.« Nick setzte zu einer Erwiderung an, doch sie hob die Hand. »Ich weiß, wie das klingt, aber ich habe überlegt, wie es jetzt weitergehen soll. Was sollen wir denn tun? Töten können wir sie nicht.«

»Was ist mit Chris und Mateo?«, fragte Seth. »Hast du was von ihnen gehört?«

»Ich habe Mateo angerufen«, antwortete Gibby. »Gestern. Er hat ganz schön rumgebrüllt. Nicht wegen mir, natürlich, aber ich weiß nicht, was Burke sich dabei gedacht hat, sich mit einer Dragqueen anzulegen. Das wird nicht gut für ihn ausgehen. Mateo sagte, dass Chris genauso wütend ist und nicht genau weiß, was er tun soll.« Sie hielt inne. »Anscheinend will er bei der Polizei aufhören. Zumindest hat Mateo das gesagt.«

»Gut so«, schnaubte Nick. »Sie haben ihn nicht verdient. Er ist besser als sie alle zusammen.«

»Wir würden den einzigen Kontaktmann verlieren, den wir beim NCPD haben«, gab Jazz zu bedenken. »Aber er muss tun, was richtig für ihn ist.«

Nicks Handy summte. Das Geräusch kam aus seinem Rucksack. »Wenn ans Licht kommt, dass er zu uns gehört, könnte er zur Zielscheibe werden. Er muss sehr vorsichtig sein.«

Nick kramte sein Telefon heraus und schaute aufs Display. Mehrere Nachrichten: Jazz. Gibby. Dad, der ihm mitteilte, dass er Nicks Zettel gelesen hatte und ihn ermahnte, weil er allein auf die Straße gegangen war. Nick schickte eine kurze Antwort und ließ ihn wissen, dass er bei seinen Freunden war.

Und dann noch eine Benachrichtigung. Die, die sein Telefon hatte vibrieren lassen. Nick runzelte die Stirn. Ein verpasster Anruf ohne Nummer. Keine Möglichkeit, zurückzurufen. Die betreffende Person hatte auch keine Voicemail hinterlassen. Er legte das Telefon auf den Tisch und sagte: »Und dann wäre da noch Owen. Keine Ahnung, wo er steckt. Ich weiß, dass er uns geholfen hat, aber das heißt nicht, dass er auf unserer Seite steht. Wir können ihm nicht trauen.«

Das Telefon fing wieder an zu summen und wanderte klappernd über den Tisch. *Nummer unterdrückt* leuchtete auf dem Display.

»Wer ist es?«, fragte Seth und schaute über Nicks Schulter.

Nick knabberte an seiner Unterlippe. »Weiß ich nicht. Die Nummer wird nicht angezeigt. Soll ich rangehen?«

Aber das Summen hatte bereits aufgehört.

Dafür erschien eine weitere Benachrichtigung.

GEH AN DEIN VERDAMMTES TELEFON.

»Ist es dein Dad?«, fragte Jazz. »Cap vielleicht?«

Nick schüttelte den Kopf. »Ich habe ihre Nummern gespeichert. Sie wissen, dass ich nicht rangehe, wenn ich den Anrufer nicht erkenne.«

Das Telefon vibrierte erneut.

Keine Nummer.

»Geh ran«, sagte Seth. »Stell auf Lautsprecher, damit wir alle mithören können. Wer auch immer es ist, erzähl ihm nichts. Hör zu und warte erst mal ab.«

Er nickte. Sein Herz pochte. Dann wischte er über das Display, um den Anruf anzunehmen, drückte die Lautsprechertaste und legte das Telefon in die Mitte. »Wer ist da?«

Eine stark modulierte Stimme sagte: »Halt die Klappe und hör zu. Ich habe keine Zeit, für lange ...«

»Wie unhöflich«, unterbrach Nick. »Wissen Sie, wie man telefoniert? Sie haben mich angerufen, also sollte ich wohl reden dürfen, zumindest ein bisschen.«

Eine Pause. Verkehrslärm und Geräusche von Menschen im Hintergrund. Also irgendwo draußen? Dann, wütender: »Nick, ich sagte: Du. Sollst. Die. Klappe. Halten.«

»Woher kennen Sie meinen Namen?«, fuhr Nick auf. »Stalken Sie mich etwa? Das ist *illegal*!«

Wieder Stille. Lange diesmal.

»Hallo?«, fragte Nick. »Haben Sie mich gehört? Die Sache mit dem Stalking? Ehrlich gesagt kenne ich mich nicht sonderlich gut aus, was die Etikette beim Stalken betrifft.«

»Was zum Teufel *stimmt eigentlich nicht mit dir*?!«

»Viele Dinge«, antwortete Nick prompt. »Manche sind diagnostiziert, aber andere sind noch ein Rätsel. Wahrscheinlich werde ich das erst herausfinden, wenn ich fünfundzwanzig bin und in einem miesen Job arbeite, der mir die Seele aussaugt.«

Seth beugte sich über den Tisch und starrte das Telefon an. »Wer sind Sie?«, fragte er.

Wieder eine längere Pause. Dann: »Wie viele Leute hören mit?«

»Nur ich«, antwortete Nick. »Und Seth und Jazz und Gibby.«

»Wie geht's«, sagte Gibby.

»Hallo«, sagte Jazz.

Die Stimme stöhnte. »Na klar. Ihr Idioten könnt einfach nichts allein machen. Natürlich steckt ihr alle zusammen.«

»Sie haben angerufen, nicht ich«, entgegnete Nick. »Außerdem, wer telefoniert heutzutage überhaupt noch? Sie wissen, wie man eine Textnachricht schreibt, oder?«

»Ja, das weiß ich!«, rief die Stimme. »Ich habe dir gerade eine geschickt!«

»Igitt«, machte Jazz. »Wenn Sie ein Telefonverkäufer sind, machen Sie Ihren Job denkbar schlecht. Wer etwas verkaufen will, muss *freundlich* sein.«

»Oh mein Gott«, keuchte Nick. »Was, wenn ich eine Kreuzfahrt gewinnen könnte? Ich würde zwar nicht mitfahren, weil ich gelesen habe, dass große Teile der Ozeane noch unerforscht sind und es dort Seeungeheuer geben könnte, aber trotzdem. Ich habe noch *nie* was gewonnen.«

Ein dumpfes Pochen, als würde die Person am anderen Ende der Leitung mit der Faust oder dem Kopf auf irgendetwas einschlagen.

»Sie haben meine Frage immer noch nicht beantwortet«, meldete Seth sich wieder zu Wort. »Wer ist da?«

»Hier ist ... der armenische ... Waschsalon.«

»Wow«, kommentierte Nick beeindruckt. »Das ist ein toller Name. Ich respektiere Ihre geschichtsträchtige Herkunft, wie auch immer die aussehen mag.«

Gibby seufzte. »Nick, die Person ist offensichtlich irgendwo auf der Straße und sieht sich nur die Geschäfte ringsum an.«

»Wenn ihr wüsstet, was ich hier riskiere«, schnauzte der armenische Waschsalon, »würdet ihr kleinen Scheißer mir auf Knien danken.«

Und da wusste Nick Bescheid. Niemandem kamen die Worte *ihr kleinen Scheißer* so leicht über die Lippen wie der Person, die er fast mehr verachtete als alles andere auf der Welt. Seine Erzfeindin. Der Schatten auf seinem Leben. Die unvollendete Fanfiction in seinem vollendeten Werk.

»Rebecca Firestone«, knurrte er das Telefon an.

Die längste Pause bisher. Dann: »Was? Aber neeeeein. Hier spricht Lexington ... CVS. *Scheiße.*«

»Sie ist an der Ecke Lexington und Bennett Ave«, erklärte Gibby. »Da ist eine CVS-Apotheke neben einem armenischen Feinkostladen und einem Waschsalon, der zu hat, seit der Besitzer als Mafiamitglied verhaftet wurde.«

Jazz nickte wissend. »Geld waschen in einem Waschsalon. Ja, natürlich. Das klingt logisch.«

»Würdet ihr mir bitte zuhören? Ich will euch nur *helfen*!«

»Ach, wirklich?«, fragte Seth barsch. »Sie haben noch nie jemandem geholfen außer sich selbst. Auf der Brücke. Beim

Abschlussball. All die Fernsehberichte. Und da ist Ihre Zusammenarbeit mit Simon noch nicht mal mit drin!«

»So bin ich nicht! Ich bin eine besorgte Bürgerin, die ... zufällig auf Informationen gestoßen ist, die ...«

»Rebecca Firestone?«, fragte Nick.

»Was?«

»Ha!«, krähte er. »Sie sind es *doch*! Woher haben Sie meine Telefonnummer, Sie Psycho?« Ein Gedanke kam ihm in den Sinn, genauso schrecklich wie offensichtlich. »Sie versuchen, über mich an Owen ranzukommen, weil Sie immer noch in ihn verknallt sind! Schämen Sie sich, Miss Firestone. Er ist achtzehn und Sie sind mittleren Alters! Außerdem ist er ein Mörder.« Er verzog das Gesicht. »Es sei denn, Sie stehen auf so was. Falls das der Fall ist, würde ich vorschlagen, Sie lassen sich in einer psychiatrischen Klinik gründlich untersuchen. Die Verherrlichung von Mördern ist nicht nur ein Schlag ins Gesicht der Opfer, sondern auch ...«

»Ich bin nicht mittleren Alters«, zischte sie. »Und ich bin in *niemanden* verknallt.«

»Richtig«, erwiderte Nick. »Sie sind eine Eidechse und ein Monster und zu so etwas wie Liebe gar nicht fähig, wie Sie selbst am besten wissen.«

»Burke plant einen Anschlag bei den Feierlichkeiten zum vierten Juli«, erklärte Rebecca Firestone. »Patricia Burke wird sich als der Wächter verkleiden und ein Attentat auf ihren Mann verüben. Dann werden sie es *dir* in die Schuhe schieben. Alle werden glauben, der Wächter hätte versucht, Burke zu töten, und du wirst zur meistgesuchten Person der Stadt. Willst du wissen, warum ihr Owen auf der Wahlkampfkundgebung nicht gefunden habt? Weil er gar nicht dort war. Der Kerl mit dem Kapuzenpulli war Patricia Burke.«

Jetzt waren es Nick und seine Freunde, die eine Weile stumm blieben.

Schließlich sagte Gibby: »Bleiben Sie bitte einen Moment dran.« Sie stellte den Anruf auf Warteschleife und blickte in die Runde. »Eure Codewörter. Jetzt.«

Nachdem Patricia Burke ihr wahres Gesicht gezeigt hatte, hatten sie beschlossen, dass jeder von ihnen ab sofort ein Codewort brauchte, um seine Identität zu beweisen. Nick hatte sich sogleich für alle im Freundes- und Familienkreis eines ausgedacht. Speziell auf die jeweilige Person zugeschnitten.

»Prinzessin Umwerfend«, sagte Jazz.

»Butch Fatale«, sagte Gibby.

»Gott der Wikipedia sowie der meisten anderen Dinge«, sagte Nick.

Alle sahen Seth an, der mit mürrischem Gesicht die Arme verschränkte.

»Sag es«, befahl Gibby.

»Nein. Es ist zu albern.«

»Oh nein«, flüsterte Nick. »Bist du in Wirklichkeit Patricia Burke? Habe ich Owens Stiefmutter gerade einen geblasen? Du hast meine Unschuld besudelt! Ich habe dir vertraut und jetzt ist meine Jungfräulichkeit weg. Wie kannst du es wagen, dich als mein Freund auszugeben?«

Seth seufzte und nuschelte etwas Unverständliches.

»Lauter«, sagte Jazz. »Sonst schnappe ich mir einen Löffel, steche dir damit die Augen aus und schlürfe sie morgen zum Frühstück.«

»Sexy Bastard, der in fast allem toll aussieht.«

»Gott sei Dank«, keuchte Nick erleichtert. »Unser besonderer Moment im Keller muss also nicht aus den Geschichtsbüchern getilgt werden. Ich liebe dich, Kerl.«

»Jaja, schon gut«, brummte Seth, wenn auch mit einem kleinen Lächeln.

»Leute«, sagte Gibby, »vielleicht konzentrieren wir uns lieber darauf, dass Rebecca Firestone uns gerade eröffnet hat, dass Nick ein Attentatsversuch in die Schuhe geschoben werden soll. Klingt wichtig, finde ich.« Dann, als wäre es ihr gerade erst eingefallen: »Außerdem scheint sie zu wissen, dass er der Wächter ist.«

Nick schreckte aus einem Tagtraum auf, der sich um Seths Hintern drehte. »Verdammt, du hast recht. Andererseits dürfen wir ihr erst mal kein Wort glauben. Das alles könnte genauso gut ein Plan von Burke sein, um uns aus unserem Versteck zu locken.«

»Wir sitzen in einer Küche«, entgegnete Jazz. »Ich glaube nicht, dass eine Küche ein besonders gutes Versteck darstellt.«

»Lasst sie reden«, meinte Seth. »Aber nimm alles, was sie sagt, mit Vorsicht auf.«

Er nickte und nahm das Gespräch wieder auf. »Sind Sie noch dran, Fluch meiner Existenz?«

»Fick dich!«

»Sie sich auch, Arschloch. Was ist das für eine Geschichte mit einem angeblichen Wächter? Ich habe den Namen noch nie gehört.«

So. Das sollte es gewesen sein.

War es nicht. »Das ist doch wohl nicht dein Ernst. *Du* bist der Wächter. Jeder in dieser Stadt weiß ...« Rebecca Firestone verstummte kurz, dann knisterte der Stimmmodulator fürchterlich, als sie plötzlich brüllte: »*Hör auf, vom Thema abzulenken, verdammt!* Hast du gehört, was ich vorhin gesagt habe? Burke plant ...«

»Ja, das haben wir verstanden«, mischte Seth sich wieder ein. »Wir verstehen nur nicht, warum Sie uns seinen Plan verraten sollten. Sie arbeiten für ihn, und alles, was sie tun, dient entweder ihm oder Ihnen selbst. Weshalb sollten wir Ihnen auch nur ein Wort glauben?«

»Weil es die Wahrheit ist!«, rief Rebecca. »Habt ihr es immer noch nicht kapiert? Er plant *alles* im Voraus. Patricia Burke ist als Jennifer Bell gescheitert und jetzt tritt Plan B in Kraft. Er konnte eure Gruppe nicht von innen heraus sprengen, also sorgt er einfach dafür, dass Nick zur Persona non grata wird.«

»Wir verstehen kein Italienisch«, sagte Nick.

»Mein Gott, Nicky«, stöhnte Gibby. »Das ist *Latein* und bedeutet, dass die Leute dich hassen werden.«

»Und nicht nur *dich*, kleiner Bell«, warf Rebecca Firestone ein. »Auch dein blödes kleines Team, einschließlich dieser Dragqueen. Deine Eltern. Die Grays. Verdammt, sogar Officer Morton. Simon wird behaupten, dass ihr euch alle gegen ihn verschworen habt und ihn mit Owens Hilfe umbringen wolltet. Jeder Polizist in der Stadt wird hinter euch her sein.«

Nick wurde eiskalt. »Was?«, flüsterte er.

»Ach, und jetzt bist du plötzlich ganz Ohr? Keine markigen Sprüche mehr, wie?«

»Das hilft uns und Ihrer Sache nicht weiter, Firestone«, warnte Seth. »Warum sollten wir Ihnen glauben?« Er musterte das Telefon nachdenklich. »Was ist jetzt anders als zuvor?«

»Nichts«, antwortete sie. »Alles. Ja, ich arbeite für ihn. Und ja, ich hasse euch genauso sehr, wie ihr mich hasst, aber ...« Sie atmete gereizt aus. »Ich habe meine Gründe. Welche das sind, geht euch nichts an.«

»Blödsinn«, schnauzte Gibby. »Wenn Sie erwarten, dass wir Ihnen glauben, müssen Sie uns schon mehr geben. Nach allem, was Sie getan haben, machen wir bestimmt nicht den Fehler, ausgerechnet Sie beim Wort zu nehmen.«

»Das ändert nichts«, erklärte Rebecca.

Gibby zuckte die Achseln. »Dann fahren Sie zur Hölle.« Sie schlug mit der Hand auf das Telefon und beendete den Anruf.

Alle starrten sie an.

Sie zog eine Augenbraue hoch. »Was? Sie ruft gleich wieder an. Drei. Zwei. Eins.«

Das Telefon begann zu vibrieren.

»Habe ich's nicht gesagt?«, kommentierte Gibby selbstgefällig.

»Du bist so was von cool«, keuchte Nick. »Ich bin sehr froh, dass du auf unserer Seite stehst.« Er nahm den Anruf an. »Hallo?«

»Du verdammter ...«

Nick legte auf.

Alle starrten ihn an.

»Was?«, fragte er. »Sie wird gleich wieder anrufen. Drei. Zwei. Eins.«

Das Telefon gab keinen Mucks von sich.

»Wie enttäuschend.« Nick seufzte. »Nicht so cool zu sein wie Gibby, ist voll langweilig.«

Das Telefon vibrierte.

»Und die Bestätigung, dass ich es *doch* bin, bedeutet mir alles!«, rief Nick und ging ran. »Sind Sie fertig mit Ihrer Tirade?«

Einen Moment lang dachte Nick, sie würde nicht antworten. Im Hintergrund hörte er immer noch die Geräusche der Stadt, also hatte sie noch nicht aufgelegt.

Warte, sagte Seth mit stummen Lippenbewegungen und Blick auf das Handy.

Es dauerte nicht lange. »Gut«, murmelte Rebecca schließlich, jetzt ohne Stimmmodulator. »Ich kann nicht glauben, dass ich euch das erzähle, aber mir bleibt wohl nichts anderes übrig.«

»Wir hören gespannt zu«, erwiderte Seth und beugte sich mit zusammengekniffenen Augen vor.

»Ich ermittle seit vier Jahren gegen Simon Burke. Und bevor ihr fragt: Ich gehöre weder einer Zeitung noch der Justiz an. Ich handele auf eigene Faust.«

Nick blinzelte. Das war nicht das, was er erwartet hatte. »Seit wann kriecht man jemandem in den Arsch, gegen den man ermittelt?«

»Ich musste sein Vertrauen gewinnen«, erwiderte sie. »Ihn überzeugen, dass ich voll und ganz auf seiner Seite stehe, und mich bis in seinen innersten Kreis vorarbeiten.«

»Warum gehen Sie nicht einfach zur Polizei, wenn Sie endlich was gefunden haben?«, fragte Jazz. »Warum zu uns?«

Rebecca Firestone lachte bitter. »Hast du den Verstand verloren? Du weißt ganz genau, dass er das gesamte NCPD in der Tasche hat. Dass Aaron Bell und Rodney Caplan gekündigt haben, war das Beste, was ihm passieren konnte! Jetzt, da sie aus dem Weg sind, können seine Speichellecker endlich das Ruder übernehmen. Nach seiner Wahl wird Burke einen neuen Polizeichef ernennen, der seine Anti-Außergewöhnlichen-Pläne rückhaltlos unterstützt. Wenn er Nick dann noch einen Attentatsversuch anhängen kann, wird kein Außergewöhnlicher in dieser Stadt mehr sicher sein.«

Nick schnaubte wütend. Rebeccas schamlose Geschichtsverfälschung machte ihn rasend. »Als ob Sie das Schicksal von Außergewöhnlichen interessieren würde. Sie sind einer der Hauptgründe, warum die Leute Angst vor uns haben.«

»Stimmt«, gestand sie »Aber auch ich habe meine Geschichte.« Sie zögerte, und Nick wollte sie gerade wieder anschnauzen, da sagte sie: »Mein Name war nicht immer Rebecca Firestone. Ich habe ihn geändert, als ich Reporterin wurde. Mein Geburtsname lautete ...«

»Lauren Underwood«, stammelte Nick, dem sich Stunden später immer noch der Kopf drehte. Sie saßen auf der Gartenterrasse der Kensingtons, die Sonne ging gerade unter, alle Aufmerksamkeit war auf ihn und Gibby gerichtet. Gibby zeigte ihrem gebannten Publikum ein Tablet, auf dem das Bild eines achtzehnjährigen Mädchens zu sehen war: braunes Haar, zwei schiefe Vorderzähne, eine blaue Kappe auf dem Kopf und einen blauen Talar über den Schultern, das Highschool-Diplom fest mit den Händen umklammert. Neben ihr stand ein stämmiger Mann, der ihr den Arm um die Schulter gelegt hatte und vor Stolz fast platzte. Die beiden sahen sich so ähnlich, dass es keinen Zweifel an ihrer Verwandtschaft geben konnte.

»Das ist die Tochter von Martin Underwood«, erläuterte Gibby. »Wir glauben, dass er vor vier Jahren von Patricia Burke ermordet wurde. Sie hat ihm seine Fähigkeit, Wasser zu manipulieren, ausgesaugt und ihn dann in seiner Wohnung ertränkt.«

Trey sagte: »Warte mal, Gibster. Soll das heißen, dass Rebecca Firestone Lauren Underwood ist?« Die anderen Erwachsenen, die um ihn herum auf ihren Klappstühlen saßen, schauten genauso verwirrt wie er. »Wie soll das gehen? Jemand wie Burke überprüft die Leute, die für ihn arbeiten, genau, vor allem wenn es sich um eine ehemalige Reporterin handelt.«

»Das hat er«, bestätigte Jazz, stand von ihrem Stuhl auf und gesellte sich zu Gibby und Nick. »Darf ich?«

Gibby reichte ihr das Tablet, und Jazz wischte über den Bildschirm. »Wenn man nach einer Lauren Underwood in Nova City sucht, findet man nichts. Sie hat jemanden dafür bezahlt, alle digitalen Spuren von ihr zu löschen. Keine Fotos, keine Annoncen, keine Erwähnung in irgendwelchen Artikeln. Nichts. Wenn man nach dem Internet geht, hat diese Frau nie existiert. Sucht man aber nach Rebecca Firestone, ist die Liste ihrer angeblichen Berichterstattungen kilometerlang, zusammen mit einer erfundenen Hintergrundgeschichte, die gerade vage genug ist, um nicht als Fake aufzufallen.« Sie schüttelte den Kopf. »Wirklich clever. Das muss ein Vermögen gekostet haben.«

»In Underwoods Nachruf stand, dass er eine Tochter hinterlassen hat«, sagte Seth und stützte die Ellbogen auf die Knie. »Firestone hat uns dieses Foto von ihrem Schulabschluss als Beweis geschickt. Gibby sagt, dass es, soweit sie es beurteilen kann, nicht manipuliert wurde. Das neben ihr ist Martin Underwood, derselbe Martin Underwood, der damals für Burke gearbeitet hat.«

»Ich wusste, dass das nicht ihre echte Haarfarbe ist!«, warf Mateo ein, während Chris neben ihm gluckste.

»Okay«, sagte Cap und faltete nachdenklich die Hände über dem Bauch. »Sie hat sich also einen anderen Namen zugelegt. Das bedeutet aber noch lange nicht, dass wir ihr trauen können. Wieso der plötzliche Sinneswandel? Sie hat alles getan, was sie konnte, um euch und allen Außergewöhnlichen zu schaden.«

»Das habe ich auch gesagt«, murmelte Nick. »Aber sie behauptet, dass sie undercover recherchiert und so viel über Burkes Machenschaften herausfinden will, wie sie nur kann. Eigentlich wäre sie lieber bei Action News geblieben, aber dort kam sie irgendwann nicht mehr weiter. Die einzige Möglichkeit, mehr herauszubekommen, war, sich seiner Kampagne anzuschließen.«

Dad ergriff zum ersten Mal das Wort. Er war die ganze Zeit über eigenartig still gewesen, sein Gesicht verkniffen. Er hatte sich neben Cap und Mary gesetzt, aufmerksam zugehört und geschwiegen – bis die Zeit für die Frage gekommen war, von der Nick wusste, dass sie kommen würde, aber keine Ahnung hatte, wie er sie beantworten sollte: »Glaubt ihr dieser Frau?«

»Wir wollen es eigentlich nicht«, antwortete Seth bedächtig. Er blickte auf das Tablet in Jazz' Hand, auf das Foto von Lauren und ihrem Vater. Dann schaute er Nick an und bat ihn stumm um Erlaubnis. Der kaute auf seiner Unterlippe und nickte. »Aber sie hat etwas bestätigt, was wir auch von Owen gehört haben. Und das bedeutet, dass ihre Geschichte zu großen Teilen der Wahrheit entspricht.«

»Und zwar?«, fragte Chris.

Nick hatte unterdessen nur Augen für Dad. Schließlich ging er zu seinem Stuhl und kniete sich vor ihn.

Aaron nahm seine Hände, umklammerte sie geradezu.

»Es tut mir leid«, flüsterte Nick.

»Was?«, fragte Dad irritiert.

»Ich will deinen Schmerz nicht noch schlimmer machen«, erwiderte Nick. »Aber wir haben gesagt, keine Geheimnisse mehr. Richtig?«

Dad legte ihm eine Hand in den Nacken. »Richtig. Keine Geheimnisse mehr. Ich werd's schon verkraften.«

Nick holte tief Luft. Er wusste, dass Dads Herz noch ein Stück mehr brechen würde, aber er konnte nichts daran ändern. »Sie ... Die Bank, der Raubüberfall, es war alles ein Trick. Burke hat die Kerle dorthin bestellt. Mom sollte ihm helfen. Er wollte sie benutzen, aber sie hat sich geweigert.«

Er schluckte schwer. »Also ließ er sie umbringen. Es war Burke, Dad. Er hat zwar nicht abgedrückt, aber sie ist auf seinen Befehl hin gestorben.«

Alle schnappten nach Luft, doch Nick sah nur seinen Vater, der explosionsartig ausatmete, als hätte er einen Schlag in die Magengrube bekommen. Er presste die Augenlider aufeinander und grub die Finger in Nicks Nacken. Als er die Augen wieder öffnete, waren sie feucht und voller Schmerz, aber klar. »Ich …« Er biss die Zähne zusammen. »Ich habe immer geahnt, dass mehr dahintersteckt, als bei den Ermittlungen ans Licht kam.«

»Es tut mir leid«, sagte Nick noch einmal.

Dad schüttelte den Kopf. »Du brauchst dich für nichts zu entschuldigen, Junge. Wenn sich jemand entschuldigen muss, dann ich. *Ich* war derjenige, der Burke in unser Leben gebracht hat. *Ich* war derjenige, der dachte, er könnte helfen. *Dir* helfen. Hätte ich stattdessen …« Er gab einen erstickten Laut von sich und verstummte.

»Es ist nicht Ihre Schuld, Aaron«, sagte Martha. Nick und Dad sahen sie an. Sie lächelte traurig. »Niemand von den hier Anwesenden ist schuld, sondern einzig und allein Burke. Daran werden wir euch beide so lange erinnern, bis ihr es verstanden habt.« Ihr Lächeln wurde blasser. »Trotzdem wirft diese Erkenntnis einige Fragen auf.«

»Inwiefern?«, fragte Seth.

»Wir müssen mit dem Kopf denken, nicht mit dem Herzen«, erklärte Bob, und Nick war froh, dass er nicht nur von ihm und Dad sprach, sondern alle in der Runde mit einbezog. »Burke aufzuhalten, ist die eine Sache. Es wäre zum Wohl aller. Aber wenn wir versuchen, Rache zu nehmen, werden wir scheitern. Wut verändert einen Menschen. Sie macht blind und führt zu Fehlern. Und dafür steht zu viel auf dem Spiel. Ich vertraue dir, Nick. Ich will nicht so tun, als wüsste ich, was du und dein Dad gerade durchmachen, aber ich weiß, was Trauer mit einem Menschen macht.«

»Jazz hat das Gleiche gesagt«, erwiderte Nick und sah seine Freundin an. »Denn meine erste Reaktion war genau das: Ich wollte Rache.«

»Aber?«, fragte Dad.

»Aber dann habe ich mich daran erinnert, was jemand einmal für mich getan hat, auch wenn ich damals nichts davon geahnt habe. Ich brauchte etwas, an das ich glauben konnte. Ich brauchte einen Helden. Und Seth wusste das, also wurde er Pyro Storm. Weil er erkannt hat, wie sehr der Verlust meiner Mom mir wehtat. Er hat es nicht aus Rache getan, sondern um zu verhindern, dass noch anderen Menschen das Gleiche passiert wie mir.«

Martha wischte sich über die Augen. »Er ist wirklich ein guter Junge.«

Seth errötete kurz, dann sagte er entschlossen: »Wenn wir Burke davon abhalten können, noch mehr Menschen zu verletzen, dann müssen wir es versuchen. Das sind wir ihnen und uns selbst schuldig. Es geht nicht nur um uns und das, was er uns angetan hat. Es geht darum, Menschen zu beschützen, selbst wenn sie uns hassen. Es geht darum, dass alle, die nach uns kommen, in Freiheit und Sicherheit die sein können, die sie sind. Das ist der Grund, warum wir tun, was wir tun. Deshalb sind wir Team Leuchtturm.«

»Du sprichst wie ein echter Held«, kommentierte Jo Kensington. »Ich bin stolz auf euch, Kinder. Ich wünschte, die Lage wäre anders, aber solange ihr euch daran erinnert, dass ihr in diesem Kampf nicht allein seid, weiß ich, dass ihr das Richtige tun werdet. Mit unserer Hilfe, versteht sich.«

»Verdammt richtig«, stimmte Miles zu. »Team Leuchtturm, mit Unterstützung der Dad-Squad.«

Aysha lachte. »Ich werde eure T-Shirts ein wenig auf Vordermann bringen müssen, damit die Bösen euch auch ernst nehmen.«

»Verdammt, ja«, flüsterte Trey. »Wir müssen aussehen wie richtig knallharte Kerle.« Er runzelte die Stirn. »Moment. Gehen wir noch mal einen Schritt zurück. *Was* haben wir gerade vereinbart? Uns den Burkes ... offen entgegenzustellen? Wer soll uns denn glauben, wenn Patricia ihr Aussehen nach Belieben verändern kann? Wenn sie Menschen Dinge glauben lassen kann, die gar nicht wahr sind?« Er verschränkte die Arme vor der Brust. »Wer glaubt, dass ich meine Tochter ins offene Messer laufen lasse, hat sich gründlich getäuscht.«

»Dad«, sagte Gibby. »Ich kann selbst auf mich aufpassen. Und selbst wenn du anderer Meinung sein solltest: Ich bin jetzt achtzehn und darf meine eigenen Entscheidungen treffen.«

»Niemand behauptet, dass du das nicht kannst«, widersprach Aysha. »Aber das hier sind nicht Rauch und Eis auf eurem Abschlussball, auch wenn das schon schlimm genug war. Ihr wollt euch mit Simon Burke anlegen, und wir alle wissen, wozu er fähig ist. Und *du* weißt es auch.«

»Die beiden haben recht«, warf Miles ein. »Du, ich und die meisten anderen hier, wir haben keine Superkräfte. Patricia Burke hatte uns schon mal in ihren Klauen. Was, wenn es ihr noch einmal gelingt, nur dass sie dich – und uns – dieses Mal *alles* vergessen lässt? Glaubst du wirklich, wir lassen zu, dass unsere Tochter sich in solche Gefahr bringt?« Er tauschte einen Blick mit Jo, die nickte. »Das Risiko können wir nicht eingehen.«

Dann ergriff Jo das Wort. »Wenn wir etwas unternehmen – und ich habe dem noch nicht zugestimmt –, können Jazz und Gibby doch die Kommunikation im Unterschlupf übernehmen wie sonst auch.« Sie schaute verlegen zu Boden. »Nicht, dass ich Seth und Nick in Gefahr bringen will, aber ...«

Gibby und Jazz begannen, wütend draufloszuschimpfen, und auch die anderen schienen eine sehr entschiedene Meinung zu dem Thema zu haben. Alle erhoben die Stimme und redeten wild durcheinander.

Erst als jemand sich lautstark räusperte, kehrte Ruhe ein. Der Neuankömmling saß mit übereinandergeschlagenen Beinen auf einem Stuhl und trommelte mit den Fingern auf seine Oberschenkel.

»Hi«, sagte er. »Danke, dass ich kommen durfte. Ich habe zwar keine Ahnung, was hier vorgeht, aber es scheint sich um eine ziemlich verrückte Scheiße zu handeln, und bei so was bin ich immer gern dabei.«

»Ich glaube nicht, dass wir uns kennen«, stammelte Mateo.

Der Neuankömmling sprang auf und schüttelte allen die Hände, angefangen bei Mateo und Chris. »Hi. Hallo. Hi. Du siehst toll aus. Schön, dich kennenzulernen. Die Glatze steht dir, Kumpel. Jetzt weiß ich, wo Gibby ihre Kopfform herhat. Hallo, hallo. Es ist mir ein Vergnügen, euch kennenzulernen. Man nennt mich Burrito Jerry. Vielleicht habt ihr meinen Schlitten vorhin in der Einfahrt gesehen.« Er blähte stolz die Brust. »Er heißt Matilda und ich habe ihn selbst bemalt.«

»Burrito Jerry hilft uns«, erläuterte Seth. »Jazz hat ihn angeworben.« Die Wahrheit war ein bisschen komplizierter als das, doch zu Nicks Erleichterung schienen alle mit der Erklärung zufrieden.

»Ich hätte allerdings ein paar Fragen.« Burrito Jerry setzte sich wieder. »Eine Milliarde ungefähr, aber ich denke, die können erst mal warten. Ich kann weder Sachen mit Gedankenkraft bewegen noch Dinge in Brand stecken, aber ich glaube, ich kann euch helfen, wenn Jazz und Gibby einverstanden sind.« Er warf den beiden einen strengen Blick zu. »Allerdings nur, wenn eure Eltern nichts dagegen haben.«

»Wie?«, fragte Miles.

»Mit Matilda«, antwortete Burrito Jerry. »Mit geheimen Unterschlupfen oder Bösewichten, die ihre Gestalt verändern und Gedanken manipulieren können, kenne ich mich nicht aus, aber ich kenne meine alte Dame. Sie ist robust und hat viel Platz. Jasmine und Gibby könnten darin alles verstauen, was sie brauchen, und wir könnten mit ihr fast beliebig nahe an den Burke Tower heran. Da gehen wir niemandem im Weg um, sind aber sofort da, falls Verstärkung gebraucht wird.«

»Ein mobiler Leuchtturm!«, rief Nick aufgeregt. »Alter, das wäre der Hammer.«

»Es könnte funktionieren«, sagte Gibby nachdenklich. »Es wird ein bisschen dauern, Matilda umzurüsten, aber bis zum vierten Juli sind es noch ein paar Tage. Wir hätten noch Zeit.«

»Haben wir«, bestätigte Jerry. »Aber auch hier gilt: nur wenn eure Eltern ihr Okay geben. Sie haben das letzte Wort.«

»Verdammt richtig«, erklärte Trey. »Doch wie meine Tochter gerade meinte, bleibt uns noch etwas Zeit. Deshalb werden wir hier und heute auch noch keine Entscheidung treffen.« Gibby öffnete ihren Mund zu einem Widerspruch, doch er hob die Hand. »Schatz, ich nehme deine Worte sehr ernst. Das habe ich immer getan und das weißt du. Aber deine Mom und ich müssen erst darüber nachdenken, okay?«

»Dito«, sagte Miles. »Wir verstehen, dass du helfen willst, Jasmine. Und Nick und Seth haben wiederholt gesagt, dass sie ohne dich und Gibby nie so weit gekommen wären, aber wir wollen sichergehen, dass wir die Sache mit so wenig Risiko wie möglich angehen.«

Jazz flüsterte Gibby etwas ins Ohr. »Na schön«, seufzte Gibby. »Solange ihr dabei nicht vergesst, wozu wir fähig sind.«

Aysha gluckste. »Glaub mir, das wissen wir sehr gut.«

»Nur dass wir immer noch keine Ahnung haben, wie wir Burke aufhalten sollen«, warf Chris ein. »Wenn Firestone recht hat und Patricia Burke sich als der Wächter ausgeben wird, wer soll uns dann glauben? In dem Genehmigungsantrag für Burkes Feier steht, dass sie mit mindestens zehntausend Leuten rechnen.«

»Und dann noch die Gegendemonstrationen, die es mit Sicherheit geben wird«, sagte Trey. »Alle Nachrichtenorgane der Stadt werden dabei sein und alle verfügbaren Kameras auf Burke richten, genau wie er es will. Wer die Aufmerksamkeit der Leute derart im Griff hat, kann ihre Sympathie in jede Richtung lenken, die ihm passt.«

»Wenn wir ihn nicht verhaften lassen können, was ist dann die Alternative?«, fragte Mary plötzlich. »Ihn töten? Selbst wenn das infrage käme, was würde es bringen? Damit würden wir ihn nur zum Märtyrer machen.«

Nick und Seth stellten sich zu Gibby und Jazz. Team Leuchtturm, Schulter an Schulter. Seth nickte Gibby kurz zu. »Sag es ihnen. Es war deine Idee.«

»Und deine, Jazz«, ergänzte Nick. »Und ich weiß, dass es funktionieren wird.«

Gibby nahm Jazz' Hand und sagte: »Sie haben recht. Ihn zu töten, löst das Problem nicht, und es kommt ohnehin nicht infrage. Aber es gibt einen anderen Grund, warum Jazz und ich dabei sein wollen.«

»Wenn alles gut geht, wird Burke nicht einmal merken, dass wir da sind«, übernahm Jazz jetzt das Wort. »Wir müssen ihn nicht vernichten, denn er wird es selbst tun, und danach wird niemand ihm je wieder ein Wort glauben. Wenn wir mit Burke fertig sind, wird er wünschen, er wäre nie geboren worden. Burrito Jerry, ich hoffe, dein Vorschlag, dass wir Matilda benutzen dürfen, war ernst gemeint, denn wir werden sie brauchen.«

Jerry nickte. »Was meins ist, ist auch deins. Ich halte euch den Rücken frei, Mädels.«

»Gut«, sagte Gibby und grinste wie ein Rasiermesser. »Sind alle bereit? Der Plan ist alles andere als wasserdicht, und wir werden mehr als nur ein bisschen Glück brauchen, aber Burke hat oft genug bewiesen, wie gerne er im Mittelpunkt steht. Dann geben wir ihm eben, was er will.«

Alle beugten sich vor.

»Schießt los«, sagte Trey mit funkelnden Augen.

Und genau das taten sie.

15

In den folgenden Tagen ließ die Hitzewelle, die Nova City wochenlang in ihrem Griff gehalten hatte, ein wenig nach. Die Luftfeuchtigkeit sank auf ein beinahe erträgliches Niveau und vereinzelte Regenschauer hauchten der abgestandenen, stickigen Luft neues Leben ein. Die Wetterfrösche warnten jedoch, dass es sich nur um ein Zwischenspiel handelte. Der vierte Juli würde trocken und heiß werden – kaum eine Chance, dass die angekündigten Feuerwerke ins Wasser fielen.

Mitte der Woche gingen Nick und Dad zu ihrem Haus und begutachteten den Schaden. Die Reparaturen waren bereits im Gange, aber es würde noch mindestens eine Woche dauern, bis sie wieder einziehen konnten. Nick war überrascht, dass es sich trotz allem, was passiert war, immer noch wie sein Zuhause anfühlte. Patricia Burke hatte ihr Allerheiligstes entweiht, aber dieses einmalige Ereignis war nichts gegen die Geschichte des Hauses und die Erinnerungen, die in jeden Zentimeter des Bodens und der Wände eingraviert waren. Hier hatten sie zusammen gelebt, gelacht und geweint, sich gestritten und wieder versöhnt.

»Es geht voran«, kommentierte Nick, während zwei Maurer die beschädigte Wohnzimmerwand wieder hochzogen. Das Loch war mit Plastikfolie abgedeckt und die Luft war so voller Ziegelstaub, dass er niesen musste.

»Das tut es«, bestätigte Dad. Er sah ein bisschen verloren aus, während er so im Wohnzimmer stand, und erschrak prompt, als Nick ihn versehentlich an der Schulter rempelte. »Es ist vielleicht nicht mehr so wie vorher, aber ...«

»... das muss es auch nicht«, beendete Nick den Satz für ihn. »Vielleicht wird es sogar besser als vorher. Eine kleine Warnung vorab: Jazz möchte sich um die Dekoration kümmern, wenn die Bauarbeiten fertig sind. Sie sagt, sie hofft, dass wir Rüschenkissen mögen.«

Dad seufzte. »Leider können wir schlecht Nein sagen. Ich will nicht mit einer Gabel erstochen werden.«

Apropos: Owen Burke war verschwunden, doch Nick glaubte nicht, dass er Nova City verlassen hatte. Er wartete nur auf den richtigen Zeitpunkt. Genau wie sie.

Aber den richtigen Zeitpunkt *wofür*? Nick hatte keine Ahnung. Er glaubte weder, dass Owen wirklich auf ihrer Seite stand, noch dass sie ihn zum letzten Mal gesehen hatten.

Dad legte ihm einen Arm um die Schulter. »Wir schaffen das schon.«

Nicks Tage waren anstrengend. Er schlief jeden Abend erschöpft im Gästezimmer des Kensington-Hauses ein, sein Geist war ungewöhnlich träge und sein Körper beschwerte sich über jede Bewegung, die er machte. Während Jazz, Gibby und Miles zusammen mit Burrito Jerry an Matilda arbeiteten (sie hatten die Trennwand ausgebaut und Regale sowie Batterien für die Elektronik installiert, während Jo den Unterschlupf nach allem durchsuchte, was sie an ihrem großen Tag brauchen würden), arbeiteten Mateo und Seth unter den wachsamen Augen von Trey und Mary Caplan mit Nick. Aaron und Cap mussten sich um ihre Kunden kümmern, weshalb Dad früh aufgestanden war, damit er umso früher wieder zurück sein konnte.

»Du hast Superkräfte«, schnauzte Mateo Nick an, nachdem es ihm zum dritten Mal nicht gelungen war, einen Schlag abzuwehren. »Warum tust du so, als hättest du keine?«

»Ich will dir nicht wehtun«, keuchte Nick und stützte die Hände auf die Knie, während ihm der Schweiß vom Gesicht tropfte. Aus dem Augenwinkel sah er, wie Seth ihn langsam umkreiste und auf Mateos Zeichen wartete, weiterzumachen.

»Ich sage ja nicht, dass du mir *wehtun* sollst«, entgegnete Mateo mit zusammengekniffenen Augen. »Ich sage dir, dass du dich *schützen* sollst. Noch mal.«

Nick schaffte es, sich rechtzeitig unter Seths Schwinger wegzuducken. Doch der gab ihm keine Zeit, sich wieder zu sammeln, sondern sprang sofort auf seinen Rücken, schlang Nick von hinten die Arme um den Hals und presste ihm die Knie ins Kreuz.

»Was tust du jetzt?«, flüsterte Seth ihm ins Ohr.

»Du meinst, ich soll warten, bis die anderen gegangen sind, damit wir uns ausziehen können?«

Trey schnaubte. »Ich glaube nicht, dass Burke sich davon aufhalten lassen wird. Außer sein Schwachpunkt sind ausgerechnet dürre weiße Jungenbeine.«

»Ekelhaft«, murmelte Nick, da riss Seth ihn mit seinem Gewicht nach hinten, sodass er auf dem Rücken landete und die fetten Wolken am tiefblauen Himmel über ihm anblinzelte. »*Aua!* Wo hast du diesen Trick gelernt und warum musst du ihn ausgerechnet an mir ausprobieren?«

Bevor Nick sich von dem Schmerz erholt hatte, hörte er ein vertrautes Knistern und rollte sich blitzschnell zur Seite – gerade noch rechtzeitig, bevor ein Stromschlag an der Stelle, wo er eben noch gelegen hatte, das Gras versengte. Er hob den Kopf und sah Mateo mit ausgestreckter Hand vor sich stehen. Blässlich blaue Blitze zuckten an seinen Fingern entlang – keine hohe Spannung also, denn Mateo hatte seine Kräfte beneidenswert gut unter Kontrolle. Trotzdem wollte Nick die Ladung lieber nicht abbekommen.

»Steh auf«, befahl Mateo. »Wir haben noch viel zu tun. Wenn du den Status eines Außergewöhnlichen für dich beanspruchen willst, solltest du dich auch wie einer verhalten.«

Es war der dritte Tag ihres Trainings und Nick hatte genug. Muskeln, die er noch nie in seinem Leben gespürt hatte, protestierten wütend, als er sich vom Boden abstieß. Der Funke in Nicks Kopf erstrahlte, dann richtete er sich zu seiner vollen Größe auf und erwiderte: »Ich *bin* ein Außergewöhnlicher.«

Mateo hüstelte. »Wirklich? Dann beweis es.« Er holte ohne Vorwarnung aus und eine hellblaue Kugel raste auf Nick zu.

Es war eine Entscheidung in Sekundenbruchteilen, ein einziger, glasklarer Gedanke: *Hör auf wegzurennen, stell dich, du schaffst das!* Der Funke in seinem Kopf explodierte. Nick riss die Arme hoch und dachte an eine dicke Steinmauer. Die Luft vor seinen Handflächen flimmerte und verfestigte sich, dann schlug die blaue Kugel dagegen, weniger als einen halben Meter von seiner Brust entfernt. Bevor sie zerbersten konnte, *schob* Nick und beobachtete mit Staunen, wie die blauen Funken plötzlich innehielten, als würde eine unsichtbare Hand sie daran hindern, in alle Richtungen davonzufliegen. Er machte eine Faust, die Kugel formte sich neu und schwebte jetzt direkt vor ihm. Ohne Zögern schleuderte er sie auf Mateo, der sie lässig auffing, auch wenn die Wucht von Nicks Wurf ihn rückwärts über den Rasen schlittern ließ und seine Schuhe dabei ganze Grasbüschel aus der Wiese rissen.

»Großer Gott«, keuchte Mary, während Trey die Kinnlade herunterfiel.

»Verdammt, *ja*!«, brüllte Nick und warf die Fäuste in die Luft. »Habt ihr das gesehen? Heilige Scheiße, ich habe mit bloßen Händen einen Blitz abgefangen. Ich bin der Größte! *Oh mein Gott …*«

Ein Tornado aus Feuer erhob sich um ihn herum, und Nick stand im Auge des Sturms. Die Flammen waren heiß, sie zischten und knisterten, und er geriet in Panik, doch gerade, als er dachte, sie würde ihn übermannen, überkam ihn eine plötzliche innere Ruhe. »Ich schaffe das«, flüsterte er sich zu. »Ich *kann* das.«

Er stellte sich einen weiteren Tornado vor, nur dass dieser aus Luft bestand, nicht aus Flammen. Ein Wind kam auf, fegte um Nicks Füße herum, kroch seine Beine und den Oberkörper hinauf, bis er in Nicks Ohren dröhnte und seine Haare hin und her peitschen ließ. Nick *schob*, fester diesmal, und der Tornado dehnte sich aus, traf auf die Flammen und riss sie auseinander.

Fensterscheiben klapperten im Rahmen, Trey und Mary wurden mitsamt ihren Stühlen umgeblasen und fielen zappelnd auf den Rücken. Mateo krachte rücklings gegen einen Stützpfeiler der Veranda, während Seth von den Füßen gerissen und quer durch den Garten in eine Hecke geschleudert wurde. Die Flammen erstarben, zurück blieb nur der Geruch von Rauch.

Nick holte tief Luft und ließ den Funken etwas schwächer werden, löschte ihn aber nicht.

Seth setzte sich zwischen Zweigen und Blättern wieder auf. »Was war das?«

»Das«, sagte Mateo und stieß sich mit einer Grimasse von dem Pfeiler ab, »war genau das, was ich wollte, und jetzt zutiefst bereue. Verdammt, Nick. Du hast dich tatsächlich nur zurückgehalten. Gut zu wissen.«

Nick grinste, während er Mary und Trey auf die Beine half und sich ausgiebig bei ihnen entschuldigte.

Seth befreite sich aus der Hecke, dann trainierten sie weiter.

Sie taten ihr Bestes. Sie wussten, was auf dem Spiel stand und dass sie nur so eine Chance hatten. Es gab so viele Unwägbarkeiten, und jede einzelne davon konnte ihren Plan zunichtemachen.

Nick kannte seine Schwächen, er war dickköpfig, laut und rechthaberisch. Und er war das personifizierte Chaos. Aber er kannte auch seine Stärken. Mut – auch wenn eine leise Stimme ihm manchmal zuflüsterte, er wäre ein Feigling. Kraft – und er wurde immer stärker. Klugheit – nun ja, wenigstens manchmal. Zugegeben, er machte auch Fehler, aber er versuchte immer, sie so gut wie möglich zu korrigieren und etwas daraus zu lernen.

Genau diese Gedanken gingen ihm in der letzten Nacht vor ihrem großen Tag durch den Kopf. Es war Donnerstagabend, der Mond wurde allmählich heller, und ein paar Sterne blinkten schwach am Himmel. Die Lichter im Garten der Kensingtons waren heruntergedimmt, die Luft war warm, aber nicht mehr so stickig. Es hätte ein beliebiger Tag im Hochsommer sein können.

Gibby, Jazz und Seth saßen am Rand des Pools und ließen die Füße ins Wasser baumeln. Sie sprachen über den morgigen Tag und gingen ihren Plan immer wieder durch, bis sie es satthatten. Dann wurde es für eine ganze Weile still und alle hingen ihren eigenen Gedanken nach.

Nick lag hinter den dreien im Gras, er hatte die Hände auf der Brust verschränkt und schaute in den Abendhimmel.

Manchmal fragte er sich, was seine Mom von ihnen halten würde, wenn sie sie jetzt sehen könnte.

Nicks Blick wanderte weiter zu seinen Freunden, die mit dem Rücken zu ihm saßen. Seth hatte den Kopf auf Gibbys Schulter gelegt, seine Locken schmiegten sich an ihre Wange, ihr Ohr. Jazz planschte mit den Füßen im Pool, kleine Wellen breiteten sich über das Wasser aus.

»Was machen wir dieses Wochenende?«, fragte Seth in die Stille hinein und hob den Kopf.

Nick und Jazz blinzelten verdutzt, während Seth mit seinen Füßen Wasser aufspritzen ließ. Irgendwo weit weg ertönte eine Sirene. Im Haus lachte jemand.

»Dieses Wochenende?«, wiederholte Gibby. »Du meinst ...«

Seth zuckte die Achseln. »Übermorgen. Wir haben noch nichts vor, oder? Wie wär's mit Kino? Oder mit einem kleinen Picknick im Park? Vielleicht schaffen wir es dieses Mal sogar, ohne dass jemand mit einer Gabel erstochen werden muss.« Er stand auf, ging zu Nick, streckte sich neben ihm im Gras aus und bettete den Kopf auf seine Hände.

Jazz kam als Nächste und machte es sich auf der anderen Seite bequem, gefolgt von Gibby, die sich zwischen Nicks Beine legte. »Picknick klingt gut«, begann sie. »Und danach ins Kino. Wir könnten den ganzen Tag zusammen verbringen, mit M&Ms im Popcorn, Cola und Nachos in ekliger Käsesoße. Oder wir gehen ins Museum und schauen uns Dinosaurierknochen an. Ich war nicht mehr dort, seit ... Wow. Seit Nicks Mom uns damals mitgenommen hat. Da waren wir *zehn*. Oder elf?«

»Elf«, sagte Nick. »Es war dein Geburtstag, wisst ihr noch? Gibby wollte Archäologin werden, nachdem wir uns im Herbst eine Milliarde Mal die alten *Indiana-Jones*-Filme angesehen hatten.«

Seth kicherte, seine Wangen röteten sich. »Ich erinnere mich. Aber … ähm, da war noch mehr als das.«

Gibby grinste ihn an. »Du warst in ihn verknallt, oder?«

»Ein bisschen. Okay, vielleicht mehr als nur ein bisschen. Ich wusste damals nicht, was es bedeutet, aber jedes Mal, wenn Indiana seine Peitsche knallen ließ …«

»Verdammt, ja«, keuchte Nick. »Guter Geschmack, Mann. Soll ich euch ein Geheimnis verraten?«

Alle sahen ihn an.

»Früher hatte ich diese Fantasie. Eine von der erotischen Sorte: ich und Han Solo in einem Whirlpool.«

Seth blinzelte. »Du hattest Sex-Fantasien von Han Solo?«

»Ja. Und ich habe nicht mal ein schlechtes Gewissen deswegen. Glaub mir, wenn ich sage, Han hat als Erster geschossen.«

Jazz fing an zu gackern und Gibby folgte sogleich. Sie schlang die Arme um den Bauch und wälzte sich hin und her, während Seth prustend den Kopf schüttelte. »Gut gebrüllt, Löwe. Ich bin nicht mal eifersüchtig.«

»Dazu gibt es auch keinen Grund«, erwiderte Nick. »Denn du bist besser als er.«

»Oh«, machte Jazz und wischte sich die Augen. »Hast du das gehört, Seth? Du bist besser als Indiana Jones *und* Han Solo.«

Seth verdrehte die Augen. »Die Latte hängt verdammt hoch, aber ich nehme die Herausforderung an.«

Jazz drehte sich herum und legte den Kopf auf Nicks Brust. Er presste sein Gesicht in ihr Haar und atmete ihren Duft ein. Sie schniefte. »Ab und zu mache ich mir Sorgen, dass sich bald alles ändern könnte. Nicht die ganze Zeit, aber manchmal.«

Gibby setzte sich auf und sah Jazz an. »Wirklich?«

»Ja. Tut das nicht jeder?«

»Ich glaube schon«, sagte Seth. »Die Zukunft macht uns Angst, weil wir sie nicht kennen. Aber sieh dir an, wie weit wir gekommen sind und was wir schon alles geschafft haben.«

»Ich habe eine Idee«, flüsterte Jazz. »Vielleicht sollte einer von uns in die Politik gehen. Als Anti-Simon-Burke, der die Dinge von innen heraus verändert.«

Seth sagte: »Was meinst du, Gibby? Ich glaube, du wärst die Richtige dafür.«

»Wow«, keuchte Nick. »Ja, das könnte funktionieren.« Er sah Gibby an. »Was sagst du dazu?«

Gibby runzelte die Stirn und zupfte nervös an den Grashalmen herum. »Vielleicht.« Sie lächelte. »Ich könnte ja klein anfangen. Vielleicht mit einem Sitz im Stadtrat.«

»Und dann im Kongress«, sagte Jazz mit leuchtenden Augen. »Und dann, in zwanzig Jahren: Lola Gibson, die jüngste Präsidentin in der Geschichte der USA.«

Gibby lachte. »Ich glaube, für diese Prognose ist es noch ein bisschen früh.«

Jazz schnaubte. »Die Leute werden dich unterschätzen, aber du wirst ihnen jedes Mal das Gegenteil beweisen. Und du müsstest es nicht allein tun. Ich könnte deine Pressesprecherin sein.«

»Und Nick und ich würden für dich Wahlkampf machen«, ergänzte Seth. »Du wärst der Boss und würdest uns sagen, was wir tun und wohin wir gehen sollen.«

»Eigentlich ist es jetzt schon so«, warf Nick ein und strich Jazz eine Haarsträhne aus der Stirn. »Weil Gibby schlauer ist als wir alle zusammen. Sie könnte es tatsächlich bis zur Präsidentin bringen. Jazz macht ihre Pressearbeit, ich arbeite mit Dad und Cap in der Detektei und Seth ...« Er runzelte die Stirn. »Was hast du mit deiner Zukunft vor, Seth?«

Seth legte den Kopf in den Nacken und schaute die Sterne an. Mittlerweile war es stockdunkel, nur am untersten Rand wurde der Himmel von den Lichtern der Stadt erhellt. »Ich weiß es nicht«, gestand er nach einer Weile. »Den Menschen irgendwie helfen, schätze ich. Menschen wie uns. Sie wissen lassen, dass sie nicht allein sind.«

»Das klingt perfekt«, erwiderte Nick. »Sie kommen zu dir und fragen dich um Rat und du gibst ihnen eine Richtung vor. Einen Punkt, den sie anpeilen können, ein Ziel für die Zukunft.«

»Glaubst du wirklich, dass ich das könnte?«

»Ja«, sagte Gibby. »Es gibt niemanden, der besser dafür geeignet wäre als du.«

»Du musst es ja jetzt nicht schon entscheiden«, beschwichtigte Jazz. »Keiner von uns muss das. Dafür bleibt noch genug Zeit.«

Alle diese Möglichkeiten schienen vollkommen real, als wären sie zum Greifen nah, wenn sie nur den Mut aufbrachten, es zu versuchen. Die Zukunft fühlte sich weit und wild an, als könnte nichts sie aufhalten, nichts sie auseinanderreißen.

Nick merkte, wie ihm eine Träne über die Wange kullerte, und erschrak. »Das Wochenende«, sagte er heiser. »Was machen wir noch mal dieses Wochenende?«

»Kino hört sich gut an«, antwortete Gibby sofort. »Jazz' Vorschlag gefällt mir. Aber keine überdrehte Superhelden-Fortsetzung. Davon habe ich schon genug in meinem eigenen Leben. Lieber einen französischen Kostümfilm in Schwarz-Weiß mit Untertiteln und Lesben.«

»Untertitel und Lesben«, wiederholte Seth. »Dagegen ist nichts einzuwenden.«

»Und danach hilft Gibby uns, unsere College-Bewerbungen fertig zu schreiben«, erklärte Jazz. »Sie geht auf die NCU, während wir unseren Highschool-Abschluss machen. Danach ziehen wir hinaus in die Welt und erleben Abenteuer, und wenn wir wieder zurückkommen, beginnen wir den Rest unseres Lebens. Zusammen.«

»Zusammen«, wiederholte Gibby.

»Zusammen«, bestätigte Seth.

Nick sah sie alle nacheinander an und staunte, dass ein vorlauter, nerviger Junge mit ADHS und telekinetischen Fähigkeiten wie er tatsächlich drei Gleichgesinnte gefunden hatte. Es war ein langer Weg gewesen.

»Zusammen«, sagte er aus tiefstem Herzen.

16

Am Morgen des vierten Juli, es war ein Freitag, schlug Nick im Gästezimmer der Kensingtons die Augen auf. Seth hatte einen Arm um ihn geschlungen und schnarchte ihm ins Ohr. Neben Seth lagen Jazz und Gibby in Löffelstellung, die Augen geschlossen. Ihr Atem ging tief und eine Strähne von Jazz' Haar lag auf Seths Schulter. Nick hatte ein warmes Gefühl im Bauch. Er fühlte sich sicher. Am liebsten wäre er wieder eingeschlafen, aber er wusste, das kam nicht infrage. Sein Gehirn lief bereits auf Hochtouren und überflutete ihn mit Gedanken darüber, wie der kommende Tag verlaufen könnte.

Von der Tür kam ein leises Klopfen und er hob den Kopf. Die Tür öffnete sich langsam und sein Dad kam herein. Er trug Jeans und eine dünne Jacke, deren Reißverschluss bis unters Kinn hochgezogen war. Er sah erschöpft aus, als er zu einem Stuhl in der Nähe des Fensters ging, durch das die Morgensonne hereinfiel. Er setzte sich und stützte die Hände auf die Knie.

»Hey«, krächzte Nick, seine Stimme noch heiser vom Schlaf. »Wie spät ist es?«

»Früh«, antwortete Dad.

»Gut geschlafen?«

Dad zuckte die Achseln. »Ein paar Stunden.«

Nick löste sich vorsichtig von seinen Freunden. Seth schmatzte leise, murmelte etwas Unverständliches und vergrub das Gesicht im Kissen. Nick stand auf, streckte sich und ging zu seinem Dad, der hinaus in den Garten schaute. Hinter den Büschen, jenseits der Bäume, ragten die Wolkenkratzer von Nova City auf. Metall und Glas vor einem wolkenlosen Blau.

»Gestern hatte ich Angst«, sagte Nick leise. »Das habe ich immer noch, aber anders.« Er sah Dad an, der ihn mit einem Ausdruck beobachtete, den Nick nicht recht deuten konnte. *Vertrauen*, glaubte er.

»Und jetzt?«, fragte Dad leise.

Nick überlegte einen Moment lang. »Entschlossenheit. Ich weiß, was wir zu tun haben. Und ich weiß, dass es das Richtige ist.« Er senkte den Blick. »Wenn das hier vorbei ist, möchte ich noch mal ans Meer. Zum Leuchtturm. Mit ihr reden. Kommst du mit?«

Dad stand von seinem Stuhl auf und schloss Nick in eine innige Umarmung. »Sehr, sehr gerne, Junge.«

Sie gingen zu fünft die Treppe hinunter, Dad voraus.

Als sie das Wohnzimmer erreichten, wandte sich ihnen eine Reihe von Gesichtern zu: Eltern, eine Tante und ein Onkel, Mateo und Chris, Mary und Rodney Caplan sowie der unglaubliche Burrito Jerry, der getreu seinem Namen einen Frühstücksburrito mampfte, die runden Backen voller Käse, Eier und Kartoffeln.

»Nick hat sich einen Slogan für uns überlegt«, begann Seth und stupste ihn an der Schulter an. »Sag's ihnen. Er ist ziemlich gut, finde ich.«

»Jaja«, erwiderte Nick ein wenig abgelenkt. »Geradezu fantastisch. *Lasst uns Simon Burkes verdammtes Leben ruinieren.*

Das war's. Also, weiter in der Tagesordnung: Trey, Sie scheinen mitten im Hochsommer eine hochgeschlossene Jacke zu tragen. *Im Haus.* Miles und Bob ebenfalls.« Er runzelte die Stirn. »Und mein Dad. Ich frage mich, warum.«

Miles erhob sich von seinem Stuhl. »*Das* nennst du einen Slogan? Pah! Die Jugend von heute. Ihr glaubt, nur weil ihr diese Stadt ein- oder zweimal gerettet habt, wisst ihr alles. Wollt ihr mal einen *richtigen* Slogan sehen? Dann schaut her und lernt!«

Trey erhob sich ebenfalls, gefolgt von Bob. Dad forderte Nick auf, zu bleiben, wo er war, und gesellte sich zu ihnen. Nick murmelte etwas über Eltern, die sich ungebeten ins Rampenlicht drängten, und blieb bei seinen Freunden, während er sich fragte, welch neuerliche Katastrophe gleich über sie hereinbrechen würde.

Es war sowohl besser als auch schlimmer, als er erwartet hatte. Miles nickte den anderen zu, dann demonstrierten sie alle gemeinsam, warum Eltern die peinlichsten Menschen der Welt sind.

»Wir sind Beschützer«, begann Miles.

»Wir sind Kämpfer«, ergänzte Trey.

»Wir sind stark«, sprach Bob weiter.

Dad zwinkerte Nick zu und sagte: »Wir sind unaufhaltsam.«

»Wir sind ...«, sagten alle vier gleichzeitig, drehten ihnen den Rücken zu und zogen ihre Jacken aus. Dann wirbelten sie herum und riefen im Chor: »Die Dad-Squad!«

Jeder von ihnen trug ein weißes T-Shirt mit dem Schriftzug *Dad-Squad* in rosa Glitzerbuchstaben darauf. Darunter prangten Bilder, offensichtlich aufgebügelt. Auf Miles Brust war eine junge Jazz zu sehen, der zwei Schneidezähne fehlten. Bei Trey war es ein Foto von Gibby mit halb rasiertem Kopf, Trey stand mit einer Schermaschine in der Hand hinter ihr. Bei Bob: Seth, wie er mit einem Buch in der Hand auf einem Stuhl kauerte, die Brille schief auf der Nase. Und Dads Brust zeigte ein Bild von Nick als Kleinkind. Mit pummeligen Ärmchen, Speckringen an den Oberschenkeln und einem riesigen Stück orangem Käse zwischen den Beinen, das aussah, als hätte jemand mit winzigen Zähnen daran genagt. Nicks Backen waren gebläht, sein voller Mund stand halb offen, und im Hintergrund war ein Fernseher zu erkennen.

»Ich glaub das nicht …«, stammelte Nick. »Warum nur? *Warum?*«

»Weil wir es konnten«, antwortete Miles.

»Das ist das Tollste, was ich je in meinem Leben gesehen habe«, rief Mateo und zückte sein Handy, um den Moment für die Nachwelt festzuhalten.

»Schick«, kommentierte Burrito Jerry immer noch kauend. »Ich habe auch mal Glitzer getragen, das war während der Pride Week. Ich habe Leute herumgefahren, und ein Typ, der sich Tank nannte, hat mich angemacht. Was mich dazu gebracht hat, meine Sexualität zu hinterfragen, und da habe ich gemerkt, dass ich doch nicht so festgelegt bin, wie ich immer dachte. Guter Typ, dieser Tank.«

Alle sahen ihn an.

Jerry zuckte die Achseln. »Ich hab's noch nicht wirklich ausgelebt.« Er wandte sich Mateo zu. »Du bist süß. Wie sieht's aus, hast du einen Freund?«

»Hat er«, antwortete Chris genauso amüsiert wie entsetzt und legte Mateo demonstrativ eine Hand auf den Oberschenkel.

»Cool, cool«, erwiderte Burrito Jerry gelassen. »Gratuliere. Sieht so aus, als ob Aaron und ich hier die einzigen Singles sind. Was sagst du, mein Freund? Wollen wir der Magie zwischen uns eine Chance geben? Ich weiß, dass die letzten

Wochen mit dieser seltsamen Frau bei euch zu Hause schwierig waren, wenn du also Zeit brauchst, verstehe ich das. Ich kann warten.«

»Klar«, meinte Dad. »Ich wette, Nick würde sich sehr über einen neuen Stiefvater freu... Nick, würdest du bitte aufhören, so zu *schreien*?«

Tat er – aber nur, weil Seth ihm den Mund zuhielt. Und selbst dann schrie er noch, wenn auch gedämpft, mit hervorquellenden Augen und von schrecklichen Visionen einer Hochzeit zwischen Dad und Burrito Jerry geplagt, die mit klappernden Dosen an Matildas Stoßstange in die Flitterwochen fuhren. Kurz gesagt: Er war kein Fan der Idee.

Oder vielleicht doch? Er *liebte* Burritos, und wenn Jerry sie auf Lebenszeit umsonst bekam, müsste dann nicht auch ab und zu einer für ihn herausspringen? Das wäre doch eine Überlegung wert, ob Dad und Jerry nicht möglicherweise ...

Nein. Nur über Nicks Leiche.

»Alles okay?«, fragte Seth und klang, als müsste er sich gleich selbst den Mund zuhalten, allerdings vor Lachen. »Oder schreist du immer noch?«

Nick gab ihm mit einem Rucken seines Kopfs zu verstehen, dass es ihm gut ging, und sobald Seth seine Hand weggezogen hatte, platzte er heraus: »Sollte Burrito Jerry *jemals* zu uns nach Hause kommen, müsst ihr die Schlafzimmertür offen lassen, verstanden? Und ich werde alle Plastiktüten im Haus zählen, damit ich es merke, wenn eine fehlt, und dann bekommt ihr was zu hören, darauf könnt ihr euch verlassen!«

»Warum sollte eine Plastiktüte verschwinden?«, fragte Jerry mit gerunzelter Stirn.

»Oh«, machte Martha. »Gut, dass Sie fragen. Das ist ein schlauer Trick, um sich zu schützen, wenn man ...«

»Einläufe!«, brüllte Nick. »Ihr müsst außerdem einen Einlauf machen, um einem Fäkalpenis vorzubeugen.«

»Vielleicht war mein Gedanke doch nicht so gut«, sagte Dad kreidebleich.

»Aber nein«, widersprach Miles. »Wenn wir nicht einmal genießen dürfen, wie Nick bei der Vorstellung durchdreht, wie Sie und Burrito Jerry miteinander Unzucht treiben, läuft eindeutig etwas falsch.«

»Daddy«, sagte Jazz mit Schmollmund und riesengroßen Prinzessinnenaugen. »Wir haben das doch besprochen. Nur weil du alt bist, darfst du trotzdem nicht *Unzucht* sagen. Das ist eklig, und du bringst mich vor meinen Freunden in Verlegenheit.«

Trey schnaubte. »Ich bitte dich, Jasmine. Als ob wir nicht mit dir und Gibby ausführlich darüber diskutiert hätten ...«

»Ruhe!«, schrie Gibby. »Wir haben über *gar* nichts diskutiert, was hier und jetzt zur Sprache kommen müsste.«

»Hör nicht auf deinen Dad!«, stimmte Nick mit ein. »Ich weiß aus eigener Erfahrung, wie schamlos Väter lügen, denn ich habe den empirischen Beweis erbracht, dass Seth *kein* Feuer ejakuliert!«

Stille, nur unterbrochen von dem rhythmischen Pochen, mit dem Seth seinen Kopf gegen die Wand schlug und bei jedem Mal *Warum?* stöhnte.

»Äh«, machte Nick hastig. »Ignoriert alles, was ich gerade gesagt habe. Ein Hoch auf die Dad-Squad!«

Und die Welt war wieder in Ordnung.

Der Plan lautete wie folgt:

Mary, Jo und Martha übernahmen vom geheimen Unterschlupf im Haus der Grays aus die Kommunikation, Martha als Leiterin des Teams, da sie die Systeme fast genauso gut kannte wie Gibby.

Burrito Jerry, Gibby und Jazz bildeten die mobile Leuchtturm-Einheit im Lieferwagen, der mit allen technischen Geräten ausgestattet war, die Gibby für die Operation benötigte. Aysha begleitete sie, um im Bedarfsfall unterstützend eingreifen zu können. Die Nachtsichtgeräte waren ebenfalls dabei. »Ich bin enttäuscht, dass wir sie noch nie benutzt haben«, wie Jazz Nick und Seth erklärt hatte. »Ich habe sie nicht gekauft, damit sie nur im Regal rumliegen.«

Mateo – jetzt als Miss Raten mit Glitzertrikot, blauer Lockenperücke und Armreifen, wie nur eine Königin ihres Kalibers sie tragen konnte – bildete die erste Verteidigungslinie im Wagen. Burrito Jerry sagte, wenn es hart auf hart käme, könne Matilda auf mindestens hundert Stundenkilometer beschleunigen, bevor das Fahrgestell zu wackeln begann, was die anderen Teammitglieder jedoch weniger zu beruhigen schien, als er erwartet hatte.

Chris hatte an diesem Abend Dienst und war einem Polizeikontingent zugeteilt, das die Menschenmenge vor dem Burke Tower im Auge behalten und für Ruhe sorgen sollte. Er zeigte ihnen ein Memo, das von ganz oben gekommen war und in dem stand, dass sie zwar keine Drohungen erhalten hatten, aber dennoch auf der Hut sein sollten.

Blieben noch Seth, Nick, Cap und die Dad-Squad: Sie würden Matilda im schwarzen SUV der Kensingtons, einem Panzer mit drei Sitzreihen im Fond, in die Stadt folgen und das Fahrzeug dann ein paar Blocks vom Burke Tower entfernt in einem Parkhaus abstellen, um von dort wie Tausende andere zu Fuß weiterzugehen. Die Straßen rund um den Tower waren abgeriegelt, nur Polizeifahrzeuge durften hinter die Absperrungen.

Während Gibby jedem Mitglied der Dad-Squad einen Anstecker mit der Aufschrift DAD-POWER überreichte, entfernte sich Nick ein Stück von den anderen. Der eigentliche Zweck der Anstecker waren die darin verborgenen Minikameras, die direkt mit der mobilen Einsatzleitung in Matilda verbunden waren. Nick zog eines der Wegwerfhandys, die Bob für sie alle gekauft hatte, aus seinem Rucksack. Gibby hatte ihre Handys zwar plattgemacht und neu installiert, aber sie konnten nicht vorsichtig genug sein. Für den Fall, dass es Burke gelungen war, eines davon mit einem Tracker auszustatten, blieben ihre normalen Telefone im Haus, damit es den Anschein hatte, als seien sie weit weg vom Burke Tower. Wenn er dann merkte, dass das nicht der Fall war, wäre es bereits zu spät. Hoffte Nick zumindest.

Er schickte eine Nachricht an eine nicht gespeicherte Nummer.

WIR SIND BEREIT. SIE AUCH?

Die Antwort ließ nur wenige Sekunden auf sich warten.

JA. ALLES, WIE WIR BESPROCHEN HABEN.

HAT SICH IRGENDWAS VERÄNDERT?

Diesmal dauerte die Antwort ein bisschen länger. Nick begann zu schwitzen und starrte auf sein Handy. Schließlich:

NEIN. ER AHNT NICHTS.

SICHER NICHT?

JA, GANZ SICHER. HÖR AUF, FRAGEN ZU STELLEN. WIR BEKOMMEN NUR DIESE EINE CHANCE!!!

»Ich hasse dich auch«, murmelte Nick, und weil er wusste, dass es Rebecca Firestone auf die Palme bringen würde, schickte er ihr ein Dutzend Kuss-Emojis, gefolgt von zehn ausgestreckten Mittelfingern. Es ging ihm sofort besser, als er sich ihre Empörung vorstellte.

Da legte sich von hinten eine Hand auf seine Schulter.

»Alles in Ordnung?«, fragte Dad.

Er nickte und steckte das Handy wieder ein. »Sie sagt, sie hat getan, was sie versprochen hat.«

»Vertraust du ihr?«

»Nein«, antwortete Nick wahrheitsgemäß. »Aber ich glaube ihr.«

Sie gingen zurück zu den anderen und einen Moment lang sprach niemand. Sie standen einfach in einem engen Kreis zusammen und sahen einander in die Augen: aufgeregt, nervös, stolz, entschlossen. Irgendwann ergriff Gibby die Initiative und hielt ihre Hand in die Mitte. »Kommt schon«, sagte sie.

Es war nicht leicht in der Enge, aber sie taten, worum Gibby gebeten hatte, streckten einen Arm und bauten einen ziemlich schiefen Turm aus Händen.

»Wer *sind* wir?«, rief Gibby.

»Der Leuchtturm!«, antworteten alle im Chor.

»Und was *tun* wir?«

Alle sahen Gibby verwirrt an, als wüssten sie nicht recht, was von ihnen verlangt wurde. Wenigstens *fast* alle, denn Dad sagte kichernd: »Simon Burkes verdammtes Leben ruinieren.«

»Verflucht, ja«, keuchte Nick. »Das ist und bleibt der beste Slogan von allen. Nehmt *das*, ihr erbärmlichen Hater!«

»Genau so ist es«, bestätigte Gibby. »Wir werden Burke zeigen, warum es der größte Fehler seines Lebens war, sich mit uns anzulegen. Ihr wisst, was auf dem Spiel steht, und jeder kennt seine Aufgabe. Passt aufeinander auf und geht keine unnötigen Risiken ein. Seid stark.« Sie grinste in die Runde. »Denkt daran: Wir sind alles, *außer* gewöhnlich. Und jetzt zeigen wir's ihm!«

Sie erreichten das Parkhaus und fuhren bis ganz nach oben. Ein paar Blocks entfernt ragte der Burke Tower in den Himmel, dessen Spitze rot, weiß und blau beleuchtet war. Auf einem übergroßen Bildschirm an der Vorderseite des Gebäudes strahlte die amerikanische Flagge, darüber die Worte: BURKE SEI MIT UNS! Die Sonne ging gerade unter und tauchte den Himmel in feurige Rot- und Orangetöne.

Das Parkhaus war voll. Menschen eilten zu den Treppen und Aufzügen, sie hatten bunte Wimpel und Schilder mit Burkes Parolen dabei, viele Kinder hatten sich blaue Sterne ins Gesicht gemalt. Manche schauten in ihre Richtung, als sie aus ihren Fahrzeugen kletterten, aber hauptsächlich wegen des Graffiti auf Matilda. Ein paar Eltern funkelten sie empört an und schirmten ihre Kinder vor dem Anblick der vollbusigen, auf einem Seepferdchen reitenden Frau ab. Matilda war in der Tat kein unauffälliges Transportmittel, aber Nova City war voller solcher Merkwürdigkeiten, ein Schmelztiegel von Spinnern, von denen manche noch viel schräger waren als Burrito Jerry.

Miss Raten stellte sich vor Dad und machte irgendwas mit seinem Gesicht. Sie runzelte kurz die Stirn, dann nickte sie und sagte: »Fertig.«

Dad drehte sich um, und Nick hätte bei dem Anblick, der sich ihm bot, beinahe seine Zunge verschluckt: Auf Aarons Oberlippe klebte ein riesiger brauner Schnurrbart, darüber glänzte eine übergroße, verspiegelte Sonnenbrille. Er sah aus wie ein Pornostar aus den Siebzigern, dachte Nick und wünschte sich sofort, er könnte das Bild wieder aus seinem Gehirn verbannen. Er wusste, dass Aaron eine Verkleidung brauchte, damit seine ehemaligen Kollegen ihn nicht wiedererkannten, aber es musste doch noch andere Möglichkeiten gegeben haben als ausgerechnet ...

»Und?«, fragte Dad. »Wie sehe ich aus?«

»Als ob du willst, dass wir dir in eine dunkle Gasse folgen, damit du dich vor uns entblößen kannst«, antwortete Nick.

»Als hätten Sie sechzehn Geliebte, eine komplizierter als die andere«, sagte Seth.

»Als wären Sie der Bassist einer christlichen Punkrockband namens *Please Us, Jesus!*«, rief Jazz aus Matilda herüber.

»Als hätten Sie rote Satinbettwäsche und einen großen Spiegel an der Schlafzimmerdecke«, ergänzte Gibby.

»Als ob du wüsstest, wie man einen Mann erfreut«, meinte Burrito Jerry.

»Genau«, bestätigte Trey, und Bob nickte dazu. »Sie sehen aus, als würde Sie sich gleich Latexhandschuhe anziehen und alle meine Körperöffnungen untersuchen.«

Dad schlug die Hände über dem Kopf zusammen.

»Ignorier sie«, brummte Cap. »Ein echter Mann trägt Schnauzer. Sieht gut aus, Aaron.« Er kletterte aus dem SUV und reckte die Faust.

»Schnauzer-Brothers«, erwiderte Dad und schlug zufrieden ein.

»Igitt«, machte Nick und schnitt eine Grimasse. »Wenn das so weitergeht, muss ich mir überlegen, ob ich mit dir in der Öffentlichkeit gesehen werden will. Ich habe schließlich einen Ruf zu verlieren.«

»Klar«, sagte Dad und wackelte mit seinem Schnurrbart. »Red's dir nur ein, Junge. Burrito Jerry gefällt es und das genügt mir. Der Mann hat einen guten Geschmack.«

»Ich glaube, ich verliebe mich gerade in dich«, sagte Burrito Jerry ernst.

Dann drängten sich alle möglichst unauffällig vor Matilda zusammen, um die Sicht auf den Innenraum zu versperren, während Seth sein Pyro-Storm-Kostüm anzog. Gibby half ihm, den Helm aufzusetzen, die roten Linsen gingen mit einem Blinken online, dann drehte sie sich zu ihrem Laptop um und ließ die Finger über die Tastatur fliegen. »Leuchtturm, könnt ihr mich hören?«

»Laut und deutlich«, knisterte Marthas Stimme aus den Lautsprechern. »Wir haben eure Position auf dem Monitor, die Verbindung ist gut und das Signal stabil.«

»Gute Arbeit, Gibby«, sagte Trey sichtlich stolz. »Ich weiß nicht, wie du dir das alles beigebracht hast, aber es ist wirklich beeindruckend.«

Gibby nickte strahlend, da streckte Miss Raten den Kopf herein. »Habt ihr schon was von Chris gehört?«

»Er ist seit zehn Minuten ebenfalls online«, antwortete Martha über Funk. »Er wird am Eingang sein und dafür sorgen, dass ihr ohne Probleme reinkommt.«

Chris' gedämpfte Stimme ertönte aus den Lautsprechern, kaum mehr als ein Flüstern. »Wie lange braucht ihr, bis ihr hier seid? Ich meine, damit ich rechtzeitig da bin. Ich ... Wartet kurz.« Seine Stimme wurde lauter. »Ich gehe jetzt rüber und helfe am Einlass. Sag dem Sergeant Bescheid, falls sie fragt.« Dann, jetzt wieder leise: »Ihr müsst euch beeilen. Also, wann kommt ihr an?«

»In fünfzehn Minuten«, antwortete Dad.

»Verstanden. Am Eingang werden alle Taschen und Rucksäcke kontrolliert. Ihr müsst euch unbedingt in der Schlange anstellen, wo ich das mache, dann kommt ihr unbehelligt durch.«

»Machen wir«, erwiderte Nick, eilte zurück zum SUV und holte seinen Rucksack heraus. Als er sich umdrehte, sah er Pyro Storm direkt an der Brüstung des Parkdecks stehen und nach unten spähen. Offensichtlich scannte er gerade die Menschenmassen, die sich Richtung Burke Tower bewegten, also ließ er ihn in Ruhe und ging zurück zu Matilda. Jazz saß zusammengekauert auf der linken Seite der Rückbank und starrte die beiden Monitore vor sich an. Gibby tippte fieberhaft auf der Tastatur und murmelte leise vor sich hin.

»Kannst du was erkennen, Jazz?«, fragte Pyro Storm. Die Bilder seiner Helmkamera flimmerten über ihren Monitor, zoomten einzelne Gesichter in der Menge heran und wieder heraus.

»Ja«, sagte sie. »Halt den Kopf weiter auf die Straßen gerichtet, wenn du zum Tower fliegst. Falls Owen irgendwo dort unten ist, werden wir ihn finden.«

»Wie steht's mit den restlichen Vorbereitungen?«

»Sind auch gleich so weit«, antwortete Gibby. »Als ob mich diese Firewall aufhalten könnte, ihr Amateure«, murmelte sie, ohne den Blick von ihrem Laptop abzuwenden.

»Gut«, sagte Pyro Storm und straffte die Schultern. »Ich mache mich auf den Weg.«

»Warte!«, rief Nick, rannte zu ihm und legte die Hände an die Seiten von Pyro Storms Helm. Selbst jetzt konnte er die Hitze spüren, die von ihm ausging. Schließlich presste er seine Stirn gegen den Helm, blinzelte gegen das hellrote Glühen der Linsen an und flüsterte: »Sei vorsichtig.«

»Werde ich«, versprach Seth. »Pass du auch gut auf dich auf. Wenn du mich brauchst, lass es mich wissen, selbst wenn es unseren Plan gefährdet. Lieber am Leben bleiben und wann anders weiterkämpfen.«

»Ich weiß.«

Pyro Storm nickte und trat einen Schritt zurück. »Kann ich?«, fragte er über die Schulter.

»Einen Moment noch«, sagte Dad, als eine Gruppe von Leuten vorbeikam. »Warte, warte, warte. *Jetzt.*«

»Hey, Nick?«, sagte Pyro Storm.

»Ja?«

»Zeit, zu brennen!«, rief Seth und jagte in einem Feuerschweif davon, schneller, als Nick ihn je hatte fliegen sehen. Innerhalb von Sekunden war er nur noch ein winziger Punkt am Himmel über Nova City.

Nick kehrte zu Matilda zurück und fragte: »Alles klar bei euch?«

»Mach dir um uns keine Sorgen«, antwortete Miss Raten und zeigte ihm die winzigen Lichtbögen, die über ihre Finger leckten. Die Luft im Wagen roch nach Ozon. »Niemand fasst unsere Mädchen an, solange ich dabei bin.«

»Geh«, sagte Gibby, den Blick auf Nick gerichtet. »Wir sind deine Augen und Ohren, aber pass auf dich auf.«

»Ich bleibe inzwischen hier und kümmere mich um alles, was nebenbei so anfällt«, erklärte Burrito Jerry. »Jasmine hat gesagt, dass ich vielleicht sogar die Nachtsichtbrille benutzen darf. Kannst du dir das vorstellen? Im Dunkeln *sehen*!«

»Äh, klar«, erwiderte Nick. »Du machst das schon, Burrito Jerry.«

Dann trat er zurück, damit Miles und Trey sich von ihren Töchtern verabschieden konnten. Als sie damit fertig waren, gesellten sie sich zu Nick, Dad, Cap und Bob.

»Daddy?«, fragte Jazz und streckte noch einmal den Kopf aus dem Lieferwagen.

»Ja, Schatz?«, fragte Miles.

»Ihr schafft das. Dad-Squad!«

Miles grinste. *»Dad-Squad.«* Er sah seine Mitstreiter entschlossen an. »Los geht's.«

Sie tauchten in die Menschenmenge ein, die Richtung Burke Tower strömte, und blieben so gut es ging zusammen. Nick ging mit gesenktem Blick in der Mitte – Cap vor ihm, Bob zu seiner Linken, Miles zu seiner Rechten, Trey und Dad hinter ihm. Aaron hatte Nick die Hände auf die Schultern gelegt und führte ihn, damit er den Kopf nicht heben musste.

Je näher sie dem Burke Tower kamen, desto lauter wurde es. Von irgendwoher dröhnte Musik, die von den Hochhäusern links und rechts zurückgeworfen wurde. Zusammen mit dem Lärm der Menschenmassen um sie herum hätte das leicht eine gefährliche Ablenkung darstellen können, aber für Nick fühlte es sich nicht anders an als das ganz normale Chaos in seinem Kopf. Er hatte Jahre Zeit gehabt, sich daran zu gewöhnen, und konnte das meiste ausblenden, indem er sich einfach darauf konzentrierte, einen Fuß vor den anderen zu setzen und gleichmäßig zu atmen.

Polizisten in voller Schutzausrüstung säumten die Bürgersteige.

»Wartet kurz«, flüsterte Dad. »Wir müssen zur dritten Reihe, ganz links. Chris ist schon dort.«

Sie drängelten sich in die entsprechende Richtung. Insgesamt waren es ein Dutzend Schlangen, an deren Enden Sicherheitskräfte eilig die Taschen der Besucher kontrollierten. Dazwischen glitzerten metallene Absperrgitter in der untergehenden Sommersonne.

Kalter Schweiß lief Nick den Nacken hinunter, während sie sich dem Eingang näherten. Als sie das Absperrgitter erreichten, war er völlig durchnässt, das T-Shirt klebte ihm am Körper, sein Rucksack fühlte sich tonnenschwer an.

»Cap«, sagte einer der Beamten überrascht. »Was machen Sie denn hier?«

»Mit Freunden feiern«, antwortete Cap leichthin. »Collins, oder?«

Der Polizist nickte erfreut. »Jawohl.«

»Gut. Aber Sie halten die Schlange auf, Collins. Bringen Sie uns durch, damit diese braven Leute das Feuerwerk genießen können.«

»Jawohl«, erwiderte Collins. Cap hatte keine Tasche dabei, die kontrolliert werden musste, weshalb der schwitzende Collins ihn einfach durchwinkte.

»Wo bleibt Chris?«, zischte Nick, während die Panik bereits unter seiner Haut kribbelte.

»Keine Ahnung«, murmelte Dad. »Ich kann ihn nirgends sehen.«

Miles war als Nächster an der Reihe. Dann Bob. Dann Trey, der Aaron ängstlich anschaute, nachdem Collins ihn durchgewinkt hatte.

»Der Nächste«, sagte Collins gerade, den Blick auf Nick gerichtet. »Ich muss deinen Rucksack kontrollieren.«

Nick erstarrte, und Dads Finger gruben sich in seine Schultern.

»Du da«, sagte Collins und deutete verärgert auf Nick. »Komm schon.«

»Scheiße«, flüsterte Nick. »Scheiße, Schei...«

»Ich mach das schon«, sagte Chris und tauchte wie aus dem Nichts auf. »Gönn dir mal 'ne Pause, Collins. Die hast du dir verdient.«

Collins sah ihn überrascht an. »Morton? Was machst du denn hier? Ich dachte, du wärst vorne bei der Bühne.«

»Aushelfen«, antwortete Chris, und wenn er nervös war, ließ er es sich zumindest nicht anmerken. »Ich will nicht, dass bei dieser Hitze jemand zusammenbricht. Geh und trink was. Ich übernehme so lange für dich.«

Nick hielt den Atem an.

»Hey, danke«, sagte Collins nach einem letzten Blick auf Nick und Aaron. »Officer Morton wird sich um euch kümmern. Einen schönen Abend noch!« Dann machte er auf dem Absatz kehrt und verschwand in der Menge.

Nick atmete explosionsartig aus. Seine Knie waren weich. Das war ein bisschen *zu* knapp gewesen für seinen Geschmack. Chris winkte ihn nach vorne, und erst da merkte Nick, wie sehr seine Hände zitterten. Dad schob ihn vorwärts.

»Deinen Rucksack, bitte«, sagte Chris, laut genug, dass die anderen in der Schlange ihn hören konnten.

Nick übergab ihn und lehnte sich an den billigen Klapptisch, auf dem Chris den Rucksack abgestellt hatte. »Werden wir beobachtet?«, fragte er aus dem Mundwinkel.

Nick blickte kurz nach links, dann nach rechts. »Nein.«

Chris öffnete den Reißverschluss des Rucksacks, aber nur bis zur Hälfte. Nick sah das Hellblau darin aufblitzen, als Chris seine Hand hineinschob. Kurz darauf zog er sie wieder heraus, machte den Reißverschluss zu und kontrollierte die Außentaschen. Schließlich gab er Nick den Rucksack zurück. »Danke. Du kannst durch.«

Als Nick an ihm vorbeiging, drückte ihm Chris sechs kleine Plastikknubbel in die Hand. »Sind schon online«, murmelte Chris, während er die nächsten Leute heranwinkte.

Nick ging weiter zu Cap, Trey, Bob und Miles, die gleich hinter der Absperrung auf ihn und Aaron warteten. Er öffnete die Hand und sah nach unten: Sechs winzige Ohrhörer mit eingebauten Mikros lagen in seiner Hand. Er verteilte sie an alle.

»Das war knapp«, murmelte Dad, während er sich seinen ins Ohr steckte. »Mobiler Leuchtturm, hört ihr mich?«

»Laut und deutlich«, antwortete Gibby mit blecherner Stimme. »Seid ihr drin?«

»Sind wir«, bestätigte Nick.

Dad fasste Nick am Ellbogen und führte ihn ein Stück von den hereinströmenden Menschenmassen weg. »Irgendeine Spur von Owen?«

»Noch nicht«, antwortete Pyro Storm.

»Wo bist du?«, fragte Nick und hob den Blick. Der Burke Tower ragte bedrohlich über ihnen auf.

»Auf dem Dach. Ich habe die Schlüsselkarte gefunden, die Firestone für mich hinterlassen hat. Ist sie sicher, dass es keinen Alarm gibt?«

»Das hat sie zumindest behauptet. Es gab Probleme mit der Tür, die du benutzen sollst. Sie hat ständig beim kleinsten Windhauch Alarm geschlagen, also haben sie ihn ganz abgeschaltet, bis der Fehler gefunden ist.«

»Lasst es mich jetzt gleich versuchen, nur um sicherzugehen.«

»Noch nicht«, sagte Gibby schroff. »Ich bin noch nicht im Sicherheitssystem. Es ... dauert noch einen Moment.«

»Gibby«, knurrte Nick. »Wir haben jetzt keine Zeit für ...«

»Halt die Klappe«, schnauzte Gibby. »Wir arbeiten, so schnell wir können. Es ist komplizierter, als ich dachte. Jazz, ich brauche dich ... Ja, genau, mach das mal. Was hast du ... Ja. Pyro Storm, wir sind drin. Ich habe das Sicherheitsraster für den Burke Tower erstellt.«

»Verstanden«, sagte Pyro Storm. »Ich probiere jetzt die Tür.«

»Oh Mann«, flüsterte Trey. »Jetzt weiß ich, warum Heist-Movies so spannend sind. Mir ist ganz schlecht vor Angst.«

»Es kann nichts passieren«, beschwichtigte Cap und wischte sich mit dem Unterarm den Schweiß von der Stirn. »Falls der Alarm losgeht, verschwindet Seth einfach, und wir überlegen uns was anderes.«

»Die Schlüsselkarte und der Code funktionieren schon mal. Die Tür ist offen«, meldete Pyro Storm sich einen Moment später zu Wort. »Gibby?«

»Du hast keinen Alarm ausgelöst«, antwortete Gibby atemlos. »Ihr könnt loslegen.«

Bob atmete kopfschüttelnd aus. »Das kann nicht gut für meinen Blutdruck sein.«

Miles klopfte ihm aufmunternd auf den Rücken. »Alles gut.« Er deutete mit dem Kinn auf den Burke Tower. »Jetzt müssen wir nur noch näher ran, bevor die Sause losgeht.«

»Folgt mir«, sagte Cap und straffte die Schultern. Dann marschierte er mit der ganzen Autorität eines ehemaligen Polizeichefs inkognito los, und die Menge ließ ihn und sein Gefolge respektvoll durch, um sich gleich hinter ihnen wieder zu schließen.

Je näher sie dem Burke Tower kamen, desto schwieriger wurde das Vorwärtskommen. Die meisten im Publikum trugen Burke-Outfits: weiße Hüte mit seinem Namen in roten Lettern darauf, dazu Hemden mit Burkes Konterfei. Schilder mit Anti-Außergewöhnlichen-Sprüchen, die Simon als Retter von Nova City priesen. Es waren sogar welche mit schlechten Zeichnungen von Pyro Storm dabei, auf denen das Gesicht mit einem schwarzen Kreuz durchgestrichen war. Eines davon wurde von einem Kind hochgehalten, das nicht älter als neun oder zehn sein konnte. Und in der Ferne, über all dem Lärm um sie herum, hörte man die Gegendemonstranten im Chor schreien: »OHNE GERECHTIGKEIT KEINEN FRIEDEN! OHNE GERECHTIGKEIT KEINEN FRIEDEN!«

»Das ist das reinste Pulverfass«, murmelte Miles. »Ich hoffe, wir wissen, was wir tun.«

»Tun wir«, bestätigte Nick. »Konzentriert euch. Haltet euch an den Plan.«

Vor dem Burke Tower war eine riesige Bühne mit drei übergroßen Bildschirmen darauf errichtet worden. An der Vorderseite hingen Banner in Rot, Weiß und Blau herunter. Auf der Bühne selbst standen mehrere Mikrofone mit Stühlen dahinter, davor Männer und Frauen in schwarzen Hosen und Kragenhemden mit gelben Schriftzügen darauf, die sie als Security auswiesen, die Hände hinter dem Rücken verschränkt.

»Ich kann nichts sehen«, flüsterte Jazz in Nicks Ohr.

»Warte mal.« Nick löste den Anstecker von seiner Brust, hob ihn so hoch wie möglich und richtete ihn auf die Bühne. »Besser so?«

»Um Welten«, sagte Jazz. »Dreh dich ein Stück nach links. Das andere Links, Nick. So ist's gut. Kannst du noch näher ran?«

»Wir können's versuchen«, erwiderte Cap. »Aber nicht bis ganz nach vorne, nicht dass jemand uns sieht.«

»Miles, Trey und ich übernehmen das«, erklärte Bob. »Cap, Sie bleiben bei Aaron, während wir Nick so nahe wie möglich ranbringen.«

»Nein«, widersprach Dad mit einem Kopfschütteln. »Wir bleiben zusammen. Ich will nicht, dass ...«

»Dad.«

Er sah Nick an, das Gesicht voller Sorge.

»Wir passen auf ihn auf«, erklärte Trey.

Nick berührte Aarons Handrücken.

Er umarmte Nick kurz. »Okay. Geh.«

Die Menge begann zu grölen. Nick wirbelte herum und schaute auf die Bühne. Männer in teuren Anzügen und Frauen in ebenso teuren Kleidern betraten das Podium. Der Interimspolizeichef trug Dienstmütze und Paradeuniform. Die meisten anderen kannte Nick nur vage, aber ein Mann zog seine ganz besondere Aufmerksamkeit auf sich: groß, breitschultrig, schwarzer Anzug, die Krawatte eng am Hals, Bürstenhaarschnitt.

Anthony. Burkes Fahrer und Bodyguard, der Nick im letzten Frühjahr auf dem Gehweg abgefangen und in Burkes Limousine genötigt hatte. Er sprang von der Bühne herunter, klopfte einem der Securitys auf die Schulter und flüsterte ihm etwas ins Ohr. Der Sicherheitsbeamte nickte und erwiderte etwas.

Miles packte Nick am Ellbogen. »Wir müssen uns beeilen«, flüsterte er und ging los. *Entschuldigen Sie bitte. Verzeihung. Tut mir sehr leid. Mein Sohn möchte* so *gerne ganz vorne stehen. Er liebt Politik und Feuerwerke. Sie wissen ja, wie das ist. Ah, danke. Sehr freundlich.*

Nick schaute zurück. Trey und Bob waren direkt hinter ihm, Cap und Dad konnte er bereits nicht mehr sehen.

Sie waren noch mindestens drei Meter von den Absperrgittern vor der Bühne entfernt, da kam Miles nicht mehr weiter. So sehr er sich auch anstrengte, er konnte niemanden dazu bringen, zur Seite zu gehen.

Plötzlich erklang Musik aus den vielen Lautsprechern um die Bühne herum und die drei Bildschirme flackerten auf. Die Menge streckte jubelnd die Arme in die Luft, während Bilder von Nova City über die Monitore flackerten: ein langsamer Schwenk aus der Vogelperspektive, wahrscheinlich mit einer Drohne aufgenommen. Menschen auf den Straßen. Bauarbeiter mit gelben Schutzhelmen, die lachten und sich freundschaftlich auf die Schulter boxten. Eine Lehrerin vor aufmerksam lauschenden Schülern und Schülerinnen, während die Musik im Hintergrund immer lauter wurde. Eltern, die mit ihren Kindern in die Kamera lächelten.

»Simon Burke glaubt an diese Stadt«, ertönte die Stimme des Erzählers. »Er wurde hier geboren und ist hier aufgewachsen. Das Blut von Nova City fließt in seinen Adern.«

Das Bild wechselte und zeigte eine weiße Frau mit rotem, krausem Haar. Sie saß in einem Park auf einer Decke und grinste mit blitzenden Zähnen in die Kamera. »Warum ich

Simon Burke meine Stimme gebe? Ganz einfach. Weil ich weiß, dass er ein Familienmensch ist.«

Die Frau verschwand und wurde durch einen asiatisch aussehenden Mann mit Pausbacken ersetzt. »Weil er den Wert von Kleinunternehmen versteht«, sagte er hinter dem Tresen einer Bar stehend.

Ein Schwarzer Fabrikarbeiter lächelte etwas unbeholfen in die Kamera, während hinter ihm die Funken durch die Luft flogen. »Weil er uns Arbeiter unterstützen wird.«

Dann wechselte das Bild erneut, und Simon Burke erschien, wie er gestikulierend vor einer Menschengruppe stand und ganz locker und entspannt mit ihnen redete, darüber wieder der Erzähler: »Simon Burke weiß, was es heißt, zu kämpfen. Er kennt die Härten des Lebens. Aber anstatt anderen die Schuld zu geben, übernimmt er die Verantwortung und gibt immer sein Bestes. Denn das ist der Kern seiner Mission: Nova City zu einem besseren Ort für alle zu machen, egal welcher Herkunft.«

»Bullshit«, schnaubte Trey und starrte mit zusammengekniffenen Augen auf die Bildschirme.

Wieder eine neue Einstellung. Diesmal saß Burke in seinem tadellosen Büro und kritzelte seine Unterschrift auf ein Stück Papier. Dann schaute er in die Kamera und lächelte. »Mein Name ist Simon Burke, und das ist meine Botschaft an Sie.«

Sein Bild verblasste und wurde durch einen weißen Schriftzug ersetzt: BURKE SEI MIT UNS!

Die Menge um Nick herum griff die Worte sofort auf und begann mit fast schon religiösem Eifer zu skandieren:

BURKE SEI MIT UNS!

BURKE SEI MIT UNS!

Dann lösten sich die Sprechchöre in Jubel auf, als eine weitere Gestalt die Bühne betrat und mit beiden Händen in die Menge winkte. Sie trug einen eng sitzenden, maßgeschneiderten Nadelstreifenanzug, dazu eine rote Krawatte und schwarze Pumps, ihr blondes Haar hatte sie zu einem Pferdeschwanz gebunden. Sie ließ den Blick über die Menge schweifen, und einen Moment lang glaubte Nick, dass sie ihn gesehen hatte, dass ihr Blick kurz innehielt, bevor er weiterglitt. Als sie das Podium erreichte, wechselten die Bilder auf den Monitoren erneut und zeigten die Frau aus drei verschiedenen Perspektiven.

»Nova City, wie geht es dir?«, rief Rebecca Firestone über den Lärm des begeisterten Publikums hinweg. »Bist du bereit für eine unvergessliche Nacht?«

Dem Antwortjubel nach zu urteilen: Ja!

»Mein Name ist Rebecca Firestone, und es ist mir eine große Freude, heute Abend vor Ihnen zu stehen«, sprach sie weiter. »Gleich wird der Mann die Bühne betreten, auf den wir alle gewartet haben. Seine Kritiker werden nicht müde, sich die Seele aus dem Leib zu schreien, er wäre nur ein weiterer reicher weißer Mann, der nur an sich und seine reichen weißen Freunde denkt. Dass er sich weder um die Mittelschicht kümmern wird noch um diejenigen, die in die Armut abgerutscht sind. Das, liebe Freunde und Freundinnen, könnte nicht weiter von der Wahrheit entfernt sein. Simon Burke ist ein Mann des Volkes. Einer, der weiß, wie es ist, mit Widrigkeiten konfrontiert zu sein ...«

»Mann«, flüsterte Trey Nick ins Ohr. »Ich hoffe sehr, dass du dich in der Frau nicht getäuscht hast.«

»Sie wird ihren Teil des Plans erfüllen«, flüsterte Nick zurück, obwohl auch ihm ein kalter Schauer über den Rücken lief.

»... und der nie zugelassen hat, dass die Miesmacher seine Botschaft der Einigkeit übertönen.« Sie lächelte breit. »Simon Burke ist für uns da. Er wird immer für uns da sein, wenn wir ihn brauchen. Und deshalb heute, am Unabhängigkeitstag, eine Botschaft an alle: Simon Burke *wird* unser nächster Bürgermeister!«

Die Menge tobte.

»Meine Damen und Herren, Bürgerinnen und Bürger von Nova City, begrüßen Sie mit mir den Mann der Stunde: *Simon Burke!*«

Ein Sturm aus Ehrfurcht und Bewunderung, ein lärmendes Chaos, das Nick zu überwältigen drohte. Er drängte es zurück und fokussierte seinen Blick auf das, was im Moment am wichtigsten war: Simon Burke, wie er winkend die Stufen zur Bühne hinaufjoggte, während die Konfettikanonen links und rechts feuerten, was das Zeug hielt. Als Rebecca ihm die Hand schüttelte, zog Burke sie an sich, küsste sie auf die Wange und sagte irgendwas. Rebecca nickte und lächelte.

Die Menge tobte weiter, eine Wand aus Lärm schlug Burke entgegen, während er sich dem Podium näherte. Er trug Jeans und ein rotes Poloshirt, das bis oben zugeknöpft war (ein Verbrechen gegen den guten Geschmack, wie Nick nicht umhinkonnte, festzustellen).

»Es geht gleich los«, sagte Nick und fasste sich ans Ohr. »Sind alle bereit?«

»Bin gleich so weit«, antwortete Gibby gestresst. »Wie lange habe ich noch?«

»Drei Minuten. Wenn er anfängt, über die Registrierung von Außergewöhnlichen zu sprechen, geht's los.«

»Wir werden bereit sein«, bekräftigte Jazz, obwohl auch sie nervös klang. »Martha? Wie weit sind wir?«

»Ich schicke es jetzt rüber«, antwortete Martha sachlich.

»Verstanden«, sagte Gibby. »Verdammt, ist das kompliziert.«

Eine weitere Stimme meldete sich zu Wort. Aysha: »Du schaffst das, Lola. Atme tief durch. Mach deinen Kopf frei.«

»Pyro Storm?«, fragte Nick, während Burkes grinsendes Gesicht die Monitore über der Bühne füllte.

»Schon unterwegs«, grunzte Pyro Storms Stimme aus seinem Ohrhörer. »Zweiundsiebzigster Stock, richtig?«

»Richtig. Dort liegt sein neues Büro.« Nick spähte an dem hoch aufragenden Gebäude empor und verspürte ein leichtes Schwindelgefühl. »Du hast noch genug Zeit, keine Eile.«

»Fertig«, kam die prompte Antwort. »Nick, mach dich bereit.«

Miles, Bob und Trey bildeten einen Kreis um Nick.

»Darf ich mir das mal kurz ausleihen?«, fragte Trey seinen Nebenmann.

»Klar«, sagte der achselzuckend. »Solange Sie es mir wiedergeben.« Er reichte ihm ein übergroßes Pappschild, auf dem stand: UNSER BÜRGERMEISTER HEISST *BURKE*!

Trey stellte es vor sich wie einen Sichtschirm, dann kniete Nick sich hin und nahm seinen Rucksack ab.

Burke trat ans Mikrofon. »Liebe Freunde, es ist mir eine Ehre, heute vor Ihnen zu stehen.«

Nick öffnete den Reißverschluss seines Rucksacks.

»Es wurde viel über das vergangene Jahr geredet, über die Probleme und Schwierigkeiten, die wir alle durchgemacht haben. Das Leben wird nicht einfacher, habe ich recht?«

Nick hob seinen Helm vorsichtig aus dem Rucksack und stellte ihn auf dem Boden ab.

»Und ich muss Ihnen etwas gestehen, was ich noch nie jemandem verraten habe: Auch ich habe gezweifelt. Schließlich bin ich auch nur ein Mensch. Ein Mensch mit einer Vision, doch es sind schon größere Männer als ich an der Umsetzung ihrer Vision gescheitert.«

Dann das Kostüm: azurblau, weiße Streifen.

»Aber ich verspreche Ihnen, ich werde *nicht* scheitern.«

Er streifte es über.

»Meine Vision ist eine Welt, in der wir in Freiheit und Sicherheit leben können.«

Nick stand auf, seine Shorts und das T-Shirt zeichneten sich knotig unter seinem Kostüm ab.

»Außergewöhnliche!«, rief Simon Burke und beugte sich noch näher ans Mikrofon. »Diejenigen, die sich für etwas Besseres halten, nur weil sie mit genetischen Anomalien zur Welt gekommen sind. Ich bin hier, um euch zu sagen: Genug ist genug. Ihr könnt uns nicht zum Schweigen bringen. Wir kuschen nicht vor euch.«

Nick hob den Kopf und sah, dass Rebecca Firestone ihn direkt anschaute. Als sie merkte, dass sie Nicks Aufmerksamkeit hatte, legte sie eine Hand auf ihren Oberschenkel und streckte die Finger.

Fünf.

»Wir werden uns der Außergewöhnlichen-Bedrohung entgegenstellen.«

Rebecca klappte den Daumen ein.

Vier.

»Wir werden nicht zaudern.«

Drei.

»Wir werden jenen, die uns unser Leben und unsere Freiheit nehmen wollen, entschlossen entgegentreten.«

Zwei.

»Wir alle verdienen zu wissen, wer sich hinter euren Masken versteckt.«

Eins.

»Gerade heute, dem Tag, an dem wir unsere gottgegebenen Rechte als freies Volk feiern, ist es mir eine Freude, die Außergewöhnlichen-Registrierungs-Verordnung anzukündigen, ein umfassendes Gesetz, das ...«

Rebecca Firestone – ihr Gesicht fleckig, die Augen weit aufgerissen – schloss ihre Faust.

Null.

Nick hob den Blick und sah eine Gestalt die Fassade des Burke Tower hinunterlaufen. Fenster barsten unter ihren Schritten. Zu wissen, was passieren würde, war das eine. Es mit eigenen Augen zu sehen, etwas ganz anderes: Es war der Wächter. Patricia trug das gleiche Kostüm, bis ins kleinste Detail. Wut stieg in Nick auf, ein Gefühl von unfassbarer Grenzüberschreitung durchflutete ihn. Dieses Kostüm hatte seiner Mutter gehört, und jetzt gehörte es *ihm*. Wie konnte Patricia es wagen?

Unterdessen sagte Burke: »Und ich verspreche Ihnen: Die Verordnung *wird* kommen. Wir werden jeden einzelnen Außergewöhnlichen beim Namen kennen, egal wo er hingeht, egal wo er sich zu verstecken versucht, wir werden ihn finden und ...«

Eine Frau links von Nick schrie. Die Leute um sie herum hoben die Köpfe und schrien ebenfalls.

Burke stockte, wirbelte herum und schaute in die Richtung, in die seine Zuhörer deuteten: Die Gestalt hatte das zehnte Stockwerk erreicht, breitete die Arme aus und sprang mit einem Salto Richtung Bühne ab. Anthony stürzte sich sofort auf Burke und riss ihn von den Beinen. Das triumphierende Lächeln, das für einen Sekundenbruchteil auf Burkes Gesicht aufgeblitzt war, hatte Nick trotzdem gesehen.

Einen Wimpernschlag später landete der falsche Wächter mit einem Knall auf der Bühne und richtete sich langsam auf.

Burke sprang auf die Beine und schnappte sich ein Mikrofon von einem der Ständer. Es quietschte, während Anthony vergebens versuchte, ihn wieder zu Boden zu ziehen.

»Seht ihr?«, zischte Burke ins Mikrofon. »Selbst jetzt lassen sie uns nicht in Ruhe! Aber habt keine Angst. Ihr wollt die Wahrheit wissen? Dann lasst mich derjenige sein, der sie euch enthüllt: Das hier ist nur ein *Kind*. Zeig dich, du Feigling. Sag allen, wer du bist, bevor *ich* es tue.«

Die Menge erstarrte. Niemand drängelte mehr oder schrie.

Der Wächter auf der Bühne neigte den Kopf.

»Na schön«, knurrte Burke. »Es ist Zeit, diese Scharade zu beenden. Die Welt sieht zu, und ich lasse mich nicht von dir einschüchtern, Nicholas Bell.«

Der Wächter senkte den Kopf und nahm seinen Helm ab. Und da stand er, vor aller Augen, mitten auf der Bühne, und bleckte die Zähne. Er hatte exakt die gleichen Haare, exakt das gleiche Gesicht. Es war, als würde Nick in einen Zerrspiegel schauen.

Und Fake-Nick *lächelte*.

»Heilige Scheiße«, keuchte Trey.

»Jetzt seht ihr es mit eigenen Augen«, polterte Burke. »Genau wie Pyro Storm ist auch der, der sich der Wächter nennt, nichts weiter als ein Schuljunge. Das ist der, zu dem wir aufschauen sollen? Der uns alle retten soll?«

»Runter«, knurrte Nick, und Trey, Bob und Miles gingen augenblicklich in die Knie. Der falsche Nick auf der Bühne hob unterdessen einen Arm und deutete auf Anthony, der zur Seite geschleudert wurde, während Burke in gespieltem Entsetzen die Hände hochriss. Polizisten zogen brüllend ihre Waffen, doch der echte Nick war schon in Bewegung. Er sprang mit aller Kraft ab und katapultierte sich mit langen Schritten hoch über den Köpfen der Menge auf die Bühne, wo er direkt hinter seinem Doppelgänger landete.

Simon Burke riss die Augen auf und der falsche Nick wirbelte verdutzt herum.

»Hey«, sagte Nick. »Ich habe was für dich.« Seinem Doppelgänger blieb keine Zeit zu reagieren, als Nick ihm seinen Helm seitlich gegen den Kopf schlug. »Täusche ich mich oder hast du dir gerade selbst eine verpasst?«

»Provozier sie nicht«, warnte Gibby über Funk. »Halt dich an den Plan und ...«

Der falsche Nick bewegte sich schnell, fast lautlos, als er sich auf Nick stürzte. Nick ließ seinen Helm fallen, wich aus, packte seinen Zwilling am Handgelenk und schleuderte ihn auf Anthony, der sich gerade wieder hochgerappelt hatte und erneut von den Beinen gerissen wurde.

»Das lässt du lieber bleiben«, warnte Nick, als sein Zwilling Anstalten machte, wieder aufzustehen. »Bleib unten, bevor ich dich ganz plattmache.«

Fake-Nick grinste. »Wollen wir doch mal sehen, wer hier den Kürzeren zieht. Es ist *Zeit, den Müll rauszubringen*!«

Fake-Nick packte ihn, dann kugelten sie gemeinsam über die Bühne, überschlugen sich einmal, zweimal, dreimal, bis Fake-Nick auf ihm saß, die Schienbeine auf seine Oberarme gepresst, die Hände an seiner Kehle. Der Zwilling kam hoch auf die Knie und beugte sich ganz nahe an Nicks Gesicht. »Du hättest nicht herkommen sollen«, flüsterte er und drückte zu.

»Und *du* hättest deinen Plan besser durchdenken sollen«, krächzte Nick. »Denn wenn du so aussiehst wie ich, hast du auch die gleiche Anatomie. Dumm gelaufen.«

Fake-Nick blinzelte. »Was soll das denn bitte hei...«

Nick rammte ihm das Knie in die Eier, so fest er konnte. Fake-Nick öffnete den Mund zu einem lautlosen Schrei, die Adern an seinem Hals traten hervor. Nick wartete nicht, bis er sich erholt hatte, legte ihm die Hände auf die Brust und *schob*. Der Funke in seinem Kopf glomm auf, und die Luft kräuselte sich, als wäre sie lebendig, dann wurde Fake-Nick zurückgeschleudert, schlitterte über die Bühne und kam erst vor Simon Burkes Füßen wieder zum Stehen.

Nick sprang auf, sein Brustkorb hob und senkte sich, sein Hals schmerzte höllisch. Er spuckte auf die Bühne und rieb sich das Kinn. »Ist das alles, was du kannst? Keine anderen Kräfte? Was ist mit Rauch? Eis? Oder Wasser? Mann, du bist eine einzige Enttäuschung.«

Sein Doppelgänger richtete sich auf. Nick bereitete sich auf einen weiteren Angriff vor und beobachtete verblüfft, wie Fake-Nick sich stattdessen mit panischem Blick ans Publikum wandte. »Helft mir!«, schrie er. »Dieses Ding bin nicht ich! *Ich* bin der echte Nick!«

Nick schnaubte. »Was für ein Schwachsinn. Als ob die Leute darauf reinfallen würden. So dumm sind nicht mal die.«

Oder vielleicht doch, denn die Polizisten richteten ihre Pistolen nun auf ihn statt auf den falschen Zwilling.

»Äh«, sagte Nick und machte einen Schritt zurück. »Moment. *Ich* bin der echte Nick.«

»Hört nicht auf ihn!«, bellte sein Doppelgänger. »Er versucht, euch zu manipulieren.« Er schaute in die Menge. »*Dad!* Wo bist du? Ich *brauche* dich!«

»Wie bitte? Das ist *mein* Dad, du Arschloch. Du kannst nicht einfach …«

Bewegung in der Menge: Dad, Cap, Trey, Bob und Miles drängten sich bis ans Absperrgitter vor, da wirbelte einer der Polizisten herum und richtete seine Pistole auf sie. Cap entwaffnete ihn mit einer blitzschnellen Bewegung, warf das Magazin aus und nahm die verbliebene Kugel aus dem Lauf. »Mit so was zielt man nicht auf brave Leute«, sagte er streng und gab die Pistole wieder zurück.

Dad umklammerte das Absperrgitter so fest, dass seine Knöchel weiß hervortraten, und starrte zur Bühne hinauf. Bevor Nick etwas sagen konnte, erschien der falsche Zwilling mit tränenüberströmtem Gesicht an seiner Seite.

»Dad«, sagte er mit brüchiger Stimme. »*Ich* bin's. Du musst mir glauben.«

Nick boxte ihn in die Schulter. »Hast du den Verstand verloren? Als ob ich vor Tausenden von Menschen heulen würde! Das mache ich nur in der Geborgenheit meines Zimmers wie jeder normale Teenager, dem es schwerfällt, vor Fremden Gefühle zu zeigen!«

Fake-Nick streckte Dad eine zitternde Hand entgegen. »Bitte hilf mir. Lass nicht zu, dass er mir noch mal wehtut.«

»Scheiße«, stammelte Trey. »Ich kann nicht sagen, wer wer ist.«

»Wollen Sie mich verarschen?«, fuhr Nick auf. »Ich stehe buchstäblich vor Ihnen!«

»Ich auch!«, rief der falsche Nick. »Ich stehe genau hier!«

»Was ist hier los?«, hörte Nick einen der Polizisten fragen.

»Keine Ahnung«, antwortete sein Nebenmann. »Glaubst du, wir können das als Überstunden abrechnen?«

»Das will ich doch hoffen«, murmelte der andere. »Wenn nicht, melde ich es der Gewerkschaft.«

»Aaron?«, fragte Miles. »Wer von beiden ist der Richtige?«

Dads Blick sprang zwischen ihm und dem Zwilling hin und her. »Ich ...«

»Dad«, sagten Fake-Nick und Nick-Nick gleichzeitig, der eine flehend, der andere am Platzen vor Wut.

»Ich liebe dich«, sagte der falsche Nick. »Du und ich, weißt du noch? Wir stehen zusammen, damit wir nicht allein kämpfen müss...«

»Noch *ein* Wort«, knurrte Nick, »dann reiße ich dir deine verdammte Zunge raus!«

Dad erstrahlte plötzlich und sagte mit einem verschlagenen Grinsen: »Nicky, *nein.*«

Der falsche Nick runzelte die Stirn. »Was soll das heißen, *nein*? Warum willst du mir nicht ...«

»Nicky, *doch*!«, krähte Nick und ließ seine Faust fliegen. Es war nicht der härteste aller Schläge, aber das war auch gar nicht nötig, denn vor Nicks Faust flog ein Rammbock aus verdichteter Luft her, der seinen falschen Zwilling vom Boden hob. Bevor er wieder aufschlagen konnte, ballte Nick auch die andere Hand zur Faust, sodass Fake-Nick mit zappelnden Beinen in der Luft schwebte.

»Und da bleibst du auch«, erklärte Nick. »Außer du befreist dich mit einer deiner zahllosen anderen Kräfte. Zeig allen, was du draufhast. Nein? Hm.« Er ging zum Podium und warf einen Blick auf Simon Burke, der mit wutverzerrtem Gesicht am Rand der Bühne stand. Als er wieder in die Menge schaute, die alles mit Erstaunen beobachtete, wurde ihm klar, dass dies der ungünstigste Zeitpunkt war, an seine schreckliche Angst vor Referaten erinnert zu werden. Vor ihm waren nicht zwei Dutzend, sondern Tausende Gesichter, die ihn wie gebannt ansahen und jede seiner Bewegungen verfolgten.

»Ich habe einen widerkehrenden Albtraum von einer ganz ähnlichen Szene«, platzte Nick heraus, und seine Stimme hallte von den umliegenden Gebäuden wider. »Aber da bin ich nackt und habe vergessen, meine Hausaufgaben zu machen und ...«

»Nick, konzentrier dich«, zischte Jazz ihm ins Ohr. »Wir haben nur einen Versuch!«

»Stimmt, stimmt«, sagte Nick hastig und umklammerte den Mikrofonständer. »Sie wollen reden, Simon Burke? Dann lassen Sie uns reden. Denn der Kerl, der da in der Luft schwebt, das ist nicht der echte Wächter.« Er schaute zu Dad hinunter, der ihm aufmunternd zunickte, dann sagte er: »Mein Name ist Nicholas Bell.«

»Zeig's ihnen, Nicky«, flüsterte Seth über Funk.

»Ich bin der Außergewöhnliche, bekannt als der Wächter, wie meine Mutter es vor mir war. Der *echte* Wächter. Meine Absicht ist nicht, irgendjemandem Leid zuzufügen. Außer der Person vielleicht, die gerade versucht, meine Identität zu stehlen, aber das ist eine andere Geschichte. Wir werden euch nichts tun. Euren Kindern nicht, euren Freunden nicht, ja nicht einmal Simon Burke. Gibt es auch böse Außergewöhnliche? Ja doch. Aber die meisten von uns sind gut.«

Er runzelte die Stirn. »Okay, vergesst, was ich gerade gesagt habe. Das war dasselbe wie der Vergleich mit den paar schwarzen Schafen bei unserer Polizei. Wo war ich? Richtig! Wir sind keine Monster. Wir sind nicht böse. Wir sind wie ihr.«

Er holte tief Luft. »Auch wir können nicht alle Probleme dieser Stadt lösen. Aber wir werden uns an der Diskussion beteiligen, wie die Veränderung, die wir brauchen, aussehen sollte. Genau wie jeder hier, denn dazu brauchen wir *alle*. Es wird eine Menge Arbeit, aber ich glaube fest daran, wenn wir uns zusammentun, werden wir es schaffen. Wer ist dabei?«

Nick konnte nicht sehen, wo es angefangen hatte. Er hatte zwar nicht unbedingt mit Applaus gerechnet, aber auch nicht damit, ausgebuht zu werden. Doch genau das tat das Publikum und die Rufe wurden immer lauter.

»Ach, kommt schon!«, schrie Nick ins Mikrofon. »Ich habe euch gerade mein Herz ausgeschüttet und ihr buht mich aus?!«

Ein hämisches Kichern ließ Nick den Kopf drehen. Das Kichern kam von Simon Burke, der gerade sein Mikrofon an die Lippen führte. »Du hast es versucht, Junge. Aber sie sehen, was du in Wahrheit bist.«

»Er will dich nur provozieren«, raunte Gibby. »Fall nicht drauf rein.«

»Seht ihn euch an«, sprach Burke weiter und trat vor. Fake-Nick, der immer noch in der Luft schwebte, ignorierte er einfach. »Diesem Jungen sollt ihr euer Vertrauen schenken? Er ist ein Kind, und ein gefährliches noch dazu. Es kann keinen Frieden in Nova City geben, solange es Leute wie ihn gibt.«

»Vielleicht können Sie mir ja helfen.« Nick imitierte Jazz' Kräfte und ließ seine Augen tellergroß werden. Nicht so groß wie bei einer Disney-Prinzessin, aber fast. »Ich bin nur ein Kind und muss noch so vieles lernen. Warum bringen Sie mir nicht bei, wie man ein besserer Mensch wird?« Er nickte in Richtung der buhenden Menge. »Ich bin sicher, diese Leute würden es begrüßen, wenn Sie mir den rechten Weg weisen. Im Namen des Friedens und so.«

Die Buhrufe verstummten und wurden von lautem Jubel ersetzt. »Helfen Sie ihm!«, rief jemand aus dem Publikum. »Zeigen Sie ihm, dass er auf dem Irrweg ist!«

Burke lächelte sein Politikerlächeln, schmierig, herablassend und wissend. »Ja. Lass uns reden, Nicholas Bell.«

Er schaute auf die erste Zuschauerreihe. »Und lass uns deinen Vater dazuholen. Und Miles Kensington. Trey Gibson. Und wen haben wir denn da? Ist das nicht Bob Gray, der Onkel von Seth Gray, der außerdem als Pyro Storm bekannt ist? Sie auch, guter Mann. Ich bin sicher, wir haben viel miteinander zu besprechen.« Er runzelte die Stirn. »Aber wo steckt Rodney Caplan? Er scheint verschwunden zu sein.«

Burke hatte recht. Cap war in der Menge untergetaucht, doch Nick wusste, wohin er wollte. Und da er seine Rolle so gut wie möglich verkaufen wollte, umklammerte er das Mikrofon vor sich und sagte mit bebender Stimme: »Lassen Sie diese Leute aus der Sache raus.«

Dann erschrak er, als Burke zu ihm aufs Podium sprang und sich direkt neben ihn stellte. »*Du* bist derjenige, der sie hergebracht hat«, flüsterte er Nick ins Ohr. »Was auch immer ab jetzt passiert, geht auf *dein* Konto.«

Danach richtete Burke sich wieder auf und sagte an die Polizisten gewandt ins Mikro: »Alles in Ordnung, Leute, lasst sie durch. Wie es scheint, brauchen diese Menschen meine Hilfe. Anthony, lass uns unsere Gäste nach drinnen geleiten.«

Anthony kletterte von der Bühne, stieß das Absperrgitter zur Seite und schnappte sich Dad, während die anderen Sicherheitskräfte sich Miles, Trey und Bob griffen. Niemand versuchte dazwischenzugehen, das Publikum stand einfach nur da und ließ es geschehen. Alle Augen – und alle mitfilmenden Handys – waren auf Burke und das Podium gerichtet.

»Ich entschuldige mich für diese unglückliche Unterbrechung«, sagte Burke mit einem herzlichen Lächeln. »Genießen Sie das Feuerwerk, ich bin gleich wieder da.« Damit legte er das Mikro weg und fasste Nick am Ellbogen.

Aber Nick konnte sich die Gelegenheit einfach nicht entgehen lassen. Er wusste, dass ihm nie wieder so viele Menschen zuhören würden. Also beugte er sich ein letztes Mal ans Mikro und rief: »LGBTQIA+-Rechte! Nieder mit dem Patriarchat! Kürzt den Polizei-Etat! Unterstützt Fanfic-Autoren!«

Burke riss Nick vom Podium weg und zog ihn auf die Treppe zu.

Nick stemmte sich dagegen. »Haben Sie nicht was vergessen?«

Burke kniff die Augen zusammen. »Was?«

Nick grinste ihn an. »Ihre Frau, der ich vorhin in die Eier getreten habe.« Er lockerte seinen telekinetischen Griff um den falschen Zwilling, der prompt auf die Bühne krachte.

Fake-Nick hob langsam den Kopf und verzog den Mund zu einem Knurren.

»Die da«, sagte Nick unschuldig.

Er hatte erwartet, dass Burke einen Wutanfall bekommen würde – aber das Lächeln, das er stattdessen zur Schau stellte, war tausendmal schlimmer. Es ließ Nick die Haare zu Berge stehen. Burke marschierte schnurstracks weiter und kickte Nicks Helm zu Rebecca Firestone, die händeringend neben den Stufen stand.

»Nehmen Sie das mit«, befahl er. »Ich werde bestimmt eine Verwendung dafür finden.«

Dann schob er Nick die Treppe hinunter, wo drei Sicherheitsbeamte und der Interimspolizeichef – ein blasser Mann mit buschigen Augenbrauen – ihn bereits erwarteten.

Der Interimschef räusperte sich. »Mr. Burke, vielleicht sollten Sie diese Angelegenheit besser dem NCPD überlassen. Ich bin sicher, wir können ...«

»Sie tun, was ich Ihnen sage«, erwiderte Burke kalt. »Niemand kommt rein, verstanden? Ich kümmere mich selbst um diese Angelegenheit.«

Der Mann zuckte zusammen. »Ich denke trotzdem, dass ...«

»Ich bezahle Sie nicht fürs Denken, sondern dafür, dass Sie tun, was ich Ihnen sage. Und zwar ohne Widerrede.«

Nick stieß einen leisen Pfiff aus. »Bestechung des Polizeichefs, alles klar.«

Alle sahen ihn an.

Nick breitete unschuldig die Hände aus. »Ignorieren Sie mich einfach. Ich beobachte nur. Trotzdem ein Feedback, Chief: Sie können Cap nicht ansatzweise das Wasser reichen, Sie rückgratloser Feigling.«

»Gehen Sie auf die Bühne, Chief, und halten Sie die Rede Ihres Lebens«, knurrte Burke. »Glauben Sie mir, ich habe Augen und Ohren an Orten, die Sie sich nicht mal vorstellen können, und werde jedes Wort erfahren, das Sie sagen.«

»Das klang echt finster«, kommentierte Nick. »Jetzt auch noch *Bedrohung* des Polizeichefs. Mann, Sie gehen wirklich aufs Ganze, was? Sehr interessant. Ich frage mich, was Ihr Publikum davon halten würde.«

»Keine Störung mehr ab jetzt«, sagte Burke zu einem der Sicherheitsbeamten. »Und durchsucht die Menge. Es sind bestimmt noch mehr hier. Ihr habt ihre Fotos. Findet sie und nehmt sie fest.«

Der Beamte nickte. »Verstanden, Sir.«

»Anthony«, sagte Burke. »Bringen wir unsere Gäste nach drinnen. Wenn sich einer von ihnen danebenbenimmt, hast du meine Erlaubnis, so mit ihm zu verfahren, wie du es für richtig hältst.«

Anthony ließ seine Knöchel knacken. »Mit Vergnügen, Boss.«

»Wir sind drin«, flüsterte Gibby über Funk, während Nick auf die Türen des Burke Tower zugeschoben wurde. »Pyro Storm ist bereit und Cap ist auf dem Weg zu Matilda. Pass gut auf dich auf, Nicky. Es ist gleich geschafft.«

Damit lag sie leider falsch.

17

Die Eingangshalle des Burke Tower war gespenstisch leer, der Sicherheitsschalter unbemannt, nur auf den Wandschirmen leuchtete der Schriftzug WILLKOMMEN IM BURKE TOWER. Das Geräusch ihrer Schritte auf dem Steinboden hallte dumpf von den Wänden wider. Die Lichter der Veranstaltung draußen tauchten den Raum in einen ätherischen Schein, und die Schatten bewegten sich, als wären sie lebendig. Das letzte Mal war Nick mit Owen hier gewesen, der ihm versprochen hatte, einen Außergewöhnlichen aus ihm zu machen. Er konnte kaum glauben, dass das weniger als ein Jahr zurücklag.

Burke hielt eine kleine Plastikkarte an einen Scanner, ein Lämpchen leuchtete grün, und die Tür vor ihnen schwang mit einem Piepen auf.

Anstatt Nick den Flur entlang bis zu dem Büro zu führen, wo Owen ihm damals den Geheimgang zum Kellergeschoss gezeigt hatte, schob Burke ihn zu den Aufzügen und drückte einen Knopf. Ein weißer, nach oben deutender Pfeil begann zu blinken.

»Nach oben?«, fragte Nick. »Warum gehen wir nicht einfach in Ihr Büro im Erdgeschoss? Sie wissen schon, dieses eine. Es war nicht so eingerichtet, wie ich es machen würde – zu hetero-maskulin für meinen Geschmack –, aber jedem das Seine.«

Burke grinste. »Du redest gerne, nicht wahr?«

»Das tue ich«, bestätigte Nick. »Das ist meine Gabe. Oder mein Fluch. Die Jury ist noch zu keinem abschließenden Urteil gekommen.«

»Anthony«, sagte Burke, als sich die Fahrstuhltüren öffneten, »wenn er noch einmal das Maul aufreißt oder auch nur andeutet, dass er seine Kräfte einsetzen will, jagst du seinem Vater eine Kugel ins Knie. Ich bin sicher, das wird ihn zur Vernunft bringen.«

Nick wirbelte herum und sah, wie Anthony seinem Vater den Lauf einer kleinen schwarzen Pistole in die Seite drückte.

»Mit Vergnügen«, erwiderte Anthony.

Nick klappte den Mund zu.

»Du bist also *doch* lernfähig«, kommentierte Burke süffisant. »Gut zu wissen. Andererseits würde ich an deiner Stelle wahrscheinlich ebenfalls vermeiden wollen, noch einen Elternteil zu verlieren. Wie sich herausgestellt hat, hast du ja nur noch einen.«

»Das habe ich«, sagte Nick gepresst und kämpfte die Wut nieder, die in ihm aufstieg. Er war nicht hier, um Rache zu nehmen, aber das ließ sich ja noch ändern. »Und mein Dad hat *mich*. Wo ist Ihr Sohn? Haben Sie in letzter Zeit mit ihm gesprochen?« Er warf einen Blick auf Fake-Nick, der mit Rebecca Firestone die Nachhut übernahm. »Schade, dass Sie und Ihre Frau nicht in der Lage waren, sich mit ihm auszusöhnen.«

»Wir werden ihn finden«, erwiderte Burke und drängte Nick in den Aufzug. »Und entweder wird er seine Fehler einsehen oder nicht. Ehrlich gesagt, ist es mir egal. Ein Wachhund ist nur so lange zu gebrauchen, bis er seinen Herrn beißt. Wenn sie erst mal auf den Geschmack von Blut gekommen sind, ist es das Humanste, sie einzuschläfern.«

»Sie könnten stattdessen auch eine Therapie in Erwägung ziehen«, gab Nick zu bedenken, während die anderen sich in den Aufzug drängten.

Burke seufzte enttäuscht, dann runzelte er plötzlich die Stirn. Nick versuchte, nicht zusammenzuzucken, als Burke ihn am Kinn packte und seinen Kopf zur Seite drehte.

»Was ist das?« Er riss den Hörer aus Nicks Ohr, betrachtete ihn kurz und zertrat ihn dann auf dem Boden. »Anthony, überprüf die anderen.«

Anthony gehorchte, während Burke den Knopf für den zweiundsiebzigsten Stock drückte. Nachdem er alle vier Ohrstöpsel eingesammelt hatte, zerquetschte er sie in der Hand und ließ die Überreste auf den Boden fallen.

»Jemand muss das wieder saubermachen«, merkte Nick an. »Vielleicht könnten Sie ein wenig mehr Rücksicht auf das Reinigungspersonal nehmen.«

Die Aufzugstüren schlossen sich, und die Kabine setzte sich in Bewegung, während eine kühle, weibliche Stimme die Etagen abzählte. Es war sehr voll in dem Aufzug: Burke, Nick, Dad, Miles, Trey und Bob. Rebecca, Anthony und drei weitere Schläger in Anzügen. Nicht zu vergessen Patricia Burke, die immer noch aussah wie Nick. Sie zwinkerte ihm zu, dann wölbte sich ihr Gesicht, als wollte etwas darunter sich ins Freie graben. Nick musste blinzeln, um zu glauben, was er sah:

Fake-Nick war verschwunden.

An seiner Stelle stand jetzt Jennifer Bell, die immer noch ihr Wächter-Kostüm trug.

»Hey, Kleiner«, gurrte sie. »Schön, dich wiederzusehen. Ich habe dich vermisst. Du mich auch?« Sie streckte die Hand nach ihm aus, während Rebecca den Blick abwandte, ihre Lippen ein dünner, blutleerer Strich, Nicks Helm an ihre Brust gepresst. Nick rührte sich nicht, als Patricia/Jennifer ihm mit den Fingernägeln über die Wange strich. »Wenn wir hier fertig sind, kann ich Simon vielleicht überzeugen, dich gehen zu lassen. Du wirst dich an nichts mehr erinnern – nicht an deine Freunde und nicht an deine Familie, ja nicht einmal an ihre Namen. Eine leere Hülle, verwirrt und ohne jeden Verstand.«

»Fassen Sie ihn nicht an«, bellte Dad, aber Anthony drückte ihm die Pistole in die Seite, bevor er dazwischengehen konnte.

Patricia lachte und klang dabei kein bisschen wie Jennifer Bell. »Eifersüchtig? Mach dir keine Sorgen, Schatz. Ich habe dich nicht vergessen.«

Dad starrte stur geradeaus, den Kiefer angespannt, während sie ihm einen lauten Schmatzer auf die Wange gab.

»Katzen«, sagte Burke.

»Katzen?«, wiederholte Nick. »Ist das ein Spiel? Sagen wir einfach Dinge ohne Kontext? Das kann ich auch. Ist sogar meine Spezialität. Sind Sie bereit? Was ist eigentlich los mit ...«

»Katzen«, sagte Burke noch einmal. »Seltsame Kreaturen. Kleine Zähne, kleine Krallen, und trotzdem gefürchtete Jäger, wenn es drauf ankommt. Es ist der Instinkt, verstehst du? Etwas tief in ihnen will Fleisch und Blut schmecken.«

»Igitt«, machte Nick. »Ich wusste nicht, dass das hier auf Kannibalismus hinauslaufen würde. Aber wer bin ich schon, um meine Vorurteile einfach so in die Welt hinauszuposaunen?« Er tippte sich ans Kinn. »Oh, richtig. Ich bin ich und Sie sind Sie. Zwischen uns bestehen eine Menge Vorurteile. Sie Psycho.«

»Wird dir der Klang deiner eigenen Stimme denn nie langweilig? Sie ist auf Dauer wirklich anstrengend. Und, nein, ich fürchte, es geht nicht um Kannibalismus. Katzen, Nicholas. Sie *spielen* mit ihrer Beute. Weißt du, warum?«

»Ich muss die entsprechende Wikipedia-Seite übersehen haben«, antwortete Nick mit einem Achselzucken. »Sie wissen ja, wie es ist. So viele Einträge, und so wenig Zeit.«

Burke knirschte mit den Zähnen, und Nick genoss es in vollen Zügen. *Halt ihn hin. Bring ihn zum Reden und lass ihn weiter im Dunkeln. Er hat keine Ahnung, was ihn erwartet.*

»Es dient der Selbsterhaltung«, sprach Burke schließlich weiter. »Sie spielen mit ihrer Beute, um sie zu verwirren und zu ermüden. Das macht sie schwächer, sodass das Verletzungsrisiko geringer ist, wenn sie schließlich zuschlagen.«

»Ah«, sagte Nick strahlend. »Ich verstehe! Sie sind die Katze und wir sind die Mäuse.«

»Ganz genau.«

»Das ist ... ziemlich dumm, wenn ich ehrlich sein soll. Ich habe da eine Frage. Ich möchte sicherstellen, dass wir von derselben Sache reden.«

»Ist er immer so?«, fragte Burke an Dad gewandt.

»Sie meinen seinen messerscharfen Verstand?«, fragte Dad zurück. »Aber ja, immer.«

Nick straffte die Schultern. Burke war ein paar Zentimeter größer als er und wog mindestens fünfzig Pfund mehr, aber er war auch nur ein Mensch. Ein dummes Arschloch zwar, aber trotzdem ein Mensch. Oder genauer gesagt: ein Nichts, ein Niemand, der bereits am Ende war und es nur noch nicht wusste. »Was passiert, wenn die *Beute* zuschlägt? Mir scheint, ein in die Enge getriebenes Tier würde alles tun, um zu überleben.«

»Das würde es zweifellos«, bestätigte Burke. »Und manchmal entkommen Beutetiere sogar, das kommt vor.« Er legte Nick eine Hand auf die Brust und schob ihn einen Schritt nach hinten. »Aber das Komische an Beutetieren ist, dass sie es merken, wenn sie verloren haben. Sie beißen und kratzen immer noch, aber irgendwo tief in ihrem Gehirn, unter all den schrillenden Alarmglocken, wissen sie, dass sie bereits tot sind.«

»Ich verstehe das alles nicht«, flüsterte Trey Bob zu. »Er sagt, er ist eine *Katze*? Heißt das, er schnurrt?«

»Man nennt sie Furrys«, flüsterte Bob zurück. »Das sind Leute, die als Tiere verkleidet zu Conventions gehen.«

»Hm«, machte Trey. »Das ist ...« Er blinzelte Burke an. »Haben Sie dann auch Schnurrhaare zu Hause und alles? Ist eine ziemliche Plackerei, sie sich ins Gesicht zu kleben. Meine Tochter hatte zu Halloween mal ein Katzenkostüm. Als sie sechs war, glaube ich. Es hat ewig gedauert, bis sie fertig verkleidet war: Schnurrhaare, Schwanz, Gesichtsbemalung, dann noch Fäustlinge, die aussahen wie kleine Pfoten.«

»Bitte sagen Sie mir, dass Sie Fotos davon haben«, flehte Nick. »Ich muss sie unbedingt sehen.«

Trey gluckste. »Vielleicht habe ich sogar noch ein paar. Aber du darfst ihr nicht sagen, dass ich sie dir gezeigt habe. Ich würde meinen Kopf gerne auf den Schultern behalten.«

»Anthony«, sagte Burke, und bevor Nick reagieren konnte, schlug Anthony Trey den Griff seiner Pistole auf den Kopf.

Trey stolperte stöhnend gegen Miles, der ihm einen Arm um die Taille schlang und ihn auf den Beinen hielt. Blut floss über seine Wange. Er wischte es weg und schüttelte seine Hand aus, sodass Tröpfchen davon gegen die Aufzugwand spritzten.

»Anthony, nicht wahr?«, fragte Trey leise. »Sie und ich werden ein Problem miteinander bekommen.«

Anthony holte erneut mit seiner Pistole aus, aber Trey zuckte nicht mit der Wimper und starrte ihm direkt in die Augen. Einen Moment später ließ Anthony die Waffe sinken und drückte sie wieder Dad in die Seite. »Ich freue mich schon drauf«, knurrte er.

»Nichts bleibt ohne Konsequenzen«, sagte Burke zu Nick, als der Aufzug sich der zweiundsiebzigsten Etage näherte. »Du hast diese Lektion noch nicht gelernt, aber ich werde sie dir beibringen. Und wenn es das Letzte ist, was ich tue.«

Nick sah ihn unverwandt an. »Genau so wird es sein.«

Nick trat aus dem Aufzug in einen langen Flur mit gewölbter Decke und dickem Teppichboden. Er sah Lampen an den Wänden und dazwischen eine Reihe von Fotos – Jahrzehnte, festgehalten in Farbe und Schwarz-Weiß, zogen an ihm vorüber:

Der junge Simon Burke, vielleicht während des Colleges oder ein bisschen danach. In einem schlecht sitzenden Anzug, neben dem Modell einer Doppelhelix, der Mund offen, die Augen leuchtend.

Ein etwas älterer Simon Burke, umgeben von einer Gruppe Wissenschaftler, die aussahen wie aus dem Bilderbuch, alle in weißen Laborkitteln und mit Schutzbrillen auf dem Kopf.

Simon Burke in der Jetztzeit, hinter einem Schreibtisch mit Unmengen von Papierstapeln sitzend, einen schwarzen Füllfederhalter in der Hand.

Und noch ein Dutzend weitere Fotos. Aber kein einziges von Patricia. Keines von Owen. Es war, als existierten sie für ihn nicht.

Burke führte sie bis zu einer großen Doppeltür aus massiver Eiche am Ende des Flurs. An der Wand daneben war eine Nummerntastatur. Burke tippte sechs Ziffern ein und das Schloss entriegelte sich mit einem Klicken.

»Ich werde es genießen«, sagte Burke und legte eine Hand auf den silbernen Türknauf, den eine Spirale aus kleinen erhabenen Halbkugeln zierte.

»Wenn Sie meinen«, erwiderte Nick. »Wir alle haben unsere Ticks. Schämen Sie sich nicht und gehen Sie in die Vollen.«

Burke stieß die Tür auf und betrat den Raum dahinter. Nick und die Dad-Squad folgten ihm.

Der Boden war mit weißen Steinfliesen ausgelegt. In den Deckenpaneelen waren Dutzende ringförmige LEDs eingelassen, die ein so grelles Licht abstrahlten, dass Nicks Augen einen Moment brauchten, um sich daran zu gewöhnen. In der Mitte des Raums stand ein großer Schreibtisch mit drei Monitoren darauf. Dahinter, an der gegenüberliegenden Wand, hing ein riesiges Gemälde, das ein blutdurchtränktes Schlachtfeld mit toten oder sterbenden Männern und Pferden zeigte, über denen dunkle Silhouetten mit gezogenen Säbeln aufragten.

Die Wand zu seiner Linken war ganz aus Glas und bot aus schwindelerregender Höhe einen Blick auf Nova City. Die Gebäude neben dem Burke Tower erstrahlten in den Farben des Festes tief unter ihnen: Rote, weiße und blaue Lichtkegel tanzten über Ziegel, Stahl und Glas.

Aber es war die gegenüberliegende Wand, die Nicks Aufmerksamkeit erregte. Zu seiner Rechten hing ein riesiger, dunkler Bildschirm, auf dem sich die Buchstaben BP drehten. Burke Pharmaceuticals. Darunter erstreckte sich ein metallenes Sideboard über die gesamte Länge der Wand. Das Doppelhelix-Modell, das Nick auf dem Foto gesehen hatte, stand darauf, außerdem ein halbes Dutzend Computermonitore, alle auf Standby. Rechts neben den Monitoren sah Nick eine Reihe kreisförmiger, in das Sideboard eingelassener Deckel mit kleinen Griffen daran.

Der letzte von Burkes Schlägern betrat den Raum, schloss die Tür hinter sich und verriegelte sie. Aus dem Augenwinkel sah Nick, wie Rebecca Firestone zum Schreibtisch ging und seinen Helm darauf abstellte, die Linsen auf ihn und die Dad-Squad gerichtet. Er atmete erleichtert auf. *So weit, so gut.*

Burke ging zu dem Sideboard und berührte beinahe ehrfürchtig einen der Griffe. »Patricia«, sagte er, ohne sie anzusehen. »Bitte zeig unseren Gästen, wie ernst es mir ist.«

Fake-Nick war schon länger verschwunden – und Jennifer Bell jetzt ebenfalls. An ihrer Stelle stand eine Frau, die Nick nur wenige Male aus der Nähe gesehen hatte. Das letzte Mal waren es nur ein paar Sekunden gewesen, bevor sie durch ein Loch in der Wohnzimmerwand ihres Hauses ins Freie floh. Das dunkle, gewellte Haar ging ihr bis zu den Schultern. Sie hatte violette Ringe unter den Augen, und ihr Gesicht sah blass aus. Sie trug eine kurze Hose, dazu eine blaue Bluse mit leicht schiefem Kragen. Ihre Fingernägel waren weiß lackiert, ihre Füße waren nackt. Nick wollte sie gerade anschnauzen, aber die Worte erstarben ihm auf der Zunge, als sich auf der Rückseite ihrer Bluse etwas bewegte.

Schwarze Ranken aus Rauch stiegen von Patricias Rücken auf, dicke Tentakel, die sich bewegten, als wären sie lebendig. Ein Zucken, dann schoss der Rauch vor und schlug Dad und Bob gegen die Brust. Dann Trey und Miles. Sie alle wurden von den Füßen gehoben, nachdem der Rauch sie eingehüllt hatte und ihre Arme an den Seiten festhielt.

Was hatten Rauch und Eis damals gesagt?

Mr. Burke schickt seine Empfehlung.

Es war also wahr. Alles. Ein Teil von Nick hatte gehofft, dass Owen sich irrte, aber jetzt hatte er den Beweis direkt vor Augen: Patricia war eine Chimäre. Zusammengesetzt aus dem, was sie anderen gestohlen hatte. Sie war nicht das Heilmittel, sondern eine Krankheit, schädlich und zerstörerisch.

»Lassen Sie sie los«, knurrte Nick, als Dad den Kopf in den Nacken warf und der Tentakel sich noch enger um seine Brust schnürte. Sie waren schon einmal an diesem Punkt gewesen: Dad gefangen, und Nick, der ihm nicht helfen konnte.

»Nein«, sagte Burke kühl. »Deine Familie hat mir schon viel zu oft einen Strich durch die Rechnung gemacht. Es ist an der Zeit, das Konto endlich auszugleichen.« Mit diesen Worten umfasste er den Griff vor ihm und zog. Ein Zischen, gefolgt von einer Wolke aus weißem Dampf, dann fuhr ein zylinderförmiger Behälter aus dem Sideboard. Burke zog an einem weiteren Griff, dann am nächsten und dem nächsten.

Insgesamt waren es ein Dutzend Glasbehälter, gefüllt mit etwas, das wie bunte Bonbons aussah. Grün und Gelb. Violett. Blau. Orange. Schwarz. Weiß. Nick hatte sie schon einmal gesehen, weit unterhalb des Stockwerks, in dem sie sich jetzt befanden, in einem Geheimlabor tief unter dem Burke Tower.

Grün macht dich superstark, sodass du quasi zur menschlichen Abrissbirne wirst. Gelb verleiht dir die Fähigkeit zu fliegen. Mit Violett kannst du Stürme heraufbeschwören. Blau macht aus dir einen Stromleiter. Orange – Feuer, Schwarz – Rauch. Oder vielleicht auch Schatten. Die würde ich an deiner Stelle nicht nehmen. Angeblich ist die Wirkung sehr ... intensiv. Das wäre wohl nichts für dich. Vielleicht eher die Blaue. Oder die Grüne.

Und die Weiße?

Die Weiße ist verboten, selbst für dich, Nicky. Sie ist zu instabil. Die ist für Telekinese.

Aber das waren nicht die einzigen.

Ein Zylinder war voller rosa Pillen mit einem gelben Streifen oben und unten. Blassblaue mit einem schwarzen Kreuz darauf. Durchsichtige, die zur Hälfte mit einer schwappenden Flüssigkeit gefüllt waren. Rote, aber anders als die Feuerpillen, dunkler. Wie Blut. Dann noch ein neonfarbenes Grün mit einem Leuchten im Zentrum, das pulsierte wie ein Herzschlag.

Als Burke alle Behälter herausgezogen hatte, trat er sichtlich stolz einen Schritt zurück. »Es gibt noch mehr«, sagte er und beantwortete damit Nicks unausgesprochene Frage. »*Viel* mehr. Aber diese hier sind die stabilsten.«

Patricias Blick wirkte fast verträumt, während ihre Schattententakel die sich wehrenden Männer gepackt hielten. Sie hatten gewusst, dass das passieren könnte. Sie hatten es sogar eingeplant, und doch konnte Nick die Wut, die er jetzt verspürte, kaum unterdrücken.

»Warum?«, fragte er. »Ich dachte, Sie wollen uns unsere Kräfte *wegnehmen.*«

»Beides. Je nachdem«, erwiderte Burke und streichelte liebevoll den Zylinder mit den durchsichtigen Pillen. »Das eine schließt das andere nicht aus. Aber bevor wir zum nächsten Schritt kommen, wo ist Pyro Storm?«

»Ich habe keine Ahnung«, antwortete Nick. »Er ist ein freier Mensch und kann tun, was er will.«

»Wirklich?«, fragte Burke. »Ausgerechnet *du* weißt nicht, wo er steckt?«

»Ja. Genau wie ich gerade gesagt habe. Gut zu wissen, dass Sie sich Informationen merken können.«

»Nick«, krächzte Dad, während die Spitze eines Rauch-Tentakels über sein Gesicht strich. »Das ist nicht hilfreich.«

»Anthony«, sagte Burke. »Überprüfe bitte die Sicherheitssysteme. Stell sicher, dass wir nicht ... unterbrochen werden.«

Anthony nickte und ging um Burkes Schreibtisch herum. Rebecca Firestone wandte diskret den Blick ab, während Anthony die Maus bewegte. Nick konnte von seinem Platz aus nicht erkennen, was auf dem Bildschirm zu sehen war, er sah nur den Widerschein auf Anthonys Gesicht, als der Monitor aus dem Standby erwachte. Er hielt den Atem an und wartete, während Anthony etwas auf der Tastatur eintippte. Anthony runzelte die Stirn, tippte noch etwas und sagte dann: »Die Luft ist rein.«

Burke rieb sich das Kinn. »Interessant. Bist du sicher?«

»Absolut, Boss. Es ist niemand außer uns im Gebäude.«

Burke sah Nick an. »Wie ist dein Plan?«

Nick schreckte auf, als er unter seinem Kostüm ein Vibrieren an seiner Brust spürte. Es kam von dem Anstecker, den Gibby ihm gegeben hatte. Dem mit der Kamera. Seine war abgedeckt, aber die Kameras der Dad-Squad hatten freie Sicht. Burke hatte zwar ihre Ohrhörer gefunden, doch das hatte ihn unvorsichtig gemacht.

Zeit zu handeln.

»*Ich*, einen *Plan?*«, fragte Nick unschuldig und legte eine Hand an den Hals. »Ich bin eher der spontane Aus-dem-Bauch-raus-Typ.« Er tippte sich an den Kopf. »Neurodivers, Sie kennen das ja. Eine ADHS macht es schwer, Dinge vorauszuplanen.«

»Ich weiß«, erwiderte Burke. »Deine Eltern sind damals zu mir gekommen und haben mich um Hilfe bei dem Problem gebeten. Und noch wegen etwas eher ... Außergewöhnlichem.«

»Wenn ich so was sage, ist es lustig«, kommentierte Nick. »Wenn Sie es tun, klingt es einfach nur angestrengt. Überlassen Sie die Witze bitte mir, ja?«

»Reden, reden, reden«, brummte Burke. »Wenn du *mein* Kind wärst, hätte ich dich sofort erwürgt, nachdem du dein erstes Wort gesprochen hast.«

»Toll«, sagte Nick. »Nur eine kleine Anmerkung, falls Sie offen für konstruktive Kritik sind. Und jeder gute Schriftsteller weiß, dass man kritisches Feedback braucht, um als Autor zu wachsen. Sind Sie bereit? Also: Kleinkinder erdrosseln ist extrem uncool und außerdem nicht sehr bürgermeisterlich. Und dass Sie stolz auf Ihre Pillen sind, mag ja okay sein, aber sie zu streicheln, ist echt seltsam.«

»Meine Pillen«, sagte Burke mit zusammengekniffenen Augen. »Ja, man kann wohl sagen, dass ich stolz auf sie bin. Eine Meisterleistung der menschlichen Ingenieurskunst, auch wenn ihre Wirkung nur vorübergehend ist.«

Anthony kehrte an seinen Platz zurück, während Rebecca Firestone mit verschränkten Armen und ausdruckslosem Gesicht neben dem Schreibtisch stehen blieb.

»Trotzdem ergibt es keinen Sinn«, beharrte Nick. »Warum stellen Sie Pillen her, die gewöhnlichen Menschen übernatürliche Kräfte verleihen, von denen Sie doch alle Außergewöhnlichen *heilen* wollen?«

»Das ist dein Problem, Nick. Du bist so sehr mit dem Hier und Jetzt beschäftigt, dass du nicht in der Lage bist, in die Zukunft zu blicken. Ich bin vielleicht kein Hellseher, aber ich sehe die Zukunft deutlich vor mir, und sie ist phänomenal.« Er machte einen Schritt auf Nick zu. »Stell dir Folgendes vor: Die, die uns von Berufs wegen beschützen und uns dienen, werden zu Unrecht verteufelt und verhöhnt. Sie können weder gegen die Außergewöhnlichen etwas ausrichten noch gegen die nicht enden wollenden Rufe nach sogenannter sozialer Gerechtigkeit.«

Nick runzelte die Stirn. »Nach sozialer Ge…? Heilige Scheiße, Sie meinen das NCPD?«

»Das tue ich«, bestätigte Burke. »Dann gib der Polizei ein Mittel an die Hand, damit sie ihre Arbeit tun kann. Eine Armee von Außergewöhnlichen, die alle ausmerzt, die sich ihr widersetzen. Alle Außergewöhnlichen, die sich verstecken und nicht kooperieren, werden aufgespürt und ihrer Kräfte beraubt. Und sobald der Rest des Landes unseren Erfolg sieht, wird man mich *anflehen*, das Gleiche auch in anderen Städten zu machen. Wozu ein ganzes SWAT-Team entsenden, wenn man auch einen Außergewöhnlichen hinschicken kann, der die Übeltäter mit einer Handbewegung in Schlaf versetzt?«

Nick schnaubte. »Sie werden die Leute nicht davon überzeugen können, dass eine Polizei mit Superkräften sie besser beschützen kann.«

»Du unterschätzt das Sicherheitsbedürfnis der Menschen gewaltig. So viele sehnen sich nach einer Polizei als unfehlbarem Beschützer. Und die Polizisten wollen dasselbe. Wenn ich beiden Seiten diesen Wunsch erfülle, was glaubst du, an wen sich der Rest der Bevölkerung dann wenden wird? An dich, ein spielendes Kind? Oder an die Männer und Frauen in Blau? Und wenn erst einmal ein paar Beamte auf den Geschmack gekommen sind, werden die anderen nicht dasselbe wollen? Gerade du solltest wissen, was Menschen für die Fähigkeiten, die ich ihnen geben kann, zu tun bereit sind.« Er lächelte. »Du hast alles in deiner Macht Stehende getan, um ein Außergewöhnlicher zu werden, ohne zu ahnen, dass es dir dank des Erbguts deiner Mutter bereits im Blut lag.«

»Die Sie haben töten lassen!«, bellte Nick.

Die Haut unter Burkes rechtem Auge zuckte. »Da hat jemand geplaudert, wie ich sehe.« Er nickte ernst. »Das … ist unglücklich. Ich erwarte nicht, dass du mir glaubst, aber ich habe alles getan, was ich konnte, um sie zur Vernunft zu bringen. Aber sie wollte einfach nicht begreifen, dass jemand wie sie – jemand wie *du* – untersucht, studiert und getestet werden muss, um zu sehen, wie stark die Telekinese wirklich ist.«

»Sie wollten *mich*?«, fragte Nick verdattert.

»Aber ja doch«, bestätigte Burke. »Ein Kind, das seine Fähigkeiten von der Mutter geerbt hat. Die Implikationen waren atemberaubend! Bei Owen war das nicht so. Seine Mutter war ... durch und durch gewöhnlich. Ihre Eltern waren schon lange tot, als ich sie kennenlernte, aber alles deutete darauf hin, dass sie genauso Durchschnitt gewesen waren wie ihre Tochter. Auch Seth Grays Eltern konnten kein Feuer manipulieren. Die Frage ist also, was prädisponiert einen Menschen dazu, seine Fähigkeiten an seine Nachkommen weiterzugeben, während andere nicht dazu in der Lage sind? Ich hätte so vieles von ihr lernen können. Von *dir*.« Er musterte Nick neugierig. »Das könnte ich immer noch.«

Nicks ganzer Körper kribbelte. »Aber meine Mutter hat sich geweigert«, flüsterte er. »Also haben Sie Leute auf sie angesetzt, die sicherstellen, dass sie nicht noch einmal Nein sagen kann.«

»Es war ein Kollateralschaden«, erwiderte Burke. »Sie war mir auf der Spur, und es war nur eine Frage der Zeit, bis sie geplaudert hätte. Möglich, dass niemand ihr geglaubt hätte, aber das Risiko konnte ich nicht eingehen.«

»Und *ob* die Leute ihr geglaubt hätten«, schnauzte Nick. »Sie hätte alle überzeugt.«

»Und jetzt kann sie es nicht mehr«, entgegnete Burke trocken.

»Sie sind ein gottverdammtes Monster«, sagte Nick mit eisiger Stimme.

Burke grinste höhnisch. »Was du als Monster bezeichnest, nennen andere einen Visionär. Deine Mutter war ein unglückliches, aber notwendiges Opfer. Ganz ähnlich wie Christina und Christian Lewis.«

»Ach, sie hätte eben auf Simon hören sollen«, gurrte Patricia. Ihre Stirn war schweißnass, und die Schattententakel auf ihrem Rücken zitterten. »Sie hätte so viel erreichen können. Stattdessen hat sie alles in ihrer übertriebenen Rechtschaffenheit weggeworfen. Ich weiß, wovon ich rede, denn ich *war* sie.«

Sie lächelte Dad an, eine grässliche Fratze mit zu vielen Zähnen. Das Ende eines ihrer Rauchtentakel löste sich und veränderte seine Form. Es wurde immer spitzer, wie ein Spieß. An der Basis begann sich Eis zu bilden, das sich knackend und knisternd ausbreitete, bis der Spieß vollständig durchgefroren vor Dads Gesicht schwebte, die Spitze nur Zentimeter von seiner Nase entfernt.

Nick zuckte zusammen, als hinter ihm ein dumpfer Explosionsknall ertönte. Er drehte sich zu der Glaswand um und sah grüne Funken herabregnen. Eine Sekunde später gab es eine weitere Explosion. Blaue und gelbe Leuchtspuren zogen über den Himmel von Nova City und erhellten das zweiundsiebzigste Stockwerk des Burke Tower.

Das Feuerwerk hatte begonnen.

Burke trat an die Scheibe und schaute nach unten. Aus dieser Höhe mussten die Menschen unten aussehen wie Ameisen. Sein Gesicht erstrahlte in Gold- und Violetttönen, als weitere Feuerwerksraketen explodierten.

»Größere Männer als ich haben versucht, die Ordnungskräfte zu revolutionieren, mit denen wir unsere Bevölkerung schützen«, sinnierte er. »Aber ich habe etwas, das sie nicht hatten.«

»Grenzenlose Selbstüberschätzung?«, fragte Nick und warf Rebecca Firestone einen Blick zu. Sie nickte kurz und drehte den Helm, der nach wie vor auf dem Schreibtisch lag, so, dass die Linsen weiter auf Burke gerichtet waren. Als Burke sich wieder umdrehte, zog sie ihre Hand schnell zurück, aber er schien es nicht zu bemerken.

»Den festen Willen, es zu Ende zu bringen«, entgegnete Burke. »Koste es, was es wolle. Manche werden das nicht verstehen und mich vielleicht sogar für böse halten, aber ...«

»Hm«, meinte Nick, »das könnte daran liegen, dass Sie böse *sind*. Kaum zu glauben, dass ausgerechnet ich Ihnen das erklären muss.«

Burke hatte genug und stürzte sich auf ihn, aber Nick ließ sich nicht einschüchtern und rührte sich nicht von der Stelle. Auch nicht, als Burke Nicks Gesicht packte und ihm die Finger in die Wangen grub. »Die Menschen werden tun, was ich ihnen sage«, knurrte er. »Schafe brauchen Führung und die werde ich ihnen geben. Nova City ist nur der Anfang. Wenn du glaubst, dass es mich einen Dreck kümmert, ob ich Bürgermeister werde oder nicht, irrst du dich gewaltig.«

Nick lachte ihm ins Gesicht. »Sie sind ein einziges wandelndes Klischee.«

Burke blinzelte, sein Griff lockerte sich leicht. »Wie war das?«

Nick schob seine Unterlippe schmollend vor und senkte spöttisch die Stimme. *»Meine Gefühle wurden zu oft verletzt, und deshalb tyrannisiere ich jetzt die ganze Menschheit.«* Er verdrehte die Augen. »Jeder Fic-Bösewicht ist dreidimensionaler als Sie, Mann. Aber leider bleibt die Realität mal wieder weit hinter der Kunst zurück. Trotzdem muss ich zugeben, dass Sie auch ein paar Erfolge verbuchen konnten.

Dass Ihre Frau die Gestalt meiner Mom angenommen und unsere Erinnerung an Jennys Tod gelöscht hat, war echt fortgeschritten. Aber warum haben Sie mich dann von ihr *trainieren* lassen?«

Burke wirkte aufrichtig erfreut über das Kompliment. »Die Nummer war gut, nicht wahr? Was hätte ich dafür gegeben, dein Gesicht zu sehen, als sie durch die Tür gekommen ist. Und sie hat dich trainiert, damit wir uns ein Bild machen konnten, wie stark du tatsächlich bist. Aber du hast alles einfach weggeworfen, als wäre es *nichts*.«

Nick seufzte. »Es waren nur ein paar Wochen, und wofür? Haben Sie etwa geglaubt, Sie könnten mich und meinen Dad auseinanderbringen?« Er schüttelte enttäuscht den Kopf. »Den Zusammenhalt, der zwischen uns besteht, werden Sie mit ihren Leuten *nie* erleben.«

»Glaubst du?«, fragte Burke. »Sosehr es mich schmerzt, es zuzugeben, aber teilweise hast du sogar recht. Rebecca?« Er neigte den Kopf und wandte sich Miss Firestone zu. »Oder soll ich besser Lauren Underwood sagen?«

Weitere Explosionen, der Raum erstrahlte in Weiß, Grün und Rot. Rebecca wurde blass und trat mit geweiteten Augen einen Schritt zurück.

»Dachten Sie, ich hätte es nicht gewusst?«, fragte Burke leise. »Sie sind gut, Lauren, aber nicht *so* gut.«

»Ich habe keine Ahnung, wovon Sie sprechen«, flüsterte Rebecca, während ihr Blick auf der Suche nach einer Fluchtmöglichkeit hin und her sprang. Aber der einzige Ausgang war die von Burkes Schergen bewachte Doppeltür.

Burke schnalzte mit der Zunge. »Sie waren zu sorglos.«

»Ihr Vater«, meldete sich Patricia wieder zu Wort. »Die Geräusche, die er von sich gegeben hat, als ich seine Lungen mit Wasser gefüllt habe, einfach köstlich.«

Firestone stieß einen Schrei aus und stürzte sich auf Patricia. Sie hatte die Hälfte des Weges geschafft, da prallte sie mit einem Stöhnen wie gegen eine unsichtbare Wand und fror mitten in der Bewegung ein, einen Fuß noch halb in der Luft, während ihr Blick wild hin und her sprang.

»Der menschliche Körper«, sagte Burke. »Eine wunderbare Errungenschaft der Evolution. Ein erwachsener Mensch besteht zu sechzig Prozent aus Wasser, es ist das Lebenselixier unserer Existenz, und ich habe zufällig eine Außergewöhnliche in meinen Reihen, die Wasser manipulieren kann. Anthony, deine Reserve, bitte.«

Anthony bückte sich und zog ein Hosenbein hoch. Darunter kam eine winzige Pistole in einem Knöchelholster zum Vorschein. Er zog sie heraus und reichte sie Burke.

»Du hast Miss Underwood im Griff?«, fragte Burke.

»Ja«, sagte Patricia, aber Nick konnte die Anspannung in ihrer Stimme hören. Der Schweiß lief ihr jetzt in Strömen übers Gesicht, und ihre Hände zitterten.

Es ist, wie wenn ein Blitz in eine Stromleitung einschlägt, flüsterte Owen in seinem Kopf. *Dann gibt es eine Überspannung im gesamten Netz, das dabei nicht selten zusammenbricht. Deshalb haben die meisten Häuser auch einen Überspannungsschutz. Ich glaube, bei ihr ist es genauso. Es gibt eine Grenze, wie viel sie verkraften kann. Ungeachtet ihrer Fähigkeiten sind Außergewöhnliche immer noch Menschen, und zu viel Energie auf einmal würde Patricias Körper schlicht überfordern. Wenn sie es übertreibt, dann ...*

»Bumm«, murmelte Nick.

Burke nahm Rebeccas Hand und legte Anthonys Pistole hinein. Dann positionierte er ihre Finger, den Daumen seitlich am Griff, den Zeigefinger um den Abzug. Es sah aus, als wäre sie seine Marionette. Sie wimmerte leise, als Burke ihre

Hand anhob und den Pistolenlauf oberhalb des Ohrs gegen ihren Kopf drückte. Eine Träne kullerte aus ihrem linken Auge und hinterließ eine glänzende Linie auf ihrer Wange.

»Kummer ist etwas Schreckliches«, sagte Burke und ließ Rebeccas Hand los. Sie blieb, wo er sie hinbewegt hatte. »Er verschlingt alles. Ich wusste nicht, dass Rebecca Firestone depressiv war. Hätte ich es geahnt, hätte ich alles getan, um ihr zu helfen.« Er seufzte. »Leider war sie schon zu weit weg und hat die Waffe eines meiner Mitarbeiter gestohlen.« Er lächelte, und Rebecca erschauerte. »Schade, das.« Er drehte sich weg.

Zu viel. In Nicks Augen war Rebecca Firestone zwar ein Arschloch, aber das ging entschieden zu weit. Er trat vor und wollte Burke gerade sagen, dass er sie in Ruhe lassen sollte, als Rebecca ein leises Geräusch machte. Nick schaute in ihre Richtung und sah, wie sie ganz leicht den Kopf schüttelte und ihren zitternden Zeigefinger eine Sekunde lang vom Abzug nahm.

»Es gibt für alles eine Grenze«, flüsterte Nick. Dann, lauter: »Und was passiert mit uns anderen?«

»Wenn ich mit euch fertig bin, werdet ihr euch an nichts mehr erinnern. Dafür wird Patricia sorgen.« Er legte den Kopf in den Nacken und lächelte. »Du wirst mich auf die Bühne begleiten und sagen, wie schrecklich leid dir alles tut. Und falls du glauben solltest, du könntest dich noch einmal aus Patricias Bann befreien, eine Warnung: Dann lasse ich sie deinen Vater töten.«

Nicks Herz hämmerte von innen gegen seine Rippen. »Nein.«

»Aber ja«, widersprach Burke. »Ich frage mich, wie viele Knochen eine Telekinetikerin aus einem Körper ziehen kann, bevor er ...«

Ein Pochen an der Doppeltür, dringlich und laut.

Burkes Kopf fuhr herum. »Ich dachte, ich hätte gesagt, keine Unterbrechungen. Anthony, kümmere dich darum.«

Jetzt oder nie.

Anthony bewegte sich auf die Tür zu.

Patricia stöhnte, die Rauchtentakel zitterten.

Dad verzog das Gesicht und drehte seinen Kopf weg von dem Eisspieß, dessen Spitze inzwischen an seiner Wange kratzte.

Miles, Bob und Trey zappelten im Griff der Eistentakel.

Rebecca Firestones Zeigefinger zuckte.

Simon Burke wandte sich wieder Nick zu.

»Sie unterschätzen die Menschen«, sagte Nick und machte einen Schritt auf ihn zu. »Mit der Beute ist das so eine Sache: Manchmal schlägt sie zurück.« Er nickte in Richtung des Bildschirms an der Wand. »Hat das Ding Fernsehempfang?«

Das Pochen an der Tür hörte nicht auf. Von der anderen Seite waren Stimmen zu hören.

»Ja«, sagte Burke langsam.

»Warum schalten Sie es nicht ein?«

Burke zögerte, Nick lächelte. Schließlich ging er zu dem Bildschirm und berührte ihn. Reihen von App-Symbolen ploppten auf, und Burke tippte auf die Live-Nachrichten in der rechten unteren Ecke.

Fünf Bildboxen erschienen, jede zeigte einen anderen Blickwinkel. Auf vier davon war Burkes Büro von schräg oben zu sehen, Patricia in der Bildmitte. Der Winkel der fünften Kamera war eher flach und zeigte fast den gesamten Raum: Rebecca Firestone mit Anthonys Pistole am Kopf und dem Finger am Abzug. Burkes Schläger, ebenfalls mit gezogenen Pistolen. Anthony immer noch vor der Doppeltür. Und Burke, wie er direkt vor dem Bildschirm steht, hinter ihm eine Reihe Glaszylinder mit bunten Pillen darin.

Und Nick. Stolz und stark im Zentrum von allem.

»Was hat das zu bedeuten?«, flüsterte Burke.

»Das«, sagte Nick mit geballten Fäusten, »ist der Grund, warum Sie verloren haben. Alles, was Sie gesagt haben, seit wir in diesem Büro sind, wurde an jedes Empfangsgerät im Umkreis von zehn Blocks gesendet: Handys, Fernseher, Tablets und so weiter. Ist eines Ihrer Videos schon mal viral gegangen? Nein? Nun, Glückwunsch, jetzt schon. Wir hätten es nicht besser planen können. Die Menschen, die Sie hierher eingeladen haben, sind Ihrem Ruf zu Tausenden gefolgt und verbreiten Ihre Botschaft bereits in der ganzen Welt. Was glauben Sie, wie sich die Leute fühlen, die Sie als Schafe bezeichnet haben? Jetzt, da sie wissen, was für ein Mensch Sie in Wirklichkeit sind?«

Burke wirbelte herum, sein Gesicht rasend vor Wut.

Anthony entriegelte gerade die Tür und hatte sie noch nicht einmal halb geöffnet, da ruckte Nick mit dem Kopf, und sie schlug wieder zu, gefolgt von dem Geräusch des wieder einrastenden Schlosses. Draußen vor der Fensterfront explodierte das Feuerwerk, ganz ähnlich wie der Funke in Nicks Kopf. Der gesamte Raum war ein Kaleidoskop aus Farben.

Nick machte eine kleine Verbeugung, eine Hand auf die Brust gelegt, die andere auf dem Rücken. »Und jetzt, ein Spruch. Ich habe ihn mir selbst ausgedacht und bin ziemlich stolz darauf. Sind Sie bereit?« Er schaute grinsend an die Decke und rief: *»Zeit, zu brennen!«*

Die Deckenpaneele bekamen Risse und barsten, es bildete sich ein kreisrundes Loch, durch das sich ein Feuerregen ergoss, im Zentrum Pyro Storm. Er landete in der Hocke, Flammen züngelten um ihn herum, und die roten Linsen seines

Helms blitzten auf, als er Patricia Burke ansah. »Beim letzten Mal sind Sie weggelaufen, bevor wir es beenden konnten. Lassen Sie es uns noch einmal versuchen«, knurrte er und preschte vor.

Patricia taumelte zurück, ihre Rauchtentakel fielen in sich zusammen, und die Dad-Squad stürzte Richtung Boden. Kurz bevor sie aufprallten, hob Nick die Hände, gerade als Pyro Storm mit Patricia kollidierte und sie von den Füßen riss. Nick fing die Dad-Squad auf, die mit zuckenden Gliedern einen Meter über dem Boden zum Stehen kam.

Plötzlich sah Nick Sternchen vor den Augen, als eine Faust ihn seitlich am Kopf traf und seine Konzentration zusammenbrach. Die Dad-Squad fiel die restliche Strecke. Miles und Trey lagen stöhnend am Boden, Bob und Dad kamen bereits wieder hoch.

Bevor Nick sich erholen konnte, raste eine weitere Faust auf sein Gesicht zu. Er fing sie mitten im Schlag ab, und Burkes Augen weiteten sich, als Nick sich ruckartig herumdrehte und rief: »Fang auf, Dad!«

Dann ließ er Burkes Hand los und schleuderte ihn auf seinen Vater zu.

»Das ist dafür, dass Sie meinem Sohn wehgetan haben«, knurrte Dad und verpasste Burke einen Aufwärtshaken ans Kinn. Der Treffer schleuderte Burke gegen die Fensterfront, auf der sich durch den Aufprall ein Spinnennetz aus Rissen bildete. Burke rieb sich benommen den Kiefer, und Nick wollte gerade auf ihn zustürmen, als sich von hinten kräftige Arme um ihn legten und ihn hochhoben.

»Hab ich dich«, zischte Anthony, dann drückten seine dicken Arme erbarmungslos zu. Nicks Rippen protestierten knackend, während Burke mit einem rasenden Glitzern in den Augen auf ihn zukam.

»Das hast du dir so gedacht, Arschloch«, knurrte Nick. »Rückwärtssalto des Chaos!«

Nur, dass es nicht funktionierte. Anthony war zu schwer, und Nicks Füße erreichten den Boden nicht. Er schaffte es lediglich, ein wenig zu zappeln, während Anthony hämisch kicherte – bis Nick den Kopf zur Seite drehte und ihn, so fest er konnte, in den Bizeps biss. Anthony brüllte auf vor Schmerz und ließ Nick fallen. Nick wirbelte sofort herum, da packte Anthony ihn um die Hüfte, stieß ihn zu Boden und warf sich auf ihn.

»Hey«, brachte Nick hervor, während er sich unter dem immensen Gewicht wand. »Kennen Sie die Decke schon? Nein? Nun, ich kann ein Treffen arrangieren.« Dann *stieß* er mit aller Kraft und schleuderte Anthony von sich. Deckenpaneele gingen unter dem Aufprall zu Bruch und stürzten herunter. Nick rollte sich zur Seite, kurz bevor auch Anthony mit einem grässlichen Knirschen neben ihm aufschlug. Weitere Deckentrümmer regneten herab und begruben ihn unter sich. Anthony stöhnte leise, stand aber nicht wieder auf.

Nick kam gerade noch rechtzeitig auf die Beine, um zu sehen, wie die Dad-Squad gegen die drei verbliebenen Schergen kämpfte. Miles sprang einem von ihnen auf den Rücken und hämmerte ihm mit der Faust von oben auf den Kopf. Pyro Storm wich einem Angriff von Patricia aus, ihre Peitsche aus Eis und Rauch zischte an ihm vorbei und traf die Glasbehälter mit den Pillen, die zerbrachen und ihren Inhalt auf den Boden verstreuten. Er antwortete mit einem Feuerball, worauf Patricia der Luft vor ihr das Wasser entzog und es zu einer Welle kondensieren ließ. Die Feuerkugel traf die Welle, Dampf zischte, und der Feuerball erlosch.

Nick wollte Pyro Storm gerade zu Hilfe eilen, als die Doppeltür aufflog. Holz splitterte, Scharniere kreischten und weitere Leute stürmten herein – mindestens ein Dutzend, mit gezogenen Waffen, schwarzen Uniformen und grimmigen Gesichtern.

Burke schrie: »Tötet sie! Tötet sie alle!«

Doch bevor die Neuankömmlinge der Aufforderung nachkommen konnten, hob Nick die Arme, und der Funke in seinem Kopf flammte auf. Dann schleuderte er seine Hände nach vorn, Anthony hob mit rudernden Armen vom Boden ab und flog quer durch den Raum, krachte gegen Burkes Sicherheitskräfte und warf sie zu Boden.

»Dann erledige ich es eben selbst«, knurrte Burke und stürzte auf Nick zu. Er machte drei Schritte, da knallte ein Schuss. Burkes linke Schulter zuckte und eine Blume aus Blut erblühte auf seinem Hemd. Er stöhnte auf und presste sich eine Hand auf die Wunde.

»Die nächste Kugel geht in Ihren Kopf«, sagte Rebecca Firestone. »Die anderen hier mögen sich vorgenommen haben, niemanden zu töten, aber ich habe kein Problem damit. Nach dem, was Sie meinem Vater angetan haben, werde ich …« Sie keuchte auf, als ihr die Waffe aus der Hand gerissen wurde und gegen die Fensterfront prallte, in der prompt weitere Risse entstanden.

Patricia Burke stand in der Mitte des Raums, ihre Haare flatterten, als die Luft um sie herum zu wirbeln begann wie ein Tornado. Die Lichter über ihr flackerten, und Pyro Storm wand sich stöhnend unter einem dicken Rauchtentakel, der ihn am Boden festhielt. »Du hast auf ihn *geschossen*«, flüsterte Patricia. »Wie *kannst* du es wagen!«

Sie hob ihre Hände in Richtung Rebecca, und da tat Nick etwas, was er selbst nicht für möglich gehalten hatte: Er *rettete* Rebecca Firestone. *Zum zweiten Mal.* Und während Patricia schrie und das ganze Büro unter dem tosenden Tornado erzitterte, schrie auch er. Der Tornado raste auf Rebecca zu und Nick hielt ihn auf. Die Muskeln in seinen Armen brannten höllisch, während er seine zitternden Hände aneinanderpresste und der Tornado ebenso schnell wieder verschwand, wie er gekommen war.

»Danke«, flüsterte Rebecca Firestone hinter ihm.

»Sprechen wir nicht mehr davon«, erwiderte Nick mit einem kurzen Blick über die Schulter. »Im Ernst. Ich will nie wieder etwas davon hören. Sie haben uns geholfen, aber Sie sind und bleiben ein Arschloch. Wenn Sie mich jetzt entschuldigen würden, es gibt noch andere Dinge, um die ich mich kümm...«

Rebecca Firestone stürzte mit geweiteten Augen vor, packte Nick an den Schultern und zog ihn nach unten. Eine Sekunde später schnitt eine Metallstrebe pfeifend durch die Luft, genau dort, wo er gestanden hatte, und bohrte sich in die Wand.

Nick fuhr herum und starrte das Lovecraft'sche Grauen an, das aus Patricias Rücken brach: Tentakel aus Rauch, Eis und Wasser rissen weitere Verstrebungen aus der Decke, Gips und Staub rieselten herab.

»Und jetzt haben Sie Rebecca Firestone dazu gebracht, *mich* zu retten?«, knurrte Nick. »Was zum Teufel ist in Sie gefahren, Patricia?!«

»Gern geschehen«, murmelte Rebecca.

»Ich mag dich nicht«, zischte Patricia.

»Das beruht auf Gegenseitigkeit«, erwiderte Nick und richtete sich zu seiner vollen Größe auf. Draußen vor den Fenstern explodierten weitere Feuerwerkskörper, und irgendwo unter all dem Lärm glaubte er, ferne Sirenen zu hören. Nick ignorierte sie und stürmte auf Patricia zu.

Patricia schleuderte eine weitere Metallstrebe, viel größer als die erste. Nick ließ sich auf die Knie fallen, bog den

Oberkörper nach hinten und rutschte weiter auf seine Angreiferin zu. Die Strebe krachte gegen Burkes Schreibtisch und warf ihn um. Der Wächter-Helm fiel herunter und kullerte direkt vor Rebeccas Füße. Bevor Patricia eine weitere Attacke starten konnte, war Nick schon abgesprungen und flog die letzten Meter mit durchgedrücktem Rücken und hoch über den Kopf erhobenen Fäusten auf sie zu.

Ein Eistentakel krachte gegen seine Brust und zerbarst, aber das genügte, um ihn aus der Bahn zu werfen. Er schlug hart zu Boden und rutschte zwischen Hunderten von Pillen über die Steinfliesen. Die Bruchstücke des Eistentakels bewegten sich auf ihn zu und krochen an seinen Beinen hoch. Kalt, so unglaublich kalt. Nick schrie und versuchte, sie wegzuschlagen, aber es kamen immer mehr und legten sich um seine Hüfte, seine Brust, die Arme. Er konnte nicht mehr *denken* und der Funke in seinem Kopf wurde von einer Welle aus lähmender Panik erstickt.

»Fass meinen Freund nicht an«, knurrte Pyro Storm, dann erstrahlte das gesamte Büro in einem Rot, als wäre die Sonne in den zweiundsiebzigsten Stock des Burke Tower gestürzt.

Nick starrte ehrfürchtig auf das Schauspiel, als zwei glühend heiße Flammenpeitschen aus Pyro Storms Händen schossen und er sie über seinem Kopf kreisen ließ. Dann schlug er zu.

Patricia Burke sprang zurück und fiel auf den Hintern, einen Wimpernschlag bevor eines der Peitschenenden zwischen ihren gespreizten Beinen auf dem Boden einschlug und einen schwelenden Brandfleck hinterließ.

»Netter Trick«, keuchte sie. »Ich habe auch einen.« Patricia machte eine Rolle rückwärts, stieß sich mit den Händen vom Boden ab und landete auf den Beinen, das Haupt hoch erhoben. Dicke Wasserperlen flossen ihren Arm entlang und vereinigten sich in ihrer Handfläche zu einem tennisballgroßen Tropfen.

Pyro Storm schwang seine Peitsche erneut, doch gerade, als er sie vorschnellen lassen wollte, hielt er ... mitten in der Bewegung einfach inne.

»So viel Feuer«, höhnte Patricia. »Und doch bestehst du größtenteils aus Wasser wie jeder andere auch.« Sie schloss die Finger um den Tropfen und drehte ihre Hand.

Pyro Storm wandte sich steif in Nicks Richtung, sein Kiefer hing herunter, als hätte er ihn nicht mehr unter Kontrolle. Hinter ihm bekam Dad gerade einen Pistolengriff über den Kopf gezogen und ging zu Boden. Miles lag bereits dort, seine Augen waren offen, aber trüb. Trey und Bob waren noch auf den Beinen und beobachteten entsetzt, wie sich weitere von Burkes Sicherheitsleuten wieder hochrappelten.

»Ich ... kann mich nicht dagegen ... wehren«, brachte Pyro Storm staunend hervor. »Nick ... *lauf*!« Und dann griff er an.

Nick rollte quiekend nach links, als der erste flammende Peitschenschlag direkt neben ihm einschlug, dann nach rechts, als der zweite sogleich folgte. Beide gingen nur haarscharf daneben und die Hitze war unerträglich.

»Es tut mir leid!«, brüllte Pyro Storm, noch während er zum nächsten Schlag ausholte. »Das bin nicht ich!«

»Das weiß ich!«, brüllte Nick zurück. »Du Schlampe, lass mich gefälligst in Ruhe!«

Er presste sich flach auf den Boden, während die Peitschen knapp über seinem Kopf quer durch die Luft fuhren und seine Augenbrauen versengten. Dann ohrfeigte er sich selbst, denn er war sich sicher, dass sein Gesicht lichterloh in Flammen stand. Als er seine Hände wieder sinken ließ, kam Pyro Storm mit abgehackten Schritten auf ihn zu, von einer Seite zur anderen schaukelnd, als hätte er keine Gelenke. Die Peitschen schrumpften zurück in seine Handflächen und verwandelten sich in zwei Feuerbälle. Patricia Burke stand direkt hinter ihm, und Pyro Storm machte jede ihrer Bewegungen exakt nach. Sie führte die Hände zusammen, und Seths Feuerbälle vereinigten sich zu einer Kugel, gleißend wie ein Stern.

»Nein«, stieß Pyro Storm hervor. »Tun Sie das nicht ...«

»Das habt ihr euch selbst zuzuschreiben«, zischte Patricia und schleuderte ihre Arme vor, so ruckartig, dass Nick glaubte, ihre Schultern und Ellbogen knacken zu hören.

Was ihn jedoch weit weniger beunruhigte als die Tatsache, dass Pyro Storm exakt dasselbe tat und der etwa einen Meter messende Feuerball nun auf ihn zuraste. Nick schrie auf und riss schützend die Hände hoch, als ob das etwas an seinem direkt bevorstehenden Tod ändern würde.

Und dann, kurz vor dem Moment des Aufpralls, explodierte der Funke in seinem Kopf. Nick spürte, wie er durch seinen gesamten Körper lief, den Hals, die Brust, seine Arme und seine Beine. Der Schmerz war unerträglich, er brüllte, es war einfach zu viel, und dann ...

Nichts mehr.

Nick öffnete langsam ein Auge.

Seine Hände waren vor ihm ausgestreckt. Dahinter schwebte der Feuerball. Die Oberfläche waberte wie flüssige Lava. Er sah tatsächlich ein bisschen aus wie die Sonne. Und Nick hatte sie *gefangen.*

»Heilige Scheiße«, hörte er jemanden keuchen.

Nick richtete sich auf, die Hände immer noch vor sich ausgestreckt, und der Feuerball bewegte sich mit ihm. Er grinste grimmig. »Das nenne ich mal Spiel mit dem Feuer! Ich muss endlich anfangen, das alles aufzuschreiben.«

Er hatte erwartet, dass Patricia außer sich sein würde, und stutzte, als er sah, dass sie genauso breit grinste wie er. »Haben dir deine Eltern denn gar nichts beigebracht? Brandschutz, Nicholas.«

Er kniff die Augen zusammen. »Was reden Sie da?«

Ein Alarm ertönte und ein kleines rotes Licht über der Tür blinkte auf. Einen Sekundenbruchteil später legte die Sprinkleranlage an der Decke los. Nick war sofort klatschnass, der Feuerball dampfte und zischte und wurde immer kleiner. Da klar war, dass ihm nicht mehr viel Zeit blieb, *schob* er, und schleuderte die glühende Kugel auf seine Feindin.

Patricia Burke machte keine Anstalten auszuweichen, denn der Feuerball schrumpfte rasend schnell in sich zusammen. Als er ihre Brust traf, war er nur noch so groß wie eine Vierteldollarmünze und hinterließ nicht einmal einen Brandfleck.

»Tja«, sagte Nick. »Das ist nicht so gelaufen, wie ich es mir vorgestellt habe.«

Das Wasser stand jetzt fast knöchelhoch, und als Nick einen Schritt auf Pyro Storm und Patricia zu machte, kroch es an seinen Stiefeln hoch, als wollte es ihn festhalten.

Patricia hob die Hände, und das Wasser stieg noch höher, floss an Pyro Storm hoch, der so viel Luft wie möglich einsaugte, bevor es auch über sein Gesicht strömte und ihn in einer Blase vollständig einschloss.

Panik tobte in Nicks Kopf, als das Wasser seinen Hals erreichte, dann war auch er eingeschlossen. Seine Sicht verschwamm, die eben noch harten Konturen des Raums um ihn herum begannen, zu wackeln und zu wabern. Er hielt den Atem an, auch wenn er wusste, dass es aussichtslos war – dass er gleich ertrinken würde. Burkes Gesicht tauchte vor der Wasserblase auf, die Haare klebten ihm nass am Kopf, das Blut aus der Schusswunde hatte einen roten Fleck auf sein Hemd gemalt.

»Keine Angst«, flüsterte Burke, seine Stimme wegen des Wassers eigenartig leise und verzerrt. »Gleich ist es vorbei.«

Nick sah sich ein letztes Mal um, während das Blut in seinen Ohren rauschte. Er sah Pyro Storm, der den Kopf vergebens von einer Seite auf die andere warf. Miles und Trey, Hand in Hand und in ihrer eigenen Blase gefangen. Bobs Kinn war auf die Brust gesunken, sein dünnes Haar wogte wie Seetang in der Strömung, und aus seiner Nase stiegen Luftblasen auf.

Und Dad. Dad auf Händen und Knien, seine Blase umringt von Burkes Schlägern. Seine Augen waren weit aufgerissen vor Panik, die jedoch verflog, als er Nicks Blick bemerkte. Er lächelte und formte stumm mit den Lippen: *Ich liebe dich, Kleiner.*

Nick schrie auf, Wasser strömte in seinen Mund, die Kehle hinunter und in seine Lunge. Bunte Lichter fingen an, in seinem Blickfeld zu tanzen, und der Funke in seinem Kopf wurde schwächer.

Der Raum verdunkelte sich, und Nick glaubte, eine Bewegung vor der Fensterfront des Burke Tower zu sehen. Weitere Feuerwerksraketen explodierten und ließen den zweiundsiebzigsten Stock in Blau- und Rottönen erstrahlen.

Und tatsächlich: Dort, direkt vor dem Fenster, *war* jemand.

Wer …?, dachte Nick gerade noch, da explodierte die Scheibe nach innen. Glasscherben flogen durch die Luft, und Patricia Burke schrie auf, als eine davon ihren rechten Arm aufschlitzte. Eine zweite streifte ihre Wange und hinterließ eine gezackte Linie. Dann sank sie auf die Knie. Nicks Blase fiel in sich zusammen, und er atmete so tief ein wie noch nie in seinem Leben, um sofort darauf eine gefühlt unendliche Menge Wasser zu erbrechen.

Die Gestalt kam durch das Loch in der Fensterfront geschwebt, während sich die Schatten um sie herum sammelten. Mit leise durch das Wasser plätschernden Füßen schritt sie zielstrebig durch den Raum. Die Sprinkleranlage ging aus und der Alarm verstummte. Nick wollte nach ihr greifen, musste aber erneut würgen und sich übergeben.

»Was ...«, stammelte er. »Wo ...«

Die Gestalt ignorierte ihn. Sie ignorierte die Sicherheitskräfte, die versuchten aufzustehen, ausrutschten und wieder hinfielen. Sie ignorierte Anthony, der auf dem Rücken lag und nur noch flach atmete. Sie ignorierte Pyro Storm, aus dessen Helm das Wasser tropfte, während er immer wieder spuckte. Sie ignorierte Rebecca Firestone, die blass aussah und den Mund immer wieder öffnete und schloss, öffnete und schloss. Sie ignorierte Miles und Trey, die sich neben Bob kauerten, der mit geschlossenen Augen und schlaffen Gliedern flach auf dem Rücken lag. Trey hatte beide Hände auf Bobs Brustbein gelegt und drückte – auf und ab, auf und ab –, während Miles Bobs Nase zuhielt und Luft in seinen Mund blies.

Die Gestalt ignorierte Aaron, dem die Haare nass ins Gesicht hingen, und sie ignorierte ihre Eltern: den verdutzt blinzelnden Simon genauso wie Patricia, die kreischend versuchte, den Glassplitter aus ihrem Arm zu ziehen.

Owen Burke ignorierte sie alle. Mit glasigen Augen beobachtete Nick, wie er direkt auf das Sideboard an der Wand zuging. Buntes Wasser schwappte um seine Füße herum, und Nick brauchte einen Moment, um zu begreifen, woher die Farbe kam.

Die Pillen. Sie hatten sich im Wasser der Sprinkleranlage aufgelöst. Manche aber hatten überlebt und lagen in einem bunten Durcheinander auf dem Sideboard, geschützt von den Scherben ihrer umgestürzten Glasbehälter.

Nick versuchte aufzustehen, während Owen sich durch die Pillen arbeitete, als hätte er alle Zeit der Welt. Er nahm eine gelbe und warf sie beiseite. Eine grüne. Das Gleiche. Blaue und orangene. Bei den weißen hielt er kurz inne, schüttelte dann aber den Kopf. Er beugte sich ein Stück vor. Als er sich wieder umdrehte, hielt er einen großen Haufen Pillen in der Handfläche.

Alle schwarz.

Owen betrachtete sie mit einem seltsamen Glitzern in den Augen. »Wisst ihr«, sagte er wie im Plauderton, »ich *liebe* diese Dinger.«

Dann führte er die Pillen zum Mund und schluckte sie alle auf einmal.

»Nein«, flüsterte Nick.

»So«, sagte Owen, immer noch im gleichen Plauderton. »Das sollte reichen.« Er erzitterte. »Oh Mann, ich hatte fast vergessen, wie schnell die wirken. Danke, *Dad*.«

Die Schatten begannen, sich um ihn herum zu bewegen und hoben Owen vom Boden, während alles Licht im Raum verschwand, als würde es in ein schwarzes Loch gesaugt. Ein lebendiges Dunkel bewegte sich über die Wände, den Boden und die Decke.

»Owen«, sagte Simon schwankend. »Owen, nicht.«

»Du hast mir gar nichts zu sagen«, erwiderte Owen kalt. »Nicht mehr. Nicht nach allem, was du mir angetan hast.«

»Owen, Schatz«, flehte Patricia. »Wir *lieben* dich. Wir sind deine *Eltern*. Hilf uns. *Bitte*.«

Owen sah sie an. Sein Blick wurde weicher. »Hey, Patricia. Lange nicht gesehen.« Dann legte sich ein Schatten um seine Stiefmutter, schlängelte sich an ihren Beinen hoch bis zu den Armen und hielt sie fest. Owen hob eine Hand, öffnete die Finger und schloss sie langsam wieder. Patricia begann zu würgen, und ihre Augen quollen hervor. »Ich habe dich vermisst.«

»Owen, hör auf«, sagte Nick und stand mit wackligen Knien auf, während der Funke in seinem Kopf schwach pulsierte. »Du musst das nicht tun.«

Owen kicherte düster. »Das weiß ich, Nicky. Aber ich *will.*«

Simon Burke ging nicht zu seinem Sohn. Er ging auch nicht zu seiner Frau. Stattdessen rannte er auf die Tür zu, als glaubte er tatsächlich, er hätte eine Chance. Hatte er nicht, denn ein dicker Schatten schlang sich um seine Knöchel und hob ihn hoch, sodass sein Kopf auf den Boden schlug.

Seth riss sich den Helm vom Kopf und sank neben Bob auf die Knie, den Trey und Miles auf die Seite gedreht hatten, damit er all das Wasser ausspucken konnte, das er geschluckt hatte. Bob hustete heftig und seine Lider flatterten. Dad bewegte sich vorsichtig um die Schatten herum und nahm Burkes Schergen die Waffen ab.

Owen ging unterdessen seelenruhig auf seine Eltern zu. Burke hing kopfüber, Patricia schwebte in der Luft, und die Schatten schlossen sich noch enger um sie, als sie versuchte, sich zu befreien.

»Sieh mal, Patricia«, sagte Owen. »Ich bin stärker als du. Wie findest du das? Unterschätze niemals die Macht der Schatten.«

»Owen«, flehte sie. »Wir wollen dir nur helfen.«

»Helfen?«, wiederholte er verbittert. »Ihr habt mich zu Shadow Star gemacht, und als ich meinen Zweck erfüllt hatte, habt ihr mich weggeworfen wie Müll. War das *deine* Idee? All diese Lampen, die immer an sind? Weißt du, was das mit einem Menschen macht?«

Er schlug Patricia erst gegen die Decke, dann auf den Boden. Als er sie wieder hochhob, hing ihr Kopf schlaff herab. Blut tropfte aus ihrer Nase und einer Wunde auf der Wange. Dann schwebten sie und Simon langsam auf das Loch in der Fensterfront zu. Draußen peitschte der Wind, die Raketen knallten nach wie vor, viel lauter jetzt, wo das Glas weg war.

Simon schrie auf und strampelte vergebens, als die Schatten von draußen nach ihm und seiner Frau griffen und sie durch die geborstenen Fenster zogen. Patricia blieb stumm.

»Ich habe von diesem Moment geträumt«, flüsterte Owen. »Schon so lange. Sieh mich an. Ich sagte, *sieh mich an.*«

Ein Schatten griff nach Simons Gesicht und drehte es in Owens Richtung.

»Ich bin dein *Sohn*!«, brüllte er. »Aber du hast mich behandelt wie ein Wegwerfwerkzeug, und sie hat einfach zugesehen und es geschehen lassen. Sie hat *nichts* getan, um deinen Experimenten an mir ein Ende zu machen.«

»Es tut mir leid«, erwiderte Burke mit inzwischen knallrotem Kopf.

»Es tut dir *leid*?« Owen lachte. »Du hast keine Ahnung, was Leid bedeutet. Aber ich werde es dir zeigen. Ich werde es euch allen zeigen.«

»Nicht«, sagte Miles und machte einen wackeligen Schritt auf ihn zu. »Owen, das willst du nicht.«

»Er hat recht«, sagte Bob und stand mit Seths Hilfe vom Boden auf. »Du machst alles nur noch schlimmer für dich.«

»Das ist mir egal«, knurrte Owen. »Er hat es *verdient*. Das und noch mehr.«

»Vielleicht«, erwiderte Trey. »Aber wenn du das tust, kannst du es nicht mehr rückgängig machen. Es wird dich für den Rest deines Lebens verfolgen.«

»Es ist noch nicht zu spät«, sagte Dad mit einem kurzen Blick auf Nick. »Eltern machen Fehler, Owen. Jede Menge. Gerade ich weiß das. Du kannst ein besserer Mensch sein, als dein Vater es je war. Durchbrich den Teufelskreis.«

»Ein Fehler«, röchelte Burke. »Sie haben recht, Owen. Das ist alles, was es war: ein Fehler. Bitte.«

Nick konnte förmlich sehen, wie sich die Zahnräder in Owens Kopf drehten, als würde er zuhören. Als würden die Worte zu ihm durchdringen. Er nutzte die Gelegenheit und stürzte vor. Dad und Seth schrien ihm hinterher, da hatte er Owen schon an der Schulter gepackt. Sie fühlte sich an, als würden unter seiner Haut Tausende von Käfern krabbeln. Nick zuckte zurück und sah, wie dünne, tastende Schattenfäden unter Owens Kleidung hervorkrochen. »Die beiden sind am Ende«, sagte er. »Alle haben gesehen, wer sie wirklich sind. Lass sie gehen.«

Owen zögerte. »Ist es das, was du willst?«

»Ja.«

»Kannst du fliegen?«

Nick blinzelte. »Was? Owen, wie kommst du ausgerechnet jetzt ...«

Owen drehte ihm das Gesicht zu und lächelte. Seine Augen waren schwarz. Wie Tränen floss das Schwarz über seine Wangen, kroch über sein Gesicht und schloss sich darum wie ein Helm mit einem schmalen Sehschlitz. Seine Kleidung kräuselte sich und wurde von den Schatten verschluckt. All das dauerte nur wenige Sekunden, dann stand Owen in voller Montur vor ihm, mitsamt glitzerndem Sternensymbol auf der Brust.

»Mein Name«, sagte er, »ist *Shadow Star*.«

»Nick, *Shakespeare*!«, rief Trey im gleichen Moment.

Die Schatten um Patricia und Simon Burke lösten sich auf.

Die beiden fielen.

Nick überlegte nicht. Er stieß Shadow Star zur Seite und stürzte sich aus dem zweiundsiebzigsten Stockwerk des Burke Tower. Sein Vater rief seinen Namen, aber der Schrei ging in dem Wind unter, der um ihn herum tobte. Simon und Patricia waren ein ganzes Stück vor ihm, der Boden unter ihnen kam schnell näher. Nick presste die Arme seitlich an den Körper und jagte hinterher.

Er schloss die Augen. Und dort, in der Dunkelheit, wartete seine Mutter auf ihn. Sie streckte ihm die Hand entgegen. Darin war ein Licht. Ein Funke. *Ihr* Funke.

»Flieg«, flüsterte Nick und fachte seinen eigenen Funken an. Die beiden Lichter vereinigten sich, durchströmten ihn und wärmten ihn von innen heraus.

Nick öffnete die Augen. Der Boden war bedrohlich nah, als er seine behandschuhten Hände nach Simon und Patricia Burke ausstreckte. Sie waren zu weit weg, um sie zu greifen, aber der *Funke* war da, und Nick *schob* mit allem, was er hatte. Der Schmerz, der durch seinen Kopf schoss, war überwältigend. Doch kaum war er da, war er auch schon wieder weg, und etwas anderes durchflutete ihn, etwas Größeres, Stärkeres.

»Ich bin außergewöhnlich«, sagte Nick zum tosenden Wind.

Die Luft unter Simon und Patricia Burke flimmerte und bildete konzentrische Kreise, die sich wie Wellen in einem See ausbreiteten. Die Burkes hörten nicht auf zu fallen, aber sie wurden langsamer, und das genügte. Nick packte Simon an der Hand, Patricia am Ellbogen und zog, so fest er konnte.

Alles hielt inne: der Wind, das Rauschen in seinen Ohren, *alles*.

Nick schaute nach unten.

Er schwebte, die Bühne zehn Meter unter ihm, Simon und Patricia Burke hingen an seinen Händen. Burke schaute ihn mit großen Augen an, Patricias Kinn lag immer noch auf ihrer Brust, die Haare hingen ihr ins Gesicht. Und sie waren schwer – *zu* schwer –, aber Nick hatte sie.

Er schwebte noch ein paar Meter tiefer herab und ließ dann los. Patricia schlug hart auf und rollte fast bis zum Bühnenrand, bevor sie von allein zum Liegen kam.

Burke landete auf der Seite, das Holz knarrte unter ihm, als er sich auf den Rücken drehte und Nick benommen ansah.

Nick schwebte näher heran, um den Menschen zu betrachten, der versucht hatte, ihm alles zu nehmen. Denn was auch immer Burke sonst noch war – ein Schurke, ein Monster, ein Mörder –, am Ende war er doch nur ein gewöhnlicher Mensch, der die Hände hochriss, um Nicks vermeintlichen Angriff abzuwehren.

»Alle wissen jetzt, wer Sie in Wahrheit sind«, sagte Nick nur. »Was Sie von ihnen halten und was Ihr eigentlicher Plan war. Das Spiel ist aus.«

Burke stand auf und suchte nach einer Fluchtmöglichkeit, aber die Polizisten hatten die Bühne bereits umstellt.

»Er ist ein Mörder«, sagte Nick und landete. »Er hat meine Mutter umbringen lassen und sie war nicht die Einzige. Er hat zahllosen Menschen wehgetan. Wir haben euch gezeigt, was er ist. Den Rest müsst ihr erledigen.« Er machte eine Verbeugung. »Mein Name ist Nicholas Bell. Ich bin ein siebzehnjähriger Junge mit ADHS, der zufällig auch noch schwul ist. Und wie meine Mutter vor mir bin ich ein Außergewöhnlicher, genannt der Wächter. Wenn ihr mich jetzt entschuldigen würdet, wir müssen noch einen weiteren Schurken aufhalten.«

Er musterte die Polizisten, die die Bühne umstellt hatten, und sah erleichtert, wie Chris die Treppe heraufgestürmt kam. Nick trat einen Schritt zurück und sah, wie Chris sich neben Patricia kauerte und die Finger an ihren Hals legte.

»Sie lebt«, sagte er leise und zog seine Hand wieder weg. »Alles in Ordnung?«

»Noch nicht«, erwiderte Nick.

»Ihr habt ihn gehört!«, bellte Chris die Polzisten an und nahm die Handschellen von seinem Gürtel. »Bewegt euch.«

Keiner rührte sich. Sie standen nur da, misstrauisch und verwirrt. Doch bevor Chris sie anschnauzen konnte, landete eine weitere Gestalt auf der Bühne: Pyro Storm. Feuer tanzte um ihn herum, Rauchschwaden stiegen von seinen Schultern auf, und die Menge schrie. In seiner rechten Hand hielt er den Helm des Wächters. Nick hatte ihn kaum bemerkt, da stürzte Pyro Storm sich schon auf ihn und schlang ihm die Arme um den Hals.

»Du hast es geschafft«, flüsterte Pyro Storm an seinem Ohr, und Nick schnappte überrascht nach Luft, als er aus dem Augenwinkel sah, wie Dutzende Zivilisten auf die Bühne kletterten, um Simon Burke an der Flucht zu hindern. Chris drängte sich durch und legte Burke Handschellen an, um dann das Gleiche bei Patricia zu machen.

»Das habe ich«, flüsterte Nick zurück. »Ich habe keine Ahnung, wie, aber ...« Er machte sich los und schaute nach oben. »Ist mein Dad okay? Und die anderen?«

»Alle. Aber ich fürchte, du bekommst Hausarrest, bis du dreißig bist.«

Nick seufzte. »Ja, mindestens.«

Pyro Storm reichte ihm seinen Helm. Nick stülpte ihn über, die Linsen leuchteten auf, und der Schriftzug WILLKOMMEN,

WÄCHTER erschien vor seinen Augen. »Mobiler Leuchtturm, hört ihr mich?«

»Nick?«, riefen Gibby und Jazz gleichzeitig.

»Hi! Wie geht's?«

Stille.

Schließlich sagte Jazz: »Ich werde dich abstechen, und du wirst dich nicht wehren, verstanden?«, während Gibby schimpfte: »Du bist der dümmste Mensch, der mir je begegnet ist. Großer Gott, warum *bist* du so?«

»Hier ist der Unterschlupf«, knisterte Marthas Stimme aus den Helmlautsprechern. »Wir stimmen Jazz und Gibby voll und ganz zu, nur damit du Bescheid weißt. Wir werden dich umarmen und dann anschreien. Es wird sehr laut werden, und du wirst nicht weglaufen und es aushalten, klar?«

Der Wächter lächelte. Er konnte nicht anders. »Jaja, ich liebe euch auch. Aber es ist noch nicht vorbei. Wir müssen Owen aufhalten. Er hat eine Unmenge Pillen geschluckt, und ich weiß nicht, wie stark er jetzt ist, aber wir müssen ihn kriegen, bevor er jemanden verletzt.«

»Schon dabei«, erwidertet Jazz, während Gibby sich im Hintergrund weiter über bescheuerte Jungs ausließ. »Was glaubst du, wohin er verschwunden sein könnte?«

»Keine Ahnung«, murmelte Nick und schnappte nach Luft. »Vergiss, was ich gerade gesagt habe! Ich weiß, wohin er will. Weil er ein Idiot ist, der glaubt, dass er den Kreis unbedingt schließen muss.«

»Was willst du damit sagen?«, fragte Pyro Storm, während Simon Burke brüllte, er sei reingelegt worden, es sei nicht so, wie es aussehe: *Nimm deine Finger von mir, hast du überhaupt eine Ahnung, wer ich* bin*?*

»Wohin soll er denn …? Zur McManus-Brücke!«, rief Pyro Storm.

Der Wächter nickte. Dann schoss er in die Luft, als wäre es das Einfachste auf der Welt. Strahlend vor Freude schaute er nach unten und beobachtete, wie sich ein Flammenkranz unter Pyro Storms Füßen ausbreitete, bevor auch er sich von der Bühne erhob. Dann jagten sie gemeinsam die Seite des Burke Tower hinauf und umkreisten einander – eine Doppelhelix aus Feuer und flimmernder Luft.

»Du *fliegst*!«, rief Pyro Storm gerade, da drehte Nick seinen Körper in die Waagrechte und stieß sich mit den Füßen mit aller Kraft von der Glasfront ab. Scheiben splitterten und Metallrahmen knackten unter seinen Stiefeln, dann jagte er quer über den Himmel Richtung McManus-Brücke, Pyro Storm dicht hinter ihm her.

18

Auf der McManus-Brücke herrschte ein einziges Chaos. Auf beiden Seiten stauten sich die Fahrzeuge, die Mitte der Brücke war durch einen umgestürzten Bus blockiert. Menschen hatten ihre Autos stehen gelassen und blickten auf die drohenden Schatten, die sich über ihnen auftürmten. Andere halfen den Insassen des Busses und zogen sie durch die geborstenen Fenster ins Freie. Aus dem vorderen Teil des Busses drang Rauch, und der Wächter sah Feuerschein an den Rändern der Motorhaube züngeln. Jemand rief, dass der Bus gleich in die Luft fliegen würde, *zurück, Leute, geht zurück*!

»Wir müssen ihnen helfen«, sagte der Wächter. Ohne auf eine Antwort zu warten, jagte er auf die Brücke zu. Er landete im Laufen, spürte den Ruck des Aufpralls in seinen Beinen und rannte mit unvermindertem Tempo weiter, Pyro Storm direkt hinter ihm.

Sie erreichten den auf der Seite liegenden Bus und sahen einen korpulenten Mann darauf stehen, der durch eines der zerbrochenen Fenster hineinschaute. Pyro Storm lief zum vorderen Teil des Fahrzeugs, während Nick auf den Bus sprang, direkt neben den Mann. Der erschrak, fing sich aber sogleich wieder und sagte: »Ich kann sie nicht rausholen. Die Kinder weigern sich, ohne sie zu gehen.«

Der Wächter spähte in den Bus hinunter und sah eine junge Frau, an der sich zwei weinende Kinder festklammerten. »Sind Sie verletzt?«, rief er ihr zu.

Die Kinder hörten auf zu weinen und sahen mit feuchten Augen und offenem Mund zu ihm auf. Sie konnten nicht älter als acht sein. Die Mutter sagte: »Mein Bein steckt fest. Ich kann nicht raus. Meine Kinder, bitte helfen Sie ihnen.«

»Ich werde euch allen helfen«, versprach der Wächter. »Haltet durch, ich ...«

»Nick!«, schrie Pyro Storm.

Der Wächter riss den Kopf hoch und sah einen verdammten *Buick* auf sich zufliegen. Der Wagen überschlug sich mehrmals in der Luft und die eingeschalteten Scheinwerfer blendeten ihn kurz. Er packte den Mann an der Vorderseite seines Hemdes und zog ihn zu Boden. Der Buick flog über sie hinweg und landete in einem Funkenregen auf den stehen gelassenen Autos auf der anderen Seite. Metall kreischte, Windschutzscheiben barsten, Trümmer flogen durch die Luft. Nick hob langsam den Kopf und sah Shadow Star hoch über der Brücke schweben, während die Schatten um ihn herum immer dichter wurden.

»Das Feuer im Motorraum ist aus!«, rief Pyro Storm. »Hilf den Insassen, ich kümmere mich um Owen.« Damit jagte er in einer grellen Flamme davon.

Der Wächter blickte den Mann an. »Warten Sie hier. Ich hole die drei jetzt raus.« Ohne eine Antwort abzuwarten, sprang er durch das zerbrochene Fenster und landete ein paar Meter von der Frau und ihren Kindern entfernt. Der Bus ächzte, aber er achtete nicht darauf. Das Bein der Frau war unter einem verbogenen Sitz eingeklemmt.

Die Kinder, ein Junge und ein Mädchen, drückten vor Schreck ihre Gesichter an die Brust ihrer Mutter, als der Wächter näher kam. »Ich tue euch nichts. Alles wird gut«, versprach Nick. »Und jetzt bringe ich euch hier raus, okay?«

Er streckte die Arme nach den Kindern und wurde zur Seite geschleudert, als etwas gegen den Bus prallte und ihn ins Rutschen brachte. Einen Moment später gab es einen weiteren Aufprall und das Geräusch von berstendem Metall. Der Bus rutschte weiter, das Heck hob sich, Taschen und Rucksäcke, vermischt mit Glasscherben, regneten auf den Wächter herab. Er blickte zur Vorderseite des Busses und sah durch die Windschutzscheibe den dunklen Fluss tief unter ihnen.

Der Bus war dabei, über die Kante der Brücke zu rutschen.

»Oh, Scheiße«, keuchte er, da kreischte die Frau plötzlich.

Der Wächter schaute wieder in die andere Richtung und sah die Tochter der Frau an sich vorbeisegeln. Während er sich mit der einen Hand am Sitz festhielt, fing er die Kleine mit der anderen auf, einen Arm um ihre Taille geschlungen.

»Ich habe dich«, versuchte er, sie zu beruhigen, während ihre strampelnden Beine gegen seinen Oberschenkel trommelten. »Wie heißt du?«

»Alma«, flüsterte sie mit bebender Unterlippe.

»Alma. Ein toller Name. Also, Alma, bist du schon mal Huckepack geritten?«

Sie nickte, ihr Gesicht von Tränen und Rotz bedeckt. »Auf meinem Papa.«

»Ich wette, er ist der Beste von allen Huckepackpferden, aber kannst du das auch bei mir? Ich weiß, dass du Angst hast, aber ich lasse dich nicht fallen, okay? Gut festhalten. Und jetzt retten wir noch deine Mom und deinen Bruder.«

Nick half Alma auf seinen Rücken, während der Bus immer weiter rutschte und die hinteren Fenster von einem rötlich orangen Leuchten erhellt wurden. *Feuer.* Was auch immer Pyro Storm machte, Nick hoffte, es würde ausreichen, um Shadow Star abzulenken.

Er streckte einen Arm in Richtung des Jungen und seiner Mutter, gerade als der Bus erneut ruckelte. »Halt dich fest«, sagte er noch einmal zu dem Mädchen auf seinem Rücken. »Ab jetzt wird alles ganz schnell gehen. Bist du bereit?«

»Bereit«, sagte Alma und erwürgte ihn fast mit ihren Ärmchen.

Der Bus hatte den Punkt erreicht, an dem es kein Zurück mehr gab, und kippte. Mit einer Handbewegung riss der Wächter den Sitz heraus, unter dem das Bein der Frau eingeklemmt war, und schleuderte ihn durch das zerbrochene Seitenfenster. Als sie und der Junge den Halt verloren, fing der Wächter sie auf und wäre beinahe mitgerissen worden.

Ohne Zögern drehte er seine Handfläche zur Seitenwand des Busses. Die Wand wölbte sich nach außen, Metall und Plastik zersprangen und hinterließen ein großes Loch, durch das man die Fahrbahn erkennen konnte. Der Wächter schob die Frau und ihren Jungen hindurch und sprang hinterher, gerade als der Bus über die Kante stürzte und aus seinem Blickfeld verschwand. Einen Moment später hörte er ein lautes Klatschen unten auf dem Fluss.

Der Wächter atmete kurz auf, während der Mann Alma von seinem Rücken hob und zu ihrer Mom sagte: »Ich bringe sie hier raus.« Dann wandte er sich mit blassem Gesicht Nick zu. »Geh und hilf deinem Kollegen.«

»Meinem Freund«, korrigierte Nick automatisch.

»Oooh«, krähte Alma, »er hat einen *Freund*.«

»Danke«, flüsterte die Mutter, während der Junge sich an ihrem Bein festklammerte. »Ohne dich wären wir abgestürzt.«

»Laufen Sie«, sagte der Wächter. »Schnell. Und bleiben Sie erst stehen, wenn Sie von der Brücke runter sind.«

Der Mann hob den kleinen Jungen auf seine Arme, die Mutter setzte sich Alma auf die Schultern, dann schlängelten sie sich zwischen den Autos hindurch.

Der Wächter blickte auf und sah den Kampf, den Pyro Storm und Shadow Star sich am Himmel lieferten. Pyro Storm rammte Shadow Star und riss ihn mit sich gegen einen der Brückenpfeiler. Die Tragseile erzitterten unter dem Aufprall, eines riss mit einem lauten Knall ab, schnitt wie eine Peitsche durch die Luft und traf einen verlassenen Geländewagen, der daraufhin in zwei Hälften zerfiel.

Pyro Storm löste sich wieder von seinem Gegner, und gerade als der Wächter glaubte, er hätte Shadow Star ausgeknockt, griff ein gigantischer Schatten nach ihm und hüllte ihn ein. Pyro Storm explodierte in einem Feuerball, der den Schatten wegbrannte, und raste auf die Brücke zu, wo er neben dem Wächter landete.

Sein Kostüm war zerrissen, eine seiner Linsen war dunkel und hatte einen Sprung. »Er ist stark«, keuchte Pyro Storm. »Stärker als beim letzten Mal.«

»Zum Glück ist *noch* etwas anders als beim letzten Mal«, sagte der Wächter. »Du hast *mich*. Wir sind zwei und er nur einer. Wir können …«

Shadow Star kletterte aus den Trümmern des Pfeilers, und um ihn herum erhoben sich die Schatten, mindestens ein Dutzend an der Zahl. Sie schienen endlos und verdeckten sogar einen Teil des Himmels. Owen schien nur noch aus Dunkelheit zu bestehen, das schwarze Sternsymbol auf seiner Brust war noch das Hellste an ihm, und sein Kostüm bewegte sich, als bestünde es aus sich windenden Schwarzen Mambas. Irgendwo über ihm blinkte ein Licht, gefolgt vom *Wump-Wump-Wump* eines Rotors. Schließlich kam auch der Helikopter in Sicht, das Action-News-Logo an der Seite gerade noch so zu erkennen.

Dann schaltete der Hubschrauber seinen Suchscheinwerfer an und richtete den grellen Lichtstrahl direkt auf Shadow Star.

Owen schoss auf den Helikopter zu, der sofort abdrehte, flog unter ihm hindurch, weg vom Scheinwerferlicht, und schlang seine Schatten um die Landekufen. Dann drehte er sich um und rief: »Fangt!«

Owen schleuderte den Hubschrauber auf sie, und noch bevor Pyro Storm reagieren konnte, schubste der Wächter ihn zur Seite und hob die Hände. Der Hubschrauber raste auf sie zu und wurde immer größer, die Rotorblätter säbelten durch die Luft, und durch das Cockpitfenster konnte Nick das Gesicht des Piloten sehen, der mit weit aufgerissenem Mund versuchte, wieder hochzuziehen.

Das Licht des Suchscheinwerfers blendete Nick, während er den Funken in seinem Innern beschwor und die Luft um ihn herum zu flimmern begann. Er biss die Zähne zusammen und spannte jeden einzelnen seiner dünnen Muskeln an, spürte, wie er dennoch rückwärts geschoben wurde, wusste, dass er gleich zerquetscht würde – oder Schlimmeres – und schloss die Augen.

Der heulende Motor und das Sirren der Rotorblätter waren das Einzige, was er hörte, während er den Wind des Rotors bereits auf seinem Gesicht spürte.

Aber der Aufprall blieb aus.

Er öffnete die Augen wieder.

Der Hubschrauber schwebte vor ihm, die Nase nach unten geneigt, die Enden der Rotorblätter nur eine halbe Armlänge von seiner Nasenspitze entfernt, während der Suchscheinwerfer seine Brust bis hinunter zu den Füßen anleuchtete. Der Pilot starrte ihn ungläubig an, während der Mann neben ihm unbeirrt seine Kamera auf ihn gerichtet hielt.

»Hinter dir!«, brüllte Pyro Storm.

Der Wächter schaute über seine Schulter und sah seinen Schlagschatten, meterlang gestreckt durch das Scheinwerferlicht. Dann löste sich der Schatten vom Boden und nahm Gestalt an: Kopf, Rumpf, Arme und Beine. Die Gestalt kam auf Nick zu – und taumelte dann plötzlich zurück, als ein Feuerstrahl ein klaffendes Loch in ihren Bauch brannte.

»Ich kümmere mich darum«, bellte Pyro Storm und flog mit einem Zischen an Nick vorbei.

Der Wächter konzentrierte sich wieder auf den Hubschrauber, der sich bedrohlich zur Seite geneigt hatte, während Pilot und Kameramann im Cockpit aus vollem Hals schrien. Die Rotorblätter schlugen in einem orangefarbenen Funkenregen gegen den Asphalt und brachen ab. Metallsplitter flogen durch die Luft, Nick krümmte die Finger und schaffte es, den Helikopter wieder aufzurichten und sicher auf dem Boden abzusetzen. Die schrillen Alarme im Cockpit verstummten zu leisen Pieptönen, während der Kameramann und der Pilot durch die zerbrochene Windschutzscheibe nach draußen blinzelten.

»Verschwindet von hier«, knurrte der Wächter sie an. »Runter von der Brücke!«

Der Pilot nickte, da weiteten sich seine Augen plötzlich. »Aber ...«, sagte er mit gepresster Stimme, die Warnung in seinem Tonfall überdeutlich.

Der Wächter wirbelte herum und sah Shadow Star hinter sich stehen.

»Hey, Nicky«, sagte der fröhlich und verpasste ihm einen Schlag ins Gesicht.

Nick krachte rücklings gegen den Hubschrauber und stöhnte vor Schmerz, als sich die Nase des Helis in sein Kreuzbein bohrte. Er fiel auf die Knie, stützte die Hände auf dem Boden ab und versuchte verzweifelt, Luft zu bekommen. Sein ganzer Körper schmerzte, Schweiß brannte in seinen Augen.

Er hatte nicht mehr die Kraft, Shadow Star abzuwehren, als der seinen Helm packte und den Wächter daran hochhob, bis seine Füße in der Luft baumelten. Schatten legten sich um Nicks Helm, während er vergeblich nach Owens Händen schlug, seine Gedanken ein einziger Sturm aus blinder Panik. Hinter Shadow Star sah er Pyro Storm auf dem Boden liegen, bedeckt von sich windendem Schwarz, das immer wieder auf ihn einprügelte.

»Seit wann kannst du fliegen?«, fragte Owen amüsiert. »Scheiße, Nicky, du hast einiges dazugelernt, seit wir das letzte Mal auf dieser Brücke waren.«

»Warum *tust* du das?«, keuchte er und legte seine Hände auf die von Owen. Hinter sich hörte er das leise Klatschen sich entfernender Schritte. Hoffentlich bedeutete das Geräusch, dass der Pilot und der Kameramann entkommen waren.

»Weil ich es kann«, antwortete Shadow Star unbekümmert. »Und noch mehr, weil ich es *will*. Du hältst dich für einen Helden, weil du meine Eltern gerettet hast, obwohl du genau weißt, dass sie dich hassen. Deine Rechtschaffenheit ist echt anstrengend.« Er schüttelte den Kopf. »Was bringt es, Menschen zu helfen, die dich nicht wollen? Die sich umdrehen und dir vor die Füße spucken? Bist du es nicht leid, alles zu geben, nur um dann weggestoßen zu werden?«

»Nein«, schnauzte der Wächter. »Wenn Menschen in Not sind, dann helfe ich ihnen.«

Shadow Stars Griff um seinen Helm wurde fester, und Nick hörte, wie das Material zu knacken begann. ACHTUNG, ALARM, ACHTUNG, ALARM, blinkte es rot vor seinen Augen.

»So kann man es auch sehen«, erwiderte Shadow Star. »Aber um der Ausgewogenheit willen, hier ist noch eine Sichtweise: Sie wollen etwas, wovor sie Angst haben können? Dann gebe ich es ihnen eben!«

Der Druck auf Nicks Helm wurde so stark, dass er laut aufstöhnte. Schwarze Flecken tanzten vor seinem Gesichtsfeld. Er blinzelte langsam, als eine Stimme aus den Helmlautsprechern rief: »Halte durch, Junge. Wir sind gleich da!«

»Dad?«, flüsterte der Wächter, während sein Helm knackte. »Bist du ...«

Aber alles, was er noch hätte sagen können, ging unter, als sein Helm zerbrach, die Trümmer sich kurz in seine Haut gruben und Shadow Star sie dann mit einem Grunzen in Stücke riss.

Dann schleuderte er Nick gegen den Hubschrauber. Sein Kopf schlug gegen das Metall, und er sah benommen zu, wie Shadow Star mit der Faust zum nächsten Schlag ausholte. Schatten krochen über seine Knöchel und formten eine scharfe Spitze, die auf Nicks rechtes Auge zielte.

Im nächsten Moment stand er in Flammen.

Shadow Star schrie auf und ließ Nick los, der zu Boden sackte. Dann fuchtelte er wild mit den Armen und versuchte, die Flammen auf seinem Kostüm zu löschen.

Der Geruch von verbranntem Haar und verbrannter Haut stieg Nick in die Nase, dick und giftig. Seine Sicht wurde wieder etwas klarer und er sah Pyro Storm auf Shadow Star zugehen, umgeben von einem immer höher werdenden Kranz aus Feuer.

»Das hast du dir selbst zuzuschreiben«, knurrte Pyro Storm und trat Owen gegen die Brust. Als seine Sohle Owens Kostüm berührte, explodierte ein Feuerball, zerfetzte das Shadow-Star-Symbol darauf und katapultierte Owen gegen einen liegen gebliebenen Müllwagen. Das Fahrzeug wackelte unter dem Aufprall und Shadow Star sackte zu Boden.

»Nick«, keuchte Pyro Storm und eilte zu ihm. Er kniete sich hin und umfasste Nicks Gesicht. »Bist du verletzt?«

Der Wächter nickte und zuckte zusammen vor Schmerz, als Pyro Storm ihm aufhalf. Er hatte vorhin schon geglaubt, er könnte nicht mehr, aber das war gar nichts im Vergleich zu dem, wie er sich jetzt fühlte. Es schien zwar nichts gebrochen zu sein, aber die Schmerzen morgen würden höllisch werden.

Falls es ein Morgen gab, denn er stand kaum wieder, da sah er den verdammten Müllwagen über Shadow Star schweben, gehalten von Schatten.

»Okay, lasst es uns noch mal versuchen«, rief Shadow Star. »Fangt!«

Nick schrie auf, packte Pyro Storm an den Schultern und zog ihn mit aller Kraft nach unten. Sie schlugen zu Boden, gerade als der Müllwagen sich überschlagend über sie hinwegsauste und eines der Räder Pyro Storm fast am Kopf getroffen hätte. Dann schlug der Wagen auf, riss mehrere Halteseile durch und stürzte schließlich in den Fluss.

»Verdammt«, fluchte Shadow Star. »Ich muss wirklich besser zielen lernen. Probieren wir was anderes.« Er ging in die Hocke und presste die Handflächen auf den Asphalt. Die

Brücke gab ein lautes Ächzen von sich, während der Boden unter Nick zu rumpeln begann. Ein breiter Riss bildete sich in der Fahrbahn und jagte auf ihn und Seth zu, während weitere Trageseile rissen und der Pfeiler über ihnen zu schwanken begann.

Pyro Storm packte Nick an der Hand und zog ihn hoch. Gemeinsam sprangen sie über den immer breiter werdenden Riss, während Pyro Storm brüllte: »Halt dich an mir fest!«

Nick kletterte auf Seths Rücken, dann streckte Pyro Storm den Arm und ließ einen Feuerstrahl über den Boden züngeln. Er sprang auf, dann glitten sie zwischen Autos und Lastwagen hindurch. Nick warf einen Blick über die Schulter und schrie, als er den Schattententakel sah, der ihnen hinterherjagte und die Fahrzeuge, die ihm im Weg waren, einfach umstieß, während sie selbst über ein Wohnmobil schlitterten und auf der anderen Seite wieder herunter. Nicks Magen hob sich, als säße er in einer Achterbahn.

»Wir müssen das beenden!«, brüllte er Seth ins Ohr. »Wir können nicht zulassen, dass er Leute verle... Scheiße!«

Ein Stück vor ihnen schossen vier Schattententakel aus dem Boden, umfassten Pyro Storms Feuerstrahl und erstickten ihn. Seth konnte gerade noch über die Tentakel springen, doch einer davon schlug nach seinen Beinen. Er verlor das Gleichgewicht, dann stürzten sie beide mit einem lauten Knall zu Boden und überschlugen sich, bis sie gegen den Kühlergrill eines Abschleppwagens prallten und endlich liegen blieben. Der Wagen ächzte, die leere Ladepritsche wurde aus der Verankerung gerissen, fuhr zur Hälfte aus und hing zwischen Fahrbahn und Lkw.

Bevor Nick aufstehen konnte, um sich Shadow Star entgegenzustellen, packte Pyro Storm ihn am Arm und hielt ihn fest. »Nicht«, zischte er. »Die Kavallerie wird gleich hier sein.«

»Das hoffe ich«, keuchte Nick, während Shadow Star auf sie zugeschlendert kam und dabei ein Liedchen pfiff, als hätte er alle Zeit der Welt.

»Sie kommen, versprochen«, erwiderte Pyro Storm grimmig. »Wenn ich *jetzt* sage, duck dich.«

Drei Meter vor dem Abschlepp-Truck blieb Shadow Star stehen und neigte den Kopf. »War das alles?«, fragte er. »Mehr habt ihr nicht zu bieten? Ich dachte, es würde ein bisschen schwerer werden, euch zu besiegen.«

Pyro Storm schnaubte. »Tja, das sollte man meinen, oder?«

»Wie geht's dir eigentlich so, Owen?«, fragte Nick in dem Versuch, Zeit zu gewinnen. »Du siehst nicht allzu gut aus.«

Das war eine glatte Lüge. Owens Visier hatte einen Sprung, und das Kostüm qualmte noch, aber er schien in weit besserer Verfassung als Nick und Pyro Storm.

»Ach, bestens«, antwortete Shadow Star. »Die Pillen. Ich kann sie spüren, ihre Wirkung in meinem Körper. Seht her.«

Owen breitete die Arme aus wie Flügel und sein Schlagschatten erhob sich hinter ihm. Er wuchs auf mehrere Meter Höhe an, dann streckte er die Arme nach unten und legte Shadow Star die übergroßen Hände auf die Schultern. Tiefes Schwarz strömte aus den Fingern, floss an Shadow Star hinab, und sein Kostüm bildete sich neu: Das Symbol auf seiner Brust war wieder intakt, die Risse schlossen sich, ebenso der Sprung in seinem Visier. Als die Reparatur fertig war, richtete der Schatten sich wieder auf.

»Diesen Trick muss ich mir auch beibringen«, murmelte Nick. »Erinnere mich dran, falls wir nicht sterben.«

»Mach ich«, versprach Pyro Storm und drückte Nicks Hand. »Halt dich bereit.«

»So«, sagte Shadow Star. »Schon viel besser.« Er schüttelte den Kopf. »Einen Moment lang war ich glatt beunruhigt. Es war ein bisschen knapper, als ich gedacht hätte, aber ich bin stärker als ihr. Das war ich schon immer. Und jetzt ist es vorbei. Endlich.«

»Jaja, red du nur!«, rief Nick. »Der übermächtige Bösewicht und so weiter. Wie langweilig. Lass dir mal was Neues einfallen.« Er kniff die Augen zusammen. »Aber ich schwöre bei Gott, wenn du wieder anfängst, meine Fanfiction zu plündern, bekommst du ein Problem mit mir. Ich habe sie auf Basis falscher Informationen geschrieben, wie sich inzwischen herausgestellt hat, und das bereue ich zutiefst.«

»Fünf«, flüsterte Pyro Storm.

»Nicht doch«, erwiderte Shadow Star. »Diese Phase habe ich hinter mir. Diesmal bringe ich euch einfach um.«

»Vier.«

»Aber bevor es so weit ist«, sagte Nick, »lass mich noch was klarstellen.«

»Und das wäre?« Shadow Star machte einen weiteren Schritt auf sie zu. Der Schattenriese hinter ihm kam mit.

»Drei.«

»Du hast schon mehrmals versucht, uns zu töten. Und unsere Eltern auch.«

»Das habe ich«, bestätigte Shadow Star. Noch ein Schritt.

»Zwei.«

Der Wächter nickte. »Okay, cool. Ich wollte mich nur vergewissern, dass wir auf dem gleichen Informationsstand sind.«

Shadow Star blieb stehen. »Wie bitte? Hör auf, Zeit zu schinden. Du machst dich nur lächerlich. Ich habe gewonnen.«

»Aber eine Sache hast du vergessen«, warf Pyro Storm ein.

»Und zwar?«

»Eins«, flüsterte Pyro Storm und fügte dann laut hinzu: »Matilda.«

Das Geräusch eines aufheulenden Motors erfüllte die Luft, und Seth zog Nick zu Boden. Nick sah gerade noch, wie ein Lieferwagen mit eingeschaltetem Fernlicht die Rampe des Abschleppwagens hinaufraste, funkensprühend über das Führerhaus polterte und abhob. Erstaunt beobachtete er, wie der Van über sie hinwegflog und Burrito Jerry aus dem heruntergekurbelten Fahrerfenster rief: »FLIEG, MEIN MÄDCHEN, FLIEG!«

Die Scheinwerferkegel trafen den Schattenriesen und brannten klaffende Löcher hinein. Matildas Flugbahn erreichte den Scheitelpunkt, die Scheinwerferstrahlen kippten nach unten und schlitzten das Monster in zwei Hälften. Shadow Star schrie auf und riss die Hände in die Luft, da brach der Schattenriese in sich zusammen und hüllte ihn in eine schwarze Kugel. Matilda krachte frontal gegen die Kugel, und einen Moment lang befürchtete Nick, der Van würde sich überschlagen, aber er landete auf allen vier Reifen, nur die hinteren beiden platzten.

Owen wurde davongeschleudert und prallte von einem Auto zum nächsten wie eine Flipperkugel, bis er an der Leitplanke zum Stehen kam.

Matildas Schiebetür flog mit einem elektrischen Knistern auf, und Miss Raten kam mit wippender Perücke und blau leuchtenden Augen herausgesprungen. Gibby und Jazz folgten direkt hinter ihr und rannten zu Nick und Pyro Storm. Nick musste lachen, als auch noch Cap hintendrein kam, als wäre Matilda zur Matrjoschka mutiert.

Jazz und Gibby waren inzwischen bei ihnen. »Hast du dir was gebrochen?«, fragte Jazz und tastete Nick sofort am ganzen Körper ab.

Er zuckte zusammen, als sie seinen unteren Rücken berührte. »Ich glaube nicht. Aber was *macht* ihr überhaupt hier?«

»Euch den Arsch retten, wie immer«, antwortete Gibby und zog Pyro Storm auf die Beine, der sich kraftlos an sie lehnte.

»Ihr hättet nicht herkommen sollen«, sagte Nick hastig. »Es ist viel zu gefährlich für euch. Owen ...«

»... wird gleich den Schock seines Lebens bekommen«, knurrte Miss Raten. »Er hat keine Ahnung, was ihn erwartet.«

Nick sah sich verwirrt um. »*Was* erwartet ihn denn?«

Cap hatte sie nun ebenfalls erreicht. »Eine kurze und umfassende Lektion, warum man sich nicht mit unseren Kindern anlegen sollte.«

Nick wollte ihn gerade fragen, was zum Teufel er da redete, als Bob Gray aus dem Lieferwagen geklettert kam und ihm gut gelaunt zuzwinkerte. Dann schnippte er mit den Fingern und ein Feuerstrahl schoss aus seiner Hand.

»W-Wie bitte?«, stammelte Pyro Storm.

Bob trat zur Seite und Miles Kensington sprang aus dem Wagen. Im Gegensatz zu Bob wirkte er unverändert. Zumindest so lange, bis er zu einem umgestürzten Auto ging und die Stoßstange vom Kühler riss, als wäre es nichts. Er lehnte sie an seine Schulter und nickte ihnen zu.

»Das ist mein Dad!«, jubelte Jazz.

Als Nächstes kam Trey Gibson mit funkelnden Augen aus Matilda geklettert. Er trat ans Brückengeländer, wandte das Gesicht zum Himmel, und wie aus dem Nichts bildeten sich Wolken über ihm, in denen Donner grollte. Nick beobachtete staunend, wie sich zwei Tornados aus den Wolken lösten und sich der Brücke näherten.

»Und das ist *mein* Dad«, sagte Gibby stolz.

Aaron Bell folgte als Letzter. »Hey, Kleiner. Gut gemacht«, sagte er zu Nick. »Aber jetzt übernehmen wir.« Er musterte die vielen herumliegenden Scherben, dann sah Nick entgeistert, wie Aaron mit dem Kinn ruckte, die Scherben sich in die Luft erhoben und ihn umkreisten.

Matildas Motor heulte auf, als Burrito Jerry mit platten Hinterreifen zurücksetzte. Er lehnte sich aus dem Fenster und klopfte mit der Hand gegen die Fahrertür. »Jetzt?«

»Jetzt«, bestätigte Trey.

Jerry grinste. »Okay. Mal sehen, ob ich es hinbekomme.« Er räusperte sich. »Zieh dich warm an, Schatten-Arsch, denn jetzt kommt die ...«

Das Feuer auf Bobs Händen breitete sich bis über die Arme aus. Miles schwang seine Stoßstange. Treys Tornados schwollen an und wirbelten dunkles Flusswasser auf. Dad hob die Hände und die schwebenden Scherben um ihn herum ballten sich zu einer glitzernden Kugel zusammen. So posierten sie ein paar Sekunden, und dann, als ob der Gipfel der Lächerlichkeit noch nicht erreicht wäre, riefen sie im Chor: *»Dad-Squad!«*

»Was zum Teufel?«, stammelte Nick.

»Sie haben gut zugesehen und daraus gelernt«, erwiderte Gibby stolz, während die Dad-Squad weiter posierte, als sähen sie nicht den geringsten Grund zur Eile. »Bei deinem Wächter-Training haben sie gesehen, was es braucht, um Kräfte, wie du und Seth sie haben, zu kontrollieren. Die Pillen, Nick. Jeder von ihnen hat eine von Burkes Pillen genommen, aber anstatt ihre Kräfte gegen Unschuldige einzusetzen, werden sie diesen Kampf ein für alle Mal beenden.« Sie grinste wie ein wildes Tier. »Wir dachten, wir wären ganz auf uns allein gestellt, doch das sind wir nicht. Das waren wir noch nie.«

Jazz nickte. »Aber es ist nur vorübergehend. Sie haben jeder nur eine genommen, um kein unnötiges Risiko einzugehen. Die Fahrt hierher war ... interessant. Dad hat aus Versehen einen von Matildas Sitzen aufgerissen, und Bob hätte um ein Haar meine Augenbrauen angezündet.«

»Was mir entsetzlich leidtut!«, rief Bob herüber und formte seine Flamme zu einer Kugel, die er von einer Hand in die andere warf. »Ich konnte ja nicht ahnen, dass ich zum wandelnden Flammenwerfer werde.« Er ließ den Feuerball beinah fallen und fing ihn verlegen wieder auf. »Ich übe noch, wie ihr seht.«

»Ihr bleibt schön hier«, sagte Miss Raten zu Nick und seinen Freunden und machte eine so tiefe Verbeugung, dass ihr Gesicht fast die Knie berührte, und da wusste Nick, dass er definitiv so sein wollte wie sie, wenn er groß war. »Miss Raten und die DILF-Squad erledigen inzwischen den bösen Twink.«

»*Dad*-Squad«, korrigierte Nick automatisch.

Miss Raten warf ihm einen tadelnden Blick zu. »Ich habe es genau so gesagt, wie ich es meine.«

»Wartet«, warf Pyro Storm ein. Alle sahen ihn an. »Damit ich das richtig verstehe: Vier erwachsene Männer und eine Dragqueen wollen gemeinsam einen mordenden Teenager unschädlich machen?«

»Ja«, antworteten die Dad-Squad und Miss Raten gleichzeitig.

»Okay. Ich wollte nur sichergehen, dass ich mich nicht verhört habe«, erwiderte er mit einem Achselzucken und lehnte sich wieder gegen den Abschleppwagen.

Trey sah seine Mitstreiter an. »Bereit? Let's roll!«

»Moment«, rief Miles und winkte. »Eine Kleinigkeit noch, bevor wir loslegen. Ein Slogan, sozusagen. Ich habe ihn mir selbst ausgedacht!«

»Großer Gott«, flüsterte Nick. »Ich kann es kaum erwarten.«

Miles blähte die Brust. »Welche Superkraft bekommt man, wenn man Dad wird?«

Nick runzelte die Stirn. »Äh, das ist kein Slogan. Hört sich eher an wie der Auftakt zu einem furchtbar schlechten ...«

»Den vollen Durchblick!«, rief Miles. »Weil wir euch keine Sekunde aus den Augen lassen und euch komplett durchschauen – wir sehen alles!«

»Dads, *nein*«, stöhnten Nick, Gibby, Seth und Jazz.

»Dads, *doch*!«, riefen alle Väter im Chor und drehten sich zu Owen um.

Nur um festzustellen, dass er nicht mehr da war.

»Wo ist er hin?«, fragte Miss Raten.

Trey kratzte sich am Kopf. »Sieht ganz so aus, als wäre er getürmt.«

»Ich türme nicht«, knurrte Shadow Star und trat hinter einem Minivan hervor, der ein Stück die Brücke hinunter auf der Seite lag. Seine Hände waren zu Fäusten geballt, und die Schatten um ihn herum wurden bereits wieder dichter. »Gut, dass ihr alle da seid. So kann ich euch alle auf einmal erledigen.«

»Hör gut zu Owen, denn ich sage das nur ein Mal«, knurrte Cap ihn an. »Wir geben dir hiermit die Chance, dich zu ergeben, und ich schlage vor, du ergreifst ...«

Shadow Star stieß ein Kreischen aus und preschte vor.

Er kam genau zwei Schritte weit, da klatschte Trey in die Hände. Die beiden Wasserhosen sprangen auf die Brücke, stürzten sich auf Shadow Star und rissen ihn mit sich. Er war gefangen wie in einem rasenden Kreisel aus Wasser, und das noch dazu kopfüber.

Miles trat vor, senkte die Stoßstange und klopfte damit auf den rissigen Asphalt. »Aaron, auf mein Kommando.«

Dad nickte, die Glaskugel über seinem Kopf glitzerte.

»Eins, zwei, *jetzt*!«, rief Miles.

Dad ließ seine Hände vorschnellen, und die Glaskugel schoss auf Miles zu, der die Stoßstange schwang wie einen Baseballschläger. Metall traf auf Glas, Dads Kugel wechselte abrupt die Richtung und raste jetzt auf Shadow Star zu. Es wurde ein Volltreffer auf die Brust, und die Kugel zerbarst in funkelnde Scherben, die Owen umschlossen wie ein wirbelnder Vorhang.

»Miss Raten!«, rief Trey. »Sie sind dran.«

Elektrizität knisterte, als Miss Raten die Arme hob. Weißglühende Blitze schossen aus ihren Fingern und schlugen in die wirbelnden Glasscherben, die augenblicklich schmolzen. Wasser zischte und kühlte das Glas wieder ab, sodass Shadow Star darin gefangen war wie in einem durchsichtigen Käfig.

Einen Moment lang dachte Nick, das war's. Dass es endlich vorbei war. Aber dann stieß Shadow Star einen markerschütternden Schrei aus, der die Glaskugel um ihn herum zu Pulver zerspringen ließ, und auch die Wasserhose, die ihn gepackt gehalten hatte, schien kleiner zu werden.

»Hm«, machte Miles. »Das hätte ich nicht erwartet.«

»Amateure«, murmelte Bob und trat einen Schritt vor. »Ich zeige euch, wie man das macht.« Flammen leckten über seine Finger, und der Feuerball in seinen Händen wurde größer. »Seth, sieh her! Ziemlich cool, oder?«

»Und wie«, stimmte Pyro Storm zu.

»Finde ich auch. Jetzt muss ich nur noch dahinterkommen, wie ich das verdammte Ding werfen kann.«

»Bob!«, brüllte Dad in diesem Moment. »Duck dich!«

Bob warf sich auf den Boden und drehte sich sofort auf den Rücken. Shadow Star raste über ihn hinweg, und als er genau über ihm war, gab Bob seinem Feuerball einen Schubs. Die Kugel traf Shadow Star an der Schulter und warf ihn aus der Flugbahn. Er schlug auf dem Asphalt auf und schlitterte auf den Abschleppwagen zu, sprang aber schon vor dem Zusammenprall wieder auf die Beine und setzte sofort zur nächsten Attacke an.

»Wir übernehmen das«, sagte Gibby und machte einen Schritt von Nick und Seth weg. »Jazz?«

»Ich kann's kaum erwarten«, erwiderte Jazz, dann rief sie: *»Cap!«*

Cap streckte ein Bein vor, gerade als Shadow Star an ihm vorbeiraste. Owen geriet ins Straucheln, aber sein Schwung trug ihn weiter. Gibby ging unterdessen in die Hocke. Kurz bevor er sie erreicht hatte, sprang sie auf und rammte ihm ihre Schulter in die Magengrube. Shadow Stars Atem entwich mit einem keuchenden Pfeifen, da stürzte Jazz vor, riss ihre Faust zurück und ließ sie fliegen. Ihre Knöchel trafen auf Owens gefletschte Zähne und schleuderten ihn rücklings gegen das Brückengeländer. Einen Moment lang glaubte Nick, er würde hintenüberfallen und in den Fluss stürzen, aber er schaffte es, sich festzuhalten.

»Meine Knöchel tun gar nicht so weh, wie ich gedacht hätte«, sagte Jazz, und Gibby prustete. »Ich hoffe, ich kann das bald wieder machen. Vielleicht sogar schon in den nächsten paar Sekunden, denn Owen scheint es immer noch nicht kapiert zu haben.«

Shadow Star rappelte sich leicht benommen wieder hoch und stakste auf die beiden zu, da stellte Miss Raten sich ihm in den Weg.

Owen startete eine ungestüme Attacke, der Miss Raten mit einem eleganten Seitschritt auswich. Im Gegenzug schlug sie ihm ihre blau knisternde Faust in die Nieren. Die Elektrizität ließ Owen am ganzen Körper erzittern und zerfetzte sein Kostüm. Seine Muskeln krampften immer noch, und er machte einen ungeschickten Schritt, da holte Miss Raten ihn mit einem Drehkick von den Beinen, sodass er mit dem Gesicht nach vorne auf den Asphalt krachte.

Miss Raten blickte mit funkelnden Augen auf ihn hinunter und zischte: »Wenn du weißt, was gut für dich ist, bleibst du jetzt liegen.«

Owen wusste es offenbar nicht und kam wieder hoch. Mit gesenktem Kopf stand er da und lachte rasselnd. »Ihr glaubt, davon lasse ich mich aufhalten?« Er hob den Blick und sah Nick an. »Ich fürchte, ihr habt euch geirrt.«

»Wie ich gehört habe, spielst du gerne Fangen«, rief Dad in diesem Moment.

Nick war nicht stolz auf das Geräusch, das er daraufhin ausstieß. Es klang wie ein Reifen, aus dem langsam die Luft entweicht. Andererseits fand er, dass man es ihm nachsehen musste, denn immerhin ließ sein Dad gerade einen roten Mini Cooper über seinem Kopf schweben.

»Dann *fang*!«, rief Dad.

Der Mini Cooper flog auf Shadow Star zu, der sich kreischend zu Boden warf. Der Wagen schlug nur wenige Meter von seinem Kopf entfernt ein, überschlug sich und stürzte ins Wasser.

»Ups«, machte Dad. »Ich hoffe, das Auto war versichert.« Er schaute Nick an. »Wenn man fremdes Eigentum beschä-

digt, muss man auch dafür geradestehen. Hat sich jemand das Nummernschild gemerkt?«

»Ähm, Dad«, sagte Nick. »Ich glaube, jetzt ist nicht der richtige Zeitpunkt für so was, denn Owen scheint immer noch nicht genug zu haben.«

»Da hast du verdammt recht«, schnauzte Shadow Star und stand wieder auf. Er sah ein wenig angeschlagen aus, seine Hände zitterten und er keuchte schwer. »Ihr glaubt, zusammen könnt ihr mich besiegen? Nein, könnt ihr *nicht*. Ich kann ewig so weitermachen. Als Nächstes werde ich ...« Er verstummte abrupt und schlang stöhnend die Arme um seinen Bauch, die Augen weit aufgerissen.

Nick machte einen Schritt auf ihn zu und blieb erst stehen, als Pyro Storm ihn am Handgelenk packte.

»Nicht«, flüsterte Seth. »Das ist eine Falle.«

»Ist es nicht«, widersprach Nick, ohne den Blick von Owen abzuwenden. »Irgendwas stimmt nicht. Er ist ...«

Shadow Star sackte auf die Knie und der Kopf kippte ihm auf die Brust.

Nick riss sich los und rannte zu ihm, noch während er hörte, wie Aaron seinen Namen rief. Nick zögerte kurz, dann nahm er Shadow Star den Helm ab und warf ihn beiseite. Owen blinzelte ihn benommen an, sein Blick war unscharf.

Nick erschrak, als er sah, dass Owens Haut fast durchsichtig war. Das Gewebe darunter war *schwarz*.

»Die Pillen«, flüsterte Owen. »Es tut so weh, Nicky.«

»Ich weiß«, sagte Nick, berührte Owens Gesicht und zuckte zusammen, als ein Schatten versuchte, sich durch Owens Wange einen Weg ins Freie zu bohren.

Owen hatte unzähligen Leuten Schaden zugefügt. Ihnen, anderen. Er hatte Menschen getötet, sie mitten aus dem Leben und ihren Familien gerissen. Er *musste* aufgehalten werden. Aber niemand hatte das verdient, was jetzt mit ihm passierte.

»Wir können dir helfen«, flüsterte Nick. »Du musst das nicht tun. Du bist nicht dein Vater. Und auch nicht Patricia.«

Owen lächelte schwach. »Glaubst du?«

Er nickte.

Owen sah ihn lange an. Schließlich schmiegte er seine Wange in Nicks Hand. »Da war mal was zwischen uns, was Echtes, oder?«

»Ja«, bestätigte Nick leise. »Und jetzt tu ein Mal in deinem Leben das Richtige.«

»Und wenn ich Nein sage?«, fragte Owen mit zusammengekniffenen Augen.

Nick richtete sich wieder auf. Ein Schauer lief ihm über den Rücken. »Dann würde ich sagen, dass wir zehn sind und du nur einer. Bei dieser Quote kannst du nicht gewinnen.«

»Vielleicht nicht«, erwiderte Owen. »Aber ich kann es versuchen.«

Und genau das tat er. Er versuchte es mit allen Mitteln. Flackernde Schattententakel brachen aus seinem Rücken und peitschten wütend durch die Luft. Einer davon sauste auf Nick zu und verfehlte ihn nur um Zentimeter, doch Nick zuckte nicht mit der Wimper. Er wehrte sich auch nicht, als Seths Arme sich um seine Brust schlangen und ihn wegzogen. Stattdessen spürte er ein eigenartiges Gefühl der Trauer in sich aufsteigen, denn er wusste: Ganz gleich, was sie taten oder sagten, nichts auf der Welt konnte Owen mehr helfen.

Owens Gesicht begann zu zittern, seine Schattententakel bebten. Dann griff er sich mit den Händen an den Kopf, und der Schrei, den er dabei ausstieß, sollte Nick noch jahrelang verfolgen. Er hörte, wie der Schrei durch die Trümmer auf der Brücke hallte, hörte Seths Atem an seinem Ohr, spürte Seths festen Griff um seine Brust, aber er registrierte es kaum. Er sah nur noch Owens *Beine*: Sie wurden zu einem Schemen, durchsichtig. Dasselbe passierte mit den Hüften. Der Brust. Den Armen, dem Hals und dem Kopf. Owen hielt sich die Hände vors Gesicht und sah auch sie verblassen, kleine Schattenfetzen stiegen aus seinen Fingerkuppen auf wie Rauch aus einem Schornstein.

»Was ist das?«, flüsterte Owen.

»Die Pillen«, antwortete Dad, der jetzt neben Nick und Seth stand. Er sah erschöpft aus. Und entsetzt. Die Falten in seinem Gesicht waren tiefer, als Nick sie je gesehen hatte. »Du hast zu viele genommen, Owen. Und jetzt bezahlst du den Preis dafür.«

Owen schüttelte den Kopf. »Nein. Nein.« Er machte einen Schritt auf sie zu. Noch einen. Dann noch einen, aber weiter kam er nicht, weil seine Beine ihn nicht mehr trugen. Er sank auf die Knie. Plumpste mit dem Hintern auf seine Unterschenkel. Dann legte er den Kopf in den Nacken und schaute in den Nachthimmel.

»Ich ... bin ... *außergewöhnlich*«, sagte er mit einem Lächeln.

Sein Gesicht, seine Zähne und seine Zunge lösten sich in Schatten auf. Genauso wie der Rest seines Körpers. Es geschah vollkommen lautlos – eine schwarze Wolke, davongeweht von einer warmen Brise, dann war Owen Burke verschwunden. Verteilt wie Asche über dem Meer.

Seth entließ Nick aus seinen Armen, Nick taumelte zu seinem Vater und hielt sich an ihm fest. Er umklammerte Aaron und spürte, wie etwas in ihm zerbrach, während ihm die Tränen übers Gesicht strömten.

Tröstende Hände auf seinem Rücken, in seinen Haaren, auf den Schultern. Geflüsterte Worte, vertraut, süß und sanft. »Wir sind bei dir, Junge«, flüsterte Aaron, »wir sind bei dir.«

Nick sah nicht auf, als er die Sirenen hörte, die Menschen, die näher kamen und irgendetwas riefen. Stattdessen schloss er die Augen und hielt sich an Aaron fest, so gut er irgend konnte.

19

TITEL: DIE WAHRHEIT

Autor: Der Wächter
Kapitel 1 von?
4782 Wörter
Pairing: Der Wächter / Pyro Storm; Nicholas Bell / Seth Gray; Lola Gibson / Jasmine Kensington; Minderjähriger Nicholas Bell / Owen Burke; Owen Burke / Sein Alter Ego
Altersempfehlung: ab 13 (Haltet bloß die Klappe, all ihr Weirdos da draußen!)
Tags: Verliebte Idioten; Super-Queer-Girls; Romantik; Dad-Squad; Leuchtturm; Ein Typ namens Burrito Jerry; Reale Personen, reale Ereignisse; Autobiografie; Glück; Trauer; Ein bisschen Anti-Rebecca-Firestone; Action; Jede Menge Sprüche, ADHS ist eine Superkraft; Neurodiverse, vereinigt euch!

KAPITEL 1: DIE ZEIT DES VERSTECKENS IST VORBEI

Es gibt da eine Geschichte, die ich euch erzählen möchte. Das meiste davon ist ziemlich unglaublich, aber hört mir einfach zu, okay? Sie wird wahrscheinlich viel zu lang, und vielleicht denkt ihr sogar, dass ich euch verarschen will, aber ich verspreche, dass jedes Wort davon wahr ist. Ich bin sicher, dass Journalisten auf der ganzen Welt meinen Namen verfluchen, wenn sie das hier lesen, vor allem weil ich mich nach all den Ereignissen strikt geweigert habe, Interviews zu geben. Ich wurde sogar von Verlegern kontaktiert, die wollten, dass ich ein Buch über die letzten zwei Jahre schreibe. Lächerlich, oder?

Ich habe abgelehnt, weil ich meine Geschichte lieber auf meine Art erzähle. Und was ist besser, als sie aufzuschreiben und kostenlos auf unserer geliebten Fic-Site zu veröffentlichen? Nimm *das*, Kapitalismus!

Bevor es losgeht, ein paar Dinge über mich: Ich bin siebzehn Jahre alt. Ich bin Schüler der Centennial High in Nova City (Heimstadt der Fighting Wombats!). Ich bin queer. Ich habe eine ADHS, was kein Todesurteil ist, wie ich früher mal geglaubt habe. Einige der klügsten Menschen, die ich kenne (Hi, Jazz und Gibby!), haben mir immer wieder gesagt, dass es meine Superkraft ist und die Art, wie ich denke, absolut einmalig. Ich glaube ihnen, denn sie sind schlauer als wir alle zusammen. Mein Gehirn ist meine Superkraft, aber es ist nicht meine einzige.

Mein Name ist Nicholas Bell. Ihr kennt mich vielleicht als ShadowStar744 oder PyroStormLieblingsmensch – beides Alias, unter denen ich auf dieser Seite Fics schreibe (die erste Person, die mich wegen meiner ShadowStar744-Fics anmotzt, wird in die Sonne geschossen). Aber ich habe noch einen anderen Namen, den ihr sicher schon aus den Nachrichtenkanälen weltweit kennt, weil anscheinend gerade nichts anderes Erwähnenswertes passiert. Jemand, den ich von ganzem Herzen liebe (Seth, du bist der Beste!), hat eines Tages das Mutigste getan, was ich je gesehen habe: Er hat vor laufenden Kameras seinen Helm abgenommen und sich als Außergewöhnlicher zu erkennen gegeben – in vollem Wissen, dass einige Menschen ihn fortan allein für seine Existenz hassen würden.

Ich hatte Angst um ihn. Ich habe gesehen, wozu Menschen fähig sind. Und ehrlich gesagt hatte ich auch Angst um *mich*, weil ich wusste, wozu *ich* fähig bin. Ich kam mir wie ein Feigling vor, weil ich ihn das allein durchstehen ließ. Ich hatte nicht so viel Mut wie er, und obwohl ich mir nichts sehnlicher wünschte, als es ihm gleichzutun, konnte ich mich nicht dazu überwinden.

Aber ich verstecke mich nicht mehr.

Mein Name ist Nicholas Bell. Ich bin der Außergewöhnliche, den man den Wächter nennt, und dies ist mein Manifest.

Meine Mutter, Jennifer Marie Bell, hat einst denselben Namen getragen. Jetzt gehört er mir, und ich trage ihn mit Stolz, um ihr Andenken zu ehren. Sie ist tot. Es tut weh, das zu schreiben, nach allem, was wir durchgemacht haben.

Hier sind noch ein paar andere Dinge, die ihr über sie wissen müsst.

Sie war gütig.

Sie war aufrichtig, selbst wenn die Wahrheit schwer zu ertragen war.

Sie hat meinen Vater geliebt, ihren Ehemann. Sie haben sich auf dem College kennengelernt, was gleichzeitig die einzige romantische Geschichte über eine Hetero-Begegnung ist, die ich noch hören kann (von den anderen gibt es schon mehr als genug): Sie stand auf einer Leiter in der Bibliothek der NCU und versuchte, an ein Buch aus dem obersten Regal zu kommen. Dann ist sie abgerutscht, und wer kam in diesem Moment zufällig unter der Leiter vorbei? Genau: mein Dad. Sie ist auf ihn draufgefallen, und mein Dad sagt, als er ihr Gesicht gesehen hat, wusste er sofort, dass sie die Richtige war.

Und wie ich hatte sie telekinetische Kräfte und konnte Dinge mit Gedankenkraft bewegen. Aber das ist nicht alles. Sie war so viel mehr. Wenn ich eines über sie sagen kann, dann das: Sie war eine Außergewöhnliche, aber sie war auch meine Mutter. Ich vermisse sie jeden Tag, und alles, was ich bin und tue, habe ich ihr zu verdanken.

Jetzt lasst mich euch von meinem Dad, Aaron Bell, erzählen.

Wer in Nova City lebt, wird diesen Namen wahrscheinlich kennen. Kurz nach dem Tod meiner Mutter hat er – immerhin ein NCPD-Detective – einen Zeugen niedergeschlagen, weil er etwas Grausames über Mom sagte. Anstatt gefeuert zu werden, wurde mein Vater degradiert. Aber nur für ein paar Jahre, denn nach der SCHLACHT AUF DER MCMANUS-BRÜCKE TEIL I (das hat sich bestimmt ein unterbezahlter Praktikant ausgedacht, denn wenn es nach mir gegangen wäre, wäre der Titel viel länger und mit viel mehr Ausrufezeichen dazwischen) wurde er mit der Leitung der neu gegründeten Außergewöhnlichen-Abteilung betraut. Seine Aufgabe war, die Außergewöhnlichen von Nova City im Auge zu behalten.

Dabei hätte er gefeuert werden sollen. Oder von sich aus kündigen sollen. Egal was die Leute zu ihm gesagt haben:

Jemanden anzugreifen ist falsch. Dad weiß, dass ich das hier schreibe. Er weiß, dass ich nichts weglasse, weil es wichtig ist, dass ihr die Wahrheit erfahrt, so hässlich sie auch sein mag.

Er ist kein Polizist mehr. Er hat gekündigt, kurz nach Rodney Caplan. Zu wenig, zu spät? Das zu entscheiden, steht mir nicht zu, aber ich kenne meinen Vater. Ich weiß, was für eine Art Mann er ist. Er versucht jeden Tag, ein besserer Mensch zu werden. Und ich werde dafür sorgen, dass er das auch weiterhin tut, und ich ebenfalls. Wir sind es einander schuldig, genauso wie uns selbst, unseren Freunden und unserer Familie, unser Bestes zu geben.

Ich habe Freunde (ja, ich weiß, das ist Prahlerei). Gibby und Jazz. Zwei Frauen, die mich zu dem gemacht haben, was ich heute bin. Sie sind toll. Und knallharte Beschützerinnen. Sie gehören zu den besten Menschen, die ich je kennenlernen durfte, und ich bin sehr glücklich, sie an meiner Seite zu haben. Die Liebe, die sie füreinander empfinden, ist inspirierend, und wir alle sollten versuchen, so zu sein wie sie.

Wenn ich jetzt sage, dass du es mit uns allen zu tun bekommst, sobald du dich mit einer von ihnen anlegst, ist das die Wahrheit. Aber am schlimmsten bist du dran, wenn du dich mit Gibby anlegst, denn dann bekommst du es mit Jazz zu tun.

Eigentlich hätte Gibby die Abschiedsrede ihres Schuljahrgangs halten sollen, doch dann wurde sie abgesägt, weil sie bei dem Überfall auf die Centennial High beschlossen hatte, anderen zu helfen (ich *sehe* euch, Mitglieder des Schulausschusses von Nova City!).

Wahrscheinlich habt ihr den viralen Clip gesehen, in dem Jazz vor dem Ausschuss steht und ihn zur Rede stellt, weil er Seth Gray kurz vor seinem letzten Schuljahr von der Centennial High ausgeschlossen hat. Viele Menschen haben sich an diesem Tag zu dem Thema zu Wort gemeldet, aber es war Jazz, die den Kern der Sache getroffen und unmissverständlich klargestellt hat, was sie tun würde, wenn Seth Gray – (alias Pyro Storm, mehr über ihn in Kürze) – nach seinem Schulverweis im Frühjahr nicht zurückkehren dürfe:

»Dann werde ich Ihnen das Leben zur *Hölle* machen. Wissen Sie, was Seth getan hat? Wissen Sie, wie viel Mut es dazu braucht? Ich glaube nämlich nicht, dass Sie das wissen. Selbst jetzt sitzen Sie da, starren mich an oder murmeln leise vor sich hin ... Sie, Sir, ja, *Sie*. Könnten Sie das bitte wiederholen, nur ein bisschen lauter vielleicht? *Nein?* Dachte ich mir. Sie sagen, Sie wollen nur die anderen Schüler beschützen. Aber wenn Sie sich die Petition ansehen, die ich Ihnen überreicht habe, sehen Sie die Unterschriften von über sechstausend Kindern und Jugendlichen im Nova City School District, die fordern, dass Seth Gray zu seinem letzten Jahr zurückkehren darf. Wir mögen jung sein, aber unsere Stimmen zählen deshalb nicht weniger. Es spielt keine Rolle, ob er ein Außergewöhnlicher ist oder nicht. Zusätzlich zu der Forderung, dass Seth an die Centennial High zurückkehren darf, verlangen wir eine umfassende Entschuldigung von Ihrer Seite. Nicht nur bei Seth Gray und Nick Bell, sondern auch bei Lola Gibson, die Sie unter dem Vorwand einer Untersuchung – deren Ergebnis nie veröffentlicht wurde –, von ihrem rechtmäßigen Platz als Abschiedsrednerin ihres Jahrgangs entfernt haben. Und bevor Sie mir vorwerfen, ich würde anderen etwas missgönnen, sehen Sie sich das Schreiben von Matthew Rogers an, das ich beigefügt habe, der statt Gibby die Abschiedsrede gehalten hat. Er schreibt, wäre er im Besitz aller Fakten gewesen, hätte er den Titel des Abschiedsredners *abgelehnt*. Sie sind *erwachsen*, verdammt. Machen Sie gefälligst Ihren Job.«

(Ich habe so laut applaudiert, dass mir noch am nächsten Tag die Hände wehgetan haben.)

Eine Woche später hat das Schulamt folgende Erklärung veröffentlicht:

Entgegen einer Flut von Desinformation möchten wir klarstellen, dass wir jeden unserer Schüler schätzen. Obwohl wir es normalerweise vermeiden, uns zu einzelnen Schülern zu äußern, da die Privatsphäre an erster Stelle steht, machen wir heute eine Ausnahme: Seth Gray wird sein letztes Schuljahr an der Centennial High School absolvieren dürfen. Weitere Kommentare wird es zu diesem Zeitpunkt nicht geben.

Habt ihr die Entschuldigung da drin gesehen? Ein Eingeständnis, dass Gibby Unrecht getan wurde? Genau. Ich auch nicht. Aber wartet, es kommt noch mehr! Fünfzehn Tage nach der Nichtentschuldigung ist die Hälfte des Schulausschusses zurückgetreten. Trey und Aysha, Gibbys Eltern, wurden für die absehbare Zukunft in den Ausschuss berufen, zusammen mit ein paar anderen Eltern, die bereit sind, zu reparieren, was kaputt ist. Die Dinge werden sich ändern, und auch wenn die Aufgabe nicht einfach ist – wenn jemand das schaffen kann, dann sie.

Merkt euch diese Namen: Jasmine Kensington. Lola Gibson. Ich habe das Gefühl, dass ihr in Zukunft noch viel von ihnen hören werdet.

Was mich zu Seth Gray bringt, aka Pyro Storm.

Ich könnte Tausende von Worten über ihn schreiben. Zum Teufel, das habe ich bereits, siehe Genussvolle Glut (ja, ich werde die Fic fertig schreiben!).

Seth ist mein Held. Er war immer da, hat meine Hand gehalten und mir geholfen zu atmen. Er hat mich aufgebaut, als ich am Tiefpunkt war. Und selbst wenn ich gewisse ... Ideen habe, gibt er mir nie das Gefühl, dass ich dumm bin oder dass meine Meinung nicht zählt.

Ich könnte euch von so vielen Dingen erzählen: Wie er aussieht, wenn er müde ist (ganz weich). Wie er immer versucht, für uns stark zu sein, und manchmal daran erinnert werden muss, dass auch wir für ihn stark sein können. Ich könnte euch erzählen, wie klug er ist, wie mutig, wie selbstlos. Ein Anführer. Ein Wegbereiter. Ein Mann, der die Welt verändern wird.

Ich bin der glücklichste Schwule der Welt, denn Seth hat *mich* erwählt. Wenn ihr ein bisschen Kitsch vertragen könnt (kleine Warnung vorab: es wird wahrscheinlich nur noch schlimmer werden, aber ich bereue *nichts*), dann ist Seth Gray der bessere Teil von uns allen. Ich liebe dich, Mann. Für immer.

Dieses Manifest heißt *Die Wahrheit*, denn genau die werde ich euch geben: über uns. Über Simon Burke. Über Patricia Burke. Über Owen Burke, der einst mein Freund war.

Trotzdem war Owen ein Schurke. Er hat Menschen getötet. Er hat viele Leute verletzt, auch mich, meine Freunde und meinen Vater. Ich habe nicht vor, sein Verhalten zu entschuldigen. Die Familien der Menschen, denen er geschadet hat, haben etwas Besseres verdient.

Aber Simon und Patricia Burke trifft genauso viel Verantwortung wie ihn. Sie haben ihrem Kind Dinge angetan, die kein Elternteil jemals tun sollte.

Ich bezweifle nicht, dass manche, die das lesen, wütend auf mich sind. Einige haben vielleicht sogar Angst vor mir. Burke hat die Gräben zwischen uns nicht ausgehoben, sie waren schon vorher da. Er hat sie lediglich genutzt, um seine Hassbotschaft zu verbreiten und die Ängste zu schüren, die viele von euch bereits verspürten.

Falls du Simon Burke unterstützt hast – was immer noch viele tun –, dann sage ich dir: Wenn du jemals einen Helden brauchst, werden wir da sein.

Und zum Schluss noch eine Botschaft an alle Außergewöhnlichen, bekannte wie unbekannte: Wir sehen euch. Wir wissen, dass ihr Angst habt. Wir wissen, dass ihr glaubt, ihr müsstet euch verstecken. Und wenn das das Beste für dich ist, dann tu, was du tun musst, um dich zu schützen. Ich wünschte, ich könnte euch sagen, dass es von nun an einfacher wird, aber das wäre gelogen. Es wird immer Menschen geben, die uns für das hassen, was wir sind und wofür wir stehen.

Aber es gibt mehr Unterstützer, als ihr glaubt. Wir sind hier. Wir sind bei euch. Wir halten euch den Rücken frei. Ihr müsst das nicht allein durchstehen. Wir werden der Leuchtturm sein, das Funkfeuer, das dir den Weg nach Hause zeigt. Eines Tages wird die Welt sehen, wie außergewöhnlich du bist. Aber bis dahin kannst du uns ansprechen, wann immer du es brauchst. Ich verspreche, wir werden zuhören.

(Es sei denn, du bist böse, dann treten wir dir in den Arsch.)

Nächste Woche beginnt in Kapitel 2 die eigentliche Geschichte (es sei denn, die Schule erschlägt mich mal wieder mit Hausaufgaben. Igitt, wozu?). Es wird Gefahr geben! Romantik! Skwinkles Salsaghetis und mit Kissen erschlagene Grillen! Neue Helden und sich erhebende Schurken! Ich hoffe, ihr seid bereit, denn ich fange gerade erst an. Bleibt dran!

SPÄTER

Er bekam die blöde Fliege nicht hin, egal was er tat. Wie oft hatte Seth es ihm im Lauf der Jahre gezeigt? Ein Dutzend Mal? Eine Million? So was in der Art – es ging immer irgendwas schief. Entweder war ein Ende länger als das andere und baumelte schlaff herab, oder die Schleife sah aus wie ein fieser Knoten, der von unten gegen seinen Kehlkopf drückte. Er war beim sechsten Versuch und irgendwie sah es sogar noch schlimmer aus als am Anfang.

»Warum zum Teufel klappt das nicht?«, knurrte Nick sein Spiegelbild an.

Sein Anzug – von Jazz genehmigt – war dunkelblau, das maßgeschneiderte Jackett hatte ein schwarzes Revers, und die Hose saß am Hintern und den Oberschenkeln sehr eng. Falls er furzen musste, würde es ihm die Schuhe von den Füßen blasen, die dann wahrscheinlich jemand Wichtigen im Gesicht treffen würden. Hoffentlich nicht die Standesbeamtin, eine strenge Frau, die so schon kein Fan von Nick war, wenn er daran dachte, wie oft sie bei der Vorbesprechung die Augen verdreht hatte.

Unter dem Jackett trug Nick ein schickes weißes Button-Down-Hemd mit blauen Streifen. Die schwarze Fliege sollte eigentlich das i-Tüpfelchen sein, aber sie war offensichtlich kaputt.

Nick wandte den Blick vom Spiegel ab, als es an der Tür klopfte.

»Es ist offen!«, rief er und hoffte, dass es nicht Seth war. Er wollte nicht, dass die Liebe seines Lebens sah, dass er nicht einmal eine Fliege binden konnte. Und das ausgerechnet heute. Nicht, dass er Nick dafür Vorwürfe machen würde, aber Seth konnte Fliegen binden, seit er sieben war. Was sagte es über Nick, dass er es mit sechsundzwanzig Jahren noch nicht hinbekam?

Zum Glück war es nicht Seth. Dad öffnete die Tür und streckte den Kopf herein. Seine Haare wurden allmählich grau und die Falten um die Augen und den Mund waren etwas tiefer als früher. Doch er trug sein Alter mit Stil. Er sah so gut aus wie eh und je, und als er merkte, wie Nick sein Spiegelbild anfunkelte, schüttelte er nur lächelnd den Kopf. »Ich dachte mir schon, dass so was passieren würde.«

»Jaja«, murmelte Nick. »Eigentlich wollte ich Telekinese benutzen, aber dann dachte ich mir, dass ich mich wahrscheinlich nur selbst erwürgen würde. Schon wieder.«

(Um es kurz zu machen: Es war Nick verboten, seine Kräfte beim Anziehen einzusetzen. Der letzte Versuch vor einem Jahr hatte zu einem mittelgroßen Zwischenfall unter Beteiligung eines Paars lederner Cowboy-Beinschützer, eines wütenden Bösewichts namens Steamroller und einer Entschuldigung an das Land Norwegen geführt. Es waren merkwürdige Ostern gewesen, aber zum Glück akzeptierte Norwegen seine Entschuldigung, und Steamroller beschloss, seine kriminelle Laufbahn aufzugeben. Stattdessen half er fortan anderen Häftlingen, ihren Schulabschluss zu machen, während er selbst zwanzig Jahre wegen des Versuchs verbüßte, das Stromnetz von Nova City lahmzulegen.)

Dad betrat das Zimmer und schloss die Tür hinter sich. Er sah toll aus in seinem schwarzen Anzug. Er hatte in den letzten Jahren ein wenig zugenommen, aber es stand ihm gut. Er wirkte ... entspannter, fröhlicher. Die Therapie half ihm, aber das war nicht der einzige Grund.

Sie hieß Yolanda Jimenez und war Tierärztin. Sie hatten sich auf der Straße getroffen, vor Caplan, Bell & Bell, der Privatdetektei, die Nick und Dad seit Caps Rente allein weiterführten. Seinen Namen hatten sie zu Ehren ihres Freundes beibehalten. Yolanda kam ein paar Tage nach der Eröffnung vorbei und brachte einen Geschenkkorb mit Kaffee und Leckereien aus einer Bäckerei in der Nachbarschaft mit. Nick war gerade dabei, sein kleines Büro einzurichten – eigentlich kaum mehr als ein etwas größerer Wandschrank –, und hängte Bilder von seinen Freunden und seinen Eltern neben sein NCU-Diplom. Er hielt kurz inne, als er die Klingel hörte, ignorierte sie aber, als er merkte, dass Dad sich bereits darum kümmerte.

Als Nick zwanzig Minuten später aus seinem Büro trat, fand er die beiden in der Nähe des Empfangstischs. Yolanda lachte und Dads Wangen waren leicht rot. Sie war eine stämmige Frau mit glänzenden schwarzen Haaren und ausdrucksstarkem Gesicht. Nick mochte sie sofort – vor allem weil sie offensichtlich in der Lage war, seinen Dad aufzuziehen, aber auf eine gute, humorvolle Art.

»Das ist mein Sohn«, erklärte Aaron verlegen und wedelte leicht überfordert mit der Hand. »Nick. Er ist mein Partner in der Agentur.«

»Hi, Nick«, sagte Yolanda und lächelte warmherzig. »Ich habe schon von dir gehört. Du bist der Wächter, oder?«

Dad und Nick erstarrten. Manchmal reagierten die Leute ... komisch auf ihn.

»Ja«, erwiderte Nick langsam. »Der bin ich.«

»Schön«, sagte Yolanda. »Danke für deine unermüdliche Hilfe.«

Und das war's.

Danach wandte sie sich wieder an Dad und erzählte ihm von den anderen Geschäften im Viertel. Die meisten waren super, sagte sie. Sie waren so etwas wie eine kleine, eingeschworene Gemeinschaft, jeder half jedem. Sie lud Dad und Nick noch für die kommende Woche zu einem Treffen aller Geschäftsinhaber ein und ging wieder, allerdings nicht ohne ihnen zu sagen, dass sie nur ein paar Türen weiter sei, wenn sie etwas bräuchten.

Dads Gesichtsausdruck, als sie wieder weg war – erstaunt und ein bisschen verwirrt –, bestätigte Nicks Verdacht.

Sie gingen zu dem Treffen und – wer hätt's gedacht? – Yolanda hatte zwei Plätze ganz vorne für sie reserviert. Als sie wieder aufbrachen, sorgte Nick dafür, dass sie Telefonnummern austauschten. »Nur für den Fall, dass er Sie anrufen muss!«, rief Nick, während Dad ihn fortzerrte. »Zum Beispiel wegen eines tierärztlichen Rats, auch wenn wir eigentlich gar keine Haustiere haben. Oh, oder wie wär's mit einem Date? *Dad?* Hör auf, an meinem Arm zu ziehen!«

Dad bekam einen Wutanfall, als sie wieder im Büro waren.

Nick lächelte nur und fragte: »Bist du jetzt fertig? Weil ich finde wirklich, dass du sie anrufen solltest.«

Das tat er dann auch (zwei Tage später, um nicht übereifrig zu erscheinen, wie er sagte), und der Rest ist Geschichte, wie es so schön heißt.

Nick wandte sich wieder dem Spiegel zu und runzelte die Stirn. *Blöde Fliege,* dachte er gerade, als Dad sich vor ihn stellte und eine Augenbraue hochzog.

»Ich glaube, ich brauche Hilfe«, seufzte Nick.

»Sieht ganz so aus«, bestätigte Dad. »Bist du nervös?«

»Das ist noch untertrieben«, murmelte Nick, während Aaron begann, die Fliege zu richten. »Es ist eine große Sache. Ich will es nicht vermasseln.«

»Du schaffst das schon«, sagte Dad. »Eins nach dem anderen. So, siehst du? Schon erledigt.« Er ging um Nick herum und legte ihm die Hände auf die Schultern.

Nick starrte sein Spiegelbild an. »Wie hast du das gemacht?«

Dad gluckste. »Man braucht keine Superkräfte dazu, nur ein bisschen Übung.«

Nick atmete langsam aus. »Es ist ein großer Tag.«

»Ist es«, stimmte Dad zu. »Bist du bereit?«

»Ich glaube schon. Ich will nur alles richtig machen, verstehst du?«

»Ich weiß, Nicky.« Aaron drückte seine Schultern. »Aber du machst das schon. Weißt du, was du sagen wirst?«

Nick stöhnte. »Größtenteils. Ich habe versucht, es aufzuschreiben, aber es kam nicht so rüber, wie ich wollte. Ich habe mich immer wieder ablenken lassen.« Seine ADHS – der Teil von ihm, den er früher verachtet hatte – war immer noch da, aber das war okay. Nick hatte Mittel und Wege gefunden um sie (größtenteils) unter Kontrolle zu halten. Medikamente. Meditation. Selbst jetzt gab es noch Tage, an denen er glaubte, aus der Haut fahren zu müssen, aber das gehörte dazu, wenn man neurodivers war. Er ließ sich davon nicht sein Leben vermiesen. Es war nur ein kleiner Teil des großen Ganzen, das Nicholas Bell hieß.

Dad grinste. »Du willst also improvisieren, hm? Das wird bestimmt ... lustig. Soll ich einschreiten, wenn du anfängst, über die Paarungsgewohnheiten von Schildkröten zu sprechen?«

»Ich bitte darum«, sagte Nick erleichtert. »Obwohl ich glaube, dass sie wahrscheinlich nichts anderes erwarten.«

»Natürlich nicht«, erwiderte Dad und stellte sich neben Nick. So standen sie da und betrachteten sich gegenseitig im Spiegel. »Gar nicht mal so schlecht«, kommentierte Aaron. »Ich kann nicht glauben, dass wir gleich ...«

»Ohne dich wäre ich jetzt nicht hier«, unterbrach Nick.

Dad sog scharf die Luft ein und schaute weg. »Hey, Kleiner, du brauchst jetzt nicht ...«

»Danke«, sagte Nick und drehte sich zu seinem Vater um. »Danke, dass du mich liebst. Danke, dass du mich beschützt. Und dass du an mich glaubst. Danke, dass du mein Dad bist.«

»Es ist mir eine Ehre«, erwiderte Aaron verlegen und schloss Nick in eine feste Umarmung. »Du und ich, Kleiner. Für immer.«

So standen sie da und hielten sich gegenseitig fest, während die morgendlich kühle Novembersonne durch das Fenster hereinschien.

Seth ging vor einer Doppeltür auf und ab und sah ein wenig panisch aus dabei. Von der anderen Seite der Tür kam lautes Stimmengewirr, aus dem Raum zu seiner Rechten drang das Gelächter derer, die noch warten mussten. Es war fast so weit.

Seth blickte auf und blieb abrupt stehen. »Da bist du ja. Ich habe mir schon Sorgen gemacht. Wir müssen ... *Heilige Scheiße*, Nicky.«

Nick grinste ihn an, breitete die Arme aus und drehte sich einmal langsam im Kreis. »Sieht ziemlich gut aus, oder? Ich meine, es ist zwar nicht der Anzug eines toten Magiers, aber es sollte trotzdem reichen. Ich habe alles allein gemacht, ohne Hilfe.«

Dad hüstelte.

Nick zuckte zusammen. »Okay, vielleicht mit ein *bisschen* Hilfe.«

»Bei der Fliege?«, fragte Seth, und ein Lächeln breitete sich über sein Gesicht aus.

»Bei der Fliege«, bestätigte Nick.

Seth küsste ihn mit einem lauten Schmatzen. »Du siehst toll aus. Ich habe den Anzug zwar schon gesehen, aber das hier ist einfach *wow.*«

»Du auch«, erwiderte Nick. Seths Anzug war ein exaktes Duplikat von Nicks, mit einer kleinen Ausnahme: Am Revers seines Sakkos prangte eine orangerote Anstecknadel in Form einer Flamme. Ein Geschenk von einem Mädchen, das er vor Jahren aus einem brennenden Hochhaus gerettet hatte.

Seth wurde rot, und Nick konnte den Jungen sehen, der er einmal gewesen war. Oh, die Locken waren immer noch da, und er hatte das gleiche Funkeln in den Augen, aber der Mann vor ihm – einst ein Junge auf einer Schaukel mit Schokopudding auf den Lippen – war ein prächtiger Anblick. Sie waren schon seit Jahren zusammen, doch manchmal zwickte sich Nick, um sich klarzumachen, was für ein Glückspilz er war. Ihm fiel die großartige, aber auch etwas beängstigende Verantwortung zu, Seths Herz in Händen zu halten, was alles andere als selbstverständlich war.

(Es half natürlich, dass sie fantastischen Sex hatten. Ganz im Ernst. Das erste Mal war eine mittlere Katastrophe gewesen – viel zu viel Gleitmittel, alles glitschte wie auf einer Wasserrutsche, aber die folgenden Male ... Heilige Scheiße, für manche Sachen, die sie machten, hatten sie eigentlich einen Preis verdient. Seth konnte sehr fantasievoll sein. Nick bemitleidete Leute, denen Sex beim Fliegen verwehrt blieb. Das war noch mal ein ganz anderes Level.)

»Ich gehe jetzt rein, bevor die Situation entgleitet«, murmelte Dad. »Nick, ich möchte dich daran erinnern, dass du dich in der Öffentlichkeit befindest. Es gibt immer noch Gesetze gegen Unsittlichkeit. Seth, bitte sorge dafür ...«

Nick drehte sich langsam zu ihm um.

Dad warf die Hände in die Luft. »Ich kann nicht glauben, dass du ... Gut. *Dr. Gray*, bitte sorgen Sie dafür, dass Nick seine Hose anbehält. Und *Sie* auch.« Er warf den beiden einen letzten strengen Blick zu, auch wenn es so aussah, als würde er gleichzeitig gegen ein Lächeln ankämpfen, dann verschwand er durch die Doppeltür.

Seth stöhnte auf. »Nick, er kann den Titel wirklich weglassen, das haben wir doch schon besprochen. Ich habe noch ein bisschen zu tun, bis ich Doktor bin, okay?«

Das hatte er, aber Nick war nun mal unfassbar stolz auf seinen Partner. Seth hatte sich den Arsch aufgerissen, um dorthin zu kommen, wo er jetzt war – lange Tage und noch längere Nächte. Aber Seth *wollte* es und Nick unterstützte ihn nach Kräften. Der Plan war, dass Seth einen Doktor in Psychologie machte. Danach wollte er als einer der Ersten hauptsächlich mit Außergewöhnlichen arbeiten, also mit Menschen, die jemanden brauchten, mit dem sie über das Leben, ihre Superkräfte und ihre Existenz in einer Welt reden konnten, in der viele immer noch Angst vor Menschen wie ihnen hatten.

»Ja, wir haben darüber gesprochen«, bestätigte Nick. »Und du wirst es schaffen, Kumpel.« Er küsste Seth auf die Wange. »Aber du weißt auch, wie heiß mich diese zwei Worte machen, *Dr. Gray*.«

Seth rollte zärtlich mit den Augen und seine Ohren färbten sich leicht rosa. »Ja? Es gefällt dir?«

»Und wie«, hauchte Nick. »Hey, wir haben noch ein paar Minuten Zeit. Was hältst du davon, wenn wir uns einen leeren Schrank suchen und ich dir zeige, *wie* sehr?«

Seth schnitt eine Grimasse. »Das klang weit weniger romantisch, als du dir vorstellst.«

»Sollte es gar nicht«, erwiderte Nick. »Ich möchte nur meine Lippen ...«

»Später«, sagte Seth, und das Feuer in seinen Augen ließ Nick erschauern. »Versprochen.«

Nick glaubte ihm. Seth hatte ihn nie an der Nase herumgeführt, und das obwohl ihre Chancen nicht gerade gut gestanden hatten. Denn wie oft kam es vor, dass jemand die Liebe seines Lebens bereits auf der Highschool kennenlernte?

Doch in ihrem Fall war es so, und deshalb hatte Nick vor Kurzem eine Entscheidung getroffen, die ihn gleichermaßen glücklich und nervös machte: Ganz hinten in einem Schrank in ihrer kleinen Wohnung lag eine Schachtel, und in dieser Schachtel befand sich ein Ring, der einst Aaron Bell gehört hatte. Er war ein Geschenk von Jennifer Bell gewesen, und Nick sammelte gerade den Mut, eben jenen Ring Seth zu geben. Bald.

(In drei Tagen, genauer gesagt. Nur um dann fassungslos zuzusehen, wie Seth in schallendes Gelächter ausbricht und ihm erklärt, er solle kurz warten und sich nicht von der Stelle rühren. Wenige Sekunden später wird Seth mit einer ähnlichen Schachtel in der Hand wieder auftauchen. Und in dieser Schachtel wird der Ring liegen, den sein Vater Jeremy Gray einst getragen hatte. Seth wird sagen, dass er nur auf den richtigen Moment gewartet hat, um Nick einen Antrag zu machen, und dann werden sie gemeinsam lachen. Sie werden weinen. Sie werden sich eng umarmen und die Ringe werden die falsche Größe haben, aber das wird ihnen nichts ausmachen. Am nächsten Tag werden sie es ihren Freunden und Familien erzählen, und alle werden sagen, es sei verdammt noch mal an der Zeit gewesen.)

»Später«, wiederholte Nick und nahm Seths Hand. »Wir sollten …«

Die Doppeltür ging auf und ein Platzanweiser streckte den Kopf herein. Als er Nick und Seth sah, sagte er: »Es ist gleich so weit.«

»Schon dabei«, erwiderte Seth, zog Nick zu dem kleinen Raum auf der rechten Seite, klopfte an die Tür und schob sie auf. »Seid ihr so weit?«, fragte er. »Sieht so aus, als wären wir gleich dran. Erinnert ihr euch noch an die Reihenfolge, die wir besprochen haben? Stellt euch bitte vor dem Eingang auf und dann wartet auf das Kommando.«

Die Leute drinnen erhoben sich mit einem Nicken von ihren Stühlen und strichen ihre Anzüge und Kleider glatt (alle blau). Einige setzten sich Blumenkronen auf den Kopf, dann verließen alle gemeinsam den Raum.

Nick und Seth gingen unterdessen zu einer weiteren Tür am Ende des Flurs. Diesmal war es Nick, der klopfte. »Hey, wir sind's. Seid ihr bereit?«

»Kommt rein«, rief eine Stimme.

Nick stieß die Tür auf und sah Trey und Aysha Gibson mit ihrer Tochter – der Kongressabgeordneten Lola Gibson. Nick staunte immer noch darüber. Die Wahl vor ein paar Wochen war denkbar knapp gewesen, eine Zitterpartie bis zur letzten Minute, doch Gibby war als Siegerin hervorgegangen und als Vertreterin des vierzehnten Bezirks von Nova City berufen worden. Damit war sie eine der jüngsten Personen, die je in dieses Amt gewählt wurden. Damit sie die Veränderungen, die ihr vorschwebten, auch in die Tat umsetzen konnte, hatten sie und Jazz ihre Mitarbeitenden sorgfältig ausgewählt – was unter anderem dazu geführt hatte, dass viele von ihnen nun auch zur Hochzeit eingeladen waren. Gibbys Gegenkandidat, der seit sechs Jahren im Amt war, hatte ihr Alter kritisiert und gesagt, sie sei viel zu jung und unerfahren, um die Menschen von Nova City zu vertreten. Und nicht nur das. Er hatte außerdem versucht, die von ihr geforderte Polizeireform und ihre Freundschaft mit Pyro Storm und dem Wächter gegen sie zu verwenden und behauptet, Gibby sei nicht besser als Simon und Patricia Burke (von denen Ersterer für den Rest seines Lebens in einem Hochsicherheitsgefängnis im Norden des Landes einsaß, Letztere in der Einrichtung, in der einst ihr Sohn untergebracht gewesen war).

»Diese Außergewöhnlichen tanzen nach ihrer Pfeife«, hatte der Idiot in der letzten Debatte behauptet. »Wie wird sie wohl reagieren, wenn ihr erster Gesetzentwurf im Ausschuss scheitert? Uns ihre Busenfreunde auf den Hals hetzen?«

Gibby hatte nur gelächelt (dieses eine Lächeln, das unmissverständlich sagte, dass das Leben des Idioten gleich in Trümmern liegen würde) und erwidert: »Wenigstens *habe* ich eine Gesetzesvorlage zur Prüfung eingereicht, was mehr ist, als Sie in Ihrer gesamten Amtszeit getan haben.« Sie belegte die Untätigkeit des Amtsinhabers während der vergangenen Jahre Punkt für Punkt und warb zum Schluss für ihr Vorhaben, einen zivilen Aufsichtsrat für das NCPD einzurichten. Als die Debatte zu Ende war, mussten selbst Gibbys erbittertste Gegner widerwillig zugeben, dass sie ihren Konkurrenten restlos zerpflückt hatte.

Trotzdem war es knapp gewesen, und als sie schließlich gewonnen hatte, waren alle erschöpft. Alle bis auf Gibby, die nur verwundert auf den Bildschirm schaute und sagte: »Wir haben's geschafft.«

Die Tränen liefen ihr übers Gesicht, und Jazz entgegnete: »Nein, Gibby, *du* hast es geschafft.«

Offenbar machte es einer frisch gewählten Kongressabgeordneten nichts aus, wenn ihre Freunde und ihre Verlobte (die außerdem ihre Wahlkampfmanagerin war) sich alle gleichzeitig auf sie stürzten, denn genau das passierte.

Jetzt stand Gibby mit ihren Eltern im Foyer des Hauses der Kensingtons und trug einen sportlich-eleganten Anzug, der ganz ähnlich aussah wie der von Nick und Seth: blau mit schwarz, dazu eine lange Krawatte mit eng sitzendem Knoten.

»Dein Outfit ist einfach umwerfend«, kommentierte Nick. »Du stellst uns alle in den Schatten.«

Gibby blickte lachend an sich hinunter. »Das alte Ding?« Sie lächelte etwas unsicher. »Hast du ... sie gesehen?«, fragte sie mit einem Räuspern. »Geht es ihr gut?«

Nick grinste. »Das habe ich. Als Jazz' Trauzeuge habe ich ihr natürlich gesagt, wie wunderschön sie aussieht, auch wenn ich damit nur das Offensichtliche ausgesprochen habe. Sie ist sehr, sehr aufgeregt.«

»Und als *dein* Trauzeuge, Gibby«, warf Seth ein, »sage ich: Du siehst perfekt aus!«

Gibby nickte erleichtert und Trey brach prompt in Tränen aus. »Das tut sie, nicht wahr?«, schluchzte er, während Aysha liebevoll seine Hand drückte.

Gibby lachte leise. »Danke, Dad. Ich ... glaube, es ist Zeit, oder?«

»Ja«, bestätigte Nick. »Brauchst du noch einen Moment? Ich kann ihnen sagen, dass sie eine Minute warten sollen, wenn du willst.«

»Nein. Ich bin bereit.« Sie lachte wieder. »So bereit wie noch nie in meinem Leben.«

Es war eine kleine Hochzeit. Familie, Freunde und Mitarbeitende saßen auf Stühlen im Garten der Kensingtons, im Pool daneben schwammen elektrische Teelichter. Hinter ihnen war ein kleiner Torbogen errichtet worden, der mit Ranken und blühenden Blumen bedeckt war. Als die Terrassentüren aufgingen und die Familien und engsten Freunde ins Freie traten, drehten sich die Leute lächelnd zu ihnen um.

Aus den Lautsprechern kam leise Musik. Die Luft war ein bisschen kühl, aber nicht unangenehm. Nick und Seth warteten neben Gibby und Jazz, bis sie an der Reihe waren, dann gingen sie die Treppe hinunter und schritten über den langen Teppich, der zwischen den Stuhlreihen hindurchführte. Nick neigte Mary und Rodney Caplan zur Begrüßung den Kopf zu. Cap zwinkerte, dann musste Nick schmunzeln, als er Luis, den dreijährigen Sohn von Chris und Mateo Morton, auf Chris' Schoß herumzappeln sah. Luis war kein Fan von Stillsitzen, und als er Seth entdeckte, krähte er: »Papa, da ist der Feuermann!«

Alle lachten, während Seth errötete. Luis war Pyro Storms größter Fan.

»Ja, Kleiner«, erwiderte Chris mit einem Seufzen. »Der Feuermann ist auch da.«

Burrito Jerry saß zwischen seinem Freund Derek und seiner Freundin Amy. Beide beteten ihn an. Zuerst war es nur Amy gewesen, dann hatte Jerry Derek kennengelernt, als der eine Mitfahrgelegenheit brauchte, und seitdem waren sie unzertrennlich. Das ging so weit, dass Jerry sogar Matilda umlackiert hatte: Aus der spärlich bekleideten Frau auf einem Seepferdchen war Derek geworden (immer noch spärlich bekleidet). Amy und Jerry ritten auf eigenen Seepferdchen direkt hinter ihm. Es war ... viel, aber die drei waren glücklich, und das war alles, was zählte.

Aaron und Yolanda saßen händchenhaltend ganz vorne, Dad lächelte breit und seine Augen funkelten.

Als sie ganz vorne angekommen waren, nickte die Standesbeamtin ihnen zu und verzog nur leicht den Mund, als Nick sagte: »Wenn ich für Sie übernehmen soll, geben Sie mir einfach Bescheid, Melissa. Sie können auf mich zählen, immer.«

»Danke«, erwiderte Melissa trocken. »Aber ich mache das schon, okay?«

Sie setzten sich, dann wechselte die Musik, und Gibby betrat von ihren Eltern begleitet den Garten. Sie sah entschlossen aus, und als die drei vorne angekommen waren, gaben ihre Eltern Gibby einen Kuss und flüsterten ihr Worte zu, die nur für ihre Tochter bestimmt waren. Dann nahmen sie auf den leeren Stühlen in der ersten Reihe Platz und warteten gemeinsam mit allen anderen darauf, dass der letzte Teil der Hochzeitsgesellschaft durch die Terrassentüren trat.

Sie brauchten nicht lange zu warten.

Als Jazz bei Miles und Joanna Kensington untergehakt den ausgerollten Teppich betrat, staunten alle. Nick hatte sie bereits gesehen – ihr langes, weißes, fließendes Kleid und die ins Haar geflochtenen Blumen –, weshalb er nur Gibby beobachtete, um den Ausdruck auf ihrem Gesicht nicht zu verpassen, wenn sie ihre zukünftige Ehefrau sah.

Er wurde nicht enttäuscht. Gibbys Kinnlade klappte nach unten und sie atmete explosionsartig aus. »Oh mein Gott«, flüsterte sie. »Sie, sie ...« Eine Träne rann ihr über die Wange.

»Hab ich doch gesagt«, flüsterte Nick ihr zu und ignorierte Melissas spitzen Blick.

Jazz ging langsam, so langsam, dass sie nach der Hälfte der Strecke mit verkniffenem Gesicht erklärte: »Okay, das macht Spaß, aber wir haben nicht ewig Zeit.« Alle brachen in Gelächter aus, als sie ihre Eltern nach vorne zerrte und Miles dabei fast über seine eigenen Füße stolperte.

Sie wartete auch nicht, bis ihre Eltern sie freigaben, sondern stürzte sich einfach auf Gibby und küsste sie, was das Zeug hielt. »Ich akzeptiere«, sagte Jazz und bedeckte Gibbys Gesicht mit lauten Schmatzern. »Ich will. Ich bin deine Frau. Wir sind verheiratet.«

»Noch nicht ganz«, kommentierte Melissa amüsiert. »Aber klar, warum nicht.«

Jazz schien nicht gewillt, von Gibby abzulassen, und Gibby wollte es offensichtlich auch nicht. Schließlich taten sie es doch, ließen die Hände aber fest ineinander verschränkt.

»Lasst uns beginnen«, sagte Melissa und klappte das in Leder gebundene Buch auf, das sie mitgebracht hatte. »Wir sind heute hier zusammengekommen, um zwei Menschen zu feiern, die sich einander bis ans Ende ihres Lebens versprechen wollen.« Sie lächelte Jazz und Gibby an, doch die beiden hatten nur Augen füreinander. »Ich verlese nun ...«

»Aha!«, kam ein donnernder Schrei von oben. »Habe ich euch erwischt! Macht euch bereit für meinen gerechten Zorn!«

Alle blickten auf.

Eine Gestalt schwebte auf den Rasen herab. Sie trug ein provisorisches Kostüm, das aus einem Skianzug, mindestens siebzehn Rollen Klebeband und einem Fahrradhelm mit Einhorn-Aufklebern an den Seiten bestand. Der wehende Umhang sah verdächtig nach einer Bettdecke aus, in der der Träger erst letzte Nacht noch geschlafen hatte. In der Mitte seiner Brust prangte ein aufgebügeltes Bild von einem Raubvogel mit ausgebreiteten Schwingen und scharfen Krallen.

»Oh Mann«, stöhnte Trey. »Ich glaube, es ist besser, wenn du dich umdrehst und schnell wieder verschwindest, sonst wirst du es noch bereuen.«

»Kommt nicht infrage«, schnauzte der ungebetene Gast. »Ich gehe *nie* einem Kampf aus dem Weg!«

Trey schüttelte den Kopf. »Wie du meinst. Aber sag hinterher nicht, ich hätte dich nicht gewarnt.« Er warf einen Blick auf Aysha, die neben ihm saß. »Ich war noch nie gleichzeitig auf einer Hochzeit und einer Beerdigung.«

Der Mann grinste ihn mit gefletschten Zähnen an. Er schien in seinen Vierzigern zu sein, war dünn wie ein Zahnstocher und stemmte angeberisch die Hände in die Hüften, während alle ihn anstarrten. »Als ob ich Angst vor ein bisschen Feuer und Telekinese hätte. Ich kann Dinge tun, von denen ihr nicht einmal zu träumen wagt. Es gibt einen neuen Außergewöhnlichen in dieser Stadt und ich werde Nova City in die Knie zwingen.« Er reckte das Kinn vor. »Man nennt mich Commander Hawk. Mit meinem durchdringenden Schrei kann ich Raubvögel herbeirufen, die alles tun, was ich ihnen sage. Sogar eine Hochzeit sprengen!«

Er blickte stirnrunzelnd in die Runde. »Warum springt niemand auf und rennt um sein Leben?«

»Weil wir wissen, was gleich passieren wird«, antwortete Trey. »Aber du wurdest rechtzeitig gewarnt. Die Verantwortung liegt somit allein bei dir.«

»Habt ihr nicht gehört, was ich gesagt habe?«, spuckte Commander Hawk. »Ich habe keine Angst vor Feuer und Telekinese. Pyro Storm mache ich zum Lüftchen und den Wächter zur Wachtel ...« Er runzelte die Stirn. »Okay, das war nicht gut. Ich bin ein bisschen nervös.«

Seth seufzte. »Genau genommen sind es auch nicht wir, vor denen du Angst haben musst.«

Commander Hawk blinzelte. »Was soll das heißen? Vor wem denn sonst?«

»Vor uns«, sagte Jazz mit gefährlich blitzenden Augen. »Gibby, wollen wir? Dieser Trottel stört unseren besonderen Tag.«

»Dein Wunsch ist mir Befehl«, erwiderte Gibby und stürmte los.

Commander Hawk blieb keine Zeit, auszuweichen, da landete Gibbys Fuß schon in seinen Eiern. Er schrie auf, krümmte sich zusammen und umklammerte mit kreidebleichem Gesicht seinen Hodensack.

Jazz hob ihr Kleid ein Stück an, um etwas mehr Bewegungsfreiheit zu haben, und Gibby ging in die Hocke, dann schoss Jazz' rechter Fuß heraus und traf Commander Hawk an der Kehle. Der gab eine Art wimmerndes Würgen von sich und taumelte mit schief sitzendem Helm rückwärts. Gibby stand wieder auf und gab ihm mit einem Tritt in die Brust den Rest. Commander Hawk schlug rücklings zu Boden und rutschte übers Gras. Schließlich kam er benommen wieder zum Stehen, während die Hochzeitsgäste auf ihn herabblickten.

»Ich bereue ... vieles«, stöhnte er nur.

»Bleib schön unten«, schnauzte Jazz. »Wenn du das tust, bekommst du später vielleicht was von der Torte. Aber wenn ich noch *ein* Wort von dir höre, steche ich dich ab und werde nicht einmal ein schlechtes Gewissen haben dabei, denn heute ist mein *Hochzeitstag*!« Sie grinste plötzlich. »Wow. Brautzilla zu sein, macht echt Spaß.«

»Ich wusste, dass wir zusätzliches Besteck brauchen würden«, kommentierte Miles zufrieden. »Wie gut, dass ich welches bestellt habe.«

»Ganz recht, Jasmine«, sagte Burrito Jerry und erhob sich von seinem Stuhl. »Ich werde dafür sorgen, dass er die Zeremonie nicht noch einmal stört.« Er baute sich vor Commander Hawk auf und schaute streng auf ihn hinunter. »Hey, Mann. Das war nicht cool. Lesben-Hochzeiten sind die besten Hochzeiten überhaupt. Ich weiß das, denn ich war schon auf sechs davon.«

»Meine Hoden«, keuchte Commander Hawk. »Ich kann sie ... nicht mehr tasten.«

»Na ja«, meinte Jerry leichthin, »das hast du dir selbst zuzuschreiben. Komm schon, steh auf und setz dich zu uns. Meine Freundin Amy ist Sanitäterin und kann dir sagen, ob und wann sich deine Hoden wieder aus der Bauchhöhle herabsenken werden. Fun Fact: wahrscheinlich nie.« Er half Commander Hawk auf und bedankte sich bei dem Platzanweiser, der mit einem weiteren Stuhl herbeieilte. Nachdem beide sich gesetzt hatten, zeigte er Jazz und Gibby seinen erhobenen Daumen.

»Habe ich mein Make-up verschmiert?«, fragte Jazz, als Gibby sie wieder zu der Standesbeamtin führte.

»Du siehst so toll aus wie immer«, versicherte Gibby.

»Oh, gut«, erwiderte Jazz und nahm wieder vor Melissa Platz, die nicht genau zu wissen schien, was sie von dem halten sollte, was sie gerade gesehen hatte. In die Runde sagte Jazz: »Wir müssen noch Fotos machen, aber er darf nicht mit drauf sein. Seine Kleidung passt nicht zum Rest der Hochzeitsgesellschaft. Und, Nick, deine Fliege sitzt schief.«

»Bitte tritt mir nicht in die Eier«, rief er und versuchte, das Malheur zu korrigieren. »Die brauche ich gleich noch. Seth, sag es ihr.«

Seth tat es nicht. Stattdessen sagte er: »Wisst ihr noch, auf Nicks einundzwanzigstem Geburtstag?«

Gibby lachte. »Das hatte ich ganz vergessen. Diese drei Außergewöhnlichen, die in die Bar gestürmt sind und uns alle als Geiseln nehmen wollten.« Sie schüttelte den Kopf. »Nick war so betrunken, dass er gegen die Decke gekracht ist.«

»Das war *Absicht*«, schnauzte Nick, und alle Gäste lachten. »Was denn? *War* es!«

»Klar, Junge«, sagte Dad. »Red's dir nur ein.«

Nick verschränkte die Arme und grinste. »Aber es hat funktioniert. Ich habe ihnen einen ordentlichen Strich durch die Rechnung gemacht, oder?«

»Das hast du«, bestätigte Jazz. »Ich habe erwachsene Männer noch nie so schreien hören. Was aber auch kein Wunder war, nachdem du sie von oben bis unten vollgekotzt hattest.« Sie erschauerte. »All die Shrimps und der Tequila. Kein Wunder, dass sie sofort aufgegeben haben.«

»Können wir uns bitte wieder auf die anstehende Aufgabe konzentrieren?«, sagte Nick gepresst. »Ich glaube, wir wurden gerade bei etwas unterbrochen.«

»Oh, richtig«, erwiderte Gibby. »Melissa, entschuldigen Sie bitte. Sie sagten gerade ...«

Melissa starrte sie an.

»Wir haben Sie gewarnt, dass so etwas passieren könnte«, erklärte Jazz und tätschelte Melissas Hand. »Deshalb bekommen Sie ja auch was Extra. Wollen Sie weitermachen, oder soll jemand anderes übernehmen?«

»Ich wusste ja gleich, dass eine Online-Trauung die schlauere Lösung gewesen wäre«, flüsterte Nick.

»Ach, was soll's«, meinte Gibby. »Melissa, wenn Jazz nichts dagegen hat, warum sprechen Sie nicht einfach die magischen Worte und lassen mich meine Frau küssen?«

Melissa seufzte und sagte: »Kraft des mir verliehenen Amtes ...«

»Darfst du die Braut jetzt endlich küssen!«, rief Jazz und warf Gibby die Arme um den Hals.

Der Fotograf erwischte exakt den richtigen Moment: Nick, die Fäuste in die Luft gereckt und den Mund zu einem Freudenschrei geöffnet. Seth mit einem Lächeln und einer herabhängenden Locke in der Stirn. Melissa mit großen Augen, das Buch in ihren Händen völlig vergessen. Und Jazz und Gibby natürlich. Gibby, wie sie Jazz' Gesicht umfasste und sie zärtlich küsste, während ihre Frau strahlte, dass die Leute sagten, es sei, als würde man direkt in die Sonne schauen.

Genau dieses Bild hängten Nick und Seth bei sich zu Hause auf (gleich neben einem alten Foto von einer Frau und ihrem Sohn, die am Meer stehen, mit einem Leuchtturm in der Ferne), umgeben von einem Dutzend anderer Bilder aus einem erfüllten Leben.

Als Jazz und Gibby sich voneinander lösten und der Jubel der Gäste über sie hereinbrach, schaute Nick Seth an und war überwältigt von seinem glücklichen Gesichtsausdruck. Seth schien Nicks Blick zu spüren, denn er drehte den Kopf ein Stück und lächelte. *Ich liebe dich,* sagte er stumm mit den Lippen, und als Nick die Worte erwiderte, wurde Seths Lächeln noch strahlender, wild und berauschend.

Nick wandte das Gesicht zum Himmel, während der Applaus weiter toste.

»Wir sind außergewöhnlich«, flüsterte er und schloss die Augen.

Und atmete.